Nachruf auf eine Rose

Die Autorin

Elizabeth Corley wuchs in West Sussex, England, auf. Sie ist verheiratet und arbeitet als Direktorin eines Global Investment Management Unternehmens in Surrey. Bei Scherz ist erschienen «Requiem für eine Sängerin» (2001).

Elizabeth Corley

Nachruf auf eine Rose

Roman

Aus dem Englischen von
Anja Jonuleit-Schreiner

Scherz

Besuchen Sie uns im Internet:
www.scherzverlag.de

Die Originalausgabe erschien unter dem Titel
«Fatal Legacy» bei Headline Book Publishing, London

Taschenbuchausgabe Scherz Verlag, Bern, 2003
Deutsche Erstausgabe Scherz Verlag, Bern, 2002

ISBN 3-502-51938-2
Umschlaggestaltung: ja DESIGN, Bern: Julie Ting & Andreas Rufer
Umschlagbild: Getty Images, München
Gesamtherstellung: Ebner & Spiegel, Ulm

Denn ich, der Herr, dein Gott, bin ein eifernder Gott, der die Missetat der Väter heimsucht bis ins dritte und vierte Glied an den Kindern derer, die mich hassen.

2. Mose 20, 5

PROLOG

Ich habe eine Verabredung mit dem Tod.

Alan Seeger

Die Nacht war frostklar, viel zu kalt, als dass es hätte schneien können. Ein scharfer Ostwind ging, der ihm unter den Kragen kroch und ihm Tränen in die Augen trieb. Ein für diese Jahreszeit untypischer Kälteeinbruch hatte die Zweige mit Raureif überzogen und die ersten Blatt-Triebe erfrieren lassen. Hoch oben am Nachthimmel leuchteten die Sterne beinahe zögerlich und furchtsam, unendlich weit entfernt. Der Weg war von einem Wellenmuster aus hart gefrorenem Schlamm bedeckt. Pfützen, die noch von Schneefällen der vergangenen Woche herrührten, waren mit einer dicken, schwarzen Eisschicht bedeckt, die jedoch nicht stark genug war, um das Gewicht eines kräftigen Mannes zu tragen.

Die massige Gestalt stolperte den sternenbeschienenen Pfad entlang, verlor das Gleichgewicht und landete dumpf und schwer in einer großen Wasserlache.

«Verdammte Scheiße!» Wie ein Peitschenhieb zerschnitt seine Stimme die nächtliche Stille.

Das Eis unter ihm zerbarst, und er sank mit dem Hinterteil schmählich in eiskaltes Wasser. Schlammiges Nass drang durch seinen teuren Trenchcoat bis auf die Haut.

«Was für ein bescheuerter Treffpunkt», schimpfte er halblaut vor sich hin, während er mühsam versuchte, wieder auf die Beine zu kommen. Seine Bewegungen waren schwerfällig und unkoordiniert und verrieten einen Mann in mittleren Jahren, der seine Tage größtenteils am Schreibtisch sitzend verbrachte und schon lange nichts mehr für seine körperliche Fitness getan hatte.

Zielstrebig machte er sich wieder auf und trottete weiter. Er fror nun, trotz seines schweren Mantels und des Jagdanzugs. Der Wind jagte Wolkenfetzen über den Himmel, so dass der Mond ihm den Weg leuchten konnte, als er tiefer in den Foxtail Wood eintauchte. Es war fast zwei Uhr morgens, und keine lebende Seele schien sich in dieser unwirtlichen Nacht zu regen.

Da erblickte er plötzlich das unstete Licht einer Taschenlampe und eilte weiter, erleichtert, endlich am Ziel zu sein. Eine freundliche Stimme rief ihn.

«Hier drüben, Alan! Achtung, da ist ein Baumstumpf – autsch, das hat bestimmt wehgetan. Alles in Ordnung mit dir?»

Alan rieb sich das Schienbein und stieß noch wüstere Verwünschungen aus, als er endlich die kleine Lichtung erreichte, wo das Licht der Taschenlampe leuchtete.

«Auf die Minute pünktlich wie immer.» Die Stimme klang beschwichtigend, aber Alan war zu schlecht gelaunt, um sich so leicht besänftigen zu lassen.

«Eine selten blöde Uhrzeit, das kann ich dir sagen!»

«Ich weiß, aber es gibt einen guten Grund. Ich sagte dir bereits am Telefon, dass wir sehr vorsichtig sein müssen.»

«Aber warum? Was ist denn passiert? Als wir uns das letzte Mal getroffen haben, war doch alles bestens.»

«Jetzt beruhige dich und trink erst mal einen Schluck – das wird dich aufwärmen.»

Alan nahm die Thermosflasche und schenkte sich einen ordentlichen Schluck von dem, was immer sie enthalten mochte, ein. Anerkennend sog er den Duft der dampfenden Flüssigkeit ein, und seine Nase erkannte stark gewürzten Glühwein. Er leerte den halben Becher in einem Zug. Einen verdammt guten Bordeaux hatten sie da genommen, eigentlich ein Jammer, so einen Wein derart zu verpanschen, aber er würde sich gewiss nicht beklagen. Neben dem reichen, fruchtigen Aroma schmeckte er Brandy, Gewürznelken, Zimt, Zitrone und noch etwas anderes … was konnte das sein? Während er den Becher vollends leerte, ließ ihn ein bitterer Nachgeschmack erschauern.

«Ist dir immer noch kalt? Komm, nimm noch einen Schluck.»

Er ergriff den Becher und trank, ohne nachzudenken. Wenigstens war ihm jetzt wärmer, und er fühlte sich etwas gelöster. Als er den zweiten Becher ausgetrunken hatte, wandte er sich seinem Gegenüber zu.

«Was ist so wichtig, so außerordentlich dringend, dass du mich zu dieser unchristlichen Zeit an diesen gottverlassenen Ort bestellst? Was soll diese Ge… Ge… Geheimnistuerei?» Er stolperte über seine eigenen Worte. Der Wein war ihm ganz schön zu Kopf gestiegen. Er würde sich zusammenreißen müssen.

«Ich werde dir alles erklären. Komm erst mal hier rüber.»

Alan folgte dem anderen über die mondbeschienene Lichtung. Auch die letzte Wolke hatte sich inzwischen verzogen. Der Untergrund war tückisch glatt, und er rutschte auf einer dunklen Fläche, die er zu spät als Eis erkannte, aus und landete hart auf seiner Hüfte.

«Komm, ich helf dir.» Überraschend fest wurde er am Ellbogen gepackt, hochgezogen und einige Schritte weiter geführt. Inzwischen war er sehr unsicher auf den Beinen, und als er aufblickte und mühsam versuchte, seine Haltung wiederzugewinnen, sah er Bäume, die in einem merkwürdigen Winkel wuchsen und deren Zweige hin- und herschwankten. Die ganze Szenerie schien vom Wind durcheinander gewirbelt zu werden. Er konnte sich kaum noch auf den Beinen halten.

«Mir … mir geht es nicht besonders. Muss mich einen Moment setzen.»

«Nein, noch nicht. Warte, bis wir beim Auto sind, dann kannst du dich setzen.»

«Beim Auto? Du hattest doch gesagt, ich sollte nicht mit dem Wagen kommen.»

«Ich weiß, aber ich habe ihn für dich geholt, keine Sorge.»

Weiter vorne konnte er verschwommen die Umrisse seines silbergrauen Rolls-Royce ausmachen.

«Aber wie …? Ich verstehe nicht.»

«Nein, natürlich nicht. Das sind die Tabletten, sie wirken schon. Kann ja auch gar nicht anders sein, mit dem ganzen Alkohol.»

Jetzt verspürte Alan zum ersten Mal einen Anflug von Furcht, als er in das vertraute Gesicht neben ihm blickte. Der bittere Nachgeschmack fiel ihm ein.

«Willst du mich vergiften?»

«Nein, das nicht. Ich habe dir nur so viel gegeben, damit du es mir ein bisschen leichter machst. Jetzt bleib mal ganz ruhig, wir sind gleich da.» Ehe er sich's versah, wurden ihm die Handschuhe von den steifen Fingern gestreift. Er konnte kaum noch klar sehen, doch die Form seines geliebten Autos war ihm so vertraut, dass er selbst in seinem benebelten Zustand erkannte, dass etwas nicht stimmte. Was war das für ein langer, dünner Schwanz, der sich im Wind hin- und herschlängelte? Als er das Fahrzeug endlich erreicht hatte, streckte er seine Hand aus, um das Gleichgewicht wiederzuerlangen, und seine Fingerspitzen berührten den Schwanz. Die Oberfläche fühlte sich geriffelt und gummiartig an.

«Gut so, mein Junge, jetzt fass ihn noch hier unten an … und hier auch noch. Prima, auf geht's.»

Er wurde zur Fahrerseite hin gedreht, die Wagentür war schon offen, und der Motor lief.

«Meine Güte, bist du schwer. Komm, gib mir deine Hand, du lässt dich ja hängen wie ein nasser Sack!»

Alan klammerte sich fest und suchte in dem vertrauten Gesicht verzweifelt nach so etwas wie Mitgefühl. Als er schließlich folgsam auf dem Fahrersitz saß, wurde er mit einem kleinen Lächeln belohnt. Er führte sich vor Augen, dass er es schließlich mit einem Freund zu tun hatte. Er musste jetzt nur erklären, wie schlecht es ihm ging, und alles wäre gut.

Die Hand griff nach seinem Arm und drückte ihn weiter ins Wageninnere.

«Achtung, nicht zu fest! Wir wollen doch nicht, dass du blaue Flecken bekommst. Vorsichtig, hoch mit den Beinen. Braver Junge.»

Unfähig, sich zu rühren oder einen klaren Gedanken zu fassen, saß Alan da, verzweifelt bemüht zu verstehen, was hier mit ihm geschah. Er fühlte, wie seine bloßen Finger um eine kleine Plastikflasche gedrückt wurden, die kurz darauf auf dem Beifahrersitz landete. Dann spürte er, wie eine Weinflasche zwischen seine Oberschenkel geklemmt wurde. Seine Finger berührten die Flasche leicht.

Mit einem Mal bemerkte er einen süßlichen, chemischen Geruch, der ihm zwar bekannt vorkam, den er aber nicht näher einordnen konnte. Von neuem überfiel ihn die Angst und nahm ihm die Luft zum Atmen. Übelkeit stieg in ihm auf, und er begann unkontrolliert zu zittern. Er war so müde. Er wollte schlafen, aber vorher musste er noch verstehen, was vor sich ging. Verzweifelt versuchte er die richtigen Worte zu bilden.

«Was ist hier los? Bitte, sag es mir!»

Das vertraute Gesicht wandte sich ihm zu und starrte ihn jetzt unverwandt an.

«Ganz einfach: Du wirst sterben, Alan, und zwar hier und jetzt. Du wirst sterben, weil du alt und nutzlos bist, ein lästiger Klotz, der sich selbst überlebt hat. Schlaf wohl!»

Die Autotür wurde zugeschlagen und von außen verriegelt. Unter Aufbietung all seiner Kraft versuchte er den Türgriff zu erreichen, aber seine Hand gehorchte ihm nicht. Er war zu weit entfernt. Millimeter für Millimeter krochen seine Finger nach oben über das Lederpolster der Armstützen, doch Alkohol und Drogen machten seinen Kopf taub und seine Gliedmaßen bleischwer. Mit einem Seufzer sank sein Kopf auf die Nackenstütze, während ekelhaft süßlicher Abgasgestank das Wageninnere schwängerte.

Aus reiner Neugierde sammelte die junge Polizistin leere Geschosshülsen mit einem Bleistift ein und ließ sie in kleine Plastiktüten für Beweisstücke gleiten, die sie rasch etikettierte. Sie waren von feuchtem Laub bedeckt gewesen, und es könnten noch Fingerabdrücke erhalten sein. Vielleicht waren auch seine darauf.

Ein Förster aus der Gegend, der die Futterkrippen im Wald überprüfen wollte, hatte die Leiche gefunden. Er hatte den Wagen auf Anhieb erkannt. Er kam nur selten zu der Lichtung, weil das Wild hier direkt vor die Flinte lief und die Jäger nicht besonders geübt sein mussten, und es barg eine gewisse Ironie, dass der Tote mehr oder weniger regelmäßig hier gejagt hatte. Wenn er in diesem Revier auf die Pirsch gegangen war, so würde das erklären, woher er von dem schmalen Pfad, der auf die Lichtung führte, gewusst hatte.

Die Polizistin hatte zunächst gezögert, das Team der Spurensicherung und den Fotografen herbeizuzitieren, aber nach Rücksprache mit dem wachhabenden Sergeant hatte sie es doch getan. Sie würden jeden Moment kommen. Sie musste ihre Ankunft und den Abtransport der Leiche abwarten, dann konnte sie gehen. Das war die unangenehme Seite ihres Jobs, diese Warterei, die sich manchmal über Stunden hinziehen konnte.

Aufmerksam und vorsichtig ging sie um den Wagen herum, weit genug entfernt, dass sie den schlimmsten Gestank nicht einatmen musste, doch das Summen der Fliegen war immer noch deutlich zu hören. Der Waldweg, der zu der Lichtung führte, war von unzähligen Reifenspuren zerfahren, und man konnte unmöglich erkennen, welche dieser Spuren zu dem Rolls-Royce gehörten.

Noch einmal näherte sie sich dem Wagen, eine Hand fest gegen Mund und Nase gedrückt, den Blick auf den einzigen Fahrgast und das Fliegengeschwirr gerichtet. Es war grotesk, was der Zerfall mit einem Menschen anrichtete, und doch, auf eine gewisse Art war es faszinierend. In den zehn Tagen seit seinem Verschwinden hatte eine plötzliche Warmfront die Zerstörung des im Wagen eingeschlossenen

Körpers vorangetrieben. Der Zersetzungsprozess befand sich bereits in einem fortgeschrittenen Stadium, und sie beneidete den Pathologen nicht um seine Arbeit.

Ein Schlauch war an das Auspuffrohr angeschlossen und in das Wagenfenster geklemmt worden, wobei der zwei Finger breite Spalt mit braunem Paketband abgedichtet worden war. Die anderen Fenster waren mit dem restlichen Band versiegelt worden, und die leere Papprolle lag im Fußraum des Beifahrersitzes. Ihr fiel auf, dass alles von innen verklebt worden war.

Detective Constable Nightingale spürte, wie ihr die Luft ausging, und trat beiseite, um tief einzuatmen. Sie warf noch einen letzten Blick auf den verwesenden Körper, der in seinen teuren Kleidern auf dem Fahrersitz hing. Dann wandte sie der Szenerie den Rücken zu, in der Gewissheit, dass sie diesen Anblick ein Leben lang nicht vergessen würde.

ERSTER TEIL

Besser, in der Hölle zu herrschen,
als im Himmel zu dienen.

John Milton

1

Rasch sprach es sich herum, dass Alan Wainwright sich in einer eisigen Winternacht das Leben genommen hatte, eine Tatsache, die bei seiner Familie und seinen Bekannten in gleichem Maße Freude und Entsetzen hervorrief. Abgesehen von einem harmlosen Herzleiden galt der dreiundsechzigjährige Witwer als ein Mann, der von vielen beneidet wurde. Seine Frau, die recht schwierig gewesen war, hatte schon vor Jahren das Zeitliche gesegnet, und so war er in den Genuss eines späten Junggesellendaseins gekommen. Und schließlich war er, was nicht ganz unerheblich war, mehrfacher Millionär.

Über dreißig Jahre lang stand er an der Spitze von Wainwright Enterprises, einem riesigen Konglomerat aus ortsansässigen Firmen, das zu den erfolgreichsten Unternehmen der Grafschaft zählte. In seiner Freizeit pendelte er zwischen seinem Anwesen in Schottland und seinen Besitztümern in der Karibik. Der Stammsitz der Familie, Wainwright Hall, umfasste mehrere hundert Hektar fruchtbaren Boden und zählte zu den ertragreichsten land- und forstwirtschaftlich genutzten Ländereien in Sussex. Für das Unternehmen war sein plötzlicher Tod ein schwerer Schlag; für manchen Angehörigen könnte sich sein Tod allerdings als unverhoffter Glücksfall entpuppen. Und so waren sie weniger bestrebt, als sie vielleicht sein sollten, herauszufinden, was Alan Wainwright dazu getrieben haben mochte, seinem Leben ohne Vorankündigung und ohne jegliche Erklärung ein Ende zu bereiten.

Zwei Wochen nach dem Auffinden der Leiche saßen Alexander Wainwright-Smith, ein Neffe des Verstorbenen, und seine frisch angetraute Ehefrau Sally unauffällig in einem Raum der Anwaltskanzlei und warteten auf die Eröffnung von Onkel Alans Testament. Sie hatten sich für zwei Stühle in der hintersten Ecke entschieden, um die bequemeren, ledergepolsterten Sitzgelegenheiten für in der Erbfolge bedeutendere Familienangehörige frei zu lassen. In der ersten Reihe, direkt gegenüber dem ausladenden Nussbaumschreibtisch, hatten Colin, der Schwager des Verstorbenen, und seine Frau Julia, die Schwester von Alexanders Mutter, Platz genommen. In würdevoller Stille, ganz nach der neuesten Mode gekleidet, saß sie da, eine immer noch schöne Frau, obgleich sie das mittlere Lebensalter schon erreicht hatte.

Dahinter saßen oder lümmelten sich ihre sechs erwachsenen Töchter und warteten ungeduldig darauf, zu erfahren, was ihr reicher Onkel ihnen hinterlassen hatte. Von seinen sechs Cousinen war Lucy, die jüngste der Schwestern, die Einzige, die Alexander wenigstens halbwegs leiden konnte. In seiner Kindheit hatte er im Hause seines Onkels immer wiederkehrende Demütigungen erfahren, und keiner hatte sich seiner angenommen.

Während sie auf den Rechtsanwalt warteten, wurde die Luft im Raum stickig. Seit vielen Jahren war Jeremy Kemp der Rechtsberater der Familie Wainwright, und er würde sich hüten, vor dem Eintreffen von Alan Wainwrights einzigem Sohn Graham mit der Testamentseröffnung zu beginnen. Obwohl dieser die vierzig bereits hinter sich gelassen hatte, kam er als unverbesserlicher Bohemien stets zu spät und galt allseits als das schwarze Schaf der Familie. Von einer überfürsorglichen Mutter hoffnungslos verwöhnt und einem eifersüchtigen Vater abgelehnt, war es nicht verwunderlich, dass Graham seinem Zuhause und auch dem Familienunternehmen bald den Rücken gekehrt hatte.

Um Viertel nach drei, genau fünfzehn Minuten zu spät, betrat Graham den Raum. Er war nicht allein.

«Allmächtiger, was schleppst du denn diesmal an?» Colin wurde puterrot im Gesicht.

Graham lächelte erfreut, dass seine Absicht nicht unbemerkt geblieben war.

«Kein was, lieber Onkel, sondern wen! Das ist Jenny, eine Freundin.»

Jenny war, gelinde gesagt, sehr spärlich bekleidet. Trotz des kalten Vorfrühlingstags trug sie einen kurzen, bis zum Oberschenkel geschlitzten Rock sowie ein weißes Top mit dünnen Trägern. Beide Kleidungsstücke verrieten deutlich, dass sie sich heute gegen das Tragen von Unterwäsche entschieden hatte. Alexander wunderte sich, dass sie nicht fror. Colin hatte Mühe, sie nicht anzustarren.

Jeremy Kemp betrat hinter Graham das Büro. Rasch und unauffällig musterte er die Anwesenden, wobei er Sally, Alexanders Frau, mit einem etwas längeren Blick bedachte und ihr leicht zulächelte, daraufhin frischen Tee bestellte und jeden der Besucher mit Namen begrüßte. Er kannte sie alle, da sowohl die privaten als auch geschäftlichen Angelegenheiten der Familie Wainwright den größten Teil seines Umsatzes und den gesamten Gewinn seiner Kanzlei ausmachten. Als der Tee serviert wurde, setzte er sich schweigend an seinen Schreibtisch und rief die plappernde Gruppe vor ihm zur Ordnung.

«Guten Tag, meine Herrschaften. Wie Sie alle wissen, sind wir hier versammelt, um den letzten Willen von Alan Winston Wainwright zu verlesen.» Er legte die Schriftstücke vor sich auf dem Schreibtisch aus und blickte in die erwartungsvollen Gesichter.

«Dies ist der letzte Wille und das Testament von Alan Winston Wainwright, erstellt am dritten Januar dieses Jahres.»

Jemand der Anwesenden ließ ein schwaches Keuchen vernehmen. Er hatte sein Testament zwei Monate vor seinem Tod geändert. Warum?

«Ich, Alan Winston Wainwright, im Vollbesitz meiner geistigen Kräfte …» Angestrengt lauschend warteten die Familienmitglieder auf die erste Erwähnung des Nachlasses. *«… vermache meiner Schwester, Julia Wainwright-McAdam, ein Einkommen von dreißigtausend Pfund jährlich, als Anerkennung der moralischen Unterstützung, die sie meinem Unternehmen in den vergangenen dreißig Jahren hat zukommen lassen.»*

Julia hatte das Unternehmen völlig ignoriert und von dem Treuhandfonds ihrer Mutter gelebt, ihre Zeit guten Werken gewidmet, die gerade en vogue waren, bis sie schließlich Colin kennen gelernt und geheiratet hatte. Sie hatte in dem festen Glauben gelebt, einmal ein ernst zu nehmendes Mitglied in wohltätigen Kreisen zu werden, und im Moment sah sie ausgesprochen zornig aus. Nach ihren Maßstäben war diese Summe ein Witz und würde noch nicht einmal ihre Ausgaben für Garderobe und Schönheitsbehandlungen decken. Niemand der Umsitzenden wagte es, ihr in die Augen zu sehen. Sie wirkten entweder nervös oder erwartungsvoll, je nachdem, welchen Zustand ihr Gewissen aufwies oder ob sie von Natur aus optimistisch waren.

Nur Alexander schien völlig unberührt. Da seine Mutter sich vor 32 Jahren, als sie mit einem Handelsreisenden durchgebrannt war, sehr unbeliebt gemacht hatte, konnte Alexander wohl keine ernsthaften Hoffnungen auf eine Erbschaft hegen. Obwohl sie einmal die Lieblingsschwester seines Onkels gewesen war, hatte er ihr niemals verziehen, und nun, da sie tot war, hätten alte Erinnerungen umso weniger Bedeutung.

«Meinem Schwager, Colin Wainwright-McAdam, vermache ich eine Leibrente von zehntausend Pfund sowie das lebenslange Nutzungsrecht von Manor Cottage in Anerkennung seiner Liebe zu meinem Anwesen in Sussex.»

Colin wurde tiefrot und Julia kreidebleich. Ihre Träume von örtlicher Schirmherrschaft und einem Vorsitz im Wohltätigkeitsverein brachen endgültig in sich zusammen. Zumindest mit dem Anwesen in Sussex hatten sie fest gerechnet. In all den Jahren waren schließlich genügend Andeutungen diesbezüglich gemacht worden. Julia wusste nicht einmal mehr, wie Manor Cottage eigentlich aussah. Colin wusste es dafür umso besser und erkannte die Beleidigung, die damit einherging.

Alle Augen richteten sich auf Graham, der lässig zurückgelehnt Jennys linken Oberschenkel streichelte, die hinter ihm saß. Jenny lächelte Alexander zu, der neben ihr saß und von alldem nahezu unberührt schien.

«Meinem Sohn Graham hinterlasse ich die Hälfte meines übrigen Eigentums wie in Anhang I aufgeführt und am 31. Dezember erstellt sowie meine Hütte in Schottland, die Hälfte des Schätzwertes des Wainwright Familien-Trusts und Kunstwerke seiner Wahl im Wert von dreißigtausend Pfund.»

Graham machte ein finsteres Gesicht. Er hatte erwartet, alles zu bekommen, wie viel auch immer es war, und mit kaum verhohlenem Ärger wartete er darauf, den Namen der wohltätigen Einrichtung zu erfahren, an die seiner Meinung nach der Rest des väterlichen Erbes fallen sollte.

«Wie viel ist der Wainwright Familien-Trust wert?», fiel er Kemp ins Wort. Der Rechtsanwalt zog schweigend einen Computer-Ausdruck aus einem Aktendeckel auf seinem Schreibtisch.

«Die Hälfte des Trusts wurde nach dem letzten Vierteljahresabschluss auf 7.567.308 Pfund geschätzt. Ich habe Ihren Anteil an dem Nachlass auf insgesamt knapp über fünfzehn Millionen Pfund festgelegt.»

Die Atmosphäre im Raum kühlte sich merklich ab, als Alans Schwester und seinem Schwager klar wurde, in welchem Ausmaß sie hier beleidigt worden waren. Einen Augenblick lang sagte keiner ein Wort. Dann konnten Colin, Julia und ihre Kinder nicht mehr an sich halten.

«Wie konnte er so etwas tun?»

«Er muss verrückt gewesen sein.»

«Eine Frechheit von diesem Mann!»

«Colin, bitte! Wir sollten uns zumindest wie zivilisierte Menschen benehmen. Jedenfalls werden wir darüber nachdenken müssen, ob wir das Testament nicht anfechten.» Julias kühler, wohl artikulierter Ton brachte die erregten Stimmen zum Schweigen.

Kemp sprach in die Stille hinein. «Die Wainwright-McAdam-Kinder wurden in dem Testament ebenfalls bedacht.»

«Wollen Sie etwa behaupten, dass die andere Hälfte des Nachlasses den Kindern zufällt?» Sein Tonfall verriet Entsetzen, doch seine Töchter verstummten abrupt. «Lassen Sie uns weitermachen und uns das Schlimmste anhören.»

«Ihr Schwager hat genaue Anweisungen hinterlassen, in welcher Reihenfolge das Testament zu verlesen ist.» Kemp räusperte sich und fuhr fort. *«Jeder meiner Nichten, den Kindern meiner Schwester Julia Wainwright-McAdam, vermache ich dreißigtausend Pfund sowie Schmuck oder Einrichtungsgegenstände ihrer Wahl im Wert von zweitausendfünfhundert Pfund aus dem Bestand von Wainwright Hall.»*

«Und was ist mit den übrigen fünfzehn Millionen?», fragte Julia indigniert. «O mein Gott, er wird doch nicht alles der Wohlfahrt vermacht haben? Wenn das so ist, dann war er nicht bei klarem Verstand! In seinem ganzen Leben hat er nichts gespendet.»

Jeremy Kemp fuhr fort, als hätte sie nichts gesagt. *«Und schließlich hinterlasse ich mein ganzes übriges Vermögen, wie in Anhang II aufgeführt, einschließlich Wainwright Hall samt Inventar (ausgenommen den anderweitig verfügten Erbstücken), mein Anwesen in der Karibik, wie in den hierzu angefügten Übertragungsurkunden aufgeführt, sowie die andere Hälfte des Wainwright Familien-Trusts meinem Neffen, Alexander Wainwright-Smith, und seiner Frau Sally als gemeinsamen Begünstigten.»*

Eine furchtbare Stille senkte sich über den Raum. Alexander sah verblüfft aus. Sally hatte die ganze Zeit über steif und aufrecht dagesessen und starrte nun unverwandt vor sich hin. Keiner der Anwesenden sagte ein Wort. Einer nach dem anderen richtete seinen Blick auf Alexander, und ihre Gesichter ließen Abscheu, Ekel, Ärger oder Eifersucht erkennen. Sie konnten einfach nicht glauben, was sie gerade gehört hatten. Ausgerechnet Alexander!

«Wie hast du das fertig gebracht, du hinterhältige Ratte? Du Bastard mit deinen Wochenendbesuchen und deinen Anrufen und all deinen langweiligen Arbeiten in der Firma. Das hattest du von Anfang an geplant. Wer hätte dir je den notwendigen Grips dafür zugetraut! Vielleicht hast du ihn ja auch überhaupt nicht.» Mit wutverzerrtem Gesicht wandte sich Graham an Sally. «Du steckst dahinter, nicht wahr? Du gerissenes kleines –»

«Jetzt reicht's!» Kemp schnitt ihm das Wort ab. «Es besteht keine Notwendigkeit, persönlich zu werden. Das führt zu nichts. Wenn es keine konkreten Fragen zu regeln gibt, dann schlage ich vor, dass wir diese Zusammenkunft beenden und dass alle, die diese Angelegenheit mit mir näher besprechen möchten, sich morgen oder Freitag einzelne Termine geben lassen.»

Doch Graham war noch nicht zu Ende.

«Was ist mit Vaters Anteil am Familienunternehmen? Wainwright Enterprises muss mindestens fünfzig Millionen wert sein. Du lieber Gott, die halbe Grafschaft ist dort angestellt.»

«Die Hauptanteile Ihres Vaters an Wainwright Enterprises wurden schon vor Jahren veräußert. Die wenigen Anteile, die er noch besaß, gehören zum Familien-Trust, den er Ihnen hinterlassen hat.»

Ein Schock jagte den nächsten. Sie alle waren davon ausgegangen, dass Alan Wainwright der alleinige Eigentümer des Unternehmens, das sie entweder gemieden oder für das sie ihr ganzes Erwachsenenleben hindurch geschuftet hatten, gewesen war.

Mit hochrotem Gesicht wandte Colin sich Jeremy Kemp zu und blickte den Anwalt mit einem beinahe hasserfüllten Ausdruck an.

«Sie wussten, dass er sein Testament geändert hatte, und Sie haben kein Wort gesagt. Ich wette, Sie bekommen ein fettes Honorar dafür, und je komplizierter es wird, desto mehr verdienen Sie daran.»

Kühl erwiderte Kemp den Blick des anderen und hielt ihm ohne mit der Wimper zu zucken stand. Er war an die Ausbrüche des Mannes gewöhnt.

«Colin, du hast keinen Grund, auf Mr Kemp ärgerlich zu sein. Du weißt so gut wie ich, dass Alan dafür verantwortlich ist.» Julia wandte sich dem Rechtsanwalt zu. «Ich halte Ihren Vorschlag für sehr vernünftig, Jeremy. Wir werden jetzt gehen, aber seien Sie versichert: Wir *werden* morgen wiederkommen.»

Einer nach dem anderen verließ den Raum, bis nur noch Graham, Jenny, Alexander und Sally anwesend waren. Kemp wandte sich an Alexander. «Sie wissen sicher, dass unsere Kanzlei allein als Testamentsvollstrecker von Ihrem Onkel betraut wurde.»

«Also hatte der gute alte Colin Recht, und Sie ziehen einen sauberen Gewinn aus der ganzen Angelegenheit.» Graham erhob sich, während er sprach, bemüht, Eindruck zu machen, indem er seine abfallenden Schultern straffte und seinen knochigen Brustkorb nach außen wölbte. «Es gibt immerhin noch einen Teil des Unternehmens, auf den du keinen Einfluss haben wirst, und das ist meiner. Komm, Jenny, wir gehen.»

Alexander suchte nach einer passenden Erwiderung, aber noch während er überlegte, war Graham gegangen und hatte ihn mit seiner Frau allein im Büro des Rechtsanwalts zurückgelassen. Während er noch wie benommen vor sich hin starrte, sprach Sally leise mit Kemp, dann nahm sie ihren Mann fest beim Arm und führte ihn hinaus.

«Ich glaube, das verlangt nach einer guten Tasse Tee», sagte sie, und Kemp blickte ihr lächelnd nach, wie sie, ihm den Rücken zugewandt, zur Tür hinausging.

2

Jeremy Kemp hatte seiner Sekretärin strikte Anweisungen gegeben, zwischen den Terminen der einzelnen Mitglieder der Familie Wainwright mindestens eine halbe Stunde Luft zu lassen. Das Letzte, was er wollte, war ein zufälliges Zusammentreffen, das sich zu einer Schlägerei auswachsen könnte.

Colin und Julia trafen als Erste ein, ohne Kinder. Die Besprechung verlief in unbehaglicher Stimmung und dauerte länger als vorgesehen, so dass Julia beim Hinausgehen auf Sally traf. Als diese freundlich beiseite treten wollte, blockierte die andere Frau ihr den Weg.

«Wo wollen Sie hin, junge Frau? Ich will mit Ihnen sprechen.»

Sally schüttelte den Kopf, unberührt von Julias Ärger. Seit ihrer Hochzeit mit Alex hatte Julia sie von oben herab behandelt, und sie wusste, dass das Wissen um die Erbschaft Grund genug war, sie ihre Wut und Verzweiflung spüren zu lassen.

«Bitte, Julia. Dies ist weder der rechte Ort noch die rechte Zeit. Warum besprechen wir die ganze Angelegenheit nicht später bei einer Tasse Tee?»

«Bei einer Tasse Tee? Das darf doch wohl nicht wahr sein! Was glauben Sie, wer Sie sind, dass Sie mich gnädigerweise zum Tee einladen? Offen gestanden sind Sie der letzte Mensch, mit dem ich mich an einen Tisch setzen würde. Ich gebe mich schließlich nicht mit jedem ab.»

Alexander machte einen Schritt nach vorne und fasste Julia fest an der Schulter.

«Reg dich bitte nicht auf, Tante Julia. Das Letzte, was Onkel Alan gewollt hätte, wäre, dass diese Angelegenheit die Familie auseinander bringt.»

Julia warf ihren Kopf zurück und lachte schrill.

«Du Einfaltspinsel! Eben das hat er doch bezweckt. Diese Angelegenheit dient wohl kaum dazu, eine Familie glücklich zu vereinen. Du bist so dumm. Aber das überrascht mich nicht, da dein Vater ein Idiot war. Was soll man da anderes erwarten?»

«Jetzt reicht's.» Alexanders Ton war kaum noch höflich zu nennen, und es schwang ein nicht zu überhörender autoritärer Klang in seiner Stimme mit. Alle sahen ihn an und hielten überrascht die Luft an. Julia fasste sich als Erste wieder, doch ihre Worte klangen nörglerisch, und sie hatte das meiste ihrer anmaßenden Selbstsicherheit verloren.

«Bilde dir ja nicht ein, ich wüsste nicht, wie es zu dem Ganzen gekommen ist. Wartet nur, bis ich euch beide vor Gericht bringe. Dann wird alles ans Tageslicht kommen, über dich und dein Flittchen!»

«Genug jetzt, Julia!» Colin blickte seine Frau entgeistert an. Der neue Alexander, den sie soeben kennen gelernt hatten, stand vor ihm und schien durchaus willens, auf ihren Ausbruch mit einer Verleumdungsklage zu reagieren. Er blickte das junge Paar von der Seite an. Wenn seine Frau mit ihren wütenden Beleidigungen vorgehabt hatte, sie aus der Fassung zu bringen, so war dies gründlich misslungen. Seine angeheiratete Nichte erwiderte seinen Blick mit kühler, distanzierter Verachtung, sein Neffe sah ihn ungeduldig an. Dann gingen sie selbstbewusst und völlig unberührt an Julia vorbei, um Jeremy Kemp mit einem warmen Händedruck zu begrüßen, und überließen es ihm, seine ungewohnt schweigsame Frau hinauszubegleiten.

Kemp bat Alexander und Sally, auf den bequemen ledergepolsterten Stühlen Platz zu nehmen, und bot ihnen einen Sherry an. Es war erst elf Uhr, aber er hatte das Gefühl, sie könnten alle einen Schluck gebrauchen. Die Besprechung dauerte an, und als es schließlich auf ein Uhr zuging, wurde Kemp in seinen Ausführungen durch laute Stimmen aus dem Vorzimmer unterbrochen. Ihm fiel ein, dass er den Termin mit Graham um Viertel nach eins vergessen hatte. Er warf seinen Mandanten einen entschuldigenden Blick zu.

«Graham sollte um 13.15 Uhr kommen. Da er es offensichtlich einmal geschafft hat, rechtzeitig da zu sein, weigert er sich zu warten.»

Die Tür wurde mit solcher Vehemenz aufgerissen, dass die Fenster vibrierten, und Graham stolzierte herein, eine leichte Whisky-Fahne hinter sich. Jenny stand mit bedauernder Miene hinter ihm.

«Typisch. Ich hätte mir denken können, dass ihr zwei zuerst drankommen würdet.»

«Wir wollten gerade gehen. Und was wir besprochen haben, war ganz und gar nicht vertraulich, und wenn du einen Augenblick Zeit hast, dann würden wir es gerne auch mit dir bereden.» Sally lächelte entspannt. Alexander nahm ihren Arm und wandte sich an Kemp.

«Wir überlassen das lieber Ihnen, Jeremy. Komm, Sally.»

Er wollte etwas zu Graham sagen, entschied sich dann aber dagegen und schüttelte den Kopf, als wäre er unfähig, die richtigen Worte zu finden. Graham starrte ihm hinterher, verblüfft über die plötzliche Wandlung, die sein Cousin durchgemacht hatte.

Alexander hätte sich vielleicht problemlos an seinen unerwarteten Reichtum gewöhnt, doch seine Welt sollte noch komplizierter werden. Um drei Uhr nachmittags betrat er die Büroräume der Firma Doggett and Hawes, die mit der Buchhaltung von Wainwright Enterprises betraut war, in der Hand eine Liste mit simplen Fragen. Um sieben Uhr abends verließ er die Firma mit einem ausgedehnten neuen Verantwortungsbereich, in Anbetracht dessen selbst der erfahrenste Geschäftsmann erst einmal leer geschluckt hätte.

Das anonyme und diskrete Äußere des Bürogebäudes, in dem Doggett and Hawes untergebracht waren, ließ nicht ahnen, was einen hinter dieser Fassade erwartete, wenn man erst einmal die nur mit einem Sicherheitscode zu öffnende Eingangstür und den mit einer Plastikkarte zu bedienenden Lift hinter sich gebracht hatte. Dann wurde man von einer Atmosphäre von gediegenem Luxus eingehüllt. Der Empfangschef war ein kleiner Mann mit schütterem Haar, bekleidet mit einem makellos weißen Hemd, einer Uniformkrawatte und einem dreiteiligen, dunkelblauen Nadelstreifenanzug.

Noch bevor Alexander drei Schritte weit gekommen war, stand er bereits vor ihm und empfing ihn mit den Worten: «Mr Alexander Wainwright? Mr Doggett erwartet Sie, Sir. Möchten Sie Ihren, em, Anorak ablegen?»

Eine Uhr schlug drei, als Alexander dem Mann einen kurzen Gang entlang folgte, vorbei an geschlossenen Türen aus Mahagoni mit Messingbeschlägen, die zu einem matten Glanz aufpoliert waren, bis zur letzten Tür links. Der dritte Schlag ertönte, als der Empfangschef die Außentür ohne anzuklopfen öffnete und fest gegen die Innentür klopfte.

«Mr Alexander Wainwright, Sir.» Er führte Alexander herein und schloss beide Türen hinter sich.

Frederick Doggett saß hinter einem antiken Schreibtisch. Sein Büro war mehr als doppelt so groß wie Alexanders Wohnzimmer, und besser eingerichtet war es auch. In einem offenen Marmorkamin flackerte auf einem gusseisernen Rost ein Feuer aus Holzscheiten und Kohle. Bücherregale aus Nussbaumholz säumten die eine Wand, und eine Sammlung von Stichen mit Jagdszenen bedeckte die übrigen drei.

Alexander war so in die Betrachtung des Raumes versunken, dass ihm die Gelegenheit entging, Doggett genau zu betrachten, bevor der Mann an seiner Seite war, ihn mit Handschlag begrüßte und ihn gleichzeitig zu einem Ohrensessel vor dem Kamin dirigierte.

«Ich freue mich, Sie zu sehen, Alexander, wenn auch unter so tragischen Umständen. Gestatten Sie mir, Ihnen und Ihrer Familie mein aufrichtiges Beileid auszusprechen. Ein großer Verlust, der sicher tiefe Trauer hervorgerufen hat.»

Der Mann wirkte so sanft, dass man unmöglich sagen konnte, ob diese etwas außergewöhnliche Beileidsbekundung doppeldeutig gemeint war. Er wusste doch sicher, dass Onkel Alan wenig beliebt gewesen war. Das Gefühl, dass der andere, wenngleich auf eine sehr subtile Weise, sich über ihn lustig machte, ärgerte Alexander, und der Buchhalter war ihm augenblicklich unsympathisch, egal, was er auch sagen oder tun würde. Als Alexander ein liniertes DINA4-Blatt aus seiner Tasche zog, beobachtete Doggett ihn schweigend mit einem leicht schiefen Lächeln, das sich, sobald Alexander aufblickte, in einen Ausdruck von Beflissenheit wandelte.

«Ich habe hier eine Liste mit Fragen, die meine Frau und ich Ihnen gerne über Wainwright Enterprises stellen würden. Ich habe Ihnen ja bereits eine Kopie zukommen lassen.»

«Aber selbstverständlich. Sollen wir sie jetzt durchgehen, oder möchten Sie zunächst hören, was Ihr Onkel wegen der zukünftigen Leitung seiner Unternehmen verfügt hat?»

Alexander fühlte sich wie ein dummer Junge und das ärgerte ihn noch mehr. Dennoch erwiderte er ruhig: «Das ist ein guter Vorschlag. Nehmen wir uns also Onkel Alans Verfügungen zuerst vor.»

Während er schweigend den Worten seines verstorbenen Onkels lauschte, wurde ihm mit wachsender Befriedigung klar, dass sein Leben nie wieder so sein würde wie vorher. Sein Onkel hatte ihn als Geschäftsführer von Wainwright Enterprises vorgeschlagen. Er sollte einen Sitz im Vorstand erhalten und eine leitende Position in den Tochtergesellschaften einnehmen.

«Ich weiß, das ist ein bisschen viel auf einmal, und es ist eine ganze Menge Verantwortung, aber Ihr Onkel hielt große Stücke auf Sie. Es lag ihm sehr viel daran, dass Sie in seine Fußstapfen treten. Sie haben viel in den verschiedenen Unternehmen Ihres Onkels gearbeitet, und Ihr Onkel berichtete mir, Sie hätten Ihre Sache gut gemacht. Ich weiß, ihm wäre daran gelegen, wenn Sie das Ruder in die Hand nähmen, Alexander. Keiner von uns dachte, dass es so früh sein würde, dennoch war es sein Wunsch.»

Alexander lehnte sich in seinem Sessel zurück und schloss die Augen. Vom geringschätzig behandelten Familienmitglied zum Geschäftsführer des ganzen Unternehmens, das war eine berauschende Vorstellung, und doch schien Doggett überzeugt, dass es einiger Überredungskunst bedurfte. Wie falsch sie ihn doch alle einschätzten! Nach einer angemessenen Pause nickte er.

«Ich bin einverstanden. Nun sollten Sie mir vielleicht erklären, was genau in meinen Verantwortungsbereich fällt.»

Doggett erläuterte jeden einzelnen Aspekt der Tätigkeit. Es blieb ihm auch gar nichts anderes übrig, als detailliert auf Alexanders hartnäckige Fragen zu antworten. Nach mehr als drei Stunden hob Doggett müde die Hand, wie zum Zeichen, dass er genug habe, doch Alexander hatte noch eine abschließende Frage.

«Als Geschäftsführer muss ich den Aktionären Rechenschaft ablegen. Was sind das für Leute?»

Der Ausdruck interessierter Hilfsbereitschaft auf Doggetts Gesicht blieb unverändert, doch sein ganzer Körper versteifte sich unmerklich.

«Wir haben hier eine komplizierte Unternehmensstruktur. Die Firma hat in den letzten dreißig Jahren einen ziemlichen, sagen wir einmal, Wildwuchs erfahren. Wainwright Enterprises gehört zu achtzig Prozent der Wainwright Holdinggesellschaft; zehn Prozent der Anteile gehörten Ihrem Onkel persönlich und fallen nun je zur Hälfte an Sie und Ihren Cousin Graham Wainwright; und zehn Prozent gehören Stadtrat Ward.»

«George Ward? Ich habe ihn gewählt.»

«Ja.»

«Und wem gehört die Wainwright Holdinggesellschaft?»

Doggett rutschte auf seinem Sitz hin und her.

«Hier wird's noch ein wenig komplizierter. Aus verschiedenen Gründen, hauptsächlich aus steuerrechtlichen – wobei ich Ihnen versichere, dass alles ganz legal ist –, gehört die Wainwright Holdinggesellschaft verschiedenen Trusts, die sich aus mehreren Geschäftsleuten aus der Gegend zusammensetzen.»

«Und die wären?»

Drei Namen kannte er: Frederick Doggett, der Mann, der ihm gegenüber saß, Jeremy Kemp, der Rechtsanwalt, und James FitzGerald, der Finanzberater seines verstorbenen Onkels.

Die Uhr schlug die Viertelstunde. Doggett warf einen raschen Blick darauf und erhob sich.

«Im Moment ist es ungünstig für mich, Alexander, ich habe eine Verabredung zum Dinner und sollte eigentlich bereits dort sein. Könnten wir unsere Besprechung ein andermal fortsetzen?»

«Natürlich. Wie wäre es gleich morgen früh?»

«Mein Terminkalender ist leider ziemlich voll. Ich werde meine Sekretärin bitten, einen Zeitpunkt auszumachen.»

Trotz seiner dringenden Verabredung zum Abendessen beobachtete Doggett von seinem Bürofenster aus, wie der neue Geschäftsführer von Wainwright Enterprises in seinem Anorak das Gebäude verließ, um die Häuserecke bog und aus seinem Blickfeld verschwand. Das bevorstehende Dinner war anscheinend nicht mehr so wichtig, denn er setzte sich an seinen Schreibtisch und griff nach dem Telefonhörer.

Der Anruf wurde sofort beantwortet und er sprach ohne Einleitung: «James, er ist eben gegangen. Es lief nicht so gut, wie wir erwartet hatten. Er ist hartnäckiger, als wir dachten … Schlau? Nun, ich würde sagen, ja, überraschend schlau, aber ich glaube, um was wir uns Sorgen machen müssen, ist eher seine Beharrlichkeit als seine Intelligenz. Er hat mehr Wainwright-Blut, als wir alle annahmen.»

Eine ganze Weile hörte Doggett dem anderen schweigend zu und rutschte unbehaglich in seinem ausladenden Ledersessel hin und her, während sich langsam Schweißperlen auf seiner Stirn bildeten. Als er wieder zum Sprechen ansetzte, hatte er Mühe, ruhig zu bleiben.

«Ja, natürlich, wenn du meinst. Ich rufe Jeremy an und warte hier auf dich.»

James FitzGerald schloss die Hintertür, die in das Bürogebäude führte, mit seinem eigenen Schlüssel auf. Frederick Doggett und Jeremy Kemp waren bereits da und warteten auf ihn in dem lächerlich großen Büro, das Fred so wichtig war, und er warf ihnen sein typisches Lächeln zu. Er wusste, es würde ihnen Unbehagen einflößen, und dieser Gedanke ließ sein Lächeln noch breiter strahlen.

«Hey, Leute!» Er hatte sich nie die Mühe gemacht, seinen Sussexer Arbeiterslang abzulegen, und er genoss ihr unterdrücktes Schaudern, als sie seinen Tonfall vernahmen. «Ich nehme das, was Jeremy im Glas hat, danke.»

Doggett reichte ihm einen Gin Tonic mit Eis, und er setzte sich in den Sessel, der am dichtesten am Kamin stand, und wartete, bis die anderen ebenfalls Platz genommen hatten, bevor er fragte: «Wie lautet deine hoch geschätzte Meinung, Fred?»

«Alexander Wainwright-Smith. Er ist sehr neugierig und alles andere als leichtgläubig, wie Alan uns das glauben machen wollte.»

«Er ist eben ein Wainwright, da kann er nur ein elender Scheißkerl sein. Als wir uns damit einverstanden erklärten, dass er, wenn Alan im Ruhestand wäre, sein Nachfolger als Geschäftsführer werden sollte, hatten wir eigentlich angenommen, dass der Alte den Posten von George als Vorsitzendem einnehmen würde, um seinen Neffen in Schach zu halten. Jetzt ist er tot, und ihr müsst selbst dafür sorgen. Ich werde euch beide in den Vorstand bringen.»

James wartete, welche Reaktion seine Worte auslösen würden. Keiner von den beiden war aus demselben Holz geschnitzt wie ihr Vater, und in einem plötzlich aufkommenden Gefühl der Wehmut vermisste er seine alten Partner. Mit Alans Tod war er der einzige Überlebende aus der alten Garde, die seinerzeit Wainwright Enterprises umstrukturiert hatte, so dass es ihren Zwecken dienlich war. Fred Doggetts Vater hatte im stattlichen Alter von neunzig das Zeitliche gesegnet und damit einem Schwächling von Sohn, der in seiner Freizeit mit kleinen Jungen spielte, die Buchhaltung übertragen. Einen Monat später war Jeremys Vater einem Herzanfall erlegen.

«Ich glaube nicht, dass ein Sitz im Vorstand eine angemessene Lösung darstellen würde, James. In meiner Eigenschaft als euer Buchprüfer würde ich nur misstrauische Blicke ernten.»

«Da könntest du Recht haben. Was ist mit dir, Jeremy?»

Der Rechtsanwalt errötete und nahm einen tiefen Schluck aus seinem Kristallglas.

«Ich, also … Wir sind ziemlich eng miteinander verbunden, und als Rechtsbeistand von Wainwright …»

«Ich verstehe. Kein Interesse.» James hatte gar nicht erwartet, dass einer von ihnen so eng mit dem Unternehmen in Verbindung gebracht werden wollte, er hatte nur die Probe aufs Exempel machen wollen. Schwungvoll stellte er sein leeres Glas auf den Beistelltisch und erhob sich, um zu gehen.

«Wir tun erst mal gar nichts. Warten wir ab, wie er sich macht. Fred, du schaust ihm auf die Finger, und Jeremy, du kümmerst dich um seine reizende Gattin. Das dürfte keine zu schwierige Aufgabe sein, nicht einmal für dich!»

Ohne ihre Antworten abzuwarten, wandte er sich um und überließ sie ihrem Feierabend, der sowohl von den Geistern der Vergangenheit als auch von der Furcht vor einer ungewissen Zukunft überschattet sein würde.

3

Graham zog einen vergoldeten Polsterstuhl heraus, und Julia nahm graziös darauf Platz. Gegenüber am Tisch rückte Colin Jennys Stuhl zurecht, ließ sich selbst schwer auf einen Stuhl daneben sinken, hob sein Glas und nahm einen großen Schluck Martini mit viel Gin.

Das Restaurant war gut besucht, doch das Stimmengewirr um sie herum entschädigte für die lange Wartezeit, denn die Geräuschkulisse gestattete ihnen eine Unterhaltung ohne ungebetene Zuhörer.

Graham bestellte Champagner und lächelte, als er die missbilligende Miene seiner Tante gewahr wurde.

«Vater zu Ehren. Nach dieser Gedenkfeier wäre das ganz in seinem Sinne, und wir wollen doch wenigstens etwas für den alten Dreckskerl tun.»

«Es war sehr ...», Julia suchte nach Worten, «bescheiden.»

«Der Gottesdienst war in Ordnung. Ich denke, Alexander hat gut daran getan, es in einem kleinen Rahmen zu halten. Die Beerdigung ist schließlich erst drei Wochen her. Es war dieser schreckliche Leichenschmaus, der mir zugesetzt hat. Schaumwein und Schinken-Sandwiches, du meine Güte!»

«Das dürfte auf Sallys Konto gehen, sie ist unglaublich geizig.» Julias Tonfall verriet ihre Gefühle.

«Du magst sie wohl wirklich nicht, Tante Julia?»

«Ich finde sie abscheulich. Ein billiges, kleines Flittchen mit Flausen im Kopf, das ist sie.» Julia zog Graham dichter zu sich heran und senkte ihre Stimme.

«Ich bin überzeugt, sie ... Wie soll ich es vornehm ausdrücken?» Julia machte eine Pause, offensichtlich unangenehm berührt von dem

Gedanken, den sie in Worte kleiden wollte. «Also, Graham, offen gestanden, ich glaube, sie hat deinen Vater dazu verführt, sein Testament zu ändern.»

«Interessant. Ein paar seiner Freunde versuchten mich davon zu überzeugen, dass es auf keinen Fall Selbstmord gewesen sein konnte.»

«Es wird wohl kaum ein Unfall gewesen sein!»

«Ganz meine Meinung.»

Julia warf Graham einen anerkennenden Blick zu, dann beugte sie sich noch ein wenig weiter zu ihm herüber und flüsterte ihm ins Ohr: «Es war also kein Selbstmord ...?» Sie verstummte, als ihr bewusst wurde, dass Graham einer der Hauptnutznießer durch den Tod seines Vaters war. Er spürte ihr Unbehagen und wechselte das Thema.

«Weißt du etwas über Sally, Tante?»

«Weiß überhaupt einer von uns etwas über Sally? Nun, sehr wenig. Vor knapp sechs Monaten tauchte sie hier in Harlden auf und heiratete Alexander im Januar. Bei der Trauung waren von ihrer Seite weder Freunde noch Verwandte zugegen, und sie beharrte auf einer standesamtlichen Eheschließung. Und etwas mehr als einen Monat später stirbt dein Vater. Willst du vielleicht andeuten ...?»

«Ich deute gar nichts an. Ich finde nur, dass das ziemlich gelegen kam, das ist alles.» Graham hielt inne, um kurz darauf mit einem berechnenden Ausdruck in den Augen weiterzusprechen: «Nach der Testamentseröffnung habe ich einen Privatdetektiv engagiert, um ein wenig Licht in ihre Vergangenheit zu bringen. Er ist nicht von hier, ich habe ihn in London gefunden. Bis jetzt ist es rausgeschmissenes Geld, trotzdem habe ich seinen Vertrag noch um eine Woche verlängert! Bei einer Sache ist er sich jedoch ganz sicher: Irgendwann hat sie entweder ihren Namen oder ihr Geburtsdatum verändert. Auf ihrer Heiratsurkunde steht als Mädchenname Price, aber unter dem Datum, das sie als ihren Geburtstag angegeben hat, findet sich keine Eintragung über eine Sally Price.»

«Halt mich auf jeden Fall auf dem Laufenden.» Julia lächelte unangenehm. «Ich bin sehr interessiert. Man kann einfach nicht glauben, dass dein Vater Alexander die Hälfte seines Vermögens vermacht hat. Es gab Tage, da konnte er ihn nicht einmal sehen.»

Graham und Jenny hatten sich ein Zimmer im besten Hotel der Stadt genommen. Graham saß im Bett, als Jenny aus der Dusche kam.

«Was machst du da?», fragte sie.

Rasch raffte Graham einen Packen Papiere und Fotos zusammen und steckte alles in einen Umschlag. Er reichte ihr einige Zeitungsausschnitte.

«Julia hat sie mir gegeben. Einer ist dabei vom Musikfestival, wo Alexander und Sally sich kennen lernten, schau, auf diesem Foto ist sie drauf. Die Bildunterschrift besagt, sie sei von hier, aber niemand, mit dem ich gesprochen habe, kann sich an sie erinnern. Ist das nicht seltsam?»

«Eigentlich nicht. Die Stadt ist schließlich groß.» Sie schlüpfte unter die Bettdecke und schlang ihre Arme um seinen Oberkörper. «Es ist schon Mitternacht vorbei», flüsterte sie.

«Mm.» Er hob den braunen Umschlag hoch.

«Was ist das?»

«Das sind Überwachungsfotos. Ich habe sie gerade von dem privaten Ermittler bekommen. Ich hatte ihn gebeten, Sally einige Tage lang zu beschatten, und das ist heute Abend abgegeben worden. Bis jetzt ist nichts Interessantes dabei.»

«Du hast über fünfzehn Millionen Pfund geerbt. Warum lässt du die Sache nicht ruhen? Du brauchst das Geld doch nicht.»

«Das Geld ist mir egal. Es geht um viel mehr. Nachdem ich heute mit den Freunden meines Vaters gesprochen habe, glaube ich nicht mehr an Selbstmord. Jemand hat ihn getötet, Jenny, und ich glaube, dass Sally etwas damit zu tun haben könnte. Irgendwie hat sie meinen Vater hinters Licht geführt. Ich werde das beweisen.»

Alexander öffnete eine Flasche Cabernet Sauvignon und schenkte Sally, die vor einem winzigen elektrischen Feuer in ihrem Wohnzimmer kauerte, ein Glas davon ein. Der Himmel sah nach Schnee aus, doch Sally stellte den Thermostat ihrer Zentralheizung gerade hoch genug, um die Leitungen vor dem Einfrieren zu bewahren. Nach einer kurzen Phase des Kennenlernens waren sie erst zwei Monate verheiratet, und es gab noch immer vieles an ihr, was ihn verblüffte.

«Der Gedenkgottesdienst ist doch gut verlaufen, was meinst du, Sal?»

«Ja, es lief gut. Ein paar Gäste sind erst gegen sieben gegangen. Gott allein weiß, was dieses Hotel uns dafür extra berechnet.»

«Nicht viel. Im Moment sind sie froh über jedes Geschäft. Ich habe nur den Raum gemietet, zuzüglich Personal, und Mrs Willett hat den Rest erledigt, auch wenn sie fand, du habest ihr ein bisschen wenig Geld zur Verfügung gestellt.»

«Ach, was du nicht sagst! Du solltest daran denken, dass es jetzt um *dein* Essen und *deinen* Wein geht, und *sie* sollte daran denken, dass sie jetzt *unsere* Haushälterin ist! Ich bin mir nicht sicher, ob es mit Mrs Willett so klappt, wie es sollte.»

Alexander bemerkte die roten Flecken auf Sallys Wangen, die, wie er wusste, ein Warnsignal bedeuteten. Sie hatte es nach dem Gedenkgottesdienst nicht leicht gehabt, als sie von verschiedenen Verwandten vorsätzlich brüskiert wurde, und er erkannte, dass sie in streitlustiger Stimmung war. Am besten, er würde das Thema wechseln.

«Ich habe dich nach dem Gottesdienst mit George Ward sprechen sehen. Ich wollte eigentlich zu dir, aber immer war da jemand, der mich mit Beschlag belegt hat. Er ist unser Vorstandsvorsitzender, was hältst du von ihm?»

«Er scheint in Ordnung zu sein. Ein ziemlicher Langweiler.»

«Er sah gar nicht langweilig aus. Er schien sich vielmehr über irgend etwas zu ereifern. Was hat er gesagt?»

«Er redete über den Tod deines Onkels, sprach von einer Tragödie, so verfrüht, ach, das Übliche. Er kam mir ziemlich nervös vor.»

Sally nahm ihre leeren Dessertteller und trug sie in die kleine, ungeheizte Küche. Er hatte schon vergessen, wie originell sie ihm vorgekommen war, und wie sie den Haushalt führte, war mittlerweile zu einer peinlich genauen Routine geworden. Plötzlich überwältigte ihn der Gedanke, was für eine ungeheure Veränderung ihrer beider Leben erfahren würde, wenn sie erst einmal nach Wainwright Hall gezogen wären. Als sie wieder am Tisch Platz nahm, ergriff er besorgt ihre Hand. Hoffentlich wäre die Umstellung nicht zu viel für sie.

«Sal, ich möchte nicht, dass du dir wegen des Umzugs nach Wainwright Hall Sorgen machst. Kann ich dir irgendwie helfen?»

Mit einem seltsamen Ausdruck blickte sie ihn an, lächelte dann aber und drückte seine Hand.

«Das ist lieb von dir, Schatz, aber ich komm schon klar.»

4

Detective Chief Inspector Fenwick lehnte sich in seinem unbequemen Stuhl zurück und richtete seine ganze Aufmerksamkeit auf die Rednertribüne. Assistant Chief Constable Harper-Brown hatte ihn zu diesem Seminar geschickt. Die Aus- und Weiterbildungs-Statistik der Abteilung war so schlecht, dass jede kostengünstige Möglichkeit zur Verbesserung derselben sofort ergriffen wurde.

Der Raum war fast voll, ein Beweis, wie beliebt das vorgetragene Thema war, wenn man sich sogar in Zeiten der Überarbeitung und Budgetkürzung dafür interessierte. Die beiden Vortragenden traten nach vorne, und die Lichter wurden gedimmt; ein Dia wurde auf die Wand projiziert: *Forensische Buchführung* und darunter, in kleineren Lettern, *Kooperationsinitiative*. Das Institut der Bilanzbuchhalter in England und Wales hatte sich mit Vertretern des Banken- und Versicherungswesens zusammengetan, um eine Reihe von Vorträgen für Polizeikräfte im ganzen Land zu finanzieren. Neben ihrem Bestreben, als pflichtbewusste Bürger dazustehen, hofften sie, durch ihre Kooperationsbereitschaft die immer strenger werdenden Vorschriften etwas zu lockern und ihre Zusammenarbeit mit der Polizei zu verbessern, um Betrügern und Geldwäschern so das Handwerk zu legen.

Der erste Vortragende erklärte in trockenem und bestimmtem Ton das Prinzip der Geldwäsche: Wie Kriminelle eine Reihe von komplexen Unternehmen schafften, durch die sie die Einnahmen aus kriminellen Geschäften schleusten. Einfach ausgedrückt wurde das schmutzige Geld an einem Ende in die Waschanlage eingebracht – z. B. durch Umtausch in eine andere Währung – und tauchte dann «gereinigt» auf der anderen Seite als Bargeld oder auf einem legalen Bankkonto wieder auf, ohne dass man seinen Weg zurückverfolgen konnte. Meist handelte es sich dabei um Geld aus Drogen- oder Schmuggelgeschäften, doch die Anlage war nicht wählerisch, und so konnte jede Art von Einnahmen aus kriminellen Quellen verarbeitet werden. Eine besondere Schwierigkeit dabei war jedoch: Je schärfer die Kontrollen wurden, desto cleverer verhielten sich auch die Geldwäscher, und es gestaltete sich immer schwieriger, ihre Machenschaften aufzudecken. Fenwick machte sich ausführliche Notizen und lauschte interessiert den fremden juristischen und buchhalterischen Fachtermini.

Der zweite Redner beschrieb eine neue europaweite Gesetzgebung, für deren Verabschiedung er und andere sich einsetzten, doch seine Ausführungen waren derart komplex, dass zahlreiche Zuhörer einnickten. In der fünfzehnminütigen Pause vor dem nächsten Beitrag schenkte Fenwick sich einen besonders großen Becher schwarzen Kaffee ein. In der Hoffnung, seinen Blutzuckerspiegel anzuheben, um nicht das nächste Mal, wenn das Licht ausginge, einzuschlafen, nahm er sich ein Shortbread und knabberte daran.

«Hallo Andrew! Wie geht es dir?», drang eine tiefe Stimme mit walisischem Akzent von hinten an sein Ohr.

«Davey! Gut, danke. Schön, dich zu sehen. Guter Gott, wie lange ist das jetzt her, drei Jahre bestimmt?»

«So in etwa. Das war damals bei diesem sterbenslangweiligen Auffrischungskurs irgendwo in der hintersten Provinz. Das ist länger her, als ich zurückdenken mag.»

Davey Morgan erinnerte von der Statur her an einen Rugbyspieler. Zusammen mit Fenwick war er damals, als es den Dienstgrad noch gab, zum Chief Inspector befördert worden. Zu ihrer beider Erstaunen waren sie sich auf Anhieb sympathisch gewesen und hatten entdeckt, dass sie einen trockenen Sinn für Humor teilten. Morgan gehörte zu den wenigen Menschen, in deren Gegenwart Fenwick sich entspannen konnte. Sie hatten sich damals eigentlich fest vorgenommen, in Kontakt zu bleiben, doch das war, bevor Monique krank geworden und Davey aus der Gegend weggezogen war.

«Wo bist du jetzt?», wollte Fenwick wissen.

«Immer noch in Liverpool. Das ist ein ganz schön heißes Pflaster, aber meine Frau und die Kinder leben draußen im Wirral, und es gefällt ihnen gut. Und wo bist du?»

«In Harlden, West Sussex.» Er war nicht in der Stimmung, über seine Familie zu sprechen, und Davey, der seine plötzliche Zurückhaltung gewahr wurde, fragte auch nicht weiter nach.

«West Sussex. Moment mal, da klingelt was bei mir ...» Er nahm einen großen Schluck Kaffee. Die Porzellantasse wirkte zerbrechlich in seinen riesigen Pranken. «Jetzt weiß ich's! Ist da nicht Harper-Brown als Assistant Chief Constable?»

«Jawohl. Du kennst ihn?»

«Ob ich ihn kenne! Drei lange Jahre war der alte Paragraphenreiter mein Vorgesetzter. Junge, Junge, ich beneide dich nicht gerade.»

Fenwick lachte. «Gut zu wissen, dass ich nicht der Einzige bin. Ich dachte schon, er hat es nur auf mich allein abgesehen.»

«Himmel, nein. Dieser Mann ist der Alptraum jedes Polizisten! Obwohl ich mir gut vorstellen kann, dass du nicht gerade sein Typ bist.» Davey stimmte in Fenwicks Lachen ein. «Ich wette, du hast jetzt doppelt so viel Papierkram wie früher.»

Fenwick schüttelte grimmig den Kopf. «Tja, das müsste ich wohl, doch ich scheine niemals damit fertig zu werden.»

Das, dachte er, war nur eines der zahlreichen Probleme, die sein Verhältnis zu Harper-Brown kennzeichneten. Sie schienen eine völlig gegensätzliche Auffassung davon zu haben, was ein Polizeibeamter zu tun hat. Der einzige Punkt, in dem sie einer Meinung waren, betraf die Wichtigkeit der Verbrechensbekämpfung an sich, wobei Fenwick von einem natürlichen Gerechtigkeitsempfinden getrieben wurde und der Assistant Chief Constable von einer in Ziffern messbaren Befriedigung, die sich in der Abteilungsstatistik widerspiegelte. Dieses gemeinsame Ziel bildete die Basis für eine Zusammenarbeit, die es ihnen überhaupt ermöglichte, nebeneinander in der Polizei von West Sussex existieren zu können.

Nach der Pause folgte ein Beitrag darüber, welche Gesetze Betrüger und Geldwäscher davor schützen, sich selbst zu belasten. Er machte sich nur wenige Notizen und lauschte den Ausführungen des Vortragenden mit wachsender Empörung, als die abschließenden Worte über Cross-force und internationale Zusammenarbeit ihm ein wenig von seinem Glauben an das System wiedergaben. Der Sprecher, Commander Miles Cator, hatte mit Unterstützung der Metropolitan Police eine Sondereinheit ins Leben gerufen, unter deren

Leitung das Finanzamt, die Zollbehörde, die Nachrichtendienste und die Polizeibehörden im Vereinigten Königreich mit den entsprechenden Dienststellen in fünf anderen Staaten zusammenarbeiteten. Er führte ein Beispiel an, wie es ihnen in dreijähriger Arbeit gelungen war, einer international tätigen Geldwäscherbande auf die Schliche zu kommen.

Fenwick blinzelte und versuchte sich auf Cators abschließende Worte zu konzentrieren:

«Eine Sache möchte ich Ihnen auf jeden Fall mit auf den Weg geben. Dieser Fall wird frühestens in einem Jahr vor Gericht kommen, und erst danach wird es mir möglich sein, offener und detaillierter über unsere Methoden zu sprechen. Doch wenn wir aus dem Fall etwas gelernt haben, dann ist es dies: Wir müssen uns stets vor Augen halten, wie weit diese Verbrecherbanden zu gehen bereit sind. Ihre Machenschaften, sei es Drogenhandel, Menschenhandel, Prostitution oder einfach Diebstahl, bringen eine Menge Geld – hierbei geht es wirklich um das ganz große Geschäft. Es ist in der Tat so, dass dieses Business eine Einkommensquelle von höchster Wichtigkeit und in einer ungeheuren Größenordnung darstellt.

Und wer Geschäfte dieser Größenordnung betreibt, kann sich die besten Rechtsbeistände, die beste EDV und die beste Buchhaltung leisten, um auch weiterhin erfolgreich zu sein. Wir haben es dabei mit einer Welt für sich zu tun.

Die Drahtzieher hinter den Kulissen sind wohlhabend, gut organisiert, einfallsreich und schlau. Sie gehen über Leichen und haben keinerlei Gewissensbisse. Und nur, wenn wir unser Bestes geben, wird es uns gelingen, es mit ihnen aufzunehmen und sie zu besiegen. Meine Damen und Herren, ich danke Ihnen für Ihre Aufmerksamkeit.»

Cator erhielt für seine Ausführungen den größten Beifall, und als Davey und Fenwick in der Mittagspause bei einem Glas Bier zusammensaßen, war Fenwick erstaunt über Daveys skeptische Haltung.

«Du stimmst also nicht mit Cator überein?»

Morgan schüttelte den Kopf. «Alles ein einziger Verschwörungsquatsch, wenn du mich fragst. Natürlich kann man mit Verbrechen große Geschäfte machen, das weiß doch jeder. Doch die meisten Verbrechen sind stümperhaft geplant, und Verbrecher sind eitel. Ich habe in meinem ganzen Leben noch keines dieser Superhirne getroffen, du etwa?»

«Vielleicht darum nicht, weil das genau die sind, die wir nie zu fassen kriegen.»

Mit dieser Bemerkung erntete Fenwick lautes Gelächter. «Du hast etwas von einem Intellektuellen an dir, mein Junge. Das wäre was für dich, einmal einen Erzverbrecher dingfest zu machen – so einen richtig dicken Brocken, an dem du dich festbeißen kannst. Ich bin da etwas realistischer. Willst du noch ein Bier?»

«Nein danke, ich muss langsam los.»

«Du wirst doch jetzt nicht noch zur Arbeit fahren?»

«Ich werde wohl müssen. H.-B. hat eine Besprechung anberaumt. Es geht um die Umverteilung von Ressourcen, die Neuzuweisung von Fällen, Abordnungen usw. Wenn ich nicht dabei bin, werden alle meine Leute morgen früh andere Aufgaben haben, als ich ihnen zugedacht hatte.»

«Ich sehe schon, er ist immer noch der Alte. So gehe hin und kämpfe den gerechten Kampf, mein Freund. Ich wünsch dir auf jeden Fall viel Glück.»

Die Besprechung zog sich lange hin. Zum Osterwochenende rechnete man mit vielen Einsätzen, und der Assistant Chief Constable wollte so viele Beamte wie möglich an der Südküste stationieren, um für eventuelle Zwischenfälle gewappnet zu sein. Er wusste, dass organisierte Gruppen vorhatten, Krawall zu schlagen, und war nicht erpicht auf irgendwelche Großbrände auf seinem Hoheitsgebiet.

Fenwick stöhnte innerlich, als er an die zusätzliche Arbeit, den Bereitschaftsdienst und die langen Schichten denken musste, die das Osterwochenende mit sich bringen würde – ausgerechnet zu Beginn der Schulferien.

Harper-Brown schloss die Sitzung, indem er die Anwesenden ziemlich schroff anhielt, effizient zu arbeiten.

Fenwick wollte endlich nach Hause. Das Letzte, was er an diesem Abend noch brauchte, waren Harper-Browns berüchtigte Worte «Ach, und noch eins …». Und so hatte er bereits den obersten Treppenabsatz erreicht, als ihn das Schicksal doch noch ereilte.

«Ach, Chief Inspector, eins noch. Ja, ja, Sie, Fenwick. Kommen Sie bitte mit in mein Büro.»

«Ja, Sir.» Fenwick überspielte sein resigniertes Seufzen durch ein gekünsteltes Hüsteln und folgte seinem Vorgesetzten widerstrebend. Als er auf dem Korridor Superintendent Quinlan, seinen Chef in Harlden, antraf, raunte Fenwick ihm im Vorbeigehen zu: «Irgendein Problem?»

Quinlan zuckte die Achseln und schüttelte ratlos den Kopf. «Nicht, dass ich wüsste.»

Als sie schließlich im Büro des Assistant Chief Constable angekommen waren, ließ Harper-Brown die Tür offen stehen. Demnach konnte es sich nicht um eine Katastrophe handeln.

«Wie war die Konferenz heute?»

«Die Konferenz? Ach ja, heute Morgen. Gut, wirklich gut. Ein Beitrag, der von Commander Miles Cator, war besonders stark.»

Ein unwilliger Ausdruck huschte über Harper-Browns Pokerface, der jedoch rasch einer höflichen Neugier Platz machte.

«Ach, Cator war auch dort? Wie wirkte er auf Sie?»

«Beeindruckend, Sir, wirklich beeindruckend. Natürlich noch jung, aber ziemlich helle. Scheint ein fähiger Polizist zu sein.»

Harper-Brown wich Fenwicks Blick aus und nestelte geschäftig in den Papieren auf seinem Schreibtisch.

«Kam er Ihnen nicht, wie soll ich sagen, ein bisschen wie ein Showman vor? Sie wissen schon, mehr Schein als Sein?»

«Keineswegs, Sir. Was er von seinen Methoden berichten konnte, schien alles wohl begründet, und seine Erfolge sprechen für sich. Natürlich ist er in gewisser Weise ein Diplomat – wenn es das ist, was Sie meinen –, er koordiniert schließlich die Zusammenarbeit mit all den anderen Dienststellen. Und natürlich ist er noch ziemlich jung für seinen Dienstgrad.»

Der Assistant Chief Constable schwieg einen Moment lang, und Fenwick hatte den Eindruck, dass er ihn in irgendeiner Weise verärgert hatte.

«Nun gut», meinte Harper-Brown nach einer Weile. «Ich möchte, dass Sie eine Zusammenfassung aller Vorträge erstellen und einen entsprechenden Umlauf im Präsidium machen. Es ist immer sinnvoll, seine neu erworbenen Kenntnisse auch anderen zugänglich zu machen. Und Geldwäsche ist ein heißes Thema. Und bitte, Fenwick, achten Sie darauf, dass es eine ausgewogene Zusammenfassung wird.»

Fenwick arbeitete zurzeit an sechs Fällen gleichzeitig, und er hatte bereits einen Tag durch das Seminar verloren. Nun würde er noch mehr Zeit verlieren.

«Ach, und noch etwas, Fenwick. Morgen Nachmittag treffe ich mich mit dem Chief Constable und Vertretern der Polizeibehörde, und in diesem Zusammenhang hat man mich um einen Bericht über unser Vorgehen bei Beschwerden ersucht. Wenn ich mich nicht irre, dann sind Sie in Sergeant Warners Abwesenheit für derartige Fragen zuständig. Mir liegen bereits die Berichte sämtlicher Abteilungen vor. Nur Ihrer fehlt noch. Ich möchte den Bericht morgen früh auf meinem Schreibtisch haben.»

Fenwick starrte seinen Vorgesetzten fassungslos an.

«Weder der Superintendent noch ich wussten, dass Sie einen Bericht brauchen. Sonst hätten Sie ihn längst vorliegen.» Schon während er sprach, wusste Fenwick, dass es keinen Zweck hätte, sich auf eine Diskussion einzulassen.

Die dünnen Lippen des Assistant Chief Constable wurden noch eine Idee schmaler.

«Sie haben doch ein Memo bekommen, Chief Inspector. Hier, sehen Sie selbst.» Er hielt Fenwick ein Blatt Papier vor die Nase. Das Datum der Nachricht war vom Tag zuvor. Sicher hatte Anne, seine Sekretärin, den Aktendeckel mit einem «Sofort auf den Tisch»-Vermerk ganz oben auf seine Morgenpost gelegt.

«Ich verstehe, Sir. Bis um wie viel Uhr brauchen Sie den Bericht?»

«Gleich morgen früh. Das Treffen mit dem Chief Constable ist auf 14.30 Uhr anberaumt, und bevor ich gehe, muss ich mich noch vorbereiten, also spätestens um 9.30 Uhr.»

5

Die Fahrt von der Zentrale nach Harlden dauerte in der Regel eine knappe Stunde, aber auf der Umgehungsstraße hatte sich ein Unfall ereignet, und Fenwick stand über eine Dreiviertelstunde lang im Stau. Als sich das Verkehrschaos langsam auflöste, war er so müde, dass er direkt nach Hause fuhr.

Erst später, nachdem er dem Kindermädchen auf dem Weg zur Dusche kurz Bescheid gesagt hatte, fiel ihm der Beschwerdebericht für den Assistant Chief Constable wieder ein. Mit einem unterdrückten Fluch langte er nach dem Telefon auf dem Nachttisch und rief bei seiner Dienststelle an. Der wachhabende Sergeant war ein alter Freund und Verbündeter.

«George, hier spricht Fenwick. Ich habe ein Problem.» Er berichtete von dem Dilemma, in dem er sich befand, und erklärte genau, wo in seinem Büro der Beschwerde-Ordner sein könnte. Seine Sekretärin war erschreckend tüchtig, wenn er es zuließ. Daher hatte er sich auch mit dieser Akte bisher noch nie beschäftigen müssen.

«Könnten Sie jemanden mit der Akte bei mir vorbeischicken? Ich weiß, wir sind unterbesetzt, aber vielleicht klappt es doch?» Wenn es einen Menschen gab, für den Sergeant Wicklow alles tun würde, dann war das Chief Inspector Fenwick.

Nach einer heißen Dusche schlüpfte Fenwick in Jeans und Sweatshirt. Der Abend war kalt. Seine Haut war noch leicht gebräunt von den letzten Ferien mit den Kindern, und die grauen Strähnen, von denen sein schwarzes Haar durchzogen war, wirkten so, als seien sie bewusst getönt worden. Doch derartige Überlegungen hatten für den Mann, dessen Gesicht vom Badezimmerspiegel zurückgeworfen wurde, keine Bedeutung. Er warf nur einen flüchtigen Blick auf sein

Spiegelbild, wandte sich dann ab und begab sich ins Esszimmer, wobei er zwei Treppenstufen auf einmal nahm.

Er hatte fast die unterste Stufe erreicht, als er ein leises Rufen von oben hörte.

«Andrew, warten Sie!»

Eine Zwanzigjährige sprang leichtfüßig die Treppe herunter und kam neben ihm zum Stehen.

«Hallo. Ich konnte gar nicht mit Ihnen sprechen, als Sie kamen. Wir hatten ein kleines Problem.»

Fenwick fühlte, wie sein Mut sank. Sofort dachte er an die Schwierigkeiten, die er mit seinem Sohn Chris im vergangenen Jahr gehabt hatte. Angespannt wartete er auf die schlechten Neuigkeiten.

«Komm, lass uns hier reingehen.»

Das Kindermädchen trat vor ihm in die Küche. Auf dem Tisch stand ein kaputtes Holzkästchen, und daneben lag ein Häufchen weiß schimmernder Kieselsteine.

«Chris hat die ganze Woche über Steine gesammelt. Alle Kinder in seiner Gruppe haben ein Kästchen bekommen, das sie mit Steinen füllen und es morgen mitbringen sollten. Er hat so viele gefunden und alle hineingestopft, dass es auseinandergebrochen ist. Und er hat sich solche Mühe gegeben!»

«Ich habe bestimmt noch irgendwo einen Schuhkarton, der tut's auch, Wendy.»

Er konnte an ihrem Gesichtsausdruck erkennen, dass das die falsche Antwort war.

«Er ist felsenfest davon überzeugt, dass er morgen unbedingt das Originalkästchen mitbringen muss. Man kann es kleben. Und ich sagte ihm, sein Papa könne es bestimmt reparieren. Er hätte sonst nicht aufgehört zu weinen!»

Fenwick betrachtete das zerbrochene Holzkästchen. Er wusste, dass sein sechsjähriger Sohn fest damit rechnete, dass sein Vater das wertvolle Kästchen reparieren würde.

«Mit ein bisschen Klebstoff ist es hier nicht getan. Okay, Wendy. Lass mich erst einmal etwas essen, dann schnappe ich mir diese Bruchstücke und geh rüber in den Schuppen. Bist du heute den ganzen Abend hier?» Es war bereits halb zehn.

«Hm, Tony wollte rüberkommen.» Plötzlich errötete sie, und Fenwick hatte das Gefühl, dass sie ihm etwas Wichtiges und für ihn Unangenehmes zu sagen hatte. Wendy war so ein hervorragendes Kindermädchen, und er wollte die Neuigkeit, die sie offensichtlich dringend loswerden wollte, gar nicht hören.

«Nun sag schon. Was ist los?»

«Er hat mich gefragt, ob ich ihn heiraten möchte», wisperte sie schüchtern.

«Und was hast du geantwortet?»

«Ja!», sagte sie, und ihre Stimme war nur mehr ein aufgeregtes Quieken.

Fenwick drückte sie an sich und gab ihr einen Kuss auf die Wange. «Das ist toll! Meinen Glückwunsch. Ich freu mich für euch. Tony ist ein anständiger Kerl.»

Er bereitete sich rasch sein Abendessen, Pasta mit einer Tomaten-Basilikum-Sauce und grünen Salat. Heute würde er auf das Glas Wein verzichten. Er hatte noch zu viel zu tun, und es war bereits zehn Uhr. Als er sein Essen beendet hatte, jedoch noch immer niemand gekommen war, um ihm die Beschwerdeakte zu bringen, machte er sich auf, um Christophers Kästchen in Angriff zu nehmen. Bevor er hinüber in den Schuppen ging, wollte er noch rasch nach den Kindern sehen. Obwohl jedes ein eigenes Zimmer hätte haben können, blieben sie lieber zusammen. Seitdem ihre Mutter nicht mehr da war, schienen sie noch mehr aneinander zu hängen. Inzwischen waren fast zwei Jahre vergangen, und doch schmerzte ihn die Erinnerung an sie noch mit jedem Tag. Er hoffte nur, dass die Kinder sie nicht so vermissten, wie er es tat. Er verdrängte den Gedanken an sie und öffnete die Tür zum Kinderzimmer.

Es war immer dasselbe. Immer. Dieser Moment angestrengten Lauschens, bis er sie atmen hörte; dieses konzentrierte Warten, bis Bess ein leises Schnorcheln von sich gab oder Christopher sich leicht im Schlaf bewegte. Ein Streifen Mondlicht schien zwischen den Vorhängen hindurch und warf einen bläulichen Schimmer auf die beiden Betten.

Ein leises Grunzen von Bess, ein Seufzen von Chris, und er fühlte, wie die Anspannung von ihm wich. Die Kinder hatten sich inzwischen daran gewöhnt, ihn unter der Woche fast nie zu Gesicht zu bekommen, doch Fenwick verspürte jeden Tag aufs Neue ein leises

Bedauern darüber, dass er nicht mehr Zeit mit ihnen verbringen konnte. Er beugte sich hinunter und gab Bess einen Kuss auf ihre glatte Kinderstirn. Wie immer musste er ihr einfach die Locken aus dem Gesichtchen streichen, obwohl sie davon aufwachen könnte.

Sie lächelte im Schlaf, und eine Welle der Zärtlichkeit erfasste ihn. Wenn sie die Augen geschlossen hatte, glich sie wenigstens ihrer Mutter nicht zu sehr. Das Gesicht tief in einer Falte vergraben, hatte Chris sich unter der Decke wie eine Kugel zusammengerollt. Behutsam strich Fenwick die Decke glatt und drückte ihm einen Kuss auf die Wange. Sein Sohn regte sich nicht. Fenwick richtete sich auf und schlich zur Tür. Ein schrilles Quieken zerschnitt die Stille. Fenwick fluchte innerlich, während er sich bückte und das neue Spielzeug, auf das er getreten war, aufhob.

Detective Constable Nightingale folgte Wendy in das ansprechend möblierte Wohnzimmer. Sie war angenehm überrascht. Sie musste sich zwingen, die schlanke junge Frau mit dem blondierten Haar und dem Knopf in der Nase nicht anzustarren, während diese das Schutzgitter vom Kamin abrückte.

«Es war so kalt, dass ich vorhin noch Feuer gemacht habe», erklärte sie überflüssigerweise, was Nightingale umso neugieriger darauf machte, welche Stellung die junge Frau eigentlich im Fenwick'schen Haushalt innehatte. «Ich werd ihm sagen, dass Sie da sind», fügte sie hinzu.

Nightingale sah sich interessiert um, aber das Einzige, was Aufschluss über seine Familie gab, waren ein paar gerahmte Fotografien im Bücherregal. Nightingale hatte ihre Brille nicht auf, und so würde sie die Gesichter nur erkennen können, wenn sie direkt davorstünde. Die junge Frau hatte die Wohnzimmertür offen gelassen. Nightingale blickte sich um und trat dann rasch näher, doch alles, was sie auf die Schnelle erkennen konnte, war eine außergewöhnlich schöne Brünette, die ein Baby im Arm hielt.

Die Uhr auf dem Kaminsims schlug die halbe Stunde, und ein zu Asche verbranntes Holzscheit fiel raschelnd in sich zusammen. Sie hörte ein Knarzen hinter sich und schoss herum.

Ein etwa siebenjähriges Mädchen stand in der Tür und starrte sie neugierig an. Unter dem Saum eines langen Baumwollnachthemds lugten ihre nackten Zehen hervor, die aufgeregt hin- und herzappelten.

«Hallo», sagte das Mädchen selbstbewusst, fast wie die Dame des Hauses, die einen unerwarteten Gast willkommen heißt.

«Hallo.»

«Wie heißt du?» Dunkelbraune, nahezu schwarze Augen starrten sie unter wuscheligen, schwarzen Locken forschend an.

«Nightingale. Und du?»

«Ich heiße Bess.» Noch ein abschätzender Blick. «Bist du bei der Polizei?»

Nightingale musste ein Lächeln unterdrücken. «Ja.»

«Zusammen mit meinem Vater?»

«Hm, manchmal schon.»

«Du trägst keine Uniform, also bist du ein Detective.» Das war keine Frage. Bess setzte sich aufs Sofa neben dem Kamin und deutete mit der Hand auf das andere Sofa. «Setz dich doch.»

«Danke.»

«Er kommt zu spät, nicht wahr?»

«Nein, ich bringe nur ein paar Unterlagen vorbei. Doch ich soll sie persönlich übergeben.»

«Hm.» Ihre Füße baumelten ein ganzes Stück weit über dem Boden. «Er ist bestimmt im Schuppen, um Chris' Kästchen zu reparieren. Soll ich ihn holen?»

«Nein, er weiß schon, dass ich da bin. Deine … die Dame sagt ihm gerade Bescheid.»

«Wendy. Gut.» Sie ließ ihre Augen im Zimmer umherwandern.

«Das ist Papas Musik», sagte sie und deutete auf einen CD-Player. «Möchtest du mal hören?»

Bevor Nightingale antworten konnte, war Bess auch schon aufgesprungen, stand auf Zehenspitzen vor dem Gerät und hangelte nach den Tasten.

«Solltest du … Ich meine, darfst du das denn?»

Sie warf einen pikierten Blick über die Schulter.

«Natürlich darf ich das.»

Die ersten Klänge einer Schubert-Klaviersonate erklangen, und Nightingale spürte, wie ihr ein angenehmer Schauder über den Rücken lief.

«Das ist eines meiner Lieblingsstücke, Bess. Gute Wahl.»

«Die war schon drin. Mein Vater mag sie auch.»

Nightingale fühlte sich aus irgendeinem Grund unbehaglich. Sie erhob sich und ging im Zimmer umher.

«Kennst du eine Geschichte?», fragte Bess fast flehend.

«Na ja, eigentlich nicht.»

«Aber *eine* weißt du bestimmt!»

«Ein paar kenne ich schon. Aber die sind wirklich nicht gut.»

«Ich müsste eine Weile nachdenken. Was für Geschichten gefallen dir denn?»

«Ich mag am liebsten Abenteuergeschichten.»

Bess klopfte auf das Sofa, und gehorsam nahm Nightingale neben ihr Platz. Mit einem Mal krabbelte die Kleine auf ihren Schoß und starrte sie erwartungsvoll an, einen Finger um eine dicke schwarze Locke gedreht.

«Also gut …» Nightingale atmete tief ein und war eben über das *Es war einmal* hinausgekommen, als die Wohnzimmertür weit geöffnet wurde und Fenwick eintrat. Er wollte sich gerade dafür entschuldigen, dass er sie so lange hatte warten lassen, als er Nightingale und Bess erblickte und überrascht verstummte.

«Bess! Was machst du denn hier? Du solltest doch im Bett sein. Es ist gleich elf, und morgen ist wieder Schule. Sofort ab mit dir!»

Sein Ton war streng, und Nightingale sah, wie Bess' Miene sich verdüsterte. Offensichtlich sprach ihr Vater sonst nicht in so grimmigem Ton mit ihr, und Nightingale kam es blitzartig in den Sinn, dass er nur so heftig reagierte, weil sie eines seiner Kinder hier angetroffen hatte. Das war ungerecht gegenüber Bess. Schließlich war es keine große Sache, dass sie diese Seite von ihm gesehen hatte.

«Das ist meine Schuld, Sir», sagte sie, erhob sich und setzte Bess auf den Boden. «Bess hat mir netterweise Gesellschaft geleistet. Ich hätte sie ins Bett schicken sollen.»

«Ich wollte nicht, dass sie hier ganz alleine warten muss, Papa.» Bess lief zu ihrem Vater und schlang ihre Arme um seine Beine.

«Ich habe dir doch gesagt, dass du nicht mit Fremden sprechen sollst.»

«Auch nicht mit netten Fremden?»

«Nein, auch nicht. Jetzt aber ab mit dir nach oben.»

«Bringst du mich ins Bett?»

«Also schön, dann komm. Sie können gehen, Nightingale, Sie hätten nicht auf mich zu warten brauchen. Gute Nacht!»

Nightingale sah zu, wie der Chief Inspector sich bückte und seine Tochter mit einer geübten Bewegung hochhob, so dass sie ihre Arme um seinen Hals legen konnte. Sie fühlte plötzlich einen Kloß im Hals und schluckte unauffällig. Bess lächelte sie über die Schulter ihres Vaters hinweg an.

«Nacht, Nightingale», flüsterte sie.

«Gute Nacht, Bess. Schlaf gut.» Nightingale trat hinaus in die kalte Nacht und zog die Tür hinter sich fest zu.

Stunden später saß Fenwick immer noch vor seinem Computer und überarbeitete den Bericht über das Vorgehen in Beschwerdesachen ein letztes Mal. Es war kurz vor eins, doch er war immer noch hellwach. Das Haus, in dem sie wohnten, hatte er im letzten Jahr von seinem Großonkel vererbt bekommen, ein überraschendes und außerordentlich großzügiges Vermächtnis. Doch die Zinsen, die das angelegte Geld abwarf, reichten gerade für den Unterhalt des Hauses und Wendys Lohn. Auch wenn sie sich die Haare färbte, ein Nasenpiercing trug und ständig zu spät kam, war Wendy ein zuverlässiges Kindermädchen. Als sie hierher aufs Land gezogen waren, hatte sie kein zusätzliches Fahrgeld gefordert, denn durch den Umzug war sie näher bei Tony, ihrem Freund. Sollte sie je kündigen, würde Fenwick sich einen gleichwertigen Ersatz kaum leisten können.

Als allein erziehender Vater war er ständig darum bemüht, die Kinder dafür zu entschädigen, dass sie ohne Mutter aufwachsen mussten. Seitdem sie ihre Mutter durch einen Selbstmordversuch verloren hatten, bei dem sie in ein irreversibles Koma gefallen war, hatte er alles getan, was in seiner Macht stand, damit sie das schreckliche Erlebnis vergessen sollten. Alles hatte er getan. Nur seine Arbeit hatte er nicht aufgegeben, denn das konnten sie sich nicht leisten. Wenn er sich je zwischen seiner Karriere und den Kindern würde entscheiden müssen, würde die Wahl immer zugunsten der Kinder ausfallen. Er hoffte jedoch, dass er nie vor diese Wahl gestellt werden würde. Er klappte den Ordner zu, schaltete den PC aus und ging in die Küche, um sich vor dem Schlafengehen noch eine Tasse Tee zu bereiten.

6

Am Tag nachdem er Harper-Brown seinen Bericht vorgelegt hatte, erhielt Fenwick einen Anruf des Assistant Chief Constable, der Alan Wainwrights Tod zum Anlass hatte. Die Öffentlichkeit hatte großes Interesse an den Ermittlungen, und der Chief war bestrebt, den Fall so schnell wie möglich abzuschließen und zu den Akten zu legen. Die Ermittlungen waren damals von Detective Inspector Blite – einem Kollegen, dem sie beide weder Sympathie noch Vertrauen entgegenbrachten – in relativ kurzer Zeit durchgeführt worden, und der Bericht des Coroner hatte «Selbsttötung» als Todesursache bestätigt. Dass Harper-Brown ihn nun, zwei Monate später, wegen dieses Falles anrief, ließ Fenwick nichts Gutes ahnen.

«Graham Wainwright, der Sohn des Verstorbenen, hat mich angerufen. Er äußerte Zweifel am so genannten Selbstmord seines Vaters beziehungsweise am Ergebnis der Leichenschau.»

«Hat er diese Zweifel auch bei der gerichtlichen Untersuchung vorgebracht? Wenn nicht, warum kommt er jetzt damit, Sir?»

«Nein, er sagt, die Bedenken waren zu … vage, um sie öffentlich zu formulieren. Außerdem wurde der Tod seines Vaters von den Medien schon genug ausgeschlachtet.»

«Aha.» Man musste kein Geistesriese sein, um zu erkennen, warum der Assistant Chief Constable ihn gerade jetzt anrief. Harper-Brown war zu klug, seine Abneigung gegen Fenwick deutlich zu zeigen. Wann immer sich ihm jedoch die Gelegenheit bot, teilte er Fenwick die Fälle zu, die sich als besonders heikel oder karriereschädigend herausstellen könnten. Er übertrug ihm die unmögliche Aufgabe, einem einflussreichen und verärgerten Mann, dessen Vater gerade Selbstmord begangen hatte, klarzumachen, dass die Todesursache eindeutig geklärt war, und ihn so gut es ging zu beruhigen, wobei er jedoch peinlich darauf achten sollte, bitte nur ja keinen Ärger zu erzeugen, da der Fall ja bereits als erfolgreich abgeschlossen zu den Akten gelegt worden war. Fenwick verstand augenblicklich, warum sein Vorgesetzter nicht Blite angerufen hatte, der ja eigentlich seine erste Wahl hätte sein müssen. Es käme einem Wunder gleich, wenn es ihm gelänge, diese Angelegenheit zu einem Abschluss zu bringen, ohne die Familie zu brüskieren oder das öffentliche Interesse an dem Fall erneut anzuheizen.

«Graham Wainwright ist ein wichtiger Mann. Seine Bedenken sollten ernst genommen werden. Aber das Letzte, was wir brauchen, sind Schlagzeilen, die verkünden, dass wir mit dem Ergebnis der Voruntersuchung nicht einverstanden sind. *Denn dies ist natürlich nicht der Fall.* Ich sagte ihm, Sie würden sich heute bei ihm melden und dass Sie für Ihre Diskretion bekannt seien.»

Harper-Brown gab ihm Graham Wainwrights Nummer und legte auf. Fenwick rief seine Sekretärin.

«Anne, rufen Sie bitte in der Registratur an und lassen Sie sich die Akte Alan Wainwright bringen. Der Fall muss vom Januar dieses Jahres sein. Und dann bitten Sie Sergeant Cooper zu mir.» Auf Coopers Diskretion konnte er sich stets verlassen. Der Mann war zuverlässig und behielt vor allen Dingen einen kühlen Kopf. Genau der richtige Mann für diesen Job.

Es dauerte nicht lange, da hatte er eine dünne Mappe vor sich liegen. Während er auf Cooper wartete und einen Blick in die Unterlagen warf, fühlte er, wie sein Mut sank. Blites Team hatte die Familie, die Freunde und Geschäftskollegen des Toten befragt. Die Aussagen stimmten insofern überein, als keiner der Befragten sich einen Grund vorstellen konnte, warum Alan Wainwright Selbstmord hätte begehen sollen. Lediglich ein Bekannter äußerte Bedenken, dass sein Tod möglicherweise kein Selbstmord gewesen sei, doch schienen diese Bedenken weder kommentiert noch bei der Untersuchung des Falles berücksichtigt worden zu sein. Im Obduktionsbericht war von unerklärlichen Hautabschürfungen an Wainwrights Armen, Knien und am Rücken die Rede sowie von Hämatomen auf der linken Körperseite. Alles deutete darauf hin, dass er kurz vor seinem Tod nicht nur einmal schwer gestürzt sein musste.

An seiner Kleidung waren Spuren von Lehm, und in seinen Schuhen hatte man Steinchen gefunden, ein Hinweis darauf, dass er vor seinem Selbstmord durch den Wald gegangen war. Einen schlammgetränkten Handschuh hatte man auf der Lichtung sichergestellt. Vom zweiten Handschuh fehlte jede Spur. Da die Polizei jedoch keinerlei Bedenken geäußert hatte, wurde bei der Leichenschau festgestellt, dass Alan Wainwright sich in einem Anflug von Unzurechnungsfähigkeit selbst getötet hatte.

Als Fenwick die Akte schließen wollte, bemerkte er einen braunen Umschlag, der hinten im Aktendeckel steckte. Er öffnete ihn und las die beiden dicht beschriebenen Seiten aufmerksam durch. Seine Sekretärin war ohne anzuklopfen hereingekommen, eine Kanne frischen Kaffee in der Hand. Fenwick faltete die Blätter und steckte sie wieder in den Umschlag. «Anne, bitte rufen Sie Detective Constable Nightingale. Sie soll sofort zu mir kommen. Wenn sie nicht da ist, suchen Sie sie.»

Er erinnerte sich gut an Nightingale, eine junge Polizistin, die sich noch in der Ausbildung befand. Letztes Jahr hatten sie zusammen an einem Fall gearbeitet. Sie hatte ihn stark beeindruckt, aber abgesehen von gestern Abend hatte er sie seitdem nicht oft zu Gesicht bekommen. Erinnerungen an diesen letzten Fall wurden wach, als seine Gedanken von einem zögerlichen Klopfen an der Tür unterbrochen wurden.

«Entschuldigen Sie die Störung, Sir.» Detective Constable Nightingales Herz schlug schneller, als sie an Fenwicks halb offene Tür klopfte.

«Ja bitte?»

Fenwick blickte auf. Sein Gesichtsausdruck war neutral, weder freundlich noch ablehnend, und doch fühlte sie Nervosität in sich aufsteigen.

«Sie wollten mich sprechen, Sir?»

«Kommen Sie herein. Es geht um den Fall Wainwright. Sie waren bei dem Team, das die Untersuchung durchgeführt hat?»

«Ja, Sir. Ich war die Erste am Tatort und habe auch ein paar Zeugen befragt.» Man hatte ihr die weniger wichtigen Befragungen zugewiesen: die Haushälterin, den Gärtner und die Dienstmädchen im Wainwright'schen Haushalt.

«Und wie beurteilen Sie den Fall?»

Nightingale wurde puterrot und suchte fieberhaft nach einer Antwort. Wie sie den Fall beurteilte! Diese Frage war nun wirklich unangebracht, zumal ihre Meinung zu dem Fall deutlich von der Beurteilung des damaligen Teamleiters abgewichen war. Sie hatte seinerzeit sogar einen Aktenvermerk dazu geschrieben. Und doch, dem Chief Inspector konnte sie vertrauen, das wusste sie, und so sagte sie ohne Umschweife:

«Das war kein Selbstmord. Ich meine, ich glaube nicht, dass es Selbstmord war.»

«Haben Sie dem Teamleiter damals Ihre Bedenken mitgeteilt?»

«Ja, Sir, aber ...» Wie sollte sie höflich umschreiben, dass Blite und sein Team die seltene Gelegenheit genossen hatten, sie auszulachen? Durch ihre Professionalität und Kompetenz war sie gewöhnlich eine schlechte Zielscheibe für Witzeleien und hämisches Gelächter. Ihre beharrlichen Fragen und die Bedenken, die sie geäußert hatte, hatten ihr mehr spöttische Bemerkungen eingebracht als je zuvor. Und doch hatte sie sich nicht beirren lassen, was typisch für sie war, wenn sie von etwas überzeugt war.

«Ehrlich gesagt, er und die anderen glaubten, ich würde Gespenster sehen.»

Fenwick unterdrückte ein Grinsen. Er hatte ganz vergessen, wie direkt sie war.

«Und doch waren Sie sich Ihrer Sache so sicher, dass Sie diesen Vermerk geschrieben haben, auch auf die Gefahr hin, sich dadurch Blites Unmut zuzuziehen?» Fenwick blickte sie forschend an, während er auf eine Antwort wartete. Er bemerkte ihre angespannte Haltung. Schon bei ihrer letzten Zusammenarbeit war ihm diese unglaubliche Intensität aufgefallen, mit der sie die Dinge anpackte. Ganz offensichtlich rechnete sie damit, dass er ihr gleich einen Verweis erteilen würde, und so beeilte er sich, ihr zu versichern: «Es ist alles in Ordnung. Sie haben nichts falsch gemacht. Bitte sagen Sie mir, worin Ihre Zweifel bestanden.»

«Im Laufe der Untersuchung sind einige Details aufgetaucht, die mich stutzig gemacht haben, wie dieser fehlende Handschuh und die vielen Schuhabdrücke rings um das Auto. Meiner Ansicht nach sind die Spuren entstanden, nachdem das Auto geparkt wurde.»

«Die könnten auch von einem Spaziergänger stammen, der zwar seine morbide Neugierde befriedigen wollte, aber nicht genug Zivilcourage besaß, die Polizei zu holen. So etwas kommt vor.»

«Aber was ist mit den Hämatomen? Und die eine Seite seines Mantels war voller Schlamm.»

«Was stand im Obduktionsbericht, über die Hämatome, meine ich?» Er wusste die Antwort, da er den Bericht gerade gelesen hatte, doch er wollte hören, wie sie ihren Verdacht weiter begründen würde.

«Alles deutete darauf hin, dass er vor seinem Tod mehrere Male schwer gestürzt sein musste. Doch wenn er direkt bis zur Lichtung gefahren ist, wie und wann ist er dann hingefallen? Es war eiskalt in dieser Nacht, was für einen Grund hätte er haben sollen, im Wald spazieren zu gehen?»

«Vielleicht ist er gestürzt, während er versucht hat, den Schlauch ins Fenster zu klemmen.»

«Darüber habe ich auch nachgedacht. Aber dann hätte er sich doch am Auto abgestützt.»

«Hm.» Ein paar Prellungen und ein fehlender Handschuh bewiesen noch gar nichts. «War das alles, Nightingale?»

«Nein, da waren auch noch die Barbiturate. Sein Hausarzt schwor Stein und Bein, dass er ihm nie welche verschrieben hatte. Und wir haben vergeblich nach einem Apotheker gesucht, der das Medikament ausgegeben hat. Auf der Flasche, die man bei ihm im Wagen gefunden hat, war kein Etikett. Ich habe dreimal seinen ganzen Müll durchsucht, um das Rezept zu finden. Nichts.»

Fenwick musste unwillkürlich lächeln. Nur Nightingale konnte es einfallen, dreimal den Hausmüll eines Suizidtäters zu durchwühlen.

«Und dann war da noch die Sache mit seinem Wagenschlüssel. Wainwrights Haushälterin war bereit, vor Gericht zu beschwören, dass der Schlüssel, der im Zündschloss steckte, der Ersatzschlüssel war, den er niemals benutzte, während der Erstschlüssel oben auf der Kommode in seinem Schlafzimmer lag, wo er ihn übrigens immer abends hinlegte, bevor er zu Bett ging.»

Fenwick bedankte sich bei ihr mit einem knappen Nicken.

«Darf ich fragen, warum Sie meine Meinung hören wollten, Sir?» Nightingale wusste, dass sie gehen sollte, doch ihre Neugier war stärker als ihre Diskretion.

«Nein, das dürfen Sie nicht.» Fenwick sah mit ausdrucksloser Miene zu, wie Constable Nightingale den Raum verließ, doch kaum hatte sie die Tür hinter sich geschlossen, trat wieder ein besorgter Ausdruck in sein Gesicht, und er rief noch einmal nach Anne.

«Haben Sie Cooper schon gefunden? Ich brauche ihn dringend.»

«Er ist schon auf dem Weg zu Ihnen, Sir.»

Ein paar Augenblicke später trat Cooper zur Tür herein, kurzatmig und rotgesichtig. Er war gerade mit einer Zeugenbefragung beschäftigt gewesen, als er Chief Inspector Fenwicks Nachricht erhielt; er wollte sich nicht noch einmal mit dieser Angelegenheit befassen, und so hatte er sich beeilt, zum Ende zu kommen.

Doch das Gespräch hatte sich hingezogen, und nun war er spät dran, obwohl er genau wusste, dass Fenwick darauf allergisch reagierte.

Als Fenwick ihm seine Anweisungen gab, war dieser tatsächlich kurz angebunden. Sie hatten eine schwierige Aufgabe vor sich und wenig Zeit zur Verfügung. Fenwick überreichte ihm eine Liste mit Leuten, die am gleichen Nachmittag noch befragt werden sollten.

«Das Problem an der Sache ist, dass Graham Wainwright überzeugt ist, dass sein Vater sich nicht selbst umgebracht hat, ganz egal, was für Indizien dafür sprechen.»

«Warum hat er sich nicht früher gerührt?»

«Das werden wir ihn morgen früh persönlich fragen. Ich habe ihn angerufen und unser Kommen angekündigt. Davor möchte ich aber noch, dass Sie mit all den Leuten sprechen, die an dem Fall mitgearbeitet haben, außer Detective Constable Nightingale. Mit ihr habe ich bereits gesprochen.» Er sah, dass Cooper ihn überrascht anblickte. «Sie hat seinerzeit einen Aktenvermerk geschrieben. Lesen Sie ihn, dann wissen Sie, was ich meine. Sie war mit dem Ergebnis der Voruntersuchung nicht einverstanden. Wenn Sie Hilfe brauchen, fragen Sie, ob Nightingale frei ist. Sie ist mit dem Fall bereits vertraut. Außerdem war sie die Erste von uns am Tatort.»

«Soll ich dann morgen früh Bericht erstatten, Sir?» Bemüht, sich seine Mutlosigkeit nicht anmerken zu lassen, wuchtete Cooper seine massige, in Tweed gekleidete Gestalt von Fenwicks bretthartem Besucherstuhl.

7

Zwei pochierte Eier auf Toast, eine Scheibe gerollten Frühstücksspeck ohne Schwarte und gegrillte Tomaten. Das Ganze heruntergespült mit eineinhalb Tassen starkem, süßem Tee. Detective Sergeant Cooper hatte einen schweren Tag vor sich, und diese Aussicht verlangte nach einer guten Grundlage. Seine Frau spürte eine Art grimmige Entschlossenheit und sprach nur sehr wenig, während sie ihm sein Lunchpaket zurechtmachte. Wenn er mit dem Chief Inspector zusammenarbeitete, würde er tagsüber kaum Zeit für eine ordentliche Mahlzeit finden. Er bedankte sich bei ihr mit einem flüchtigen Kuss und war bereits auf dem Weg nach draußen, als sein Sohn die Treppe herunterpolterte, um sich am Frühstückstisch niederzulassen.

«Du bist früh dran, Paps. Arbeitest du wieder mit Fenwick?»

«Ein bisschen Abwechslung hin und wieder kann nicht schaden.»

Cooper wohnte so nahe beim Harldener Polizeipräsidium, dass er seine Dienststelle zu Fuß erreichen konnte, doch heute würde er den Wagen nehmen. Es dauerte eine Weile, bis der Motor ansprang, und er nahm sich vor, seinen Sohn zu bitten, den Wagen einmal durchzuchecken. Er war ein geschickter Junge, wenngleich sich Cooper für seinen Sohn ursprünglich etwas anderes gewünscht hätte als den Mechanikerberuf.

Die 7.30-Uhr-Nachrichten gingen gerade zu Ende, als Cooper in eine Parklücke einbog. Es überraschte ihn kaum, dass Fenwicks Wagen bereits da stand.

Der Chief Inspector saß an seinem Schreibtisch und machte einen ausgeruhten und gut gelaunten Eindruck. Er lächelte und pfiff eine kleine Melodie vor sich hin. Cooper verbarg sein Erstaunen in einem verlegenen Hüsteln, als Fenwick überrascht aufblickte.

«Sergeant! Ausgezeichnet, dass Sie da sind. Ich habe so ein Gefühl, dass dies ein guter Tag für uns wird.»

Cooper schüttelte den Kopf. Er tat sich schwer, seine Skepsis zu verbergen.

«Ich weiß, ich weiß, Sergeant. Wir haben nicht gerade viel in der Hand, aber die Lage ist auch nicht hoffnungslos. Mir ist ein Gedanke gekommen. Ich werde heute im Laufe des Tages zu Ihnen stoßen. Zuerst befragen wir Graham Wainwright, dann die anderen Familienmitglieder, die Haushälterin und Führungskräfte im Familienunternehmen, natürlich ganz diskret. Dafür habe ich den ganzen Tag veranschlagt. Das muss reichen, um festzustellen, ob weitere Nachforschungen gerechtfertigt sind. Fragen Sie Detective Constable Nightingale. Wenn sie Zeit hat, kann sie uns bei den Befragungen helfen.»

Cooper machte sich auf den Weg, um Nightingale zu suchen, überzeugt davon, dass auch sie um diese Zeit bereits anwesend war. Und so war es auch.

«Was tun Sie da?»

«Ich packe meine Sachen, Sergeant. Ich bin über Ostern drei Wochen runter an die Küste abgeordnet worden.»

«Wann fahren Sie?»

«Morgen.»

«Haben Sie heute noch viel zu tun?»

Bei diesen Worten schlug Nightingales Herz schneller.

«Nein, Sir. Ein oder zwei Berichte müssen noch fertiggeschrieben werden, bevor ich gehe, aber das kann ich auch heute Abend noch tun.»

«Ich vergesse immer wieder, wie arbeitseifrig ihr Polizeischul-Absolventen seid.»

Nightingale hatte die verkürzte Laufbahn eingeschlagen, ein Programm für besonders befähigte Polizeidienstanwärter. Mittlerweile hatte er sich an diesen Gedanken und auch an Nightingale gewöhnt, und er nahm ihr die Privilegien, die ihr diese neumodische Einrichtung verschaffte, nicht mehr übel. Zudem war sie neben Chief Inspector Fenwick die Einzige, die extrem hart arbeitete.

«Also dann, auf geht's! Der Chief Inspector hat nicht den ganzen Tag Zeit!»

Nightingale unterdrückte ein, wie sie meinte, idiotisches Grinsen und folgte Coopers breitem Rücken den Korridor entlang.

Graham Wainwright und Jenny hatten sich vorübergehend in einem Country-Hotel in einer kleinen, acht Kilometer entfernten Gemeinde in den Sussex Downs einquartiert. Die drei Kriminalbeamten waren im allmorgendlichen Pendlerverkehr im Stau stecken geblieben und erreichten ihr Ziel erst gegen halb neun. Bei ihrer Ankunft schliefen Graham und Jenny noch, und so warteten sie in einem nach abgestandenem Zigarrenrauch riechenden Salon und tranken Kaffee.

«Nightingale, Sie sprechen mit Jenny Reynolds. Hören Sie sich an, was sie von Grahams Bedenken hält, und versuchen Sie möglichst unauffällig herauszufinden, wer sonst noch etwas wissen könnte. Cooper und ich nehmen uns Graham vor.»

Sie mussten noch ein zweites Mal anrufen, und schließlich wurde Nightingale in die Suite hochgeschickt, um Graham zu holen. Murrend und unrasiert stieg er die Treppe hinunter, als Nightingale sich zu ihrer Verblüffung einer nur mit einem Handtuch bekleideten Jenny gegenübersah.

«Ich bin Detective Constable Nightingale von der Kriminalpolizei in Harlden.» Jenny warf einen flüchtigen Blick auf ihren Dienstausweis. «Haben Sie ein paar Minuten Zeit? Ich würde gerne über Mr Wainwrights Bedenken, was den Tod seines Vaters anbelangt, mit Ihnen sprechen. Hat er Ihnen davon erzählt?»

«Aber ja, Graham erzählt mir alles, er kann nie etwas für sich behalten. Huch, das hätte ich nicht sagen dürfen, vergessen Sie's einfach. Kommen Sie doch rein. Ich habe Kaffee und Saft bestellt. Sehen Sie einfach woandershin, während ich mich anziehe.»

Nightingale gab sich alle erdenkliche Mühe, doch Jenny betrachtete Nacktheit wohl mit der unbekümmerten Einstellung eines Fotomodells, wohingegen Nightingale eine Schule besucht hatte, in der die Mädchen Einzelduschen hatten. Als der Zimmerservice mit den Getränken kam, hatte Jenny sich endlich für schwarze Jeans und ein apartes, außerordentlich knapp sitzendes Sweatshirt in Fuchsiarot entschieden, nachdem sie anscheinend ihre gesamte Garderobe durchprobiert hatte, einschließlich der Cocktailkleider. Beim Anziehen unterhielt sie sich mit Nightingale, als wären sie schon lange befreundet. Jenny war nur ein paar Jahre jünger als Nightingale und studierte im dritten Jahr Psychologie. Doch seitdem sie mit Graham zusammen war, hatte sie keine einzige Vorlesung mehr besucht. Vor drei Monaten hatte sie ihre Zukunftspläne dann ganz ad acta gelegt, war sie doch inzwischen bis über beide Ohren in Graham verliebt. Hinter seinem playboyhaften Auftreten verberge sich ein jungenhafter Charme, was ihn besonders anziehend mache, sagte sie; auch sei er warmherzig und habe ein großzügiges Wesen.

Sie berichtete Nightingale, Graham sei aufrichtig besorgt, sie habe aber keine Vorstellung, warum. Ihrer Meinung nach sei nichts ungewöhnlich gewesen: keine Drohungen, auch keine seltsamen Vorkommnisse in der Zeit vor dem Tod des Vaters. Allerdings hätten bestimmte Leute Graham zugeraunt, sein Tod sei kein Selbstmord gewesen. Zugespitzt habe sich das Ganze dann beim Gedenkgottesdienst, so dass Graham keine andere Möglichkeit mehr gesehen habe, als zur Polizei zu gehen.

Jenny war der Ansicht, dass Graham eine Phase durchlebte, in der ihn Schuldgefühle und Vorwürfe quälten. Nicht, dass sein Vater ihm je Zuneigung entgegengebracht hätte, bei weitem nicht. Bei der erstbesten Gelegenheit, die sich ihm geboten hätte, habe er den Sohn mit Freuden aufs Internat abgeschoben, und sie hätten niemals eine enge Beziehung aufgebaut. Graham habe seinen Vater, als er noch lebte, bewusst ignoriert, und Jennys Ansicht nach plagten ihn jetzt, nachdem es zu spät war, heftige Schuldgefühle.

Das alles klang für Nightingale durchaus plausibel. Sie machte sich Notizen und schnappte den einen oder anderen Namen eines Familienmitglieds auf. Wie Jenny so erzählte, wurde Nightingale neugierig auf die Beziehung zwischen Jenny und Alan Wainwrights Sohn.

«Wie lange kennen Sie Graham schon?»

«Seit Januar, also seit drei Monaten. Das ist für ihn schon ein Rekord!»

«Er ist wohl sehr begehrt, hm?»

«O ja, er zählt zu den begehrtesten Junggesellen hier im Land. Das klingt schrecklich! Sie dürfen keinen falschen Eindruck von ihm bekommen. Wenn man einmal von der Tatsache absieht, dass er sich wie ein verzogener Schuljunge benimmt, ist er einfach reizend. Ein sehr liebevoller Mann.» Zum ersten Mal kam sie ins Stocken, und Nightingale spürte, dass sie etwas zurückhielt.

«Und doch beunruhigt Sie etwas. Was ist los?»

Jenny setzte sich auf die Kante des ungemachten Bettes und fuhr sich mit den Fingern durch das lange blonde Haar.

«Er ist wie besessen von Alex' Frau, Sally. Er hat einen Privatdetektiv beauftragt, der ihr überallhin folgen soll. Fast jeden Tag trifft er sich mit dem Mann. Doch nie rückt er mit der Sprache heraus, was er ihm erzählt hat.»

«Sie sagten doch vorhin, er könne nichts für sich behalten, er sei absolut offen zu Ihnen.»

«Das ist er sonst auch. Das ist das Einzige, worüber er nie ein Wort verliert. Ich habe den Eindruck, er denkt die ganze Zeit an sie. Er scheint irgendwie überzeugt davon zu sein, dass sie etwas mit dem Tod seines Vaters zu tun haben könnte.»

«Bitte verzeihen Sie die Frage, aber ist Sally hübsch?»

Jenny wurde rot und warf Nightingale einen wütenden Blick zu, entgegnete aber ruhig:

«Ja, sie ist ein richtiges englisches Heideröschen – zarte Pfirsichhaut, aschblond – natürlich echt –, sehr hübsch und klasse Beine. Dennoch glaube ich nicht, dass er sich deshalb für sie interessiert. Ich glaube vielmehr, dass er sie regelrecht hasst. Ihre Vergangenheit liegt wohl ziemlich im Dunkeln, und die paar Mal, die ich ihr bisher begegnet bin, hat sie die Männer um ihren hübschen kleinen Finger gewickelt, aber das ist sicher noch lange kein Grund, sie des Mordes zu verdächtigen!»

«Tut er das denn?»

«Er hat es nie offen gesagt, aber er kommt einfach nicht darüber hinweg, dass sein Vater zu einem so günstigen Zeitpunkt gestorben ist, praktisch kurz, nachdem er sein Testament geändert hatte, und nur ein paar Monate, nachdem er Sally kennen gelernt hatte.»

«Ich verstehe. Das sind aber alles nur Vermutungen?»

«Ja, natürlich. Aber Sie verstehen Graham nicht. Er hat keine Arbeit, er legt sich ein Hobby nach dem anderen zu, ist verzweifelt auf der Suche nach etwas, das seinem Leben Inhalt verleiht, und er leidet unter furchtbaren Schuldgefühlen wegen seines Vaters. Er ist gar kein Playboy, er ist einfach nur ein sensibler, liebevoller Mann, dessen Tage unausgefüllt sind.»

«Sie mögen ihn wirklich, nicht wahr?»

«Ja, sehr.»

Nightingale verabschiedete sich und begab sich zu Fenwick und Cooper, die Grahams Kettenraucherei erdulden mussten. Er war unrasiert und nachlässig gekleidet, und doch strahlte er einen gewissen Charme aus, der mit seinem Geld nichts zu tun hatte. Nachdem er gegangen war, blickte Fenwick sie mit hochgezogenen Augenbrauen fragend an.

«Irgendetwas von Bedeutung?»

«Eigentlich nicht, Sir. Jenny glaubt, er fühle sich schuldig, und sie scheint ihn recht gut zu kennen. Sie macht sich Sorgen um ihn. Er ist besessen vom Tod seines Vaters, und irgendwie scheint er dafür die Frau seines Cousins, Sally, verantwortlich zu machen. Er hat sogar einen Privatdetektiv engagiert.»

«Ich weiß, er hat es uns erzählt. Doch das Einzige, was er bisher herausgefunden hat, ist, dass Sally Wainwright-Smith vor Jahren ihren Mädchennamen geändert haben muss und dass es Gerüchte gibt, sie habe Alan Wainwright in irgendeiner Weise dazu gebracht, seinen Besitz aufzuteilen, so dass sie und ihr frisch angetrauter Ehemann in den Genuss der Erbschaft kommen würden.»

«Fünfzehn Millionen Pfund sind ein starkes Motiv.» Cooper studierte die Aufzeichnungen in seinem Notizbuch. «Es sind schon Leute für wesentlich weniger umgebracht worden.»

«Das stimmt schon. Das Problem ist nur, dass wir es in diesem Fall nur mit Gerüchten zu tun haben. Niemand versteht, warum Alan sich umgebracht haben soll. Sie sind unzufrieden mit dem Testament, also wollen sie jemanden verantwortlich machen. Sally ist neu in der Familie und unerwartet großzügig bedacht worden, da leuchtet es ein, dass der Verdacht auf sie fällt. Es wäre sicher anders, wenn der Leichenbeschauer nicht bereits zu einer abschließenden Entscheidung gekommen wäre und Inspector Blite sich etwas intensiver mit dem Fall beschäftigt hätte, doch man muss natürlich sehen, dass er seinerzeit einem enormen Druck ausgesetzt war und den Fall so schnell wie möglich abschließen musste.

Wenn wir die Ermittlungen wieder aufnehmen wollen, brauchen wir mehr als vage Vermutungen und Gerüchte, und selbst Graham gibt zu, dass sein Privatdetektiv nichts gefunden hat. Ich werde mal die Schwester des Verstorbenen, Julia, interviewen. Cooper, Sie sprechen mit Alexander Wainwright-Smith und hören sich an, was er zu sagen hat, danach befragen Sie Alans Club-Freunde. Nightingale, hier ist die Telefonnummer von Grahams Privatermittler. Rufen Sie ihn an und prüfen Sie nach, wer irgendeine Verbindung zu dem Fall haben könnte. Councillor Ward überlassen Sie lieber mir. Er ist kein großer Freund von Polizisten. Mit ihm ist nicht gut Kirschen essen!

Ach, und Nightingale: Seien Sie bitte absolut diskret. Halten Sie sich genau an die Vorschriften. Wir wollen nur ein paar lose Fäden verknüpfen. Keine eigenmächtigen Handlungen. Um drei treffen wir uns wieder im Präsidium. Und sorgen Sie dafür, dass ich dem Assistant Chief Constable etwas vorzulegen habe.»

Am späten Nachmittag kamen sie im Büro zusammen, müde und niedergeschlagen. Nur Fenwick wirkte so frisch und ausgeruht wie vor sieben Stunden.

«Irgendetwas, was uns weiterbringt?», fragte er.

«Nichts, Sir.» Cooper schüttelte bedauernd den Kopf. Er hatte sich fünf Stunden lang Gehässigkeiten und Gerüchte angehört, ohne auch nur die leiseste Andeutung einer konkreten Spur zu finden, die es sich gelohnt hätte weiterzuverfolgen.

«Sowie die Leute den Eindruck hatten, dass wir ihre Verdächtigungen ernst nehmen würden, haben sie nichts mehr rausgelassen. Plötzlich wollte niemand mehr etwas Konkretes sagen. Wie war's bei Ihnen?»

«Nichts Neues, außer, dass das Testament die Wogen hat hochschlagen lassen. Ich habe rund ein Dutzend Personen befragt, und nur Julia Wainwright-McAdam, die Schwester des Verstorbenen, hat einen Verdacht geäußert. Sie hasst Sally Wainwright-Smith und behauptet, sie habe eine Affäre mit ihrem Bruder gehabt, wofür es allerdings keinerlei Beweise gibt. Auch hat sie zugegeben, dass sie alles nur vom Hörensagen hat. Councillor Ward war besonders vorsichtig mit seinen Äußerungen. Die Möglichkeit, dass der Fall wieder aufgerollt werden könnte, scheint ihm gar nicht zu behagen. Haben Sie mit dem Detektiv gesprochen, Nightingale?»

«Ja, Sir. Er arbeitet jedoch erst seit einer Woche für Graham. Bisher hat er nichts Ungewöhnliches herausgefunden, außer der Sache mit der Namensänderung. Er ist immer noch damit beschäftigt, ihren ursprünglichen Mädchennamen herauszufinden; er meinte, er habe es bei seiner Arbeit laufend mit Leuten zu tun, die ihre Namen änderten, und wollte nicht darüber spekulieren, warum sie es getan haben könnte. Die Anfrage beim zentralen Geburtsregister hat kein Ergebnis gebracht.»

«Was soll ich dem Assistant Chief Constable nun also sagen?»

«Wir sind den Verdachtsmomenten auf den Grund gegangen, sehen aber keine Veranlassung, die Ermittlungen wieder aufzunehmen.»

«Tja, so sieht's aus! Schauen Sie nicht so mutlos, Nightingale. Manchmal muss man die Beweislage nehmen, wie sie ist, und damit leben.»

Das Telefon klingelte, und Cooper und Nightingale verließen Fenwicks Büro, um ihn mit dem Assistant Chief Constable telefonieren zu lassen. Wären sie im Büro geblieben, so hätten seine Worte sie beide wohl überrascht.

«Ja, Sir. Wir sind fertig. Offiziell haben wir keine Grundlage für neue Ermittlungen. Es gibt einfach keine stichhaltigen Beweise, die dies rechtfertigen würden. Und doch glaube ich nicht, dass Graham Wainwright ein Mann mit einer besonders lebhaften Phantasie ist, auch nicht, dass er das alles einfach erfunden hat. Wir haben zwar keinerlei Beweise, doch wenn wir auch nur den leisesten Hinweis darauf erhalten, dass bei Wainwright Enterprises nicht alles so ist, wie es sein sollte, dann müssen wir das ernst nehmen. Das ist wahrscheinlich nicht gerade das, was Sie hören wollten, doch genau das werde ich in meinem Bericht schreiben … Einen guten Tag noch, Sir.»

8

Der Umzug von Alexander und Sally nach Wainwright Hall ging reibungslos vonstatten. Das Anwesen war im Stil spätviktorianischer Gotik gehalten, mit verzierten Schornsteinen, einem ungewöhnlichen Turm, Wasserspeiern und Stützbögen. Die Einrichtung bestand aus schwerem viktorianischen Mobiliar, das sich offenbar schon seit drei Generationen, seit Alexander Wainwright dem Ersten, im Familienbesitz befand. Über der Haupttreppe hing ein Porträt, das ihn mit Ende vierzig zeigte, als er das dritte Mal heiratete, und zwar die Frau, die einmal Alexanders Ururgroßmutter werden sollte.

In einem der Gästezimmer hing ein Porträt auch von ihr, auf dem sie ein Baby im Arm hielt, Alexanders Großvater. Sie hatte eine so starke Ähnlichkeit mit seiner Mutter, dass Alexander darauf bestand, das Gemälde im großen Salon, seinem Lieblingszimmer, aufzuhängen. Alles andere überließ er Sally, die ganz in ihrem Element war.

Mrs Willett, die Haushälterin, wurde resolut «nach unten» beordert, wo sie den Auftrag erhielt, in Küche, Speisekammer und den anderen Vorratsräumen den Frühjahrsputz durchzuführen. Mr Willett widmete sich derweil wohlweislich dem Garten, so wie er es auch in den vergangenen dreißig Jahren gehalten hatte. Jeden Abend, wenn sie in ihr Cottage, das ehemalige Gesindehaus, heimkehrten, warnte ihn seine Frau vor den Plänen, die «Ihre Majestät» auch für den Garten hatte, so dass es ihm erst gar nicht einfiele, eine dicke Lippe zu riskieren. Er käme auch noch an die Reihe. Während Willett sich um die Pflanzen kümmerte, pfiff er leise vor sich hin.

Alexander in seiner Eigenschaft als Alan Wainwrights Nachfolger war damit beschäftigt, das Geschäft am Laufen zu halten. Alans Tod hatte die ganze Firma erschüttert, doch bisher hatte Alexander sämtliche Mitarbeiter mit unerwarteter Autorität bei der Stange halten können. Während er durch die Korridore ging und sowohl die Führungskräfte als auch die Belegschaft durch sein unvermutetes Auftauchen aufschreckte, zeichnete sich mehr und mehr eine geradezu unheimliche Ähnlichkeit mit seinem Onkel ab.

Einige Tage nach ihrem Einzug in Wainwright Hall überraschte Alexander Sally mit der Neuigkeit, er habe seinen Cousin Graham zum Abendessen eingeladen. Es sei an der Zeit, die Kluft, die sich durch das Testament seines Onkels zwischen ihnen aufgetan hatte, zu überwinden. Jenny würde ihn begleiten. Sie könnten auswärts essen, um Graham die Peinlichkeit zu ersparen, im Hause seines Vaters empfangen zu werden, wo er doch sicherlich überzeugt gewesen war, selber einmal alles zu erben. Zu seiner großen Erleichterung war Sally einverstanden.

Abgesehen von der Tatsache, dass Graham Sally beharrlich über ihre Vergangenheit ausfragte und sich mit ausweichenden Antworten nicht zufrieden geben wollte, fing der Abend ganz gut an. Nach Wochen anstrengender Arbeit brauchte Alexander dringend ein wenig Zerstreuung. Nach dem Hauptgericht nahm er Jennys leicht gelangweilte Miene zum Anlass, sie zu einer Zigarette und einem kurzen Abendspaziergang an der frischen Luft zu entführen. Dankbar ging sie auf den Vorschlag ein, und so spazierten sie in einträchtigem Schweigen über den Dorfanger. Plötzlich sagte sie: «Ich bin nicht hinter seinem Geld her.»

«Wie kommen Sie denn jetzt darauf? Ich bin mir sicher, dass keiner das von Ihnen denkt.»

«Ach nein? Ihre Frau jedenfalls schon.»

«Sally? Aber nein, da irren Sie sich.»

Jenny warf ihm einen seltsamen Blick zu und wollte ihm schon widersprechen, als sie es sich anders überlegte und lediglich mit den Achseln zuckte.

«Wie auch immer. Ist ja auch egal, solange Sie das nicht glauben.»

«Natürlich nicht. Ich sehe doch, wie sehr Sie Graham zugetan sind. Außerdem braucht er jemanden, der ein bisschen auf ihn aufpasst.»

Lachend drückte Jenny seinen Arm. «Ich weiß, was Sie meinen. Er ist so furchtbar verwöhnt, dass ich wahrscheinlich die erste Frau bin, von der er jemals das Wort nein gehört hat.»

«Das ist vermutlich der Grund, warum Sie immer noch zusammen sind. Sie tun ihm gut, so viel ist klar.»

«Ich liebe ihn», sagte sie schlicht und zog ihre Hand aus seiner Armbeuge.

«Ich wünsche Ihnen, dass es funktioniert und dass Sie so glücklich werden wie Sally und ich.»

Jenny blickte ihn lange von der Seite an und schüttelte dann den Kopf. Er schien es nicht zu bemerken. Während des restlichen Spaziergangs hing jeder seinen eigenen Gedanken nach. Bei ihrer Rückkehr ins Restaurant saßen sich Sally und Graham schweigend gegenüber. Die Atmosphäre wirkte angespannt. Als Alexander den Raum betrat, erhob sich Sally, eine Hand auf der Stirn.

«Ich habe ganz schreckliche Kopfschmerzen, Alex. Ich möchte nach Hause.»

Alexander blickte von seiner Frau zu Graham und wieder zurück. Sein Cousin sah wütend aus.

«Natürlich. Ich gehe schnell bezahlen und hol dann den Wagen.»

Während er an der Theke stand und auf die Rückgabe seiner Kreditkarte wartete, trat Graham zu ihm.

«Deine Frau … wie gut kennst du sie?»

«Was willst du damit sagen, Graham?» Alexanders Stimme wurde schärfer, und er blickte auf seinen sehr viel kleineren Cousin herab, der überraschenderweise sofort einlenkte.

«Alexander, bitte, wir sind eine Familie. Versteh mich bitte nicht falsch, ich möchte lediglich herausfinden, ob …»

«Was ist, Alex? Wo ist der Wagen?», fragte Sally in gebieterischem Ton, so dass Graham auf der Stelle verstummte. Der Maître rettete die peinliche Situation.

«Ihre Rechnung, Sir. Wenn Sie bitte hier unterschreiben würden.»

Alexander spürte Sallys unterdrückte Wut und beugte sich vor, um rasch zu unterschreiben. Graham stand bereits an der Tür, als Jenny zu ihm trat, ihm liebevoll den Arm um die Schultern legte und ihm einen besorgten Blick zuwarf. Graham lächelte ihr beruhigend zu. Er würde keine Szene machen.

«Wir müssen los. Ruf mich bitte an, Alexander, ja? Wir müssen miteinander reden.» Ohne sich von Sally zu verabschieden, wandte Graham sich ab und verließ mit Jenny das Lokal.

Die Berichte und Geschäftsbücher von Wainwright Enterprises waren knapp gehalten und lieferten nur die wichtigsten Informationen. Dennoch setzte sich Alexander jeden Abend, wenn er vom Büro nach Hause kam, an seinen Schreibtisch und vertiefte sich mit großem Interesse in die Aufzeichnungen und arbeitete sich so durch die Bücher der letzten zehn Jahre. Seitdem er vor einigen Wochen zum Geschäftsführer des Unternehmens ernannt worden war, hatte er sich mit großer Gewissenhaftigkeit seinen neuen Pflichten gewidmet. Und das galt auch für Sally. Ihr überließ er die genaue Prüfung der Konten, und beide entwickelten gleichermaßen eine Art fanatisches Interesse an der Sache. Nun, da sie wohlhabend waren, richtete Sally ihr Hauptaugenmerk nicht mehr auf das immer noch knapp gehaltene Haushaltsbudget, sondern beschäftigte sich zunehmend mit Transaktionen in Millionenhöhe.

Rasch machten sie sich mit den Bilanzen des Unternehmens vertraut, doch die Informationen, die sie fanden, waren so interessant, dass sie noch tiefer in die Materie eindringen wollten.

«Was ist mit diesen hier, Alex?», fragte Sally eines Abends. Alexander hatte gerade die letzten Geschäftsberichte studiert.

«Die sagen nicht viel aus. Ich würde sogar behaupten, dass sie absichtlich so knapp gehalten sind. Da steht gerade mal das Allernötigste drin. Das Unternehmen wirft einen extrem hohen Gewinn ab und zahlt den Aktionären eine fette Dividende.»

«Du sagst es! Es wirft beinahe zu viel Gewinn ab. Da steckt meiner Ansicht nach einfach zu viel Bargeld drin.»

«Das finde ich auch. Ich habe unser Ergebnis mit dem anderer Firmen in der Branche verglichen: In jedem Jahr warf Wainwright's das Zehnfache an Gewinn ab. Irgendetwas stimmt da nicht. Hinzu kommt, dass mir sowohl Neil Yarrell als auch Arthur Fish auf alle meine Fragen nur ausweichende Antworten liefern. Wenn sie mir morgen nicht endlich die Informationen geben, um die ich sie schon vor einer Woche gebeten habe, ist es mit meiner Geduld vorbei!»

«Vielleicht sind sie ganz einfach unfähig? Oder unehrlich?»

«Vielleicht beides. Nun komm, heute Nacht können wir nicht mehr viel ausrichten. Lass uns zu Bett gehen.»

In der Buchhaltungsabteilung von Wainwright's war es still und dunkel. Nur aus einem Raum drang durch den Spalt unter der geschlossenen Tür ein gelblicher Lichtschein: Arthur Fish war noch immer im Büro. Es war schon spät. Normalerweise hätte er schon vor drei Stunden Feierabend machen sollen, doch er hatte eine Nachbarin angerufen und sie gebeten, bei seiner Frau zu bleiben, weil er noch ein paar Dinge zu erledigen hätte. Er starrte auf die Berge von Papier auf seinem Schreibtisch und fühlte Übelkeit in sich aufsteigen. Seine Hände zitterten, während er die Aktenbündel vor sich auf dem Schreibtisch sortierte. Als er nach einem dicken Stapel Computerausdrucke greifen wollte, stieß er gegen eine Schachtel Büroklammern und konnte nur noch hilflos zusehen, wie sich alles zusammen auf dem Fußboden verteilte. Er sank auf seinen Stuhl, den Kopf in die Hände gestützt, und bemühte sich, tief durchzuatmen.

Es war furchtbar ... alles schien ihm zu entgleiten. Morgen sollte er die Unterlagen dem neuen Geschäftsführer vorlegen, sonst würde er sich nach einer anderen Stelle umschauen müssen. Arthur wusste, dass er Gefahr lief, entdeckt zu werden und alles, was ihm lieb und teuer war, zu verlieren. Beim alten Mr Wainwright war alles anders gewesen. Er und Neil Yarrell hatten Arthur unmissverständlich zu verstehen gegeben, was sie von ihm als Buchhalter erwarteten, und er hatte ihre Anweisungen haarklein befolgt. Das Problem war, dass der neue Direktor und seine Frau nach anderen Regeln spielten, und Neil Yarrell hatte es so eingerichtet, dass das Chaos, das sie auf jeden Fall vorfinden würden, niemals mit ihm in Verbindung gebracht werden würde.

Er starrte dumpf auf die orangefarbene Kiste mitten im Raum und verfluchte die gefährliche Neugier der Wainwright-Smiths. Bisher hatte es noch niemals irgendwelchen Ärger gegeben. Er und die externen Buchhalter waren mit den Buchprüfern immer sehr gut zurechtgekommen. Niemals hatten sie misstrauische Fragen gestellt und ihre Arbeiten immer gerade so gründlich ausgeführt, dass es im Falle einer Prüfung durch Außenstehende so aussah, als wäre alles in schönster Ordnung. Und jetzt kam Mr Wainwright-Smith daher und verlangte Einblick in alle Unterlagen. Arthur wusste nur zu gut, was er finden oder, besser gesagt, nicht finden würde, wenn er seine Sinne nur halbwegs beieinander hatte. Er würde die Aufzeichnungen und Hauptbücher, die alle Eintragungen bestätigten, niemals finden.

Aus dem einfachen Grund, weil diese Bücher nichts von dem, was er lesen würde, bestätigten. Mr Alan Wainwright hatte das alles gewusst und niemals unbequeme Fragen gestellt. Es war ein aussichtsloses Unterfangen, das alles bis zum Morgen in Ordnung bringen zu wollen. Neil Yarrell machte sich deshalb keine großen Sorgen, weil er immer noch dachte, dass man Alexander davon würde überzeugen können, dass es zu seinem eigenen Besten wäre, keine allzu neugierigen Fragen zu stellen. Doch Arthur stimmte dem nicht zu. Er entdeckte eine sture Beharrlichkeit an dem jungen Mann, und auch eine gewisse Härte, die Neil seiner Meinung nach unterschätzte. Und erst seine Frau! Er hatte sie zwar bisher noch nicht kennen gelernt, doch nach allem, was er gehört hatte, musste sie noch schlimmer sein als ihr Ehemann.

Er warf einen nervösen Blick auf die Uhr vor ihm auf dem Schreibtisch: In weniger als zwölf Stunden würde hier entweder dieser Wainwright-Smith oder seine Frau auf der Matte stehen und erwarten, dass diese Kiste dort bis zum Rand mit ordentlichen Buchhaltungsunterlagen gefüllt wäre.

Arthur bückte sich und sammelte die Computerausdrucke auf. Dann machte er sich daran, sie wenigstens grob nach Jahren zu sortieren. Um 23.00 Uhr klingelte das Telefon und seine Nachbarin zitierte ihn verärgert nach Hause. Er schloss die Tür hinter sich und den Papierbergen in seinem Büro und nahm sich vor, den Gedanken daran bis zum nächsten Morgen beiseite zu schieben.

«Sally, meine Liebe, was für eine nette Überraschung! Ich freue mich, Sie wieder zu sehen. Sie erinnern sich vielleicht? Wir haben uns auf Wainwright Hall kennen gelernt, anlässlich Ihrer Trauung.»

«Aber sicher, Sie sind Neil Yarrell, der Leiter der Finanzabteilung. Alex hat so viel zu tun, dass er mich bat, die Unterlagen für ihn abzuholen, damit er sie heute Abend durchsehen kann.»

«Darf ich Ihnen unseren Bilanzbuchhalter, Arthur Fish, vorstellen?» Sally und Arthur gaben sich die Hand. Ein aufmerksamer Beobachter hätte vielleicht bemerkt, dass Arthurs Augen sich eine Sekunde lang vor Verblüffung weiteten, doch Sally schien es nicht zu bemerken, weil ihr Blick bereits auf der Kiste mit den Unterlagen, die hinter ihm stand, ruhte.

«Sind das die Bücher?»

«Ja, das sind alle. Sie hätten doch nicht extra persönlich vorbeikommen müssen, wir hätten einen Boten nach Wainwright Hall geschickt, wie beim letzten Mal.»

«Nein, ich wollte alle einmal kennen lernen. In einem Monat werde ich hier als Alex' persönliche Assistentin anfangen. Ich freue mich schon darauf, doch in der Zwischenzeit hat Alex mich gebeten, ihm bei der Durchsicht der ganzen Unterlagen zu helfen.»

Sie lächelte breit, das Zähnefletschen einer Raubkatze, die ihr Gebiss zeigt. Yarrell und Fish wechselten einen besorgten Blick.

«Wainwright's ist ein vielschichtiges Unternehmen, fürchte ich ...»

«Ja, ja, das weiß ich bereits. Machen Sie sich keine Gedanken. Bis jetzt hat es noch niemals eine Geldangelegenheit gegeben, mit der Alex und ich nicht fertig geworden wären.»

Nach diesen Worten gab sie dem Pförtner, der an der Tür wartete, ein Zeichen, woraufhin dieser die Kiste nahm und hinter ihr den Raum verließ.

Arthur huschte zurück in sein Büro und schloss die Tür hinter seiner amüsiert lächelnden Vorzimmerdame. In der Ungestörtheit seines Büros rieb er sich die Hände, und ein wissendes Lächeln stahl sich auf sein Gesicht. Jetzt hatte er sie, die geheimnisvolle Mrs Wainwright-Smith. Sie würde sich noch so gut verstellen können, er hatte sie dennoch auf den ersten Blick wieder erkannt. Nun müsste er sich nur noch an ihren richtigen Namen erinnern und sie wäre da, wo er sie haben wollte. Dann könnte die kleine Sally ihm niemals wieder etwas anhaben.

Spät an diesem Abend kehrte Arthur nach Hause zurück. Er steckte den Schlüssel in das Schloss der breiten Eingangstür. Während die Tür lautlos aufschwang, hörte er gedämpfte Stimmen, und ein plötzliches Gefühl der Hoffnung stieg in ihm auf. Doch gleich darauf merkte er, dass die Stimmen aus dem Radio kamen, und der Funke verglühte im Nichts.

Schwester Brown hatte ihn kommen hören und trat in die Diele. Er sah sie fragend an, doch sie schüttelte den Kopf, und er fühlte sich noch niedergeschlagener als zuvor. Er stellte eine weiß-grüne Einkaufstüte auf den Küchenblock in der Mitte des Raumes. Zu seiner

Linken, hinter dem Einbauherd, dem Kühlschrank und dem Vorratsschrank, befand sich die Tür zur Speisekammer. Geradeaus sah man durch eine Doppelflügeltür direkt in den gepflegten Garten. Und rechts von ihm gelangte man durch einen kurzen Flur in den Anbau, in dem seine Frau nun ihre letzten Tage verbrachte.

Hinter ihm, in der Diele, schlüpfte Schwester Brown in einen leichten Mantel.

«Wir sehen uns dann morgen früh, Mr Fish, kurz vor acht bin ich da. Auf der Arbeitsfläche liegt ein Zettel von mir mit Sachen, die wir brauchen. Und Sie müssten ein Rezept beim Arzt abholen, vielleicht können Sie das ja in der Mittagspause erledigen.»

Er bedankte sich und wünschte ihr einen schönen Abend. Als sie gegangen war, kam ihm die Stille im Haus besonders deutlich zu Bewusstsein.

Er ging den Gang entlang und betrat den hübsch eingerichteten Raum, in dem seine Frau Tag und Nacht lag. Das Kopfteil des Bettes stand schräg, so dass sie mit dem Oberkörper leicht erhöht lag, neben sich auf dem Nachttisch das Radio. Sowie sie ihn erblickte, rollte sie leicht die Augen und blinzelte mit dem linken Auge. Das war ihre Begrüßung.

«Hallo, Liebes. Wie war dein Tag?»

Unter Aufbietung all ihrer Kräfte blinzelte sie zweimal mit dem linken Auge.

«Oh.» Arthur wusste nicht recht, was er sagen sollte. Das wusste er nie. Er schob den Gedanken an die Arbeit beiseite und konzentrierte sich auf die nächste Stunde, die er bei ihr sitzen würde.

«Ich hab uns für heut Abend etwas Leckeres mitgebracht. Ein Steak und deine Lieblingspastete von Marks and Spencer, und danach ein Dessert mit Sahne.» Noch während er sprach, wusste er, dass er sich nur selbst beruhigen wollte. In den letzten Tagen hatte sie wie ein Spatz gegessen, hatte das pürierte Essen, das er ihr gab, im Mund hin und her geschoben und war nach ein paar Löffeln eingeschlafen. Wie kam es, dass ein Mensch so schwer krank war und trotzdem noch lebte? Er wusste keine Antwort darauf, und doch war sie das einzig Normale, was ihm in seinem verpfuschten Leben noch geblieben war.

Er ging wieder in die Küche und stellte den Backofen an. Während der Ofen vorheizte, wollte er sich etwas Bequemeres anziehen.

Im Schlafzimmer war es aufgeräumt und sauber, die Bettdecke war so ordentlich aufgeklappt, dass selbst die strengste Oberschwester bei diesem Anblick wohlwollend gelächelt hätte. In einem frisch gebügelten Hemd, mit Strickjacke und karierten Hosen, Socken und Hausschlappen begab er sich wieder in die Küche und schob die Pastete in den Ofen.

Es war genau 19.00 Uhr – Arthur hatte alle Haushaltspflichten erfüllt –, als er neben dem Bett seiner Frau Platz nahm, um mit ihr zusammen, wie jeden Tag, ihre Lieblingsserie anzusehen. Er redete sich ein, dass sie sich immer noch auf den gemeinsamen Fernsehabend mit ihm freute, denn schließlich gab es ja keine Möglichkeit herauszufinden, wie es wirklich war. Jedenfalls blinzelte sie immer noch einmal, wenn er fragte, ob es ihr gefallen habe.

Arthur blickte auf sie hinunter. Sie hatte die Augen geschlossen. Schlief sie oder nicht? Was war hinter diesem gelähmten und verzerrten Gesicht? Er versuchte sich zu erinnern, wie sie früher war: eine stille, freundliche und zufriedene Frau, die über niemanden etwas Schlechtes sagen mochte. Sie war der ruhende Pol in der Familie, und ihre drei inzwischen erwachsenen Kinder waren ein Zeugnis für ihre Fähigkeiten als Mutter und Ehefrau. Arthur hatte sich nie viel um die Erziehung der Kinder kümmern müssen. Und was war nun aus ihr geworden? All ihre Liebe und Güte war gefangen in einem kranken, aufgedunsenen Körper, der rund um die Uhr versorgt sein musste. Und das machte ihn zornig! Kein Wunder, dass er auf den falschen Weg geraten war.

Die Backofenuhr summte. Er erhob sich und ging in die Küche. Während er das Essen für seine Frau pürierte, bereitete er sich innerlich auf die nächste halbe Stunde vor, in der er sich bis zum Eintreffen der Nachtschwester mit ihr unterhalten würde. Dann würde er sich vor den Fernseher setzen, erleichtert und doch von Schuldgefühlen geplagt, um dort die nächsten Stunden an sich vorbeiziehen zu sehen, bis es Zeit war, zu Bett zu gehen und so zu tun, als schlafe er.

Während er mit der Gabel das Essen zerkleinerte, musste er wieder an sein Treffen mit Sally Wainwright-Smith denken. Staunend wurde er sich der Heftigkeit seiner Gefühle ihr gegenüber bewusst. Was bildete sie sich überhaupt ein? Stolzierte herum wie eine Dame von Welt. Aber ihm konnte sie jedenfalls nichts vormachen. Arthur hatte sie sofort wieder erkannt, und er würde ihr Gesicht niemals vergessen, besonders ihre Augen nicht. Er hatte gesehen, wie sie in boshafter Freude funkelten, wie sie sich vor Wut verengten und in Ekstase schlossen. Doch noch hatte sie keine Ahnung, dass er Bescheid wusste.

Das Gefühl der Macht, das ihm dieses Wissen unwillkürlich beschert hatte, machte ihn einen Augenblick schwindeln. Er fühlte den Adrenalinstoß, als er daran dachte, dass er nun in der Lage wäre, wenigstens einen Teil seines Lebens wieder unter Kontrolle zu bringen. Sollte sie doch schnüffeln und Druck machen, soviel sie wollte! Bis zu einem gewissen Grad würde er sie gewähren lassen, doch wenn es so weit wäre, würde er sie in ihre Schranken weisen. Bei diesem Gedanken leckte er sich erwartungsvoll die Lippen. Als er die kleine Schüssel mit dem Brei auf das Tablett stellte, spielte ein leises Lächeln um seinen Mund.

9

Das ganze Wochenende, einschließlich Freitagnacht, arbeiteten sich Alexander und Sally durch Berge von Geschäftsbüchern der Firma Wainwright. Nach etwa einer Stunde war Sally stutzig geworden, und Alexander war es bald darauf ebenso ergangen. Schließlich einigten sie sich darauf, dass jeder sich auf ein Jahr beziehungsweise einen Geschäftsbereich konzentrieren und erst einmal für sich arbeiten sollte. Anschließend würden sie ihre Aufzeichnungen dann miteinander vergleichen.

Gegen elf Uhr am Samstagvormittag waren sie so weit, dass sie ihre Schlussfolgerungen zum ersten Mal besprachen. Sally war zuerst an der Reihe.

«Dieser Geschäftsbereich hat einen Umsatz von fünfundvierzig Millionen Pfund gemacht, die Ausgaben beliefen sich auf nur elf Millionen. Zwanzig Millionen wurden an eine Tochtergesellschaft überschrieben.»

«So verstehe ich das auch. Sehen wir uns jetzt die Tochterfirma an, die die zwanzig Millionen bekommen hat.»

Sie arbeiteten weiter bis ein Uhr, aßen rasch einen Salat und beendeten ihre Untersuchung um drei Uhr nachmittags. Diesmal sprach Alex zuerst.

«Diese Tochterfirma konnte einen Jahresumsatz von dreiundachtzig Millionen Pfund verzeichnen, einschließlich der neunzehneinhalb Millionen, die auf ihr Konto transferiert wurden. Das heißt also, es fehlen fünfhunderttausend Pfund für das Jahr. Außerdem transferierte die Firma vierzig Millionen auf die Konten zweier anderer Geschäftsbereiche.»

«Zu diesem Ergebnis komme ich auch. Wirf du einen Blick auf

eine der beiden Abteilungen, die die vierzig Millionen erhalten haben, und ich schau mir die andere an.»

Bis tief in die Nacht hinein verfolgten sie eine endlos scheinende Kette von Transaktionen von einem Tochterunternehmen zum anderen innerhalb des Wainwright'schen Firmenimperiums. Zwischendurch schliefen sie ein paar Stunden und waren doch vor dem Morgengrauen bereits wieder mit den Unterlagen beschäftigt. Am späten Sonntagnachmittag hatten sie die Aufzeichnungen des Geschäftsjahrs erst zu drei Viertel nachkontrolliert und bereits herausgefunden, dass fünfeinhalb Millionen Pfund irgendwo «unterwegs» verloren gegangen waren.

Zum Abendessen holte Sally Gulasch aus dem Tiefkühlfach und deckte den Tisch in der Küche. Sie schenkte jedem ein Glas Wein aus dem Supermarkt ein, buk das Brot vom Vortag im Backofen auf und stellte zwei Teller mit Fleisch und Kartoffeln vor sie hin.

«Fünfeinhalb Millionen! Wo ist das ganze Geld geblieben, Alex?»

«Keine Ahnung. Wir müssen die Unterlagen bis zum Jahresende durchsehen, und wenn wir dort nichts finden, dann ist anzunehmen, dass sich jemand das Geld unter den Nagel gerissen hat.»

«Aber wer? Dein Onkel, Neil Yarrell oder Arthur Fish?»

«Oder alle drei zusammen. Aber diese Spekulationen bringen uns auch nicht weiter. Lass uns aufessen und wieder an die Arbeit gehen.» Während sie ihre Mahlzeit rasch beendeten, hing jeder seinen Gedanken nach, und beide grübelten darüber nach, in welche Kanäle das ganze Wainwright-Geld geflossen sein könnte.

Es war schon Mitternacht, als sie den letzten Ordner zuklappten und den letzten Computerausdruck zusammenfalteten. Von einhundertelf Millionen Pfund fehlten insgesamt sieben Millionen Pfund, die anscheinend grundlos von einer Tochterfirma zur anderen transferiert wurden.

Am nächsten Morgen konfrontierten sie Neil Yarrell mit dem, was sie herausgefunden hatten. Zunächst sprachen sie ihn auf die Geldtransfers an, und er lieferte ihnen eine plausible und erschöpfende Erklärung, bei der es um Einkommensteuer und Umsatzsteuer ging. Er schien völlig gelöst und entspannt, bis Alex auf die fehlenden sieben Millionen Pfund zu sprechen kam. Der Leiter der Finanzabteilung sah aus, als habe er einen Schlag ins Gesicht erhalten, sagte jedoch kein Wort.

«Sie zeichnen doch alles ab, Neil. Eine derartige Diskrepanz hätte Ihnen oder den Buchprüfern doch auffallen müssen.»

«Ich versichere Ihnen, da war keine Diskrepanz. Sie müssen sich verrechnet haben.»

«Das sehen wir aber anders.» Sallys Tonfall war hart und kompromisslos. «Das sieht eher nach Betrug aus, und wenn Sie nichts davon wissen, sollten Sie vielleicht einmal Arthur Fish fragen. Er muss sich regelmäßig an der Kasse bedient haben.»

«Also ich sage Ihnen –» Sie waren so in ihre Diskussion vertieft, dass niemand das zögerliche Klopfen an der halb offenen Tür gehört hatte. Als Neil Yarrell seinen Bilanzbuchhalter sah, verstummte er mitten im Satz. Offensichtlich hatte Arthur Fish die Unterhaltung mitbekommen; er sah aus, als würde er jeden Moment in Ohnmacht fallen.

Einen Augenblick lang herrschte Schweigen, das schließlich von Sally gebrochen wurde.

«Gut, dass Sie alles gehört haben, Fish. Wenn Sie und Neil einen Skandal vermeiden wollen, dann haben Sie genau vierundzwanzig Stunden Zeit, sich eine plausible Erklärung auszudenken.»

Arthur sah Alexander an, doch der neue Firmenchef schüttelte nur den Kopf, sein Gesichtsausdruck ließ nicht erkennen, was er dachte. Er nahm seine Frau beim Arm und verließ den Raum, so dass seine Finanzexperten sich besprechen konnten.

Unmittelbar nachdem sie gegangen waren, bat Neil Yarrell Fish zu gehen und rief James FitzGerald an. Er schilderte die Lage in knappen Worten.

«Verdammter Mist!», rief FitzGerald aus. «Das hat nicht lange gedauert. Und die Begründung mit der Steuer haben sie dir nicht abgekauft?»

«Das erklärt nicht die fehlenden sieben Millionen. Wenn wir etwas Zeit hätten, könnten Arthur und ich etwas ausarbeiten, ein paar Konten, die plötzlich auftauchen … Aber die zwei haben jetzt sozusagen Blut geleckt! Ich habe das Gefühl, die werden sich jetzt jedes einzelne Jahr vornehmen.»

«Ich werde die beiden wohl einmal besuchen müssen. Das ist zwar früher, als mir lieb gewesen wäre, aber da kann man nichts machen.

Erledige du die Sache mit den Zahlen, und überlass den Rest mir. Ich nehme mir die beiden heute vor, einzeln, wohlgemerkt. Ich werde versuchen, einen Keil zwischen die beiden Turteltauben zu treiben.»

«Glaubst du wirklich, die beiden haben aus Liebe geheiratet?» Yarrell schien überrascht. «Hast du gehört, was man sich über sie erzählt?»

«Ich habe mehr als nur gehört, alter Junge. Ich glaube sogar zu wissen, wo Sally herkommt. Du sagst nichts, hörst du? Und sag deinem Kumpel Fish, er soll sich am Riemen reißen. Sein Gejammer geht mir langsam auf die Nerven.»

Als James FitzGerald bei Wainwright's eintraf, warf er der Empfangsdame eine Kusshand zu und betrat zielstrebig den Fahrstuhl. Es war kurz vor 15.00 Uhr. Er hatte also noch genug Zeit, sich den jungen Wainwright-Smith vorzunehmen, bevor er dessen Gattin in Wainwright Hall einen Besuch abstattete. Im obersten Stockwerk angekommen, klopfte er kurz an Wainwright-Smiths Büro, trat ein und zog die Tür hinter sich zu.

«Ja bitte? Was wollen Sie?»

FitzGerald überging den ärgerlichen Tonfall des neuen Direktors und ließ sich in einen der Sessel fallen. Er beugte sich vor und schenkte sich einen kleinen Whisky ein. Freundschaftlich prostete er Alexander zu.

«Was glauben Sie eigentlich, wer Sie sind?»

«Du erinnerst dich vielleicht nicht mehr an mich, aber ich bin James FitzGerald, ein alter Freund deines Onkels.» Er lächelte gefährlich. «Ich muss mit dir sprechen, jetzt.» Der harte Akzent, mit dem der Mann sprach, ging Alexander auf die Nerven, und er warf ihm einen verärgerten Blick zu.

«Ich bin sehr beschäftigt, Mr FitzGerald. Lassen Sie sich von meiner Sekretärin einen Termin geben. Wenn es sehr dringend ist, könnte ich es eventuell morgen Vormittag einrichten. Wenn Sie mich jetzt entschuldigen würden …»

«Leider kann ich das nicht, Alexander! Du scheinst zu vergessen, dass ich einer der Hauptaktionäre von Wainwright Enterprises bin, und ich habe großes persönliches Interesse an dieser Firma. Obwohl ich natürlich überzeugt davon bin, dass Alan genau wusste, warum er dich zu seinem Nachfolger bestimmt hat, bin ich mir nicht sicher, ob du dir der vollen Tragweite dieser Verantwortung wirklich bewusst bist.»

Etwas in der Stimme des Mannes ließ ihn aufhorchen und hielt ihn davon ab, eine barsche Antwort zu geben. Er wartete, dass FitzGerald fortfahren würde.

«So ist es schon besser. Du und ich, wir sollten uns einmal in aller Ruhe unterhalten, unter vier Augen, verstehst du? Ohne deine bezaubernde und entschlossene junge Frau.»

«Um was geht es hier eigentlich?» Wainwright-Smith erhob sich und trat zu FitzGerald, der es sich im Sessel bequem gemacht hatte.

«Um Geld, Alexander. Um Tod, Geld und Familienverpflichtungen, genauer gesagt um deine Verpflichtungen mir und anderen gegenüber.»

Wainwright-Smith setzte sich. Sein Gesichtsausdruck war vollkommen neutral.

«Fahren Sie fort, Mr FitzGerald, ich bin ganz Ohr.»

«Neil hat mir berichtet, du habest Fragen die Finanzen der Firma betreffend gestellt. Fragen, die man weder stellen noch beantworten sollte. Er habe versucht, dich davon abzubringen, doch du hast seinen Rat ignoriert. Ich bin nicht hier, um mit dir zu debattieren, ich bin hier, um dir zu sagen, was du tun wirst. Lass die Angelegenheit auf sich beruhen.»

FitzGerald sah, wie sich auf Alexanders Gesicht ein Ausdruck von Empörung und Ärger abzeichnete, der dann in Sturheit überging, einen Wesenszug, den FitzGerald nur zu gut von Alex' verstorbenem Onkel her kannte, so dass er etwas an Zuversicht verlor. Auch Alan Wainwright war ein stolzer Mann gewesen, und FitzGerald und seine Freunde hatten es nur einer finanziellen Notlage Alans zu verdanken gehabt, dass sie sich damals an Wainwright's hatten beteiligen können. Erst da hatten sie ihn dazu bringen können, ihr Angebot zu akzeptieren. FitzGerald erkannte, dass auch der Neffe nicht freiwillig nachgeben würde. Er hatte also keine andere Wahl, als die Karten auf den Tisch zu legen, in der Hoffnung, dass entweder Geldgier oder Angst – vielleicht auch beides – ihn dazu bewegen konnten, die Sache auf sich beruhen zu lassen.

«Ich werde dir jetzt etwas verraten, Alexander, was nur sehr wenige

Leute wissen. Und wenn ich je erfahren sollte, dass du irgendjemandem davon erzählt hast, und damit meine ich auch deine Frau, dann werde ich dir persönlich die Zunge herausschneiden und sie dir in den Hals rammen. Das verspreche ich dir, mein Junge.»

Diese Worte wurden so kühl und gelassen vorgebracht, dass Alexander fühlte, wie Angst ihm in die Glieder kroch. Er zweifelte nicht daran, dass der Mann, der ihm so seelenruhig gegenübersaß, genau das zu tun in der Lage wäre.

«Okay», erwiderte er, verwundert darüber, dass seine Stimme nicht zitterte. «Weiter.»

«Deine Familie hat eine Leiche im Keller, und ich habe dreißig Jahre lang mitgeholfen, dass sie dort unten bleibt. Betrachte es einfach als einen Teil deines Erbes, dann ist alles in Ordnung.» Er lächelte noch einmal sein wölfisches Lächeln und beugte sich vertraulich vor, um Alexander in das Geheimnis einzuweihen.

Als Sally nach einem kurzen Einkaufstrip gegen 17.00 Uhr nach Wainwright Hall zurückkehrte, klingelte gerade das Telefon. Noch bevor sie zum Apparat eilen konnte, hatte Mrs Willett bereits abgenommen.

«Ja? Sie ist da.» Mit einer Achtlosigkeit, die Sallys Blut in Wallung brachte, knallte sie den Hörer auf den kleinen Mahagonitisch. «Für Sie, Madam.» Die Haushälterin zog sich in den Korridor, der den Eingangsbereich von den Wohnräumen trennte, zurück.

«Sally Wainwright-Smith.»

«James FitzGerald hier, Sally. Wir haben uns bei Alans Begräbnis kennen gelernt.» Der Empfang seines Mobiltelefons verschlechterte sich und seine Stimme wurde von einem Rauschen verdrängt.

«Ach ja.» Sie erinnerte sich undeutlich an ihn: ein gewöhnlich wirkender kleiner Mann mit schlechten Manieren und säuerlichem Mundgeruch.

«Ich muss Sie sprechen, es ist ziemlich dringend.»

«Heute geht es nicht, ich habe noch sehr viel zu tun. Vielleicht …»

«Ich bin schon auf dem Weg zu Ihnen, Mrs Smith. Und glauben Sie mir, Sie werden mich sehen wollen.»

Kaum hatte Sally ihre Jacke aufgehängt, da hörte sie den Kies in der Auffahrt knirschen. Ein silbergrauer Mercedes hielt vor dem

Haupteingang, und ein dünner Mann in einem leichten Anzug sprang behände aus dem Wagen. In der Hand hielt er einen großen braunen Umschlag. Im ersten Moment dachte sie daran, ihn wieder wegzuschicken, doch dann siegte ihre Neugierde über den aufwallenden Ärger, und sie öffnete die Tür.

«Sally!», sagte er vertraulich und lächelte sie gönnerhaft an.

«Was wollen Sie?»

Er setzte eine gekränkte Miene auf, die sofort einem unangenehmen, wissenden Lächeln Platz machte. Mit einem Mal wusste Sally, was nun käme. Ihr Blick wanderte zu dem braunen Umschlag in seiner Hand.

«Ja, ganz richtig. Sollen wir ...» Als würde er sich hier nur zu gut auskennen, deutete er lässig in Richtung des Arbeitszimmers, das rechts von der Eingangshalle lag.

«Sie wissen ja gut Bescheid hier!»

«O ja, zu Alans Zeit war ich hier ein gern gesehener Gast. Bitte nach Ihnen.»

In einer Ecke, im Schatten des dunklen Korridors, fuhr Mrs Willett lautlos mit dem Wischer über den Fußboden und wartete, bis die Tür zum Arbeitszimmer geschlossen wurde, bevor sie leise näher trat.

Der Raum war dunkel, und es roch nach Möbelpolitur mit Zitronenduft. FitzGerald reichte Sally den braunen Umschlag und sah zu, wie sie die Schwarzweißfotos durchblätterte. Bei einigen lächelte sie.

«Manche sind so gut, dass man sie hätte veröffentlichen sollen.»

FitzGerald warf ihr einen bewundernden Blick zu. Auf eine derartige Reaktion war er nun wirklich nicht gefasst gewesen.

Ein anderes Foto stach ihr ins Auge, und sie lachte laut, ein fröhliches, unschuldiges Lachen.

«Der arme Alan! Wie er guckt.» Sie lachten beide, dann nahmen Sallys Züge einen harten Ausdruck an.

«Ist das Ihre Einkommensquelle, Mr FitzGerald? Erpressen Sie die Leute mit schmutzigen Fotos, die Sie heimlich durchs Fenster machen? Sind Sie ein Spanner?»

Für seine schmale Statur war FitzGeralds Griff erstaunlich fest. Er hatte sie am Arm gepackt, doch Sally lächelte nur. FitzGerald verstärkte seinen Griff, bis seine Fingerspitzen sich berührten und Sally laut aufstöhnte, als würde ihr der Schmerz Lust bereiten.

«Die habe ich mir als kleine Sicherheit zugelegt, falls Alan sich je schlecht benehmen sollte. Ich hätte nie gedacht, dass sie mir nach seinem Tod noch einmal dienlich wären. Hören Sie auf, Ihre Nase in die Bücher zu stecken, und stellen Sie weiter keine Fragen mehr. Und sorgen Sie dafür, dass Ihr Mann das auch nicht tut. Sie wären sicher nicht erpicht darauf, wenn diese Fotos veröffentlicht würden.»

Sally tat, als dächte sie einen Augenblick über seine Worte nach. «Also habe ich Recht, was die Firma anbelangt: Irgendetwas ist da am Kochen. Was?»

«Machen Sie sich darüber mal keine Gedanken.» Er strich ihr mit der anderen Hand zärtlich über die Wange, ohne den Griff um ihr Handgelenk zu lockern. Sie schauderte, und in ihren Augen stand ein seltsamer Glanz.

«Du erinnerst mich an jemanden, Sally, ich komme nur nicht darauf, an wen. Woher kommst du? Ist deine Vergangenheit ebenso interessant wie das, was du jetzt tust?»

Sie sah ihn bittend an, so, als könne sie den Schmerz nicht länger ertragen. Mit einem leisen «Bitte» legte sie ihre Hand auf seine und lockerte seinen Griff. Ihr Verstand arbeitete fieberhaft. Wenn James FitzGerald in irgendeiner Weise mit den Vorgängen bei Wainwright's in Verbindung stand, so musste er Verbindungen zur Unterwelt haben. Und das machte ihn zu einem Mann, dem man besser nicht in die Quere kam.

«Wir werden unsere Nachforschungen einstellen, James, ganz wie Sie wünschen. Doch Sie haben auch noch etwas zu klären. Arthur Fish ist sehr nervös.» Sein Gesichtsausdruck verdüsterte sich, und sie fuhr rasch fort. «Außerdem ist er ein Tölpel. Sie sollten ihn loswerden, und zwar so schnell wie möglich.»

Schweigend sammelte FitzGerald die Fotografien ein und steckte sie in den Umschlag. Dann verließ er das Haus.

Alexander kam früher nach Hause als gewöhnlich. Er hatte sich vorgenommen, seine Frau davon abzubringen, sich weiter mit den Geschäftsbüchern zu beschäftigen. Er schritt durch die Eingangshalle, löste seine Krawatte und betrat das Wohnzimmer. Sally hockte auf der Fensterbank und starrte hinaus in den Garten. Sie trug einen dicken Wollpullover und sah elend aus.

«Geht es dir gut? Du siehst kaputt aus.»

«Ich bin ein bisschen müde. Dieses graue Winterwetter macht mir zu schaffen.»

«Ich frage Millie, was es zum Abendessen gibt, und du ruhst dich derweil aus. Soll ich dir etwas zu trinken bringen?»

«Ich bin schon versorgt.» Sie prostete ihm zu, so dass die Eiswürfel im Glas klirrten. Dann leerte sie es in einem Zug.

«Soll ich dir noch etwas bringen? Was hattest du, Mineralwasser?»

«Gin Tonic. Ja, bitte.»

Alexander nahm ihr das Glas ab und ging zur Hausbar in der Ecke. Als sie sprach, schien ihre Stimme aus dem Nichts zu kommen.

«Ich habe darüber nachgedacht, was Neil Yarrell heute zu uns gesagt hat. Weißt du, ich glaube, er sagt die Wahrheit. Wenn er eine plausible Erklärung für die sieben Millionen hat, dann wäre die Angelegenheit eigentlich erledigt. Obwohl ich immer noch glaube, dass Fish unfähig ist.»

«Das überrascht mich, Sally, du warst doch so sicher, dass da etwas nicht stimmt. Aber du hast Recht. Wir haben uns da in etwas verrannt. Es gibt bestimmt eine vernünftige Erklärung für das fehlende Geld.»

Jeder für sich war verblüfft über die Reaktion des anderen, und beide bemühten sich, sich ihr Erstaunen nicht anmerken zu lassen. Keiner von beiden hatte damit gerechnet, den anderen so rasch umstimmen zu können. Sally, der ihre Unterhaltung mit FitzGerald noch nachhing, war verwirrt durch Alexanders plötzliches Nachgeben, und so brach sie unvermutet in Tränen aus.

«Ist ja gut, sch, du musst todmüde sein. Du hast viel zu viel gearbeitet. Warum legst du dich nicht ein bisschen hin? Du ruhst dich schön aus, und ich spreche mit Millie wegen des Abendessens, hm?»

Er begleitete seine Frau zur Treppe und registrierte besorgt, dass sie sich ein Glas Gin Tonic mit hinauf nahm. Millie Willett huschte wie ein Schatten durch die Eingangshalle.

«Könnte ich Sie kurz sprechen, Mr Wainwright-Smith?»

«Jetzt nicht, Millie. Sehen Sie denn nicht, dass es meiner Frau nicht gut geht? Ich bin gleich wieder zurück, dann können wir reden.»

«Jawohl, Sir. Ich warte in der Küche auf Sie.»

Sally warf ihrer Haushälterin einen forschenden Blick zu. Abrupt hörte sie auf zu weinen und straffte die Schultern.

«Es geht schon wieder, Alex. Geh du nur und dusch erst einmal. Wenn Sie etwas zu sagen haben, Millie, dann sprechen wir in der Küche darüber. Geh nur, Alex.»

Als Alex am nächsten Morgen, bevor er zu der allwöchentlichen Besprechung mit dem Leiter der Fertigungsabteilung aufbrach, rasch noch ein paar Bissen zu sich nahm, erwähnte Sally beiläufig, dass sie Mrs Willett kündigen würde.

«Wie bitte!» Durch eine heftige Bewegung hatte er seinen Kaffee auf dem Kiefernholztisch verschüttet, an dem sie jeden Morgen frühstückten. «Sie und Joe haben viele Jahre für meinen Onkel gearbeitet. Du kannst sie nicht einfach rausschmeißen.»

«Sie bedeuten nur unnötige Kosten für uns. Außerdem bin ich nicht berufstätig, da brauche ich weder eine Vollzeithaushälterin noch einen Gärtner.»

«Aber das Haus ist riesig, es hat mindestens fünfzehn Zimmer. Und so ein Garten macht eine Menge Arbeit. Und was ist mit dem Job bei Wainwright's? Du hast Sue doch schon in den Ruhestand geschickt, und alles schaffst du nicht allein!»

«Sue arbeitet wie eine Schnecke. Ich bin viel flinker. Joe war doch jahrelang nicht richtig ausgelastet, und was Millie Willett anbelangt, so kann ich mich um eine Putzhilfe kümmern, die uns einen Bruchteil dessen kostet, was Millie verdient. Ich habe schon zwei Mädchen gefunden, die das bestens machen werden.»

Er war auf dem Sprung, und so hatte er im Moment keine Zeit, mit ihr darüber zu diskutieren. Er nahm sich vor, das Thema abends noch einmal anzuschneiden, doch aus irgendeinem Grund kam dieses Gespräch nie zustande. Er war müde, sie war eine schöne Frau, und nach dem Abendessen konnte er sich nicht überwinden, noch einmal die Sprache darauf zu bringen, weil er wusste, dass sie dann in Streit geraten würden. Also verließen die Willetts den Wainwright'schen Haushalt, erhielten eine Abfindung, und nichts im Haus erinnerte mehr an ihre Gegenwart.

Als Sally einige Tage später beiläufig erwähnte, dass sie Bluebell Cottage vorübergehend vermietet hatte, erfuhr Alex, dass sie die Willetts auch noch gezwungen hatte, das Haus zu räumen. Sie hatten einen furchtbaren Krach. Sie stritten sich selten, doch wenn es einmal geschah, dann umso heftiger. Doch nun war es ohnehin zu spät: die Haushälterin und der Gärtner waren bereits fort. Alexander war entsetzt. Was würden die Leute von ihm denken? Natürlich waren die Willetts ein wenig lästig gewesen, da musste er Sally zustimmen, doch sie so sang- und klanglos aus ihrem langjährigen Zuhause zu vertreiben, würde ein schlechtes Licht auf ihn und Sally werfen. Die Welt war klein, und es würde bald die Runde machen, dass die neuen Herrschaften in Wainwright Hall gewissenlose Schweine waren. Alex war sehr auf seinen guten Ruf bedacht. Er nahm es Sally sehr übel, dass sie ihm so bald schon geschadet hatte.

Nach einigen Wochen hatte sich die Situation wieder entspannt, doch wenn er nach einem Geschäftsessen spät nach Hause kam, was nun mehrmals die Woche der Fall war, legte er sich nicht mehr zu Sally ins Ehebett, sondern suchte gleich das Schlafzimmer seines Onkels auf. Wenn er zeitig zu Hause war, sprachen sie gewöhnlich über die Arbeit, und manchmal hatte Sally eine Idee oder äußerte eine Meinung, die sich bei der Lösung eines Problems als hilfreich erwies. Doch ihre Beziehung hatte einen Riss bekommen.

10

Der steinige Strand war fast menschenleer. Ein schneidend kalter Wind peitschte das Wasser, und weiße Schaumkronen hoben sich hell von der bleigrauen Wasseroberfläche ab. Die Frau ging am Ufer entlang, machte einen großen Schritt und stieg über die Spur von Seetang, die die Wellen bei ihrem Rückzug hinterlassen hatten. Sie trug einen dicken Winteranorak und Jeans. Ihren Wollhut hatte sie tief über die Ohren gezogen, und ihre Hände, die sie in den Taschen vergraben hatte, steckten in dicken Fausthandschuhen. Es war unmöglich, ihr Alter zu schätzen. Von weitem hätte man sie für sechzehn, genauso gut aber auch für sechzig halten können, doch dass sie tief in Gedanken versunken und bedrückt schien, konnte man sogar aus der Entfernung erkennen.

Arthur Fish beobachtete, wie sie den verlassenen Strand entlangwanderte, und hielt sich, als sie die Promenade erreicht hatte, weit hinter ihr. Heute Nachmittag war er ihr von Harlden bis hierher gefolgt: Mittlerweile war er wie besessen von allem, was sie und ihr Mann sagten oder taten. Als sie am Schalter die Fahrkarte gelöst hatte, war er im ersten Augenblick erschrocken, doch dann hatte er erkannt, dass es sie zu ihren Wurzeln zurückzog, zu ihrer Vergangenheit, die er nur zu gut kannte. Die Wainwright-Smiths hatten ihre lächerlichen Nachforschungen, was die Firmenfinanzen anbelangte, aufgegeben, doch Neil Yarrell hatte ihm gesagt, dass Sally ihm immer noch nicht traute und ihn am liebsten entlassen hätte. Das wäre das Letzte, was er jetzt gebrauchen könnte. Der Gedanke, in seinem ordentlichen und sauberen Zuhause mit seiner sterbenden Frau eingeschlossen zu sein, erfüllte ihn mit Grauen. Und so verbrachte er seine freie Zeit nun damit, seiner Nemesis zu folgen, in der Hoffnung, er würde zu einer Entscheidung gelangen. Wie er sie hier auf vertrautem Boden beobachtete und sie ihm so verletzlich und bedrückt erschien, war er zu dem Schluss gekommen, dass er umgehend handeln müsste.

Während sie auf die Treppe, die zur Strandpromenade hochführte, zuging, donnerte ein besonders mächtiger Wellenbrecher ans Ufer. Da beschleunigte er seinen Schritt und sprach sie an.

«Hallo Sally.»

Erschrocken sah sie auf, den Mund halb geöffnet. Sie sah sehr jung aus, so jung, dass er sich seiner Sache nun ganz sicher war. Es gab keinen Zweifel: Er kannte sie aus einem anderen Leben.

«Du erinnerst dich nicht mehr an mich?»

«Natürlich weiß ich, wer Sie sind, Fish. Gehen Sie mir aus dem Weg.»

«Nein, meine Liebe, du weißt vielleicht nicht mehr, wer ich bin! Aber ich weiß genau, wer du bist oder zumindest einmal warst.»

Schweigend blickte er sie an. Seine Worte hatten ihr die Sprache verschlagen. «Es ist schon eine ganze Weile her.»

«Nein!» Ihre Stimme versagte, und der Ausdruck ihrer Augen sagte ihm, dass sie ihn wieder erkannt hatte.

«Ja. Ich bin es. Wir sollten miteinander reden, findest du nicht auch? Vielleicht bei einer Tasse Tee. Oder hättest du lieber einen Hamburger mit Pommes, das hast du doch immer so gern gegessen, nicht wahr?»

Er sah, wie Sally sich am Geländer festklammerte, um nicht das Gleichgewicht zu verlieren. Dieser Anblick verschaffte ihm Genugtuung. Oh, wie er es genoss, diese neureiche Person von ihrem Podest herunterzuholen! Er fasste sie am Arm und führte sie über die Straße zu einem der wenigen Cafés mit Blick aufs Meer, die nur am Wochenende aufhatten. Er begleitete sie zu einem Ecktisch am Fenster und kehrte kurz darauf mit zwei randvoll gefüllten Bechern dampfenden Tees wieder.

Sanft und leise sprach er auf sie ein, so dass die anderen Gäste, die neugierig zu ihnen herübersahen, nicht hören konnten, was er sagte. Immerhin boten sie einen ungewohnten Anblick: eine schöne junge Frau in Begleitung eines dicken kleinen Typen, der alt genug war, um ihr Vater zu sein.

Sally rührte den Tee nicht an. Sie saß nur da und starrte auf ihre

Hände, hörte Arthurs Stimme, die eine Geschichte erzählte, die sie nur zu gut kannte. Er war wie eine Krake aus der Vergangenheit, die sich plötzlich regte und ihre Fangarme nach ihr ausstreckte, um sie mit eisernem Griff festzuhalten. Es war so ungerecht. Sie hatte ihren Traum von völliger finanzieller Unabhängigkeit schon fast verwirklicht gehabt und ihr Leben endlich unter Kontrolle gebracht. Wie hatte das nur geschehen können? Erinnerungen an die Zeit, als Arthur und sie sich kennen gelernt hatten, wurden wach. Alles, was er sagte, stimmte. Das Einzige war, dass sie sich an ihn selbst nicht erinnern konnte. Zum ersten Mal, seit sie das Lokal betreten hatten, sprach sie.

«Wie hast du mich erkannt? Ich sehe doch jetzt ganz anders aus.»

Arthur grinste und tätschelte ihre Hand. Sie spürte, wie Übelkeit in ihr hochstieg.

«Deine Augen, ich werde nie vergessen, wie du mich damals immer angesehen hast, so voller Wut und Verachtung, genau so, wie du mich neulich im Büro angeblickt hast. Wie die Zeiten sich ändern! Weiß denn der gute Alex, wen er da geheiratet hat?»

Blitzschnell zog Sally ihre Hand unter seiner weg. Der Becher mit dem Tee kippte um, und die kochend heiße Flüssigkeit ergoss sich über seine Hand. Er schrie auf und eilte zur Theke, um sich einen kalten Lappen zu holen. Zwei Finger waren bereits krebsrot und geschwollen, und die Frau hinter der Theke gluckerte beruhigend, während sie seine Hand in ein Glas mit kaltem Wasser tauchte.

Sally beobachtete ihn, wie er zum Tisch zurückkam; ein grausames Lächeln umspielte ihren Mund. Nachdem er sich gesetzt hatte, sprach sie in sanftem Flüsterton, den die umsitzenden Gäste für Besorgnis hielten, auf ihn ein.

«Du hast einen Fehler begangen, Arthur. Wag es nie wieder, mir zu drohen, hörst du, nie wieder! Du bildest dir ein, du hättest etwas gegen Alex und mich in der Hand, doch du hast nichts. Wer wird dir schon glauben, einem miesen kleinen Fettsack, der sich an Sachen aufgeilt, bei denen es jedem anständigen Menschen den Magen umdrehen würde? Du würdest dich zum Gespött der Leute machen, mein Lieber!»

«Ich war schließlich nicht der Einzige. Andere werden sich auch erinnern.»

«Das bezweifle ich. In dieser Branche ziehen es die Leute vor, sich nicht so genau zu erinnern.»

«Kann schon sein. Trotzdem kenne ich mindestens eine Person, die dir liebend gerne heimzahlen möchte, was du ihr angetan hast. Sie wird doch die kleine Sally Price nicht vergessen haben, die war es schließlich, die sie in den Knast gebracht hat! Ich werde sie übrigens bald wieder treffen. Du bist nicht unverwundbar, Sally, auch wenn du das vielleicht glaubst.»

Sally betrachtete ihn mit einem Ausdruck distanzierten Interesses. Sie nahm ihren Hut und ihre Handschuhe und erhob sich. Dann beugte sie sich zu ihm hinunter und flüsterte ihm zu: «Denk dran, Arthur: Tote können nicht mehr singen.» Er spürte ihre scharfen kleinen Schneidezähne, als sie ihm neckisch ins Ohr biss, dann war sie verschwunden. Arthur saß da und starrte mit wachsendem Entsetzen auf seine pochende Hand.

ZWEITER TEIL

Der Tod begleicht alle Schulden.

Sprichwort aus dem
17. Jahrhundert

11

Der dritte Donnerstag im Monat hatte in Arthur Fishs Leben eine besondere Bedeutung. Normalerweise plante er diesen Tag minutiös voraus, doch heute war alles anders. Seit seiner Begegnung mit Sally Wainwright-Smith am vergangenen Samstag hatte er sich auf nichts mehr richtig konzentrieren können. Die Brandblasen auf seiner Hand heilten langsam ab, doch wenn er eine unbedachte Bewegung machte, so erinnerte ihn der plötzlich auftretende Schmerz an ihre letzten Worte, und die Angst, die er seitdem immer wieder erfolglos zu verdrängen versucht hatte, kehrte mit Macht zurück.

Zuerst hatte er vorgehabt, Alexander mit seinem Wissen zu konfrontieren, doch die Vorstellung, dass seine eigene Vergangenheit bekannt werden würde, hatte ihn davon abgehalten. Außerdem hatte er Angst vor dem neuen Direktor. Alexander Wainwright-Smith hatte sich verändert. Den Jungen, den Arthur gekannt hatte, gab es nicht mehr, und Alexander wurde seinem Onkel Alan von Tag zu Tag ähnlicher, auch was dessen Arroganz und Anmaßung betraf. Und so hatte Arthur die meiste Zeit damit zugebracht, sich einzureden, es wäre nichts geschehen. Eine seiner größten Stärken war seine Fähigkeit, sich selbst vorzumachen, alles sei bestens und er selbst ein gesetzestreuer, anständiger Bürger. Doch natürlich konnte man das auch als verhängnisvolle Schwäche interpretieren.

Er saß in der Küche, genoss die kleine Freude einer zweiten Tasse Tee am Morgen und wappnete sich für einen weiteren anstrengenden Tag. Die Zeiger der Backofenuhr zeigten Viertel vor sieben, und bald würde die Tagesschwester kommen. Als er hörte, wie sie die Eingangstür aufschloss, nahm er seinen Überzieher, einen kurzen, feinen

Kamelhaarmantel, den ihm seine Frau vor acht Jahren zu ihrem Hochzeitstag geschenkt hatte. Das war das letzte Geschenk, das sie für ihn gekauft hatte.

Schwester Brown betrat die Diele und hängte ihren Mantel ordentlich an den Garderobenhaken.

«Morgen, Mr Fish.»

«Guten Morgen, Schwester Brown.» Er schlüpfte in den Mantel und holte seine Kappe aus der Tasche.

«Sind Sie um sechs wieder zu Hause?»

«Ja, das heißt nein. Heute wird es spät, ich gehe zum Fakultätstreffen.»

«Ach, der Fakultätsstammtisch, natürlich.» Schwester Brown grinste ihn an. Wusste sie Bescheid? Doch wie sollte sie, das war nur sein schlechtes Gewissen.

«Edith Wilmslow kommt um halb sechs, wie immer. Sie bleibt da, bis ich wiederkomme. Die Nachtschwester hat doch heute ihren freien Abend.»

Edith Wilmslow, seine Nachbarin, war mindestens achtzig, doch er konnte sich stets auf sie verlassen. Die alte Dame war mit einer Gesundheit gesegnet, die seine Frau schon lange verlassen hatte. Als die Haustür hinter ihm ins Schloss fiel, hatte er Gewissensbisse, dass er der Kranken nicht noch einmal auf Wiedersehen gesagt hatte.

Die Zeit bei der Arbeit verging rasch, und doch ertappte Arthur sich dabei, wie er alle Viertelstunde auf die Uhr sah. Während einer Besprechung dachte er wieder an den bevorstehenden Abend, und wie ein kleiner Junge, der etwas kaum erwarten kann, presste er seine Oberschenkel aneinander. Um Viertel nach fünf, eine Stunde früher als gewöhnlich, nahm er seinen Mantel und seine Kappe und schloss die Bürotür hinter sich ab. Seine Sekretärin war bereits gegangen, denn donnerstags konnte er sie nie früh genug loswerden.

Am Bahnhof kaufte er eine Hin- und Rückfahrkarte im Sondertarif an die Südküste. Als er nach der Fahrkarte griff, musste er sich zwingen, seine vor Aufregung zitternden Hände unter Kontrolle zu halten. Er setzte sich in ein leeres Zweite-Klasse-Abteil, gleich hinter der Tür, und in dem Bestreben, wie ein ganz normaler Fahrgast auszusehen, breitete er die *Daily Mail* vor sich auf dem Schoß aus. Doch er konnte sich nicht konzentrieren. In Gedanken war er schon bei

Amanda, sah ihren strafenden Blick, wenn er es auch nur wagen würde, seine Augen direkt auf sie zu richten. Und unter dem schwarzen Kleid würde sie ihren ausgeschnittenen Leder-BH und Strapse tragen.

Seine Wachträume wurden jäh unterbrochen. Die Tür wurde aufgerissen, und zwei halbwüchsige Mädchen und ein unscheinbarer Jugendlicher polterten herein, gefolgt von einer sympathisch aussehenden Frau, die einen kleinen weißen Hund an der Leine führte. Auf eine Bemerkung des Jungen hin brachen die zwei Mädchen in kreischendes Gelächter aus. Sie unterhielten sich in einem breiten, vulgären Dialekt, und als er sich so weit eingehört hatte, dass er ihre halbfertigen Sätze und gutturalen Laute verstehen konnte, war er entsetzt. Er konnte nicht glauben, dass junge Mädchen so primitiv sein konnten, und er hoffte inständig, dass sie sich möglichst weit entfernt niederlassen würden. Als hätte er Arthurs Unbehagen gespürt, grinste ihn der Anführer der Gruppe boshaft an und rief den anderen zu «Hierher!», bevor er sich krachend ihm gegenüber auf die Sitzbank plumpsen ließ. Automatisch legte Arthur seine Mütze beiseite, schlug demonstrativ die Zeitung auf und begann nun wirklich zu lesen.

Die beiden Mädchen zwängten ihre spärlich bekleideten, mageren Körper neben ihren Freund. Ein dunkelhaariger Jugendlicher, der das Abteil als Letzter betreten hatte, warf Arthur einen flüchtigen Blick zu und nahm am Ende des Abteils Platz. Arthur dachte kurz daran, es ihm gleichzutun, doch dann schoss ihm ein trotziges «Warum sollte ich mich wegsetzen?» durch den Kopf, und er vertiefte sich erneut in seine Lektüre.

Alles, was er tat, jedes Hüsteln, jede kleinste Bewegung – wenn er ein Bein über das andere schlug – ließ das gehässige Trio in schallendes Gelächter ausbrechen. Lauthals ergingen sie sich in Spekulationen über sein Sexualleben, mutmaßten, ob er wohl in der Nase bohren und seine Popel essen würde und ob er gerade einen gelassen hätte. Sie wiederholten sich ständig, und ihre Vorstellungskraft wurde durch ihre armselige Ausdrucksweise, mangelnde Schulbildung und einen langsam arbeitenden Verstand gebremst. Arthur schwieg und versuchte, sich auf seine Zeitung zu konzentrieren. Irgendwann würden sie es müde werden. Doch er hatte sich getäuscht. Während der Zug eine Haltestelle nach der anderen passierte, stichelten und provozierten sie ihn weiter, wie es bösartige Pubertierende in der Gegenwart von seriösen Herrschaften tun. Wenn ihr wüsstet, was ich heute Abend vorhabe, würde euch das Lachen vergehen. Sprachlos wärt ihr, kein Wort würdet ihr mehr herausbringen!

Als hätten sie seine Gedanken gelesen, verstummten die Mädchen, und als der Zug in den langen Tunnel zum Meer hin eintauchte, wurde es unheimlich still im Abteil. Die Lichter flackerten und erloschen dann ganz, und donnernde Dunkelheit umgab sie. Die Notbeleuchtung ging an und tauchte die leeren Sitze in ein unheimliches blaues Licht. Blinzelnd sah Arthur sich um. Der Jugendliche am anderen Ende des Abteils starrte ihn an. In dem unwirklichen Licht wirkten seine Augen unnatürlich blau, fast wie die toten Augen eines Roboters. Er schien Arthur direkt anzusehen, und sein Starren rief in Arthur ein unbehagliches Gefühl wach. Kurz darauf flackerte die gelbliche Kabinenbeleuchtung erneut. Sie hatten das Ende des Tunnels erreicht, und Arthur dachte nicht mehr an ihn.

Langsam fuhr der Zug in die Endstation ein. Betont lässig erhoben sich die drei Halbwüchsigen und sprangen kreischend auf den Bahnsteig, und Arthur sah noch, wie sie auf den Ausgang zustolperten.

Die Nacht war kühl und sternenklar. Arthur stopfte die *Daily Mail* in den nächsten Abfallbehälter und atmete tief ein. Er warf einen flüchtigen Blick auf seine Armbanduhr. Sechs Uhr dreißig. Der Zug war fahrplanmäßig angekommen, und er würde pünktlich um sieben Uhr bei Amanda sein. Wenn sie fertig wären, würde er ihr etwas zur Aufbewahrung anvertrauen, auch wenn er im Moment lieber daran dachte, was er alles noch vor sich hatte. Er kannte sie jetzt schon sehr lange, und er würde ruhiger schlafen können, wenn er wüsste, dass die Sache sich an einem sicheren Ort befände. Das mit Sally würde er heute noch nicht erwähnen. Er wollte sich den Abend nicht verderben, und ganz im Gegensatz zu seinen Äußerungen im Café war er sich ganz und gar nicht sicher, ob Amanda nach all den Jahren überhaupt noch daran interessiert war.

Er entschied sich dafür, zu Fuß zu gehen. So würde er einen klaren Kopf bekommen. Hinter ihm huschte eine gebückte Gestalt in den Schatten einer Mauer. Als Arthur in Richtung Ausgang ging, trat sie heraus und folgte ihm unbemerkt durch die Nacht.

12

Detective Constable Nightingale trat auf den Balkon, legte die Hände auf das rostige Geländer und ließ die salzige Seeluft tief in ihre Lunge strömen. Noch einmal atmete sie die Mischung aus Seetang und Ozon ein und fühlte, wie ihr Kopf langsam wieder klar wurde. Hinter ihr ging ein Polizeibeamter leise über den verblassten Chintzteppich, kniete sich nieder und berührte einen bleichen, plumpen Arm. Fünfzehn Minuten nachdem ihre uniformierten Kollegen sie alarmiert hatten, waren sie bereits am Tatort eingetroffen. Ein paar Tage vor dem Ende ihrer Abordnung an die Küste hatte sie aufgehört zu zählen, wie viele Fälle von Körperverletzung sie inzwischen zu Protokoll genommen hatte. Doch dies war ihr erster Mord.

Ihre ganze Schulterpartie war verspannt. Sie streckte sich, um die Muskeln etwas zu lockern. Im tiefsten Inneren wusste sie, dass nicht die Arbeit der Grund für ihre Verspannungen war. Das war ein ganz anderer. Im Februar waren ihr Verlobter und sie zu der Einsicht gelangt, dass es nicht nur in diesem Jahr, sondern wahrscheinlich überhaupt nicht mehr zur Heirat kommen würde. Jetzt, da die Erinnerung an die Beziehung langsam verblasste, stellte sie erschüttert fest, dass sie das Alleinsein unterschätzt hatte.

Sie blickte hinunter auf die Straße, die im rötlichen Schimmer der Laterne dalag. Nightingale wandte sich ab und warf erneut einen Blick auf die Szenerie im Inneren des Hauses. Die Frau lag zusammengesackt auf dem abgewetzten Sofa, fast nackt. Ihre Augen waren geschlossen, eine Hand lag schützend über ihren schlaffen Brüsten. Um das eine Auge hatte sich ein blauer Fleck gebildet, sie hatte Nasenbluten gehabt, und ihre Oberlippe war aufgeplatzt. Unter ihrem Morgenrock waren noch mehr blaue Flecken erkennbar, einige waren schon älter und schimmerten in schmutzigem Gelb, ein paar waren frisch. Ihr Haar war blutverkrustet, und auch an ihren Ohren klebte getrocknetes Blut. Vor ihr kniete vornübergebeugt der Notarzt und versuchte vergeblich, sie zu reanimieren.

Das Alter des Opfers war schwer zu schätzen – vielleicht fünfzig, vielleicht auch schon älter. Sie war so stark geschminkt, dass jede Falte sich deutlich abzeichnete. Schnell genug war erkennbar gewesen, welchem Gewerbe sie nachgegangen war, auch ohne die bereitwillige Hilfe der verschiedenen Hausbewohner, die förmlich darauf brannten, ihre Beobachtungen und Verdächtigungen der Polizei mitzuteilen. Nightingale konnte nicht verstehen, warum alle so erpicht darauf gewesen waren. Angewidert wandte sie den Blick ab und sah wieder hinunter auf die Straße.

Mit der Dämmerung war auch die Abendkühle gekommen. Die Tage waren jetzt schon spürbar länger, und in der Luft lag bereits ein erstes Frühlingsahnen. Nightingale sah einen komisch wirkenden kleinen Mann die Chalk Avenue entlanghasten, der trotz der milden Witterung seine Kappe tief über beide Ohren gezogen und den Kragen seines Kamelhaarmantels hochgeschlagen hatte. Er wirkte schuldbewusst, und einen Moment lang fragte sich Nightingale, ob er vielleicht eine Verabredung mit der Dame auf dem Sofa gehabt haben könnte. Nun, dann würde er auf jeden Fall zu spät kommen. Aber nein, denn nach einem raschen Seitenblick auf das Blaulicht des Streifenwagens bog er um die Ecke, in die Richtung, in der ein junger und dynamischer Architekt eine neue Siedlung gebaut und diese euphemistisch «Sea View» getauft hatte.

Der Notarzt hatte seine Reanimierungsmaßnahmen inzwischen eingestellt, und Inspector Chambers fragte ihn nach der Todesursache. Mit einer seltsamen Mischung aus Mitleid und Verachtung lauschte sie den Ausführungen des Arztes. Dann erhielt sie den Auftrag, mit der Befragung der Hausbewohner weiterzumachen.

Arthur Fish eilte in Richtung «Sea View». Er spürte den Frühlingswind auf seinen Wangen. Obwohl er wie immer früh dran war, schritt er dennoch rasch aus. Noch bevor er die Kuppe des Hügels erreicht hatte, bemerkte er den bläulichen Lichtschein vor sich. Sofort dachte er an den Krankenwagen und an seine Frau daheim. War mit ihr alles in Ordnung?

Oben angelangt, erblickte er den Polizeiwagen, und Unbehagen stieg in ihm auf. Waren sie bei Amanda, um eine Haussuchung durchzuführen? Hatte sie ihnen schon die Namen ihrer Kunden verraten? Würde er jetzt auffliegen? Doch nein, der Wagen parkte auf der linken Seite, direkt an der Kurve gegenüber der neuen Häuserreihe. Er schlug den Mantelkragen hoch und eilte an dem zuckenden Licht vorbei.

Amanda sah die erleuchteten Fenster der Häuserfront gegenüber und erwartete förmlich, dass jeden Augenblick jemand an ihre Haustür klopfen würde. Sie hatte hart dafür gearbeitet, um sich in einem anständigen Haus einen festen Wohnsitz einzurichten. Dass dieses Haus die Grenze zu einem weniger vornehmen Viertel bildete, ließ ihre Errungenschaft in ihren Augen nur noch wertvoller erscheinen. Nur gut hundert Meter lagen zwischen ihr und dem Blaulicht, das vor einem heruntergekommenen Apartmenthaus blinkte, das für sie nunmehr der Vergangenheit angehörte. Amanda war jetzt fünfundvierzig – was angesichts der Tatsache, dass sie es geschafft hatte, von der Straße wegzukommen, noch relativ jung war. Und dass sie es geschafft hatte, verdankte sie drei Dingen: ihrem eisernen Willen, harter Arbeit und einem rein gefühlsmäßigen Verständnis für die menschliche Natur. Wäre sie in einem anderen Gewerbe tätig, wäre ihre Großmutter stolz auf sie gewesen!

Sie beobachtete die blauen Lichtreflexe in den Bäumen. Heute Abend dürfte es schwierig werden. Als Nächstes war Arthur Fish an der Reihe, der einzige ihrer früheren Kunden, der immer noch zu ihr kam. Alle anderen hatte sie im Laufe der letzten Jahre aus den Augen verloren. Früher hatte sie ihre Freier auf der Straße abgeschleppt, dann kam die Zeit im Gefängnis, und hier war sie nun, in ihrem eigenen Haus. Fünf Jahre, sieben Monate und zwei Wochen war es jetzt her, dass sie das Gefängnis hinter sich gelassen hatte und damit eine Erfahrung, die sie nur noch mehr bestärkt hatte in ihrem Bestreben, sich um jeden Preis aus diesem Sumpf emporzuarbeiten. Sie hatte es geschafft, und das Einzige, was sie mit ihrer Vergangenheit verband, waren ihre gelegentlichen Alpträume und Arthur. Nun waren es ihre neuen Stammkunden, die ihre Hypothek und die Beiträge für ihre Kranken- und Rentenversicherung bezahlten.

Warum kam eigentlich Arthur immer noch zu ihr? Er war der Einzige, der sie in treuer Regelmäßigkeit aufsuchte. Im Laufe der Zeit hatte sie eine Art Zuneigung zu ihm entwickelt, oder zumindest beinahe. Er hatte es auch nicht gerade leicht gehabt im Leben. Seine Bedürfnisse waren so schlicht, dass es beinahe zum Lachen war. Er hatte ihr niemals wehgetan, und er war der einzige ihrer Kunden, der sie seinerzeit im Krankenhaus besucht hatte, nachdem man sie zusammengeschlagen hatte. Trotz des geringen Altersunterschieds zwischen ihnen – er war erst fünfzig – war er für sie die einzige Vaterfigur, die sie je im Leben gehabt hatte, denn ihr eigener Vater hatte nur in der schöngefärbten Gedankenwelt ihrer Mutter existiert.

Während sie über Arthur nachdachte, warf sie einen Blick auf die Uhr und merkte, dass es Zeit war, die Vorbereitungen zu treffen. Mit ihm benutzte sie immer das hintere Zimmer im Erdgeschoss, der einzige Raum im Haus, der einen offenen Kamin besaß, denn sie wusste, dass Arthur ein gemütliches Feuer sehr zu schätzen wusste. Jedesmal, wenn er kam, trat er an den Kamin, stellte sich mit dem Rücken zum Feuer und seufzte wohlig.

Sie ging zu dem großen Sofa gegenüber und breitete ein weiches babyblaues Frottierlaken darüber. Direkt vor dem Kamin stand eine ausladende altmodische Badewanne, daneben eine Dose Puder, Flanellwindeln und Babyöl. Die Rute würde sie erst später aus dem Schrank holen. Das mit der Wanne war eigentlich nicht nötig, zumal Arthur ihr einmal gestanden hatte, dass dies nicht Teil der Erinnerungen war, die er heraufbeschwor, um in Stimmung zu kommen. Doch zurzeit war er vor lauter Sorgen so blockiert, dass sie mit allen verfügbaren Mitteln arbeiten musste, dass er überhaupt fertig wurde bis zum Ende der Stunde. Denn für mehr bezahlte er schließlich nicht. Sie zog ihre Uniform an, die Bänder der gestärkten Schürze waren so steif, dass sie ihr in den Nacken schnitten. Er würde sicher wieder früher kommen. Und so war es auch.

Eine Stunde später ließ sie sich ein schönes heißes Bad ein, tat ein paar Tropfen Lavendelöl ins Wasser und lehnte sich entspannt zurück. Bis zu ihrem letzten Termin waren es noch gut zwei Stunden. Diese Pausen gehörten zu dem Luxus, den sie sich jetzt leisten konnte. Während sie sich der wohligen Wirkung des duftenden, heißen Wassers hingab, runzelte sie unwillkürlich die Stirn, als sie an

Arthurs Besuch dachte. Er war heute so verkorkst gewesen, dass ihr fast das Babyöl ausgegangen war, und dann hatte er ihr, kurz bevor er ging, noch diesen verschlossenen Umschlag in die Hand gedrückt. Kleine Geschenke waren für sie nichts Besonderes, und so wollte sie den Umschlag gerade öffnen, als er aufgeregt rief:

«Nein! Nicht. Du sollst ihn nur für mich aufbewahren. Und sollte mir etwas zustoßen, dann bring den Umschlag sofort zur Polizei.»

Sehr seltsam. Normalerweise hatte er keinen Sinn fürs Melodramatische – seine Angst hatte völlig echt auf sie gewirkt –, und so hatte Amanda es ihm versprochen. Erst jetzt, da sie darüber nachdachte, machte sie sich Gedanken. Was war in dem Umschlag? Es ließ ihr keine Ruhe, und sie stieg aus der Wanne. In einen flauschigen rosa Bademantel gehüllt, tappte sie nach unten und öffnete den Umschlag, indem sie ihre langen, roten Nägel geschickt unter die Klappe schob.

Eine kleine Kassette, die in ein Diktiergerät passte, kam zum Vorschein. Kein Schriftzug, kein Aufkleber oder sonst etwas, das erkennen ließ, was darauf gespeichert war. Sie untersuchte den Umschlag. Nichts weiter. Nur ein ganz gewöhnlicher Umschlag aus dickem, braunem Papier. Und doch hatte Arthur so verängstigt gewirkt, als er ihn ihr gab. Gedankenverloren klopfte sie sich mit der Kassette gegen die Wange und überlegte, was ein geeignetes Versteck dafür wäre. Vorne, im Wohnzimmer, stand ein großer verglaster Geschirrschrank, in dem sie ihre Puppensammlung ausstellte. Manche Puppen waren ziemlich klein, andere gut einen halben Meter groß. Alle waren tadellos gekleidet. Amanda schloss eine der verzierten Glastüren auf und griff nach Priscilla, einem ihrer Lieblingsstücke. Priscilla trug einen grünen Wintermantel aus Samt mit Pelzbesatz aus Hasenfell. Sie war bestimmt 50 Zentimeter groß, und ihre zarten Porzellanhände steckten in einem kleinen Muff.

Amanda schob das Band unter den Mantel und stellte die Puppe zurück an ihren Platz, wobei sie darauf achtete, andere Puppen direkt davor zu platzieren. Sie kam sich etwas lächerlich vor, doch auf eine gewisse Art auch beruhigt. Sie löschte das Licht. Hinter den zugezogenen Vorhängen sah sie einen Schatten am Fenster vorbeigleiten. Jemand musste ganz nah am Haus vorbeigegangen sein, denn das Licht der Straßenlaterne war einen Augenblick lang verdunkelt gewesen.

Unbehaglich sah sie auf die Uhr. Noch blieb ihr genügend Zeit, um erneut in die Wanne zu steigen und sich innerlich auf den nächsten Kunden vorzubereiten.

Sie war schon halb die Treppe hochgegangen, als jemand an die Haustür klopfte. Wer immer das sein mochte, Amanda hatte nicht die Absicht, die Tür zu öffnen. Völlig regungslos stand sie da und wartete darauf, dass der ungebetene Besuch sich wieder entfernen würde. Wahrscheinlich ein früherer Kunde, der hoffte, seine Bekanntschaft zu erneuern. Er sollte eigentlich wissen, dass sie niemanden ohne Termin empfing.

Das Klopfen wurde drängender, und Amanda fürchtete, ihre Nachbarn könnten sich gestört fühlen. Sie drehte sich um, ging die Treppe wieder hinunter und stand unschlüssig vor ihrer einbruchsicheren Eingangstür, die einem Hochsicherheitsgefängnis zur Ehre gereicht hätte. Sie war mit zwei Riegeln, zwei Bolzen und einer extrem dicken Sicherheitskette verschlossen. Genau auf Augenhöhe befand sich ein Spion, durch dessen Fischauge sie den ganzen Vorgarten überblicken konnte. Die Person draußen stand, das Gesicht abgewandt, vor der Tür. Sie war schlank, und unter einer Baseballmütze schimmerte helles Haar im Licht der Laterne. Während sie auszumachen versuchte, wer vor ihrer Tür stand, klopfte es noch einmal, lauter diesmal. Im Haus nebenan wurde Licht gemacht, und Amanda unterdrückte ein Fluchen. Sie würde keinen Fremden in ihre Wohnung lassen. Auch potentielle Kunden schaute sie sich immer zuerst auf neutralem Boden an. Doch nun hatte sie keine Wahl und drückte die Taste der Gegensprechanlage.

«Wer ist da? Was wollen Sie?», krächzte ihre elektronische Stimme aus dem Lautsprecher. Die Gestalt drehte sich um und lächelte in die Videokamera. Amanda machte vor Schreck einen Schritt rückwärts. Dass sie dieses Gesicht nach all der Zeit noch einmal sehen würde!

«Ich bin's, Amanda. Lass mich rein. Hier draußen ist es kalt.»

Hastig machte sie sich an den Riegeln und Schlössern zu schaffen. Ihre Bewegungen waren fahrig. Beim Öffnen schlug die Sicherheitskette rasselnd gegen die Tür.

«Du bist es!», sagte sie nur, als ihr Überraschungsgast die Diele betrat und sie die schwere Tür zudrückte.

Nebenan ging das Licht aus.

13

Arthur fror unter seinem Mantel, als er auf dem Bahnsteig stand und auf seinen Zug nach Hause wartete. Wie immer, wenn er bei Amanda gewesen war, fühlte er sich schuldig, doch heute kam noch ein beklemmendes Angstgefühl dazu. Er blickte sich um. Außer einem Liebespaar war niemand auf dem Bahnsteig. Das Lichtsignal schaltete auf Grün, und langsam fuhr der Zug in den Bahnhof ein, seine Bremsen kreischten unheimlich. Kurz bevor die Lokomotive wieder anfuhr, eilte ein junger Mann in Markenturnschuhen und einem teuren Sportanzug die Treppe hinunter und drückte den Türgriff nach unten. Er überhörte den ärgerlichen Ruf des Schaffners, sprang in den Zug, wobei er beinahe über die Füße einer älteren Frau gestolpert wäre. Sie warf ihm einen wütenden Blick zu, doch er grinste nur und ging dann davon, in Richtung Lok.

Weiter vorne saß Arthur in der Ecke eines leeren Abteils. Jedesmal, wenn er wieder heimkehrte zu seiner todkranken Frau, fühlte er sich elend und unwürdig, doch heute litt er regelrecht unter Depressionen. Immer wieder bedeckte er sein Gesicht mit den Händen und rieb sich die Augen. Sein Leben war ein einziger Scherbenhaufen, seine Arbeit, sein Zuhause und nicht zuletzt sein Geschlechtsleben. Auf allen Gebieten hatte er versagt. Wo er doch stets sein Bestes gegeben hatte!

Damals, Anfang der siebziger Jahre, war alles großartig gelaufen. Obwohl er kein ausgebildeter Buchhalter war, hatte er sich vom einfachen Büroangestellten zu dem emporgearbeitet, was er jetzt war. Er hatte sich alles selbst beigebracht. Deshalb hatte er zunächst auch gezögert, jemandem von den Unstimmigkeiten, die er in den Büchern entdeckt hatte, zu berichten. Doch schließlich waren es so große

Summen, dass er das Problem einfach nicht mehr ignorieren konnte. So hatte er mehr als nur einmal seinen Mut zusammengenommen, war zu seinem Vorgesetzten gegangen und hatte ihm von seiner Entdeckung erzählt. Doch dieser brüllte ihn jedesmal nur an, und so verbreitete sich das Gerücht, dass Arthur Fish unfähig sei, keine Ahnung von Buchhaltung habe und kurz vor der Entlassung stünde. Er hatte gerade erst geheiratet, stand unter dem Druck einer enormen monatlichen Belastung, und zudem war seine Frau noch schwanger. Arthur war dem Scheitern nahe.

Dann, eines Nachmittags, wurde er für den nächsten Tag zum Chefbuchhalter bestellt. Sogar heute träumte er manchmal noch von dieser furchtbaren Nacht, als die Angst, den Arbeitsplatz zu verlieren, ihm den Schlaf geraubt hatte. Als er am darauf folgenden Morgen erschöpft und mit einem flauen Gefühl im Magen seine Entlassung erwartete, geschah zu seiner Überraschung gar nichts, weder an jenem Tag noch am darauf folgenden. Stattdessen wurde er für seinen Einsatz gelobt, der jedoch in dieser Form nicht angebracht wäre. Wainwright's sei ein gesundes und Gewinn bringendes Unternehmen, die Geschäfte liefen auf ihre eigene Weise, und wenn er klug wäre und sich anpassen würde, so würde ihm dies nur zum Vorteil gereichen. Am Monatsende hatte er in seiner Gehaltsabrechnung fünfzig Pfund mehr entdeckt, was damals ein kleines Vermögen war. Er hatte es stillschweigend akzeptiert. Als er weitere Unregelmäßigkeiten in der Buchführung entdeckte und feststellte, dass diese häufiger vorkamen und die Summen, um die es ging, immer größer wurden, verschloss er die Augen vor dem, was er sah, stellte weiter Schecks aus und schrieb Zahlungsanweisungen, um die Rechnungen der Firma zu bezahlen.

Arthur kauerte sich noch tiefer in seine Ecke und ließ sich von den Bewegungen des Zuges mittragen. Rückblickend erkannte er, dass diese ersten Monate, als er, in der Hoffnung, seinen Arbeitsplatz zu behalten, hin und wieder ein Auge zugedrückt hatte, den Beginn seiner Laufbahn als Verbrecher markierten. Wann war ihm das erste Mal bewusst geworden, dass das, was er tat, kriminell war? Damals jedenfalls noch nicht. Auch als er nach dem Herzanfall seines Vorgesetzten überraschend befördert wurde, war ihm noch kein Licht aufgegangen.

Nun war er Chefbuchhalter von Wainwright Enterprises, einem großen Unternehmen, das in vielen Bereichen tätig war und viele tausend Arbeiter und Angestellte beschäftigte. Die ursprüngliche Firma war nurmehr ein winziges Relikt in einem riesigen Firmenverbund. Das Unternehmen hatte schlechten Zeiten getrotzt und war kräftiger denn je daraus hervorgegangen. Arthur war immer stolz auf die Firma und das Management gewesen. Während Konkurrenzunternehmen vor sich hin dümpelten und schließlich Konkurs anmeldeten, wuchs und gedieh Wainwright's, hatte niemals Probleme mit der Auftragslage, niemals Zahlungsschwierigkeiten, und das alles mit ein paar privaten langjährigen Aktionären und Familienmitgliedern. Die Buchhaltungsabteilung wurde relativ klein gehalten, und die Buchprüfer hatten nie etwas zu beanstanden gehabt.

Arthur verschränkte die Arme vor seinem Oberkörper. Sein verblichener Vorgesetzter hatte ihn seinerzeit einen Idioten geschimpft, und er hatte Recht behalten. Als er langsam zu verstehen begann, was wirklich vor sich ging, wurden die Gratifikationen erhöht, und seine Frau Jill und er konnten sich nun ein wirklich hübsches Haus leisten. Jill hatte sich so darüber gefreut, und ihre Achtung vor ihm war noch mehr gestiegen und damit auch ihre Liebe zueinander. Allein der Gedanke, das alles aufs Spiel zu setzen, war ihm so abwegig erschienen, dass er einfach weitergemacht und beide Augen zugedrückt hatte, bis Alexander und Sally Wainwright-Smith auf der Bildfläche erschienen waren.

Er hätte die Firma nach Alans Tod verlassen sollen. Geld genug hatte er schließlich. Doch zu dem Zeitpunkt war es mit der Gesundheit seiner Frau rapide bergab gegangen, und er hatte sich nicht mehr getraut, den Schritt zu tun. Wainwright's hatte ihn während der Krankheit seiner Frau großzügig bedacht. Sie hatten die bestmögliche Pflege bezahlt, Spezialisten einfliegen lassen, die beste Medizin besorgt, und als sich abzeichnete, dass sie völlig auf die Hilfe anderer angewiesen sein würde, hatten sie ihm sogar dabei geholfen, das Haus entsprechend umzubauen. Doch nun war es zu spät. Er hatte sich verfangen in einem Netz aus Betrug und Lügen, an dem er selbst mitgewoben hatte. Es gab nun kein Zurück mehr. Er wusste, dass er die Firma verlassen sollte, um Jill in den letzten Monaten ihres Lebens zur Seite zu stehen. Doch er hatte Angst davor zu gehen. In diesem

Moment wurde ihm mit erschreckender Deutlichkeit bewusst, dass er gar keine Chance hatte, einen langen Ruhestand zu genießen.

Die Abteiltür wurde geöffnet und rasch wieder geschlossen; ein Hauch kalter Nachtluft war hereingedrungen. Arthur blickte auf und sah einen schlanken, schwarz gekleideten Jugendlichen, der hereingekommen war. Sie waren ganz allein im Abteil, nur er und der junge Mann, und Arthur wandte rasch seinen Blick ab, um ihm nicht in die Augen sehen zu müssen.

Der junge Mann ließ sich Arthur gegenüber auf den Sitz fallen und legte seine in schmutzigen Turnschuhen steckenden Füße auf den Sitz neben Arthur. Dieser schnaubte empört und warf dem Mann einen raschen Blick zu. Zwei eisblaue Augen starrten ihn voller Verachtung an. Der Junge grinste, und Arthur drehte hastig den Kopf weg.

Niemand stieg zu, als der Zug das nächste Mal hielt, und Arthur fühlte sich immer unbehaglicher in dem leeren Abteil in Gegenwart dieses merkwürdigen jungen Mannes. Er überlegte, wie viele Minuten der Zug bis Harlden noch unterwegs wäre; er fing sogar an, im Geiste die Sekunden zu zählen. Der junge Mann starrte ihn immer noch an, während er in seiner Tasche wühlte. Eine bedrohliche Stille senkte sich über das Abteil. Durch seine Begegnung mit der Polizei früher am Abend und sein schlechtes Gewissen waren seine Nerven ohnehin zum Zerreißen gespannt. Er beschloss, den Waggon zu wechseln, und erhob sich.

«M-m.» Der Jugendliche schüttelte den Kopf und lehnte sich vor, um Arthur den Weg zu versperren. Er lächelte noch immer, doch in seinen Augen funkelte jetzt ein irrer Glanz. Er schien Arthurs Angst zu genießen.

«Entschuldigen Sie!» Arthur legte seine ganze Autorität in diese Worte, doch der Junge lachte ihn nur aus und stieß ihn grob auf den Sitz zurück.

«Unverschämtheit! Ich muss gehen.»

«Aber sicher! Nach allem, was ich gehört habe, hättest du schon vor langer Zeit gehen sollen.»

Der drohende Unterton in der Stimme des Jungen ließ Arthur das Blut in den Adern gefrieren. Fest entschlossen, sein Gegenüber notfalls mit Gewalt zur Seite zu stoßen, sprang Arthur auf, doch der andere machte keine Anstalten, zur Seite zu treten. Zwei schmerzhafte Rippenstöße ließen ihn erneut auf den Sitz zurücksinken. Seine Knie waren weich von dem Schock. Mit der Hand berührte er die schmerzende Stelle und fühlte etwas Feuchtes. Er sah hinab auf seine Hände, die über und über mit Blut bedeckt waren. Wie versteinert von der Erkenntnis, dass das hier kein böser Traum war, begann er am ganzen Leib zu zittern. Der Junge stand immer noch da, ein Messer in der Hand, und bewegte sich im Rhythmus des fahrenden Zuges. Er starrte auf Arthur herunter und schien dessen panische Angst geradezu zu genießen.

«Warum?», fragte Arthur erschüttert. Er spürte keinen Schmerz mehr, nur eine leichte Übelkeit in der Kehle. Und diese Eiseskälte, die ihn ankroch, immer weiter, und von ihm Besitz ergriff.

«Du warst ein böser Junge, Arthur, und böse Jungen müssen bestraft werden.» Der Junge spie die Worte förmlich aus und lachte über den Schmerz des älteren Mannes. Blut tropfte von Arthurs Hemd und bildete einen feuchten Fleck auf seiner Hose, der langsam größer wurde.

«Jetzt hast du dich auch noch bepisst, du Flasche!»

Der Zug fuhr über eine Weiche, und Arthur erkannte an den Bewegungen und den Geräuschen, dass sie in den nächsten Bahnhof einfuhren. Vielleicht würde ja jemand zusteigen. Er könnte ans Fenster klopfen, um auf sich aufmerksam zu machen. Vielleicht war es noch nicht zu spät!

Als könnte er Gedanken lesen, ließ der junge Mann von ihm ab und blickte sich um.

«Es ist Zeit. Sag schön auf Wiedersehen, Arthur!»

Dann stieß er zu, das Messer in der Faust. Arthur hob abwehrend die Hand, doch seine Finger wurden wie nichts beiseite gewischt, und das Messer landete am Ziel. Die geschliffene Klinge glitt zwischen zwei Rippen hindurch und durchtrennte den Herzmuskel. Arthurs Körper erzitterte ein letztes Mal und sackte dann leblos in sich zusammen.

Der Junge ließ die Klinge im Schaft verschwinden, holte die Brieftasche seines Opfers aus dessen Mantel. Er legte ihm die Kappe auf den Schoß, so dass der Fleck darunter nahezu bedeckt war. Dann zerschlug er die Abteilbeleuchtung über dem leblosen Körper. Mit etwas Glück würde man ihn erst an der Endstation finden.

Während der Zug langsam in den Bahnhof einfuhr, durchsuchte der Junge die Brieftasche nach Bargeld. Das Einzige, was er fand, war eine Zwanzig-Pfund-Note, die er einsteckte. Dann schmiss er die Brieftasche auf den Boden. Der Zug stand bereits, und er stieg aus. Auf dem Bahnsteig war mehr los, als ihm lieb war. Die Wirkung der Drogen, die er in Brighton genommen hatte, ließ langsam nach. Er hatte das Zeug gebraucht, denn dies war das erste Mal, dass er so weit gegangen war und jemanden kaltblütig getötet hatte. Sein Kopf fühlte sich so riesig an, und seine Hände begannen zu zittern. Er vergrub sie tief in der Jacke seines Trainingsanzugs, so dass man das Blut nicht sehen konnte, das an ihnen klebte. Der Gestank in der Herrentoilette raubte ihm beinahe den Atem, doch zum Glück war niemand hier. Er hielt die Hände unter den schwachen Wasserstrahl und wusch sich mehr schlecht als recht das Blut ab. Zu seiner Überraschung waren sogar noch Papierhandtücher im Spender, und er rieb sich die Hände so gut es ging sauber.

Am Taxistand wartete noch ein Wagen. Geld war heute Nacht nicht das Problem, überhaupt würde er die nächste Zeit ganz gut über die Runden kommen. Also beschloss er, sich zur Feier des Tages ein Taxi zu gönnen. Auf dem Rücksitz des Wagens warf er sich die letzte noch verbliebene graue Pille in den Mund und schluckte sie hinunter. Erst als er sich mit dem Messer den Dreck und das Blut unter seinen Fingernägeln entfernt hatte und die Tablette langsam wirkte, fühlte er, wie er sich entspannte und das Hochgefühl wieder zurückkehrte. Plötzlich erinnerte er sich daran, dass er die Brieftasche hätte mitnehmen sollen! Damit es wie ein Raubüberfall aussah. Das würde seinen Auftraggeber echt ankotzen, und vielleicht würde er nun die andere Hälfte seines Honorars nicht bekommen. Blieb immer noch die Hoffnung, dass es niemals herauskommen würde und er noch einmal so davonkäme. Das war ja meistens so. Er bedeutete dem Fahrer, an der nächsten Ecke zu halten, und ging die kurze Strecke bis zum Club zu Fuß. Dort würde er sich besorgen können, was er brauchte, damit er die Nacht bis zum Morgen ohne Alpträume überstehen würde.

14

Es war ein langer Tag gewesen, besser gesagt ein langer, langer Monat. Noch ein paar Tage, dann wäre sie wieder zurück in Harlden. Die dreiwöchige Abordnung an die Küste war eine Erfahrung wert gewesen, doch Nightingale war froh, dass das Osterwochenende vor der Tür stand und alles bald vorüber wäre. Sie vermisste ihre alte Abteilung mehr, als sie erwartet hatte. Eigentlich war sie nicht der Typ, der eine sentimentale Zuneigung zu irgendwelchen Orten oder Kollegen entwickelte, doch dorthin sehnte sie sich wirklich zurück. Und der Gedanke gefiel ihr gar nicht. Sie dachte lieber nicht daran, was – oder besser gesagt, wen – sie so vermisste.

Es war kurz vor zehn Uhr. Seit über vierzehn Stunden war sie nun auf den Beinen. Sie war alleine im Büro – ihre Schichtkollegen waren längst nach Hause gegangen, und die Kollegen von der Ablösung waren in der Kantine, um sich mit Kaffee und Schinken-Sandwiches zu versorgen. Alles, was sie jetzt noch wollte, war, in einer bis zum Rand mit duftendem, heißem Wasser gefüllten Badewanne zu liegen, ein bisschen klassische Musik, vielleicht Schubert, aufzulegen und ein Glas gekühlten Chardonnay zu trinken. Diese Vorstellung war so verführerisch, dass sie den Lavendelduft ihres Aromaöls förmlich riechen konnte, als sie nach ihrer Jacke griff und auf die Tür zusteuerte.

Das Telefon klingelte, doch sie überhörte es, ihre Schicht war schließlich beendet und die Kollegen waren sicher frischer als sie. Sie würden den Anruf schon entgegennehmen, wenn sie aus der Kantine zurückkehrten. Es hörte nicht auf zu klingeln, und der Drang, den Hörer abzuheben, wurde so groß, dass sie, als sie die Tür schon fast erreicht hatte, doch noch zum nächsten Hörer griff, in der Hoffnung, der Anrufer hätte bereits aufgelegt.

«Ja bitte?»

«Das wurde ja langsam Zeit! Wer ist am Apparat?» Sie erkannte die Stimme des wachhabenden Sergeant.

«Detective Constable Nightingale, Sarge.»

«Wer? Ach ja. Warum hat das so lange gedauert?»

«Ich war schon fast zur Tür raus.» Hinter sich hörte Nightingale, wie die Stimmen ihrer zurückkehrenden Kollegen lauter wurden und die Tür aufging.

«Sagen Sie Inspector Linden oder Sergeant Pink Bescheid, einer soll rüberkommen zum Sea View, Cheyne Terrace. Zwei Kollegen von der Streife waren dort wegen einer Beschwerde, Hausfriedensbruch, und haben eine Leiche gefunden. Sieht verdächtig aus. Die Spurensicherung ist schon unterwegs.»

Nightingale stöhnte. Hier waren alle Diskussionen zwecklos. Detective Sergeant Pink stand hinter ihr, nippte an seinem Kaffeebecher und unterhielt sich. Bestimmt würde er sie auffordern, ihn zu begleiten, denn er nutzte jede auch noch so kleine Gelegenheit, um mit ihr zu flirten. Bisher hatte sie ihn durch ein betont kühles Auftreten erfolgreich auf Distanz gehalten. Innerlich hatte sie dabei jedoch förmlich gekocht. Und ausgerechnet heute Abend war sie wie erschlagen. Ob es ihr da gelingen würde, gelassen zu bleiben?

Natürlich forderte Pink sie auf, mit ihm in seinem Wagen zu fahren, und er nutzte die fast halbstündige Fahrt, um ihr alles Mögliche zu erzählen. Pink war so überzeugt von sich und seinem Charme, dass er sich für unwiderstehlich hielt und förmlich erwartete, dass Nightingale sich ihm an den Hals werfen würde. Obwohl alle Welt wusste, dass er verheiratet war. Er hielt ihr Desinteresse und ihre abweisende Haltung ihm gegenüber irrtümlicherweise für eine clevere Aufforderung, doch nachdem nun einige Wochen vergangen waren, war er mit seiner Geduld langsam am Ende. Als sie ihr Ziel erreicht hatten, ging er aufs Ganze.

«Du magst doch klassische Musik?»

«Ja.»

«Das dachte ich mir», sagte Pink, während er seinen Sicherheitsgurt öffnete und sich dabei unnötigerweise zu ihr herüberbeugte. «Ich habe zwei Karten für ein Konzert im Royal Pavilion am Samstagabend.»

«Wie schön für dich.»

«Hättest du Lust mitzukommen?»

«Ich glaube nicht. Trotzdem vielen Dank.» Sie legte ihre Hand auf den Türgriff und wollte gerade aussteigen, als er ihren Arm ergriff und sie zurückhielt.

«Komm schon, Nightingale. Nun hab dich nicht so. Du willst es doch genauso wie ich. Hör auf, mir was vorzuspielen.»

Er drückte ihren Arm zur Seite und fasste ihr an die Brust. Sie fühlte, wie ihre lang unterdrückte Wut plötzlich mit Macht aufflammte.

«Ich sagte nein, und ich meinte nein. Hör endlich auf, mich zu belästigen!»

«Dich belästigen, du hinterhältiges kleines Flittchen! Was bildest du dir eigentlich ein? Guter Gott, das sieht man doch auf zehn Meter Entfernung, dass du's dringend mal wieder brauchst. Die anderen haben es ja gleich gewusst: Du bist eine von diesen frigiden Lesben, die ihre Arschbacken so fest zusammenkneifen, dass sie nur am Sonntag aufs Klo können.»

Er stieß die Autotür so vehement auf, dass ein gerade vorbeifahrender Motorradfahrer fast ins Schleudern gekommen wäre. Nightingale rührte sich nicht. Heftig kämpfte sie gegen die Tränen und die Wut, die in ihr aufstiegen. Er war ein dummer Idiot, und was er über sie dachte, war ihr völlig egal, doch seine Andeutung über «die anderen» und ihre angebliche Verachtung ihr gegenüber hatte sie schwer getroffen. Sie hatte hart gearbeitet, hatte immer und überall ausgeholfen und ihnen, wenn sie ihr Pensum allein nicht schafften, Papierkram abgenommen. Und die ganze Zeit hatten sie hinter ihrem Rücken über sie gelacht. Einen Augenblick später versiegten ihre Tränen, doch die Wut blieb. Sie schluckte schwer, versuchte das Gefühl beiseite zu schieben und betrat hinter Pink die gut gepflegte Doppelhaushälfte.

Die Techniker von der Spurensicherung waren schon bei der Arbeit, und Blitzlichter zuckten aus einem Zimmer rechts von der Diele. Pink unterhielt sich mit einem der beiden Streifenpolizisten, die als Erste am Tatort gewesen waren.

«Die Nachbarn, Mr und Mrs Wells, hörten gegen neun Uhr verdächtige Geräusche.»

«Was für Geräusche?», fragte Pink.

«Laute Stimmen, dann Schreie.»

«Wer war sie?»

«Amanda Bennett.»

Der Streifenbeamte warf einen Blick in sein Notizbuch.

«Verheiratet? Lebensgefährte?»

«Mrs Wells sagt nein. Sie lebte alleine. Ist vor knapp einem Jahr hier eingezogen.»

Nightingale reckte den Hals, um über Pinks Schulter zu sehen. Der Polizeiarzt kam und betrat vorsichtig den Raum, während die Leute von der Spurensicherung zur Seite traten. Nightingale konnte die Tote jetzt sehen. Weiß, vielleicht Ende dreißig oder etwas älter. Schlank, ihr Körper war noch gut in Form gewesen, ein bisschen zu viel Make-up, doch sie schien ziemlich attraktiv gewesen zu sein. Aber das war, bevor ihr Mörder sie so zugerichtet hatte.

Offensichtlich waren ihr die Schnitte an Gesicht und Hals nicht nach einem bestimmten Muster zugefügt worden. Einige waren fast nur Kratzer, andere gingen tief ins Fleisch hinein. Scheinbar unberührt beobachtete sie den Polizeiarzt, wie er die Tote untersuchte.

«Der Tod muss vor knapp zwei Stunden eingetreten sein.»

«Todesursache?» Pink konnte nie einfach nur abwarten.

«Das wird der Gerichtsmediziner bei der Obduktion klären.»

Die Arbeit um den Leichnam herum ging weiter. Niemand sprach, nicht aus Respekt gegenüber der Toten, sondern weil alle müde waren. Schweigend durchsuchten Pink und Nightingale das Haus. Als der Polizeiarzt gegangen war, betrat Nightingale zum ersten Mal den Raum, in dem die Tat verübt worden war. Die Möbel waren nichts Besonderes, doch alles machte einen gepflegten und sauberen Eindruck. Das einzige offensichtlich teure Stück war ein zierlicher Vitrinenschrank, in dem eine Puppensammlung untergebracht war.

«Wir wissen jetzt, wie die Dame ihren Lebensunterhalt bestritten hat», rief Pink Nightingale zu, und sie folgte ihm nach oben. Mit einem wissenden Lächeln deutete er mit dem Kopf auf eine der Türen.

Das eine Zimmer enthielt ein ausladendes Doppelbett mit einem Spiegel am Kopfende. Ein zweiter Spiegel hing genau über dem Bett an der Decke. Hinter einem mit geschnitzten Holzornamenten verzierten Paravent befanden sich zwei geschickt integrierte Einbauschränke, in denen eine ganze Kostümsammlung untergebracht war. Da war für jeden Geschmack etwas dabei, von der Uniform bis zum wirklich perversen Outfit. Zu den weniger abartigen Verkleidungen zählten ein Lehrerinnenkostüm mit kurzem Faltenrock, Mäntelchen und Turnschuhen sowie die Schürze einer Kinderschwester, in deren Tasche eine Flasche Babyöl steckte.

Der andere Schrank enthielt rote, violette und schwarze hautenge Anzüge in allen denkbaren Materialien, die an strategisch wichtigen Stellen aufgeschlitzt waren. Gummi, Lurex, Leder, PVC, Seide, einfach alles war da. Säuberlich in Fächern verstaut eine ganze Kollektion genagelter Halsbänder, Stiefel, Accessoires, Rohrstöcke und Peitschen. Auf gewisse Weise war Nightingale fasziniert, auch wenn sie bewusst ein unbeteiligtes Gesicht aufsetzte.

«Ein Kunde, der ungemütlich geworden ist.» Pink war sich seiner Sache sicher.

«Könnte sein, doch warum so ein Risiko eingehen? Außerdem war sie nicht angezogen.»

«Nein, meine Liebe, da hast du etwas falsch verstanden. Sie hat sich für ihre Kunden *aus*gezogen!»

Nightingale überhörte seine Bemerkung. «Nicht weit von hier hat es heute Abend noch einen Mord gegeben, Tracy Grey, auch sie war Prostituierte.»

«Warum hast du das nicht gleich gesagt, du Idiotin. Die beiden Fälle könnten zusammenhängen.»

«Die Umstände sind völlig anders, Sir. Doch Sie haben Recht, ich hätte das gleich erwähnen sollen.» Und das hätte ich auch getan, wenn du nicht so verdammt beschäftigt gewesen wärst, mich anzumachen. Sie entfernte sich. Spontan öffnete sie die Badezimmertür. Die Badewanne war bis zum Rand mit sauberem Wasser gefüllt, auf dessen Oberfläche getrocknete Rosen- und Lavendelblüten schwammen. Eine fast heruntergebrannte Kerze flackerte ein letztes Mal. Auf der Ablage neben der Wanne lag ein aufgeschlagenes Buch, und daneben stand ein einsames Glas mit etwas darin, das wie Wodka aussah. Nightingale, die sich mit solchen Sachen auskannte, sah sofort, dass die Frau sich auf ein ausgedehntes, ruhiges Bad vorbereitet hatte. Bevor jemand sie brutal ermordet hatte.

«Nightingale, kommen Sie runter und befragen Sie die Nachbarn.

Nun machen Sie schon. Das hier ist keine Sightseeing-Tour, sondern eine Ermittlung.»

Sie ignorierte Pinks aggressiven Tonfall und verließ rasch das Haus, um Mr und Mrs Wells zu besuchen. Ein uniformierter Constable hatte ihnen bereits mitgeteilt, dass ihre Nachbarin tot war, und das ältere Ehepaar saß da wie erstarrt. Keiner sagte ein Wort.

Sie boten Nightingale eine Tasse Tee an, die sie dankend annahm. Dann ließ sie sich in einen von Mrs Wells' bequemen Sesseln niedersinken. Sofort merkte sie, dass sie das lieber nicht hätte tun sollen, denn eine Welle der Müdigkeit drohte sie zu überrollen. Sie hatte Mühe, die Augen offen zu halten.

Doch Mrs Wells stellte sich als eine äußerst brauchbare Zeugin heraus, eine Frau mit einer scharfen Beobachtungsgabe, die das Wesentliche einer Sache sofort erfasste, und Nightingale wurde etwas wacher.

«Amanda ist vor neun Monaten eingezogen. Habe sie nicht viel zu Gesicht bekommen, sie lebte ziemlich für sich. War immer freundlich, aber kein geselliger Typ.»

«Haben Sie je einen Ehemann oder einen Liebhaber zu Gesicht bekommen, jemanden, der ihr nahe stand?»

Mrs Wells schwieg. Sie schien nicht recht zu wissen, was sie sagen sollte.

«Nein, niemanden, der regelmäßig gekommen wäre. Doch Besuche bekam sie schon.»

«Männerbesuche?»

Die ältere Frau nickte und wich Nightingales Blick aus.

Nightingale drängte sie nicht. Sie wussten ja bereits, welchen Beruf das Opfer ausgeübt hatte.

«Können Sie den einen oder anderen dieser Besucher beschreiben?»

«Nein, das ist ja das Merkwürdige. Bis heute Abend haben wir fast nie etwas von diesen Besuchern mitbekommen. Sie war immer sehr diskret: ein leichtes Klopfen und schon ließ sie sie herein. Nicht wie heute. Das hat mich auch so stutzig gemacht. Dieses laute Gepolter. Bisher hat sich noch nie jemand so aufgeführt.»

«Also haben Sie den Besucher von heute Abend gesehen. Wie hat er ausgesehen?»

«Er war schmächtig, dünn, blondes Haar. Mehr konnte ich nicht erkennen, doch sie schien ihn zu kennen. So viel konnte ich sehen.»

«Wie das?»

«Na ja, Geoff hatte die Tür einen Spalt geöffnet – wir hatten die Kette vorgelegt –, und wir wollten ihn schon bitten, etwas leiser zu sein, als sie die Tür öffnete und sagte: ‹Ach, du bist's›, und ihn hereinließ.»

«Sie sagten ‹ihn›: Sind Sie sicher, dass es ein Mann war?»

Die beiden Eheleute wechselten einen erschrockenen Blick.

«Also mit absoluter Sicherheit kann ich das nicht sagen. Die Person war nicht besonders groß, also hätte es durchaus eine Frau sein können. Was meinst du, Geoff?»

«Ich weiß nicht. Ich habe angenommen, es wäre ein Mann, aber … Ich habe natürlich das Gesicht nicht gesehen, und vom Körperbau her hätte man das nicht sagen können.»

«Was ist passiert, nachdem Amanda die Person hereingelassen hatte?»

Mrs Wells berichtete von den Stimmen, die sie gehört hatte. Laute Stimmen, die auf einen Streit hindeuteten. Dann hatten sie eine Frau ganz entsetzlich schreien hören und sofort die Polizei alarmiert. Sie konnten nicht sagen, ob die Haustür noch einmal geöffnet und geschlossen wurde. Bis zum Eintreffen der Polizei war weiter nichts geschehen.

Das war alles, was Nightingale von Mr und Mrs Wells in Erfahrung bringen konnte, und widerwillig machte sie sich auf den Weg zu Detective Sergeant Pink.

15

Genau um die gleiche Zeit, etwa vierzig Kilometer weiter nördlich, beugte sich Detective Chief Inspector Fenwick zwischen den abgewetzten Sitzbänken eines Zuges über die leblose Gestalt eines Mannes, dessen tote Augen vor Überraschung geweitet waren. Sein Führerschein wies ihn als Arthur Fish aus. Vorsichtig hob Fenwick seine Brieftasche auf, darauf bedacht, eventuell vorhandene Fingerabdrücke nicht zu verwischen. Eine Putzfrau, für die der Anblick von Schnapsleichen im Zug nichts Neues war, hatte den zusammengesackten Körper gefunden. Gerade als Fenwick sich entspannt zurückgelehnt hatte, um sich ganz der Lektüre eines guten Buches zu widmen, hatte ihn der Anruf erreicht. Er wohnte weniger als eine Viertelstunde Fußmarsch vom Bahnhof entfernt, und so war er dorthin gelaufen und lange vor dem Team eingetroffen. Die Kollegen von der Streife warteten draußen und hielten die wenigen Fahrgäste, die vielleicht etwas gesehen haben könnten, im Wartesaal zusammen.

Es war ein merkwürdig stiller und friedlicher Moment, als er allein über den Toten gebeugt dastand. Nur die kleine Blutlache, die sich dunkel vom Sitzpolster der Bank abhob, deutete auf einen gewaltsamen Tod hin. Er berührte nichts weiter, ließ lediglich seinen Blick über die Szenerie schweifen. Der Mantel des Mannes war schief zugeknöpft worden – der mittlere Knopf wurde vom unteren Knopfloch gehalten. Ein altmodischer, drei viertel langer Kamelhaarmantel, der sicher einmal teuer gewesen war. Auf dem Boden, zwischen seinen Wildlederschuhen, lag eine Kappe. Er musste um die fünfzig gewesen sein, hatte schütteres Haar und war ziemlich übergewichtig. Fenwick richtete sich auf und stieg aus dem Zug, um draußen auf die anderen zu warten.

Auf den Betonstufen, die zum Bahnsteig hinaufführten, waren schwere Schritte zu hören, und Detective Sergeant Coopers gerötetes und schnaufendes Gesicht tauchte auf.

«Das hat ja ganz schön gedauert!»

«Entschuldigen Sie, Sir! Auf der Umgehungsstraße ist ein Unfall passiert, die haben alles gesperrt, und wir mussten wieder umkehren und durch die Stadt fahren. Was haben wir denn?»

«Wie es aussieht, haben wir einen Mr Arthur Fish an Land gezogen. Er ist noch nicht lange tot, eine Putzfrau hat ihn …», er warf einen Blick auf seine Uhr und zog die Augenbrauen hoch, «vor einer Stunde gefunden. Police Constable Dane war als Erster hier und hat uns gerufen.»

«Verdächtige Umstände?»

«Sieht so aus. Auf dem Sitzpolster und auf seinem Mantel ist Blut. Keine Spur von einer Waffe. Lassen Sie uns hören, was Pendlebury zu sagen hat. Ich habe ihn gerade reingehen sehen.»

Die beiden Männer bestiegen den Zug und fanden einen verdrießlichen Gerichtsmediziner vor, der sich gerade über die Leiche beugte, wie kurz zuvor Fenwick. Er hatte Fishs Mantel, Jackett und Hemd aufgeknöpft und untersuchte die wabbelige, weiße Haut, die darunter zum Vorschein kam.

«Guten Abend, Doktor, haben Sie Arbeit für uns?»

Pendlebury antwortete nicht gleich. Er sah sich die Wunden noch eine Weile genau an, bevor er sagte: «Ja, das habe ich.» Dann vertiefte er sich wieder in die Untersuchung der Leiche.

Fenwick wartete, eine Taktik, die normalerweise bei diesem überaus schweigsamen Mann zum Erfolg führte. Doch heute schien er damit kein Glück zu haben, und so sah er sich schließlich gezwungen zu fragen: «Wie ist er gestorben?» Und rasch, in der Hoffnung, dass es als eine Frage durchgehen würde, schob er hinterher: «Und wann?»

«In der Brust sind drei Stichwunden, die so stark geblutet haben, dass ich annehme, dass wenigstens zwei davon nicht sofort tödlich waren. Woran er jedoch letztendlich gestorben ist, kann ich definitiv erst nach der Obduktion sagen.» Fenwicks zweite Frage blieb unbeantwortet.

Fenwick bemerkte Coopers Blick und verzog das Gesicht. Pendlebury war ein fähiger Pathologe, doch die Zusammenarbeit mit ihm konnte zuweilen anstrengend sein. Und in letzter Zeit war er noch wortkarger geworden.

Pendlebury sah, dass der Fotograf fertig war, und rief nach jemandem, der ihm helfen sollte, den Toten umzudrehen, so dass er die Körpertemperatur messen konnte. Die beiden Detectives verließen das Abteil mit der abgestandenen, stickigen Luft und stiegen aus dem Zug. Cooper forderte per Telefon Verstärkung an, dann stellte er die Frage, die er schon vor einer ganzen Weile hatte stellen wollen.

«Warum hat man Sie gerufen, Sir? Wir haben mindestens zwei Beamte in Rufbereitschaft, die die Sache hätten erledigen können.»

Mit behandschuhten Fingern klappte Fenwick die Brieftasche des Toten auf, zog eine kleine Plastikkarte heraus, auf der der Name und die Stellung des Toten verzeichnet waren, und hielt sie Cooper hin. Der Name seines Arbeitgebers war Wainwright Enterprises.

«Constable Dane hat nachgesehen, wer er war, und George Wicklow hat gleich erkannt, dass das für uns von Interesse sein könnte.»

«Da könnte er Recht haben.»

Fenwick nickte nur. Erst im vergangenen Monat hatte er mit Wainwright's zu tun gehabt. Die Angelegenheit war ihm zwar verdächtig erschienen, doch er hatte nicht erwartet, schon so bald wieder auf diesen Namen zu stoßen.

Nach einer Stunde hatte man die Leiche weggebracht, die Putzfrau, das Bahnhofspersonal und mögliche Zeugen befragt und den ganzen Waggon nach Spuren abgesucht. Der Zug war um 21.12 Uhr an der Küste abgefahren und etwa eine Stunde später in Harlden eingetroffen. Zwischen dem Ausgangs- und dem Zielbahnhof lagen elf Zwischenstationen. Bis Mitternacht hatte die Einsatzzentrale dafür gesorgt, dass auf allen Bahnsteigen und Parkplätzen entlang der Strecke Plakate aufgehängt wurden, auf denen die Polizei um sachdienliche Hinweise bat. In der Hoffnung, dass der Täter die Waffe weggeworfen hatte, wurden vorsorglich alle Abfallbehälter sichergestellt und durchsucht. Bei Tagesanbruch würden die Suchaktionen entlang der Strecke beginnen, und Polizeibeamte würden auch das Bahnhofspersonal der Zwischenstationen befragen. Eine Gruppe Beamter war abberufen worden, in den nächsten Tagen alle Fahrgäste des 21.12-Uhr-Zuges zu befragen. Vielleicht würden sie auf den einen oder anderen Pendler stoßen, der etwas gesehen hatte.

Etwa um die Zeit, als der Einsatzleiter die letzten Anweisungen gab, klopften Fenwick, Cooper und ein Constable an die Tür zu Mr Fishs Haus. Eine sehr alte Frau öffnete. Sie wirkte kampflustig.

«Mrs Fish?»

«Nein. Wer sind Sie?» Sie spähte durch den Türspalt, der von einer stabilen Kette gesichert wurde. Fenwick zeigte seinen Dienstausweis und stellte sich und die anderen vor. Die Frau trat etwas näher, um den Ausweis genauer in Augenschein zu nehmen. Eine Weile später öffnete sie zögernd die Tür und bat sie herein. Sie führte die drei Besucher direkt in eine ordentlich aufgeräumte und saubere Küche, in der sie sich offenbar gerade eine Tasse Tee zubereitet hatte.

«Nun?», zischte sie feindselig, und einen Moment lang tat ihnen Arthur Fish furchtbar Leid.

«Entschuldigen Sie, Mrs …?»

«Winslow, von Nummer 63. Ich pass hier auf, bis die Nachtschwester kommt. An den Donnerstagen, an denen Mr Fish seine Fakultätstreffen hat. Doch sie ist immer noch nicht da und er ebenfalls nicht!»

«Für wen passen Sie auf?»

«Für Mr Fish natürlich.»

Fenwick sah sie unverwandt an, unbeeindruckt von ihrer brüsken Art.

«Ach, ich verstehe, was Sie meinen. Ich passe auf Mrs Fish auf.» Sie machte eine Pause, dann fuhr sie widerwillig fort. «Sie ist schwer krank. Ich weiß nicht genau, was sie hat, ich glaube m. S. Die Arme kann nichts mehr selbst machen. Es ist ein Wunder, dass sie überhaupt noch lebt.»

Nachdem sie ihr anfängliches Schweigen einmal gebrochen hatte, konnte Mrs Winslow nicht mehr aufhören zu sprechen. Sie erzählte ihnen alles über Mrs Fishs Krankheit, Mr Fishs wichtige Stellung in der Firma, seine allmonatlichen Fakultätstreffen und dass er sonst um diese Zeit längst zurück war. Ein zuverlässiger und pünktlicher Mann, das sei Mr Fish. Und ob sie hier auf ihn warten wollten?

«Ist Mrs Fish wach? Glauben Sie, dass sie uns verstehen kann?»

«Geistig ist sie völlig da, das ist ja das Schreckliche. Nur ihr Körper hat sie im Stich gelassen. An manchen Tagen ist es besser, aber sprechen kann sie nicht mehr, seit ungefähr zwei Monaten jetzt. Und ihre

Sehkraft lässt auch immer mehr nach. Ich kann mich nicht mehr erinnern, wann ich sie das letzte Mal außerhalb ihres Bettes gesehen habe. Es ist so tragisch. Und ich bin dreiundachtzig und so fit wie vor zwanzig Jahren ...» Mrs Wilmslow schien sich an ihrer traurigen Geschichte direkt zu weiden.

Fenwick unterdrückte ein Schaudern und wurde durch das Eintreffen der Nachtschwester, die die Diele betrat, abgelenkt.

«Tut mir Leid, dass ich zu spät komme. Die Straßen waren total verstopft.»

Sie trat über die Schwelle und blieb abrupt stehen, als sie die ernst dreinblickenden Fremden in der Küche stehen sah.

«Oh nein, sie ist tot», flüsterte sie.

«Nein, deshalb sind wir nicht da, Miss ...?» Fenwick zeigte der Schwester seinen Dienstausweis.

«Hay, Alice Hay. Was ist passiert?»

«Wir glauben, dass ihr Mann, Arthur Fish, tot ist.» Fenwick beobachtete Edith Wilmslows und Alice Hays Gesichter. Zweifellos traf die Nachricht beide Frauen völlig unvermutet, und beide hielten sich erschrocken die Hand vor den Mund.

«Wie ist er gestorben?», fragte die Schwester, die sich als Erste wieder gefasst hatte.

«Das wissen wir im Moment noch nicht, doch wir brauchen jemanden, der Mr Fish identifizieren kann. Hat er Kinder?»

«Ja, aber nicht in der Nähe. Ich werde es tun.» Nun, da sie den ersten Schrecken überwunden hatte, wirkte Alice Hay völlig ruhig und professionell, so dass Fenwick ihr Angebot dankend annahm.

«Ist Mrs Fish in der Lage, die Nachricht zu verkraften?»

«Wohl kaum, doch ihre Krankheit ist chronischer Natur, und ihr Zustand ist seit einigen Monaten stabil.» Die Krankenschwester hielt inne, tief in Gedanken. «Sie wird sich sowieso bald Sorgen machen, wenn er nicht kommt. Wenn ich darüber nachdenke, dann glaube ich schon, dass Sie es ihr sagen sollten. Doch lassen Sie mich zuerst den Arzt rufen. Ich habe seine Nummer für Notfälle.»

Sie warteten schweigend, während Alice Hay ihr kurzes Telefonat führte.

«Er ist meiner Meinung. Wenn wir bis zum Morgen warten, würde sie nur mehr Angst bekommen und das Risiko einer ernsten

Reaktion wäre nur größer. Außerdem muss man es ihr ohnehin sagen. Bitte folgen Sie mir, ich werde Sie zu ihr bringen.»

Fenwick folgte Alice und bedeutete Cooper, bei Mrs Wilmslow zu bleiben und sie derweil zu beschäftigen.

«Wenn sie einmal blinzelt, so bedeutet das ja oder gut, dreimal heißt nein oder schlecht», rief ihnen die alte Frau hinterher. Sie würde sich auf keinen Fall an den Rand drängen lassen.

Die Kranke war in einem großzügigen Anbau im hinteren Teil des Hauses untergebracht: ein luftiges Zimmer, das an einen Wintergarten erinnerte und das den Blick auf einen Landschaftsgarten freigab. Die Utensilien zur Betreuung der Patientin waren in einem separaten Raum dahinter untergebracht, der mit Einbauschränken und einer Spüle ausgestattet war. Gegenüber befand sich ein behindertengerechtes Bad mit Toilette. Hier hatte man an nichts gespart, das sah Fenwick auf den ersten Blick.

Ein Nachtlicht tauchte das Tischchen neben dem Bett in einen freundlichen, milden Schein. Fenwick konnte nicht erkennen, ob die Frau im Bett wach war oder schlief. Er wartete, während die Schwester zu ihr sprach.

«Mrs Fish? Sind Sie wach? Würde es Ihnen etwas ausmachen, wenn ich Licht machte?» Alice drückte der Patientin sanft den Arm. «Ich bin's, Alice. Es tut mir Leid, aber es ist etwas passiert, und Sie sollten das wissen.» Sie nahm die Hand der Kranken und fühlte unauffällig ihren Puls.

Fenwick setzte sich auf den Stuhl neben dem Bett und erklärte, wer er war.

Mrs Fishs erstaunlich schöne Augen blickten weit offen und ängstlich. In seiner Eigenschaft als Polizist war Fenwick darin geübt, schlechte Nachrichten zu überbringen, und so kam er gleich zur Sache.

«Mrs Fish. Es tut mir so Leid, aber ich habe eine sehr schlechte Nachricht für Sie.»

Der ängstliche Ausdruck in ihren Augen verstärkte sich, und die Schwester drückte tröstend ihre Hand. Fenwick sprach weiter, in dem Bewusstsein, dass das, was er zu sagen hatte, nicht besser werden würde, je länger er wartete.

«Es fällt mir nicht leicht, Ihnen dies zu sagen. Wir glauben, dass

Ihr Mann heute Abend im Zug, auf der Rückfahrt nach Harlden, gestorben ist. Es tut mir so Leid.»

Als Fenwick erklärte, warum sie so gut wie sicher waren, dass es sich bei dem Mann, den sie gefunden hatten, um Arthur handelte, traten Tränen in ihre Augen, und eine dicke Träne rann langsam ihre Wange herunter. Bald war ihr ganzes Gesicht tränenüberströmt, und sie konnte sich noch nicht einmal über das Gesicht wischen. Lange sagte keiner ein Wort, bis die Schwester ihr mit einem sauberen Taschentuch sanft die Tränen abtupfte.

«Können wir uns ein bisschen unterhalten, Mrs Fish?»

Sie blinzelte einmal.

«Möchten Sie wissen, was geschehen ist?»

Wieder ein Blinzeln.

«Es sieht so aus, als wäre Ihr Mann nicht auf natürliche Weise gestorben. Wir glauben auch nicht, dass er Selbstmord begangen hat. Vielmehr deutet alles darauf hin, dass jemand ihn angegriffen und getötet hat.»

Sie starrte ihn einfach nur an. Nichts in ihren Augen deutete darauf hin, dass sie schockiert oder überrascht war. Nur unaussprechlicher Zorn war in ihnen zu lesen.

«Hatte ihr Mann Feinde?»

Sie blinzelte dreimal.

«Hegte jemand einen Groll gegen Ihren Mann?»

Wieder blinzelte sie dreimal.

«Machte Ihr Mann sich wegen irgendetwas Sorgen, oder hatte er Angst?»

Ein Zögern, dann erneut ein dreimaliges Blinzeln.

«Sie scheinen sich nicht ganz sicher zu sein. Wenn er auf Sie irgendwie besorgt gewirkt hat, dann könnte das sehr wichtig sein.»

Sie antwortete nicht und wieder rollten Tränen über ihr Gesicht.

«Haben Sie Freunde, die bei Ihnen bleiben können? Mrs Wilmslow vielleicht?»

Ein entschlossenes dreimaliges Blinzeln.

«Ich bleibe bei ihr bis zum Morgen, Chief Inspector.» Die Stimme der Schwester war weich und beruhigend. «Ich glaube, das ist jetzt genug. Könnten Sie Mrs Wilmslow hinausbegleiten, wenn Sie gehen? Ich bleibe bei Mrs Fish.»

Als er mit Cooper das Haus verließ, seufzte Fenwick tief.

«Sie weiß etwas, ich bin mir sicher. Doch sie will es uns nicht sagen. Die arme Frau, sie hätte sich sicher niemals träumen lassen, dass sie ihren Mann noch überleben würde.»

Am darauf folgenden Morgen wohnten Fenwick und Cooper der Obduktion bei. Cooper hasste diesen Part ihrer Arbeit. Dem Chef schien das nicht viel auszumachen, doch Cooper hatte bei Autopsien schon immer Schwierigkeiten gehabt und hätte sich dieser Pflicht am liebsten entzogen.

Behandschuht und gespornt wartete Pendlebury bereits auf sie. Neben ihm auf einem Stahltisch lag die Leiche von Arthur Fish, mit dem Gesicht nach oben. Pendlebury nickte ihnen zu und begann, die äußere Untersuchung der Leiche in ein Diktiergerät zu kommentieren.

«Abgesehen von einer Verbrennung an der linken Hand und drei Stichverletzungen, sind keine Anzeichen von Gewalteinwirkung auf den Körper erkennbar.» Er gab die genauen Abmessungen der Wunden zu Protokoll. «Auffällig sind daneben einige Quetschungen, die ich Ihnen sofort zeigen werde ... Drei Stiche, alle von derselben Klinge. Die ersten beiden Stiche waren nicht tödlich, sie führten lediglich zu einem Blutverlust. Der dritte scheint tödlich gewesen zu sein. Er wurde ihm in exakt dem richtigen Winkel zugefügt, und diesmal hat der Täter so fest zugestochen, dass er das Herz getroffen hat. Dieser blaue Fleck hier deutet auf einen Griff hin. Die Tatwaffe hatte eine schmale, scharfe Klinge. Wenn man die Wunden betrachtet, könnte es sich um ein Klappmesser oder etwas Ähnliches handeln. Nach der Öffnung kann ich Ihnen mehr über die Waffe sagen.»

Cooper schluckte schwer.

«Unter seinen Fingernägeln und in der Leistengegend habe ich eine Substanz entnommen, die ich im Labor untersuchen lasse. Riecht wie Puder, hier.» Pendlebury hielt eine Hand des Toten in die Höhe, um sie daran riechen zu lassen. Cooper roch einen Hauch von Johnsons Babyöl, der ihn spontan daran denken ließ, wie sie vor vielen Jahren ihre Tochter gebadet hatten, und empfand plötzlich eine große Wut darüber, dass so eine wunderbare Erinnerung für immer von einer anderen überschattet sein sollte.

«Das ist Babyöl, Doktor, ich erkenne den Geruch.»

«Kurz vor seinem Tod hatte er noch Geschlechtsverkehr und hat dabei ein Kondom benutzt. Er hat sich hinterher nicht gewaschen, wir haben also genügend Spuren.»

«Aber was ist mit dem Babyöl?» Cooper war verwirrt. Fenwick und Pendlebury wechselten einen kurzen Blick, dann fuhr der Pathologe fort.

«Drehen wir ihn mal um, Ken. Danke.» Mit geübtem Griff drehte Pendleburys Assistent die Leiche um, so dass diese auf dem weißen speckigen Fleisch zu liegen kam.

«Sehen Sie sich das hier an.» Lange rote Striemen zogen sich über den unteren Teil des Rückens bis zum Gesäß. «Sieht aus wie von einem Rohrstock. Peitsche oder Gürtel können wir ausschließen. Wurde ihm einige Stunden vor seinem Tod beigebracht.»

«Sado-Maso?»

«Das haben Sie gesagt. Aber Sie könnten Recht haben.»

Stück für Stück untersuchte er den Rücken und die Extremitäten und entdeckte Handtuch- und Mullfasern auf der Haut und in den Haaren. Dann drehten sie den Körper noch einmal auf den Rücken.

Ohne Vorwarnung begann er, einen Y-Schnitt zu setzen, wobei er seinen Kommentar in das Mikrophon über seinem Kopf bellte. Die Plötzlichkeit, mit der die straff gespannte, graue Haut unter dem Skalpell aufsprang, machte Cooper würgen. Die oberste Hautschicht platzte auf und subkutanes Fett wurde sichtbar. Fish war körperlich in ziemlich schlechter Verfassung gewesen, und er hatte gut und gerne zehn Kilo Übergewicht mit sich herumgetragen.

Cooper warf einen verstohlenen Blick auf seinen eigenen runden Bauch und spürte, wie sein Marmeladetoast ihm sauer aufstieß. Er hustete laut und schnaufte. Fenwick wirkte nahezu unberührt, auch wenn man das natürlich nie so genau wissen konnte. Im Gegensatz zu Cooper, auf dessen Gesicht man lesen konnte wie in einem offenen Buch, wusste man bei Fenwick nie so genau, was er dachte. Er beobachtete, wie Pendlebury vorsichtig die inneren Organe entnahm und diese auf die Waage legte. Dem Alter entsprechend schienen sie relativ gesund. Außer dem offensichtlich untrainierten Zustand des Mannes und seinem Übergewicht deutete nichts auf eine Herzerkrankung hin. Pendlebury zeigte auf die tödliche Stichwunde, die das Herz erreicht hatte, und maß Länge und Breite des Einstichs.

Fenwick und Cooper warteten geduldig, während der Pathologe das Gehirn entnahm und es wog. Als Pendlebury die Leiche wieder schloss und mit einigen Stichen nähte, verabschiedeten sie sich und gingen zu ihren Wagen. Bevor Fenwick einstieg, lehnte er sich gegen die Fahrertür und sagte: «Sorgen Sie bitte dafür, dass die Dienststellen an der Küste von diesem Todesfall in Kenntnis gesetzt werden. Vielleicht ist das ja etwas vorschnell, doch wenn der arme Kerl sich Sex kaufen wollte, dann ist es wahrscheinlich, dass er das in Brighton oder Umgebung getan hat. Ich bin mir sicher, dass er deshalb dort unterwegs war. Brighton liegt weit genug ab vom Schuss, und dennoch ist es anonym genug, so dass man unentdeckt bleibt.»

«Glauben Sie, dass es zwischen dem Mord und dem Sex eine Verbindung gibt?»

Fenwick dachte nach und schüttelte den Kopf. «Das ist eine Möglichkeit, doch warum warten, bis er im Zug sitzt?»

«Ein Raubüberfall, der außer Kontrolle geraten ist?»

Fenwick warf dem Sergeant einen frustrierten Blick zu.

«Warum hatte er dann seine Brieftasche noch, komplett mit den Kreditkarten? Nein, das ergibt keinen Sinn. Mir kommt das nicht wie die Tat eines Gelegenheitsverbrechers vor. Andererseits ist es für einen geplanten Mord zu schlampig. Es ist noch zu früh, um irgendwelche Schlüsse zu ziehen. Wir müssen einfach warten und sehen, was der Tag uns bringt.»

16

Fenwick studierte den Inhalt von Arthur Fishs Brieftasche, als Cooper an seine Tür klopfte und eintrat.

«Sind Sie so weit, Sir?»

«Eine Sekunde noch. Setzen Sie sich kurz, Cooper. Was halten Sie hiervon?»

Detective Chief Inspector Fenwick hielt seinem Kollegen einen kleinen verchromten Schlüssel vor die Nase.

«Von einem Vorhängeschloss oder einem Koffer? Woher haben Sie den?»

«Der steckte im Innenfutter von Fishs Brieftasche. Und hier ist eine Kennziffer. Überprüfen Sie die Nummer und … vorerst behalten wir das einmal für uns. Hat es schon irgendetwas Neues bei der Bahn gegeben?»

Cooper schüttelte den Kopf. «Nichts. Heute Abend vielleicht, doch bisher liegen uns keinerlei Hinweise auf den Täter oder das Motiv vor.»

Fenwick erhob sich und warf Cooper seine Autoschlüssel zu.

«Sie fahren. Ich muss nachdenken.»

Es wurde eine stille Fahrt. Keiner der beiden sprach ein Wort.

Wainwright Enterprises war so eine Art Wahrzeichen im Industriegebiet sechs Kilometer vom Stadtzentrum entfernt. Auf dem Parkplatz hinter dem Firmengebäude wählte Cooper einen der wenigen Besucherparkplätze und manövrierte den Wagen sauber, aber unter beträchtlichem Schnauben und völlig verkrampft in die Parklücke ein. Als er nach einigem Rangieren schließlich den Zündschlüssel drehte und den Motor abstellte, brach Fenwick das Schweigen.

«Wieder einmal Wainwright's. Es kommt mir merkwürdig vor, dass zwei leitende Angestellte – der Geschäftsführer und nun auch noch der Chef der Buchhaltung – so kurz hintereinander das Zeitliche segnen.»

«Sagt man nicht, dass aller guten Dinge gewöhnlich drei seien? Was glauben Sie, wer als Nächster dran ist?»

Fenwick behagte dieser Gedanke ganz und gar nicht. «Sie müssen zugeben, dass es schon ein eigenartiger Zufall ist.» Er schlug die Wagentür zu. «Und Zufälle machen mich immer hellhörig.»

Die Empfangsdame führte sie in ein kleines Besprechungszimmer, das fast ganz von einem runden Kirschholztisch eingenommen wurde, und versorgte sie mit frischem Kaffee.

Einige Minuten später betrat Neil Yarrell, der Leiter der Finanzabteilung, den Raum. Schlank und von durchschnittlicher Größe, wirkte er wesentlich jünger, als sie in dieser Position erwartet hatten, höchstens fünfunddreißig. Er reichte ihnen eine sorgfältig manikürte Hand, und Fenwick fiel sein eleganter italienischer Anzug auf.

«Chief Inspector Fenwick, guten Morgen. Entschuldigen Sie, dass ich Sie warten ließ, doch ich habe gerade mit dem Assistant Chief Constable telefoniert. Sie sind hier wegen Arthur Fish. Eine schreckliche Sache!»

Fenwick stellte Cooper vor, der gleich darauf in seine Tasche griff und sein Notizbuch hervorholte.

«Wie ungewöhnlich! Sie benutzen tatsächlich noch Papier und Stift.»

Cooper zog überrascht die Augenbrauen hoch. Wollte dieser Mann sie absichtlich beleidigen?

«Es funktioniert, Sir.»

«Das tut es sicher, aber trotzdem bin ich überrascht. Gut, womit kann ich Ihnen weiterhelfen?»

«Mit allem, was Sie uns über Arthur Fish erzählen, angefangen bei seiner Arbeit hier.»

«Ich hoffe, Sie haben genug Zeit mitgebracht – und genug Papier, Sergeant. Er war dreißig Jahre bei der Firma.»

«Wir würden später gerne noch einen Blick in seine Personalakte werfen, Sir. Wenn Sie uns für den Anfang etwas über seine Stellung und seinen Verantwortungsbereich sagen könnten.»

«Er war der Chefbuchhalter des Unternehmens, das heißt, er war für die Konten, die Buchprüfung und dergleichen zuständig.»

Yarrell hob an, Fishs Aufgabenbereich in aller Ausführlichkeit zu erklären. Nach zehn Minuten warf Fenwick eine Frage ein: «Wie war seine Stimmung in letzter Zeit?»

«Gut. So wie immer.»

«Er kam Ihnen nicht besorgt vor?»

«Nein, er war von Haus aus ein übervorsichtiger Typ, eher ein Schwarzseher. Doch als Chefbuchhalter ist das nicht unbedingt von Nachteil.»

«Was ist mit seinem Privatleben?»

«Sie meinen seine Frau? Das ist natürlich traurig. Es hat uns allen sehr Leid getan, als sie krank wurde. Ehrlich gesagt, wäre es doch eine Erlösung für den armen Arthur gewesen, wenn sie gestorben wäre.»

Er leierte die Worte herunter, als berührte ihn das Schicksal seines toten Kollegen nicht im Geringsten. Fenwick spürte, wie ihm Neil Yarrell zunehmend unsympathischer wurde. Nach einer halben Stunde beendete er die Befragung. Sie hatten nichts erfahren, was sie weitergebracht hätte. Yarrell versprach, ihnen die Personalakte zu schicken, und erklärte sich einverstanden, die Mitarbeiter der Finanzabteilung einzeln zur Befragung herunterzuschicken.

Die Finanzabteilung bestand aus sieben Angestellten, einschließlich Fishs Sekretärin. Nach dem dritten Interview war Fenwick mit seiner Geduld am Ende.

«Nichts!», brach es aus ihm heraus. «Weniger als nichts. Alle sind sich einig, dass Fish ein netter, umgänglicher Kerl war, alle haben gerne für ihn gearbeitet, er wurde niemals ärgerlich, hat sich niemals aufgeregt. Keiner hat je irgendetwas Schlechtes gehört, weder über ihn noch über jemand anderen aus der Firma! Und niemand weiß auch nur das Geringste über diese Fakultätstreffen.»

«Vielleicht arbeiten die Leute hier ja tatsächlich gerne. Die Firma hat jedenfalls einen ausgezeichneten Ruf.»

«Nein, Cooper. Die haben alle ihren Text zu gut gelernt. Mir kommt es eher so vor, als ob ihnen einer genau vorgebetet hat, was sie zu sagen haben. Wenn wir hier fertig sind, erkundigen Sie sich bitte, ob er Wirtschaftsprüfer oder diplomierter Buchhalter war. Und ob es bei einer dieser illustren Studentenschaften regelmäßig Fakultätstreffen gibt. Wenn nicht, dann können wir davon ausgehen, dass Fish die Geschichte als Tarnung für seine Besuche bei Prostituierten erfunden hat.»

Cooper nickte und erhob sich, um den nächsten Mitarbeiter hereinzuholen. Die Befragung verlief wie erwartet, ebenso wie bei Nummer fünf und sechs. Die letzte Person, die befragt werden sollte, war Fishs Sekretärin. Joan Dwight, eine Frau in den Fünfzigern, wirkte sehr aufgeregt und war schon, als sie zur Tür hereintrat, den Tränen nahe. Sie hatte sich gerade gesetzt, als es klopfte und Yarrell den Kopf hereinstreckte. Er bat Fenwick, einen Augenblick herauszukommen.

«Ist es wirklich notwendig, Mrs Dwight zu befragen?», flüsterte er. «Sie ist in schlechter Verfassung.»

«Wir müssen jeden befragen, der Arthur Fish kannte.»

«Natürlich, aber sie wird Ihnen nichts sagen können. Sie ist nicht so furchtbar helle, müssen Sie wissen. Ich kann mir nicht vorstellen, dass sie Ihnen in irgendeiner Weise weiterhelfen kann.»

«Das mag sein, wenn Sie mich jetzt entschuldigen würden …» Fenwick kehrte Yarrell den Rücken zu und schloss die Tür des Besprechungszimmers hinter sich.

Mrs Dwight machte wirklich einen verstörten und nervösen Eindruck, und es kostete beträchtliche Mühe, sie dazu zu bringen, ihre Aussage zu machen. Im Grunde deckte sich das, was sie erzählte, mit dem der anderen Mitarbeiter, doch gewannen sie wenigstens einen Einblick in Arthur Fishs Büroalltag.

«Er war ein Gewohnheitstier. Er war jeden Morgen um Viertel nach acht hier und wollte die erste halbe Stunde nicht gestört werden. Ich kam immer kurz vor neun, kochte Kaffee und öffnete die Post. Dann diktierte er mir.»

«Kam er Ihnen in letzter Zeit nervös vor?»

Sie senkte den Blick auf ihre Hände, die ein tränennasses Taschentuch umklammert hielten.

«Nein», sagte sie zögernd, «er war wie immer. Obwohl er in den letzten Wochen ziemlich lange gearbeitet hat, und ich weiß, obwohl er es nie ausdrücklich gesagt hat, dass es mit seiner Frau schlimmer geworden war.»

«Woraus schließen Sie das?»

«Ach, aus vielen kleinen Dingen. Normalerweise ließ er die Tür zwischen unseren beiden Büros immer offen – wenn er nicht gerade eine Besprechung hatte, natürlich –, doch in letzter Zeit hielt er die Tür immer geschlossen.»

«Und wie lange ging das schon so?»

«Seit ein paar Wochen. Und gestern Abend, bevor er zu seinem Fakultätstreffen aufbrach, schloss er die Tür, um eine ganze Menge Diktate auf Band zu sprechen.» Bei diesen Worten hielt sie erschrocken inne. «Oh, die muss ich noch schreiben! Er hat doch ein ganzes Band vollgesprochen.»

«Und hat er sich sonst irgendwie anders verhalten, war er nervös oder aufgeregt?»

«Nein, eigentlich nicht.» Joan schüttelte energisch den Kopf, wobei sich keine Locke ihres dauergewellten Haares regte. «Das hätte ich doch gemerkt.» Sie verzog ihre Lippen zu einem Schmollmund.

Zum ersten Mal schaltete Cooper sich ein. Mit seinem weichen Sussexer Dialekt fragte er freundlich: «Haben Sie irgendwann erlebt, dass er reizbar oder schlecht gelaunt war, Mrs Dwight?»

Wieder füllten ihre Augen sich mit Tränen, und sie wurde über und über rot. Sie nickte kaum merklich.

«Erst kürzlich», flüsterte sie. «Ich glaube, die Krankheit seiner Frau hat ihm schwer zu schaffen gemacht. Sonst wäre er nie laut geworden mir gegenüber. Letzte Woche hat er mich angeschrien, richtig angeschrien!»

«Und Sie glauben, das war wegen seiner Situation zu Hause?»

«Was hätte es sonst sein sollen? Ich weiß natürlich auch, dass er und der neue Geschäftsführer nicht so gut miteinander auskamen, doch warum hätte ihn das so nervös machen sollen?»

Schlagartig wurde Mrs Dwight sich bewusst, was sie soeben gesagt hatte, und schien ihre Worte zu bereuen. Fenwick sah, wie sie sich ihnen gegenüber wieder verschloss.

«Sergeant, könnte ich Sie draußen kurz sprechen?»

Mrs Dwight unterbrach sie. «Ich muss jetzt wieder an die Arbeit. Die werden sich schon fragen, wo ich bleibe. Und dann muss ich noch dieses letzte Band schreiben.»

«Bitte bleiben Sie noch kurz. Es wird nicht mehr lange dauern.»

Fenwick und Cooper gingen hinaus, und Fenwick beugte sich zu Cooper und sprach mit gesenkter Stimme: «Warum übernehmen Sie die Befragung nicht? Ich scheine sie eher einzuschüchtern. Bitten Sie sie, Ihnen den Weg zur Kantine zu zeigen, und laden Sie sie dann zu einer Tasse Tee ein.»

Während Cooper ins Besprechungszimmer zurückging, entschied sich Fenwick dafür, dem neuen Geschäftsführer von Wainwright Enterprises einen Besuch abzustatten. Hinter sich hörte er, wie Sergeant Cooper Mrs Dwight ein Kompliment wegen ihres Pullovers machte und sie darob aufs Stricken zu sprechen kamen, bevor sich die Lifttür hinter ihnen schloss.

Fenwick durchschritt den langen Gang, der vom Besprechungszimmer zu den anderen Räumen führte. Er war neugierig darauf, was er über die Firma herausfinden würde. Im Erdgeschoss hatte er sich rasch umgesehen, hier befanden sich lediglich die Besprechungszimmer, die Poststelle, der Zugang zur Lieferrampe und ein kleiner Aufenthaltsraum für das Personal. Während er zu den Aufzügen trat, hatte ihn die äußerst wachsame Empfangsdame bereits erspäht.

«Kann ich Ihnen helfen?»

«Nein, danke.»

«Wo wollen Sie denn hin?»

«Ich möchte mich nur ein bisschen umsehen.»

«Es wäre uns lieb, wenn unsere Besucher auf dieser Etage blieben. Die Aufteilung der Räume ist ziemlich verwirrend.»

«Ich finde mich schon zurecht, danke.»

Ein Klingeln kündigte den Lift an, und die Empfangsdame schien etwas aus der Fassung zu geraten.

«Bitte, Sir, ich darf keine Besucher nach oben lassen!»

«Ich bin kein Besucher», sagte Fenwick und betrat den Aufzug. Rein vorschriftsmäßig sollte er das eigentlich nicht tun. Er hatte keinen Durchsuchungsbefehl, doch er wollte dem Geschäftsführer ohne Vorankündigung einen Besuch abstatten. Es war fast Mittagszeit, und er wollte ihn noch vor der Mittagspause sprechen.

Im Fahrstuhl war keinerlei Hinweis darauf, welche Abteilungen sich in den einzelnen Stockwerken befanden, und so drückte Fenwick alle Knöpfe, um einen kurzen Blick in jede Etage zu werfen und nachzusehen. Im ersten und zweiten Stock gab es eine Reihe von Büroräumen, die allesamt zu klein waren für einen Geschäftsführer. Im dritten und vierten Stock befanden sich Großraumbüros. Als er den Kopf herausstreckte, um sich kurz umzusehen, sah er mehrere Mitarbeiter in Anzügen, die in kleinen Gruppen beieinander standen und sich leise unterhielten.

Die oberste Etage war bedeutend kleiner als die anderen Ebenen, und als Fenwick aus dem Aufzug trat, stand er in einem wandgetäfelten, mit einem dicken Teppich ausgelegten Vorraum. Eine schwere Mahagonitür zu seiner Rechten stand offen, und er konnte einen ausladenden, leeren Schreibtisch ausmachen, auf dessen einer Seite ein PC untergebracht war. Er näherte sich der Tür.

Die glänzende Mahagoniplatte wirkte nahezu unberührt. Ein halb beschriebener Stenoblock lag aufgeklappt neben dem Computer, und rund ein Dutzend Briefe lagen unterschriftsbereit auf der Arbeitsfläche verteilt. Abgesehen von einer ledergebundenen Agenda war der Tisch leer. Fenwick dachte daran, wie der Schreibtisch seiner Sekretärin aussah, und staunte über den krassen Unterschied. Diese Person war entweder ein Ausbund an Tüchtigkeit oder aber hoffnungslos unterfordert.

Gegenüber an der Wand standen zwei weitere Tische, auf denen sich das Papier stapelte. Dahinter gingen noch zwei Bürotüren ab, die geschlossen waren. Unwillkürlich warf Fenwick einen Blick auf die getippten Briefe und las ein paar Zeilen.

«Kann ich Ihnen helfen?», hörte er eine kultivierte, aber scharfe Stimme sagen. Fenwick spürte, wie ihm das Blut ins Gesicht schoss. Er fühlte sich wie ein Schuljunge, den man bei einem Streich ertappt hatte. Er wandte sich um und sah sich einer attraktiven Blondine von höchstens siebenundzwanzig, achtundzwanzig Jahren gegenüber. Sie schlüpfte aus einem Mantel, unter dem sie ein maßgeschneidertes schwarzes Kostüm und eine blassrosa Bluse trug. Ihre Augen hatten einen leicht asiatischen Schnitt, und ihre vollen Lippen waren perfekt geschminkt und sahen aus wie aus einer Lippenstiftwerbung. Das Haar trug sie aus dem Gesicht gekämmt. Das Auffälligste an ihr aber war ihr Teint, der so zart und ohne einen Makel war, dass man unwillkürlich an eine Rose denken musste. Vor ihr auf dem Schreibtisch stand eine Kanne mit dampfendem Kaffee.

«Ich komme von der Kripo Harlden, Detective Chief Inspector Fenwick.» Er zeigte ihr seinen Dienstausweis. «Und Sie sind ...?»

«Mr Wainwright-Smiths Assistentin. Was wünschen Sie? Sie

haben ganz bestimmt keinen Termin heute, also warum sind Sie gekommen?»

«Sie haben sicher von Arthur Fish gehört?»

Sie starrte ihn unbeweglich an, nur ihr zartrosa Teint wurde um eine Nuance blasser.

«Wie Sie sehen», sagte sie und deutete auf ihren Mantel, «bin ich gerade erst gekommen. Was ist mit Arthur Fish?»

«Er wurde gestern Abend ermordet. Ich leite die Ermittlungen in seinem Fall.»

Wortlos streckte sie eine Hand aus, um sich auf dem Tisch abzustützen.

«Da sollten Sie besser mit Alex ... Mr Wainwright-Smith sprechen. Er weiß es noch nicht.»

«Rein interessehalber, wer geht hier ans Telefon?»

«Wir haben ein Voicemail-System. Dringende Anrufe werden automatisch an die Telefonzentrale weitergeleitet. Das ist billiger als eine Arbeitskraft. Bitte kommen Sie hier entlang.»

Sie klopfte an eine der mächtigen, anonym wirkenden Mahagonitüren und betrat den Raum, ohne auf eine Antwort zu warten. Fenwick wartete vor der Tür, und bevor er es verhindern konnte, hatte sie schon zu sprechen begonnen.

«Alex, das ist Chief Inspector Fenwick von der Harldener Polizei. Er ist hier, weil Arthur gestern ermordet wurde.»

Das hatte sie geschickt hingekriegt. Nun würde er nie wissen, wie der neue Geschäftsführer von Wainwright Enterprises auf die Nachricht reagiert hatte.

Mit einer graziösen Handbewegung bat Wainwright-Smiths Assistentin Fenwick, Platz zu nehmen. Fenwick blickte sich um. Das Büro hatte die Abmessungen eines großen Besprechungszimmers, und die spärliche Möblierung stand in einem merkwürdigen Gegensatz zur Größe des Raumes. Der Schreibtisch und einige Besucherstühle waren genau vor einem Panoramafenster platziert, das einen guten Überblick über die Stadt bot. Eine Wand war vollständig von holzfurnierten Aktenschränken bedeckt. Im gegenüberliegenden Teil waren zwei Sofas und drei Sessel um einen ausladenden Couchtisch gruppiert. Zwischen Schreibtisch und den Sofas markierte ein orientalischer Teppich eine Art Niemandsland.

Cooper hatte Wainwright-Smith seinerzeit zum Tod seines Onkels befragt, so dass Fenwick ihn bisher noch nicht kennen gelernt hatte. Er war bedeutend jünger, als er erwartet hatte. Sein Haar war von einem rötlichen Blond, seine Augen außergewöhnlich blau, auf seiner Nase waren vereinzelte Sommersprossen erkennbar, und sein Gesichtsausdruck war offen. Auf den ersten Blick machte er einen etwas willensschwachen Eindruck, doch sein Händedruck und der stete Blick verrieten Stärke und Intelligenz und warnten Fenwick davor, diesen Mann zu unterschätzen.

«Das ist ja ganz furchtbar. Wann ist es passiert?» Er klang entsetzt, aber gefasst.

«Gestern Abend.»

«Aber um fünf habe ich ihn doch noch im Büro gesehen, bevor er zu seinem Fakultätstreffen aufbrach.»

«Jeder scheint über diese Fakultätstreffen Bescheid zu wissen. Um was ging es dabei?»

«Das weiß ich auch nicht so genau, ich dachte, es hätte etwas mit seinem Studium zu tun. Alle wussten davon, und Arthur war regelrecht besessen von diesen Treffen. Er ging jeden Monat, und er hat, soviel ich weiß, nie ein Meeting versäumt. Sie hätten ihm eine Anwesenheitsmedaille verleihen müssen.»

Fenwick dachte an den Toten und daran, dass alles darauf hindeutete, dass der Mann kurz vor seinem Tod Sado-Maso-Sex gehabt hatte. Er fragte sich, welchen Eindruck dieses Wissen hinterlassen hätte. Würde er dadurch in der Erinnerung an Wertschätzung verlieren oder eher gewinnen?

Er stellte die üblichen Routinefragen über Arthur Fishs letzte Tage, doch als Geschäftsführer war Wainwright-Smith nicht mit dem Büroalltag seines Chefbuchhalters vertraut.

«Da kann Ihnen Neil Yarrell, der Leiter unserer Finanzabteilung, sicher eher weiterhelfen. Er hat die Abteilung ziemlich gut im Griff.» Wainwright-Smith zögerte. «Sie sagten, er sei umgebracht worden? Hätte es nicht auch Selbstmord sein können?» Er warf seiner Assistentin einen besorgten Blick zu. Sie hatte während der ganzen Befragung auf dem Sofa gesessen, die langen Beine züchtig nebeneinander, die Knie zusammengedrückt.

«Wir sind ziemlich sicher, dass es sich um Mord handelt. Wir haben keine Waffe gefunden, und so, wie er zu Tode gekommen ist, hätte er sich beim besten Willen nicht selbst umbringen können.»

«Wie ist er denn gestorben?»

«Wir dürfen noch keine Einzelheiten zu dem Fall bekannt geben. Wie kommen Sie denn auf Selbstmord?»

«Ach, das war nur so ein Gedanke.» Wieder ein rascher Seitenblick zu der Frau, als wollte er sich in irgendeiner Form rückversichern. «Es ist nur, dass ...» Wainwright-Smith zögerte, und seine Assistentin trat zu ihm.

«... Mord so etwas Furchtbares und Schockierendes ist», beendete sie den Satz für ihn. Fenwick starrte das Paar an. Die beiden machten nicht den Eindruck, als wäre ihr Verhältnis rein dienstlich. Was hatte Wainwright-Smith sagen wollen, bevor sie ihm ins Wort fiel?

«Dann ist er also überfallen worden.» Sie wirkte vollkommen ruhig und beherrscht, gerade so, als sei ein gewaltsamer Tod etwas, mit dem man hin und wieder rechnen müsste.

«Wieso nehmen Sie an, dass er überfallen wurde?»

Die Frage schien sie zu verblüffen.

«Ja, sind das nicht die meisten Morde, die aus Gelegenheit begangen werden?»

«Und wie kommen Sie darauf, dass es sich um ein Gelegenheitsverbrechen handelt, Mrs ...?»

«Wainwright-Smith, Sally. Ich bin Alex' Frau. Natürlich dachte ich automatisch an einen Gelegenheitstäter. Wer sonst hätte einen Grund, ausgerechnet Arthur Fish töten zu wollen? Er konnte doch keiner Fliege etwas zu Leide tun.»

«Dann kannten Sie ihn also gut?»

«Das kann man nicht gerade behaupten. Nein, ich kannte ihn kaum. Und du, Alex?»

Ihr Mann wirkte immer noch erschüttert; sein Blick war besorgt.

«Natürlich kannte ich ihn. Schließlich habe ich direkt nach der Schule bei Wainwright's zu arbeiten angefangen, und Arthur war ja schon damals viele Jahre bei der Firma.»

In diesem Augenblick wurde Fenwick klar, dass er mit beiden gemeinsam nicht weiterkäme. Sie brachten ihn dazu, seine Fragen wie Pingpongbälle zwischen ihnen hin- und herzuschießen, und das lenkte ihn ab.

«Mrs Wainwright-Smith, dürfte ich Sie um etwas Kaffee bitten, ohne Milch, mit einem Stück Zucker?»

Sie wäre gezwungen, frischen zu kochen, denn die Kanne draußen auf ihrem Schreibtisch war inzwischen sicher kalt geworden. Mit offensichtlichem Widerwillen verließ sie den Raum. Fenwick drückte die Tür hinter ihr zu.

«Wie sind Sie auf Selbstmord gekommen, Mr Wainwright-Smith?»

Sein Gegenüber nickte, als habe er diese Frage erwartet.

«Arthur hatte Schwierigkeiten, sein Pensum zu schaffen, obwohl wir die ganze Buchhaltung mittlerweile auf Computer umgestellt haben. Ich hatte manchmal den Eindruck, dass ihm alles zu viel wurde. Vielleicht hat er sich ja deshalb umgebracht. Er war ein sehr nervöser Typ.»

«Hatte er denn einen Grund, nervös zu sein?», fragte Fenwick beiläufig, als handelte es sich lediglich um eine Routinefrage. Wainwright-Smiths Bemerkung hatte etwas in ihm zum Klingen gebracht, stand sie doch in einem so krassen Gegensatz zu den einstudierten Antworten von Arthur Fishs Kollegen in der Buchhaltung.

«Ich wollte damit sagen, dass Arthur Fish ein Mann war, der sich zu sehr in Details verzettelte und dabei den Überblick verlor und der nun, da das Unternehmen größer geworden war, völlig überfordert war.»

«Obwohl Sie auf Computer umgestellt haben?»

Aus irgendeinem Grund schien sich Wainwright-Smith bei dieser Frage unbehaglich zu fühlen.

«Vielleicht gerade deshalb. Er wollte keine Veränderungen.»

«Gibt es noch etwas, was Sie mir über ihn erzählen könnten?»

Wainwright-Smith wich seinem Blick aus.

«Nein, außer dass ich ihn vermissen werde.» Er hielt inne. «Sally ist schon ziemlich lange weg. Vielleicht sollte ich ihr zur Hand gehen.»

Das Letzte, was Fenwick wollte, war, den beiden Gelegenheit zu geben, sich abzusprechen. Rasch erhob er sich und war schon bei der Tür, bevor der andere aufgestanden war.

«Bitte bemühen Sie sich nicht. Ich gehe zu ihr. Ich muss ihr ohnehin noch ein paar Fragen stellen, und ich habe Sie jetzt lange genug aufgehalten.»

Sie verabschiedeten sich mit einem Händedruck, und Fenwick machte sich auf den Weg, um Sally zu suchen, die in der kleinen Einbauküche gerade damit beschäftigt war, den Kaffee von vorhin in der Mikrowelle aufzuwärmen. Sie bemerkte den ungläubigen Blick, den Fenwick ihr zuwarf, und lächelte.

«Spare in der Zeit, so hast du in der Not, Chief Inspector.»

«Ja, natürlich.»

Er nahm einen Schluck von dem zwar heißen, aber abgestandenen Getränk und fragte sie noch einmal, wie sie darauf kam, dass Fishs Tod auf einen missglückten Raubüberfall zurückzuführen sei. Sehr geschickt vermied sie es, ihm eine direkte Antwort auf seine Frage zu liefern, so dass Fenwick sich, sobald er seinen Kaffee ausgetrunken hatte, von ihr verabschiedete. Ihre Antwort hatte ihn stutzig gemacht, und er fragte sich, warum sie so ausweichend reagiert hatte.

Sally. Jetzt hatte er eine Vorstellung davon, warum der ganze Wainwright-Clan sie ablehnte und ihr mit so tiefem Misstrauen begegnete. Zudem war sie eine sehr attraktive Frau, was allein schon ausreichte, dass die Leute ihr jede Schandtat zutrauten. Während Fenwick mit dem Lift nach unten fuhr, dachte er über sie nach und fragte sich, in welcher merkwürdigen Beziehung diese beiden Menschen zueinander standen, und dass das, was sie gesagt hatten, ihn nicht viel weiterbrachte. Die Empfangsdame war sichtlich erleichtert, als sie ihn von seiner unerlaubten Besichtigungstour zurückkehren sah. Cooper grinste ihm entgegen, als er aus dem Fahrstuhl trat. Dieser Mann war einfach unmöglich.

«Bitte warten Sie, bis wir im Auto sind, Sergeant.»

Diesmal setzte Fenwick sich hinters Steuer. Er konnte es kaum erwarten, irgendetwas zu tun.

«Also los.»

«Wir haben Tee getrunken und ein Stück Obstkuchen gegessen, und dabei wurde sie richtig mitteilsam. Sieht ganz so aus, als sei Mr Fish durch Alexander Wainwright-Smiths Übernahme der Geschäfte erst richtig nervös geworden. Obwohl er auch vorher schon nicht die besten Nerven gehabt haben soll.»

Fenwick berichtete Cooper, was Alexander über Fishs Arbeitsüberlastung gesagt hatte und über seine Schwierigkeiten, mit dem PC umzugehen.

«Na, das erklärt doch vieles.»

«Meinen Sie? Da bin ich anderer Ansicht. Die beiden Wainwright-Smiths waren zu schnell bei der Hand mit ihrer Theorie, es handle sich entweder um Selbstmord oder um einen Raubüberfall mit Todesfolge. Nach meiner Erfahrung kommen unschuldige Bürger, die nichts zu verbergen haben, selten auf solche Gedanken, vor allem dann nicht, wenn sie noch gar nichts über die näheren Umstände gehört haben.»

Cooper runzelte die Stirn, er schien Fenwicks Meinung nicht zu teilen.

«Glauben Sie nicht, dass Sie in Bezug auf Wainwright Enterprises etwas voreingenommen sind, Sir?», fragte Cooper respektvoll, aber zweifelnd. Fenwicks Antwort klang sehr bestimmt.

«Nein, Cooper, das denke ich nicht. Wir müssen mehr über Arthur Fish herausfinden. Mit seiner Bank, seinen Freunden, seinem Anwalt reden. Wie viel Vermögen hinterlässt er? Ich habe das Gefühl, dass Wainwright-Smith etwas zu verbergen hat, und seine Frau hat erst recht nichts rausgelassen. Ich traue ihr nicht.»

«Also haben Sie die berühmt-berüchtigte Sally kennen gelernt? Und Sie verstehen, warum Graham Wainwright ihr misstraut? Mrs Dwight hat mir alles über sie erzählt, und ich kann es kaum erwarten, sie endlich selbst zu treffen. Schade, dass keiner von uns beiden sie letzten Monat befragt hat. Ich möchte wissen, was Nightingale von ihr hält. Sie hat sie doch vernommen, oder nicht?»

«Ich glaube nicht. Wenn ich mich recht erinnere, war Sally doch krank oder so, und als es ihr wieder besser ging, hatten wir den Fall schon abgeschlossen.» Fenwick setzte den linken Blinker und verließ die Umgehungsstraße.

«Mrs Dwight sagte mir, sie stecke ihre Nase in alles. Ist erst seit einer Woche in der Firma und hat es schon geschafft, sich unbeliebt zu machen. Sogar Neil Yarrell soll sich vor ihr in Acht nehmen.»

«Warum um alles in der Welt arbeitet sie als Sekretärin für ihren Mann?»

«Mrs Dwight meint, aus Gründen der Kostenersparnis. Anscheinend hat Mrs Wainwright-Smith so eine Art Sparfimmel, obwohl sie und Alexander die Hälfte des Vermögens geerbt haben. Vorher hat Sally woanders gearbeitet, doch als sie das Anwesen von Alexanders

Onkel bezogen haben, hat sie ihren Job aufgegeben. Zu Hause zu bleiben, war ihr wohl zu langweilig, und so hat sie ihre Aufmerksamkeit aufs Geschäft gerichtet. Jetzt hat sie ihre Finger überall drin und kürzt, wo es nur geht.»

«Also ist sie eigentlich gar nicht seine Sekretärin, das ist nur die offizielle Bezeichnung.»

«Nein, nein. Sie mag ja nicht sehr beliebt sein, aber Mrs Dwight sagt, sie arbeite wie eine Besessene. Und die Kürzungen machen auch vor der Chefetage nicht Halt. Sie hat inzwischen schon eine Chefsekretärin und eine Schreibkraft entlassen, ein Voicemail-System eingeführt und scheint nun mit eiserner Hand zu regieren. Sie hat eine Junior-Sekretärin, die für sie arbeitet, und Yarrells Sekretärin soll jetzt bei ihm im Zimmer sitzen.»

«Das mag ja billiger sein, aber sicher nicht effizienter. Als ich kam, war sie die Einzige im Büro, und sie war gerade erst eingetroffen. Wir müssen uns noch mal mit Graham Wainwright und dem Rest der Familie unterhalten. Das könnte die Gelegenheit sein, die Ermittlungen im Fall Alan Wainwright wieder aufzunehmen. Noch heute Nachmittag werde ich das mit dem Assistant Chief Constable besprechen.»

Fenwick hielt vor einer Bäckerei.

«Wie wär's mit einem Sandwich? Wir werden kaum Zeit zum Mittagessen finden.» Cooper nickte zögernd und tröstete sich mit dem Gedanken, dass es seiner Figur nur gut tun würde, einmal auf sein Stück Fleisch mit Gemüse in der Polizeikantine zu verzichten. Und dann war da ja auch noch der Obstkuchen, den er bei dem Gespräch mit Mrs Dwight verdrückt hatte. Das würde noch eine Weile vorhalten.

17

Der Bahnhof in Harlden lag weniger als einen Kilometer vom Polizeipräsidium entfernt, so dass es sich anbot, die Einsatzzentrale der Sonderkommission einen Stock über Fenwicks Büro einzurichten. Als Cooper und er von ihrem Besuch bei Wainwright's zurückkehrten, war der Raum bereits voll ausgestattet mit Tischen, Telefonanlage, PCs, Druckern, einem Faxgerät und den unvermeidlichen Tafeln. Für zwei Uhr war eine Besprechung anberaumt worden, denn der Superintendent und der Assistant Chief Constable wollten, dass dieser Fall so schnell wie möglich gelöst würde. Jeder wusste, dass die Angelegenheit im Moment vor allem anderen Vorrang hatte, und der Druck und die Erwartungen, bald ein Ergebnis vorzuweisen, waren enorm.

Das Team bestand aus über fünfzig Beamten, die seit Tagesanbruch dabei waren, alle Bahnhöfe und Zwischenstationen entlang der Strecke zu durchforsten.

Kurz vor Beginn der Besprechung traf Fenwicks Sekretärin Anne ein.

«Der Chief möchte Sie sofort nach der Besprechung sehen, Sir.»

Fenwick nickte resigniert. Dann straffte er die Schultern und verschaffte sich Gehör. Sie hatten gründliche Arbeit geleistet, doch ihre Erkenntnisse bisher waren recht dürftig. Nach zehn Minuten wurde die Tür aufgerissen, und ein junger Constable betrat eilig den Raum. Fenwick erinnerte sich vage, dass der junge Mann einer der Absolventen des verkürzten Ausbildungsprogramms war. Der Constable griff hastig nach der Türklinke, verfehlte sie jedoch knapp. Krachend schlug die Tür gegen die Wand, was von seinen Kollegen durch vorwurfsvolle Blicke und Kopfschütteln quittiert wurde. Fenwick wartete, bis wieder Ruhe eingekehrt war.

«Entschuldigen Sie, Sir. Wir hatten einen Hinweis bekommen, und ich musste der Sache sofort nachgehen. Es tut mir Leid, dass ich zu spät komme, Sir.»

Cooper warf dem jungen Mann einen finsteren Blick zu und bedeutete ihm, vorne Platz zu nehmen. Wenn es um die Disziplin im Team ging, war Cooper vom alten Schlag, und er ersparte Fenwick die Entscheidung, wie er auf diesen Auftritt reagieren wollte, indem er den Zuspätgekommenen anwies, gleich Bericht zu erstatten.

«Ja, Sir. Wir haben Meldung bekommen, dass am Bahnhof Burgess Hill eine blutbefleckte Fahrkarte und Papiertaschentücher gefunden wurden. Eine Hin- und Rückfahrkarte von Harlden nach Brighton, ausgestellt an dem Tag, an dem Fish umgekommen ist. Aufgrund der Fahrkartennummer kann man sagen, wann die Fahrkarte gekauft wurde, und die Beamten in Burgess Hill haben ihre Befragungen intensiviert.»

«Das Blut kann von jedem stammen. Wie wollen Sie wissen, ob sich nicht irgendein Typ an einer Bierdose geschnitten hat?» Inspector Blite, der Fenwick in dessen Abwesenheit als Leiter der Sonderkommission vertrat, hatte kein Verständnis für derart naive Spekulationen. Der Detective Constable wurde rot bis unter die Haarspitzen, stand jedoch hocherhobenen Hauptes da und blickte Fenwick an, der die Meldung mit einem Kopfnicken quittierte.

«Sie haben sich völlig richtig verhalten, Constable. Es wird eine Weile dauern, bis die Gerichtsmedizin das Ergebnis der Bluttests vorliegen hat. Der Fall ist noch nicht einmal vierundzwanzig Stunden alt, und wenn wir den Durchbruch schaffen, so geschieht dies aller Wahrscheinlichkeit nach heute oder morgen. Wir alle sollten uns bemühen, so objektiv wie möglich zu bleiben und die Zusammenarbeit mit den anderen Polizeidienststellen so intensiv wie möglich zu gestalten, besonders mit Brighton. Was gibt es von dort Neues?»

«Nicht viel, Sir. Ein Zeuge will gesehen haben, wie Fish am Hauptbahnhof aus dem Zug gestiegen ist, doch keiner der Taxifahrer, die wir befragt haben, kann sich an ihn erinnern. Das Gleiche gilt für die Busfahrer.» Detective Sergeant Gould war mit der Koordinierung der Ermittlungen mit den anderen Dienststellen entlang der Strecke betraut worden, denn er hatte Erfahrung in der Zusammenarbeit mit anderen Abteilungen und mit der Bahnpolizei.

«Kurz vor seinem Tod hatte Fish Geschlechtsverkehr, und nach den Spuren an seinem Körper zu urteilen, könnte es sich um Sado-Maso gehandelt haben. Was haben die Befragungen der Prostituierten in Brighton und Umgebung ergeben?»

«Nicht viel.» Inspector Blite schüttelte missbilligend den Kopf. «Das Osterwochenende muss wohl furchtbar gewesen sein, und letzte Nacht wurden auch noch zwei Prostituierte ermordet. Die ganze Dienststelle arbeitet auf Hochtouren. Sie sind bemüht, uns auszuhelfen, doch ...» Seine Stimme erstarb.

«Zwei Prostituiertenmorde gestern Nacht? Gibt es da vielleicht eine Verbindung zu unserem Mr Fish?»

«Das bezweifle ich. Die Brightoner Polizei sucht nach einer Verbindung zwischen den beiden örtlichen Fällen. Man hat die Frauen weniger als anderthalb Kilometer voneinander entfernt aufgefunden. Die sind nicht gerade scharf drauf, sich auch noch den Fall Fish aufzuhalsen.»

Fenwick las das Wichtigste aus dem Autopsiebericht und dem Bericht der Kriminaltechnik vor. Die Gerichtsmedizin bestätigte den Verdacht des Pathologen: Die Substanzen, die man unter Fishs Fingernägeln und auf seinem Körper gefunden hatte, waren in der Tat Babyöl und Puder. Die Spuren, die man auf den Striemen am unteren Rückenbereich sichergestellt hatte, waren Holzfasern, die noch genauer untersucht wurden, um die Holzart zu ermitteln, was an sich jedoch irrelevant war. Fenwick ignorierte das Gelächter, das laut wurde, als er die Stelle mit dem Babyöl vorlas.

«Okay, okay. Das reicht. Noch eine Sache: Wir haben vom Mantel des Opfers ein komplettes Set Fingerabdrücke abgenommen, weitere Abdrücke sind auf der Brieftasche. Wenn der Täter sich nicht ganz blöd angestellt hat, dann ist es unwahrscheinlich, dass sie von ihm stammen. Dennoch lassen wir sie durch die nationale Datenbank laufen.»

Nachdem die Versammlung sich aufgelöst hatte, kam Cooper auf den Schlüssel zu sprechen.

«Er gehört zu einer kleinen feuerfesten Kassette; allerdings haben wir die Marke nicht herausbekommen. Wir haben einen Abdruck gemacht und zur Metropolitan Police geschickt. Vielleicht haben die den einen oder anderen Mann, der sich damit auskennt. Wird aber eine Weile dauern, mindestens eine Woche.»

«Achten Sie auf alles, was zu dem Schlüssel passen könnte. Es ist doch auffällig, dass er ihn in seiner Brieftasche versteckt hatte.»

Nach der Besprechung ging Fenwick die Treppe hinunter, den leichten Schmerz in seinem rechten Knie ignorierend. Immer dann, wenn er unter Stress stand oder das Knie extrem belastete, machte sich die alte Verletzung wieder bemerkbar. In seinem Büro angekommen, zog er sein Jackett aus und hängte es ordentlich über die Lehne des Besucherstuhls. Dann nahm er am Schreibtisch Platz, lehnte sich in seinem Bürosessel zurück, die Hände hinter dem Kopf verschränkt, und ließ seinen Blick über die Zettel an seiner Pinnwand gleiten. Schon zu Beginn seiner Laufbahn hatte er die Erfahrung gemacht, dass er sich besser auf einen Fall konzentrieren konnte, wenn er das zusammenkommende Beweismaterial sichtbar vor Augen hatte. Als er seinerzeit sein eigenes Büro bekommen hatte, war seine erste Amtshandlung die gewesen, eine Korkpinnwand aufzuhängen, die gleiche, die immer noch die Wand seines Büros zierte, um daran Kopien der entscheidenden Beweisstücke aufzuhängen, die das Einsatzteam zusammentrug. Schon jetzt war die halbe Fläche mit Material aus dem Fall Fish bedeckt, und Anne hatte den Bericht über Alan Wainwrights Selbstmord in einer Ecke befestigt.

Er ignorierte das Klingeln des Telefons. Ein Fax kam herein, doch er warf nur einen flüchtigen Blick auf seinen Inhalt. Seine Sekretärin brachte ihm frischen Kaffee, stellte die Tasse schweigend ab und ging wieder hinaus, da sie die Zeichen sehr wohl kannte.

Was in diesem Moment in seinem Kopf ablief, konnte wissenschaftlich nicht erklärt werden. Er wartete auf eine Eingebung, auf den Augenblick, in dem Gedankenbruckstücke sich zu dem einen richtigen Gedanken zusammenfügten und ihren Weg an die Oberfläche seines Bewusstseins fanden. Nach einer Weile nahm er seinen Füller zur Hand, zog ein weißes Blatt Papier heraus und begann zu schreiben.

Er schrieb sehr schnell. In angedeuteten, sparsamen Buchstaben warf er ein Wort nach dem anderen aufs Papier:

- Warum Fish? – Warum im Zug?
- Hat MOTIV mit Arbeit oder Privatleben zu tun?
- Warum schloss er seine Bürotür? → Schuld?
→ Anrufe?
→ Betrug?
→ ANGST?
→ Letztes Band:
was ist drauf?

Sally ←→ Arthur Fish ←→ Prostituierte
↑ ↗↙ ↘ ↖↘
Morde

Alexander ←→ Wainwright Enterprises?

Er hielt inne und sah sich seine Aufzeichnungen, die die ganze Seite bedeckten, gründlich an. Das alles ergab wenig Sinn. Dennoch pinnte er das Blatt an die Korkwand neben die Fotografie von Arthur Fish, der auf einer Büroparty in die Kamera lächelte.

Das Telefon klingelte erneut. Ärgerlich griff er nach dem Hörer.

«Ja?»

«Haben Sie meine Nachricht nicht erhalten, Fenwick? Ihre Sekretärin …», bellte der Assistant Chief Constable wütend in den Hörer.

«Entschuldigen Sie, Sir. Man hat es mir gesagt, doch es ist etwas dazwischengekommen. Es tut mir Leid.»

«Ja, ich weiß schon, diese blutbefleckte Fahrkarte. Hoffen wir, dass Sie das weiterbringt. Ich habe eben Alexander Wainwright-Smith am Telefon gehabt. Er war sehr aufgebracht. Ich hatte Ihnen doch gesagt, Sie sollten diese Angelegenheit vorsichtig handhaben, und was tun Sie? Sie führen sich auf, als gehörte Ihnen die ganze Firma!»

Fenwick musste nicht lange überlegen, woher der Assistant Chief Constable bereits von der Fahrkarte in Burgess Hill wusste. Sicher hatte Blite ihn direkt nach der Besprechung persönlich informiert. Doch die Beschwerde von Alexander Wainwright-Smith überraschte ihn, hatte er doch bei seinem Gespräch einen ganz anderen Eindruck von ihm gewonnen. Er nahm an, dass Harper-Brown wieder einmal überreagierte, und seine Antwort fiel entsprechend aus.

«Selbstverständlich habe ich mich völlig korrekt verhalten, Sir.

Vielmehr habe ich bewusst in Ihrem Sinne gehandelt. War er sehr aufgebracht? Möchten Sie, dass ich mit ihm spreche?»

«Das wird nicht nötig sein. Gehen Sie in Zukunft aber etwas behutsamer vor. Außerdem warte ich immer noch auf Ihren Tagesbericht. Ich hoffe, ich muss Sie nicht noch einmal daran erinnern.»

«Ich bin dran, Sir. Im Laufe der nächsten Stunden haben Superintendent Quinlan und Sie den Bericht vorliegen.» Schließlich war immer noch Quinlan Fenwicks direkter Vorgesetzter bei der Dienststelle in Harlden. Wenn es jedoch um heikle Fälle ging, duldete der Superintendent die Einmischung des Assistant Chief Constable mit einem Gleichmut, den Fenwick nur bewundern konnte.

Das Telefonat hatte bei Fenwick einen schlechten Nachgeschmack hinterlassen, und bald wussten alle im Team, dass man ihn an diesem Nachmittag besser nicht mehr ansprechen sollte. Eine Stunde später klopfte es verhalten an seiner Bürotür, und Cooper steckte den Kopf herein. Als er Fenwick vor der Pinnwand stehen sah, war er sichtlich erleichtert und trat näher.

«Irgendwas Neues, Sir?»

«Eigentlich nicht. Ich habe den Großteil des Nachmittags mit den anderen Abteilungen telefoniert. Bisher hat niemand etwas vorzuweisen. Bleibt abzuwarten, ob die beiden Prostituiertenmorde in Brighton mit unserem Fall zu tun haben und ob die Blutspuren und Fingerabdrücke etwas ergeben. Haben Sie Fishs Verwandte ausfindig machen können?»

«Ein Sohn lebt in Kanada. Er ist gerade auf dem Weg hierher. Die Tochter arbeitet als Entwicklungshelferin in Afrika. Bisher haben wir sie nicht erreichen können. Von dem anderen Sohn fehlt jede Spur. Er soll angeblich irgendwo mit dem Rucksack unterwegs sein.»

«Rufen Sie Joan Dwight an. Ich möchte wissen, was auf dem Band ist, das Fish am Donnerstagabend noch diktiert hat, auch wenn es noch so unwichtig erscheint.»

Cooper warf einen verstohlenen Blick auf seine Armbanduhr: Viertel nach sechs. Der Chief Inspector bemerkte seinen Blick und fluchte.

«Die Kinder! Entschuldigen Sie mich, Cooper. Ich muss kurz telefonieren.»

Der Sergeant verließ den Raum, und Fenwick wählte. Wie gewöhnlich nahm Bess den Hörer ab.

«Harlden zwei-sechs-neun-zwei, wer spricht bitte?»

«Hier ist Papa.»

«Papa!» Ein kleiner spitzer Schrei drang in sein Ohr, und er musste lachen.

Bess ahnte bereits, dass er später kommen würde. Für ihre sieben Jahre war sie sehr verständig, und so brauchte er keine langen Erklärungen abzugeben.

«Ich sage Wendy, sie soll dir dein Essen hinstellen, damit du etwas hast, wenn du heute Abend heimkommst. Sie hat schon damit gerechnet.»

«Sie soll doch nicht extra für mich kochen. Nur wenn sie noch etwas übrig hat ... Sag ihr, es wird spät bei mir. Doch erzähl, wie war dein Tag heute?»

Sie plapperte munter drauflos und berichtete ausführlich von der Schule und ihrem Blockflötenunterricht.

«Wir lernen gerade ‹Drei blinde Mäuse›. Das ist schon ein richtiges Lied, und ich kann es schon fast auswendig! Soll ich es dir vorspielen? Ich hole meine Flöte, warte.»

Bevor er etwas sagen konnte, hatte sie den Hörer hingelegt. Er hörte, wie sie Christopher zurief: «Papa ist am Telefon!», dann folgte das Trappeln ihrer Schritte, das Scharren des Hörers auf dem Holztisch und die Stimme seines Sohnes.

«Hallo. Kommst du wieder spät?»

«Leider ja, Chris. Wie geht es dir? Hattest du einen schönen Tag?»

Aus einer Reihe von einsilbigen Antworten erfuhr er, dass sein Sohn keinen schönen Tag gehabt hatte, dass ihm jedoch der Tee und sein Nachmittagsimbiss gut geschmeckt hatten. Fenwick machte sich ständig Sorgen um ihn. Er wirkte so arglos, so völlig unvorbereitet für das, was das Leben ihm bringen würde. Wie sollte er sich in dieser grausamen und verkehrten Welt zurechtfinden, wo doch schon Bandenspiele auf dem Spielplatz zu viel für ihn waren, so dass er noch Tage später darüber nachbrütete? Zwar half ihm Bess so gut sie konnte, doch schließlich war sie nur ein Jahr älter als er und würde auch nicht immer da sein. Er war seiner Mutter so ähnlich, dass Fenwick schauderte.

Chris reichte seiner Schwester den Hörer zurück, und eine abgehackte Melodie erklang; die tiefen Töne klangen vage, unsicher, die hohen piepsig und schrill, wenn Bess vor lauter Nervosität zu stark hineinblies. Manche Noten kamen nur wie ein schwacher Hauch, und man hörte sie kaum. Nie kam sie über den Anfang des Liedes hinaus, doch die paar Töne reichten aus, dass er zutiefst gerührt war.

«Hast du gehört, Papa? Hast du gehört? Richtige Musik!»

«Das war toll, mein Liebes, richtig gut. Am besten, du übst jetzt noch ein bisschen.»

Kurz darauf legte er den Hörer auf und starrte an die Wand. Noch zweieinhalb Stunden, dann waren vierundzwanzig Stunden seit Auffinden der Leiche vergangen. Einem Impuls folgend beschloss er, zu Detective Sergeant Gould und seinem Team in Burgess Hill zu stoßen.

18

Nightingale stieg in das duftende, heiße Wasser, lehnte sich zurück, im Nacken ein zusammengerolltes Handtuch. Sie würde so lange in der Wanne bleiben, bis sie sich wieder sauber fühlte, stellte sich vor, wie das Badeöl in jede Pore drang und sie den Schmutz und die Armut, die sich wie ein Film auf ihre Haut gelegt hatten, einfach wegwischen konnte. Doch es war vergebens: Ihr Unbehagen wollte nicht weichen. Sie fühlte sich von innen her verschmutzt, hatte den Geruch der Straße noch in der Nase, spürte ihn in ihrer Kehle, und das Gefühl von schmierigem Staub auf ihrer Haut wollte einfach nicht verschwinden.

Sie hatte einen scheußlichen Tag hinter sich. Bei Einbruch der Dämmerung waren sie und ihr Partner in den Bus gestiegen, der sie zur Endstation bringen sollte. Dort hatten sie sich getrennt und ausgemacht, sich jeweils zur vollen Stunde zu treffen, sofern nichts Wichtiges dazwischenkam. Nightingale war schließlich in einem schäbigen Viertel gelandet, dessen einzige Abwechslung die Mädchen waren, die, an Straßenlaternen gelehnt oder in Hauseingängen und an Straßenecken stehend, auf potentielle Kunden warteten. Vergeblich hatte sie sich bemüht, unauffällig zu wirken, doch in dieser Umgebung fiel sie auf wie ein bunter Hund. Ihre gepflegte Erscheinung stand in krassem Widerspruch zu den Gestalten, die die Straßen bevölkerten. Sogar die jüngsten unter ihnen, sie mochten höchstens dreizehn gewesen sein, sahen verlebt und verbraucht aus.

Sie hatten es ihr nicht leicht gemacht, hatten sie angespuckt, ihr unflätige Ausdrücke an den Kopf geschleudert und sie sogar, ganz ‹aus Versehen›, gegen einen Betonpfosten gestoßen. Nach sechs langen Stunden hatte sie niemanden gefunden, der zugegeben hätte, eine der beiden ermordeten Frauen auch nur gekannt zu haben. Ihrem Kollegen war es nicht besser ergangen.

Trotz des heißen Bads gelang es ihr erst nach einer Weile, all die Gedanken zu vertreiben und zur Ruhe zu kommen. Irgendwann schlief sie ein, und als um acht Uhr der Wecker klingelte, fühlte sie sich sogar erholt. Es war ein sonniger, frischer Morgen, und sie machte sich auf, um in dem kleinen Park gegenüber ihrer Wohnung joggen zu gehen. An guten Tagen brauchte sie für eine Runde gewöhnlich fünfeinhalb Minuten, und heute lief sie die Strecke fünf Mal, um ihren Kreislauf richtig in Schwung zu bringen. Frisch geduscht und hellwach erreichte sie etwas vor halb zehn die Dienststelle.

Sie war gerade mit ihrem deprimierend kurzen Bericht fertig, als Pink das Büro betrat, dicht gefolgt von zwei anderen Detective Constables. Jeder hielt eine dicke Tüte in der Hand, und es roch nach geräuchertem Schinken. Auf einmal merkte sie, wie hungrig sie war. Letzte Nacht war sie so erschöpft gewesen, dass sie nur noch zwei Glas Wein und ein paar Grissini zu sich genommen hatte. Ein Schinken-Sandwich wäre jetzt genau das Richtige, um ihren Hunger zu stillen. Es war Viertel vor zehn, also hatte sie genug Zeit, um vor der Besprechung noch rasch in die Kantine zu gehen.

«Morgen!», rief sie den anderen im Vorbeigehen zu.

«Wo wollen Sie hin?», fragte Pink misstrauisch.

«Zur Kantine. Frühstücken.»

«In einer Viertelstunde ist Besprechung. Seien Sie pünktlich.»

Ohne sich noch einmal umzudrehen, setzte sie ihren Weg nach unten fort. Die Schlange vor der Theke ging bis hinaus auf den Gang. Sie stellte sich hinten an und sah auf die Uhr. Nach zehn Minuten hatte sie ihr Sandwich, doch da sie wusste, dass der Lift ewig brauchte, wollte sie lieber zu Fuß gehen. Sie sprang die Stufen hoch, immer zwei auf einmal, und schaffte es, genau eine Minute vor Beginn der Besprechung zurück zu sein. Sie öffnete die Tür, als die anderen aufbrachen.

«Besprechungszimmer zwei.» Pink schien noch schlechterer Laune als gewöhnlich.

Nightingale machte auf dem Absatz kehrt und wollte ihm folgen.

«In Besprechungen wird nicht gegessen, das wissen Sie doch. Lassen Sie das Zeug hier.»

So lauteten die Vorschriften, das stimmte. Doch wenn nicht gerade der Superintendent anwesend war, hielt sich so gut wie keiner an diese Regel. Die anderen hatten ihren Hunger gestillt, und sie stand da, das frisch duftende und heiße Sandwich in der Hand. Sie schluckte hart.

«Stimmt.» Sie ging hinüber zu ihrem Schreibtisch und legte die noch warme Tüte auf einen Stapel Akten.

Das Besprechungszimmer Nummer zwei war bereits halb voll; uniformierte Beamte unterhielten sich mit Detectives in Zivil. Pink war in ein Gespräch mit zwei Kollegen vertieft, als Nightingale, eine Nickelbrille auf der Nase, den Raum betrat. Sie wechselte ein paar Worte mit einem Kollegen, eine belanglose Konversation, doch im Gegensatz zu Pinks gewöhnlich aggressivem Tonfall empfand sie das kleine Gespräch direkt als Erholung.

Pink rief die Versammlung zur Ordnung, und in kurzer Zeit hatte er das bestätigt, was sie zuvor gedacht hatte. Trotz ihrer beharrlichen Suche hatte man keine eindeutige Verbindung zwischen den beiden Fällen gefunden. Dennoch würden die beiden Teams noch eine Weile gemeinsam ermitteln. Er betonte die Notwendigkeit, allen nur möglichen Spuren nachzugehen. Nightingales Bericht brachte genauso wenig neue Erkenntnisse wie die der anderen, was Pink sichtlich zufrieden stimmte.

Die Aufgaben für den Tag wurden verteilt, und Pink wies Nightingale an, erst abends wieder mit der Befragung der Prostituierten weiterzumachen. So kam sie völlig unerwartet in den Genuss von ein paar freien Stunden. Sie ergriff die Gelegenheit und rief Nick an, einen Kollegen aus Harlden, der wie sie das verkürzte Ausbildungsprogramm absolvierte. Vielleicht hatte er gerade Zeit, und sie könnten zusammen in Brighton Mittag essen gehen. Sie war erfreut zu hören, dass er tatsächlich frei hatte.

Sie trugen ihre Gläser in den Garten des Pubs, und er hörte aufmerksam zu, als sie von ihrem aktuellen Fall erzählte. Sie berichtete von ihren fruchtlosen Bemühungen im Prostituiertenviertel und wie hart sie das ankam. Von der Feindseligkeit, mit der die Frauen ihr begegnet waren. Von den Freiern, die überall herumstrichen und die schmutzigen Aushänge in den Telefonzellen studierten. Zum ersten Mal hatte Nightingale gespürt, wie es war, wenn man einen Fehlschlag erlitt, scheiterte, und diese Erfahrung bedrückte und deprimierte sie. Einen Moment lang versank sie ganz in ihrer Frustration und seufzte tief.

«Ist ihnen nicht klar, dass ich hier bin, um zu helfen? Ich tu doch bloß meine Arbeit.»

Nick warf der tadellos gekleideten, eleganten Erscheinung ihm gegenüber einen Blick zu. Frische Haut, klare Augen, manikürte Fingernägel und ein Haarschnitt, der mindestens fünfzig Pfund gekostet haben musste. Sie war so gut wie nicht geschminkt und hätte dennoch so, wie sie war, für ein Modefoto Modell stehen können. Ein schmaler Fuß, der in einem beigen Wildlederpumps steckte, wippte leicht auf und ab.

Sie repräsentierte genau das, was sie war: eine Tochter aus gutem Hause, die die besten Schulen besucht hatte. Wie konnte er ihr begreiflich machen, dass sie für die meisten Leute, mit denen sie im Laufe ihres Arbeitslebens zu tun haben würde, immer jemand von einem anderen Stern bleiben würde? Dass sie stets mit der vorgefassten Meinung anderer zu kämpfen haben würde. Und doch war sie eine der besten Polizistinnen, die er kannte.

«Sie sind misstrauisch, weil du anders bist als sie. Nicht nur weil du für sie das Gesetz verkörperst, sondern weil du einer anderen Klasse angehörst.»

«Nick, bitte! Wir werden doch dieses Klassendenken nicht mit ins neue Jahrtausend nehmen.»

«Leider doch. Das ist eine Realität, der du dich stellen musst. Du hast eine privilegierte Erziehung genossen; man sieht es dir einfach an! Und für die meisten heißt das automatisch, dass du ihre Probleme sowieso nicht verstehst, warum sollten sie dir also trauen?»

19

«Alex und Sally haben uns wieder zum Essen eingeladen, am achtundzwanzigsten.»

«Das ist nächsten Freitag. Ich dachte, du magst sie nicht?»

«Alex ist ganz in Ordnung, wenn man ihn nicht jeden Tag sieht. Außerdem gibt es sowieso ein paar geschäftliche Angelegenheiten, die ich da unten im Süden mit ihm besprechen muss. Ich werde ein paar Tage früher fahren, und du kommst dann nach.»

Graham war bemüht, seinen Worten einen beiläufigen Klang zu geben, doch Jenny sah, wie verkrampft seine Schultern waren, und reagierte besorgt. Er war in den letzten Tagen so in sich gekehrt gewesen.

«Ich komme mit.»

«Nein!», entgegnete er so scharf, dass Jenny zusammenzuckte.

«Was ist mit dir, Graham? Was hast du? Warum kann ich dich nicht begleiten? Ein bisschen Gesellschaft täte dir sicher gut.»

«Ich möchte dich da nicht hineinziehen, Liebes. Ich werde ein paar unangenehme Gespräche führen müssen, und das mache ich lieber allein. Nun komm schon, schau mich nicht so an. Nach dem Essen fahren wir in die City, und ich kauf dir was Schönes.»

«Ich will keine Geschenke, Graham. Ich will einfach nur mit dir zusammen sein.»

«Aber ich möchte dir etwas ganz Besonderes schenken, etwas, was ich noch niemandem vor dir geschenkt habe. Die paar Tage gehen doch schnell vorbei, und dann sind wir wieder zusammen.»

Er wollte sie in den Arm nehmen, doch sie wandte sich ab und wies ihn zu ihrer beider Erstaunen zurück.

«He, das passt doch gar nicht zu dir!»

«Ich weiß, Graham», sagte sie gepresst, bemüht, ihre Tränen zurückzuhalten, «doch du bist in letzter Zeit so besorgt. Erst fahren wir Hals über Kopf hierher nach Schottland, als ob du vor irgendetwas davonläufst, und dann heuerst du diese beiden Typen an – angeblich als Jagdhelfer –, die du überhaupt nicht brauchst und die sich den ganzen Tag über die Beine in den Bauch stehen, so dass ich zwangsläufig den Eindruck gewonnen habe, dass du dir da zwei Leibwächter engagiert hast. Und wenn du dich unbeobachtet fühlst, wirkst du, als hättest du panische Angst!»

Er legte seine Arme um sie, und diesmal ließ sie es geschehen.

«Es tut mir Leid. Ich wollte dich nicht beunruhigen, mein Liebes. Es stimmt, ich bin zurzeit etwas angespannt. Ich bin da einer Sache auf die Spur gekommen, und der Privatdetektiv, den ich engagiert habe, hat nun die Beweise dafür gefunden.»

«Ich dachte, du hättest ihn wegen Sally beauftragt?»

«Ja», sagte Graham grimmig, und Jenny fühlte, wie ihre Angst zurückkehrte. «Ich weiß nun, was ich wissen wollte. Das Problem ist nur, dass ich nicht weiß, was ich tun soll.»

«Erzähl mir davon. Ich möchte dir helfen.»

Er drückte sie an sich.

«Nein, Jenny. Ich könnte es nicht ertragen, wenn dir etwas zustoßen sollte. Ich liebe dich.»

Diese plötzliche Liebeserklärung ließ sie verstummen. Es war das erste Mal, dass er das zu ihr gesagt hatte. Als sie bei ihm eingezogen war, hatte er ihr erklärt, dass Liebe nichts damit zu tun hatte. Irgendetwas war in den letzten Wochen anders geworden, und diese Erkenntnis machte sie glücklich, doch auch sehr verletzlich.

«Ich liebe dich auch, Graham. So sehr.»

Sie küsste ihn leidenschaftlich und führte ihn ins Schlafzimmer. Das Klingeln des Telefons im Flur ließ sie innehalten. Graham nahm den Hörer ab. Wenig später legte er auf, er hatte kaum ein Wort gesprochen. Sein Gesicht wirkte grau.

«Das war George Ward. Arthur Fish ist tot. George kam gerade von einem Golfurlaub zurück, als er erfahren hat, dass Fish in der Nacht von Donnerstag auf Freitag ermordert wurde. Ich hätte nicht weglaufen dürfen. Vielleicht wäre er noch am Leben, wenn ich diese Sache eher geklärt hätte!»

«Du glaubst doch nicht etwa, dass da ein Zusammenhang mit deinem Vater oder der Firma besteht?»

Graham schüttelte den Kopf und sank auf die oberste Treppenstufe nieder, wo er, den Kopf in beide Hände gestützt, regungslos sitzen blieb. Jenny legte ihre Arme um seine Schultern, unfähig, etwas zu sagen oder auch nur einen klaren Gedanken zu fassen. Sie hatte große Angst, dass Graham, der alles andere als ein Geschäftsmann war, sich in seiner weltfremden Art in eine tödliche Gefahr begeben würde.

«Ich reise Mittwoch ab.» Graham stand abrupt auf und zog Jenny hoch. Er sah den Ausdruck auf ihrem Gesicht. «Ich werde alleine fahren, Jenny. Wir treffen uns am achtundzwanzigsten auf Wainwright Hall.»

«Pass auf dich auf, Graham, bitte. Zwei Männer, die in eurer Firma gearbeitet haben, sind tot, und ich sehe doch, dass du nicht an einen Zufall glaubst. Es stimmt, dass ich anfangs deine Bedenken über den Tod deines Vaters nicht geteilt habe, doch vielleicht habe ich mich geirrt. Wenn du irgendetwas weißt oder auch nur vermutest, dann geh bitte zur Polizei.»

«Das werde ich, Liebes, nach dem Dinner nächste Woche. Doch vorher muss ich mir erst ganz sicher sein. Ich werde mich nicht unnötig in Gefahr begeben, das verspreche ich dir.»

Graham drückte ihre Hand und führte sie langsam den Flur entlang ins Schlafzimmer.

20

Am Samstagabend nach der Ermordung Arthur Fishs kehrte Fenwick rechtzeitig nach Hause zurück, so dass er den Kindern vor dem Zubettgehen noch eine Gutenachtgeschichte vorlesen konnte. Eine Stunde später rief Cooper an. Obwohl es der Spurensicherung gelungen war, einen kompletten Satz Fingerabdrücke von Arthur Fishs Mantel abzunehmen, hatte es sie vier Stunden Arbeit gekostet, sie definitiv den Abdrücken auf der blutigen Fahrkarte vom Bahnhof Burgess Hill zuzuordnen. Einen weiteren Tag hatte die Suche in der nationalen Fingerabdruck-Datenbank gedauert.

«Wir waren erfolgreich, Sir. Die Abdrücke am Tatort stammen alle von Francis Fielding, den die Brightoner Polizei nur zu gut kennt. Er hat ein ellenlanges Vorstrafenregister, angefangen mit Jugendkriminalität, nachher wurde er dreimal wegen Drogenvergehens verurteilt. Das letzte Mal hat er neun Monate ohne Bewährung bekommen. Vor vier Monaten ist er rausgekommen.»

«Also könnte es doch Raubmord gewesen sein. Haben Sie schon mit Brighton gesprochen?»

«Nein, ich wollte zuerst mit Ihnen sprechen. Soll ich Bescheid geben?»

«Ja, aber lassen Sie das Gould erledigen. Und holen Sie mich ab, wir fahren zusammen hin.»

Nachdem er den Hörer aufgelegt hatte, spürte Fenwick, wie sein Blut in den Adern pochte. Das war der Durchbruch, auf den er gewartet hatte. Vielleicht würde er den Fall in ein paar Stunden schon zu den Akten legen können. Die Beweise waren eindeutig. Das wäre ein unglaublicher Erfolg, sowohl für Harlden als auch für ihn persönlich. Als Cooper und er mit dem Wagen unterwegs zur Wohnung des

Verdächtigen waren, wurden all ihre Hoffnungen durch einen Telefonanruf aus Brighton zunichte gemacht. Cooper nahm ab.

«Brighton, Sir. Sie haben Fielding gefunden. Er ist tot.»

Der Tatort wurde von einer nackten Hundert-Watt-Birne, die von der Decke baumelte, in ein grelles Licht getaucht. In der Einzimmer-Wohnung war es kalt. Der Tote lag mit dem Gesicht nach unten auf dem Bett, und die Polizeiärztin ging davon aus, dass der Mann seit über vierundzwanzig Stunden tot war. Einer der Techniker hatte eine benutzte Spritze und einen Plastikbeutel mit, wie es aussah, Heroin sichergestellt. Fenwick wartete, bis der zuständige Kollege sie vorgestellt und seine Fragen gestellt hatte.

Die Ärztin antwortete kurz angebunden.

«Es sieht so aus, als ob er an einer massiven Überdosis Heroin gestorben ist. Wir haben hier stecknadelkopfgroße Pupillen, das passt. Natürlich muss ich die toxikologische Untersuchung abwarten. Der Tod dürfte innerhalb der letzten sechsunddreißig Stunden eingetreten sein, mindestens jedoch vor vierundzwanzig Stunden. So wie es aussieht, ist er hier auf seinem Bett gestorben und seitdem nicht bewegt worden.»

Detective Sergeant Winters nickte gebieterisch.

«Das passt ins Bild. Sobald Sie ihn eindeutig identifiziert haben, rufen Sie mich an. Wenn wir von der Menge Heroin ausgehen, die wir gefunden haben, muss er kürzlich an einen ziemlichen Batzen gekommen sein, konnte damit wohl nicht umgehen und hat sich eine Überdosis verpasst.»

Fenwick warf einen Blick auf die schmierige Kochnische. In der Spüle stapelten sich schmutzige Teller, an denen noch Essensreste klebten. Zwei gespülte Kaffeebecher standen auf dem Abtropfbrett, daneben ein Glas Pulverkaffee und eine angebrochene Packung Milch.

«Sieht so aus, als habe er jemanden erwartet.»

Detective Winters zuckte die Achseln und ging nicht weiter auf die Bemerkung ein.

«Wir befragen die Nachbarn und alle Bekannten, von denen wir wissen. Ich werde sie auf dem Laufenden halten, Chief Inspector.» Winters verhielt sich höflich, gab aber deutlich zu erkennen, dass Fenwick wohl nicht allzu viel zu diesem Fall beisteuern konnte.

«Das ist gut. Wenn Sie auf etwas stoßen, das ihn mit dem Mord an Arthur Fish oder mit den beiden Prostituierten in Verbindung bringt, geben Sie mir Bescheid. Interessant wäre zu erfahren, wie er an so viel Geld kam, dass er sich den goldenen Schuss setzen konnte. Und wenn Sie ein Messer finden, dann senden Sie es bitte so schnell wie möglich ins Labor. Es könnte sich um die Tatwaffe handeln, die wir suchen.»

Der Tod von Francis Fielding verstärkte den Druck auf Fenwick, den Fall zu einem Ende zu bringen. Sergeant Winters fand ein Klappmesser, das sich als die Tatwaffe herausstellte, und der Assistant Chief Constable beharrte darauf, dass sie nun ausreichend Beweise beieinander hatten. Fenwick war da anderer Meinung, doch all seine Überredungskünste genügten nicht, um den Chief und Superintendent Quinlan davon zu überzeugen, ihm und dem Team noch eine Woche Zeit zu geben. Dann entdeckten die Beamten in Brighton bei Fielding einen braunen Papierumschlag mit zweitausend Pfund in bar. Der Umschlag steckte unter dem Dielenboden in Fieldings Wohnung, und Fenwick war überzeugt davon, dass es sich bei dem Geld um das Honorar für einen Auftragsmord handelte. Denn schließlich war Fielding nichts anderes als ein kleiner Dealer, und es gab keine schlüssige Erklärung, wie er plötzlich an so viel Geld gekommen war. Zähneknirschend sah Harper-Brown sich schließlich gezwungen, Fenwicks Drängen nachzugeben und ihm eine weitere Woche kostbarer Zeit zuzugestehen.

Sofort instruierte er Detective Sergeant Gould. Er sollte versuchen, die Herkunft des in Fieldings Wohnung gefundenen Geldes festzustellen, und nachprüfen, ob irgendeine Verbindung zwischen Arthur Fish und Amanda Bennet oder Tracie Gray bestand. Und selbstverständlich jedem möglichen Hinweis nachgehen, der zu Wainwright Enterprises führte. Das war keine leichte Aufgabe, doch Gould war ein fähiger und gewissenhafter Beamter. Wenn Fenwick Recht hatte und dies kein einfacher Raubmord gewesen war, dann würde dieser Mann die vorhandenen Spuren entdecken.

DRITTER TEIL

Mord und Talent scheinen gleichermaßen
vererbbar zu sein.

G. H. Lewes

21

In der Eingangshalle, im Wohnzimmer, im Salon und im großen Speisezimmer, überall hatte man Kaminfeuer entzündet. Die frisch renovierten Räume glänzten im Licht der Flammen. Alles war perfekt. Alexander und Sally wollten die Familie in einem stilvollen Rahmen willkommen heißen, in einem Haus, das nun in einem Glanz erstrahlte, der ihm unter seinem früheren Eigentümer abgegangen war.

Sieben Gäste waren geladen: Jeremy Kemp mit Gattin, Graham und Jenny, Julia und Colin und deren Tochter Lucy. Sally hatte alles minutiös geplant, und Alexander sollte lediglich darauf achten, dass das Feuer in den Kaminen nicht ausging. Es war früh dunkel geworden an diesem Tag, und das Haus lag in dichten Nebel gehüllt.

Das Klingeln des Telefons durchschnitt die Stille.

«Alexander? Hallo, hier ist Jenny. Könnte ich bitte mit Graham sprechen?»

Ihre Stimme wurde vom typischen Knistern eines Mobiltelefons begleitet.

«Er ist noch nicht da, Jenny.»

«Aber er wollte doch schon Mittwoch bei euch ankommen. Das sieht ihm aber gar nicht ähnlich, mir nicht zu sagen, wo er sich aufhält. Ich mache mir Sorgen, Alexander. Bei seiner Abreise ging es ihm nicht besonders gut. Hat er sich überhaupt bei euch gemeldet?»

«Nein, aber ich frage noch mal Sally, wenn du möchtest.»

Alexander legte den Hörer neben den Apparat und machte sich auf die Suche nach seiner Frau. Sie würde wohl in der Küche sein. Doch nein, dort war sie nicht. Im Esszimmer brannten bereits die Kerzen auf der Tafel. Nachdem sie hier ebenfalls nicht zu finden war, dachte Alexander an das Blumenzimmer. Während er den hinteren Flur entlangschritt, hörte er ihre Stimme.

«Irene! Das hier kommt zu Julia und Colin ins Orientalische Zimmer. Passen Sie auf, dass Sie nichts verschütten, und legen Sie auf jeden Fall eine Decke unter. Ich möchte hinterher keine Wasserspuren auf den Möbeln haben. Diese hier kommt in Grahams Zimmer. Und beeilen Sie sich gefälligst! Die Gäste können jeden Augenblick kommen.»

Irene, eine der Haushaltshilfen, die tagsüber nach Wainwright Hall kamen, und die von Sally genötigt worden war, bis in die Nacht hinein zu bleiben, drängte sich an ihm vorbei, beide Hände fest um ein ausladendes, japanisch wirkendes Blumenarrangement geklammert.

Sally war noch so mit dem letzten Gesteck beschäftigt, dass sie ihn nicht kommen hörte. Zum Schutz ihrer Abendgarderobe hatte sie sich eine große Plastikschürze vorgebunden. Sie hatte sich für einen rosafarbenen Seidenanzug mit dazu passender langärmliger Tunika entschieden. Eine cremefarbene Schärpe brachte ihre schmale Taille besonders zur Geltung. Das Haar trug sie hochgesteckt, und an ihren Ohrläppchen funkelten Diamanten und Perlen, die einmal seiner verstorbenen Tante gehört hatten, an dieser jedoch niemals so perfekt zur Geltung gekommen waren.

«Hallo», sagte er sanft, doch sie fuhr vor Schreck zusammen.

«Ach, du bist's. Du hast mich erschreckt. Brennt das Feuer überall?»

Sie wandte sich wieder den Blumen vor ihr zu.

«Gut, dass du da bist», sagte sie. «Ich habe die Sicherheitskette an meiner Uhr nicht zubekommen. Kannst du mir helfen?»

«Die ist wunderschön. Wo hast du sie her?» Bewundernd betrachtete Alexander die elegante, mit Diamanten besetzte Golduhr und das pinkfarbene Band aus Krokodilleder.

«Die habe ich letztes Jahr von deinem Onkel zu Weihnachten bekommen. Eine Patek Philippe. Das war sehr lieb von ihm.»

Das goldene Sicherheitskettchen baumelte von ihrem schmalen Handgelenk. Er zog das Armband enger und versuchte die Kette zu schließen. Plötzlich rutschte er ab und rammte sich die spitze Schließe unter den Daumennagel.

«Aua! Das verdammte Ding ist scharf!»

«Pass auf, du blutest! Tropf nicht auf meinen Ärmel. Hier, lass Wasser drüber laufen.»

Alexander spülte das Blut ab und zog vorsichtig den goldenen Stachel aus dem Nagelbett.

«Die Kette ist kaputt.»

«Ist nicht so schlimm. Wolltest du etwas von mir?»

«Jenny hat angerufen und nach Graham gefragt. Sie dachte, er sei bereits hier. Hat er dir gegenüber erwähnt, dass er früher kommen wollte?»

«Nein, davon weiß ich nichts.»

«Das habe ich ihr auch gesagt. Sie klang ziemlich besorgt.»

«Ach, du kennst doch Graham. Er macht, was er will. Wahrscheinlich hat er irgendwo eine andere Jenny aufgegabelt und macht sich mit ihr einen netten Tag.»

Irene huschte ins Zimmer und schob ihr ausladendes Becken hinter Alexander vorbei. Grob drückte Sally ihr die Vase in die Hand.

«Hier, nehmen Sie die! Passen Sie doch auf, Sie Tölpel! Jetzt schauen Sie sich an, was Sie gemacht haben!»

Ein kleiner See breitete sich auf dem Fliesenboden aus. Alexander nahm einen Lappen und begann das Wasser aufzuwischen, während Irene, die Blumen im Arm, auf Zehenspitzen davonschlich.

«Die muss hier weg», zischte Sally.

«Aber Sal, das hat sie doch nicht mit Absicht gemacht, war doch auch nicht schlimm.»

«Nicht deshalb, du Idiot! Sie ist schon wieder schwanger, das sieht doch jeder. Und sie ist erst neunzehn.»

Alexander wrang den Lappen über dem Spülbecken aus, während Sally vorsichtig die Schürze abnahm. Eines der Mädchen würde morgen hier sauber machen. Sie hatten nun anderes zu tun. Um sieben Uhr würden die Gäste kommen. Sally eilte in die Küche, und Alexander machte sich, nachdem er Jenny am Telefon beruhigt hatte, auf zum Musikzimmer, um vorher noch ein bisschen Ruhe zu finden.

Im Musikzimmer war es kalt. Er schaltete das Licht an, und draußen vor dem Fenster wurde es noch eine Idee dunkler. Der Nebel hatte sich verdichtet und umgab das Haus wie eine undurchdringliche Mauer. Der Rasen vor dem Haus lag in ein weißliches Licht getaucht.

Er klappte den schweren Deckel des Steinway-Flügels hoch und begann zu spielen. Leicht und scheinbar mühelos glitten seine Finger über die Tasten, als er Chopins Nocturne in es-Moll spielte. Er schloss die Augen und spürte, wie der beständige Rhythmus durch seinen Körper floss. Es war nur ein kurzes Stück, doch es lenkte ihn von seinen Gedanken um Sally ab. Seine Frau hatte etwas an sich, was die Leute verängstigte, und das beunruhigte ihn.

«Hier bist du, Alex! Nun komm, unsere Gäste sind da. Der Butler hilft ihnen gerade beim Ablegen. Beeil dich!»

Aus irgendeinem unerfindlichen Grund hatte das zuvor munter flackernde Feuer im Salon sich auf ein paar angekokelte Holzscheite reduziert, die nur noch müde vor sich hin glommen, dafür aber stark zu qualmen begonnen hatten. Sally warf Alex einen finsteren Blick zu. Es war einfach unverzeihlich, dass er ihr ihren großen Auftritt verdarb! Alles andere war perfekt.

Der Butler nahm den Blasebalg und pumpte Luft in den Rauch. Nach ein paar Sekunden züngelten die ersten Flämmchen, und das Feuer loderte auf. Sally zeigte ihren Gästen die Veränderungen, die sie im Salon vorgenommen hatte. Die eifersüchtigen und irritierten Blicke schien sie dabei nicht zu bemerken. Oder nicht bemerken zu wollen. Nach einer Weile machte Lucy sich von ihren Eltern los, nahm sich im Vorübergehen ein Glas Champagner und trat zu Alexander an den Kamin.

«Alex, ich muss dich um einen Gefallen bitten! Mein Freund hat heute Geburtstag, und wir hatten eigentlich vorgehabt, zusammen zu feiern, aber dann kam eure Einladung. Nicht, dass es mir etwas ausmachen würde, aber …»

«Warum hast du nicht angerufen? Wir hätten leicht noch einen Teller mehr aufdecken können.»

«Mum sagte, das käme überhaupt nicht in Frage. Doch ich habe Ryan versprochen, dich zu fragen. Er könnte in zwanzig Minuten hier sein.»

Alexander lachte. «Also nichts wie los, ruf ihn an. Das Telefon steht in der Eingangshalle.»

«Danke, ich habe mein Handy dabei.» Sie drückte ihm einen Kuss auf die Wange.

Als man bereits beim zweiten Glas Champagner angekommen

war, fuhr ein Taxi vor und Jenny stieg aus. Noch an der Türschwelle stehend, irrten ihre Augen suchend im Zimmer umher.

«Er ist immer noch nicht da?»

«Nein, meine Liebe, aber machen Sie sich doch deswegen keine Sorgen. Er kommt sicher bald. Bestimmt hat er einfach die Zeit vergessen.» Während Sally halbherzig versuchte, Jenny zu beruhigen, gab sie ihr einen flüchtigen Kuss auf die Wange.

«Aber das sieht ihm gar nicht ähnlich. Vor zwei Tagen hat er sich das letzte Mal gemeldet. Sonst ruft er mich jeden Tag an.»

Hinter ihrem Rücken wechselten Sally und Julia einen viel sagenden Blick.

Mr und Mrs Kemp trafen ein, und Jennys Bedenken gingen in den allgemeinen Begrüßungsfloskeln unter. Kurze Zeit später klingelte es erneut. Zu Lucys Entzücken und zum Leidwesen ihrer Mutter betrat Ryan den Raum.

«Bleibt er über Nacht?», fragte Sally und blickte Lucy kühl an.

Ryan half seiner Freundin aus der Verlegenheit, indem er rasch versicherte:

«Nein, danke. Ich trinke nicht, also kann ich gut noch zurückfahren.»

Es wurden Schnittchen mit Räucherlachs gereicht, doch Graham war immer noch nicht da. Noch mehr Champagner wurde serviert, und als die Uhr schließlich acht schlug, senkte sich ein unbehagliches Schweigen über die Dinnergesellschaft.

Der Butler rettete die Situation, indem er feierlich verkündete: «Das Abendessen ist serviert, meine Herrschaften.»

Sein pompöses Gehabe reizte Lucy zu einem nervösen Kichern, was ihre Mutter noch mehr gegen sie aufbrachte.

Sally schlug vor, schon einmal ohne Graham zu beginnen, da sonst das Essen nur unnötig kalt werden würde. Muriel Kemp überredete Jenny, ihren Fensterplatz für eine Weile zu verlassen, und Ryan fragte Alexander so laut, dass alle es hören konnten, ob er den Butler mitsamt dem Haus geerbt habe. In dem halbherzigen Versuch, eine Unterhaltung in Gang zu bringen, machte sich die Gesellschaft auf den Weg ins Speisezimmer.

Alexander hatte den Wein sorgfältig ausgewählt, und sogar Colin war beeindruckt und erging sich in einem Loblied auf den Gevrey-

Chambertin. Am anderen Ende der Tafel saß Sally und gab sich so strahlend, dass ihre Gäste sich nach und nach entspannten. Mit einem bescheidenen Lächeln nahm sie die Komplimente entgegen, doch Alexander merkte, wie viel sie ihr bedeuteten. Rechts von ihr, auf dem Stuhl, der eigentlich Graham zugedacht gewesen war, hatte Jeremy Kemp Platz genommen, der ganz hingerissen war von ihrem Charme.

Alexander lächelte in sich hinein, als er sah, wie seine Frau die überschwänglichen Gesten des Anwalts abwehrte. Rechts von ihm saß eine schweigsame Jenny, die lustlos in ihrem Essen herumstocherte. Während der ganzen Mahlzeit bemühten sich Alexander und Ryan vergebens, sie ein wenig aufzuheitern. Ihre Angst war jetzt förmlich mit den Händen greifbar, und langsam schien sie auch die anderen damit anzustecken.

In dem Versuch, Jenny von ihren Gedanken an Graham abzulenken, schlug Alexander vor, nach dem Dessert ins Musikzimmer im vorderen Teil des Hauses zu gehen.

Er war immer noch in der Stimmung für Chopin, und so spielte er noch einmal die Nocturne in es-Moll und ein anderes seiner Lieblingsstücke. Er war gerade mitten im Spiel, als Lucy ihm von der Tür aus zuwinkte und ihm mit übertriebener Mimik zu verstehen gab: «Wir machen einen kleinen Spaziergang.»

Als das Stück zu Ende war, fanden sich alle außer Lucy und Ryan wieder im Salon ein, wo Kaffee und Armagnac serviert wurde. Da außer Ryan alle über Nacht bleiben würden, hatte niemand es eilig, ins Bett zu kommen. Der Zauber der Musik hatte seine Wirkung getan, und alle waren gelöst und entspannt. Nur Jenny saß da wie ein Häufchen Elend, verzweifelt und den Tränen nahe. Gegen Mitternacht begannen ein paar von ihnen mit einem Kartenspiel.

«Was war das?» Julia hob abrupt den Kopf.

«Was?»

«Dieses Geräusch, hörte sich an wie ein Schrei.»

«Wahrscheinlich nur ein Fuchs», antwortete Sally wegwerfend. Doch alle anderen lauschten angestrengt.

«Da! Habt ihr das gehört?»

Obwohl der Nebel wie ein undurchdringlicher Schleier über dem Haus lag und alle Geräusche zu schlucken schien, war das Schreien nun deutlich zu hören.

«Wo ist Lucy?» Julias Stimme klang schrill vor Sorge.

«Sie und Ryan wollten einen Spaziergang machen. Sie sind vor einer guten Stunde weggegangen.»

Alexander blieb gelassen. Natürlich lag Wainwright Hall einige Kilometer vom nächsten Ort entfernt, doch die beiden jungen Leute waren schließlich zu zweit unterwegs.

«Colin, geh und such deine Tochter. Sie sollte nicht allein da draußen herumlaufen.» Julia warf ihrem Mann einen vorwurfsvollen Blick zu.

Colins Gesicht war rot und erhitzt, als er sich schwerfällig erhob und in Richtung Tür schwankte.

«Ich komme mit.» Bevor jemand Einwände erheben konnte, war Alexander schon aufgesprungen und in die Eingangshalle gelaufen. Abgesehen von Jenny schien er der Einzige zu sein, der völlig nüchtern war.

Die Luft draußen war feucht und kalt, und er bereute es, keine Jacke übergezogen zu haben. Wo sollte er zuerst nachsehen? Der Nebel war so dicht, dass man die Hand nicht vor Augen sehen konnte. Da ertönte wieder ein Schrei, und er spürte, wie die Härchen auf seinen Armen und in seinem Nacken sich aufstellten. Das war das Schreien eines Menschen – ein panisches, entsetztes Kreischen. Instinktiv wandte er sich in die Richtung, aus der das Kreischen kam, und rief Lucys Namen.

«Lucy? Ryan? Wo seid ihr?» Kurz darauf hörte er ein Wimmern. Nein, das war kein Tier! Er rannte los, um gleich darauf wieder innezuhalten, aus Angst, blind in die falsche Richtung zu laufen.

«Lucy! Hier bin ich. Lucy!»

Ein Umriss tauchte vor ihm aus dem Nebel auf, zwei Köpfe und Arme, die winkten. Da erkannte er Lucy und Ryan, die sich wie verängstigte Kinder aneinander klammerten, ihre Gesichter weiß wie Laken, Mund und Augen schreckgeweitet.

«Ist ja gut. Ich bin da, ist ja gut.» Er hielt sie beide fest umschlungen. Lucys Schultern zuckten in unkontrolliertem Schluchzen. Ryan hatte seinen Kopf auf Alexanders Arm gelegt, sein Atem ging stoßweise.

«Alles ist gut, ihr seid in Sicherheit. Kommt zurück zum Haus.»

Sie hatten sich wohl im Nebel verlaufen und in der Dunkelheit die Orientierung verloren.

«Nein, du verstehst nicht.» Ryans Stimme war immer noch heiser vor Angst.

«Was meinst du damit?»

«Wir … da …» Was auch immer sie gesehen oder erlebt hatten, Ryan konnte die Worte nicht über die Lippen bringen.

Lucy atmete zweimal tief durch.

«Graham, wir haben Graham gefunden! Ich glaube, er ist tot.»

22

«Oh, mein Gott!» Alexanders erster Gedanke galt Jenny. Wie sollte er es ihr nur sagen? Dann dachte er schuldbewusst an seinen Cousin. Er hatte sich keinerlei Gedanken gemacht, als er nicht gekommen war.

«Bist du ganz sicher, Lucy? Ryan?»

Lucy nickte, und Ryan entgegnete: «Der Mann ist auf jeden Fall tot, so viel ist sicher.»

«Es war so schrecklich, Alexander.»

«Sagt mir genau, wo ihr ihn gefunden habt. Dann gehe ich hin und schau ihn mir an. Ihr bleibt derweil hier.» Er wollte verhindern, dass sie mit der Neuigkeit ins Haus platzten, bevor er Gelegenheit gehabt hätte, mit Jenny zu sprechen.

Ihre Angaben waren äußerst vage. Sie konnten sich nicht erinnern, wo die Leiche war. «Unter einem Baum» war der präziseste Hinweis, den sie geben konnten. Auch wussten sie nicht, wie lange sie gerannt waren, bevor Alexander sie gefunden hatte. Bald wurde ihm klar, dass er seinen Cousin unmöglich alleine finden würde. Er brauchte Hilfe.

Julia stand, in ihren Mantel gehüllt, auf der vorderen Veranda und blickte unverwandt in den dichten Nebel. Kaum erblickte Lucy ihre Mutter, riss sie sich los und warf sich schluchzend in ihre Arme.

«Lucy, mein Liebling, sch, sch, alles ist gut. Du bist in Sicherheit. Komm herein und wärm dich erst einmal auf. Du bist ja ganz durchgefroren.»

Julia legte ihren Mantel um die bebenden Schultern ihrer Tochter.

«Was ist los, Alexander, was ist geschehen?» Hocherhobenen Hauptes stand Sally neben Jenny, die ihm angstvoll entgegenstarrte.

Sie ahnte bereits, dass etwas Entsetzliches geschehen war. Eine innere Stimme hatte sie auf das Schlimmste vorbereitet.

«Lucy, Ryan, geht ins Haus und wärmt euch auf. Ihr seid ja eiskalt. Rein mit euch!»

Erleichtert und erschöpft betraten die beiden jungen Leute das Haus.

Alexander trat zu Jenny und legte seine Arme fest um sie. Er suchte nach Worten, die den Schmerz erträglicher machen sollten.

«Jenny», sagte er sanft, «Lucy und Ryan glauben, dass sie Graham gefunden haben. Er ist tot.»

Er war auf eine hysterische Reaktion gefasst, erwartete einen Tränenausbruch, einen Schrei des Entsetzens, doch Jenny war wie versteinert.

«Tot, sagen Sie.» Ihre Stimme klang ruhig, beinahe sachlich. «Dann müssen wir ihn suchen.»

«Colin, Jeremy und ich werden gehen. Sie bleiben bei Sally.»

«Nein! Ich muss zu ihm. Er würde das wollen. Ich komme mit.»

«Jenny ...»

«Lass gut sein, Alex, sie hat Recht. Ich werde auch mitkommen.» Sally bedeutete dem Butler, ihnen die Mäntel zu bringen, und ging ins Haus, um sich andere Schuhe anzuziehen. Ihre besonnene Reaktion verwirrte Alexander mehr als alle anderen Ereignisse an diesem furchtbaren Abend.

Noch immer hielt er Jenny umfasst, wollte sie an sich drücken, sie trösten, ihr irgendwie helfen, doch sie blieb starr und reagierte nicht. Jeremy Kemp und Colin, die durch den Schreck wieder nüchtern geworden waren, warteten stumm vor dem Eingangsportal und blickten besorgt in den immer dichter werdenden Nebel. Nach einigen Minuten kehrte der Butler mit ihren Mänteln und ein paar Taschenlampen wieder, dicht gefolgt von Sally.

«Soll ich die Polizei rufen, Sir?», fragte er respektvoll, doch seine Stimme verriet, dass seine Arbeitgeber sich seiner Ansicht nach nicht richtig verhielten. Noch bevor Alexander antworten konnte, kam Sally ihm zuvor.

«Das wäre wohl etwas voreilig, Jarvis! So wie wir den guten Graham kennen, dürfte er eher stockbesoffen sein.»

Einen Augenblick lang sahen alle sie entsetzt an. Alexander fühlte, wie Jenny bei den groben Worten seiner Frau erzitterte, und versuchte die Situation zu retten.

«Mrs Wainwright-Smith hat einen Schock erlitten. Sie ist völlig durcheinander. Natürlich müssen Sie die Polizei verständigen. Daran hätte ich selbst denken sollen. Danke, Jarvis.»

Der Butler nickte nur. Ihm konnte man so schnell nichts vormachen, doch er war zu professionell, als dass er sich seine Zweifel hätte anmerken lassen. Alexander sah, dass Sally ihre Worte zutiefst bereute, doch sie konnte sie nicht mehr zurücknehmen. Entschuldige dich wenigstens, beschwor er sie in Gedanken, doch sie schwieg und ging stattdessen vor den anderen zur Tür hinaus.

Lucys und Ryans Beschreibung, wo sie die Leiche gefunden hatten, war äußerst vage. Alexander führte die anderen zu dem Ort, wo er auf die beiden gestoßen war.

«Von dort habe ich sie kommen sehen», erklärte er und deutete in den dichten Nebel. «Sie sagten mir, sie hätten ihn unter einem Baum gefunden. Dort hinten liegt ein Wäldchen, und linker Hand, glaube ich, stehen ein paar Eichen und Buchen.»

«Rechts von hier steht noch diese alte Buche», warf Sally ein.

«Ach ja, richtig. Also wir sind zu fünft. Ich schlage vor, wir teilen uns in zwei Gruppen auf und treffen uns wieder in dem Wäldchen. Wenn einer von uns etwas findet, soll er rufen, und wir gehen dann der Stimme nach.»

«Ich kann genauso gut alleine gehen, mein Guter. Dann hätten wir drei Gruppen und wären schneller. Ich kenne diese Gegend wie meine Westentasche.»

«Gut, Colin. Dann ...»

«Ich möchte bei Ihnen bleiben, Alexander.»

«Natürlich, Jenny. Also dann bilden Jeremy und Sally eine Gruppe ...»

«Wir machen uns auf zur alten Buche.»

«Einverstanden, dann gehen wir ganz hinten zu den Eichen, und du, Colin, schaust dich im dahinter liegenden Wäldchen um.»

Sie trennten sich, und die gelben Lichtkegel ihrer Taschenlampen verloren sich in dem perlgrau schimmernden Nebel. Kemp blieb dicht hinter Sally, die sicher ausschritt. Ihr forsches Tempo hatte eine einschüchternde Wirkung auf ihn, und so gingen sie schweigend hintereinander her, bis Sally abrupt stehen blieb und ihre Nase in die Luft streckte, als nähme sie Witterung auf.

«Was ist los?»

«Der Fluss, ich kann das Wasser riechen. Wir müssen ganz nah dran sein, wir sind etwas zu weit südlich. Hier entlang.» Mit geröteten Wangen und klarem Blick machte Sally sich wieder auf den Weg, ohne sich noch einmal zu ihm umzudrehen.

Im zuckenden Schein der Taschenlampe glitten Büsche und Schilfgräser wie verzerrte Schatten an ihnen vorüber. Eine Koppel erstreckte sich bis hinüber zum Flussufer. Gleich darauf hörten sie ein leichtes Plätschern. Für einen kurzen Moment rissen die Nebelschwaden auf und gaben den Blick auf den Fluss frei.

«Direkt hinter dieser Baumgruppe steht die alte Wetterbuche. Wir werden sie gleich sehen.» Und tatsächlich tauchten jetzt die ausladenden Äste eines uralten Baumriesen vor ihnen aus dem Nebel auf. Sally hob die Taschenlampe und leuchtete in die riesige Baumkrone hinein.

«Such doch lieber den Boden ab», drängte Kemp, «sonst übersehen wir ihn noch, Sally.»

Doch Sally schien ihn nicht gehört zu haben. Langsam glitt der Strahl der Taschenlampe durch das dichte Geäst der alten Buche.

«Was war das?» Kemps Stimme klang heiser vor Furcht. «Dort, auf der anderen Seite.»

Sally richtete den Lichtkegel weiter nach oben und ging langsam um den ausladenden Stamm herum.

«Oh, mein Gott!» Kemp rannte an ihr vorbei, stolperte über Wurzeln und glitt auf dem feuchten Laub aus.

«Mein Gott! Oh, mein Gott!»

Sally trat schweigend neben ihn und beleuchtete die weiße Gestalt, die leblos über dem Boden baumelte. Es gab keinen Zweifel: Der Mann war tot. Blutunterlaufene Augen traten aus ihren Höhlen, und aus dem weit geöffneten Mund hing eine schwarze, geschwollene Zunge. Der Strick, der an einigen Stellen blutbefleckt war, hatte sich tief in seinen Hals eingegraben. Bis auf einen dünnen Ledertanga war er nackt.

«Wir müssen die anderen rufen.»

«Wir können das doch nicht Jenny zeigen! Sie darf das auf keinen Fall sehen, Sally.»

«Wir werden sie wohl kaum davon abhalten können. Sie wird ihn sehen wollen.»

«Aber wir *müssen* sie davon abhalten. Das ist kein Anblick für eine Frau!» Abrupt verstummte er. Es war offensichtlich, dass Sally bedeutend gefasster war als er. Langsam drehte sie sich um und starrte den toten Körper wie gebannt an.

Kemp fühlte das Blut in seinen Schläfen pochen. Der erste Schock wich einer zunehmenden Verwirrung. Wie war es möglich, dass jemand auf diesen Anblick so gelassen reagierte? Er wusste nicht, ob er beeindruckt sein oder misstrauisch werden sollte. Normalerweise konnte er seine Gefühle gut verbergen, doch Sally schien Gedanken lesen zu können.

«Du hast Recht, Jeremy, wie immer», lenkte sie ein. «Nimm die Taschenlampe, und versuch Alex zu finden. Bevor die anderen uns finden.»

«Kann ich dich denn hier allein lassen?»

Sally warf noch einen Blick auf den Toten und nickte. «Ja. Geh nur.»

Alexander entdeckte das unstete Licht einer Taschenlampe, das im Nebel auftauchte und immer näher kam. Jemand rannte auf ihn zu. Sein Magen zog sich krampfhaft zusammen, und er hielt Jenny fest am Arm.

«Ist ja gut», sagte er sanft. «Ich bin ja da.»

Da erkannten sie, dass es Kemp war, und warteten. Ein Blick in sein Gesicht genügte, um zu wissen, was er gefunden hatte. Sie standen sich gegenüber, und das Entsetzen in ihrem Schweigen war beinahe mit den Händen greifbar. Niemand wagte es, die alles bestätigende Frage zu stellen, deren Antwort ihrer aller Leben drastisch verändern würde.

«Ist er tot?» Jennys Stimme war nur mehr ein Wispern.

«Ja, Jenny, es gibt keinen Zweifel. Er ist tot.»

Sie nickte und ließ sich schwer gegen Alexander sinken, der automatisch seinen Arm um sie legte.

«Ist Sally bei Colin?»

«Nein», entgegnete Kemp überrascht. «Sie ist bei der … bei Graham.»

«Allein?», fragte Alexander aufgebracht.

«Sie wollte das so, wirklich!»

«Um Himmels willen, Sie wissen doch, dass es manchmal besser ist, nicht auf sie zu hören, um ihrer selbst willen!»

«Aber... Sie beharrte regelrecht darauf. Und sie war ganz ruhig.»

Alexander blickte zu Jenny hinunter, die sich an ihm festklammerte.

«Schon gut. Am besten, Sie begleiten Jenny zurück zum Haus und warten dort auf die Polizei. Ich gehe zu Sally.»

«Nein, ich will ihn sehen.»

«Das ist keine gute Idee, Jenny. Bitte gehen Sie mit Jeremy zurück zum Haus.»

«Nein, Alexander. Ich muss ihn sehen. Sonst werde ich mich immer fragen, wie ... ob er sehr gelitten hat.»

Kemp sah das verzerrte Gesicht vor sich, die hervortretenden Augen, das blutverschmierte Seil.

«Das sollten Sie nicht tun, Jenny, bitte. Warten Sie, bis er ...» Er wollte sagen «zurechtgemacht ist», doch er schluckte die Worte rechtzeitig hinunter. «Gehen Sie jetzt nicht zu ihm.»

«Warum, was ist mit ihm passiert?» Ihre Stimme klang jetzt schrill, beinahe hysterisch. «Sagen Sie es mir.»

«Sagen Sie es ihr», forderte Alexander ihn auf. «Manchmal ist es besser, die Wahrheit zu kennen.»

«Es sieht so aus, als ob er sich umgebracht hat. Sich aufgehängt hat.»

«Nein! Niemals! Warum hätte er das tun sollen? Sie irren sich!»

«Es gibt keinen Zweifel. Er hing am Baum, als wir ihn fanden.»

«Das kann nicht sein. Das ist nicht Graham! Das kann er gar nicht sein. Er würde niemals Selbstmord begehen. Er liebte das Leben, und außerdem wäre er dafür viel zu feige. Es muss eine Verwechslung sein.»

Ein Licht näherte sich aus dem Dunkel; es kam aus der Richtung, in der das Haus liegen musste. Dann ein zweites. Kurz darauf tauchten zwei Polizisten aus dem Nebel auf. In dem Augenblick trat Colin vom Fluss kommend auf die kleine Gruppe zu. Er bemerkte die uniformierten Beamten und wartete darauf, dass einer von ihnen zu sprechen begann.

«Mr Wainwright-Smith?»

«Ja, das bin ich.»

«Hier soll eine Leiche gefunden worden sein?»

«Ja, mein Cousin, Graham Wainwright.»

«Nein, das stimmt nicht! Das kann er nicht sein. Er würde sich niemals selbst töten!», schluchzte Jenny.

Der Polizeibeamte sah in die Runde. «Funk die Zentrale an, Bill, und gib grünes Licht. Sie sollen mit dem Arzt eine Beamtin rüberschicken.» Er wandte sich an Alexander. «Wenn Sie uns bitte zu dem Toten bringen würden, Sir ...»

Alexander zögerte und warf einen raschen Blick auf Jenny. Dann nickte er. Kemp ging voraus, den schmalen Flusspfad entlang. Der Nebel am Ufer war von dem auffrischenden Wind vertrieben worden, und bald sahen sie die riesenhafte Buche vor sich auftauchen.

«Er ist dort, am Baum.»

«Haben Sie die Leiche gefunden, Sir?»

«Ja, zusammen mit Mrs Wainwright-Smith. Jeremy Kemp ist mein Name, ich bin der Anwalt der Familie Wainwright.»

Langsam gingen sie um den Stamm herum. Kemp zögerte einen Moment. Er fürchtete den Anblick, der sich ihnen gleich bieten würde.

«Er ist weg!», rief er ungläubig. «Der Tote ist weg. Dort hing er, an diesem Ast.»

«Hier rüber.» Von der anderen Seite der Wetterbuche drang Colins Stimme zu ihnen.

Er hockte neben Sally und hatte seine Arme um ihre Schultern gelegt. Sie schluchzte leise. Einige Meter weiter hinten lag die Leiche auf dem Boden, den Strick immer noch um den Hals geschnürt. Die plötzliche Nähe zu einem toten Menschen und die weinende Frau neben ihm machten ihn nervös, und stotternd vor Aufregung setzte er zu einer Erklärung an.

«Ich habe sie weinen hören ... Wie konnten Sie sie nur allein lassen, Kemp!»

Unbeweglich vor Staunen starrte der Rechtsanwalt auf die Leiche und fragte sich, wie Sally es geschafft haben mochte, sie vom Baum zu holen. Doch wie er sie in ihrer Verzweiflung schluchzen hörte, schwieg er. Das wäre kaum der passende Zeitpunkt, um darauf hinzuweisen, dass sie, die Ruhe selbst, ihn mit dem Auftrag, die anderen zu holen, weggeschickt hatte. Wenn man sie jetzt so sah, konnte man das einfach nicht glauben.

Gerade als Alex zu Sally gehen wollte, riss Jenny sich los und rannte hinüber zu Grahams Leiche. Sie sank mit den Knien in die dunkle Erde. Ein Blick auf sein entstelltes Gesicht genügte, um augenblicklich zu erkennen, dass er tot war. Ein entsetzlicher Aufschrei drang aus ihrer Kehle, und sie begann sich hin und her zu wiegen.

Constable Parks machte einen Versuch, die Situation unter Kontrolle zu bringen.

«Bitte kommen Sie alle hier herüber, weg von der Leiche.» Sein Kollege machte Anstalten, Jenny wegzubringen, doch sie wehrte sich wie eine Raubkatze, hieb und trat auf ihn ein. Schließlich gelang es ihm, sie von Graham wegzuziehen und fortzutragen. Jeremy Kemp und Colin hielten sie fest, und allmählich ebbte ihr Schluchzen zu einem leisen Wimmern ab.

Alexander legte seine Arme um Jenny und führte sie weg, so dass die fünf Personen nun eine Gruppe bildeten und die Polizisten endlich Gelegenheit hatten, den Tatort in Augenschein zu nehmen.

Parks trat zu ihnen, sein Notizbuch in der Hand.

«Ein paar Fragen, um das Wichtigste zu klären.» Er dachte daran, dass die Leiche vom Baum geholt worden war. Er dachte an die unzähligen Fußabdrücke und an die Spuren des Gerangels, als sein Kollege versucht hatte, Jenny von der Leiche wegzuführen. Er würde ernsthaft Ärger bekommen.

«Wer hat nun eigentlich die Leiche gefunden?»

«Meine Tochter Lucy», antwortete Colin. «Sie ist bei meiner Frau im Haus.»

«War sie allein?»

«Nein, Ryan war bei ihr. Das ist ihr Freund. Als sie zum Haus zurückkamen, haben wir uns zusammengetan, um das Gelände abzusuchen.»

«Statt auf die Polizei zu warten?» Parks dachte an die Verwüstung, die sie am Tatort angerichtet hatten.

«Wir dachten, er sei vielleicht noch am Leben.»

«Also waren Lucy und Ryan sich nicht ganz sicher?»

«Doch», sagte Alexander. «Sie waren sich sicher, aber wir – insbesondere Sally – glaubten, er sei vielleicht nur betrunken oder so.»

«Ich verstehe. Und wer ist Sally?»

«Meine Frau, Mrs Wainwright-Smith. Doch Sie können jetzt nicht mit ihr sprechen. Wie Sie sehen, ist sie völlig außer sich. Ich muss sie ins Haus bringen und Jenny auch. Beide haben einen furchtbaren Schock erlitten, und es ist kalt hier.»

«In Ordnung, Sir. Ich muss mir vorher nur noch Ihre Namen aufschreiben. Und warten Sie bitte im Haus. Wir müssen Ihre Aussagen noch zu Protokoll nehmen.»

«Protokoll? Aber warum denn das? Hier geht es um Selbstmord. Da brauchen Sie doch die Familie nicht weiter zu behelligen.» Kemp war ganz und gar der tüchtige Familienanwalt.

«Alles, was wir im Moment haben, ist ein plötzlicher Tod, der offensichtlich nicht auf natürlichem Wege eingetreten ist. Der Dienst habende Detective braucht Ihre Aussage.»

23

Es war eine schweigsame Gesellschaft, die sich um die Überreste des Kaminfeuers im Salon drängte und auf die Ankunft der Kriminalpolizei wartete, die bald eine wichtige Rolle in ihrer aller Leben spielen sollte. Alexander hatte das Küchenpersonal und den Butler beruhigt und sie zum Bleiben aufgefordert, obwohl alle beteuerten, weder etwas gesehen noch gehört zu haben. Lucy schlief in einem der oberen Räume. Ryan hatte seine Mutter angerufen, um ihr mitzuteilen, dass er später käme, und konzentrierte sich nun schweigend auf seinen Gameboy.

Draußen fuhr ein Wagen vor, sie hörten Reifen, die über den Kies knirschten. Türen wurden geöffnet und wieder geschlossen, dann kam leises Stimmengemurmel aus der Eingangshalle. Kurz darauf führte der Butler einen schlanken, dunkelhaarigen Mann und eine Polizistin in Uniform herein. Alexander erkannte den Mann auf den ersten Blick.

«Chief Inspector Fenwick. Wie gut, dass Sie gekommen sind. Ich hatte nicht erwartet, dass man Sie bei einer …», er stockte, um nach den richtigen Worten zu suchen, «Familientragödie holen würde.»

«Mr Wainwright-Smith. Mein Sergeant hatte Bereitschaftsdienst und hat mich angerufen. Und ich entschied mich dafür zu kommen. Das ist Constable Shah. Ich weiß, es ist spät», die Standuhr in der Halle schlug zwei, «doch ich brauche von jedem eine Aussage, einzeln. Welchen Raum können wir benutzen?»

«Das Wohnzimmer nebenan oder die Bibliothek auf der anderen Seite der Eingangshalle, obwohl es dort sicher zu kalt ist.»

Julia erhob sich.

«Meine Tochter Lucy schläft tief und fest. Sie ist erst siebzehn. Müssen Sie sie heute Nacht noch befragen?»

«Lucy hat doch die Leiche gefunden?» Julia nickte. «In diesem Fall müsste ich baldmöglichst mit ihr sprechen, sofern sie nicht unter dem Einfluss von Beruhigungsmitteln steht.»

Julia nickte widerwillig und ging hinauf, um ihre Tochter zu holen. Eine Frau, die auf dem Sofa direkt beim Kamin saß, schluchzte laut auf.

«Oh, das ist alles so furchtbar! Ich halte das nicht aus! Oh, mein Gott!» Sally vergrub ihr Gesicht in den Händen und wiegte sich vor und zurück. Tränen rannen durch ihre Finger und tropften auf ihren Seidenanzug. Jeremy und Colin eilten hinüber zu ihr und traten dann zur Seite, um Alex Platz zu machen. Er sprach beruhigend auf sie ein, doch seine Worte schienen nicht bis zu ihr durchzudringen.

«Das hat keinen Wert, Chief Inspector, ich muss sie ins Bett bringen.»

«Du solltest einen Arzt für sie holen.» Colin warf Alexander einen vorwurfsvollen Blick zu.

«Ich habe noch etwas Valium in meiner Tasche. Vielleicht hilft das», sagte Muriel Kemp mit einem nervösen Seitenblick auf ihren Mann, während sie in einer großen Handtasche wühlte.

«Sie braucht ihren Arzt, Muriel, nicht deine Beruhigungstropfen!»

Alexander stützte Sally beim Aufstehen.

«Ich glaube, es geht schon. Danke, Muriel, das war nett gemeint, doch sie sollte wohl besser ihre eigenen Tabletten nehmen. Sie braucht jetzt Ruhe.» Er wandte sich an Fenwick. «Würden Sie sie entschuldigen, Inspector? So, wie sie jetzt beieinander ist, wird sie Ihnen ohnehin keine große Hilfe sein.»

Fenwick schwieg und musterte Mrs Wainwright-Smith aufmerksam. Ein seltsames Verhalten für jemanden, der sich sonst so gut im Griff hatte. Hatten Graham Wainwright und sie sich denn so nahe gestanden? Vielleicht verband die beiden mehr als eine angeheiratete Verwandtschaft? Ihr Weinen irritierte ihn. Es wirkte auf ihn theatralisch und abstoßend. Kurz angebunden teilte er Alexander mit, dass ihre Aussage bis morgen würde warten können. Als die beiden die breite Holztreppe nach oben stiegen, trafen sie Lucy und ihre Mutter, die gerade herunterkamen. Lucy starrte Sally verblüfft an, und ihre

Mutter schüttelte bei diesem unkontrollierten Ausbruch einer erwachsenen Frau, die noch nicht einmal blutsverwandt war, missbilligend den Kopf. Das war merkwürdig! Alle Männer schienen Sally beschützen zu wollen, doch die Frauen sahen das Ganze offenbar in einem völlig anderen Licht. Fenwick fragte sich, was sie sahen.

«Lucy.» Die blonde Schönheit blickte ihn mit weit offenen, verweinten Augen an. Sie trug ein hochgeschlossenes Nachthemd aus Frottierplüsch, das ihr mindestens zwei Nummern zu groß war. Er schenkte ihr sein väterlichstes Lächeln. «Mein Name ist Andrew Fenwick. Ich bin Polizist, und ich bin hier, weil dein Cousin Graham tot ist. Verstehst du, was ich sage?»

«Natürlich. Mir geht's gut. Ich meine, ich bin in Ordnung, nicht wie sie.» Sie deutete mit dem Kopf in Richtung Treppe.

Ryan legte seinen Gameboy beiseite und ergriff ihre Hand.

«Bist du okay, Luce?»

«Ja. Und du?»

«Mm, geht so.»

Gehemmt standen die beiden jungen Leute da, zu alt, um sich einfach spontan zu umarmen, und nicht alt genug, um genügend Selbstvertrauen zu haben, es dennoch zu tun.

«Bitte komm mit, Lucy. Möchtest du deine Mutter oder deinen Vater dabei haben?» Lucy schüttelte den Kopf, und Fenwick und Constable Shah führten sie durch die große Halle in die Bibliothek. Es war kalt hier, doch niemand schien es zu stören. Lucy schlüpfte aus den übergroßen Hausschlappen, die sie trug, zog die Beine an und umfasste ihre Knie mit beiden Armen.

«Du und Ryan, ihr habt die Leiche gefunden», stellte Fenwick fest.

«M-hm. Wir wollten einen Spaziergang machen oder so, und da war es, ich meine er, unter einem Baum.» Sie schluckte schwer, schien sich jedoch gut im Griff zu haben.

«Ich möchte, dass du uns alles erzählst, an was du dich noch erinnerst. Alles.»

«Also, es war sehr dunkel und neblig. Wir haben uns verlaufen, doch dann hörte ich den Fluss rauschen und wusste, dass ich von dort aus wieder zurückfinden würde. Dann tauchte der Baum vor uns auf. Zuerst war ich erleichtert, zumindest wussten wir jetzt wieder, wo wir waren. Inzwischen war der Nebel noch dichter geworden, und wir waren ganz nass. Jetzt kommt der schreckliche Teil», sagte sie leise, und Fenwick musste unwillkürlich an seine siebenjährige Tochter denken.

Instinktiv stand er auf, setzte sich neben sie und nahm ihre steifen, kalten Finger in seine Hand und drückte sie begütigend. Er bemerkte, dass Constable Shah skeptisch eine Augenbraue hochgezogen hatte, und schüttelte unmerklich den Kopf. Es war vielleicht nicht politisch korrekt, doch er wusste, dass er das Richtige tat.

«Erzähl weiter. Wir haben es nicht eilig. Lass dir ruhig Zeit.»

«Es ist nur ...» Sie drückte seine Hand, und er sah, wie die Polizistin sich merklich entspannte. «Ach, ich weiß nicht. Es ist so schrecklich.»

«Eine Leiche zu finden, *ist* schrecklich, doch wir brauchen deine Hilfe, indem du uns genau erzählst, was du gesehen hast.»

«Okay.» Sie atmete tief durch und blickte weg. «Irgendwie sind wir um den Baum herumgegangen, und dann sah ich dort diese Gestalt, die sich im Nebel bewegte. Aber etwas daran war merkwürdig. Statt näher zu kommen, blieb sie auf derselben Stelle und wiegte sich hin und her, als würde sie tanzen. Es war so unheimlich.

Ryan dachte, es wäre ein Spanner, und wurde wütend. Er ging näher hin und sagte: ‹Was glaubst du, was du zu sehen kriegst?› Aber natürlich bekam er keine Antwort, also trat ich zu ihm und erkannte Graham. An seinem Haar, heute hat doch niemand mehr so eine Frisur. Und ich dachte noch, das sieht ihm gar nicht ähnlich, dass er hier hinterm Baum lauert. Doch bis auf diesen Stringtanga hatte er nichts an, und sein ... sein ...», sie stockte und fuhr dann flüsternd fort, «na ja, sein Ding stand oben raus. Und dann sah ich seine Augen.» Sie schluckte.

«Erzähl weiter.»

«Sie waren weit aufgerissen und starr. Und im Licht der Taschenlampe schienen sie ganz rot zu sein. Da wusste ich, dass er tot war. Er war ganz sicher tot. Ich meine, Graham war ein komischer Typ, aber er war doch nicht pervers. Ich schrie. Ryan auch, und er packte meine Hand, und dann sind wir losgerannt. Der Nebel um uns herum war so dicht, und wir schienen ewig zu rennen. Dann hat Alexander uns gefunden, und er war ganz ruhig und hat uns nach Hause zurückgebracht. Ich bin ins Bett gegangen und, na ja, das war alles.»

«Das hast du gut gemacht», sagte Fenwick und drückte ihre Hand. «Du warst uns eine große Hilfe. Da sind nur noch ein paar Dinge, bei denen ich ganz sicher gehen will. Als du mit Ryan spazieren gingst, habt ihr da irgendwas gehört?»

«Nein, nichts. Ein Fuchs hat geheult, und Ryan ist erschrocken, weil eine Eule gerufen hat, aber sonst haben wir nichts gehört.»

«Ihr hattet also nicht das Gefühl, dass da draußen noch jemand war?»

Sie schauderte, schüttelte jedoch den Kopf.

«Nein. Nicht, bis wir die Leiche entdeckten. Alles war ganz ruhig, und der Nebel schien jedes Geräusch noch zu verstärken.»

«Lass uns noch einmal auf die Leiche zurückkommen. Du sagtest, sie schwang hin und her?»

«Ja, er hing am Baum, wussten Sie das nicht?» Lucy wirkte überrascht. «Er hatte ein dickes Seil um den Hals. Ich weiß, wir hätten versuchen sollen, ihn runterzuholen, doch in dem Moment habe ich daran nicht mal im Traum gedacht, und er war ja schon tot, da gab es überhaupt keinen Zweifel.»

«Ihr habt das einzig Richtige getan, indem ihr ihn nicht angerührt habt. Bei einem plötzlichen Todesfall muss immer die Polizei eingeschaltet werden, und dann sollte alles so bleiben, wie es ist.»

«Oh, gut. Ich hatte deshalb schon ein schlechtes Gewissen.» Sie wirkte erleichtert und gähnte.

«Kannst du dich sonst an etwas erinnern? Welche Farbe hatte das Seil, wie war es befestigt? Vielleicht daran, wo seine Kleider lagen?»

Sie überlegte angestrengt. «Nein, ich weiß nur noch, dass unter dem Baum Müll rumlag. Das ist mir noch aufgefallen, bevor ich die Leiche entdeckte.»

Das war alles, was Lucy über das Auffinden der Leiche zu sagen hatte, und Fenwick befragte sie nun zu ihrer Rückkehr ins Haus. Offenbar war sie zu dem Zeitpunkt, als Alexander sie gefunden hatte, in eine Art Schockzustand geraten, der nur noch vage Erinnerungen zuließ. Sie wusste noch, wie besorgt Alexander sie zum Haus zurückgeführt hatte und wie ungläubig die anderen reagiert hatten, als sie berichteten, dass Graham tot war. Das Einzige, woran sie sich deutlich erinnerte, waren Sallys harte Worte, dass Graham wohl eher «stockbesoffen» sei, und wie gehässig es geklungen habe. Doch Jenny hatte ihnen gleich geglaubt. Sie hatte sich den ganzen Abend über Sorgen um Graham gemacht und war sich sicher gewesen, dass ihm etwas zugestoßen war.

Er dankte Lucy und bat Constable Shah, sie zu ihren Eltern zu begleiten und Ryan hereinzubitten, ohne den beiden Gelegenheit zu bieten, miteinander zu sprechen.

Ryan war ebenfalls siebzehn, und Fenwick bot ihm an, mit der Befragung zu warten, bis seine Eltern einträfen, doch der junge Mann lachte nur und forderte Fenwick auf fortzufahren. Er bestätigte Lucys Version und fügte noch ein paar Details hinzu, die ihm aufgefallen waren. Er wusste noch etwas genauer, wie das Seil um Grahams Hals ausgesehen hatte. Es hatte wie ein Henkerstrick ausgesehen, die Schlinge war sauber geknüpft gewesen; das lange Ende hing hinunter und war unter einer dicken, frei liegenden Wurzel auf der rechten Seite des Baumes hindurchgezogen. Was Lucy als Müll bezeichnet hatte, waren Pornozeitschriften gewesen, doch er wusste nicht, was für welche. Fenwick dankte ihm. Nachdem er Anweisung gegeben hatte, dass ein Dienstwagen ihn nach Hause fahren würde, verabschiedete er sich von ihm.

Wen sollte er als Nächsten vernehmen? In welcher Reihenfolge sollte er vorgehen? Er beschloss, die Frauen zuerst zu befragen. Jenny als Erste, nicht zuletzt deshalb, weil er wissen wollte, was sie von Alexander und Sally hielt, ehe er diese befragte.

Auf Shahs Arm gestützt, betrat Jenny den Raum. Die Polizeibeamtin führte sie zum Sofa und setzte sich neben sie. Jenny lehnte sich zurück in die Kissen und schloss die Augen. In der Halle schlug die Uhr Viertel nach drei. Bevor sie mit der Befragung beginnen konnten, klopfte es leise an der Tür, und Muriel Kemp betrat die Bibliothek, ein Tablett mit Tee und Keksen vor sich.

«Ich dachte, Sie könnten vielleicht eine kleine Stärkung vertragen.» Sie lächelte scheu und platzierte das Tablett behutsam auf einem niedrigen Tisch vor dem Kamin. Fenwick dankte ihr und schenkte allen eine große Tasse heißen Tee ein. Er überging Jennys halbherzigen Protest und tat reichlich Zucker in ihre Tasse.

Er betrachtete sie forschend, wie sie mechanisch an ihrem Tee nippte und hin und wieder ob der ungewohnten Süße des Getränks angewidert das Gesicht verzog. Mit ihrem dichten blonden Schopf und dem leicht gebräunten Teint war sie sehr hübsch. Ihre Beine waren lang und schlank, und sie hatte ausdrucksvolle blaue Augen.

Der Tee schien sie etwas zu beleben, denn sie straffte die Schultern und sah Fenwick zum ersten Mal direkt in die Augen.

«Sie sind sehr geduldig mit mir, doch ich nehme an, Sie wollen mir jetzt endlich Ihre Fragen stellen. Es sollte gehen, also fangen Sie an.»

Ihr ganzes Verhalten stand in krassem Gegensatz zu Sally Wainwright-Smiths Ausbruch, und Fenwick fragte sich noch einmal, ob zwischen Sally und ihrem angeheirateten Cousin mehr als nur ein Familienverhältnis bestanden hatte. Geduldig stellte er Jenny seine Fragen, ging mit ihr alles noch einmal durch, angefangen bei ihrem letzten Zusammensein mit Graham vor über zwei Tagen.

«Am Mittwoch früh ist er in Schottland losgefahren, mit dem Jaguar. Wir hatten ausgemacht, uns heute hier zu treffen.

Am Donnerstagmorgen habe ich mir dann langsam Sorgen gemacht. Graham ruft mich abends immer an, doch am Abend zuvor hatte er sich nicht gemeldet. Ich wusste nicht, in welchem Hotel er übernachten wollte, deshalb konnte ich nicht nachfragen, ob er gut angekommen war.»

«Warum waren Sie beunruhigt?»

«Er hatte in letzter Zeit ständig so besorgt gewirkt. Auch hatte ich das Gefühl, er verheimliche mir etwas, was ganz und gar nicht seinem Wesen entsprach. Er wollte partout nicht darüber sprechen. Er sagte, es sei besser, ich wisse nicht Bescheid.»

«Haben Sie irgendeine Vorstellung, was ihn so beschäftigt haben könnte?»

«Es muss entweder mit Sally oder der Firma zu tun gehabt haben. Er hatte ja diesen Privatdetektiv engagiert, der wochenlang in Sallys Vergangenheit gegraben hatte.»

«Und Ihnen gegenüber hat er nicht erwähnt, ob bei diesen Nachforschungen etwas herausgekommen ist?»

«Nein.»

«Was ist mit der Firma?»

«Ich habe keine Ahnung, was ihn so beunruhigte, doch es ging definitiv um Wainwright's.» Sie stockte, versuchte sich zu erinnern. «Vor dem Tod seines Vaters hatte Graham sich überhaupt nicht fürs

Geschäft interessiert. Doch dann hat George Ward ihm beim Gedenkgottesdienst den Floh ins Ohr gesetzt, dass der Tod seines Vaters auf keinen Fall Selbstmord gewesen sein könne. Auch andere betonten immer wieder, wie unglaublich es sei, dass sein Vater Sally und Alexander die Hälfte seines Vermögens vermacht hatte. Also hat er den Assistant Chief Constable angerufen, und Sie wurden dann eingeschaltet. Zu der Zeit etwa hat er auch den Detektiv beauftragt.

Diesem Privatdetektiv gegenüber hat er erwähnt, dass Sally seinen Vater auf irgendeine Art dazu gebracht haben muss, sein Testament zu ändern, also hat der Mann sich bei seinen Nachforschungen voll auf sie und ihr Privatleben konzentriert. Doch dann ist etwas geschehen, ich weiß nicht, was, das Graham dazu bewogen hat, seine Aufmerksamkeit auf die Firma zu lenken. Irgendetwas hatte er oder der Privatdetektiv entdeckt, das ihn zutiefst beunruhigte, und ich glaube, er hatte vor, jemanden hier mit seinem Wissen zu konfrontieren. Jetzt bin ich sogar überzeugt davon. Warum hätte er sonst unbedingt alleine fahren wollen – ohne mich? Die Nachricht von Arthur Fishs Tod hat ihm übrigens sehr zugesetzt und mir auch. Ich sagte ihm, er solle zur Polizei gehen.»

«Warum hat er das nicht getan?»

«Er hatte es vor ... doch erst nach dem heutigen Abend.»

Tränen traten in ihre Augen, und Fenwick beschloss, noch ein paar wenige Fragen stellen und das Gespräch dann zu beenden: Ob sie sagen könne, um welche Uhrzeit Graham in Schottland abgereist sei, ob sie seinen roten XJS, der immer noch nicht wieder aufgetaucht war, beschreiben könne. Dann erbat er Grahams Handy-Nummer und ließ sich von ihr noch einmal bestätigen, dass Graham eine ganze Reihe Papiere mit auf seine letzte Reise genommen hatte.

Wie abwesend griff Jenny nach ihrer Teetasse und trank den letzten Schluck ihres mittlerweile kalten Tees. Mit einem Mal sah sie auf und blickte Fenwick aus großen Augen an.

«Ich war nicht hinter seinem Geld her! Ich hätte nie gedacht, dass er länger mit mir zusammenbleiben würde. Normalerweise wechselte er seine Freundinnen mit jeder Jahreszeit.» Dicke Tränen kullerten über ihre Wangen, während sie blicklos vor sich hin starrte.

«Und doch scheint sein Tod Sie tief zu erschüttern.»

«Ich habe ihn geliebt. Ich hätte alles für ihn getan.»

Sanft fragte er sie: «Warum glauben Sie, dass Graham sich umgebracht hat, Jenny?»

Sie sah ihn verständnislos an.

«Sich umgebracht hat? Glauben Sie etwa, er hat Selbstmord begangen?» Heftig schüttelte sie den Kopf. «Graham hätte sich niemals selbst umgebracht. Nein, das war Mord!»

Die Standuhr schlug Viertel vor vier. Fenwick fragte Jenny noch, was sie die letzten Tage gemacht hatte, und schickte sie dann zu Bett. Nachdem sie den Raum verlassen hatte, wandte er sich an Constable Shah.

«Glauben Sie, dass sie die Wahrheit sagt?»

«Ja, Sir. Alles, was sie sagte, klang plausibel.»

«Das denke ich auch. Ich konnte keinerlei versteckte Schuldgefühle ausmachen. Und ihre Trauer und ihr Schock schienen völlig echt zu sein.»

«Entschuldigen Sie, dass ich das sage, Sir, aber Sie haben gar nicht nach Graham Wainwrights Testament gefragt beziehungsweise danach, wer sein Erbe ist.»

«Nein, das wollte ich mir für Jeremy Kemp aufheben. Er ist als Nächster dran. Aber zuerst möchte ich kurz hören, was Cooper herausgefunden hat. Sie warten hier und passen bitte auf, dass niemand zu Bett geht.»

Es war fast vier Uhr morgens, als Fenwick zu Cooper stieß. Cooper hatte zunächst das Küchenpersonal befragt und sich dann gleich zum Tatort begeben. Die Leiche war inzwischen abgeholt worden, und die Obduktion war für «Punkt neun Uhr» morgen früh anberaumt. Mit einem unguten Gefühl führte Cooper seinen Vorgesetzten zu dem Baum, wo man den Toten gefunden hatte. Die Spurensicherung hatte unter den ausladenden Ästen ein weißes Zelt aufgestellt. Grellweißes Licht ergoss sich über Laub, dunkle Erde und knotige Wurzeln. Fenwick warf einen raschen Blick in das Zelt und sah zwei Techniker, die noch mitten in der Arbeit steckten. Er blieb am Eingang stehen und wartete.

«Ich muss gleich wieder rüber und mit den Befragungen weitermachen. Also das Wichtigste in Kürze, Sergeant.»

«Als wir hier ankamen, war alles ein einziges Durcheinander: Man hatte die Leiche bereits vom Baum geholt und vergeblich versucht, die Schlinge um seinen Hals zu lösen. Das ganze Gelände um den Baum ist total zertrampelt. War wohl ein einziges Kommen und Gehen!»

«Wir müssen genau feststellen, wer dafür verantwortlich ist. Lucy und Ryan waren das nicht. Sie haben die Leiche nicht angerührt. Kann man schon sagen, ob es Mord, Selbstmord oder ein Unfall war?»

«Nach Angaben des Polizeiarztes deutet alles darauf hin, dass es sich – ich zitiere – um ‹versehentliche Strangulation während autoerotischer Stimulation› handelt. Er trug einen Leder-Stringtanga, und auf dem Boden haben wir das hier gefunden.» Cooper reichte Fenwick zwei bereits eingetütete Pornohefte.

«Irgendwelche Einwände?»

«Ein oder zwei. Die Schlinge war sehr professionell geknüpft, und die Art, wie das Seil dort um den Ast geschlungen war und dann hier …», Cooper trat vorsichtig zu einer frei liegenden großen Wurzel, «durchläuft … das ergibt einfach keinen Sinn. Wie hat er es geschafft, von der Position aus, in der er sich befand, den Druck nach und nach zu erhöhen. Sieht für mich eher so aus, als sei noch jemand daran beteiligt gewesen.»

«Sorgen Sie dafür, dass der Tatort hier bewacht wird. Und dann kommen Sie bitte rüber zum Haus.»

Als er die Eingangshalle betrat, empfingen ihn Colin und Jeremy Kemp, die beide sehr verärgert über die Wartezeit waren. Sie verlangten, dass die Zeugenvernehmungen beschleunigt werden sollten, doch Fenwick war entschlossen, alle Befragungen selbst vorzunehmen, und teilte ihnen dies höflich, aber bestimmt mit. Als Nächster war Kemp an der Reihe, und Fenwick erfuhr, dass er und Sally als Zweite bei der Leiche gewesen waren.

«Und Sally war ganz ruhig, als Sie sie verließen, um die anderen zu suchen?»

«Völlig ruhig, Inspector …»

«Chief Inspector.»

«Ja, ganz und gar. Sie ist eine außergewöhnliche Frau, müssen Sie wissen. Sonst hätte ich sie doch nie dort allein gelassen. Sie wirkte so ruhig und bestand förmlich darauf, dass ich gehen sollte.»

«Wirklich?» Fenwick zog die Augenbrauen hoch. Er sah, wie Kemp seine Bemerkung schon bereute, doch der Anwalt war so klug, den Mund zu halten und es nicht noch schlimmer zu machen.

«Also entsprach dieser Zusammenbruch heute Abend, dieser hysterische Anfall gar nicht ihrer Art.»

«Nein, aber Sally hat heute Nacht Schreckliches erlebt, da ist es doch nur allzu verständlich, dass sie irgendwann einmal zusammenbrechen würde. Ich denke, jeder, der einen Toten am Baum hängen sieht, erleidet einen furchtbaren Schock. Sally ist wirklich sehr sensibel. Sie hat so viel um die Ohren. Sie machen sich keine Vorstellung davon, was sie alles tut. Und wie weit Alexander sich auf sie verlässt. Ich glaube, er ist sich dessen gar nicht richtig bewusst. Der Mann weiß gar nicht, was für ein Glück er hat.» In diesen Worten lag so viel Bitterkeit und Neid, dass Fenwick, sollte Alexander je etwas zustoßen, Jeremy Kemps Namen ganz oben auf die Liste der Verdächtigen setzen würde.

«Was ist mit Graham Wainwrights Testament, Mr Kemp? Hat er nach seiner Erbschaft irgendwelche Änderungen vorgenommen?»

«Das ist gut möglich, aber ich kann Ihnen da nicht weiterhelfen, denn er gehörte nicht mehr zu meinen Klienten. Ich habe seine Angelegenheiten Mr Sacks in Reigate übergeben. Wir werden Ihnen die Adresse zukommen lassen.»

«Warum hat er sich einen anderen Anwalt genommen?»

«Nach der Testamentseröffnung war er außer sich. Hat unsere Kanzlei und mich im Besonderen dafür verantwortlich gemacht. Er sagte, wir hätten seinen Vater davon abhalten sollen, sein Testament zu ändern. Unser Verhältnis wurde dann mit der Zeit wieder etwas besser, doch da hatte er bereits eine andere Kanzlei mit der Vertretung seiner Angelegenheiten betraut.»

«Erzählen Sie mir von Alan Wainwrights Testament.» Er sah, wie Kemp überlegte, ob er sich auf seine Schweigepflicht als Rechtsanwalt berufen sollte. Doch er schien sich eines Besseren zu besinnen.

«Bis auf ein paar Kleinigkeiten hätte sein Sohn Graham ursprünglich das gesamte Erbe bekommen sollen. Alan konnte seine Schwester und ihren Mann nicht ausstehen und wollte partout vermeiden, dass sie Einfluss auf die Geschäfte der Firma nähmen. Also wollte er ihnen, ihren Erwartungen zum Trotz, nie viel vermachen.»

«Und das Testament wurde so umgeschrieben, dass Alexander und Sally Wainwright-Smith einen beträchtlichen Anteil vom Vermögen seines Onkels erben sollten?»

«Ja, und zwar genau die Hälfte! Kurz darauf brachte Alan mir die Kopie eines Schreibens, in dem der Aufsichtsrat der Firma Wainwright Enterprises Alexander im Falle von Alans Tod als dessen Nachfolger bestätigte.»

«Hat Sie das überrascht?»

Kemp zögerte einen Moment lang, dann antwortete er schlicht mit Ja.

Das war das Einzige, was er zu diesem Thema äußern wollte. Auch auf Fragen über Sally reagierte er ausweichend.

Cooper erschien, setzte sich auf einen unbequemen Stuhl vor dem kalten Kamin und lauschte aufmerksam.

Als Fenwick noch einmal auf das Auffinden der Leiche zu sprechen kam, wurden Kemps Antworten einsilbig, und seine Stimme klang betont neutral. Von sich aus würde er nur das Notwendigste preisgeben.

«Als Sie mit den anderen zurückkehrten, lag der Tote also auf dem Boden. Wie hat Mrs Wainwright-Smith das fertig gebracht?»

«Weiß der Teufel, wie ...» Kemp verstummte und starrte Fenwick mit offenem Mund an. Man konnte förmlich sehen, wie es in seinem Gehirn arbeitete. Es war deutlich spürbar, dass Kemp etwas gesagt hatte, das er lieber nicht hätte sagen sollen, und er sah Fenwick wie ein schuldbewusster Schuljunge an, der dabei erwischt worden war, dass er die Hausaufgaben nicht gemacht hatte. Schweigen senkte sich über den Raum, während Kemps Augen ruhelos hin- und herwanderten. Er versuchte sich daran zu erinnern, was genau gesagt worden war, um einen Ausweg aus der peinlichen Situation zu finden, in die er sich selbst gebracht hatte. Doch er war zu erschöpft, um das scheinbar einfache Gespräch noch einmal Schritt für Schritt durchzugehen. Am Ende presste er seine wulstigen Lippen aufeinander und sagte gar nichts mehr.

Das war vielleicht das Vernünftigste, was er heute Nacht getan hatte, dachte Fenwick.

Nachdem Kemp versprochen hatte, einen lückenlosen Bericht über jeden seiner Schritte in den vergangenen drei Tagen abzugeben sowie die Namen seiner Bridgepartner zu nennen, mit denen seine Frau und er den Donnerstagabend verbracht hatten, wünschte Fenwick ihm eine gute Nacht.

Wenig später betrat Muriel Kemp die Bibliothek. Sie war eine dünne, kleine Frau mit vogelähnlichen Bewegungen, deren Hände nervös hin- und herflatterten. Sie sprach in halben, unfertigen Sätzen, als traute sie ihrer eigenen Meinung nicht. Trotz der späten Stunde und ihrer offensichtlichen Müdigkeit huschten ihre harten, braunen Äuglein hin und her und schienen alles zu registrieren.

Nach fünf Minuten merkte Fenwick, dass sie kaum etwas Neues zu den Geschehnissen der Nacht beizutragen hatte, doch er war neugierig zu erfahren, was sie von Sally Wainwright-Smith hielt.

«Was ist Sally für ein Mensch?»

Mrs Kemps Hände fuchtelten durch die Luft.

«Sie ist wohl ganz in Ordnung.»

Da hatte er es. Hier war nicht die Rede davon, was für eine außergewöhnliche Frau sie war.

«Wie gut kennen Sie sie?»

«Nur flüchtig. Wir sehen die Wainwright-Smiths nicht häufig.»

«Sie hatte doch ziemlich viel mit der Abwicklung der Erbschaft zu tun? Da musste sie bestimmt viel mit Ihrem Mann besprechen?»

«Ich weiß wirklich nicht, was Sie damit sagen wollen, Chief Inspector!»

«Überhaupt nichts, nur, dass er sie sicher ganz gut kennen gelernt und vielleicht irgendetwas über sie gesagt hat.»

«Wir haben selten über sie gesprochen. Kann ich jetzt gehen? Ich bin ziemlich müde.» Sie nahm ein Fransenkissen vom Sofa und begann, nervös daran herumzuzupfen.

«Wenn Sie sich einmal Mrs Wainwright-Smiths Reaktion heute Nacht vergegenwärtigen: Kam sie Ihnen irgendwie merkwürdig vor?»

Sie schnaubte hörbar, scheinbar darauf konzentriert, die Kissenfransen zu einem Zopf zu flechten. «Sie ist eine merkwürdige Frau. Nichts, was sie tut, überrascht mich.»

«Wie meinen Sie das?»

«Sie ist einfach sonderbar, Chief Inspector, voller Widersprüche, könnte man sagen. Sie ist keine Frau, die mit anderen Frauen gut auskommt. Sie kann wohl eher mit Männern … Ach, ich weiß nicht recht, wie ich sagen soll.»

Mehr hatte Muriel Kemp nicht zu berichten, und so ließ Fenwick sie gehen.

Das Gespräch mit Colin Wainwright-McAdam, Grahams angeheiratetem Onkel, verlief fast genauso wie die Befragung Jeremy Kemps. Außer der Erkenntnis, dass Colin ein unangenehmer und arroganter Zeitgenosse war, ergab sich nichts Neues. Auch er war voll des Lobes über Sally und erklärte Fenwick, was für ein zartes Pflänzchen sich hinter der kühlen Fassade versteckte.

«Eine Frau wie Sally ist ein Juwel, das jeder Mann gerne besitzen würde, Chief Inspector.»

Als die Uhr zur vollen Stunde schlug, erwachte Alexander Wainwright-Smith aus tiefem Schlummer. Er lag im Wohnzimmer auf der Couch, vor dem fast ganz heruntergebrannten Kaminfeuer. Cooper führte den schläfrigen Mann durch die große Eingangshalle zu Fenwick und Shah und ließ sich dann unauffällig im Hintergrund nieder. Er glaubte nicht, dass sie es hier mit einem Selbstmord zu tun hatten. Irgendetwas an der Sache war faul, und bis zu dem Moment, als er Wainwright-Smith schlafend im Wohnzimmer vorgefunden hatte, war er sein Hauptverdächtiger gewesen. Doch der Anblick des Mannes auf dem Sofa, das Kinn auf die Brust gesunken, ein Arm, der schlaff zur Seite hing, der andere um ein Blumenkissen geschlungen, das er sich fest gegen die Brust drückte, hatte ihn dazu veranlasst, seine Meinung zu ändern. Nicht, dass er so unschuldig ausgesehen hatte, nein. Dass er so unschuldig schlief, war der Grund. Noch nie hatte er es erlebt, dass ein Täter, sofern es sich nicht gerade um einen Psychopathen handelte, in der Nacht, nachdem er ein Verbrechen verübt hatte, eingeschlafen wäre, während er darauf wartete, von der Polizei vernommen zu werden.

Alexander gähnte geräuschvoll, bedeckte sich dann hastig den Mund in einer entschuldigenden Geste. «Sorry, aber ich bin fix und fertig.» Er rieb sich sein Gesicht, dann schüttelte er den Kopf. «Okay, jetzt ist es besser. Sie müssen völlig erledigt sein.»

Fenwick antwortete mit einem Achselzucken und begann mit der letzten Befragung in dieser Nacht. Bevor Alexander seine Antworten gab, dachte er gründlich nach, doch obwohl er sich zusammenriss, machte er noch einen ziemlich verschlafenen Eindruck. Chief Inspector Fenwick konnte das nur recht sein. Der Mann schien im Augenblick weder genug Energie noch genügend Geistesgegenwart zu besitzen, um sich irgendwelche Märchen auszudenken. Er berichtete, wie er Lucy und Ryan getroffen hatte, von der Suchaktion, wie sie die Leiche entdeckt hatten und zum Haus zurückgekehrt waren. Als Fenwick ihn freundlich fragte, wie seine Gäste und seine Frau auf die Geschehnisse des Abends reagiert hatten, konnte er sich noch gut daran erinnern, was die einzelnen Personen gesagt hatten. Als Fenwick ihn auf Sallys hysterischen Ausbruch ansprach, antwortete er ruhig und bestimmt. Ja, ihre Reaktion habe ihn überrascht, doch schließlich sei das ja wohl kein Wunder nach solch einem Tag und wie käme er dazu, ein derart verständliches menschliches Verhalten zu kritisieren?

«Wie geht es Mrs Wainwright-Smith?»

«Sie schläft. Sie hat ein paar Tabletten genommen und war dann gleich weg.»

«Bekommt sie diese Tabletten regelmäßig verschrieben?»

«Leider ja. Sie war in Behandlung wegen leichter Depressionen. Unser Hausarzt sagte, es sei nichts, worüber man sich Sorgen machen müsste. Obwohl er es gerne gesehen hätte, wenn sie zu einem Spezialisten gegangen wäre und sich etwas mehr schonen würde. Das dürfte ein frommer Wunsch sein.»

«Woher kommen ihre Beschwerden?»

«Ich bin mir nicht sicher. Seitdem Onkel Alan im Januar starb, war bei uns die Hölle los. Anfangs schien Sally damit gut zurechtzukommen. Im letzten Monat hat sie sich dann um die Renovierungsarbeiten auf Wainwright Hall gekümmert und mir in der Firma geholfen; wir haben uns durch den ganzen Papierkram gearbeitet, haben versucht, den Bruch mit meiner Familie zu kitten, und dann hat sie auch noch mein Büro organisiert. Doch in letzter Zeit habe ich den Eindruck, dass es ihr alles zu viel wurde.»

«Haben Sie eine Vorstellung, warum?»

«Nein, absolut nicht. Außer, dass ich jetzt immer lang in der Firma bin, vielleicht fühlt sie sich allein gelassen. Wir sind erst seit ein paar Monaten verheiratet, und ich nehme an, dass diese plötzliche Veränderung ein Schock für sie war.»

Fenwick hatte den Eindruck, dass Wainwright-Smith etwas zurückhielt, denn er war inzwischen vollkommen wach und hatte sich gut unter Kontrolle. Fenwick wechselte das Thema.

«Also kannten Sie sich noch nicht so lange, bevor Sie geheiratet haben?»

Alexander lachte. «Nein. Wir haben uns Hals über Kopf ineinander verliebt, wie man so schön sagt. Vor Weihnachten haben wir uns kennen gelernt, und im Januar haben wir geheiratet.»

«Hatten Sie eine große Hochzeitsfeier?» Fenwick wollte sich möglichst unauffällig ein Bild von Sallys Herkunft verschaffen.

«Nein. Nur ein paar Verwandte von mir. Sally hat niemanden eingeladen.»

«Das ist ungewöhnlich.»

«Sie ist ein sehr verschlossener Mensch, Chief Inspector, und sie wollte ganz neu anfangen, wie sie sagte.»

«Warum denn das?»

«Sie stellen eine Menge merkwürdiger Fragen, Chief Inspector, ich meine, in Anbetracht der Umstände.»

«Sie haben Recht. Ich schweife mal wieder vom Thema ab. Entschuldigen Sie meine Neugier. Wir sind wohl alle sehr müde. Ich denke, wir machen für heute Schluss. Wir kommen also morgen wieder, um Ihre Frau zu vernehmen. Gute Nacht, Mr Wainwright-Smith.»

«Gute Nacht, Chief Inspector.»

24

«Was hatte er an, als Sie ihn fanden?»

«Sie haben doch sicher die Fotos gesehen: nur diesen Ledertanga, sonst nichts. Warum fragen Sie?»

«Sehen Sie hier.»

Fenwick blickte auf Grahams Nacken, wo sich durch die Strangulation Blutergüsse gebildet hatten. Auf der Haut waren Kratzwunden, vermutlich von seinen Fingernägeln, als sich die Schlinge zuzog.

«Was soll ich sehen?»

Pendlebury stieß einen resignierten Seufzer aus, als habe ein begabter Schüler soeben eine einfache Prüfung versiebt.

«Schauen Sie sich das Muster der Hämatome und Hautabschürfungen an. Fällt Ihnen etwas auf?»

Fenwick sah noch einmal genauer hin. Er wollte den Pathologen nicht enttäuschen.

«Das Muster sieht ziemlich unregelmäßig aus. Hinten, im Nacken – wahrscheinlich dort, wo der Knoten von unten gegen das linke Ohr gedrückt hat – ist eine kreisrunde Quetschung erkennbar. Und hier scheint eine dünnere, dunklere Quetschung, eine Art Eindruck erkennbar zu sein, der sich um den halben Hals zieht.»

«Gar nicht schlecht. Und was schließen Sie daraus?»

«Sieht nach ungleichem Druck aus, eventuell hervorgerufen durch eine Verlagerung der Belastung? Ich habe keine Ahnung, sagen Sie es mir.»

Pendlebury beugte sich hinunter, wobei er schmerzhaft das Gesicht verzog, und deutete mit einem abgespreizten kleinen Finger auf verschiedene Wunden.

«Ich glaube, dass er angezogen war, als die Schlinge an seinem

Hals sich zuzog. Dies ist eindeutig der Eindruck eines Hemdkragens. Nein, lassen Sie, ich habe ein paar Vergrößerungen davon gemacht. Das würde auch erklären, warum die Hämatome im rechten Halsbereich ober- und unterhalb einer klar erkennbaren Linie voneinander abweichen.»

«Also hat man ihn erst nach seinem Tod ausgezogen?»

«Das nehme ich an, ja. Und hier – warten Sie, ich gebe Ihnen eine Lupe – achten Sie auf das Muster dieser Quetschung.»

Fenwick kam näher heran.

«Sieht aus wie der Eindruck einer Kette, die fast überall im Nackenbereich Eindrücke hinterlassen hat, aber genau hier können wir, glaube ich, die Struktur der Kettenglieder erkennen.»

«Ich frage seine Freundin, ob er eine Halskette getragen hat.»

«Dann fragen Sie sie auch gleich, ob er einen Ring trug.»

Am kleinen Finger der rechten Hand war deutlich der Abdruck eines Rings erkennbar.

«Ich hatte nicht an Raub als Motiv gedacht.»

«Vielleicht wurde ihm der Schmuck als Souvenir abgenommen. Oder jemand anders hat ihm das Zeug geklaut, obwohl ich das eigentlich nicht recht glauben kann. Der Lederstring, den er anhatte, war ganz neu. Sogar der Nylonfaden vom Preisschild steckte noch im Wäscheetikett. Hätte ihn kratzen müssen, doch keine Spur davon auf der Haut. Entweder hat er den Tanga unmittelbar vor seinem Tod angezogen. Oder jemand anders hat es getan, als er schon tot war.»

«Wir versuchen den Hersteller zu ermitteln, und mit etwas Glück finden wir sogar heraus, wo das Ding verkauft wurde. Sind die frisch?» Fenwick deutete auf zwei längliche blaue Flecken unter den Achselhöhlen des Toten.

«Sind ziemlich schwach, kaum ausgebildet, doch ja, ich glaube, die sind ziemlich frisch. Würde sagen, die hat er erst kurz vor seinem Tod bekommen.»

«Hat man ihn gefesselt?»

«Nein, dazu sind sie zu kurz. Ich habe so etwas bisher noch nie gesehen.»

Er trat einen Schritt zurück, so dass sein Assistent eine Nahaufnahme von den beiden Stellen machen konnte. Dann führte er seine minutiöse äußere Untersuchung der Leiche fort, konnte jedoch nichts Auffälliges mehr entdecken. Als Nächstes öffnete er Grahams mageren Leib und begann mit der Entnahme der inneren Organe. Fenwick lauschte den knappen Kommentaren, die Pendlebury in sein Mikrophon diktierte.

«Er hat vor seinem Tod noch gefrühstückt, doch der Mageninhalt ist noch nicht vollständig verdaut. Ich würde sagen, er starb eine Stunde nach seiner letzten Mahlzeit. Wenn Sie sein Hotel ausfindig machen und feststellen können, um wie viel Uhr er gefrühstückt hat, kann ich die Todeszeit genauer bestimmen. Im Moment kann ich nur sagen, dass er zwölf bis achtzehn Stunden, bevor man seine Leiche fand, gestorben ist. Jetzt entnehme ich noch ein paar Proben für die toxikologischen Tests, dann bin ich fertig.»

«Also zwischen gestern Morgen und gestern Mittag, das ist doch schon etwas für den Anfang. Ich lasse Sie jetzt am besten arbeiten.»

Pendlebury richtete sich auf und verzog erneut das Gesicht.

«Hexenschuss?»

«Nein, nur der Ischiasnerv. Morgen regnet's!»

Der Pathologe war verdrießlicher als gewöhnlich und wehrte Fenwicks Mitgefühl mit einem unwirschen Kopfschütteln ab. Er nickte seinem Assistenten zu. «Sie können ihn jetzt fertig machen.» Dann deutete er mit einem blutigen behandschuhten Finger auf Fenwick. «In zehn Minuten in meinem Büro?»

In dem voll gestopften Raum quetschte Fenwick sich auf den einzigen Besucherstuhl und wartete geduldig. Zu seiner Überraschung war Pendlebury wenig später schon wieder da. Sein Gesicht sah grau aus vor Schmerz. Als seine massige Gestalt hereinkam, schien der ohnehin schon winzige Raum noch enger zu werden. Der Pathologe verzog das Gesicht zu einer Grimasse und ließ sich vorsichtig auf seinem Lederdrehstuhl hinter dem Schreibtisch nieder. Behutsam stopfte er ein verschossenes Kissen in seinen Rücken.

«Whisky?»

«Noch zu früh für mich, danke.» Es war erst elf, und Fenwick warf seinem langjährigen Freund und Kollegen einen besorgten Blick zu.

«Ich brauch jetzt einen.» Pendlebury schenkte sich einen kleinen Schluck ein und spülte damit eine weiße Tablette herunter. «Das ist vielleicht ein Scheiß!»

«Selbstmord, Unfall oder Mord?» Fenwick stellte die Frage, obwohl ihm bereits bewusst war, dass die Todesursache bei weitem nicht so klar auf der Hand lag wie zunächst angenommen.

«Tja. Könnte sowohl als auch sein. Ich nehme an, es ist wegen der möglichen autoerotischen Strangulation, dass Sie einen Unfall nicht von vornherein ausschließen möchten? Das ist sicher eine Möglichkeit», sagte Pendlebury, wobei er das letzte Wort besonders betonte.

«Nein, ich glaube das eigentlich weniger. Zugegeben, der Tatort war in so verheerendem Zustand, dass alles möglich ist.» Er warf Fenwick einen vorwurfsvollen Blick über den Rand seiner Lesebrille zu, und Fenwick verzog das Gesicht.

«Das müssen Sie mir nicht erst sagen! Doch leider war das schon so, als unsere Leute eintrafen. Zumindest haben sie das Seil nicht abgeschnitten.»

«Ja. Also einen Unfall würde ich ausschließen. Abgesehen von allem anderen, hätte sich doch niemand freiwillig mit so einer Schlinge aufgehängt. Dieser Knoten hätte ihn eigentlich schon beim Umlegen dermaßen drücken müssen, um ihn von seinem Vorhaben abzubringen. Auch die Pornos kommen mir für den Anlass zu brav vor. Dazu hätten eigentlich eher ein paar Hardcoreheftchen gepasst.»

Fenwick sah, dass Pendlebury über etwas nachdachte, und wartete, während der ältere Mann nach den richtigen Worten suchte.

«Da habt ihr eine harte Nuss zu knacken, Fenwick. Egal, was ich glaube, ihr werdet euch schwer tun, es zu belegen, denn alle möglicherweise vorhandenen Beweise wurden gründlich zerstört. Wenn es sich um Selbstmord handelt, so ist er dabei sehr ungeschickt vorgegangen. Er ist erstickt. Sein Genick ist nicht gebrochen, also kann man ausschließen, dass er vom oberen Ast gesprungen ist. Er muss sich irgendetwas untergestellt haben, das er dann zur Seite gestoßen hat, und es muss Minuten gedauert haben, bis der Tod eingetreten ist. Eine extrem schmerzhafte Variante, aber vielleicht hat er das einfach nicht gewusst. Und Mord? Ja, das ist eindeutig eine Möglichkeit. Wenn man Fasern seiner verschwundenen Kleider an dem Seil findet, wird uns das weiterhelfen. Weiß man schon etwas?»

«Der Strick wurde in die Gerichtsmedizin geschickt, doch es gab zu viele Störfaktoren am Tatort, als dass wir uns eine eindeutige Beweiskette erhoffen könnten. Sonst noch etwas?»

Pendlebury schüttelte den Kopf. An der Leiche waren keine weiteren Verletzungen, keine alten Wunden oder Narben festgestellt worden. Er merkte, dass Fenwick es eilig hatte loszukommen, und beendete das Gespräch. Die Proben würden routinemäßig zur toxikologischen Untersuchung eingeschickt, die Ergebnisse in vierundzwanzig Stunden vorliegen.

Eine Stunde später kroch Fenwick unter dem weißen Zeltdach herum, das unter der Buche stand. Er hatte die Techniker von der Spurensicherung knapp verpasst, doch der wachhabende Constable draußen richtete ihm aus, der vollständige Bericht läge ihm am frühen Nachmittag vor. Ein ganzes Geflecht knorriger Wurzeln ragte aus dem dicken Stamm und verlor sich sechs Meter weit entfernt in der dunklen Erde. Unter dem Baum wuchs kein Gras, und ringsherum war der Boden von altem Laub und dürren Zweigen übersät, die sich in verschiedenen Zersetzungsstadien befanden. Mit äußerster Vorsicht, auch wenn die Verwüstung des Tatorts am Vorabend dies eigentlich überflüssig machte, schob Fenwick das Laub beiseite bis zu der Stelle, wo der Tote gelegen hatte. Mit behandschuhten Fingern wischte er den Dreck weg, bis er einen etwa ein Meter breiten Pfad freigelegt hatte. Als er fast bis an den Stamm herangekommen war, ging er auf Zehenspitzen zurück bis zur äußeren Kreislinie und begann den Pfad zu einem keilförmigen Stück zu erweitern. Wieder erreichte er den Stamm und fing außen wieder von vorne an. Die Luft im Zelt war heiß und stickig, und er zog seine Jacke aus.

«Kann ich Ihnen helfen, Sir?» Der Constable blinzelte besorgt ins Innere.

«Ja, Constable … Robin, nicht wahr?»

Der Mann strahlte, sichtlich erfreut, dass Fenwick sich an seinen Namen erinnert hatte.

«Kommen Sie rein, aber bitte vorsichtig. Schieben Sie den Laubhaufen zu Ihrer Rechten weg von dem Stück, das ich freigelegt habe.»

«Wonach suchen Sie, Sir? Die Techniker haben alles ziemlich gründlich abgekämmt.»

«Eindrücke. Die Spurensicherung hat sich darauf konzentriert, Beweismittel sicherzustellen. Bei den schlechten Lichtverhältnissen heute früh könnten sie die Spuren, die ich suche, leicht übersehen haben.»

Zehn Minuten lang arbeiteten die beiden Männer schweigend. Erste Sonnenstrahlen schimmerten durch das Geäst, und sie schwitzten in der stickigen Luft des Zelts.

«Sir! Ich hab was. Schauen Sie!»

Fenwick ließ sich neben dem aufgeregten Constable nieder und untersuchte den deutlichen L-förmigen Eindruck, der fast drei Zentimeter tief war. Vorsichtig schoben sie die Blätter ringsum beiseite und entdeckten drei weitere Eindrücke dieser Art. Jeder Eindruck maß ungefähr zwei mal drei Zentimeter, und ihr Abstand zueinander betrug einen knappen halben Meter.

«Gut gemacht, Robin. Geben Sie mir bitte Ihr Funkgerät, und bleiben Sie hier. Lassen Sie niemanden rein, verstanden?»

Fenwick gab einen kurzen Funkspruch an die Zentrale durch und forderte noch einmal ein Team der Spurensicherung an. Er gab die Anweisung, alles Laub beiseite zu schaffen und den Untergrund rings um den Baum gründlich abzusuchen. Zudem sollten Abdrücke von den Spuren gemacht werden. Ihm war klar, dass er die ihm zur Verfügung stehenden Ressourcen damit überstrapazieren würde, doch der Superintendent würde das schon regeln. Und wenn schon. Er war sich jetzt sicher, dass sie es mit einem Mord zu tun hatten. Dass man dem Toten seine Kleider ausgezogen hatte, war nicht Beweis genug, doch was Jenny über Grahams Bedenken gesagt hatte sowie die Tatsache, dass er vorhatte, zur Polizei zu gehen, deuteten auf ein mögliches Motiv hin. Und nun wusste er, dass die Kiste, auf der Graham gestanden hatte, von irgendjemandem weggeschafft worden war.

Auf Wainwright Hall schien noch niemand wach zu sein, und der Butler von der Zeitarbeitsfirma war inzwischen auch gegangen. Ein paar Minuten lang stand Fenwick vor dem Haus und klopfte laut gegen die Tür. Niemand öffnete, und so ging er zum Dienstboteneingang und versuchte dort sein Glück. Doch auch diese Tür war verschlossen. Als er schon erwog, sich gewaltsam Zutritt zu verschaffen, sah er ein Mädchen auf einem Fahrrad um die Ecke biegen.

«Kann ich Ihnen helfen?»

«Ja, ich muss mit Mr und Mrs Wainwright-Smith sprechen, doch niemand macht auf. Mein Name ist Fenwick, ich bin von der Polizei Harlden.» Er zeigte ihr seinen Dienstausweis. «Und wer sind Sie?»

«Ich heiße Irene. Ich arbeite hier.»

«Waren Sie gestern Abend auch hier?»

«Hm, bis Mitternacht, dann bin ich nach Hause gefahren.»

«Und wo ist das?»

«Auf der anderen Seite vom Park. Was wollen Sie denn hier?»

Als Fenwick ihr erklärte, er habe einen Termin mit Mrs Wainwright-Smith, trat ein misstrauischer Ausdruck in ihre Augen. Mit einem Mal schien sie nicht mehr so geneigt, ihn einzulassen, und nachdem sie die Tür aufgeschlossen hatte, blieb sie im Türrahmen stehen.

«Ich werde Mrs Wainwright-Smith fragen gehen. Am besten, Sie warten hier.»

«Das geht schon in Ordnung. Sie erwartet mich.»

Resigniert zuckte sie die Achseln, und Fenwick folgte ihr einen braun-beige-gekachelten Flur entlang, von dem aus verschiedene ziemlich verkratzte dunkelbraune Türen abgingen. Mrs Wainwright-Smiths Renovierungsarbeiten hatten sich also nicht auf den hinteren Teil des Hauses erstreckt.

«Was ist denn das für eine Schweinerei hier!»

Offensichtlich hatten der Butler und die Küchenhilfen es am Ende des gestrigen Abends nicht für nötig befunden aufzuräumen, und so standen überall benutzte Gläser, Becher, Tassen und Teller mit vereinzelten Toastresten herum.

«Was ist denn hier los? Als ich ging, war doch alles sauber», sagte Irene, als wolle sie sich verteidigen, und Fenwick fragte sich unwillkürlich, wie es wohl war, für Mrs Wainwright-Smith zu arbeiten.

«Es war eine lange Nacht gestern.»

«Was ist denn passiert?» Ein furchtsamer Ausdruck war in ihre Augen getreten, und sie machte einen Schritt rückwärts. «Warum sind Sie hier?»

«Ich werd's Ihnen gleich erklären. Setzen Sie ruhig erst Wasser auf, und dann erzählen Sie mir von gestern Abend.»

Er hängte seine Jacke über einen Stuhl, lockerte sich die Krawatte und nahm seine Manschettenknöpfe heraus, um sich die Ärmel hochzukrempeln.

«Sie sind ja ganz schmutzig. Was haben Sie denn gemacht?»

Er rieb sich die müden Augen und gähnte herzhaft.

«Erzählen Sie mir von gestern Abend, dann erzähle ich Ihnen, was los ist.»

In der Hoffnung auf einen Schwatz goss sie zwei Tassen starken Tee auf, stellte eine blau-weiß gestreifte Zuckerdose auf den Tisch und verfrachtete ihr breites Hinterteil auf einen alten ledergepolsterten Stuhl.

«Also los.»

«Sie zuerst.»

«Na gut, aber eigentlich gibt es nicht viel zu erzählen. Ich werde für den vollen Tag bezahlt samt einem Zuschlag, weil ich bis nach elf geblieben bin. Um zwölf bin ich dann weg.»

«Wie sind Sie her- beziehungsweise nach Hause gekommen?»

Sie zog erstaunt die Augenbrauen hoch. Was war denn das für eine dämliche Frage? «Natürlich mit dem Fahrrad.»

«Auch nachts?»

«Klar. Die Strecke ist ziemlich sicher. Ich nehme den Radweg am Fluss, fahre ein Stück durch den Wald, durch Badgers' Break, dann bin ich schon da.»

Fenwick vermerkte im Geiste, sich eine Übersichtskarte der Gegend zu besorgen. «Wie lange fährt man da?»

«Kommt aufs Wetter an. Wenn die Sonne scheint, zwanzig, fünfundzwanzig Minuten. Bei Nebel brauche ich schon mal vierzig Minuten.»

«Wann kamen Sie gestern hier an?»

«Genau um acht Uhr in der Früh.»

«Und Sie sind bis Mitternacht geblieben. Das ist ein ziemlich langer Tag.»

Sie zögerte kurz, dann nickte sie.

«Was war gestern so los?»

«Wir hatten irre viel zu tun. Die Gäste sollten um sieben kommen, und wir hatten noch keines der Zimmer fertig. Wegen der Raumausstatter, wissen Sie. Sie waren spät dran mit den letzten Schlafräumen. Ich hab's ihr ja gleich gesagt, sie soll diese Firma nicht nehmen, doch sie hat's trotzdem getan. Nur, weil die billiger sind. Na ja, um ehrlich zu sein», sie nickte bestätigend, «haben sie doch ganz gute Arbeit geleistet. Doch das wundert mich nicht. Wollten sicher keinen Ärger mit *ihr* riskieren.»

«Aha, ich verstehe.» Fenwick schüttelte mitfühlend den Kopf.

Irene warf ihm einen zufriedenen Blick zu und nahm einen Schluck Tee.

«Möchten Sie einen Keks?»

«Ach ja, bitte, ich hab noch nicht gefrühstückt.»

Sie verschwand in der Speisekammer und kehrte mit einer Schachtel Vollkornkekse wieder. Sein Magen knurrte laut, und sie lachte, als sie nach dem Brotmesser griff, um das glänzende rote Zellophan aufzuschneiden. Mit einer einladenden Geste deutete sie auf das Gebäck.

«Bitte. Bedienen Sie sich.»

«Danke.»

«Also haben Sie von ihr schon gehört. Mann, das Arbeiten hier ist vielleicht anders geworden, kann ich Ihnen sagen.»

«Seit wann?»

«Seitdem der alte Mr Wainwright nicht mehr da ist, natürlich.»

«Dann haben Sie damals auch schon hier gearbeitet?»

«Klar, hin und wieder als Aushilfe. Mr und Mrs Willett waren damals noch hier. Sie hat den Haushalt gemacht, und er hat sich um den Garten gekümmert. Aber *sie* hat sie dann vor die Tür gesetzt. Einsparmaßnahmen, so nannte sie es. Sklaventreiberei würde eher passen. Ich sag Ihnen, diese Frau ist eiskalt. Gestern zum Beispiel. Wir, das heißt Shirley und ich, waren gestern um acht hier. Sie fuchtelt uns mit einer Liste unter der Nase rum, die war so lang, dass jeder vernünftige Mensch dafür 'ne Woche veranschlagt hätte. Aber sie doch nicht, oh nein!»

«Hat Mr Wainwright-Smith auch mitgeholfen?»

«Der arme Kerl, der war doch todmüde. Bin morgens in sein Schlafzimmer rein, da hat er noch geschnarcht, dass die Wände bebten.»

«Und Mrs Wainwright-Smith, wann ist sie weggefahren?», fragte Fenwick, einer plötzlichen Eingebung folgend. Seit gestern Abend misstraute er Sally, und er rechnete mit der Möglichkeit, dass sie ihn anlügen würde. Wenn er schon vorher abklärte, wo genau sie sich aufgehalten hatte, dann hätte er ein deutlich besseres Gefühl.

Ein berechnender Zug trat auf Irenes Gesicht, doch Fenwick blickte sie mit einem Ausdruck völliger Arglosigkeit an.

«Sie sagen ihr aber nicht, dass Sie das von mir haben!»

«Das kann ich Ihnen nicht versprechen, aber ich werde keine Namen nennen, wenn es nicht unbedingt erforderlich sein sollte.»

«Hm.» Sie dachte eine Weile darüber nach. Fenwick trank seinen restlichen Tee aus und wartete.

«Okay. Aber Sie fragen Shirley auch, dann denkt sie nicht gleich, dass ich es war. Also, sie ist so gegen halb neun weg, vielleicht auch schon früher. Wollte als Erstes zum Markt, um Obst und Gemüse fürs Abendessen zu besorgen. Und bevor Sie fragen: Ich habe sie erst mittags wieder gesehen. Doch sie muss vorher kurz da gewesen sein, denn das ganze Grünzeug stand plötzlich in der Küche. Das war so um die Zeit, als wir Kaffee tranken.»

«Wann war das?»

«Weiß nicht mehr genau, mal überlegen. Ich war oben, und Shirl war hier unten. Um neun haben wir 'ne Tasse Tee getrunken.» Sie sah ihn schuldbewusst an. «Das waren höchstens ein paar Minuten. So gegen elf stand das Gemüse dann neben der Tür, in der prallen Sonne. Erst kauft sie es ganz frisch auf dem Markt, und dann wird das Zeug in der Sonne ganz labberig. Sie muss es wirklich sehr eilig gehabt haben. Jetzt, wo ich's sage: Sie hat uns den ganzen Morgen über nicht einmal kontrolliert, das ist wirklich ungewöhnlich!»

«Und wann ist Mr Wainwright-Smith aufgestanden?»

«Was hat denn das damit zu tun? Warum wollen Sie das alles wissen?»

Fenwick sagte ihr den Grund und beobachtete ihren Gesichtsausdruck, während sie die Nachricht in sich aufnahm. Der Schrecken wurde bald von Neugierde und einem morbiden Interesse an weiteren Details verdrängt.

«Und wann soll er gestorben sein?»

«Irgendwann gestern.»

«Und erst nach Mitternacht hat man ihn gefunden. Ich muss an ihm vorbeigeradelt sein.» Sie schüttelte sich. «Und er hat sich selbst umgebracht?»

«Vielleicht, doch im Moment müssen wir alle Möglichkeiten in Betracht ziehen.»

«Also könnte ihn auch *jemand* umgebracht haben?» Sie ließ sich das Wort förmlich auf der Zunge zergehen, dann grinste sie verschlagen und sagte: «Gut, gut. Also haben wir noch einen verdächtigen Todesfall. Wer wird wohl dieses Mal der Glückspilz sein?»

«Sie meinen, wer erbt?»

«Ja. Wäre doch interessant, ob die da oben wieder dabei ist, hm?»

«Aber in diesem Fall wäre doch sicher *Mr* Wainwright-Smith der Begünstigte?»

«Was sein ist, ist auch ihrs, glauben Sie mir. Er kommt mir ohnehin wie ein Gast im eigenen Hause vor.»

«Wann ist er denn nun gestern aufgestanden?»

«Um zwölf habe ich ihm eine Tasse Tee raufgebracht, hab mir Sorgen gemacht, er hätte doch längst bei der Arbeit sein müssen. Sah ihm gar nicht ähnlich, so lange im Bett zu liegen. Ich musste ihn richtig wachrütteln und die Vorhänge aufziehen.»

«Und dann?»

«Dann bin ich wieder runter und hab Toast für ihn gemacht und frischen Kaffee gekocht. Kurz drauf ist *sie* dann wiedergekommen. Sie ist gleich unter die Dusche gegangen, hat sich umgezogen, und dann sind beide ins Büro gefahren.»

«Wie war Mrs Wainwright-Smith, als sie zurückkam?»

«Sie hatte es eilig, wie immer. Überrascht war sie, dass ihr Männe bei uns in der Küche saß.»

«Wir müssen mit Shirley sprechen, und es wäre gut, wenn Sie uns Ihre Adresse geben könnten, nur für den Fall.»

«Kein Problem.» Sie riss ein Stück Altpapier, das an einem Haken über dem Telefon hing, ab und schrieb die Angaben in säuberlichen Druckbuchstaben auf den Zettel.

Ein lautes Bimmeln ertönte, und sie sah auf das Klingelsystem an der Wand.

«Die Eingangstür. 'tschuldigung!»

Fenwick sah sich in der Küche um. Die Tür war mit einem dicken grünen Stoff gepolstert, und kein Laut drang herein. Wenn Irene und Shirley irgendwo im Haus beschäftigt gewesen waren, so hätte jederzeit jemand unbemerkt hereinkommen und das Obst und Gemüse dort abstellen können. Dennoch war es merkwürdig, die Sachen einfach bei der Tür, in der prallen Sonne, zu lassen. Es hätte doch keinerlei Mühe gekostet, die Einkäufe in die andere Zimmerhälfte in den

Schatten zu tragen. Jemand hatte es da sehr eilig gehabt. Oder wollte auf keinen Fall gesehen werden.

Graham Wainwright war zwischen sechs Uhr morgens und zwölf Uhr mittags gestorben. Das waren sechs Stunden, für die weder Alex noch Sally Wainwright-Smith ein Alibi hatten.

Die Tür schwang auf und laute Stimmen drangen herein. Sergeant Cooper und das neue Team von der Spurensicherung waren gekommen. Fenwick hörte Irene und Cooper lachen und beschloss, Cooper die Befragung in der Küche zu Ende führen zu lassen. Constable Shah wartete schweigend in der Eingangshalle. Während Irene in der Küche frisches Teewasser aufsetzte, ging Fenwick durch die Vorratsräume und das Blumenzimmer in den großen Salon. Es war düster hier, und die Luft roch nach abgestandenem Brandy und kaltem Zigarrenrauch. Er zog die Vorhänge auf und öffnete ein Fenster.

Gleißendes Morgenlicht drang herein und fiel auf schwere, antike Mahagonitische, Fußbänke und ausladende Sofas für mindestens vier Personen. Und überall glänzte und funkelte es: vergoldete Kandelaber, vergoldete Wandleuchter und ringsum riesige vergoldete Wandspiegel. Während er über Perserteppiche in verblassten Farben und gebohnertes Parkett schritt, sah er in den Augenwinkeln sein Bild von Spiegel zu Spiegel wandern.

Vom Salon aus führte eine Tür in ein hübsches und behagliches Wohnzimmer, von dem aus er wieder in die Eingangshalle zurückkam. Gegenüber befand sich ein kleines Arbeitszimmer, in dem ein PC stand. Neben dem Computer lagen, säuberlich übereinander, ein Dutzend Haushaltsquittungen. Von dort aus gelangte man in die Bibliothek, in der Fenwick am Vorabend die Zeugenvernehmungen durchgeführt hatte.

Ein Buch lag auf dem Tisch, und Fenwick öffnete es an der Stelle, die mit einem Lesezeichen markiert war: «Rosen – Krankheiten und Schädlinge». Er hörte Schritte hinter sich, und als er sich umdrehte, sah er Alexander, der unrasiert, das Haar in alle Richtungen abstehend und nur mit einem Frotteebademantel bekleidet, den Raum betrat.

«Chief Inspector! Ich wusste nicht, dass Sie hier sind. Hat man Ihnen Kaffee angeboten?»

«Irene hat mich mit Tee und Keksen versorgt, vielen Dank.»

«Gut. Ich werde auch ein Tässchen trinken. Würde es Ihnen etwas ausmachen, mich in die Küche zu begleiten?»

«Eigentlich wollte ich Ihre Frau sprechen. Ist sie schon auf?»

Ein besorgter Ausdruck erschien auf Alexanders Gesicht.

«Ich habe sie in ihrem Zimmer schlafen lassen.»

Also hatten die Wainwright-Smiths getrennte Schlafzimmer, obwohl sie doch noch gar nicht lange verheiratet waren. Sehr eigenartig.

«Hat das nicht noch etwas Zeit?»

«Nein, leider nicht. Würden Sie ihr bitte Bescheid geben und sie bitten, in, sagen wir, fünf Minuten herunterzukommen.»

Das war keine Bitte, sondern eine Aufforderung. Mit vor Sorge gerunzelter Stirn verließ Alexander den Raum, um seine Frau zu holen. Fenwick bat Cooper und Shah, bei der Befragung anwesend zu sein. Dann erkundete er die übrigen Räumlichkeiten im Erdgeschoss.

Gegenüber der großen Eingangshalle befand sich das Esszimmer sowie ein mit Marmor ausgelegter Gang, der in einen im viktorianischen Stil gehaltenen Wintergarten führte. Im hinteren Teil des Hauses war eine schlecht beleuchtete, steile Zweittreppe zum oberen Stock.

Fenwick hörte Stimmen, die sich näherten. Er ging zurück in die Eingangshalle, wo die Herrschaften des Hauses vor dem kalten Kamin standen und auf ihn warteten.

In den fünf Minuten hatte Sally Wainwright-Smith ihr silberblondes Haar zu einem adretten Pferdeschwanz frisiert. Sie war ungeschminkt, doch ihre Haut und die Form ihrer Augen waren dergestalt, dass sie auch keine kosmetischen Hilfsmittel benötigte. Abgesehen von einer auffallenden Blässe, die ihr beinahe etwas Kindliches verlieh, erinnerte nichts an ihren Ausbruch am Vorabend.

Fenwick nickte ihr zur Begrüßung zu und wandte sich in Richtung Bibliothek. Cooper, Shah und Sally gingen hinter ihm her. Als Alexander sich ihnen ebenfalls anschließen wollte, schüttelte Fenwick den Kopf. Unbehaglich beobachtete Alexander, wie die Tür hinter seiner Frau geschlossen wurde. Sally drehte sich nicht um, noch schien es sie zu überraschen, dass sie sich mit den drei Polizeibeamten allein in dem Raum vorfand.

Ohne große Umschweife forderte Fenwick sie auf darzulegen, wie sie den gestrigen Tag verbracht hatte.

«Natürlich erinnere ich mich nicht an jede Kleinigkeit. Ich bin früh aufgestanden, habe den Mädchen Anweisungen gegeben, dann bin ich noch einmal zurück ins Bett gegangen. Das habe ich ihnen natürlich nicht gesagt, sie sollten schließlich ordentlich arbeiten. Es gab eine ganze Menge zu tun, und wenn ich nicht da bin, um ihnen auf die Finger zu sehen, lassen sie sich leicht von der Arbeit ablenken.» Sie sah ihn mit großen Augen an.

«Also waren Sie gar nicht auf dem Markt?»

Sie blinzelte, und für den Bruchteil einer Sekunde zögerte sie.

«Nein. Das habe ich ihnen nur gesagt, weil sie jeden Moment mit mir rechnen sollten.»

«Wer hat dann die Markteinkäufe geliefert?»

«Der Gemüsehändler. Das hatte ich schon vorher mit ihm vereinbart.» Während sie dies sagte, klang ihre Stimme völlig ruhig, doch eine zarte Röte legte sich auf ihre Wangen, so dass Cooper sich einen Vermerk in seinem Notizbuch machte.

«Erzählen Sie weiter. Was geschah dann?»

«Alex und ich, wir waren beide fix und fertig. Ich bin kurz nach halb zwölf aufgewacht, habe dann geduscht und meine Abendgarderobe herausgesucht. Als ich in Alex' Zimmer ging, war er nicht da. Ich fand ihn in der Küche, wo er mit einer der Haushaltshilfen Kaffee getrunken hat. Wir sind dann direkt ins Büro gefahren, haben noch ein paar Sachen erledigt und ziemlich früh Feierabend gemacht. Wir waren die ganze Zeit zusammen. Gegen halb sechs waren wir wieder zurück und hatten noch ziemlich viel zu tun, bis die Gäste kamen.»

Fenwick forderte sie auf, genau zu beschreiben, wie sie und Jeremy Kemp Grahams Leiche gefunden hatten. Für einen Augenblick senkte sie den Kopf und bedeckte ihr Gesicht mit beiden Händen. Als sie wieder aufblickte, waren ihre Wangen tränennass. Cooper reichte ihr sofort ein sauberes weißes Taschentuch, das sie dankbar lächelnd entgegennahm.

«Erinnern Sie sich daran, wie die Leiche ausgesehen hat, als Sie sie fanden?»

«Nein.» Ihre Stimme war kaum mehr als ein Flüstern.

«Was taten Sie, nachdem Jeremy Kemp gegangen war?»

Sie schüttelte den Kopf und schwieg. Tränen rannen ihr das Gesicht herunter, und Fenwick wartete, bis sie sich wieder gefangen hatte.

«Es tut mir Leid. Es fällt mir immer noch schwer, darüber zu sprechen. Außerdem ist alles so verschwommen. Ich erinnere mich daran, dass ich die Leiche gesehen habe, doch dann ist plötzlich alles weg, bis Alex mich gefunden hat. Und später … ich weiß nicht mehr, es war alles zu viel.»

Fenwick fragte sie, wie die Leiche vom Baum geholt worden sei. Sie sagte, sie habe geglaubt, Kemp habe ihn heruntergeholt, und wenn er es nicht gewesen sei, dann wisse sie es auch nicht. Auf weitere Fragen gab sie vor, sich an nichts mehr zu erinnern, was mit ihrer Wartezeit unter dem Baum zusammenhing.

«Früher am Abend sollen Sie den Gedanken, Graham könne etwas zugestoßen sein, als absurd abgetan haben.»

«Habe ich das gesagt? Ja, das stimmt. Es erschien mir so unwahrscheinlich, er war so voller Leben, so sorglos. Ich hätte nie geglaubt, dass er … nun, dass er so etwas … Er schien das Leben in vollen Zügen zu genießen. Doch vielleicht war das alles nur Show. Jenny erwähnte, dass er sich in letzter Zeit über irgendetwas große Sorgen gemacht hatte, wir hätten auf sie hören sollen!»

«Sein Tod scheint Sie schwer erschüttert zu haben. Haben Sie ihn gut gekannt?»

«Nein, ich habe ihn so gut wie überhaupt nicht gekannt.» Sally schüttelte beinahe trotzig den Kopf. «Es ist nur so, dass wir uns in den Wochen nach dem Tod seines Vaters gerade etwas besser kennen lernten.»

Ihre Tränen und der hysterische Ausbruch vom Vorabend konnten nicht darüber hinwegtäuschen, dass Sally sichtlich entspannt war und sich wieder voll im Griff hatte. Fenwick überlegte, ob es sinnvoll wäre, ihre Aussage in Zweifel zu ziehen, und kam zu dem Schluss, dass er die Angelegenheit vorerst auf sich beruhen lassen würde. Er nahm an, dass sie eher etwas preisgeben würde, wenn sie sich sicher fühlte. Er hatte sie bereits bei einer Lüge ertappt, also war es durchaus möglich, dass sie wieder einen Fehler machte.

Als Sally gegangen und er mit Cooper und Shah allein war, wandte er sich – Cooper bewusst ignorierend – an Constable Shah und fragte sie: «Was halten Sie von ihr?»

Shah war genauso erstaunt wie Cooper, dass Fenwick sie nach ihrer Meinung fragte, doch ihre Antwort kam unumwunden.

«Ich traue ihr nicht, und ich glaube, sie lügt.»

Fenwick reagierte nicht, sondern blickte Cooper an. Man sah dem Sergeant an, dass er Shahs Meinung nicht teilte.

«Das ist ein ziemlich hartes Urteil. Und vorschnell dazu. Ich weiß nicht, wie Sie so schnell darauf kommen konnten.»

«Was denken Sie, Cooper?»

«Auf mich machte sie den Eindruck einer sehr vernünftigen jungen Frau. Eine gute Ehefrau. Arbeitet hart. Ein bisschen ungenau ihre Beschreibung von gestern, aber offensichtlich hat sie das Ganze sehr mitgenommen.»

«Erstaunlich, nicht wahr? Zwei völlig gegensätzliche Ansichten: die eine aus der Sicht eines Mannes, die andere aus der Sicht einer Frau.»

«Sir! Ich habe Ihnen gesagt, welchen Eindruck ich als Polizeibeamtin gewonnen habe, nicht als Frau.» Constable Shah war vor Empörung und Ärger ganz rot im Gesicht. «Ich protestiere …»

«Beruhigen Sie sich. Das war nicht sexistisch gemeint. Es ist ein Fakt, dass die Aussagen aller weiblichen Zeugen insoweit übereinstimmen, als keine etwas Positives über Sally Wainwright-Smith gesagt hat, wohingegen alle Männer sich ausnahmslos bewundernd über sie geäußert haben und Sally bei ihnen so eine Art Beschützerinstinkt wachzurufen scheint.»

«Aber diese Armes-tapferes-Frauchen-Tour, die sie da abzieht, ist doch auf den ersten Blick durchschaubar!»

«Für Sie vielleicht, aber nicht für ihren Mann, für Colin, Jeremy Kemp oder sogar Sergeant Cooper.»

«Moment mal, Sir. Ich habe Ihnen meinen ersten Eindruck mitgeteilt! Werfen Sie mich nicht mit den anderen in einen Topf. Ich kenne sie schließlich kaum.»

Fenwick wischte Coopers Unbehagen mit einer Handbewegung und einem Lächeln beiseite. Es kam selten vor, dass Cooper unsicher wurde oder nicht recht wusste, was er sagen sollte.

Fenwick hatte ihn gekränkt. Er fühlte sich vorgeführt, besonders, da Constable Shah anwesend war.

«Was halten *Sie* denn von ihr, Sir? Dann sind Sie also immun gegen ihren Charme?»

Fenwicks Lächeln verschwand augenblicklich.

«Ja, das bin ich in der Tat. Ich bin mir noch nicht ganz sicher, doch sie kommt mir ziemlich gerissen vor. Ich könnte mir vorstellen, dass sie versucht, uns zu manipulieren, und glaubt, uns alles auftischen zu können.

Shah, Sie suchen bitte die Kiste, in der das Gemüse geliefert wurde. Und finden Sie heraus, wer es geliefert hat. Fragen Sie Irene, wo gestern Markt war beziehungsweise wo Sally einkaufen würde. Cooper, Sie befragen Julia Wainwright-McAdam. Sie und Colin haben hier übernachtet. Fragen Sie Jenny, ob Graham irgendwelchen Schmuck getragen hat, und falls ja, dann soll sie ihn beschreiben. Dann möchte ich Fotos von allen Leuten, die gestern Abend hier zu Gast waren sowie von Graham Wainwright und Neil Yarrell. Ach, und kümmern Sie sich darum, dass die Spurensicherung die Abdrücke unter dem Baum nimmt.»

«Wozu brauchen Sie die Fotos, Sir?»

«Das weiß ich noch nicht so genau, aber ich werde sie brauchen, so viel ist sicher. Ich werde mich auf dem Gelände ein bisschen umsehen, bis Sie so weit sind. Wir treffen uns dann in einer halben Stunde beim Wagen.»

Vor der Teambesprechung um zehn musste er in Ruhe noch einmal über alles nachdenken. Er würde die Mannschaft überzeugen müssen, dass es sich hier um einen Mordfall handelte, ohne jedoch die Fakten, die er hatte, übertrieben darzustellen. Sonst wäre Detective Inspector Blite, noch ehe er sich's versah, beim Assistant Chief Constable.

Sally stand vor der Doppelflügeltür und blickte den drei Polizeibeamten hinterher, wie sie die lange kiesbestreute Auffahrt entlangschritten. Als sie sich umwandte, stand Alexander hinter ihr in der Eingangshalle.

«Hier bist du! Geht's dir gut?»

Sally nickte und lehnte sich an ihn.

«Du bist schrecklich blass, Sal, und du isst bestimmt auch wieder nicht richtig. Ich hab dich gestern beim Abendessen beobachtet.» Was er ihr eigentlich sagen wollte, war, dass sie seiner Meinung nach viel zu viel trank, doch er wusste nicht, wie er das Thema zur Sprache bringen sollte.

«Reg dich nicht auf, Alex, mir geht es gut. Ich trink erst mal eine Tasse Kaffee, das wird mich wach machen.» Da bemerkte sie, dass er fürs Büro angezogen war.

«Gehst du etwa zur Arbeit? Aber heute ist Samstag!»

«Ja, das hatte ich eigentlich vor. Außer, du möchtest, dass ich bleibe.»

Sie schüttelte den Kopf, unfähig, die Energie aufzubringen, die erforderlich wäre, um mit seinem Arbeitseifer Schritt zu halten.

«Nein, ist schon in Ordnung. Geh nur. Aber da ist etwas, was ich mit dir besprechen möchte. Es ist ziemlich wichtig.»

Sie begleitete ihn zu seinem Wagen, der im hellen Licht der Frühlingssonne stand. Er öffnete die Fahrertür, um etwas frische Luft ins Fahrzeug zu lassen.

«Grahams Tod hat mich dazu gebracht, über Dinge nachzudenken, die ich normalerweise zu verdängen versuche», sagte Sally leise. Sie wirkte erschöpft, sogar traurig.

Alexander legte tröstend den Arm um sie, drückte ihre schlanke Gestalt an seine Brust und hielt sie fest. Er küsste sie auf den Haaransatz und genoss die sanfte Berührung an seiner Wange. Sie seufzte, und ihre Anspannung ließ langsam nach.

«Ich habe über den Tod nachgedacht und darüber, wie schnell das Schicksal zuschlagen kann und alles verändert. Wir sollten besser vorbereitet sein, und so schwer es mir fällt, das zu sagen, aber wir haben noch nie daran gedacht, so etwas wie ein Testament zu verfassen.»

Zu ihrer Überraschung hörte sie ihren Mann lachen.

«Natürlich habe ich daran gedacht. Sofort nach unserer Heirat.»

«Aber Jeremy …» Sie verstummte abrupt.

«Oh, das sieht Kemp wieder ähnlich, dich mit derlei Fragen zu belasten. Ich habe mich nicht an ihn gewandt. Ich habe so ein Do-it-yourself-Testament, du weißt schon, so einen Vordruck genommen. Zum damaligen Zeitpunkt konnte ich mir sein Honorar nicht leisten.»

«Doch seitdem hat sich viel verändert.» Sie deutete auf das Haus und das Grundstück. «Solltest du es nicht anpassen?»

«Das habe ich schon getan, sogar mehrmals. Das aktuelle Testament ist sicher in unserem Bankschließfach untergebracht, so kann es nicht verloren gehen. Mach dir keine Sorgen, vor allem jetzt nicht, wo Graham tot ist. Wenn ich vor ihm gestorben wäre, wäre unser Anteil an ihn gefallen, doch in diesem Fall beerben wir ihn. Diese Klausel war Teil von Alans Testament.» Er fasste sie am Kinn und gab ihr einen zarten Kuss. «Sollte mir etwas zustoßen, bist du auf jeden Fall versorgt. Ich muss jetzt los. Ich werde versuchen, zum Mittagessen wieder hier zu sein. Bye!»

Sally blickte ihm nach. Kaum war Alex hinter der letzten Biegung verschwunden, wich alle Müdigkeit jäh aus ihren Zügen, und ein zorniger Ausdruck trat auf ihr Gesicht. Sie stampfte zurück zum Haus, riss drei lange Geißblattranken von der Wand und zerrupfte sie im Gehen, so dass überall verstreut Blüten und Blätter lagen.

Irene war allein in der Küche. Sie hatte damit begonnen, die Spuren vom Vorabend zu beseitigen, und war gerade damit beschäftigt, die Teller aufzustapeln und das Porzellan, die Gläser und das Besteck zu sortieren. Leider würde sie nur einen Bruchteil des Ganzen in die Geschirrspülmaschine bekommen. Die beiden leeren Kaffeetassen und die angebrochene Kekspackung standen noch auf dem alten Kiefernholztisch. Sonst achtete sie stets darauf, alles gleich wegzuräumen, doch heute hatte sie nicht daran gedacht.

«Wie kommen Sie dazu, sich an meinem Essen zu vergreifen!»

Irene, die sich gerade über die Spülmaschine beugte, fuhr hoch und sah Sally hinter sich stehen, die blass vor Wut auf die Kekse zeigte.

«Die halbe Packung ist leer! Gestern Abend war sie noch nicht mal angebrochen!»

Irene errötete.

«Ich hab den Polizisten welche angeboten. Sie hatten noch nicht gefrühstückt.»

Sally sah die Krümel auf Irenes schwarzen Leggings und ihrer Strickjacke und hob die Augenbrauen.

«Lügen Sie mich nicht an, Irene. Lügen Sie mich niemals an.»

Irene spürte, wie sich ihr die Nackenhaare aufstellten, während sie in Sallys seltsam blasse, katzenhafte Augen starrte. Ein Teil von ihr war nahe dran, einen Finger zum kurzen Gruß zu erheben und Sally mit der ganzen Unordnung allein zu lassen. Doch irgendetwas an dieser Frau machte ihr Angst; außerdem hatte sie ihren Wochenlohn noch nicht bekommen. In diesem Augenblick wusste Irene, dass sie nach Ablauf dieser Woche, wenn sie ihr Geld bekommen hatte, von hier verschwinden würde. Und bis dahin würde sie wohl am besten den Mund halten.

«Es tut mir Leid, Madam. Sie können mir die Kosten von meinem Lohn abziehen. Es wird nicht wieder vorkommen.»

Sally nickte einmal kurz, warf einen Blick auf das Preisschild und nahm sich dann fünf Kekse heraus, die sie sich nacheinander in den Mund steckte. Irene starrte sie ungläubig an.

Auf dem Weg zurück nach Harlden fasste Cooper sein Gespräch mit Julia Wainwright-McAdam kurz zusammen.

«Tante Julia duldet Alexander, aber Sally verabscheut sie geradezu. Sie hat angedeutet, dass der gute alte Alan Wainwright ein Verhältnis mit Sally hatte und dass sie ihn dazu gebracht hat, sein Testament zu ändern.»

«Hat sie dafür irgendwelche Beweise?»

«Nichts. Es ist wie damals, als Graham Wainwright uns wegen seiner Bedenken über den Tod seines Vaters kontaktierte.»

«Und Graham ist jetzt ebenfalls tot. Damit sind in den letzten zwei Monaten drei einflussreiche Männer ums Leben gekommen, die alle mit der Firma Wainwright zu tun hatten.» Fenwick verstummte, offenbar tief in Gedanken. «Weder Sally noch Alexander haben ein wasserdichtes Alibi für den Morgen, an dem Graham umgekommen ist. Beide hatten ein Motiv, und Sallys Reaktion letzte Nacht war, gelinde gesagt, seltsam. Ich werde beide beschatten lassen. Bis gegenteilige Beweise vorliegen, sind sie meine Hauptverdächtigen.»

Cooper warf Fenwick einen besorgten Blick zu.

«Das wird dem Assistant Chief Constable nicht gefallen, Sir.»

«Das müssen Sie mir nicht erst sagen! Doch wann habe ich mich je beliebt gemacht?» Er lachte und strahlte dabei so viel gesundes Selbstbewusstsein aus, dass Cooper ihn nur beneiden konnte. «A propos, wie kommt Gould im Fall Fish voran?»

«Er steht ganz schön unter Druck. Die Kollegen in Brighton beharren darauf, dass der Fall mit Francis Fieldings Tod abgeschlossen war, also bekommt er von ihnen nicht viel Hilfe. Außerdem gibt es da einen gewissen Detective Sergeant Pink, der sich richtig ins Zeug legt, um ihm Knüppel zwischen die Beine zu werfen.»

«Für mich ist dieser Fall alles andere als abgeschlossen. Zuerst einmal ist da das verdächtig viele Geld, das man in Fieldings Wohnung gefunden hat und von dem niemand weiß, wo es herkommt. Es kann also durchaus sein, dass er angeheuert wurde, um Arthur Fish zu töten.»

«So ein Mordkomplott ist immer schwer zu beweisen, und der Assistant Chief Constable wird alles andere als erfreut sein.»

«Wenn diese Todesfälle miteinander in Verbindung stehen und wenn Alan Wainwrights Tod kein Selbstmord war, dann haben wir es hier mit einem clever ausgetüftelten Plan zu tun.»

«Clever und ziemlich riskant, Graham schon eine Woche nach der Ermordung Fishs umzubringen.»

«Riskant oder verzweifelt. Wenn es eine Verbindung gibt, dann hat die Person, die dahinter steckt, eine fast selbstmörderische Risikobereitschaft und ist zudem noch sehr klug. Wenn Sie sich die Leute vergegenwärtigen, die wir in dem Fall befragt haben, ist da jemand dabei, auf den diese Beschreibung passt?»

Schweigend dachten sie nach, dann sagte Cooper zögernd: «Alexander ist klüger, als er sich gibt.»

Constable Shah, durch Fenwicks Interesse an ihrer Meinung bestärkt, warf ein: «Sally auch. Meiner Meinung nach ist sie die intelligentere der beiden. Und wir wissen sehr wenig über sie.»

«Sie haben beide Recht. Cooper, wir müssen uns einmal mit diesem Privatdetektiv, den Graham angeheuert hat, unterhalten. Dann sollten wir die Polizei in Schottland kontaktieren und veranlassen, dass sie sein Haus auf irgendwelche Hinweise durchsuchen. Auch brauchen wir Interviews mit den Angestellten.»

Für den Rest der Fahrt hing jeder seinen Gedanken nach.

25

Fenwick setzte Cooper und Shah gegenüber dem Polizeirevier ab. So konnte er, während er einparkte, noch einmal über alles nachdenken. Er hatte das Gefühl, dass sich langsam ein Bild zusammenfügte.

Angefangen hatte es, als er versuchte, hinter Sallys Verhalten irgendeine Logik zu entdecken. Doch sosehr er sich auch bemühte, er wurde nicht klug aus ihren rätselhaften Stimmungsumschwüngen. Im einen Augenblick war sie hysterisch, im nächsten schon wieder ruhig und gefasst. Er nahm sein Handy und wählte die Nummer einer Psychiaterin, die als Beraterin für die Polizei arbeitete. Als die Mailbox sich einschaltete, sprach er eine Nachricht auf Band. Als kurz darauf das Telefon klingelte, war er überrascht, dass sie so rasch zurückrief.

«Andrew, hier spricht Claire Keating. Sie haben bei mir angerufen.»

«Claire! Danke, dass Sie sich gleich melden. Haben Sie ein paar Minuten Zeit? Ich arbeite gerade an einem Fall, in den eine Person verwickelt ist, die mir zu denken gibt. Ich brauche Ihre Hilfe.»

Er schilderte Sallys Verhalten ausführlich, führte Beispiele an und zitierte ihre Äußerungen. Claire hörte zu, ohne zu unterbrechen, und als er fertig war, schwieg sie lange, bevor sie zu einer Antwort ansetzte.

«Was Sie da beschreiben, hört sich an wie dysfunktionelles Verhalten. Könnte aber auch auf akuten Stress oder Depressionen hindeuten. Schwer zu sagen, ohne die Person zu sehen.»

«Wie wird dysfunktionelles Verhalten ausgelöst?»

«Dafür kann es mehrere Gründe geben: Geisteskrankheit, Missbrauch, Persönlichkeitsstörungen oder alles zusammen. Die Symptome sind ziemlich uneindeutig, doch wie Sie es beschrieben haben, hört sich das schon ein wenig krass an. Dennoch ist es nicht einfach herauszufinden, ob es sich um eine Form von Abnormität oder um soziale Unausgeglichenheit handelt.»

«Gehen wir einmal davon aus, dass es sich um mehr als nur die Auswirkungen von Stress handelt. Was für Ursachen kann das haben?»

«Ich kann natürlich nichts zu dieser Sally sagen, aber vielleicht helfen Ihnen Beispiele von anderen Fällen, sofern das unter uns bleibt.»

«Natürlich.»

«Eine derartige emotionale Unsicherheit, wie Sie sie beschrieben haben, kann viele Ursachen haben. Doch meistens deutet das auf ein Kindheitstrauma oder auf Missbrauch hin.»

Fenwick dachte sofort an seinen Sohn und an dessen Reaktion auf die Krankheit seiner Mutter. Er fröstelte. Chris war damals erst vier gewesen, als er den Selbstmordversuch seiner Mutter und Fenwicks Reanimierungsmaßnahmen mit angesehen hatte. Claire, die nicht wissen konnte, dass Fenwicks Bezugsrahmen jetzt ein anderer war, führte weiter aus:

«Ein psychisch angeschlagener Mensch kann reifen, sich sogar frei machen. Manchmal führen diese Menschen ein scheinbar normales Leben, ohne dass für einen Außenstehenden erkennbar wäre, dass sie ein traumatisches Erlebnis hatten. Neueste Erkenntnisse zeigen jedoch, dass die Wahrscheinlichkeit, dass diese Menschen ein normales Erwachsenendasein führen, eher gering ist. Das Leben heute ist außergewöhnlich intensiv. Die Menschen sind einer enormen Informationsflut ausgesetzt, sie werden praktisch bombardiert mit Meinungen, werden zwangsläufig in Auseinandersetzungen hineingezogen, so dass die Realität sehr subjektiv wahrgenommen wird. Wenn dazu noch eine gewisse emotionale Unreife kommt und ein verdrängtes Kindheitstrauma, dann werden manche Menschen zu einer wahren Zeitbombe, Menschen, die den Anschein von Normalität erwecken, hinter deren Fassade sich jedoch ein Abgrund auftut, in den sie jederzeit stürzen können. So etwas passiert immer wieder, und wir nennen das einen Nervenzusammenbruch. Die meisten von ihnen erholen sich wieder. Bei manchen ist die Psychose aber so stark ausgeprägt, dass die Krankheit chronisch wird. Können Sie mich verstehen, Andrew? Sind Sie noch dran?»

«Ja, haben Sie einen Moment Geduld, ich bin gerade dabei einzuparken.» Fenwicks Stimme klang schwach, und er hoffte, dass Claire dies der Ablenkung durch das Rangieren des Wagens zuschreiben würde. «Da bin ich wieder. Könnte so eine Person gefährlich werden?»

«Normalerweise nicht, nur für sich selbst, doch es kann vorkommen, dass die Störung tiefer geht, und dann stellt sich die Sache wieder anders dar. Wenn ein ernsthaftes Trauma dahintersteckt – zum Beispiel der Verlust von einem Eltern- oder Geschwisterteil –, keine Behandlung erfolgt ist und noch etwas anderes, sagen wir, irgendeine Form von Missbrauch dazukommt, dann kann dies zu einer explosiven Persönlichkeit führen, die zu extremen Reaktionen fähig ist und in keinster Weise von irgendwelchen gesellschaftlichen Konventionen zurückgehalten wird. Doch das kommt ziemlich selten vor.»

Fenwick tat sich schwer, eine passende Erwiderung zu geben, und als er schließlich sprach, war seine Stimme nur mehr ein Flüstern.

«Vielen Dank, Claire. Sie haben mir sehr geholfen. Ich melde mich wieder, wenn wir mehr wissen.»

«Keine Ursache. Ist mit Ihnen alles in Ordnung? Rufen Sie doch wieder an, Sie haben ja meine Privatnummer, so dass Sie mich jederzeit erreichen können. Ich würde mich sehr darüber freuen.»

Es dauerte eine Weile, bis Fenwick sich wieder gefasst hatte und seine Hände aufgehört hatten zu zittern. Immer wieder sagte er sich, dass sie eben über Sally gesprochen hatten, nicht über Chris. Chris war ein sechsjähriger Junge, der einen Vater hatte, der ihn über alles liebte und alles in seiner Macht Stehende tat, damit das, was seiner Mutter zugestoßen war, keine Narben auf seiner Seele hinterlassen würde. Er schluckte schwer. Dann straffte er die Schultern und wappnete sich innerlich für die bevorstehende Besprechung.

26

«Willkommen daheim!»

«Ich bin froh, wieder hier zu sein.» Schwungvoll stellte Nightingale ihre Reisetasche auf die zerkratzte Tischplatte, neben die Heizung, die niemals richtig funktionierte.

«Na, wie war's?»

«Ich hab schon schönere Erlebnisse gehabt, aber es war ganz okay. Wie lief's bei euch?»

Detective Constable Adams setzte sie mit allen schauerlichen Details ins Bild, wobei er mehr Zeit darauf verwendete, sie über die neuesten Gerüchte aufzuklären als über die laufenden Fälle. Der Mord an Arthur Fish in der vergangenen Woche ließ Nightingale aufhorchen.

«Wer hat den Fall?»

«Fenwick und Cooper mit noch einem Dutzend Leuten. Detective Sergeant Gould ist an der Sache dran, also frag ihn, wenn du dich traust.»

«Woran arbeitest du?»

«An einem verdächtigen Todesfall: Graham Wainwright, Tod durch Erhängen, könnte aber alles sein, Mord, Unfall oder Selbstmord. Der Chief vermutet einen Mord, doch Blite ist anderer Ansicht. Ich tippe auf Blite und den Unfalltod. Als wir ihn fanden, steckte der Typ in einem Lederstring, sein Ding stand oben raus und ringsum lagen Pornos. Wie sieht das für dich aus?»

«Kommt darauf an. Aber warum hat Fenwick diesen Fall auch noch übernommen?»

«Er glaubt, dass die beiden Fälle miteinander zu tun haben, Fish hat bei Wainwright's gearbeitet, und –»

«Du meinst Wainwright Enterprises, hier in Harlden?»

«Ja, warum?»

«Es ist noch gar nicht so lange her, da starb der Geschäftsführer von Wainwright's. Selbstmord, so lautete die Entscheidung des Coroner. Ich war damals die Erste am Tatort.»

Adams zuckte die Achseln. Da Nightingale offenbar nicht daran dachte, in das allgemeine Klagelied über *die da oben* einzustimmen, wandte er sich wieder seinem Bericht zu.

Nightingale machte sich auf, um sich zu erkundigen, ob man sie dem Fall Wainwright zuteilen würde.

«Sir?»

Unwillig hob Fenwick eine Augenbraue und warf Nightingale, die in der offenen Tür stand, einen ungeduldigen Blick zu. Er forderte sie nicht auf näher zu treten.

«Was ist denn, Constable? Haben Sie etwas Dringendes? Ich habe viel zu tun.» Er war offensichtlich gerade tief in Gedanken versunken und schien noch mehr unter Druck zu stehen als gewöhnlich.

«Könnte ich beim Wainwright-Team mitarbeiten, Sir?»

«Wenden Sie sich an den Einsatzleiter. Das fällt in seinen Aufgabenbereich.» Er senkte den Kopf und vertiefte sich wieder in seine Lektüre. Das Gespräch war beendet.

«Danke, Sir.»

Sie drehte sich um und ging davon. Sie hatte sich doch tatsächlich eingebildet, dass ihre letzte Zusammenarbeit ihm etwas bedeutet hatte! Wo sie es doch gewesen war, die im vergangenen Jahr den Durchbruch erzielt hatte. Sogar ihr Leben hatte sie für ihn riskiert, und das war nun die Anerkennung, die sie dafür erhielt. Unbewusst rieb sie sich den linken Arm und fühlte durch den Stoff ihrer Bluse das vernarbte Gewebe. Während der Monate, die sie an seiner Seite gearbeitet hatte, war sie so lebendig gewesen, hatte sich ihm so nahe gefühlt, dass sich ihr ganzes Leben dadurch verändert hatte. Immer wieder dachte sie wehmütig an diese Zeit zurück.

Ihre gemeinsame Suche nach einem Serientäter hatte sie völlig in Anspruch genommen, so sehr, dass die Beziehung zu ihrem Verlobten unwiederbringlichen Schaden genommen hatte. Sie war sich darüber klar geworden, dass sie ihn eigentlich nie richtig geliebt hatte. Sie schüttelte den Kopf, als wollte sie die unbequemen Gedanken verdrängen, betrat die Einsatzzentrale, wo sie mit einer Rüge fürs Zuspätkommen empfangen und gleich wieder losgeschickt wurde. Gerade war eine Meldung von einem bewaffneten Raubüberfall auf einen Zeitungskiosk hereingekommen.

Fenwick hatte für zwölf Uhr eine Großbesprechung anberaumt, und als er die Treppe hochstieg und sich dem Konferenzraum näherte, drang das Summen von über dreißig Stimmen durch die Tür. Nachdem Fenwick Superintendent Quinlan seinen Verdacht mitgeteilt hatte, es könne sich um Mord handeln, hatte dieser mehr Ressourcen zur Verfügung gestellt. Dies war die erste Besprechung, an der alle an dem Fall arbeitenden Beamten teilnahmen; einige von ihnen waren extra zu diesem Zweck von anderen Einheiten abgestellt worden. Er war gespannt, wen sie ihm geschickt hatten.

Als er die Tür öffnete, kehrte augenblicklich Stille ein. Cooper warf seinem Vorgesetzten einen respektvollen Blick zu. Dieser Mann strahlte eine Kraft aus, die ihm die sofortige und absolute Aufmerksamkeit sicherte. Er zweifelte daran, dass Fenwick sich seiner Wirkung auf seine Mitarbeiter auch nur im Entferntesten bewusst war.

Ohne Umschweife kam Fenwick zum Thema. Er fasste die drei Todesfälle kurz zusammen und bemerkte, dass alle drei in irgendeiner Form mit Wainwright Enterprises zu tun hatten und dass er davon ausging, dass es da einen Zusammenhang gab. Er beschrieb seine Bedenken bezüglich Alan Wainwrights angeblichem Selbstmord und wies darauf hin, dass es ihnen zum damaligen Zeitpunkt, aus Mangel an Beweisen, nicht möglich gewesen war, weiter an der Sache dran zu bleiben. Er führte aus, dass sie trotz des Todes von Arthur Fishs Mörder Francis Fielding weiter an dem Fall arbeiteten, und forderte Detective Sergeant Gould auf, von seinen Ermittlungen im Fall Fish zu berichten.

«Es gibt noch immer keine Spur von dem Band, das Fishs Sekretärin erwähnte. Es scheint weder bei ihm zu Hause noch in seinem Büro zu sein.»

«Bleiben Sie dran. Auf dem Band sind seine letzten Worte drauf, und ich möchte das Ding haben, egal, was drauf ist. Wissen wir schon, wo Fish sich in Brighton aufhielt?»

«Nein, Sir. Keine der Prostituierten, die wir befragt haben, hat ihn erkannt. Die Nachforschungen laufen weiter, doch das Team in Brighton befasst sich nach wie vor hauptsächlich damit, die beiden Morde, die bei ihnen in der gleichen Nacht verübt wurden, aufzuklären.»

«Das ist schon ein merkwürdiger Zufall. Stellen Sie auf jeden Fall sicher, dass da nicht doch ein Zusammenhang besteht. Jemand soll sich die Berichte der Spurensicherung und der Forensik über Arthur Fishs Tod vornehmen und mit den Morden an Grey und Bennett vergleichen.»

Mit höflichem Interesse lauschten die neuen Mitarbeiter seinen Erläuterungen, doch als er auf Graham Wainwrights Tod zu sprechen kam, war mit einem Mal eine erwartungsvolle Spannung zu spüren, während er die Gründe dafür darlegte, warum sie es seiner Meinung nach – trotz des uneindeutigen Obduktionsbefunds – mit einem Mord zu tun hatten. Die Neuigkeiten riefen aufgeregtes Murmeln hervor, als Detective Inspector Blite sich lässig zu Wort meldete.

«Ja, Inspector?»

«Werden Sie, da es sich um Mord handelt, jetzt für den Fall Wainwright einen Leiter der Ermittlungen benennen? Wenn ja, melde ich mich freiwillig.» Diese Bemerkung konnte sowohl als konstruktive Mitarbeit als auch als Beleidigung gewertet werden. Schließlich war Fenwick der Leiter der Sonderkommission, dem alle drei Fälle unterstanden. Fenwick beschloss, es als konstruktive Mitarbeit anzusehen, und antwortete betont ruhig und zuversichtlich.

«Ich werde das nachher mit dem Superintendent besprechen und ihm vorschlagen, dass wir für den neuesten Fall einen Senior Investigating Officer benennen. Ich werde mich an Ihr Interesse erinnern. Sergeant Cooper, bitte berichten Sie uns von den laufenden Ermittlungen, auch von den Zeugenaussagen von gestern Nacht.»

Cooper gab eine Beschreibung des Tatorts ab. Dann bat Fenwick ihn: «Kommen wir zu der Gemüsekiste. Was haben Sie in diesem Zusammenhang herausgefunden?»

Cooper lächelte. «Wir konnten die Kiste zu einem bestimmten Marktstand zurückverfolgen. Der Händler konnte sich an die Bestellung erinnern, weil sie sehr umfangreich war. Auf keinen Fall hat er die Sachen jedoch geliefert, wie Sally Wainwright-Smith behauptet hat. Er sagt, er sei die ganze Zeit über am Stand gewesen. Die bestellte Ware muss Freitag früh abgeholt worden sein.»

«Kann er sich noch erinnern, von wem?»

Cooper verzog das Gesicht. «Nicht genau, doch er meint, es sei jedenfalls nicht Sally Wainwright-Smith gewesen. Ich habe ihm ein Foto von ihr gezeigt, und er sagte, er hätte sich sicher an sie erinnert. Er glaubt, es war ein Mann.»

«Haben Sie ihm Grahams Foto gezeigt?»

«Grahams? Nein. Ich hab ihm das von Alexander gezeigt. Er war's nicht.»

«Gehen Sie noch mal mit Grahams Bild hin. Ist die Kiste schon in der Kriminaltechnik?»

«Ja. War übersät mit Fingerabdrücken. Bis sie damit durch sind, wird eine Weile vergehen.»

«Das ist schon in Ordnung. Und sorgen Sie dafür, dass man auch einen Abgleich mit den Fingerabdrücken des Toten macht.»

Bei dieser Anweisung zog Detective Inspector Blite die Augenbrauen hoch, doch da er in der ersten Reihe saß, sahen nur Fenwick und Cooper den skeptischen Ausdruck auf seinem Gesicht, mit dem er Fenwicks Autorität in Frage stellte. Seiner Meinung nach war eine derart langwierige und mühsame Arbeit in diesem Fall nicht gerechtfertigt.

Direkt nach der Besprechung begab sich Fenwick zum Büro des Superintendent, um dort auf den Anruf des Assistant Chief Constable zu warten. Er hatte darum gebeten, über alles stets auf dem Laufenden gehalten zu werden. Seit Graham Wainwrights Tod waren vierundzwanzig Stunden vergangen, und der Assistant Chief Constable drängte auf ein baldiges Ergebnis. Wie vorherzusehen war, stellte er die Notwendigkeit, den Fall Arthur Fish weiterzuverfolgen, sofort in Frage. Fenwick hielt dagegen, dass es unabdingbar sei, jeder nur möglichen Verbindung zwischen dem Fall Fish und Graham Wainwrights Tod nachzugehen, und sei es, um festzustellen, dass die beiden Todesfälle nichts miteinander gemein hatten. Superintendent Quinlan stärkte Fenwick den Rücken, und als der Assistant Chief Constable schließlich widerwillig nachgab, wusste Fenwick nur zu gut, dass ihnen die Zeit dennoch knapp werden würde, hatte Harper-

Brown doch allen Grund, die Akte Fish endlich schließen zu lassen, da die Ermittlungen die beschränkten Arbeitskräfte und kriminaltechnische Ressourcen in Anspruch nahmen.

Aufmerksam lauschte er Fenwicks Ausführungen, als dieser die Verdachtsmomente aufzählte, die dafür sprachen, dass Graham Wainwright ermordet worden war. Schlecht gelaunt gab er zähneknirschend sein Einverständnis:

«Also gut. Wie wollen Sie vorgehen? Sicher ist Jenny Reynolds Ihre Hauptverdächtige?»

«Das ist eine Möglichkeit, Sir», sagte Fenwick in einem Ton, der nichts verriet, während er dem Superintendent einen Blick zuwarf und verzweifelt den Kopf schüttelte.

«Ich muss jetzt zu einer Besprechung. Wer wird Senior Investigating Officer?», fragte der Assistant Chief Constable.

Fenwick und Quinlan hatten diese Frage vorhergesehen und sich im Vorfeld besprochen. Fenwick wusste, dass er einen Beamten als Leiter des Ermittlungsteams für den Fall Graham Wainwright würde benennen müssen, doch ihm als Leiter der Sonderkommission war sehr daran gelegen, alle Fäden in der Hand zu behalten. Der Superintendent hatte zwar absolutes Vertrauen in Fenwicks Urteilsvermögen, doch da er bestrebt war, möglichst wenig Beamte von anderen Dienststellen hinzuzuziehen, musste Fenwick sich damit abfinden, dass Blite zum Senior Investigating Officer ernannt wurde, wohl aber unter der Bedingung, dass Fenwick ihm gegenüber weisungsbefugt wäre.

«Wir schlagen Detective Inspector Blite vor ...»

«Gut.»

«Er soll Chief Inspector Fenwick Bericht erstatten, der die Leitung der Sonderkommission für alle mit den Wainwrights verbundenen Fälle übernimmt.»

Am anderen Ende der Leitung wurde es still, und Fenwick stellte sich vor, wie der Assistant Chief Constable fieberhaft nach irgendwelchen Einwänden suchte, doch offensichtlich erfolglos. Nach einer Weile sagte er gereizt: «Also schön, aber ich möchte nicht, dass Sie sich in diese angebliche Verbindung hineinsteigern. Versuchen Sie, die Sache so einfach wie möglich zu halten. Und lassen Sie um Himmels willen nichts an die Presse durchsickern.»

Fenwick und Cooper machten sich auf, um den Rechtsanwalt des Verstorbenen, einen gewissen Mr Sacks, aufzusuchen, dessen Kanzlei auch samstags geöffnet war. Fenwick war gespannt darauf zu erfahren, warum Graham, wo er doch seit dem Tod seines Vaters die meiste Zeit in London oder Schottland verbrachte, eine Anwaltskanzlei vor Ort mit der Vertretung seiner Angelegenheiten betraut hatte.

Mr Sacks trug einen eleganten Anzug, der darauf schließen ließ, dass er in dem nicht allzu erfolgreichen Bemühen, seine Gewichtsprobleme zu kaschieren, ein kleines Vermögen bei seinem Schneider gelassen hatte. Er führte Fenwick und Cooper in ein modernes, spärlich möbliertes Büro und bedeutete ihnen, an einem edlen Konferenztisch aus Ahornholz Platz zu nehmen.

Nach seiner anfänglichen Weigerung, Einzelheiten über Graham Wainwrights Angelegenheiten verlauten zu lassen, gab Sacks, als er merkte, dass Fenwick bereit wäre, notfalls vor Gericht zu gehen, schließlich nach und drückte die Taste der Gegensprechanlage. Kurz darauf erschien seine Assistentin mit einer kalbsledernen Mappe und zwei Loseblatt-Ordnern, die vor Papieren überzuquellen drohten.

«Graham und ich waren zusammen auf der Schule. Als er seinerzeit einen Rechtsvertreter suchte, der statt Kemp and Kemp seine Interessen vertreten sollte, rief er mich an und wurde mein Mandant. Das war im März, kurz nachdem sein Vater gestorben war und er ein beträchtliches Vermögen geerbt hatte.»

«Aber nicht so viel, wie er sich erhofft hatte.»

Sacks sah ihn schockiert an. Eine derartig ungehobelte Äußerung hatte er von einem Polizeibeamten im gehobenen Dienst nicht erwartet.

«Dazu kann ich nun wirklich nichts sagen.»

«Hat er Sie darauf angesprochen, das Testament seines Vaters anzufechten, um Anspruch auf die andere Hälfte des Vermögens zu erheben?»

Der Rechtsanwalt öffnete die Ledermappe. Mit langen, feingliedrigen Fingern blätterte er die Notizen durch. Für den Bruchteil einer Sekunde trat ein besorgter Ausdruck auf sein Gesicht, der jedoch so schnell verschwand, wie er gekommen war.

«Anfangs ja, doch später hat er es sich anders überlegt.»

«Warum?»

«Ich habe keine Ahnung. Er hat einfach nie wieder davon gesprochen.»

«Und was ist mit Graham Wainwrights eigenem Nachlass?»

«Er hat kein Testament verfasst. Er hat wohl nicht damit gerechnet, dass er so bald sterben würde, Chief Inspector.»

Kein Testament also. Noch ein Grund, der gegen einen Selbstmord sprach. Sicher hätte er nach einem derart umfangreichen Erbe seine Angelegenheiten in Ordnung gebracht, bevor er sich umbrachte.

Sacks fuhr fort, ohne Fenwicks grüblerischen Gesichtsausdruck wahrzunehmen.

«Meine Tätigkeit für Mr Wainwright beschränkte sich auf ein paar Erkundigungen bezüglich der Rechtsansprüche in dieser Erbschaftssache. Wie Sie sehen, ist diese Akte nicht sehr umfangreich.»

«Und die anderen?», fragte Fenwick und deutete auf die überquellenden Loseblatt-Ordner.

«Das ist alles von Kemp and Kemp. Wir haben die Unterlagen lediglich aufbewahrt. Eigentlich haben wir die Sachen erst eine Woche vor Mr Wainwrights plötzlichem Tod erhalten. Mein Mandant wollte unbedingt, dass wir die Unterlagen verwahren sollten. Das war sehr ungewöhnlich. Schließlich handelte es sich nicht um Mr Wainwrights Privateigentum, doch er insistierte, und so haben wir die Angelegenheit vorangetrieben. Jeremy Kemp war sehr kooperativ, wiewohl es eine Weile gedauert hat, bis wir sie endlich hatten.»

«Ich verstehe. Hätten Sie vielleicht etwas Kaffee für uns, Mr Sacks?»

«Ja, wollen Sie denn noch so lange bleiben?»

«Es wird noch etwas dauern, ja.»

Cooper wandte sein Gesicht ab, um sich sein Erstaunen nicht anmerken zu lassen. Er war eigentlich davon ausgegangen, dass sie jetzt gehen würden. Wieder drückte der Anwalt die Taste der Sprechanlage, und Sacks' Assistentin nahm eilfertig den Auftrag entgegen, den Herrschaften Kaffee zu servieren. Wenig später kehrte sie mit drei Tassen und einem kleinen Kännchen Sahne, das neben der Zuckerdose arrangiert war, wieder. Fenwick tat so viel Zucker und Sahne in seine Tasse, dass der Kaffee über den Rand hinauslief. Dann begann er mit betonter Geschäftigkeit Papiere aus seiner Aktentasche zu ziehen, was Cooper ihn noch nie zuvor hatte tun sehen. Er schien ganz offensichtlich Schwierigkeiten zu haben, einen bestimmten Artikel zu finden, und Cooper beobachtete entsetzt, wie er seine Notizen, die Aktendeckel und sogar einen zusammengeklappten Regenschirm herauszog und das Ganze ohne Rücksicht auf das jungfräulich glänzende Ahornholz auf die Tischplatte knallte. Bei jedem Gegenstand, den er dem wachsenden Haufen hinzufügte, zuckte Sacks zusammen. Als ein kleiner Hefter auf dem Tischrand landete und runterzufallen drohte, musste Cooper sich zurückhalten, um nicht danach zu greifen.

«Ah, da ist es.» Fenwick schien Sacks' wachsendes Entsetzen nicht zu bemerken. «Na also. Kennen Sie jemand von diesen Leuten?»

Mit einer ruckartigen Handbewegung schob er dem Anwalt einen Schnellhefter mit Fotografien über den Tisch hinweg zu, doch er verfehlte die Richtung, und der Hefter prallte gegen Fenwicks randvolle Kaffeetasse, woraufhin die Tasse umkippte und sich die milchigbraune Flüssigkeit wie ein See auf der edlen Tischplatte ausbreitete und auf den Rand zulief.

«So passen Sie doch auf!»

«Entschuldigen Sie vielmals. Hier, bitte.» Fenwick fummelte ein paar Papiertaschentücher aus einer Packung und warf sie Sacks zu. Seine Bewegungen waren so fahrig, dass er an das Sahnekännchen stieß und sich sein Inhalt in die Zuckerdose ergoss, die daraufhin ebenfalls umkippte. Eine hellbraune Zuckermasse vereinte sich mit dem verschütteten Kaffee und begann sich langsam aufzulösen.

«Sie Idiot!» Sacks war außer sich. Wie gebannt starrte er einen Augenblick lang auf die klebrige Flüssigkeit vor ihm, die bereits in die Tischplatte einzuziehen begann und in Kürze, wenn er nicht schleunigst eingreifen würde, seinen extravaganten Teppich ruinieren würde. Er sprang auf und hechtete zur Tür.

Kaum hatte er den Raum verlassen, fiel alle Schusseligkeit von Fenwick ab. Im Nu war er auf der anderen Seit des Tisches und blätterte rasch die Ledermappe durch.

«Sir!»

«Keine Sorge. Stellen Sie sich an die Tür und sagen mir Bescheid, wenn er wiederkommt.» Rasch überflog er das Geschriebene, wobei er hin und wieder innehielt, um einen Absatz genauer zu lesen.

«Er kommt!»

Als Sacks und seine Assistentin zurückkehrten, fanden sie Fenwick vor, wie er verzweifelt versuchte, dem Rinnsal, das unaufhörlich auf den beigen Teppich tropfte, Einhalt zu gebieten. Rasch beseitigte die Assistentin mit einem Schwamm und ein paar Lappen die schlimmste Schweinerei, und es gelang ihr gerade noch, den Teppich vor der größten Verwüstung zu bewahren. Der Hefter mit den Fotografien war jedoch hinüber.

«Es tut mir Leid. Wir werden ein andermal wiederkommen und die Fotos mit Ihnen durchgehen.»

Sacks musste sich sichtlich überwinden, Fenwick mit einem Mindestmaß an Höflichkeit zu verabschieden. Cooper, der hochrot vor Verlegenheit war, verließ so schnell er konnte die Anwaltskanzlei. Schweigend ging er neben dem Chief Inspector her und sprach erst, als sie in Fenwicks Wagen saßen und zurück zum Polizeipräsidium von Harlden fuhren.

«Das war gegen die Vorschriften.»

«Ja, das war es.»

«Wir hatten keinen Durchsuchungsbefehl.»

«Habe ich irgendetwas durchsucht? Ich kann mich nicht entsinnen.»

«Sir!»

«Was denn! Ich habe lediglich einen Blick auf die Unterlagen geworfen, die er offen auf dem Tisch hat liegen lassen. Wenn es sich auch nur im Entferntesten um vertrauliches Material gehandelt hätte, so hätte doch ein Rechtsanwalt wie Sacks sie mitgenommen!»

Cooper schwieg. Seine Missbilligung war förmlich greifbar. Fenwick lenkte den Wagen in eine Parklücke, als Coopers Neugier schließlich doch die Oberhand gewann.

«War was Interessantes dabei?»

Fenwick wandte sich ab, um den Wagen zurückzusetzen, und unterdrückte den Anflug eines Lächelns.

«Ja, das kann man wohl sagen. Kommen Sie mit in mein Büro.»

Fenwick grüßte den wachhabenden Sergeant an der Pforte mit einer Handbewegung. Dieser bediente den Türöffner und entriegelte die elektronisch gesicherte Tür, die den für die Öffentlichkeit zugänglichen Teil von den Diensträumen trennte. Er sprintete die Treppe hoch, immer zwei Stufen auf einmal, und ließ Cooper weit hinter sich zurück. Als er sicher war, dass der Sergeant außer Sicht war, blieb er stehen und rieb sich das rechte Knie. Die restlichen Stufen ging er in gemächlichem Tempo hinauf. Als der Sergeant keuchend sein Büro betrat, hatte Fenwick sich längst von seinem Spurt erholt.

«Wer ist Ihrer Meinung nach der zuverlässigste – und ehrlichste – Anwalt, den wir kennen?»

Dankbar für die Verschnaufpause dachte Cooper über Fenwicks Frage nach.

«Hm, schwer zu sagen.» Er kratzte sich am Kopf und ließ sich ächzend auf Fenwicks hartem Besucherstuhl nieder. «Cook? Der Mann ist zwar ein Arschloch, aber man kann sich auf ihn verlassen.»

«Guter Gedanke. Geben Sie mir bitte das Telefonbuch rüber.»

Nach dreimaligem Läuten wurde abgehoben und Cooper hörte die distinguierte Stimme mit dem schottischen Akzent.

«Andrew. Lang ist's her. Was kann ich für Sie tun?»

«Ich brauche Hilfe von jemandem, der Einblick in die hiesigen Anwaltskanzleien hat.»

«Wie schmeichelhaft. Und weiter?»

«Was wissen Sie über einen gewissen Mr Sacks?»

«Der ist relativ neu hier, teuer und ein ziemlich überheblicher Bursche. Sehr clever, hat Haare auf den Zähnen. Nicht gerade jemand, den man sich zum Feind machen sollte.»

«Aha.» Fenwicks Tonfall sprach Bände.

«Zu spät, hm? Auch egal. Sie werden das überleben. War das alles?»

«Nein, eins noch. Kemp and Kemp: Was erzählt man sich über sie?»

Cook schwieg lange, bevor er zu einer Antwort ansetzte.

«Diese Frage ist schon schwerer zu beantworten. Schneiden Sie das Gespräch mit?»

«Natürlich nicht.»

«Warum fragen Sie?»

«Die Kanzlei hat ein paar Leute vertreten, die ziemlich plötzlich gestorben sind. Mindestens einer der Todesfälle gibt uns zu denken.»

«Wainwright's also. Sehr interessant. Was soll ich Ihnen sagen? Aber bevor ich antworte: Ihnen ist hoffentlich klar, dass ich das nie offiziell wiederholen würde. Okay, da gibt es ein paar Gerüchte über die werten Mandanten von Kemp and Kemp, Wainwright Enterprises. Nichts Konkretes ...»

«Inwiefern?»

«Schmutziges Geld. Solange ich denken kann, vertritt die Kanzlei die Interessen von Wainwright Enterprises und der Familie. Wainwright's ist ein seltsames Unternehmen, dort scheint ständig Hochkonjunktur zu herrschen. In guten wie in schlechten Zeiten, die Firma erwirtschaftet immer Gewinne.»

«Würden Sie einen ehemaligen Mandanten von Kemp vertreten – sagen wir, ein Mitglied des Wainwright-Clans?»

«Wahrscheinlich nicht.» Er legte eine Pause ein. «Nein, streichen Sie das. Mit Sicherheit nicht.»

«Sie haben uns sehr weitergeholfen, Richard. Vielen Dank!»

«Keine Ursache. Ach ja, da fällt mir noch was ein, auch ein Gerücht. Im Golf-Club erzählt man sich, Kemp würde auf fremdem Revier jagen. Man will ihn gesehen haben in Begleitung einer Frau, die offenbar keine Ähnlichkeit mit seiner Frau aufweisen soll.»

«Ich verstehe. Weiß man, wer das gewesen sein soll?»

«Da hab ich leider keine Ahnung ... Aber vielleicht kann Ihnen James FitzGerald weiterhelfen – von der FitzGerald Finanzberatung in der High Street. Den habe ich hin und wieder mit Kemp und ein paar Leuten von Wainwright's zusammen gesehen.»

Nachdenklich legte Fenwick den Hörer auf. Cooper sah ihn mit neuem Respekt an.

«Wie sind Sie auf Kemp gekommen?»

«Sacks' Gesichtsausdruck, als er seine piekfeine Ledermappe durchblätterte. Er ist da auf etwas gestoßen, was er besser im verschlossenen Aktenschrank hätte lassen sollen. Da sitzt er vor uns, wühlt in seinen Papieren in der festen Überzeugung, dass er und seine Kanzlei absolut nichts zu verbergen haben, und dann wird ihm plötzlich klar, dass genau das Gegenteil der Fall ist. Die Erkenntnis stand ihm förmlich ins Gesicht geschrieben. Und ich wollte herausfinden, was es war.»

«Also war das mit dem Kaffee Absicht?»

«Cooper!» Fenwick setzte eine Miene beleidigter Entrüstung auf, die gleich darauf in ein verschwörerisches Grinsen überging.

«Und was haben Sie nun gefunden?»

«Ein Memo von Sacks an seine Partner, in dem er sie davon unterrichtet, dass Graham Wainwright vorhat, zu Sacks zu wechseln. Eine Kostenkalkulation über das zu erwartende Honorar – über fünfzehntausend Pfund. Doch dann hieß es dort: *Angesichts der Familiengeschichte dieses Mandanten und in Anbetracht der Tatsache, von welcher Kanzlei der Mandant kommt, schlage ich vor, dass wir die Angelegenheit bei der nächsten Kanzleibesprechung am sechzehnten bereden.* Ich wage zu behaupten, wenn er Graham nicht persönlich gekannt hätte und die Kanzlei nicht gerade erst aufgemacht hätte und so auf jeden neuen Klienten angewiesen wäre, hätten sie Graham nicht vertreten. Und das ist wirklich hochinteressant.»

Die FitzGerald Finanzberatung war im Stadtzentrum in einem eleganten und teuren Bürogebäude untergebracht. Der Empfangsbereich bestand aus zwei geschickt angeordneten Schreibtischen und Stühlen, die den Raum vom hinteren Teil, in dem die normalen Büroarbeiten erledigt wurden, trennten. Ein junger Mann war in ein Gespräch mit einem skeptisch dreinblickenden Paar vertieft.

Eine Empfangsdame mit wachsamen Augen lächelte Fenwick gewinnend entgegen.

«Wir hätten gern Mr FitzGerald gesprochen. Ich bin Detective Chief Inspector Fenwick, und das ist Detective Sergeant Cooper von der Kripo Harlden», sagte Fenwick gedämpft, um keine potentiellen Kunden abzuschrecken, und hielt ihr seinen Dienstausweis hin.

«Mr FitzGerald telefoniert gerade mit einem Klienten, doch ich werde ihm sagen, dass Sie ihn sprechen möchten. Um was geht es?»

«Eine Polizeiangelegenheit.»

Fenwick wartete, während die Frau hinter einer Trennwand in Eschenfurnier verschwand.

«Chief Inspector Fenwick, Sergeant Cooper.» Die sanfte Stimme der Empfangsdame rief sie in FitzGeralds Büro.

James FitzGerald saß entspannt an einem alten Schreibtisch aus Eiche, auf dem – wie auch an seinem Besitzer – die Zeit ihre Spuren hinterlassen hatte. Er war hager, hatte nach vorn abfallende Schultern, doch sein Händedruck war überraschend fest.

Fenwick versuchte den Mann einzuschätzen und entschied sich dann dafür, ohne Umschweife zur Sache zu kommen. Er erklärte, dass sie in mindestens einem Mordfall und mehreren ungeklärten Todesfällen ermittelten, und beobachtete dabei, wie die Mimik des Mannes von Schock zu kaum verhohlener Besorgnis wechselte. Als er die Verbindung zu Wainwright Enterprises ansprach, trat ein wachsamer Ausdruck in FitzGeralds Gesicht.

«Was hat das alles mit mir zu tun?»

«Kemp and Kemp vertreten die Angelegenheiten der Firma Wainwright Enterprises.»

Die Bemerkung war harmlos, doch schien sie einen starken Eindruck auf den Mann zu machen. Unruhig rückte er auf seinem Stuhl hin und her und fuhr sich mit dem Finger unter den Hemdkragen, als sei ihm seine Krawatte plötzlich zu eng geworden. Sein Mund wurde zu einem schmalen Strich.

«Ich verstehe immer noch nicht, was ich damit zu tun haben soll. Inwieweit glauben Sie, dass ich Ihnen irgendetwas sagen kann?»

«Ich versuche herauszufinden, um was für eine Art Firma es sich handelt.»

«Nun, das ist sehr konkret. Sie könnten sich direkt an Wainwright's wenden.»

«Irgendetwas Ungewöhnliches, was Sie mir sagen könnten?»

«Nicht, dass ich wüsste.»

«Keine Gerüchte über unsaubere Geschäfte oder Ähnliches?»

«Nichts dergleichen.»

«Warum hat mir dann jemand gesagt, ich solle mich an Sie wenden, wenn ich ein bisschen von der Gerüchteküche kosten möchte?»

FitzGerald lachte. «Ach, die alten Kamellen meinen Sie! Kemp hatte eine Affäre mit meiner ersten Frau, doch das ist viele Jahre her. Sie sind wohl beim falschen Mann gelandet.»

Die Bemerkung hatte etwas Abschließendes. Fenwick verabschiedete sich rasch und verließ mit Cooper das Büro.

Kaum hatten die beiden Detectives das Gebäude verlassen, nahm James FitzGerald den Hörer zur Hand und drückte eine gespeicherte Nummer.

«Ich bin's. Wir müssen uns sehen. Nein, nicht hier. Im Club … Nein, direkt nach der Arbeit. Wir haben da ein Problem.»

«Er hat gelogen!»

Zurück auf dem Polizeipräsidium ließen Fenwick und Cooper die Ereignisse des Tages vor der abendlichen Fallbesprechung Revue passieren. Cooper zeigte sich überrascht, wie locker der Chief Inspector ihr Gespräch mit FitzGerald nahm.

«Natürlich hat er gelogen. Interessant ist nur die Frage, warum? Was lässt einen Mann wie FitzGerald das Risiko eingehen, die Polizei anzulügen? Haben Sie das Telefon gesehen? Er hatte Kemps Nummer gespeichert, auch die von Wainwright Enterprises. Und dann die Geschichte von seiner ersten Frau!»

«Ich verstehe nicht, wie Sie das so leicht nehmen können.»

«Wir haben heute unseren ersten richtigen Durchbruch in dem Fall erzielt. Er lügt. Das bedeutet, dass es etwas gibt, was ihm wichtig genug ist, dass er dafür lügt. Ich möchte, dass Sie den Mann überprüfen. Auch müssen wir Mrs Kemp noch einmal befragen und versuchen, von ihr mehr über ihren Mann herauszubekommen. Wainwright's scheint unantastbar zu sein. Also müssen wir von außen an die Sache herangehen und dort das schwächste Glied in der Kette ausfindig machen. Wir brauchen ein straff geführtes Team, das sich mit diesen Zusammenhängen auseinander setzt – Sie und noch ein Beamter.»

«Wen soll ich dafür hernehmen? Alle sind auf die Graham-Wainwright-Sache angesetzt. Wir haben keinen mehr auf der Reservebank sitzen.»

«Sprechen Sie mit dem Einsatzleiter.»

Die Besprechung war bald beendet. Blite hatte Grahams Privatdetektiv ausfindig gemacht, doch wenig Neues herausgefunden. Die Nachforschungen des Mannes hatten lediglich ergeben, dass Sally irgendwann einmal eine Namensänderung hatte vornehmen lassen, doch bevor er sich intensiver mit ihrer Vergangenheit hatte auseinandersetzen können, hatte Graham ihn angehalten, sich auf Wainwright

Enterprises zu konzentrieren. Er hatte ein bisschen herumgeschnüffelt und die Namen der Aktionäre herausgefunden. Dann hatte Graham ihn ausbezahlt. Das Obduktionsprotokoll von Grahams Leiche war immer noch nicht gekommen, doch Fenwick hatte inzwischen einen Durchsuchungsbefehl für Wainwright Hall und das ganze Gelände erwirkt. Nun, da Fenwick den Durchsuchungsbefehl beantragt hatte, zögerte Blite nicht, die Verantwortung für den Vorgang ganz auf seinen Vorgesetzten abzuwälzen.

«Haben Sie den Stresstest für Erhängen als Todesursache gemacht?»

Fenwick wollte ganz sicher gehen, dass die bei dem Versuch ermittelten Ergebnisse vor Gericht standhalten würden.

«Sicher. Ja, er hätte es tun können.» Blite machte eine wegwerfende Handbewegung, als hätte die Antwort jedem von vornherein klar sein müssen. «Und dann bin ich in HOLMES auf einen Fall gestoßen, der große Ähnlichkeit mit unserem aufweist.»

«Gut. Das macht es leichter.»

Fenwick bat Blite, sich um das Obduktionsprotokoll zu kümmern. Schließlich bildete es die Grundlage ihrer Ermittlungsarbeit, und je länger es dauerte, desto mehr würde sich alles in die Länge ziehen.

Fenwick war nur kurz in sein Büro zurückgekehrt, um ein paar Unterlagen zu holen, die er nach Hause mitnehmen wollte, als das Telefon klingelte. Es war schon fünf Uhr, und er hatte den Kindern versprochen, spätestens um halb sechs zu Hause zu sein.

«Ja?»

«Hier ist der wachhabende Sergeant, Sir. Tut mir Leid, Sie jetzt noch stören zu müssen, aber bei mir ist eine Miss Wilson, die eine Aussage zum Mordfall Arthur Fish machen möchte.»

«Dann rufen Sie den Bereitschaftsdienst an.»

«Da nimmt niemand ab, Sir. Sergeant Cooper und Gould sind außer Haus, und Sergeant Rike hat sich heute Nachmittag krank gemeldet.»

Detective Sergeant Rike war der für die Zuteilung des Bereitschaftsdiensts zuständige Beamte. Fenwick verlor die Geduld, was nicht oft vorkam.

«Wozu hat man einen Bereitschaftsdienst, wenn niemand dafür eingeteilt wird! Dafür gibt es keine Entschuldigung, verdammt noch mal! Der Bereitschaftsdienst hat hier, ich betone, hier auf dem Revier zu sein. Rufen Sie Adams an, er soll sofort jemanden rüberschicken. Und setzen Sie diese Frau in einen Vernehmungsraum. Ich komme runter.»

Dass er als Leiter der Sonderkommission eine Aussage zu Protokoll nehmen musste, deutete auf einen Mangel an Effizienz im Ermittlungsteam hin, was ihn fuchsteufelswild machte. Vielleicht war das symptomatisch für ein viel tiefer gehendes Problem? Er griff zum Funkgerät und rief Sergeant Cooper an.

«Cooper! Wir haben keinen Bereitschaftsdienst. Was zum Teufel ist hier los?»

«Rike sollte eigentlich da sein, Sir.» Coopers Stimme klang, als wäre ihm im Moment äußerst unbehaglich zumute, was Fenwick wiederum mit Wohlwollen registrierte.

«Nun, er ist *nicht* hier. Und seit wann haben wir bei einer Sonderkommission, die in mehreren Mordfällen ermittelt, nur einen einzigen Bereitschaftsbeamten, der noch dazu Telefondienst machen soll?»

Cooper hätte dagegenhalten können, dass die Ermittlungen im Fall Arthur Fish mit dem Tod von Francis Fielding eingestellt worden waren und dass Fenwick in so viele Richtungen gleichzeitig ermittelte, dass Sergeant Rike Schwierigkeiten hatte mitzukommen. Doch stattdessen sagte er nur:

«Tut mir Leid, Sir. Das wird nicht wieder vorkommen. Ich denke, wir werden Sergeant Rike durch einen anderen Beamten ersetzen müssen. Er ist ziemlich angeschlagen und war einfach überlastet.»

«Dann tun Sie das, Cooper. Sprechen Sie mit dem wachhabenden Sergeant, und kümmern Sie sich darum, dass hier ein ordentliches Team anrückt, solange ich damit beschäftigt bin, eine *Zeugenaussage* aufzunehmen!»

Miss Wilson wartete in einem der Vernehmungsräume im Erdgeschoss. Fenwick schätzte sie auf Mitte vierzig. Sie war nett angezogen, machte einen gebildeten Eindruck und hielt einen folgsamen Highland-Terrier an einer karierten Leine.

«Miss Wilson, tut mir Leid, dass Sie warten mussten. Detective

Chief Inspector Fenwick. Ich bin der ermittelnde Beamte im Fall Arthur Fish.»

Sie streckte Fenwick eine zarte, gepflegte Hand entgegen, und der flüchtige Duft eines zitronigen Eau de Cologne wehte ihm entgegen. Miss Wilson war genau die Art von Zeugin, wie Richter und Geschworene sie liebten, und gegen alle Vernunft hoffte er, dass sie etwas Bedeutendes zu sagen hätte.

«Zunächst muss ich mich entschuldigen, dass ich mich nicht schon früher gemeldet habe, aber ich komme gerade von einem Segeltörn mit meiner Schwester und ihrem Mann zurück und habe erst jetzt von dem Mord gehört.» Er schob ihre Entschuldigung mit einer Handbewegung beiseite und bat sie fortzufahren. «Am Donnerstag, dem zwanzigsten April, war ich im Sechs-Uhr-siebzehn-Zug von Harlden nach Brighton und erinnere mich sehr deutlich an Mr Fish sowie an drei Jugendliche, zwei Mädchen und einen Jungen, im gleichen Abteil, die sich sehr schlecht benommen haben. Sie haben dem armen Mann ziemlich zugesetzt; bis Brighton sind sie mitgefahren.

Kurz vor der Abfahrt in Harlden ist ein junger Mann zugestiegen. Ich entsinne mich deshalb noch so gut an ihn, weil er mich beim Einsteigen zur Seite gedrängt hatte und dabei fast über Hector gestolpert wäre und mich dann noch unflätig beschimpft hat.»

«Würden Sie ihn wieder erkennen?»

«Ich denke ja. Er hatte sehr auffallende Augen.»

Fenwick holte einen Stapel Fotografien heraus, darunter auch das Foto eines spöttisch dreinblickenden Francis Fielding, und zeigte sie ihr. Ohne zu zögern zeigte sie auf Fieldings Bild.

«Ja, das ist er. Ich bin mir sicher.» Fenwick spürte, wie Adrenalin in seine Adern gepumpt wurde. «Ist das der Mörder?» Miss Wilson schien überrascht.

«Davon gehen wir aus. Warum?»

«Das ist reichlich merkwürdig, denn später habe ich ihn in Brighton gesehen, wie er sich mit seiner Freundin getroffen hat, und es sah für mich so aus, als wollten die beiden dort den Abend miteinander verbringen.»

Das waren völlig neue Erkenntnisse. Bisher hatten sie noch nicht herausgefunden, was Fielding getan hatte, während er auf den Zug zurück nach Harlden wartete. Er bat Miss Wilson weiterzuerzählen.

«Am Bahnhof in Brighton war ich die Erste, die aus dem Zug gestiegen ist, denn ich hatte es eilig, weil ich den Bus zur Wohnung meiner Schwester bekommen wollte. Ich habe es aber trotzdem nicht rechtzeitig geschafft und bin dann zurückgegangen, um mich in die Schlange am Taxistand einzureihen. Dort sah ich Mr Fish auf der anderen Straßenseite. Der Mann auf dem Foto ging hinter ihm, und ich bin mir ganz sicher, dass er in Begleitung einer Frau war.»

«Können Sie die Frau beschreiben?»

«Eher nein. Ich habe nicht weiter auf sie geachtet, und außerdem fuhren ständig Autos zwischen uns auf der Straße. Blond und schlank war sie, das ist das Einzige, an was ich mich erinnere.»

«Und dann?»

«Das ist alles, fürchte ich. Ich musste ziemlich lange auf ein freies Taxi warten, denn es war gerade viel Verkehr.»

Fenwick bedankte sich bei ihr und versicherte, dass ihre Aussage sehr hilfreich war. Wenige Minuten nachdem er in sein Büro zurückgekehrt war, rief er Detective Sergeant Gould an.

«Wir haben hier eine Zeugin, die Fielding am Bahnhof in Brighton zusammen mit einer schlanken, blonden Frau gesehen hat. Sorgen Sie dafür, dass die Befragungen am Bahnhof in Brighton neu durchgeführt werden; konzentrieren Sie sich dabei besonders auf die Taxifahrer, die an dem Abend auf Tour waren. Lassen Sie an der Taxisäule ein Plakat aufhängen, mit dem wir um Hinweise bitten. An jenem Abend haben die Leute ziemlich lange am Taxistand warten müssen, und vielleicht hat jemand gesehen, wie Fielding diese Frau getroffen hat und mit ihr weggegangen ist.»

Er legte den Hörer auf, zuversichtlicher jetzt. Irgendwo da draußen gab es noch mehr Beweise. Sie müssten sie nur finden. Rasch steckte er den letzten Aktendeckel ein und machte sich eilig auf den Weg nach Hause. Vielleicht waren die Kinder ja noch wach, wenn er kam.

27

Am nächsten Morgen begab Cooper sich als Erstes zum Einsatzleiter und forderte mehr Beamte für die Ermittlungen an. Zwei Mitarbeiter hatte man am Abend zuvor kurzfristig aufgetrieben, doch das genügte nicht. Als die Rede auf Nightingale kam, gab er einen unbestimmbaren Brummlaut von sich und nickte, doch insgeheim freute er sich, dass das Mädchen wieder bei einem seiner Fälle mit dabei sein würde, was ihn ein wenig dafür entschädigte, dass er an diesem Morgen kein vernünftiges Frühstück hatte zu sich nehmen können.

Nightingale konnte ihr Glück kaum fassen. Man hatte sie kurzerhand aufgefordert, sich in der Einsatzzentrale einzufinden, wo Cooper in ein Gespräch mit Sergeant Gould und Inspector Blite vertieft war. Sie blickten kurz auf, als sie die Tür öffnete, registrierten ihr Alter und ihren Dienstgrad und führten ihre Unterhaltung dann unbeirrt fort. Sie stieß einen inneren Seufzer der Erleichterung aus. Manchmal tat es gut, einfach ignoriert zu werden.

Nach und nach trafen die Mitglieder des Teams zur täglichen Morgenbesprechung ein. Obwohl es ein Sonntag war, sah man nur wenige missgelaunte Gesichter. Kurz vor neun betrat Fenwick den Konferenzraum.

«Ich sehe, alle sind bereits da, gut. Ich möchte kurz alle Fälle noch einmal durchgehen, zuerst den Fall Fish. Haben wir inzwischen herausgefunden, wo er vom Bahnhof aus hinging?»

Detective Sergeant Gould schüttelte den Kopf.

«Wie kommen Sie mit der Vernehmung der Prostituierten voran? Wir wissen, dass Fish auf speziellen Sex stand. Das muss die Sache doch etwas einfacher machen.»

«Ja, aber das ist nicht so ungewöhnlich. Glauben Sie mir, die meisten der Mädchen – und natürlich auch der Jungen – lassen sich durchaus auf etwas SM ein, solange es nicht zu brutal wird.»

«Aber was ist mit dem Babyöl und dem Puder, das gibt es doch sicher nicht so häufig.»

Der Detective zuckte die Achseln, und Nightingale setzte bereits zum Sprechen an, überlegte es sich aber im letzten Moment anders. Sie musste versuchen, sich nicht in jeder Besprechung hervorzutun. Fenwick hatte sie jedoch bereits entdeckt.

«Wollen Sie etwas sagen, Nightingale?»

Sie überlegte rasch. Zu deutlich sah sie den Tatort vor sich – die Kostüme im Wandschrank, die gusseiserne Badewanne, die Schürze und die Flasche mit dem Babyöl.

«Also?»

«Wann starb Arthur Fish?»

«Am zwanzigsten April.»

«In dieser Nacht wurde in Brighton eine Prostituierte ermordet. Ich war schon am Tatort.»

«Das wissen wir, doch der Ermittlungsleiter sagte uns, es gäbe keine Verbindung. Wenn Sie anderer Meinung sind, dann sprechen wir später darüber. Okay, was noch? Wir sollten Fishs Frau noch einmal befragen.»

Detective Sergeant Gould hatte bereits mit den Befragungen am Bahnhof in Brighton alle Hände voll zu tun.

«Sie liegt praktisch im Koma, Sir.»

«Ja, lassen Sie nur ... Ich mache das selbst, Sie haben alle genug zu tun.»

Inspector Blite hatte sich demonstrativ in die letzte Reihe gesetzt, und während der gesamten Besprechung unterhielt er sich im Flüsterton mit einem seiner Beamten. Er wollte damit deutlich machen, dass die Fälle seiner Meinung nach überhaupt nichts miteinander zu tun hatten. Als Fenwick ihn aufforderte, das Team über seine neuesten Erkenntnisse zu informieren, erhob er sich gelassen und ging nach vorne. Endlich hatte Inspector Blite auch einmal etwas Wesentliches beizutragen, und so kostete er diesen Moment weidlich aus, ungeachtet der Tatsache, dass die Ermittlungsarbeit, die zu diesem Durchbruch geführt hatte, auf Fenwicks Initiative zurückzuführen war und nicht auf seine eigenen Bemühungen.

«Wir haben die Fingerabdrücke des Toten auf der Gemüsekiste gefunden, neben denen von Sally Wainwright-Smith. Der Händler identifizierte ihn als den Mann, der die bestellte Ware abgeholt hat.»

«Da müssen wir uns wohl mal etwas intensiver mit Mrs Wainwright-Smith beschäftigen. Zumal da sie ein sehr schwaches Alibi hat, ganz im Gegensatz zu Jenny Reynolds. Wir haben Zeugen, die ausgesagt haben, sie am Freitagmorgen im Zug von Schottland gesehen zu haben.» Fenwick hatte seinen Verdacht gegen Sally lediglich Inspector Blite gegenüber erwähnt, weil er die Objektivität der Teambeamten nicht beeinflussen wollte. Und nun schien Blite vorzuhaben, diesen Verdacht vor allen zu verkünden, was Fenwick eindeutig zu früh erschien. Er wechselte das Thema.

«Was ist mit dem Obduktionsbericht?»

«Haben wir immer noch nicht vorliegen, Sir.» Blites sarkastischer Tonfall verriet, wie sehr es ihn wurmte, dass es ihm immer noch nicht gelungen war, dem Gerichtsmediziner das Obduktionsprotokoll zu entlocken.

«Das darf doch wohl nicht wahr sein! Ich rufe Pendlebury selbst an. Wir brauchen den Bericht noch heute.»

Blite nickte erleichtert. Damit nahm Fenwick ihm eine unangenehme Aufgabe ab. Eine halbe Stunde vor dem Besprechungstermin hatte Blite noch in der Pathologie angerufen, und mit seinem für politische Probleme äußerst empfänglichen Riecher hatte er etwas viel Hässlicheres wahrgenommen als den Verwesungsgeruch aus dem Obduktionssaal.

Als das Besprechungszimmer sich langsam leerte, blieben Gould, Nightingale und Cooper zusammen mit Fenwick zurück. Nun, da sie nur zu viert waren, fiel es Nightingale sichtlich leichter, ihre Überlegungen darzulegen, und sie kam direkt zur Sache.

«Am zwanzigsten April gegen neun Uhr abends hörten Amanda Bennetts Nachbarn nebenan verdächtige Geräusche, die auf einen Kampf hindeuteten, und das Klirren von zerbrechendem Glas.»

«Fish hat sie jedenfalls nicht umgebracht, denn um diese Zeit saß er bereits im Zug zurück nach Harlden.»

«Nein, Sir, aber es wäre doch möglich, dass er vorher bei ihr war.

In ihrem Haus haben wir jede Menge Kostüme, Peitschen und Ketten gefunden.»

Sergeant Gould unterbrach ihre Aufzählung. «Der Junge stand mehr auf zartere Schläge und danach Küsse auf den Hintern, nicht auf so was.»

Nightingale lief rot an. «Ich weiß, Sir, doch ich glaube, Bennett war ziemlich flexibel, sie hatte sich nicht auf harten Sex spezialisiert. Im Schrank haben wir eine Rute, Babyöl und Puder gefunden. Ich weiß, dass das allein noch nichts beweist, aber es könnte auf eine Verbindung hindeuten.»

«Das stimmt, das dürfen wir nicht außer Acht lassen.» Sergeant Gould bedauerte seine sarkastische Bemerkung von eben. «Ich werde die Leute von der Spurensicherung bitten, die Holzfasern, die man an der Leiche gefunden hat, mit dem Material der Rute zu vergleichen. Wenn die Spuren übereinstimmen, dann werden wir das ganze Haus noch mal durchsuchen.»

Fenwick war einverstanden. «Wir haben heute viel vor, aber ich habe so ein Gefühl, als würden wir uns auf einen Durchbruch zu bewegen, zumindest im Fall Fish. Cooper, Sie und Nightingale vernehmen Kemps Frau. Finden Sie heraus, ob an den Gerüchten, Kemp habe ein Verhältnis gehabt, etwas Wahres dran ist. Dann verhören Sie die andere Hausangestellte in Wainwright Hall, diese Shirley Kennedy, und fragen Sie noch mal nach dem Donnerstag. Ich spreche mit Fishs Frau. Und dann werden wir Sallys Vergangenheit noch etwas genauer unter die Lupe nehmen. Doch zuerst besorge ich uns den Obduktionsbericht von Pendlebury. Ich weiß nicht, was in letzter Zeit mit dem Mann los ist.»

Pendlebury hatte ihnen das Obduktionsprotokoll bereits für den Vortag angekündigt, doch dann hatte man ihn plötzlich ins Krankenhaus bringen müssen, und so lag das Protokoll in seinem Büro und wartete auf eine Unterschrift.

Fenwick rief Pendleburys Büronummer an und erfuhr, dass der Pathologe krankgeschrieben war und dem Chief Inspector ausrichten ließ, dass er ihn so bald wie möglich sprechen wollte. Fenwick fuhr sofort los.

Als er ankam, saß Pendlebury in einem Wintergarten, der bis

unter das Glasdach mit exotischen Pflanzen gefüllt war, die Füße auf einem gepolsterten Hocker. Als Fenwick ihm die Hand reichte, verzog Pendlebury vor Schmerzen das Gesicht.

«Was ist los mit Ihnen? Warum hat man Sie gestern ins Krankenhaus eingeliefert?»

«Unangenehme Sache, ich bin bei der Arbeit zusammengebrochen. Hat einen ziemlichen Aufruhr verursacht.» Seine Worte waren lässig, doch Fenwick ließ sich nicht täuschen.

«Und?»

«Ich habe eine Geschwulst, die auf die Wirbelsäule drückt. Wusste schon länger, dass es nicht nur der Ischias war. Als ich mich gestern dann über den Tisch beugte, hat es verdammt wehgetan. Gott sei Dank ist es nicht bösartig, aber ich muss mich operieren lassen, und das ist auch nicht ohne.»

«Warum hat man Sie schon entlassen?»

«Ich habe mich selbst entlassen. Der OP-Termin ist erst am Mittwoch, und ich hasse es, von lauter Kranken umgeben zu sein, die mir ihre Kriegsgeschichten aufdrängen wollen. Sobald die merken, dass du Arzt bist, wirst du zum Gefangenen im eigenen Bett. Dienstag geh ich wieder rein, das ist immer noch früh genug.»

«Warum wollten Sie mich sprechen?»

«Wegen der Wainwright-Obduktion.» Er legte eine Pause ein. Offenbar fühlte er sich nicht wohl in seiner Haut. «Ich hab's versaut, Andrew. Tut mir Leid, aber ich habe da ziemlichen Mist gebaut.»

«Erzählen Sie.» Fenwicks Stimme klang völlig neutral, wie immer, wenn er sich bemühte, seine Gefühle unter Kontrolle zu halten. Eine fehlerhafte Obduktion war eine ernste Angelegenheit und könnte ihre ganze Ermittlungsarbeit gefährden und der Verteidigung vor Gericht Nahrung liefern.

«Ich fühlte mich so elend und hab ein paar Schmerztabletten geschluckt, doch die Dinger hatten überhaupt keine Wirkung. Ich bin mir sicher, dass die äußere Besichtigung der Leiche in Ordnung war.» Er deutete auf eine Mappe, die auf einem Tischchen neben seinem Stuhl lag, und Fenwick erkannte den Bericht, auf den sie so dringend warteten. «Ich bin meine Aufzeichnungen noch einmal durchgegangen und habe meinen Assistenten alles nachprüfen lassen. Dieser Teil der Autopsie ist korrekt. Meine Probleme fingen erst bei der Sektion an.

Der Mann ist ohne Zweifel erstickt, doch nicht durch Erhängen, wie ich zunächst angenommen hatte. Er wurde mit dem Seil erdrosselt und dann aufgehängt, so dass es aussah, als habe er sich erhängt. Tut mir Leid, Andrew. Das wird nie wieder vorkommen. Ich hätte gestern nicht arbeiten sollen.»

«Wieso sind Sie so sicher, dass er erdrosselt wurde? Sie sagten doch, dass die Totenflecken auf Erhängen deuteten?»

«Das tun sie auch. Die Totenflecken waren besonders in den Extremitäten ausgeprägt: in den Händen, Fingern, Beinen und Füßen, und es waren absolut keine Druckstellen zu entdecken. Er muss unmittelbar nach seinem Tod aufgehängt worden sein. Vielleicht aber lebte er noch und hatte nur das Bewusstsein verloren. Ich bin mir meiner Sache ganz sicher. Beim Erdrosseln übt der Täter gewöhnlich einen viel stärkeren Druck aus, was zu einem Zungenbeinbruch führt. Und das kommt bei Selbstmord oder Unfalltod durch Strangulation so gut wie nie vor.»

«Und Graham Wainwrights Zungenbein war gebrochen.»

«So ist es. Doch da haben wir noch etwas. Die toxikologische Untersuchung hat Spuren eines Barbiturats ergeben. Hundertundvierzig Milligramm Nembutal, heruntergespült mit einem großen Glas Whisky. Diese Dosis reicht natürlich nicht aus, um einen erwachsenen Mann zu töten, auch nicht in Verbindung mit Alkohol. Doch es reicht, um ihn schachmatt zu setzen.»

«Wie schnell wirkt das Zeug?»

«Bei oraler Einnahme – und es gibt keine Einstichspuren – wirkt es ziemlich rasch. Ich hab's meinen Assistenten nachprüfen lassen, es wird über den Dünndarm absorbiert. Das in Verbindung mit, sagen wir, Rohypnol, und man hätte alles mit ihm machen können. Dumm ist nur, dass davon mittlerweile keine Spuren mehr übrig sein dürften.»

«Also könnte der Mörder ihm das Mittel verabreicht haben, hätte dann nur abwarten müssen, bis es wirkt, und ihn so leicht erwürgen können.»

«So ist es. Ich habe Roy Maitland, meinen Assistenten, gebeten, die Obduktion zu wiederholen. Er steht Ihnen heute jederzeit zur Verfügung. Zum Glück brauchen Sie sich keine Sorgen zu machen, dass die ursprüngliche Obduktion das Ergebnis beeinträchtigen könnte, das ist Gott sei Dank nicht der Fall. Maitland meinte, die Organe und alle Proben, die wir entnommen hatten, sind noch völlig intakt. Das Einzige, was ich versiebt habe, ist die Auswertung.»

Pendlebury warf Fenwick einen Blick unter buschigen Augenbrauen zu.

«Ich habe die Spuren an allen inneren Organen übersehen. Zu dem Zeitpunkt konnte ich mich kaum mehr auf meine Arbeit konzentrieren. Doch die Zeichen sind auf jeden Fall vorhanden: in der Lunge, im Gehirn und in der Leber. Wir haben es jetzt eindeutig mit einem Mordfall zu tun, Chief Inspector.»

28

Das Anwesen der Familie Kemp lag abseits einer ruhigen Allee, am Rand eines Ortes rund sechs Kilometer von Harlden entfernt. Sie fuhren durch ein hohes schmiedeeisernes Tor und folgten der Einfahrt, die sich zwischen alten Buchen und Ahornbäumen entlangschlängelte. Nach einer Weile lichtete sich der Wald und eine bezaubernde Villa im Queen-Anne-Stil tauchte auf.

«Nach diesem Tor habe ich eigentlich etwas Bombastischeres erwartet.» Cooper grinste.

«Aber es ist echt», entfuhr es Nightingale.

«Wie bitte?»

«Es ist stilecht – zwar nicht sehr groß, aber glauben Sie mir, es ist ein hübsches Stück Geld wert.»

«Woher wissen Sie denn das?»

Was sollte sie darauf sagen? Wie konnte sie antworten, ohne ihre Herkunft zu verraten und sich wie ein affektierter Upper-Class-Snob anzuhören? Sie rang sich zu einer kleinen Notlüge durch.

«Wir hatten in der Schule mal solche Projekttage. Sie wissen schon: Wie unterscheide ich einen Massivholztisch von einem Furniermöbel. Man hat uns gesagt, auf was wir achten müssen, so zum Beispiel auf diesen warmen Ziegelton, auf die Fenster, die Neigung des Daches, all diese Details.»

«Hm.» Cooper fuhr einen Bogen und parkte den Wagen direkt vor dem Haus.

Neben der Eingangstür befand sich ein alter Klingelzug. Cooper zog forsch an dem Draht und Nightingale zuckte zusammen. Muriel Kemp erkannte den Sergeant auf den ersten Blick. Sie erbleichte.

«Mrs Kemp?»

«Ja.» Fahrig fuhr sie sich mit der Hand über den Mund.

Wovor hatte die Frau solche Angst?, fragte sich Nightingale und betrachtete sie eingehend.

«Ich bin Detective Sergeant Cooper von der Polizei Harlden. Dürfen wir hereinkommen?» Er hielt ihr seinen Dienstausweis hin, doch sie beachtete ihn nicht.

«Ja, ich erinnere mich, doch was wollen Sie? Ist etwas mit Jeremy? Ich meine … Ja, sicher, kommen Sie doch bitte herein.»

Sie ist vor Angst wie erstarrt, dachte Nightingale.

«Danke. Das ist Detective Constable Nightingale, und soweit ich weiß, ist mit Mr Kemp alles in Ordnung. Wir sind gekommen, um mit Ihnen zu sprechen.»

Sie blinzelte, und als sie die Tür hinter ihnen zudrückte, zuckte ihre Hand nervös.

«Ich wüsste nicht, wie *ich* Ihnen weiterhelfen könnte … Sergeant. Wollen Sie nicht lieber mit meinem Mann sprechen?»

«Nein, wir möchten mit Ihnen sprechen.»

Wieder waren es ihre Hände, die ihre Nervosität verrieten, als sie die beiden Besucher ins Wohnzimmer führte. Der Raum war nicht geheizt, was in Nightingale beinahe nostalgische Gefühle wachrief.

«Was also wünschen Sie, Sergeant?»

«Wie Sie wissen, untersuchen wir den plötzlichen Tod von Graham Wainwright.»

Mit monotoner Stimme führte Cooper aus, warum sie gekommen waren. Doch Nightingale erkannte bald, dass sie so nicht weiterkämen, denn während er sprach, schien Mrs Kemp ihre Haltung wiederzugewinnen und sich innerlich zu wappnen. Wenn sie erst einmal so weit wäre, sich zu wehren, dann hätten sie ihre liebe Not, ihren Panzer zu knacken. Sie kannte diesen Typ Frau. Nur zu gut erinnerte sie sich an endlose Schulferien und an die Frühstücksrunden ihrer Mutter.

Mrs Kemp war eine nette und freundliche, höchstwahrscheinlich auch großzügige Dame. Doch sie war ein Snob. Sie hatte sich an einen Lebensstandard gewöhnt und war in diesem Haus gelandet, das wahrscheinlich ihre kühnsten Träume überstiegen hatte. Und sicher plagten sie massive Zweifel: ob sie ein derartiges Glück überhaupt verdient hatte, ob sie den Erwartungen gerecht wurde und ob sie den richtigen *Stil* hatte. Sogar ihre Stimme hatte einen unsicheren, vagen

Klang, ihr Akzent war eine Mischung aus perfekt akzentuiertem Mittelenglisch und einer Sprechweise, die sie für vornehm zu halten schien. Sicher, auf eine Art war das traurig, doch erkannte Nightingale es als Schwäche, die ihnen dienlich sein könnte. Alles, was sie dazu tun müsste, wäre, in ihrer Schulsprache zu sprechen, die entsetzlich, ja beängstigend korrekt war.

«Entschuldigen Sie, wenn ich Sie unterbreche, Mrs Kemp, aber ich habe ganz *furchtbare* Kopfschmerzen. Vielleicht dürften wir Sie um etwas Tee bitten. Würde Ihnen das sehr ungelegen kommen?»

Sowohl Sergeant Cooper als auch Mrs Kemp starrten Nightingale mit offenem Mund an. Nightingale setzte ein, wie sie hoffte, tapferes kleines Lächeln auf. Mrs Kemp reagierte prompt und verließ den Raum, um Tee zu bereiten.

«Vertrauen Sie mir, Sir», sagte Nightingale in gewohntem Ton, «mit meiner Methode werden wir mehr Erfolg bei ihr haben.»

Cooper zögerte kurz und überlegte einen Moment, ob dieses junge Ding ihn vielleicht auf den Arm nehmen wollte, doch er konnte keinen Hinweis darauf entdecken. Er nickte.

«Gut, dann überlasse ich das Ihnen. Aber es sollte funktionieren.»

Sie lächelte und blinzelte ihm zu.

Nach einigen Minuten kehrte Mrs Kemp mit einem Tablett zurück, auf dem ein silbernes Teeservice und zarte Porzellantassen arrangiert waren. Es gab Milch und Zitrone und leckeres Shortbread, das so aussah, als würde es im Munde zergehen. Nightingale unterdrückte ein Lächeln, als sie sah, dass neben dem Zuckerdöschen auch ein kleiner Porzellanbehälter mit Honig stand. Ach ja, dachte sie, wie in den guten alten Zeiten.

«Wie hübsch», rief sie aus. «Meine Mutter hat die gleiche Teekanne!»

Mrs Kemp errötete und brachte die nun folgende Teezeremonie mit offensichtlicher Freude hinter sich. Hier schien sie sich auf vertrautem Boden zu bewegen. Einen peinlichen Moment lang sah es so aus, als wollte Cooper sein Gebäck mit Honig bestreichen, doch der konsternierte Blick, den ihm die Frau des Rechtsanwalts zuwarf, erreichte sogar ihn, und die Gefahr war gebannt.

Nightingale schwatzte munter mit Mrs Kemp. Inzwischen waren sie vom erlesenen Teeservice zu einem anderen Thema übergegangen:

Wie wichtig es doch war, ein bestimmtes *Niveau* zu halten, was in diesem Hause offensichtlich ein bevorzugtes Thema zu sein schien. Als Cooper, eine Entschuldigung murmelnd, den Raum verließ, ergriff Nightingale die Gelegenheit beim Schopfe.

«Ich bin so froh, dass wir einen Moment allein sind, Mrs Kemp. Da gibt es etwas, über das ich gerne mit Ihnen sprechen würde, und das sollten wir unter vier Augen tun.»

Mrs Kemp sah Nightingale erschrocken an, und ihre Teetasse klirrte auf dem Unterteller.

«Es geht um Mr Kemp und um seine Aktivitäten in den letzten Monaten.»

Mrs Kemp wurde mit einem Mal sehr blass, und mit harten braunen Augen fixierte sie die charmante junge Frau, die sie einen Moment lang für eine Freundin gehalten hatte.

«Es gibt da Gerüchte, oder besser gesagt ... Ich fürchte, es sind mehr als nur Gerüchte, dass Ihr Mann und seine –»

«Noch Tee, Constable Nightingale? Sie haben ja gar nichts mehr drin.»

«Nein, danke. Wie ich eben sagte, hat man uns zugetragen, Ihr Mann habe ein Verhältnis.»

War das Erleichterung, was kurz in ihrem Blick aufflackerte? Wie merkwürdig.

«Wer erzählt denn so was?», fragte Mrs Kemp gezwungen, als bemühte sie sich, genau das zu sagen, was man von ihr erwarten würde.

«Eigentlich haben das mehrere Leute behauptet.»

Eine ganze Weile lang sprach keiner ein Wort, dann stellte Muriel Kemp Tasse und Unterteller mit Nachdruck ab.

«Nun, ich sehe keinen Grund, es zu bestreiten. Ja, Jeremy hatte Affären, immer wieder mal. Zwischendurch bemüht er sich, ein treuer Ehemann zu sein, aber dann wird er doch wieder schwach. Natürlich sollte ich das gar nicht wissen – es hilft einem, zivilisiert miteinander umzugehen –, doch im Grunde glaube ich, dass er sehr wohl weiß, dass ich es weiß.»

«Und es macht Ihnen nichts aus?» Nightingale hatte Mühe, es wie eine höflich interessierte Frage klingen zu lassen.

«Das habe ich nicht gesagt! Es geht hier darum, sich zu arrangieren. Und verlassen wird er mich deshalb niemals.»

«Warum sind Sie sich da so sicher?»

«Weil er es mit der Angst zu tun bekommt, sobald eine Frau sich ernsthaft für ihn zu interessieren beginnt, und dann kommt er ganz schnell nach Hause gelaufen. Und was seine neueste Eroberung anbelangt, so wird die ihn gar nicht ganz haben wollen! Im Moment spielt sie noch mit ihm. Er bildet sich ein, ich merke nichts, aber der halbe Golf-Club weiß Bescheid. Doch sowie er seinen Zweck erfüllt hat, wird auch dieses Verhältnis beendet sein.» Sie bemühte sich, ihrer Stimme einen gleichgültigen Klang zu verleihen, doch ein leichtes Zittern verriet ihre wahren Gefühle. Nightingale war klar, dass Mrs Kemp für dieses Arrangement, wie sie es nannte, einen hohen Preis bezahlte.

«So wie Sie von dieser Eroberung sprechen, hört sich das Ganze sehr … berechnend an.»

«Es hört sich so an, weil es genau das ist: von ihrer Seite aus auf jeden Fall, von ihm aus sicher nicht. Der Arme macht sich völlig zum Narren.»

«Wer ist sie?»

Mrs Kemp sah Nightingale überrascht an. «Wollen Sie damit sagen, Sie wüssten es nicht? Das ist ja wohl nicht Ihr Ernst!»

«Ich bin neu an dem Fall. Bitte, Sie würden mir eine Menge Arbeit ersparen.»

«Sally Wainwright-Smith natürlich. Ich dachte, das wüssten inzwischen alle.»

Nightingale machte eine kurze Notiz in ihrem Büchlein. Dann fuhr sie fort.

«Sie sagten, Ihr Mann habe seinen Zweck bald erfüllt. Was meinten Sie damit?»

«Habe ich das gesagt? Ich weiß es nicht.»

«Ich bitte Sie, Mrs Kemp, Sie wissen doch, was Sie gesagt haben. Sie haben angedeutet, dass es von ihrer Seite aus pure Berechnung sei. Warum?»

«Ich habe gar nichts gemeint.» Sie log, und das Bemerkenswerte daran war, dass es ihr egal zu sein schien, dass Nightingale es wusste. Obwohl sie eine Frau war, der es wichtig war, den Schein zu wahren, war sie offenbar nicht bereit, freiwillig die Wahrheit zu sagen. Ohne lange zu überlegen, entschied Nightingale sich für einen Überraschungsangriff.

«Machen Sie sich denn gar keine Sorgen um die Sicherheit Ihres Mannes? Oder um Ihre eigene?»

Mrs Kemp war bemüht, jede Regung auf ihrem Gesicht zu unterdrücken, doch ihre Augen hatten wieder jenen furchtsamen Ausdruck angenommen, der Nightingale bereits an der Haustür aufgefallen war. Schonungslos fuhr sie fort:

«In diesem Jahr sind bereits drei Menschen, die mit Wainwright Enterprises in Verbindung standen, ums Leben gekommen: Zwei sind ermordet worden, einer kam unter mysteriösen Umständen ums Leben.»

«Sie wollen doch wohl nicht behaupten, dass … Oh, mein Gott!» Erschrocken hielt sie sich den Mund zu. «Mein Gott!», wiederholte sie und sah Nightingale mit verändertem Ausdruck an. Einen Augenblick lang schwieg sie, darauf konzentriert, ihre Serviette zu einem kleinen Ball zusammenzuknüllen. Dann nickte sie, wie zu sich selbst.

«Also gut. Ich werde Ihnen sagen, was ich weiß.» Sie nahm einen Schluck Tee und ließ dabei beinahe ihre Untertasse fallen. «Ich habe gehört, dass Sally drei Monate vor Alan Wainwrights Tod eine Affäre mit ihm hatte. Alan hat ihren Mann, Alexander, nie gemocht und hat ihn zur Zielscheibe des Spottes in der Firma gemacht. Alexander bekam die miesesten Jobs, und je emsiger er bei der Sache war, desto mehr hat Alan sich über ihn lustig gemacht.

Alexander und Sally haben sich kurz nach dem Tode seiner Eltern kennen gelernt, und sie hat sich sofort daran gemacht, Alans Abneigung gegen Alexander abzubauen. So ist sie mit Jeremy in Kontakt gekommen, hat ihn gebeten, ihr dabei zu helfen, Alans Meinung von Alexander zu ändern.

Das war nicht gerade einfach, doch Jeremy war so vernarrt in Sally, dass er sich bereit erklärt hat, ihr zu helfen. Selbst als dann das Gerücht umging, Alan und sie hätten ein Verhältnis, wollte er es nicht wahrhaben und hat weiterhin alles getan, was sie wollte.»

«Hat Sally denn wirklich geglaubt, dass sie nur ein Verhältnis mit Alan Wainwright anzufangen brauchte, damit er sein Testament ändern würde?»

«Sie war fest davon überzeugt, da bin ich mir ganz sicher. Jeremy hat mir mehr als einmal erzählt, dass sie fest daran glaubten, Alan würde sich Alexander gegenüber milder zeigen, obgleich selbst

Jeremy erschüttert war, als Alan ihm sein halbes Vermögen hinterlassen hat.»

«Aber dann wäre es doch viel einfacher gewesen, wenn Sally gleich Alan geheiratet und sich nicht erst mit Alexander abgegeben hätte?»

Muriel Kemp warf Nightingale einen anerkennenden Blick zu.

«Alan war unfruchtbar. Vor fünf Jahren hatte er eine Virusinfektion, und er wünschte sich doch so verzweifelt einen Erben für das Wainwright'sche Vermögen. Vor Jahren schon hatte Graham ihm eröffnet, dass er nicht vorhabe, jemals ein Kind in diese Welt zu setzen.»

«Und das hat sein Vater ihm geglaubt?»

«Warum auch nicht? Graham war schon Mitte vierzig, und keine seiner unzähligen Damenbekanntschaften hat schließlich je an Alans Tür geklopft und irgendwelche Ansprüche geltend gemacht. Julia, Alans Schwester, hat nur Mädchen in die Welt gesetzt, und Alan hätte im Traum nicht daran gedacht, einem angeheirateten Neffen sein Vermögen zu hinterlassen. Er wollte einen männlichen Erben, in dessen Adern Wainwright'sches Blut floss. Und da blieb nur Alex übrig.»

«Also sollte Sally als Zuchtstute herhalten! Glauben Sie wirklich, dass Alan – obschon er ein Verhältnis mit der Frau gehabt hatte – sie gerne als Mutter von Alex' Kind gesehen hätte?»

«Er hätte es nicht nur gerne gesehen, er war ganz wild drauf. Das hat er Jeremy erzählt, als er sein Testament zugunsten der beiden geändert hat. Sally habe ihm einen Großneffen versprochen.»

«Also hat Alan sie mit der Erbschaft geködert, damit sie Alex' Kind austrägt?»

«Ich bin mir sicher, dass es so war. Und Jeremy auch.»

«Wieso hat sich Ihr Mann dann überhaupt Chancen bei Sally ausgerechnet?»

«Auch das ist eine gute Frage, Constable. Uns erscheint das absurd, aber wir sind *Frauen*. Ein Mann, besonders ein Heißsporn wie Jeremy, denkt da völlig anders. Sally könnte ihn alles glauben machen!»

«Wissen Sie zufällig jemanden, der mir zu diesem Thema noch etwas sagen könnte, Mrs Kemp?»

Das Lächeln, das sich auf Muriel Kemps Gesicht ausbreitete, war so boshaft, dass Nightingale erschauderte.

«Sie sollten sich mal mit Mrs Willett, Alans Haushälterin, unterhalten. Wenn Sie glauben, dass ich verbittert bin, dann warten Sie, bis Sie mit ihr gesprochen haben.»

«Haben Sie was rausgekriegt?»

«Eine ganze Menge.»

«Na dann, los.» Cooper schlug die Fahrertür zu und sah Nightingale erwartungsvoll an.

«Ich erzähl's Ihnen unterwegs, wir werden nämlich gerade beobachtet.» Mrs Kemp hatte die zarte Spitzengardine beiseite gezogen und starrte unverwandt hinaus. Als der Kies unter den Reifen knirschte, hob Nightingale zu sprechen an.

«Also sollten wir Alan Wainwrights Haushälterin einen Besuch abstatten?», sagte Cooper, als sie geendet hatte.

«Steht ihr Name nicht auf Inspector Blites Zeugenliste, Sir? Sein Team ist doch für alles, was mit Wainwright Hall zu tun hat, zuständig.»

«Sicher, aber er hat genug damit zu tun, Kemp über das Auffinden der Leiche zu befragen, und dann muss er direkt nach Wainwright Hall weiter. Da wird er froh sein, wenn wir ihm etwas unter die Arme greifen. Glauben Sie mir, damit ist er stets einverstanden!» Cooper warf einen Blick auf seine Armbanduhr: kurz vor elf. «Okay, wir rufen ihn an, mal sehen, ob's ihm was ausmacht.»

Blite war nur zu erfreut über das Angebot. Sein gesamtes Team war damit beschäftigt, das Wainwright'sche Anwesen nach etwaigen Spuren abzusuchen, und so hätten sie an diesem Tag ohnehin keine Zeit gehabt, Mr und Mrs Willett zu befragen.

Cooper und Nightingale fanden die Willetts in einer Sozialwohnung im fünften Stock in einem Nachbarort. Der Lift war außer Betrieb, und im Treppenhaus roch es dumpf nach feuchtem Beton. Oben angelangt, stellten sie fest, dass jemand hier versucht hatte, das Treppenhaus etwas freundlicher zu gestalten, und die Graffitizeichnungen an der Wand wirkten fast dekorativ. Die Wohnungstür der Willetts war in einem freundlichen Blauton gestrichen, und der herzförmige Türklopfer glänzte matt im Halbdunkel des Flurs.

Joe und Millie Willett waren daheim. Sie führten die beiden Polizeibeamten in ein winziges Wohnzimmer und stellten den Fernseher aus. Millie ging in die Küche, um Tee zu kochen, und überließ es den dreien, sich derweil über die Erinnerungsstücke, die im ganzen Zimmer verteilt waren, zu unterhalten.

«Das ist eine interessante Holzschnitzerei, Mr Willett.» Nightingales Blick war instinktiv auf das teuerste Stück im ganzen Raum gefallen.

«Die hat Mr Wainwright uns geschenkt, anlässlich unseres dreißigjährigen Dienstjubiläums. Schön, nicht wahr?»

«Wirklich ein schönes Stück. Haben Sie die ganze Zeit auf dem Wainwright'schen Anwesen gewohnt?»

«Hm, im Bluebell Cottage. Ein hübsches Häuschen, guter Boden.»

Die Unterhaltung ebbte ab, und keiner wusste so recht, was er sagen sollte, bis Mrs Willett den Raum betrat. Der Tee war gut und stark, doch Nightingale musste Mrs Willett, die wegen Nightingales offensichtlichem Untergewicht in Sorge war, davon überzeugen, dass sie wirklich keinen Zucker wollte.

«Aber Sie essen doch sicher ein Stück von meinem Obstkuchen, nicht wahr?»

Millie Willett war eine kleine, zähe Person mit einem praktischen kurzen Haarschnitt und strengem Blick. Die Hände, die Nightingale das Kuchentablett reichten, zeigten deutliche Spuren von Arthritis an den Fingergelenken.

Nightingale nahm sich das kleinste Stück und probierte ein Eckchen. Der Kuchen war ausgezeichnet, und ganz zu Mrs Willetts Freude war ihr Teller schneller leer als beabsichtigt. Nachdem sie ein paar Höflichkeiten ausgetauscht hatten, kam Cooper auf ihr eigentliches Anliegen zu sprechen. Seine bodenständige, praktische Art gefiel den Willetts, und es dauerte nicht lange, da sprachen sie miteinander, als seien sie alte Freunde, während Nightingale Notizen machte. Das Paar hatte seinen früheren Arbeitgeber offenbar sehr gemocht und war seinen Pflichten auf dem Wainwright'schen Anwesen mit Freude nachgekommen. Da die beiden von sich aus keinerlei Urteil abgeben wollten, sah Cooper sich gezwungen, die Rede auf den Nachlass zu bringen. Mit einem Mal schien die Stimmung umzuschlagen.

«Warum hat Mr Wainwright Ihrer Meinung nach sein Testament geändert?»

«Schwer zu sagen.» Joe Willett kniff die Lippen zusammen und warf seiner Frau einen finsteren Blick zu. Seine Knollennase leuchtete rosa, und seine Augen hinter den dicken Brillengläsern funkelten empört. Mrs Willett setzte zum Sprechen an, doch ihr Mann sagte warnend: «Millie!», und so nahm sie stattdessen einen Schluck Tee.

«Ich weiß, dass Sie Ihrem Arbeitgeber gegenüber loyal sein wollen, und niemand spricht gern schlecht über Tote, doch wir kennen die Gerüchte bereits von anderer Seite. Wir möchten lediglich die Wahrheit herausfinden.»

«Ein Mann in Ihrer Position, Sergeant, sollte besser nicht auf das Geschwätz der Leute hören.»

«Wenn es aber der Wahrheit entspricht – und es stimmt doch, dass es vor Mr Wainwrights Tod gewisse Probleme auf Wainwright Hall gegeben hatte –, dann bleibt uns nichts anderes übrig, als auf diese Gerüchte zu hören, Mr Willett.»

«Joe …» Millie rutschte unruhig auf ihrem Stuhl hin und her. «Joe, ich …»

«Nein, Millie, das reicht.»

Cooper versuchte es mit einer anderen Taktik.

«Ich weiß, dass Mr Wainwright Ihnen gegenüber immer fair gewesen ist, doch Sie tun ihm oder auch seinem Andenken keinen Gefallen, wenn Sie etwas verschweigen.»

«Der Name eines anständigen Menschen ist schnell beschmutzt, Sergeant Cooper. Und egal, was Sie über ihn gehört haben, er war ein anständiger Mensch.»

«Das stimmt schon, doch …» Cooper beugte sich auf seinem dralonbezogenen Sessel vor, und die anderen kamen ihm automatisch entgegen. «Ich muss Ihnen etwas sagen, aber das bleibt unter uns.» Mr und Mrs Willett nickten heftig. «Es gibt Hinweise darauf, das heißt, wir haben den Verdacht, obwohl wir es nicht eindeutig beweisen können, dass die Umstände, unter denen Mr Wainwright zu Tode gekommen ist, nun … verdächtig sind.»

«Sie meinen …?»

«Ja. Es war vielleicht gar kein Selbstmord.»

«Ha! Was habe ich dir gesagt, Joe. Das kam ja wirklich allzu gelegen, so bald, nachdem sie …»

«Millie! Jetzt reicht's aber.» Joe Willett wandte sich misstrauisch an Cooper. «Sagen Sie das nur so, oder haben Sie dafür Gründe?»

«Oh, wir haben sehr gute Gründe, nur die Beweise fehlen uns. Alles, was wir haben, sind Klatsch und Gerüchte, doch wir brauchen mehr.»

«Also sind Sie zu uns gekommen, weil Sie dachten, wir würden jemand verpfeifen?»

«Nein. Wir dachten, Sie würden uns vielleicht dabei helfen können, einen Mörder zu überführen, bevor er noch einmal zuschlägt. Für Graham Wainwright ist es allerdings schon zu spät.»

Das brachte ihn und ebenso Millie Willett zum Schweigen. Cooper wartete geduldig; er spürte, dass die Stimmung im Raum soeben zu seinen Gunsten umgeschlagen hatte. Sie würden aussagen.

Joe Willett erhob sich, holte einen abgewetzten Lederbeutel aus einer Schublade und zog neben sich aus dem Sessel eine ziemlich zerkratzte Pfeife.

«Wir werden wohl noch etwas Tee brauchen, Millie.»

«Kommt sofort.» Sie hielt einen Augenblick inne und warf ihrem Mann einen mahnenden Blick zu. «Fang bloß nicht ohne mich an, ich sag's dir.»

Während Joe Willett umständlich seine Pfeife stopfte, sah Nightingale sich im Zimmer um, auf der Suche nach etwas, was sie ablenken und ihr helfen würde, ihre Ungeduld zu zügeln. Da fiel ihr Blick auf ein Fotoalbum im Regal.

«Darf ich?», fragte sie. Joe Willett antwortete ihr mit einem Achselzucken.

Die Fotografien waren alt, die meisten davon Schwarzweißaufnahmen, die ganz offensichtlich mit einem Stativ aufgenommen worden waren. Nur auf den letzten Seiten waren Farbfotos. Sie blätterte das Album durch, las die in sorgfältigen Druckbuchstaben gehaltenen Bildunterschriften: «Joe und Baby Joey in Yarmouth», «Miss Selina Wainwright schiebt Joeys Kinderwagen». Dann, einige Seiten weiter hinten, «Selinas Verlobung (Joe serviert im Frack!)». Viele der Bilder zeigten Selina, eine dunkelhaarige junge Frau mit klaren Gesichtszügen und einem energischen Kinn. Dann hörten die Fotos von ihr mit einem Mal auf.

Andere Bilder folgten: Erntedankfeierlichkeiten, Sommerfeste, Guy-Fawkes-Feiern mit Freudenfeuern, einmal sogar mit einer Blaskapelle. Nightingale erkannte, dass das ganze Leben der Willetts sich um die Familie Wainwright gedreht hatte, und Bluebell Cottage sah auf den Bildern wirklich zauberhaft aus. Wie mussten sie sich nun fühlen, da man sie nach dreißig Jahren einfach hinauskomplimentiert hatte und sie nun gezwungen waren, im fünften Stock eines trostlosen Betonklotzes unterzukriechen?

«Da bin ich wieder!»

Es gab mehr Tee und noch mehr Kuchen. Nightingale legte das Album beiseite. Jeder nahm seine Tasse. Dann kam Millie ohne Umschweife zur Sache, während ihr Mann schweigend dabeisaß.

«Tja, wo soll ich anfangen? Am besten am Anfang. Mr Wainwright hatte einen Sohn, Graham, der diesen September zweiundvierzig Jahre alt geworden wäre. Ich weiß das deshalb so genau, weil meine Mutter damals für Mrs Wainwright gearbeitet hat. Es war eine schwere Geburt, die von Mrs Wainwright, meine ich, nicht die meiner Mutter, wir waren zu der Zeit schon alle auf der Welt, sieben Geschwister!»

Mr Willett zog viel sagend die Augenbrauen hoch, was seine Frau wieder zum eigentlichen Thema zurückkehren ließ.

«Mr Wainwright hatte sich immer eine große Familie gewünscht, aber das sollte nicht sein, denn Mrs Wainwright konnte keine Kinder mehr bekommen. Die Arme, aber wenigstens war es ein Sohn.»

Nightingale spürte einen Anflug von Wut und Empörung, doch sie unterdrückte diese Regung.

«Master Graham wurde furchtbar verwöhnt. Er bekam alles, was er nur wollte. Kein Wunder also, dass er sich anders entwickelte, als seine Eltern gehofft hatten. Er wurde von einer Schule zur nächsten weitergereicht. Aber schließlich war er der Sohn und Erbe. So wurde er behandelt, und so hat er sich auch aufgeführt.

Ein paar Jahre später ist Mrs Wainwright, Gott hab sie selig, dann auch schon gestorben; ziemlich früh, so ein Jammer, und meine Mutter wollte aufhören zu arbeiten, weil sie auch nicht mehr die Jüngste war. Mr Wainwright fragte sie, ob sie ihm eine Haushälterin empfehlen könne. Und sie antwortete: ‹Meine Millie natürlich›, und so haben wir dort angefangen, denn Joe musste auch mit, sonst hätte ich das nicht gemacht. Doch auf dem Anwesen gab's sowieso alle Hände voll zu tun. Wir hatten ein paar wunderschöne Jahre dort, nicht wahr, Joe? Das war damals, als die kleine Selina sich verlobte, aber das hat nicht lange gehalten. Meine Güte, war das ein Skandal! Selina war Mr Wainwrights jüngere Schwester …»

Nightingale erinnerte sich an die Bilder der energisch wirkenden jungen Frau mit dem braunen Haar.

«… sie war immer gut zu uns gewesen. Sie lebte bei ihrem Bruder im Haus, und wie stolz er damals war, als sie sich mit Julian Sands verlobt hatte, das war sein bester Freund, müssen Sie wissen.»

«Bleib bei der Sache, Millie.»

«Aber das ist doch wichtig. Kurz drauf ist sie dennoch einfach auf und davon, aber nicht mit Julian Sands, sondern mit einem Vertreter. Henry Smith war sein Name.»

Nightingale begann zu verstehen.

«Alexanders Vater?»

Mrs Willett nickte zustimmend.

«So ist es. Das war Liebe auf den ersten Blick, ganz zweifellos. Ich kann mich noch genau entsinnen, wie sie völlig aufgelöst nach Bluebell Cottage gerannt kam – wir waren ungefähr im selben Alter, wissen Sie, und wem hätte sie sich sonst anvertrauen können? Sie war ganz schön eigensinnig, die Miss. Hatte den typischen Wainwright'schen Starrkopf geerbt, bei einem Mann würde man das rücksichtslos nennen. Doch um ehrlich zu sein, mit ihr und Smith, das war wirklich die ganz große Liebe! Und wenn ihr Bruder das herausgefunden hätte, dann hätte er sie wohl beide eher umgebracht, als Selina einfach gehen zu lassen. ‹Millie›, sagte sie zu mir, ‹ich muss meinem Herzen folgen, auch wenn ich seins dadurch breche.› Damit meinte sie ihren Bruder, nicht Sands, aus ihm hat sie sich nie viel gemacht. Und so kam es dann auch, ich meine, sie hat ihm damit das Herz gebrochen. Er hat ihr nie verziehen. Hat Jahre damit zugebracht, sie zu enterben, nicht nur was sein Vermögen anging, sondern auch das Treuhandvermögen ihrer Mutter. Habe nie wieder erlebt, dass ein Mensch so hassen kann, wie er Henry Smith gehasst hat. Mr Wainwright hat ein kleines Vermögen für Anwaltskosten ausgegeben, er wollte absolut sicher gehen, dass seine Schwester keinerlei Ansprüche auf das Familienvermögen geltend machen könnte. Und wissen Sie was? Es war ihr egal! Sie war hoffnungslos verliebt in den Mann, und das blieb auch so bis zu ihrem Tode.»

«Warum hat Alan Wainwright dann sein Testament zugunsten

ihres Sohnes Alexander geändert? Das ergibt doch überhaupt keinen Sinn.» Cooper schien verwirrt.

«Das ist es ja! Das ergibt auch keinen Sinn. Was ich glaube, ist, dass er es nicht aus freien Stücken getan hat.»

«Wie bitte?»

«Ich meine, er muss irgendwie verwirrt gewesen sein.»

«Drück dich klar aus, Millie, wenn du es schon sagen musst. Sie haben schließlich nicht den ganzen Tag Zeit.»

Millie rückte ihren Stuhl zurecht und goss jedem noch etwas Tee nach. Nun, da sie das Kind beim Namen nennen sollte, schien sie nicht so recht mit der Sprache herausrücken zu wollen.

«Zuerst flehte Selina ihren Bruder an, seinen Neffen nicht abzuweisen. Es ging ihr dabei nicht um sich selbst, auch wusste sie, dass er ihrem Mann niemals verzeihen würde, doch was den jungen Alexander anging, so war das etwas anderes. Ihr war so sehr daran gelegen, dass er seine Familie kennen lernen sollte, und so wurde der arme Junge in den Ferien immer nach Wainwright Hall geschickt, wo es ihm jedoch alles andere als gut erging. Graham war zehn Jahre älter als er und so grausam, wie nur Jungen in diesem Alter sein können. Sein Onkel duldete seine Anwesenheit gerade so. Zu allem Überfluss hatte der Junge auch noch die Augen seiner Mutter, und so erinnerte er Alan ständig an die Schwester, die er verloren hatte.

Und seine Cousinen, die Töchter seiner Tante Julia, gehörten zur örtlichen Schickeria. Und glauben Sie mir, die hatten niemals Klamotten mit ellenlangen Säumen zum Auslassen, weil sie noch zwei Winter halten sollten, und selbst gestrickte Pullover. Der arme Junge! Das Einzige, was bei diesen Ferienaufenthalten herauskam, war, dass ihm deutlich vor Augen geführt wurde, dass er nicht dazugehörte. Doch er wusste, wie viel diese Besuche seiner Mutter bedeuteten, also gab er um ihretwillen vor, sie zu mögen. Den einen Sommer war es so schlimm für ihn, dass ich schon befürchtete, er würde einen Knacks bekommen, doch irgendwie hat er sich dann ein dickes Fell zugelegt.»

«Hat Alan Wainwright ihn denn nie anerkannt?» Nightingale hatte plötzlich Mitleid mit Alexander Wainwright-Smith.

«Anerkannt wäre wohl zu viel gesagt. Er hat sich eher irgendwann an den Jungen gewöhnt. Schließlich war er gut zu haben, war stets entgegenkommend … fragen Sie Joe, er ist uns immer in der Küche oder bei der Gartenarbeit zur Hand gegangen. Aber schüchtern war er und so fehl am Platz, dass er seinem Onkel regelrecht ein Dorn im Auge war. Er hat ihn als ziemlich lästig empfunden.»

«Und dennoch hat er ihm sein halbes Vermögen hinterlassen!» Cooper wurde langsam ungeduldig.

«Hm, na ja, *ihm* wohl nicht direkt.» Sie fixierte Cooper und Nightingale mit einem vogelähnlichen Blick und war jetzt offensichtlich richtig in Schwung.

«Tja, wo soll ich anfangen? Keine Sorge, Sergeant, ich werd's kurz machen. Alexander hat ein hervorragendes Abitur gemacht und hatte eigentlich vor zu studieren, als sein Onkel plötzlich an ihn herantrat und ihm einen Job in der alten Ziegelei anbot. Die Fabrik hätte schon vor Jahren verkauft werden sollen, doch Mr Wainwright wollte sich nicht davon trennen. Ist ja auch egal, es war ein einmaliges Angebot. Und Alexander hat es angenommen.»

«Was für ein Job war das?»

«Ich weiß nicht, aber auf jeden Fall hat er ganz unten angefangen. Seine Mutter war jedenfalls hocherfreut, und natürlich hat Alexander nie herausgelassen, was er dort tatsächlich tat. Und, das kann ich Ihnen sagen, er hat verdammt hart gearbeitet. Hat sich dann auch ziemlich bald hochgearbeitet, von der Fabrik zu einem Bürojob. Als die Ziegelei dann doch geschlossen wurde, wechselte er zu Wainwright Enterprises. Keine Ahnung, was er dort für eine Stellung hatte, auf jeden Fall trug er zu der Zeit einen Anzug.

Alexander hat wirklich geschuftet, was, so glaube ich, seinen Onkel noch mehr gegen ihn aufgebracht hat, weil Graham seinem Cousin so gar nicht ähnlich war. Nach ein paar Jahren hatte er dann schon ein eigenes Büro und schien auf dem besten Weg, Karriere zu machen. Doch dann hat er Mr Wainwright wieder verärgert, als er angefangen hat, die Abendschule zu besuchen, irgend so ein Universitätsstudium, glaube ich. Dann wurde er Mitglied im Musikverein. Zu der Zeit hat er auch die ach so reizende Miss Price, unser Röslein rot, kennen gelernt.»

«Wo? Im Verein oder an der Uni?»

«Hm, das weiß ich auch nicht so genau.»

«Warum hat seinen Onkel das gestört?»

«Weil er dadurch seine Unabhängigkeit demonstrierte. Mr Alan war ein feiner Mann, aber in gewisser Weise ein Familientyrann, hat ein strenges Regiment geführt. Darum ist Alexanders Mutter ja auch weggelaufen. Er wäre doch niemals mit einer Liebesheirat einverstanden gewesen. Dass Alexander die Abendschule besucht hat, hat ihn geradezu empört, doch der ließ sich nicht davon abhalten. Das ist der Wainwright'sche Starrsinn, von dem ich vorhin sprach – da zeigt sich die Familienähnlichkeit. Das war wohl auch der Grund, warum er während der ganzen Zeit, in der er die Uni besuchte – drei oder vier Jahre waren das bestimmt –, auf seiner Stelle sitzen blieb.

Und dann heiratet er die liebe, gute Sally, und ein paar Monate später ist er voll auf Erfolgskurs – er und seine Gattin waren gern gesehene Gäste auf Wainwright Hall.»

«Und deshalb hat Alan Wainwright ihn zum Erben ernannt?»

Mrs Willett warf ihnen einen wissenden Blick zu. «Vielleicht, vielleicht auch nicht.»

«Millie! Ich dulde nicht, dass du dich an diesem haltlosen Geschwätz beteiligst, besonders, wenn du damit schlecht über die Toten redest.»

«Das ist kein Geschwätz, Joe Willett, das weißt du so gut wie ich. Kein Rauch ohne Flamme, sagt man, und Rauch gab's mehr als genug, das können Sie mir glauben!»

Joe Willett erhob sich aus seinem Sessel und griff nach seiner Jacke.

«Wo willst du hin?»

«Ins Pub.»

Millie sah ihm nach und zuckte die Achseln.

Cooper und Nightingale sahen sie gespannt an, doch sie schien es nicht zu merken.

«Es geht ihm gar nicht um das Geschwätz, er will nur nicht, dass man in seiner Gegenwart über …», ihre Stimme senkte sich zu einem heiseren Flüstern, «Sex spricht. Das ist ihm peinlich. Ist das nicht putzig?»

Keiner der beiden Besucher wusste darauf etwas zu sagen, also nickten sie beide nur stumm und warteten, dass Millie Willett das letzte Kapitel dieser unendlichen Geschichte erzählen würde.

«Es stimmt schon, dass Mr Wainwright sich über die Leistungen seines Neffen gefreut hat, doch Alexander war viel zu selbständig, als dass er ihn gemocht hätte. Manchmal hat der alte Mr Wainwright ihn in sein Arbeitszimmer auf Wainwright Hall zitiert, und man hörte das Schreien durchs halbe Haus, das heißt, nur der alte Mr Wainwright hat geschrien, Alexander blieb immer ganz ruhig, doch sie hätten den Ausdruck in seinen Augen sehen sollen …

Und just dann pflegte Miss Sally hereinzuplatzen und den holden Friedensengel zu spielen. Kaum war Alexander draußen, hat sie die Gelegenheit beim Schopfe ergriffen und blieb Ewigkeiten bei Alan im Arbeitszimmer.»

«Wie lang, zum Beispiel?» Cooper zog sein Notizbuch heraus und machte rasch ein paar Aufzeichnungen.

«Eine halbe Stunde, einmal sogar fast ’ne ganze Stunde. Und wenn sie wieder herauskam, sah sie aus wie die Katze, die gerade die Maus gefressen hat, irgendwie herausfordernd und selbstzufrieden.»

«Das hört sich für mich doch recht harmlos an, Mrs Willett. Sie hat halt zwischen den beiden vermitteln wollen.»

«Dann haben Sie sie also schon kennen gelernt, Sergeant? Den Eindruck macht sie auf die meisten Männer, den guten alten Joe allerdings ausgenommen. Nun, so harmlos war's denn doch nicht. Ich könnte Ihnen da Sachen erzählen. Aber unterhalten Sie sich doch mal mit Irenes Mutter. Sie ist einmal mitten hineingeplatzt. Ich habe das erste Mal Verdacht geschöpft, als ich ihren Ohrring unter seinem Schreibtisch gefunden habe. Wie, frage ich Sie, ist der da wohl hingekommen? Einmal bin ich reingegangen, um das Abendessen abzuräumen, wusste nicht, dass sie noch bei ihm war, und da saß er an seinem Schreibtisch: knallrot im Gesicht war er, und furchtbar gekeucht hat er.»

«Und Sally?»

«Oh, von ihr war nichts zu sehen, keine Spur.»

«Ja, wo war sie denn dann?», fragte Cooper verwirrt.

«Hinterm Schreibtisch auf Knien, wenn Sie mich fragen. Sonst hätte sie ja nirgends sein können, sehen Sie nur selbst nach – so groß ist das Zimmer schließlich nicht.»

«Aber das sind doch nur Vermutungen!» Coopers Wangen hatten eine rote Färbung angenommen, und er konnte Nightingale, die sich jetzt mit der nahe liegenden Frage an Mrs Willett wandte, nicht in die Augen sehen.

«Sie glauben also, dass Alan Wainwright und Sally etwas miteinander hatten?»

«Bingo! Drei Monate später ändert er sein Testament und bringt sich um. Und jetzt raten Sie mal, wer die neue Herrin von Wainwright Hall wird, na? Selbst wenn er Alexander seinen Pflichtteil hätte hinterlassen müssen, gibt es meiner Meinung nach keine andere Erklärung dafür, dass er seinem eigenen Sohn den Familienwohnsitz vorenthält.»

Das war alles, was sie zu sagen hatte. Cooper und Nightingale verabschiedeten sich und ließen Millie Willett mit ihrem kalt gewordenen Tee und der Befriedigung zurück, dass Rache sehr süß sein kann.

29

Als Fenwick in die Einfahrt von Arthur Fishs Haus einbog, kam ihm der Gedanke, dass Mrs Fish vielleicht gar nicht mehr hier lebte. Doch er hatte Glück. Sie war noch da und wurde nun rund um die Uhr von einer Schwester betreut, die Fenwick erklärte, dass Arthur Fish in seinem Nachlass explizit ausgeführt hatte, was nach seinem Tode zu geschehen hatte. Er hatte einen Fonds eingerichtet, der sicherstellte, dass Mrs Fish bis zu ihrem Tode in ihrem Heim bleiben konnte.

Sie standen in der Diele und unterhielten sich im Flüsterton.

«Sie ist wirklich eine bedauernswerte Frau, Chief Inspector. Sie verständigt sich nur durch Blinzeln. Soll ich dabeibleiben und es Ihnen übersetzen?»

Fenwick lehnte das Angebot ab. Er fragte lediglich noch einmal nach, wie man die schwachen Augenbewegungen der Patientin zu deuten hätte: Einmal Blinzeln bedeutete Ja oder Gut, zweimal stand für Nein oder Schlecht.

Sie lag genauso da, wie Fenwick sie von seinem letzten Besuch her in Erinnerung hatte: den Oberkörper hochgebettet, den Kopf der Tür zugewandt, als würde sie jemanden erwarten. Ihre Augen waren geöffnet, doch blicklos. Er setzte sich neben das Bett und nahm einem Impuls folgend ihre Hand in seine. Da schien Leben in die wasserblauen Augen zu kommen und sie blickte ihn einen Augenblick lang an.

«Mrs Fish, ich bin Detective Chief Inspector Fenwick von der Kripo Harlden. Erinnern Sie sich an mich? Ich war vor ein paar Tagen schon einmal hier.» Keine Antwort.

«Ich bin gekommen, um Ihnen zu sagen, dass wir alles in unserer

Macht Stehende tun, um den Mord an Ihrem Mann aufzuklären, doch es gibt da ein paar offene Fragen, auf die wir keine Antwort haben.»

Das Flackern ihrer blonden Wimpern war so flüchtig, dass Fenwick es fast übersehen hätte. Er nahm es als ein Zeichen der Zustimmung und fuhr fort.

«Ein Problem, mit dem wir nicht weiterkommen, ist die Firma Wainwright Enterprises. Ich glaube, dass es einen Zusammenhang zwischen seiner Arbeit und seiner Ermordung geben könnte.»

Sie antwortete mit einem entschiedenen Blinzeln, was so viel wie ‹ja› bedeutete. Stimmte sie ihm zu?

«Meinen Sie, ich könnte Recht haben?»

Sie blinzelte einmal.

«Das Problem ist nur, dass niemand in der Firma uns weiterhelfen will.»

Der Ausdruck in ihren Augen änderte sich nicht – wie auch? Ihre Gesichtsmuskulatur war schon lange gelähmt, und doch meinte Fenwick auch diesmal, neben der Trauer um ihren Mann so etwas wie unterdrückte Wut in ihr zu spüren. Der Moment verging, und er glaubte schon, sie sei eingeschlafen, als sie plötzlich die Augen wieder weit öffnete und ihn unverwandt anblickte.

«Wissen Sie etwas, was uns weiterhelfen könnte, Mrs Fish?»

Ein Blinzeln.

In den darauf folgenden Minuten mühte Fenwick sich ab, ihr Wissen freizulegen. Während seiner geduldigen Fragen spürte er, wie ihre Frustration in gleichem Maße wie seine wuchs, und es war schrecklich, mit ansehen zu müssen, wie sie gegen die Erschöpfung ankämpfte. Sogar das Blinzeln schien jetzt zu viel für sie zu sein, und verzweifelt schloss sie die Augen.

Fenwick ließ ihre Hand los und erhob sich. Ihre Finger zuckten, als sie Fenwick mit schreckgeweiteten Augen ansah.

«Ich muss wieder los, zurück ins Polizeipräsidium.»

Es war eindeutig, sie wollte, dass er blieb. Wenn ihm doch nur die richtigen Fragen einfielen!

«Sie sagen, ich könnte hier noch mehr finden, doch meine Männer haben das Haus bereits gründlich durchsucht.»

Sie blinzelte dreimal. Sie war also nicht seiner Meinung.

Fenwick grübelte: Sie hatten überall gesucht. Warum war sie so sicher, dass es hier irgendwo einen Schlüssel zum Tode ihres Mannes geben müsste? Schlagartig wurde ihm die Antwort bewusst.

«Hat man diesen Raum durchsucht, Mrs Fish?»

Ein dreimaliges Blinzeln, dann schloss sie einmal kurz die Augen. Nein, ja! Das ergab keinen Sinn. Er versuchte es mit einer letzten Frage.

«Meinen Sie, wir sollten diesen Raum hier noch einmal absuchen?»

Ein Blinzeln.

Endlich! Dankbar und erleichtert schloss sie die Augen, und er ließ sie ruhen.

Fenwick hätte liebend gern den restlichen Sonntag mit seinen Kindern verbracht, und doch brachte er es im Moment nicht über sich, den Weg nach Hause einzuschlagen. Stattdessen lenkte er den Wagen in Richtung Wainwright Hall, um die Mannschaft auf Zack zu bringen und Blite anzuspornen, so viele offene Fragen wie möglich zu klären, denn Montag wäre der nächste Bericht für den Assistant Chief Constable fällig. Er rief Cooper zu Hause an und bat ihn, sich mit ihm auf Wainwright Hall zu treffen, und war nicht im Geringsten erstaunt, als der Sergeant Nightingale mitbrachte.

Blite wirkte alles andere als glücklich, als er und das Team sich in der Bibliothek versammelten, um Fenwick über ihre Fortschritte zu informieren. Fenwicks Anwesenheit ärgerte ihn, und völlig zu Recht unterstellte er seinem Vorgesetzten, dass er auf diese Weise seine Unzufriedenheit mit dem bisherigen Ermittlungsstand zum Ausdruck bringen wollte. Das über fünfzehn Mann starke Team hatte bisher nichts gefunden, und eine Beamtin, Constable Shah, hatte zu allem Überfluss auch noch ihren Dienstausweis verloren. Als Fenwick seinen Mitarbeitern eröffnete, dass es sich nun nachweislich um Mord handelte, spürte er, wie eine Welle der Erregung durch die Reihen ging. Es war, als hätten sie plötzlich Witterung aufgenommen.

«Was ist mit dem Medizinschränkchen?»

Manche der Teammitglieder hoben fragend die Augenbrauen, ein paar sahen ratlos drein, doch Blite verstand genau, was Fenwick meinte. Der Chief Inspector hatte ihn gebeten, ohne dass Sally es mitbekommen sollte, herauszufinden, was genau der Arzt ihr für Medikamente verschrieben hatte.

«War gar nicht so einfach, sich gründlich umzusehen. Sie war immer da und hat jede unserer Bewegungen mit Argusaugen beobachtet. Bis ich schließlich darauf kam, ein dringendes Bedürfnis anzumelden, da blieb ihr nichts anderes übrig, als mich allein zu lassen!»

Diese Eröffnung wurde von schallendem Gelächter quittiert. Blite war nicht besonders beliebt bei seinen Mitarbeitern, und die Story, wie er unter dem Vorwand, sich zu erleichtern, im Bade- und Ankleidezimmer der Herrin von Wainwright Hall herumschnüffelte, würde sich wie ein Lauffeuer im ganzen Polizeipräsidium verbreiten.

Blite ignorierte seine Kollegen; zu sehr genoss er es, für einen Augenblick im Mittelpunkt des Interesses zu stehen. «Ich habe ein paar gängige Schlaftabletten gefunden und, Sie werden's nicht glauben, Barbiturate! Was ja wohl heutzutage eher ungewöhnlich sein dürfte.»

«Sir!»

«Ja, Nightingale?»

«Bei Alan Wainwright wurden Spuren eines Barbiturats gefunden. Wenn wir die Proben, die wir bei ihm genommen haben, mit Mrs Wainwright-Smiths Präparat *und* den Proben von Graham Wainwrights Leiche vergleichen …»

«… so könnte das zu einer interessanten Übereinstimmung führen. Gut erkannt, Constable. Veranlassen Sie das bitte, Inspector Blite, und achten Sie besonders darauf, dass die Sicherstellung absolut korrekt vonstatten geht. Sonst noch was?» Blite schüttelte den Kopf.

Fenwick spürte die Stimmung im Team. Seit dem Mord an Graham Wainwright waren erst zwei Tage vergangen, und somit sollten sie eigentlich noch frisch und bereit für die Jagd sein; doch die Mannschaft wirkte schon jetzt resigniert und ganz und gar nicht wissbegierig. Blite war einfach keine Führernatur, und ein großes Team machte nur dann Sinn, wenn die Leute auch motiviert waren.

«Vielleicht werden wir hier nicht fündig; dennoch müssen wir sichergehen. Wir haben es mit einem cleveren Mörder zu tun, der uns zu manipulieren sucht und der es fast geschafft hätte, uns einen Mord als einen Unfall oder Selbstmord zu verkaufen. Das war es aber nicht. Es handelt sich hier um kaltblütigen, vorsätzlichen Mord, und es ist durchaus möglich, dass diese Tat nicht die erste war. Erinnern Sie sich an den Fall Fish? Auf der Fahrt hierher habe ich von Sergeant Gould erfahren, dass die forensischen Untersuchungen ergeben haben, dass Arthur Fish vor seinem Tod bei Amanda Bennett war. Sie haben Holzfasern bei der Leiche mit einer Rute aus ihrem Schrank verglichen und Teppichfasern an seinen Schuhen sowie auf seiner Jacke und Hose gefunden, die eindeutig von dem Teppich in ihrem Haus stammen.

Wir wissen nun, wo Arthur an dem Abend, an dem er ermordet wurde, war. Die Tatsache, dass die Frau, die er besucht hatte, unmittelbar nach seinem Weggang getötet wurde, bestärkt uns in der Annahme, dass er nicht das Opfer eines Gelegenheitsverbrechers wurde. Also stellt sich die Frage nach dem Motiv. Und warum wurde Graham eine knappe Woche danach ebenfalls getötet? Und zwar auf eine Art und Weise, die uns von der eigentlichen Spur abbringen sollte. Wir wissen nicht, ob das der letzte Mord ist, und bis wir nicht das Motiv kennen, wissen wir auch nicht, ob noch andere in Gefahr schweben. Das Motiv ist unser Dreh- und Angelpunkt. Halten Sie die Augen offen. Ein mögliches Indiz mag auf den ersten Blick nicht als solches erkennbar sein. Achten Sie auf alles, was Ihnen irgendwie ungewöhnlich erscheint, dazu gehören auch verdächtige Zufälle. Ich zähle auf Sie. Jetzt machen Sie sich am besten wieder an die Arbeit. Die Pause hat schon lange genug gedauert!»

Gestählt verließen die Beamten den Raum, und Fenwick seufzte innerlich vor Erleichterung. Das war keine leichte Aufgabe, die vor ihnen lag, doch Fenwick war überzeugt davon, dass irgendwo da draußen Beweise zu finden waren, vielleicht unmittelbar vor ihrer Nase, wenn sie nur den notwendigen Grips aufbrächten, um sie zu erkennen.

«Cooper, Nightingale, kommen Sie, wir haben jetzt eigentlich einen Happen verdient. Etwas weiter die Straße runter ist ein Pub, in dem man ganz gut isst.»

Cooper löffelte sich eine großzügige Portion Meerrettich auf seinen Teller und seufzte zufrieden, während er Messer und Gabel zur Hand nahm. Es war schon eine Weile her, dass er das letzte Mal Yorkshire Pudding und Roastbeef gegessen hatte, und das Wasser lief ihm im Mund zusammen. Sie hatten einen Ecktisch für zwei Personen ergattert, der jedoch ausreichte, da Nightingale nur ein Sandwich bestellt hatte. Am Nebentisch lärmten ein paar befreundete Familien, was Fenwick gerade recht war, da sie sich auf diese Weise ungestört unterhalten konnten.

«Haben Sie das vorhin ernst gemeint? Dass eventuell noch mehr Menschen in Gefahr sein könnten, Sir?» Coopers ausdrucksvolles Gesicht war vor Sorge ganz zerfurcht.

«Ja. Wenn es eine Verbindung gibt, dann gibt es auch jemanden, der alles daran setzen wird, damit wir sie nicht finden. Graham hat Jenny versprochen, nach dem Dinner in Wainwright Hall die Polizei aufzusuchen, doch bevor er dazu kam, wurde er ermordet. Was hat er gewusst, und war das der Grund, warum er sterben musste?»

«Wir wissen auch immer noch nicht, wo das Band ist, Sir, das Fish angeblich am Tage seines Todes noch diktiert hat. Vielleicht hat er es ja bei Amanda gelassen?»

«Das ist gut möglich. Warum fahren Sie und Sergeant Gould morgen nicht nach Brighton? Sie kennen doch den Tatort. Sehen Sie sich noch einmal um, vielleicht finden Sie etwas. Cooper, Sie fahren mit mir zum Hause der Fishs. Wir wollen uns dort noch einmal gründlich umschauen. Was gibt es noch?»

«Sie hatten einen Verdacht über Sally geäußert, Sir. Besteht der immer noch?»

«Ganz bestimmt. Wir müssen viel mehr über sie herausfinden. Irgendwann ist sie hier in Harlden aufgetaucht, und der Privatdetektiv, den Graham engagiert hatte, war nicht in der Lage, etwas über ihre Vergangenheit herauszufinden.»

Cooper machte sich eine Notiz. Das könnte Nightingale übernehmen, wenn sie in Brighton fertig war.

«Wer hat finanzielle Vorteile durch Grahams Tod? Das könnte auch ein Motiv sein.»

«Alexander Wainwright-Smith. Als Erstes heute Morgen hat Blite sich Kemp im Golf-Club geschnappt, und der hat es bestätigt. Im Testament wurde festgelegt, dass Graham und sein Cousin sich gegenseitig beerben sollten, falls einer von ihnen innerhalb von zwölf Monaten nach Alan Wainwright das Zeitliche segnet. Auf diese Hälfte hat Sally Wainwright-Smith jedoch keinerlei Anspruch. Grahams ganzes Vermögen geht an Alexander.»

«Ich frage mich, wer *ihn* beerben würde?»

«Das ist eine gute Frage. Als Blite Kemp darauf ansprach, behauptete dieser, nichts darüber zu wissen. Sagt, er habe nie ein Testament für ihn aufgesetzt. Das sollte man nachprüfen. Und wer kümmert sich um FitzGerald? Das ist zwar nicht vorrangig, aber auffällig war, dass er wegen unseres Besuches reichlich nervös geworden ist, also sollten wir ihn im Auge behalten.»

Cooper notierte auch dies.

«Ich sehe Sie also morgen um 8.30 Uhr, Sergeant. Vor dem Haus von Arthur Fish.»

30

Fenwick trat schützend an das Bett der Kranken. Ein halbes Dutzend Polizeibeamte füllte das Zimmer, um die Durchsuchung vorzunehmen. Er blickte hinab in ihre unendlich müden blauen Augen. Seine erste Frage klang wie eine Feststellung.

«Wir haben hier drinnen etwas übersehen.»

Sie blinzelte einmal.

Systematisch begannen sie den Raum abzusuchen, während Fenwick immer neue Fragen stellte, die alle verneint wurden. Schließlich standen sie verwirrt vor einer leeren Wand rechts von Mrs Fishs Bett. Fenwick trat näher und klopfte sie mit den Fingerknöcheln ab. Nichts. Eine massive Mauer. Ein Mitarbeiter des Teams begann, die Wand von der anderen Seite her abzuklopfen. Nachdem er gut zwei Meter weit gekommen war, änderte sich das Klopfgeräusch plötzlich.

«Dahinter ist es hohl, Sir.»

Noch einmal klopften sie die Wand gründlich ab, auf der Suche nach einer Unebenheit oder einem Spalt, der sich unter der Magnolientapete abzeichnete. Dann bat Fenwick einen Mitarbeiter, eine Säge zu holen. Mrs Fishs Bett wurde in die hinterste Ecke des Raumes geschoben, weg von dem Lärm und dem Staub, als nun die Kreissäge in die Gipsschicht eindrang. Fünf Minuten später war der Beamte, der die Säge führte, mit dem Schnitt fertig und rammte seine Schulter in das rechteckig ausgesägte Wandstück. Es krachte. An einer Ecke gab die Wand nach. Nach zwei weiteren Versuchen klaffte ein schwarzes, staubiges Loch in der Wand, groß genug, um hindurchzuschlüpfen.

Fenwick holte eine starke Taschenlampe und leuchtete in den aufgewirbelten Staub. Er rief einen Fotografen, der den Schauplatz festhalten sollte, bevor sie hineingingen. Dann schlüpften er und Cooper durch die Öffnung und betraten einen Raum, der etwa die Größe einer Besenkammer hatte. Auf einem Metallregal standen, säuberlich aufgereiht, zehn feuerfeste Metallkisten. Daneben an der Wand war ein Safe untergebracht, der einem kleineren Kreditinstitut zur Ehre gereicht hätte.

Fenwick ließ den Lichtstrahl über die Decke gleiten. Direkt über ihnen befand sich der Eingang: eine Leiter, die an einer Bodenluke befestigt war. Mit behandschuhten Fingern entriegelte er die Leiter, behutsam, um keine Spuren zu verwischen. Dann stieg er vorsichtig hinauf. Die Luke ließ sich leicht öffnen, wurde dann jedoch von einem Läufer, der darüber lag, blockiert. Er schob den Teppich zur Seite und kletterte in Arthur Fishs begehbaren Wandschrank.

Die Kriminaltechniker nummerierten und fotografierten alle Gegenstände in der geheimen Kammer, versiegelten die Kisten mit Klebeband und verpackten sie in Plastiksäcken.

«Die werden erst im Beisein des Superintendent geöffnet, vorher geht da keiner ran.» Fenwick wandte sich an Cooper, der verwirrt dreinblickte. «Ich wette, in diesen Kisten finden wir sämtliche Bücher von Wainwright Enterprises. Und ich möchte nicht, dass irgendjemand später einmal anzweifelt, dass wir sie hier in diesem Haus gefunden haben. Dieses Unternehmen hat zu viel Einfluss in der Gegend, und wir werden ihnen auch nicht den geringsten Anlass bieten, unsere Ermittlungsarbeit in irgendeiner Weise zu blockieren.»

Bevor sie das Haus verließen, bat Fenwick die Krankenschwester zu bestätigen, dass Mrs Fish sich mit dieser Haussuchung einverstanden erklärt hatte. Als Fenwick sich von Mrs Fish verabschiedete, waren ein paar Männer gerade damit beschäftigt, den Safe ordnungsgemäß zu versiegeln und abzutransportieren. In Mrs Fishs Haar hatten sich Zementpartikel festgesetzt, und ihr Gesicht war aschfahl. Wie eine Totenmaske, dachte Fenwick. Als er ihr dankte, bewegten ihre Augen sich kaum, und ihre Hand in seiner war so leicht wie eine Feder. Er wusste, er würde sie nie wieder sehen.

Fenwicks Ahnung sollte sich als richtig herausstellen. Als sie die Kisten im Polizeipräsidium öffneten, kamen Fotokopien der Hauptbücher von Wainwright Enterprises zum Vorschein. Die Aufzeichnungen begannen im Jahr 1983, dann, 1992, änderte sich die Form, und es gab nur noch Excel-Ausdrucke, die dann im letzten Januar erneut von einem anderen Format abgelöst worden waren. Fenwick konnte mit den Tausenden von Zahlenkolonnen nichts anfangen, und sein Mut sank.

«Wir brauchen einen Finanzexperten, Sir», sagte er an Superintendent Quinlan gewandt, der die Öffnung der Kisten mit angesehen hatte.

«Einen Finanzwirt oder einen Buchhalter von der Forensik? Ich werde mit dem Assistant Chief Constable sprechen. Er kann uns sicher jemanden empfehlen.»

«Das kann er sicher, Sir, doch am besten wäre es, wir würden diesen Fachmann, der kürzlich auf dem Seminar einen Vortrag gehalten hat, kontaktieren, Sie wissen schon, das von Commander Cator präsidiert wurde. Sehen Sie eine Möglichkeit, diesen Mann anzufordern?»

Der Superintendent sah Fenwick ungläubig an. «Sie verlangen eine ganze Menge, Chief Inspector. Ich kümmere mich darum, mal sehen, was ich tun kann.»

Zehn Minuten später wurde Fenwick in die Spurensicherung gerufen. Einem Schlosser war es gelungen, den Safe zu öffnen. Als Fenwick eintraf, sah es so aus, als wäre die halbe Belegschaft in dem Raum versammelt. Gespannt sahen sie über die Schulter eines kleinen, mit einem Overall bekleideten Mannes, der, als Fenwick kam, gerade die Tür des Safes aufzog.

«Vielen Dank, Sir. Sie können jetzt gehen. Und Sie auch.» Cooper warf einen Blick in die Runde der müßigen Kollegen. Er ärgerte sich, dass Fenwick sie hier herumlungernd angetroffen hatte. «Machen Sie sich an die Arbeit.»

Er streifte sich dünne Latex-Handschuhe über. Einen Augenblick lang verdeckte seine massige Gestalt die Sicht auf das Innere des Safes.

«Warten Sie.» Fenwick verschwand und kehrte kurz darauf mit einem Fotografen zurück. Cooper zog die Augenbrauen hoch, sagte aber nichts.

Der Inhalt des Tresors wurde abgelichtet und auf einem langen Tapeziertisch ausgebreitet: eine Geldkassette ohne Schlüssel, zwei dicke braune Briefumschläge und ein kleines, ledergebundenes Buch, dessen Seiten mit säuberlichen Zahlenkolonnen beschrieben waren. Fenwick erkannte Arthur Fishs Handschrift und spürte, während er das Buch durchblätterte, wie Adrenalin in seine Adern gepumpt wurde. Er holte den in Fishs Brieftasche gefundenen kleinen verchromten Schlüssel aus der Plastiktüte für Beweisstücke und steckte ihn in das Schloss der Geldkassette. Ein leises Klicken und der Stift sprang heraus. In der Kassette befand sich ein Verlobungsring mit Brillanten und eine braune Haarlocke, die von einem grünen Haarband zusammengehalten wurde. Keine Spur von einem Tonband.

In einem der beiden Umschläge fanden sie eine Kopie von Arthur Fishs Testament und andere persönliche Unterlagen. Nichts, was irgendwie ungewöhnlich oder gar verdächtig gewirkt hätte. Der zweite Umschlag enthielt einen Reisepass, ausgestellt auf den Namen William Herring und mit Arthur Fishs Passbild versehen, sowie einen Führerschein mit demselben Namen, ein Flugticket mit offenem Reisedatum erster Klasse nach Sydney und 1.000.000 Pfund in Form von Inhaberschuldverschreibungen.

«Seine Fluchtausrüstung», konstatierte Fenwick.

Er nahm das Flugticket. Es war am einundzwanzigsten Februar dieses Jahres ausgestellt worden. Unmittelbar nachdem man Alan Wainwrights Leiche gefunden hatte.

Fenwick starrte auf Fishs Foto auf dem gefälschten Reisepass und tippte sanft mit dem Finger darauf.

«Was hat dir so viel Angst eingejagt, dass du die Mühe auf dich genommen hast, dir gefälschte Ausweispapiere zu beschaffen? Solche Angst, dass du sogar bereit gewesen wärst, dafür deine über alles geliebte Frau zu verlassen! Nach Sydney ist es sehr, sehr weit. Du musst geglaubt haben, dort wärst du sicher.»

Cooper kniete sich erneut nieder und langte in den Safe.

«Hier, da ist noch was. Jetzt hab ich's.»

Mühsam raffte er sich auf, das Gesicht rot vor Anstrengung, und reichte Fenwick einen in schwarzen Samt geschlagenen Gegenstand.

«Nun sieh mal einer an», sagte Fenwick. Eine 9-mm-Pistole blitzte auf, als das Licht darauf fiel. Eine Schachtel Munition landete auf dem Tisch. Fenwick sah noch einmal auf das Passfoto und schüttelte den Kopf.

«Sogar eine Pistole hat er sich besorgt. Hat ja an alles gedacht. Hier, Cooper, sie ist nicht geladen. Lassen Sie die Waffe überprüfen.»

Das Telefon begann zu läuten.

«Für Sie, Sir. Der Assistant Chief Constable kommt gegen sechs zu Superintendent Quinlan ins Büro. Sie sollen auch dabei sein.»

Nun, nachdem Arthur Fish nicht mehr war, hatte sich in der Buchhaltungsabteilung von Wainwright Enterprises ein junges und dynamisches Team etabliert. Neil Yarrell hatte schnell reagiert und einen ehrgeizigen jungen Mann, der gerade erst Vater von Zwillingen geworden war und durch einen Hauskauf enorme monatliche Belastungen hatte, zu Fishs Nachfolger ernannt. Oberflächlich gesehen war man wieder zur Tagesordnung übergegangen.

Als das Telefon klingelte, blickte Neil Yarrell gereizt auf und griff zum Hörer.

«Ja?»

«Mr Yarrell, hier spricht Chief Inspector Fenwick, Kripo Harlden.»

«Was kann ich für Sie tun, Chief Inspector?»

«Ich wollte Sie bitten, mir zu erklären, wie Ihr kürzlich verstorbener Chefbuchhalter zu einer Million Pfund in Form von Inhaberschuldverschreibungen gekommen ist?»

Yarrell starrte ungläubig auf den Hörer. Er fühlte sich, als habe er soeben einen Faustschlag in den Magen erhalten. Seine Kehle war wie ausgetrocknet.

«Mr Yarrell, was können Sie mir dazu sagen?»

Der Leiter der Finanzabteilung schluckte, bemüht, seine Fassung wiederzuerlangen.

«Ich habe …» Seine Worte waren nur mehr ein heiseres Krächzen. Er hustete und schluckte erneut. «Ich habe keine Ahnung. Sie verschwenden meine Zeit, Chief Inspector. Woher sollte ich wissen, was Fish in seiner Freizeit getrieben hat? Er hatte ja schließlich genug davon.»

«Wirklich? Und ich dachte, Ihr Geschäftsführer hätte gesagt, er sei überarbeitet gewesen. Wie auch immer. Ich bin sicher, die Buchhaltungsunterlagen, die wir bei ihm gefunden haben, werden uns Aufschluss darüber geben, wie er zum Millionär geworden ist. Unsere Finanzexperten werden die Dokumente gründlich überprüfen.»

Kaum hatte er den Hörer aufgelegt, rannte Yarrell in die mit Marmor ausgelegte Toilette für Führungskräfte und übergab sich.

Fenwick stand in Habachtstellung vor dem Assistant Chief Constable in Superintendent Quinlans Büro. Harper-Brown trug einen Abendanzug und war offenbar auf dem Weg zu irgendeiner Veranstaltung, was seinen seltenen Besuch hier erklärte.

«Was zum Teufel haben Sie sich dabei gedacht, Fenwick? Sie sollen den Mord an einem ehrbaren Bürger aufklären, und stattdessen gehen Sie hin, reißen das halbe Haus ab und kommen mit einer hanebüchenen Forderung nach einem forensischen Finanzexperten zurück, der sich mit den angeblichen Unregelmäßigkeiten bei Wainwright's befassen soll! Sind Sie total verrückt geworden?»

Die Frage war nicht nur rhetorisch gemeint. Wenn Harper-Brown je darüber nachgedacht haben sollte, wie er sich seinen schlimmsten Alptraum vorstellte, so wäre die Situation, mit der er jetzt konfrontiert war, gar nicht so weit davon entfernt. Wainwright Enterprises war so etwas wie ein lebenswichtiges Organ für die halbe Grafschaft, und direkt oder indirekt bot das Unternehmen tausenden Menschen Arbeit und spendete überdies ein kleines Vermögen für wohltätige Zwecke am Ort. Der Wainwright-Clan, der nun Colin, Julia, Sally und Alexander umfasste, war immer noch eng mit der Macht des früheren Familienunternehmens verbunden und mischte sowohl in den größeren Vereinen als auch im Stadtrat fleißig mit. Und, wie Harper-Brown mit einem Mal einfiel, sogar in seiner eigenen Loge hatten sie ein Wörtchen mitzureden. Seine Wut wurde größer. Wieso musste dieser verdammte Kerl überall Probleme schaffen, auch dort, wo überhaupt keine zu erkennen waren?

«Ein forensischer Finanzexperte kommt gar nicht in Frage. Es besteht doch überhaupt keinerlei konkreter Verdacht.» Als Fenwick Luft holte, um ihn zu unterbrechen, erstickte Harper-Brown seine Erwiderung im Keime. «Arthur Fish wurde das Opfer eines fehlgeschlagenen Raubüberfalls, das ist ...»

«Der Täter hat die Brieftasche nicht mitgenommen, Sir. Schon Wochen vor seinem Tod hat ihn etwas in Angst und Schrecken versetzt. An dem Abend, als er ermordet wurde, wurde er verfolgt, und die Prostituierte, die er unseres Erachtens nach besucht hatte, wurde ein paar Stunden nach seinem Besuch ebenfalls ermordet.»

«Lassen Sie mich gefälligst ausreden! Wie es um seinen Gemütszustand bestellt war, können Sie doch nur ahnen, und die Sekretärin, von der Sie das haben, ist völlig inkompetent und wurde bereits entlassen.»

Fenwick schluckte schwer. Der Assistant Chief Constable war ungewöhnlich gut informiert.

«Doch die Polizei in Brighton hat zweitausend Pfund in alten Zwanzig-Pfund-Noten in Francis Fieldings Wohnung versteckt gefunden. Es ist sehr wahrscheinlich, dass er angeheuert wurde, um Fish zu töten.»

«Das rechtfertigt wohl kaum das, was Sie fordern!»

«Arthur Fish hatte in seinem Safe eine Million Pfund in Inhaberschuldverschreibungen, Sir, neben falschen Ausweispapieren und einer Waffe. Das sind wohl kaum die Besitztümer eines unschuldigen Mannes.»

Für einmal verschlug es dem Assistant Chief Constable die Sprache. Fenwick konnte nicht sagen, was größeren Eindruck auf Harper-Brown gemacht hatte: die gefälschten Papiere oder die Schuldverschreibungen. Als er sich wieder gefasst hatte und zu einer Antwort ansetzte, hatten seine Worte die übliche Wirkung auf Fenwick, der die Zähne zusammenbeißen musste, um seine Enttäuschung nicht allzu deutlich zu zeigen.

«Chief Inspector, ich muss Ihnen nicht erst sagen, dass Sie sich auf sehr dünnem Eis bewegen! Neil Yarrell von Wainwright Enterprises hat mich bereits angerufen, und bevor er die nötigen Schritte unternimmt, sollten Sie ihm zuvorkommen und alle die Firma betreffenden Unterlagen zurückgeben.»

«Rein rechtlich gesehen befanden sich die Papiere im Besitz von Arthur Fish, Sir. Schließlich war er der Chefbuchhalter der Firma.»

«Dieses Argument steht auf tönernen Füßen, das wissen Sie genauso gut wie ich! Mit ziemlicher Sicherheit hat Fish sich die Papiere unrechtmäßig angeeignet und deshalb sollte man sie dem Eigentümer zurückbringen.»

«Sofern wir sie nicht im Zuge unserer Ermittlungen als Beweisstücke beschlagnahmen, Sir.»

«Ich brauche von Ihnen keine Rechtsbelehrungen, Chief Inspector!»

«Nein, Sir. Wie mir zu Ohren gekommen ist, erstreckt sich das Ganze nicht nur auf Wainwright's, auch Kemp und Doggett sollen Dreck am Stecken haben.»

Der Assistant Chief Constable hob ruckartig den Kopf.

«Wirklich? Inwiefern?»

«Hinweise auf irgendwelche unlauteren Machenschaften, eigentlich nur Gerüchte aus dem Golf-Club, die sich aber hartnäckig halten.»

Der Assistant Chief Constable sog scharf die Luft ein und tippte sich mit dem oberen Ende eines gespitzten Bleistifts gegen das Kinn. Fenwick konnte förmlich erkennen, wie es in seinem Gehirn arbeitete. Wenn an den Gerüchten nun tatsächlich etwas dran wäre, er jedoch nichts unternähme, dann könnte man der Polizei vorwerfen, sie würde mit gewissen Leuten unter einer Decke stecken. Und das wäre ganz und gar nicht in seinem Sinne.

«Also gut. Ich gebe Ihnen eine Woche … Ich weiß, die Zeit reicht nicht für gründliche Nachforschungen, aber es dürfte genügen, um festzustellen, ob eine detailliertere Untersuchung durch einen Finanzfachmann gerechtfertigt ist. Und ich möchte, dass Sie mir direkt Bericht erstatten, Fenwick, verstanden?»

•

Als Fenwick sich nach dem Namen des Vortragenden auf dem Seminar erkundigte, lachte Commander Cator laut auf. Eine Woche war so gut wie nichts, erklärte er ungeduldig.

«Das weiß ich, Sir, aber geben Sie mir eine Stunde, um Ihnen den Fall darzulegen.»

Das war das Beste, was Fenwick herausholen konnte, und sie verabredeten sich für den nächsten Morgen in London.

Fenwick kehrte ins Büro zurück und ließ Cooper sofort zu sich rufen.

«Wie weit sind Sie mit Sallys Vergangenheit?»

«Constable Nightingale wird sich damit befassen, wenn sie von Brighton zurück ist.»

«Und Alexanders Testament?»

«Keine Chance. Wir werden ihn wohl darum bitten müssen. Soll ich das übernehmen?»

«Nein, im Moment nicht. Er soll nicht gerade jetzt hellhörig werden. Fragen Sie ihn danach, wenn Sie ihn das nächste Mal zufällig sehen. Wir werden ihn ja wohl demnächst aufsuchen müssen. Das ist noch früh genug.»

«Was halten Sie von Alexander, Sir? Ist er nur furchtbar naiv, oder steckt er da mit drin?»

«Das ist schwer zu sagen. Könnte sowohl als auch sein. Vielleicht ist er sogar das nächste Opfer. Ich möchte, dass Nightingale sich dringend Sally Wainwright vornimmt.»

«Ich sorge dafür, Chef.»

Gerade als Fenwick sich durch den letzten Aktenberg auf seinem Schreibtisch gearbeitet hatte, trat Anne ein und sagte:

«Sie haben Besuch, Chief Inspector. Die Dame hat keinen Termin. Sie wartet im zweiten Vernehmungsraum. Es ist Mrs Wainwright-Smith.»

«Wie lange wartet sie schon?»

«Erst seit fünf Minuten. Ich sagte ihr, ich wüsste nicht, wann Sie Zeit hätten, doch sie wollte unbedingt warten.»

Tief in Gedanken machte Fenwick sich auf und lief die Treppe hinunter ins Erdgeschoss. Jedesmal, wenn Fenwick Detective Inspector Blite, der mit der Durchsuchung von Wainwright Hall befasst war, einen Besuch abgestattet hatte, hatte Sally sich wie ein lästiger Schatten an seine Fersen geheftet, und ihre offensichtliche Neugierde war verwirrend und verdächtig. Und nun hatte sie sich aufgemacht, um ihm auf seinem eigenen Gebiet, fernab vom Wainwright'schen Machtzentrum und aus einem Grund, den er sich nicht erklären konnte, einen Besuch abzustatten.

«Chief Inspector! Danke, dass Sie sich die Zeit nehmen. Es tut mir Leid, Sie stören zu müssen, doch ich muss Sie sprechen.»

«Kein Problem, Mrs Wainwright-Smith. Bitte nehmen Sie Platz, wegen mir brauchen Sie nicht stehen zu bleiben.»

Diese Frau irritierte ihn, und das in zunehmendem Maße. Sie war zierlich und gertenschlank, groß, aber nicht so groß, dass es ihrer zerbrechlichen Wirkung Abbruch getan hätte. Obwohl er sich in ihrer Gegenwart bewusst wappnete, konnte er durchaus erkennen, was sie so anziehend machte. Ihr Gesicht war das einer Porzellanpuppe, und mit ihrem Auftreten appellierte sie an den Beschützerinstinkt des Mannes. Gleichzeitig hatte sie jedoch eine erotische Ausstrahlung. Da war etwas im Schwung ihrer Hüften und in ihrer Gestik, das wie eine Liebkosung wirkte. Es sprach den Mann in ihm an. Durch ihre bloße Anwesenheit erinnerte sie ihn daran, dass er in keiner festen Beziehung lebte, und sie ihrerseits schien ebenfalls ein Bedürfnis zu signalisieren.

«Mrs Wainwright-Smith», ignorierte er ihren offensichtlichen Versuch, mit ihm zu flirten. «Warum müssen Sie mich sprechen?»

«Sie sind bestimmt sehr beschäftigt, also komme ich direkt zur Sache. Es geht um Jenny, Chief Inspector. Ihr Verhalten beunruhigt mich.»

«Inwiefern?»

«Ich weiß es nicht genau. Es kommt mir so vor, als ob sie gar nicht um Graham trauert. Ich werde sie bitten müssen, Wainwright Hall zu verlassen und bis zur gerichtlichen Untersuchung im Hotel zu wohnen, denn sie benimmt sich, als würde ihr das ganze Haus gehören. Immer wieder rennt sie zu dem Baum, als würde der Ort eine Art magische Anziehungskraft auf sie ausüben. Sie scheint nicht im Geringsten zu trauern. Sehen Sie sich doch nur mal ihre Kleider an! Sie sagt, sie halte nichts von Trauerkleidern, aber so!»

Einen Moment lang betrachtete Fenwick Sallys blaugraues Kaschmir-Twinset, die schwere Perlenkette, die sie um den Hals trug, die schwarzen Hosen und die eleganten und sicher recht teuren schwarzen Wildlederschuhe. Sein Gesichtsausdruck musste ihn verraten haben, denn sie antwortete sofort.

«Ich sehe, Sie glauben, dass ich überreagiere, aber sie benimmt sich wirklich äußerst merkwürdig.»

So wie du, dachte er, aber er behielt seine Gedanken für sich.

«Nun?» Sally hatte offenbar erwartet, dass Fenwick ihre Bedenken ernst nähme. Vielleicht dachte sie ja, Jenny hätte für die Zeit von Grahams Tod kein Alibi, doch Fenwick wusste es besser. Sie hatte die Nacht vor Grahams Tod bei Freunden in Schottland verbracht und war erst am nächsten Morgen nach Harlden aufgebrochen, um abends an der Dinnerparty teilzunehmen. Außerdem hatten sie die Ankunftszeit des Zuges nachgeprüft. Er ärgerte sich, dass diese Frau ihm seine ohnehin schon knappe Zeit stahl. Er erhob sich und machte damit deutlich, dass die Unterredung beendet war.

«Sie ist jung und unkonventionell, aber deswegen ist sie noch lange nicht verdächtig. Natürlich werde ich eine Aktennotiz schreiben und Ihre Worte im Hinterkopf behalten.» Was durchaus der Wahrheit entsprach. Alles, was Sally durch ihren Besuch bei ihm erreicht hatte, war, dass sie sich nur noch mehr verdächtig gemacht hatte.

«Ich dachte, ich sollte Ihnen meine Bedenken nicht vorenthalten.»

«Ich weiß das zu schätzen, Mrs Wainwright-Smith. Wenn das alles ist, dann wird der Constable Sie jetzt hinausbegleiten.»

Auf der Rückfahrt nach Wainwright Hall überfuhr Sally sämtliche roten Ampeln, schnitt Kurven, fuhr ohne vom Gaspedal zu gehen haarscharf an Radfahrern und Reitern vorbei. Sie fühlte, wie die Frustration in ihr immer stärker wurde, als würde sie mehr und mehr die Kontrolle verlieren, und sie hasste dieses Gefühl. Schon von Kindesbeinen an war sie es gewöhnt, sich und ihre Umgebung fest im Griff zu haben. Sie allein hatte bestimmt, wer ihr Hoheitsgebiet betreten durfte und warum, doch nun, wo diese Polizeirüpel in *ihrem* Haus, *ihrem* Garten, ja *ihrem Leben* herumschnüffelten, spürte sie, wie ihr die Kontrolle mehr und mehr entglitt, und das machte sie wütend.

Sallys Wut zeigte sich auf eine seltsame Art: Nach außen hin waren keine Anzeichen erkennbar, und häufig verging dieser Zustand so plötzlich, wie er gekommen war, gerade so, als würde man einen Schalter umlegen. Doch in letzter Zeit war das Gefühl immer stärker geworden, nicht mehr so vorhersehbar und auch gefährlicher. Dieser Zustand äußerte sich dergestalt, dass sie statt zu bremsen das Gaspedal durchdrückte und dass sie die Flüche, die man ihr hinterherbrüllte, und die drohend erhobenen Fäuste völlig gleichgültig ließen. Es war ihr einfach egal. Ihre Mitmenschen waren ohne Bedeutung. Das Einzige, was nun zählte, war, dass sie so schnell wie möglich wieder Herrin der Lage wurde.

Als sie vor dem Haus zum Stehen kam, spritzte der Kies in alle

Richtungen und zerstörte die gleichmäßige Oberfläche, die ihr Aushilfsgärtner in mühevoller Arbeit glattgeharkt hatte. Irene wollte sich gerade auf ihr Rad schwingen und losfahren.

«Wie kommen Sie dazu, durch die Vordertür hinauszugehen! Wie oft soll ich Ihnen noch sagen, dass Sie den Dienstboteneingang zu benutzen haben!»

Irene hatte nun endgültig genug von diesem vornehmen Getue und setzte gerade zu einer entsprechenden Erwiderung an, als sie den Ausdruck in Sallys Augen bemerkte. Der Anblick machte sie schaudern, und als sie zu Hause ankam, sagte sie zu ihrem Mann: «Ihr Blick war mörderisch, kann ich dir sagen. Geradezu mörderisch.» An diesem Abend gab Irene telefonisch ihre Kündigung durch.

Geduldig wartete Sally, bis Alex ihr Tee eingeschenkt hatte.

«Wir müssen uns unterhalten, Alex.»

In seine Augen trat ein leicht furchtsamer Ausdruck, doch ruhig entgegnete er: «Was ist denn?»

«Ich mache mir Sorgen um Jenny. Es ist nicht so, dass ich sie nicht dahaben möchte, aber es ist einfach nicht gut für sie, wenn sie nur in ihrem Zimmer hockt und Trübsal bläst. So kommt sie doch nie über Grahams Tod hinweg. Ich möchte, dass sie in ein Hotel zieht.»

«Sally! Er ist noch nicht mal unter der Erde, und das arme Mädchen hat niemanden, der sich um sie kümmert. Ihre Mutter und ihr Stiefvater leben in Südafrika, und Geschwister hat sie auch keine.»

«Sie hat Freunde. Sie sollte lieber mit ihnen zusammen sein, statt wie ein Geist in unserem Haus herumzuwandern.»

«Das tut sie doch gar nicht. Und zum Abendessen bleibt sie meistens in ihrem Zimmer.»

Sally schenkte ihm ein bezauberndes Lächeln, doch ihre Augen blickten unerbittlich.

«Du bist zu gut, Alex. Ich möchte, dass du mit ihr sprichst und herausfindest, was sie vorhat. Lade sie doch heute Abend auf einen Drink ins Pub ein. Das täte ihr sicher gut.»

«Mal sehen.» Alexander nippte schweigend an seinem Tee, doch Sally schien sich sichtlich zu entspannen. Sie hatte ihren Standpunkt klargemacht, und er hatte nichts dagegen gesagt, was bedeutete, dass er wahrscheinlich über ihren Vorschlag nachdenken würde. Vielleicht wäre er genauso erfreut wie sie, wenn Jenny endlich das Weite suchen würde.

Jenny nahm seine Einladung mit mehr Freude entgegen, als er erwartet hatte, und so machten sie sich kurz darauf auf den Weg zum Pub.

Die Lichter im Pub waren gedämpft, die Luft war rauchgeschwängert. Alexander hatte einen Eckplatz ergattert, an dem sie etwas abseits saßen und der es ihnen gestattete, sich ungestört unterhalten zu können. Dennoch hatte er sein Glas bereits fast ganz geleert, als Jenny endlich zu sprechen begann.

«Warum? Ich verstehe es einfach nicht! Ich habe immer und immer wieder darüber nachgedacht und dennoch …»

Ihre Stimme war tränenschwer, und sie verstummte.

«Möchtest du noch einen?»

Sie nickte und trank den Rest in einem Zug aus.

Das Pub hatte sich inzwischen gefüllt, und es dauerte eine ganze Weile, bis Alex die Getränke erhielt und an den Tisch zurückkehrte. Jenny starrte durch das regennasse Fenster hinaus auf den schlecht beleuchteten Parkplatz.

«Da draußen ist ein Mann, der uns beobachtet. Ich bin mir ganz sicher.»

Er sah sie verblüfft an.

«Du denkst bestimmt, dass ich unter Verfolgungswahn leide, doch ich bin mir ganz sicher, dass wir beobachtet werden. Als wir von Wainwright Hall wegfuhren, scherte ein Wagen aus einer Parklücke und fuhr die ganze Strecke über hinter uns her, ein Saab. Ich bin überzeugt, er steht da draußen, sieh mal.»

Alexander wollte ihre Befürchtungen schon als Hirngespinste abtun, doch ihre Äußerung spiegelte seinen Gemütszustand wider, und zu seiner eigenen Überraschung begann er zu reden, und die Worte sprudelten geradezu aus ihm heraus. Er erzählte von Sallys ursprünglichem Verdacht bezüglich der Firmenfinanzen, von seinem Schmerz über Grahams Tod und schließlich von seiner lang unterdrückten Sorge, dass der Tod seines Onkels ziemlich verdächtig war.

Jenny hörte ihm aufmerksam zu und nahm einen großen Schluck Gin Tonic.

«Du glaubst also, dass Graham ermordet wurde?», fragte Alexander sie. Schon jetzt bedauerte er, so viel von seinen Gedanken und Gefühlen preisgegeben zu haben, und er war nicht erpicht darauf, irgendwelche Fragen zu beantworten.

«Ja ... nein ... Ich weiß überhaupt nichts mehr, Alex. Ich weiß nicht, was ich denken soll. Aber Selbstmord? Das passt absolut nicht zu Graham, egal, wie viel Angst er gehabt haben mochte. Er hatte einen Privatdetektiv engagiert.»

«Glaubst du denn, dass der Detektiv ihm irgendwas gesagt haben könnte?»

«Da bin ich mir ganz sicher.»

«Was sollte er denn für ihn herausfinden?»

«Er misstraute Sally.»

«Warum denn das?»

Jenny wandte den Kopf ab und blickte wieder aus dem Fenster. Eine Weile lang saßen sie schweigend da, und keiner rührte seinen Drink an. Dann hob Jenny erneut zu sprechen an.

«Ich denke, dass Graham ermordet wurde. Und ebenso sein Vater. Die Frage ist nur: von wem? Du wärst eigentlich der Hauptverdächtige, du hast von beiden Todesfällen profitiert, doch irgendwie kann ich das nicht glauben.» Sie lachte, ein trauriges, hoffnungsloses Lachen. «Was sich vielleicht als fataler Irrtum herausstellen könnte.»

«Ich habe sie nicht getötet, Jenny.»

«Ich glaube dir.» Die Worte waren nur mehr ein Flüstern, doch als sie nun sprach, konnte er sie kaum verstehen. «Aber was ist mit Sally? Bist du dir deiner Frau ganz sicher?»

Alexander blieb vor Verblüffung der Mund offen stehen.

«Was du da sagst, ist ganz furchtbar, Jenny. Eine solche Anschuldigung ...»

«Um Himmels willen, denk doch mal nach! Du hast mir gerade eben erzählt, dass sie dich davon abgehalten hat, wegen deines Onkels und der Firmenfinanzen zur Polizei zu gehen.» Ihre Stimme wurde schrill, und ein paar Leute am Nebentisch drehten sich zu ihnen um.

«Komm, lass uns heimgehen.»

Als sie den Wagen erreichten, waren sie beide nass bis auf die Haut, und kurz darauf waren alle Scheiben beschlagen. Schweigend machten sie sich auf den Heimweg, über kurvenreiche Landstraßen, begleitet vom eintönigen Rhythmus der Scheibenwischer. Von Zeit zu Zeit tauchten im Rückspiegel die Scheinwerfer eines Wagens auf, um für einen Augenblick, wenn sie um die Kurve bogen oder einen Hügel hinunterfuhren, zu verschwinden.

«Das ist der Saab», sagte Jenny, als die dunklen Umrisse von Wainwright Hall vor ihnen auftauchten. «Wer auch immer dort im Wagen sitzt, weiß, wo wir hinwollen, und kann deshalb weit hinter uns bleiben.»

Obwohl es noch nicht einmal elf Uhr war, als Alexander und Jenny heimkamen, war Sally bereits zu Bett gegangen. Alexander rückte den Feuerschutz vor den Kamin und ging in die Küche, um Tee zu bereiten. Jenny leistete ihm Gesellschaft.

«Es tut mir Leid.»

«Das muss es nicht. Das ist eine schwere Zeit für dich. Tee?»

«Hm.» Ihre Stimme war rau, als versuchte sie mühsam die Tränen zu unterdrücken.

«Lass gut sein, Jenny, es ist okay.»

Da fing sie an zu weinen, von tiefen Schluchzern geschüttelt, immer weiter steigerte sie sich in ihren Weinkrampf hinein. Er schlang die Arme um sie, fühlte, wie ihre magere, kleine Gestalt bebte und ihre Tränen sein Hemd durchnässten. Er legte seinen Kopf auf den ihren und wiegte sie sanft hin und her. Sie weinte, bis sie heiser wurde, und konnte sich nicht beruhigen, so dass sie sich sogar übergeben musste. Als er sie, während sie sich über das Waschbecken bückte, stützte und hörte, wie sie würgte, ein trockenes, gequältes Würgen, erkannte er zum ersten Mal, wie tief ihr Schmerz über Grahams Tod war.

«Du hast ihn wirklich geliebt, nicht wahr?»

«Oh Gott, Alexander, er war mein Lebensinhalt. Er war alles, was ich wollte. Sein Geld hat mich nie interessiert, ich wollte nur ihn.»

Sie zitterte, und er setzte sie auf einen Stuhl neben den Herd. Er holte eine alte Decke aus dem Schrank, machte den Tee noch einmal warm und spürte eine tiefe Traurigkeit in sich aufsteigen. Als sie nach viel gutem Zureden ihre Tasse leer getrunken hatte, legte er ihr die Decke um die Schultern und führte sie hinauf in ihr Zimmer.

In seinem Schlafzimmer angekommen, waren die Laken des Doppelbetts auf seiner Seite bereits säuberlich aufgeschlagen. Eigentlich konnte man nicht einmal mehr von ihrer oder seiner Seite sprechen, da Sally nicht mehr zu ihm kam. An seiner Nachttischlampe lehnte eine Nachricht von seiner Frau:

Ich bin früh zu Bett gegangen. Bin ziemlich müde, also stör mich bitte nicht. Wenn wir uns beim Frühstück nicht sehen, dann achte bitte drauf, das alte Brot zuerst aufzubrauchen.

Das war alles. Kein gute Nacht, keine Unterschrift, nicht einmal ein «X». Er schlüpfte unter das kühle Laken. Mit einem tiefen Seufzer stellte er den Wecker auf sechs Uhr und löschte das Licht. Lange lag er wach, bis der Schlaf ihn endlich übermannte.

31

Miles Cators Angliederung an die National Task Force als Geldwaschexperte bot viele Vorteile, nicht zuletzt ein großes modernes Büro, zwei in Vollzeit beschäftigte Assistenten für Recherchearbeiten und eine komplette EDV-Ausrüstung, die ständig auf dem neuesten Stand gehalten wurde. Cator bemerkte Fenwicks neidischen Blick und kam einer Bemerkung zuvor.

«Sie würden die Politik hassen, glauben Sie mir.»

Fenwick gab seinem Gegenüber im Stillen Recht und kam gleich auf das Anliegen zu sprechen, das ihn hierhergeführt hatte. Nach einer halben Stunde hatte er alles erzählt, was er wusste. Auf dem Tisch verteilt lagen Kopien eines Organigramms von Wainwright Enterprises sowie Berichte und Buchhaltungsunterlagen, dazwischen diverse Farbfotos von den Tatorten wie auch das persönliche Notizbuch, das sie in Arthur Fishs Safe gefunden hatten. Cator sagte nichts. Er saß da, die Augen fest geschlossen, und trommelte mit den Fingerspitzen auf seine Schläfen. Dann griff er wortlos zum Hörer.

«Verbinden Sie mich mit Weatherspoon in Jersey.» Er blickte kurz auf seine Armbanduhr und wandte sich dann Fenwick zu. «Lassen Sie mir die Unterlagen da. Können Sie in zwei Stunden wieder da sein? Dann werde ich wissen, ob sich der Einsatz lohnt.»

Fenwick blieb nichts anderes übrig, als zu gehen. Das Wetter in London war an diesem Tag herrlich, und er gelangte zu einem Park am Embankment, der einen wunderbaren Blick auf die Themse bot.

Fenwick ließ sich auf einer Bank nieder und dachte angestrengt nach. Er musste sich zwingen, nur von den Tatsachen auszugehen und seine Theorie auf eine logische Basis zu stellen. Erstens ging er davon aus, dass die drei Fälle miteinander verknüpft waren. Die

Hauptnutznießer von Alan und Graham Wainwrights Tod waren eindeutig Alexander und Sally, wobei er jedoch Sally als Täterin für wahrscheinlicher hielt. Diese Annahme basierte jedoch lediglich auf einem merkwürdigen Gefühl, das er hatte, und entbehrte somit jeglicher Grundlage. Andererseits war ihr Verhalten seit Grahams Tod wirklich rätselhaft und verdächtig. Wenn sie die Mörderin war und wenn die Fälle alle miteinander verbunden waren, so musste sie einen Grund gehabt haben, Arthur Fish zu töten. Und hier lag der Hund begraben, denn es gab einfach nichts, was Sally Wainwright-Smith mit Arthur Fish verband, wohingegen Alexander jahrelang mit dem Chefbuchhalter zusammengearbeitet hatte.

Gedankenverloren kratzte er sich am Kopf und runzelte unwillkürlich die Stirn. Würde es etwas bringen, wenn er Sergeant Gould damit beauftragte, nach einer Verbindung zwischen Sally und Fish zu suchen? Vielleicht ja, doch er würde damit warten, bis Nightingale ihre Nachforschungen über Sallys Vergangenheit beendet hatte. Es wäre immerhin möglich, dass sie bereits etwas vorzuweisen hätte. Dann war da noch die Tatsache, dass Fish Amanda Bennett gekannt hatte. Wenn die beiden Morde miteinander in Zusammenhang standen, dann käme noch ein Todesfall zu ihrer Serie hinzu. Wenn er rein logisch vorginge und sich an die vorhandenen Fakten hielte, so müsste er eigentlich den Gedanken, dass eine Verbindung bestand, ad acta legen, doch sein Instinkt drängte ihn, noch einen letzten Versuch zu wagen. Bald musste er sich entscheiden, da er Sergeant Gould und sein Team schon längst auf den Fall Wainwright hätte ansetzen müssen. Er beschloss, ihnen noch weitere achtundvierzig Stunden zu geben, und lenkte seine Gedanken auf die Todesart.

Auf den ersten Blick gab es keinen Zusammenhang zwischen den Fällen, und zwei waren als Selbstmorde getarnt worden, was darauf schließen ließ, dass der Täter vorsätzlich gehandelt und alles sorgfältig geplant hatte. Die Fälle lagen zeitlich dicht beieinander. So waren Arthur Fishs und Graham Wainwrights Tod nur acht Tage auseinander, was darauf hindeutete, dass der Täter entweder in Panik geraten war oder sich aus irgendeinem Grund gezwungen sah, rasch zu handeln. Grahams so genannter Selbstmord war ungeschickt arrangiert worden, und hätte es nicht die Panne bei der Obduktion gegeben, so wäre der Fall von Anfang an als Mord behandelt worden. Die Tat schien hastig begangen worden zu sein, doch warum? Wenn er nur eine Verbindung zwischen Arthur und Sally entdecken und herausfinden würde, was den Täter veranlasst hatte, Graham so übereilt zu töten, so würde er die zweigleisigen Ermittlungen begründen können.

«Ich fühle, dass diese Frau in allen drei Fällen schuldig ist», sagte er und merkte nicht, dass er laut zu sich selbst gesprochen hatte. «Das Einzige, was mir fehlt, ist das Motiv, warum sie Arthur Fish hätte töten sollen. Finanziell brachte ihr das keinerlei Vorteil. Was also hatte sie von ihm zu befürchten? Wenn ich das herauskriege, habe ich auch das Motiv.»

In grimmiger Entschlossenheit biss er die Zähne aufeinander und ballte die Hände zu Fäusten. Irgendwo schlug eine Kirchturmuhr und erinnerte ihn daran, dass er sich auf den Weg zurück zu Cator machen sollte.

Der Commander teilte ihm mit, dass er bereit wäre, ihm zu helfen, doch gleichzeitig mahnte er Fenwick zur Geduld. «Die Behörden in Jersey, wo die Eigentümer von Wainwright Enterprises registriert sind, sind immer sehr kooperativ. Doch was die Wainwright'schen Aktivitäten in der Karibik anbelangt, so steht dahinter eine Bank, in der alte Seilschaften das Sagen haben und die bisher noch nie in ein schiefes Licht geraten ist. Wichtiger ist, dass wir uns auf Wainwright Enterprises hier bei uns konzentrieren.

Ich habe die Unterlagen aus Fishs Safe einem von meinen Leuten gezeigt, der sie als seltsam bezeichnete. Auf jeden Fall haben ihn die Papiere neugierig gemacht, und er ist der beste forensische Finanzexperte, den ich kenne. Besonders fasziniert hat ihn das persönliche Notizbuch, das Sie gefunden haben. Er glaubt, es handle sich dabei um eine Art Aufzeichnung aller unregelmäßigen Zahlungen, die über Wainwright's liefen. Er wird versuchen, bis Montag so viel wie möglich herauszufinden, doch bestenfalls werden wir bis dahin nur wissen, ob wir genug haben, um eine gründliche Untersuchung zu rechtfertigen beziehungsweise Ihren Assistant Chief zu überzeugen, sich Neil Yarrell gegenüber durchzusetzen. Ich kann Ihnen aber jetzt schon sagen, dass es eine Weile dauern wird. Vielleicht Jahre.»

Fenwick hatte mit so etwas gerechnet, und er war froh, dass Cator sich der Sache angenommen hatte. «Wenn Sie auf etwas stoßen, das den Assistant Chief überzeugen würde, Wainwright Enterprises in Schach zu halten, so wäre ich auch nicht böse.»

Cator lächelte, und Fenwick merkte erstaunt, dass die beiden Männer sich ganz und gar nicht grün waren.

«Wenn sich Ihr Verdacht bestätigen sollte, so wird dieser Fall ohnehin bald seinem Zuständigkeitsbereich entzogen werden. Sie werden es sicher nicht leicht haben, wenn ihm klar wird, dass Sie mir diese Papiere ausgehändigt haben, doch nun, da ich sie habe, bekommt er sie garantiert nicht so schnell zurück. Vielleicht sind Sie sich dessen noch gar nicht bewusst, aber Sie haben sich selbst in eine prekäre Lage gebracht.»

Fenwick dachte an sein Versprechen dem Assistant Chief Constable gegenüber, die Unterlagen aus Fishs Safe nicht aus der Hand zu geben. Harper-Brown würde ihn der Gehorsamsverweigerung bezichtigen, und er würde nichts dagegen sagen können.

Als er am Spätnachmittag aufbrach, hatte das Wetter umgeschlagen, und Windböen aus Südwesten brachten vereinzelte Regenschauer mit sich. Der Wetterbericht hatte zum Wochenende Sturm vorhergesagt, und schon fegten die ersten heftigen Winde durch die Straßen.

Fenwick hielt ein Taxi an, das ihn zur Victoria Station zurückbringen sollte. Während der Fahrt hörte er seine Mailbox ab. Harper-Brown hatte eine Nachricht hinterlassen, in der er ihn bat, um neunzehn Uhr in seinen Golf-Club zu kommen und ihm Bericht zu erstatten.

Der Harlden Golf Club, bei dem der Assistant Chief Constable Mitglied war, wurde als der beste in der ganzen Grafschaft angesehen. Eine Atmosphäre exklusiver Ruhe empfing Fenwick, als er die mit großen Steinplatten ausgelegte Eingangshalle betrat.

«Kann ich Ihnen helfen, Sir?», fragte ihn ein Mann mit gebieterischem Gehabe.

«Ich bin hier mit einem Mitglied, Mr Harper-Brown, verabredet.»

«Ach ja, der Assistant Chief Constable. Er ist auf der Besucherseite der Bar, von hier aus rechts.»

Fenwick erblickte ihn sofort. Er stand vor einem Erkerfenster und war mit zwei Männern in ein Gespräch vertieft. Als Harper-Brown ihn sah, verabschiedete er sich und führte Fenwick zu einer Sitzgruppe in der hintersten Ecke des Raumes.

«Chief Inspector.» Der Assistant Chief Constable bedeutete Fenwick Platz zu nehmen. «Was möchten Sie trinken?»

«Whisky und Wasser ohne Eis, Sir. Danke.»

Harper-Brown kehrte mit einem Glas Whisky – mit Eis – und einer kleinen Karaffe mit Wasser zurück.

«Zum Wohl.»

«Zum Wohl.»

Ein unbehagliches Schweigen breitete sich aus, während die beiden Männer an ihren Drinks nippten und Fenwick Mühe hatte, eine Grimasse zu unterdrücken. Harper-Brown sprach zuerst.

«Ich habe Sie hierher bestellt, weil ich sichergehen wollte, dass wir uns ungestört über den Fall unterhalten können.»

«Nun, langsam kommt Bewegung in die Sache, Sir. Die Umstände im Fall Fish legen nahe, dass es sich nicht um einen missglückten Raubüberfall handelt. Es sieht immer mehr danach aus, dass wir es mit einem Auftragsmord zu tun haben; im Moment sind wir gerade dran, nach einer Verbindung zu Amanda Bennetts Tod zu suchen.»

Der Assistant Chief Constable machte ein saures Gesicht.

«Die beiden Wainwright-Smiths werden rund um die Uhr beobachtet, und als Mr Yarrell, der Leiter der Finanzabteilung, sich beunruhigt darüber zeigte, dass wir in Mr Fishs Haus Unterlagen gefunden haben, haben wir ihm Polizeischutz angeboten.»

«Ich weiß sehr wohl, wer Mr Yarrell ist, Fenwick, er ist einer meiner Golfpartner. Sie hätten das zuvor mit mir besprechen sollen!»

«Ja, Sir.» Das war ein bewusst kalkulierter Schachzug gewesen, und Fenwick hatte niemals die Absicht gehabt, sich mit Harper-Brown abzusprechen, da er die Antwort von vornherein wusste. Er hatte Yarrell nur deshalb Polizeischutz angeboten, um dessen Reaktion zu prüfen, und hatte mit Freuden gesehen, wie der Mann versucht hatte, seinen offensichtlichen Schrecken hinter einer Maske ruhiger Selbstsicherheit zu verbergen.

«Wie ist das nun mit dem verspäteten Obduktionsprotokoll über Graham Wainwright?»

Fenwick staunte immer wieder darüber, wie außerordentlich gut informiert der Assistant Chief Constable war. Er berichtete von Pendleburys Krankheit und bekräftigte noch einmal, dass er keine offizielle Beschwerde vorbringen würde, obwohl der Pathologe die Angelegenheit eindeutig verpatzt hatte. Harper-Brown schnaubte missbilligend, was so viel bedeutete, dass er nicht mit Fenwicks Meinung einig ging, er sich jedoch jeder Äußerung dazu enthielt. Er nippte an seinem Drink und wechselte das Thema.

«Ich bin sehr zufrieden mit Inspector Blites Arbeit. Er hat den Fall wirklich ein ganzes Stück vorangebracht.»

Fenwick nahm einen Schluck Whisky, um sich seinen Ärger nicht anmerken zu lassen. Blite hatte sich seit dem Morgen nicht mehr bei ihm gemeldet, obwohl Fenwick ihm zwei Nachrichten hatte zukommen lassen. Und doch sah es ganz so aus, als habe er die Zeit gefunden, den Assistant Chief Constable an seinen Erkenntnissen teilhaben zu lassen.

«Der Mann hatte wohl den richtigen Riecher, die Aktionäre von Wainwright Enterprises einmal unter die Lupe zu nehmen.»

«Aha.» Auf keinen Fall würde er Harper-Brown gegenüber erkennen lassen, dass er überhaupt keine Ahnung hatte, von was er sprach.

«Er hat versucht, hinter die Firmenorganisation in Jersey zu kommen – eine ganz hervorragende Arbeit, wirklich –, und dass er auf die Verbindung zu FitzGerald gekommen ist, war geradezu brillant.» Vertraulich senkte Harper-Brown die Stimme. «Ich habe diesem Mann noch nie über den Weg getraut. Unter uns gesagt, ich war gegen seine Mitgliedschaft hier im Club, doch Neil Yarrell hat mich überredet. Wie es aussieht, hatte ich Recht.»

«Wie hoch war die Beteiligung noch mal, Sir? Ich hab's vergessen.»

«Nein, haben Sie nicht. Das haben sie noch nicht herausgefunden. Der Aufbau der Stiftung soll ziemlich undurchsichtig sein. Es wird eine Weile dauern, bis man das alles entwirrt hat. Auf FitzGerald sind sie nur gekommen, weil sein Name irgendwo in den Unterlagen erscheint – übrigens der Einzige. Dennoch bin ich überzeugt davon, dass jetzt mehr ans Tageslicht kommen wird. Wie war's in London?»

Fenwick erzählte von seinem Gespräch mit Commander Cator, wobei der Ärger über Blite ihn weniger vorsichtig vorgehen ließ als gewöhnlich. Als er kurz innehielt und Harper-Browns Gesichtsausdruck sah, war er froh, dass sie sich in der Öffentlichkeit befanden. Der Assistant Chief wurde zuerst rot, dann weiß vor Zorn. Rasch fuhr Fenwick fort.

«Und als Commander Cator mir sagte, die Unterlagen seien verdächtig, wusste ich, dass es in Ihrem Sinne sein würde, dass ich mich so kooperativ wie möglich zeige, und so habe ich ihm die Akten dagelassen. Ich weiß, dass Sie große Stücke auf Commander Cator halten, nachdem Sie mich letzten Monat auf sein Seminar geschickt hatten, und dass Sie sicher beruhigt wären, wenn er die Sache in die Hand nähme. Ich hoffe, ich habe das Richtige getan.»

In Fenwicks ruhigem Tonfall schwang eine Spur von Unterwürfigkeit mit, die Harper-Brown überrumpelte. Es boten sich ihm jetzt zwei Möglichkeiten: Entweder konnte er ihn zusammenstauchen, was ihn zwar erleichtert, jedoch unweigerlich zu einem Gesichtsverlust geführt hätte, da der Mann die Unterlagen entgegen seinen ausdrücklichen Instruktionen bereits aus der Hand gegeben hatte, oder er gab vor, mit Fenwicks Handlungsweise einverstanden zu sein, besser noch, dessen Eigeninitiative indirekt ermutigt zu haben, da der Fall nun ohnehin seinem Zuständigkeitsbereich entrissen worden war. Er nahm einen großen Schluck Whisky.

«Ich sehe, dass Sie der Ansicht sind, eine durch die Umstände gerechtfertigte Entscheidung getroffen zu haben, Chief Inspector, aber das nächste Mal rufen Sie mich bitte vorher an. Die Grenze zwischen Eigeninitiative und Gehorsamsverweigerung ist ziemlich schmal, und ich versichere Ihnen, ich weiß genau, wo diese Grenze verläuft. Insbesondere in Ihrem Fall.» Er sah Fenwick durchdringend an, und als ihre Blicke sich kreuzten, lag darin so etwas wie ein beiderseitiges Verstehen.

«Bitte erstatten Sie mir jeden Tag pünktlich Bericht. Und wenn Sie auf neues Beweismaterial stoßen, dann rufen Sie mich an, jederzeit. Ich muss sofort Bescheid wissen.» Er blickte Fenwick direkt in die Augen. «Passen Sie genau auf, was Sie tun, Chief Inspector. Das Seil, auf dem Sie tanzen, verläuft über einen sumpfigen Grund, und wenn Sie fallen, dann fallen Sie allein. Wenn Sie überfordert sind, dann sagen Sie mir das jetzt, so dass ich jemand anderen mit der Leitung der Ermittlungen betrauen kann. Wenn Sie jedoch der Leiter der Sonderkommission bleiben möchten, sollten Sie genau wissen, was Sie tun.»

Fenwick schüttelte erstaunt den Kopf. Harper-Brown wusste genau: Wenn er diesen Fall abgäbe, so würde das seiner Karriere einen nicht wieder gutzumachenden Schaden zufügen, doch so würde Harper-Brown sich später darauf berufen können, er habe ihm schließlich nahegelegt, die Verantwortung einem erfahreneren Kollegen zu übertragen, dass Fenwick ihn jedoch gebeten hatte, die Leitung der Sonderkommission bei ihm zu belassen. Und wenn etwas schief ginge, so hätte Fenwick allein die Folgen zu tragen, wohingegen der Assistant Chief Constable schlimmstenfalls mit einem Verweis rechnen müsste.

«Ich bleib dabei.» Fenwick konnte sich nicht überwinden, die übergeordnete Stellung des anderen noch zu betonen, indem er «Sir» hinzufügte, doch Harper-Brown schien es nicht zu bemerken. Letztlich hatte Fenwick genau das gesagt, was er erwartet hatte.

Auf der Rückfahrt nach Harlden rief Fenwick den Leiter der Einsatzzentrale an und erfuhr von ihm, dass einer der Kollegen übers Internet eine Verbindung zwischen James FitzGerald und Wainwright Enterprises entdeckt hatte. Vor elf Jahren war FitzGerald wegen Steuerhinterziehung verurteilt worden. Zwar handelte es sich dabei nicht um ein Delikt, das in den Datenbanken der Polizei auftauchte, doch hatte der Fall seinerzeit ziemlichen Staub aufgewirbelt und war erschöpfend von der Lokalpresse behandelt worden. Es ging dabei um Einnahmen in Verbindung mit einer Stiftung, die Aktien von der Firma Wainwright besaß. Man hatte «versäumt», diese Gelder beim Finanzamt anzugeben. Fenwick ließ sich mit dem zuständigen Beamten verbinden und bedankte sich bei ihm für seine außergewöhnliche Eigeninitiative.

Als Nightingale mit Sergeant Gould nach Harlden zurückfuhr, befand sie sich in einem Zustand heller Aufregung. Nachdem sie zwei Tage damit zugebracht hatte, jeden Winkel in Amanda Bennetts Haus abzusuchen, war ihr schließlich Arthur Fishs Tonband in die Hände gefallen. Nun steckte das Band in Goulds Jackentasche, säuberlich in einer kleinen Plastiktüte verstaut und versiegelt.

Als sie das Polizeipräsidium erreichten, ließ Gould das Band sofort als Beweismaterial eintragen, bevor er es vor Zeugen abspielen ließ. Nightingale parkte den Wagen und eilte zur Einsatzzentrale. Der

Superintendent, Sergeant Cooper und der Dienstgruppenleiter waren anwesend. Chief Inspector Fenwick würde sich nach seiner Rückkehr von London direkt zu einem Treffen mit dem Assistant Chief Constable begeben, also entschied man sich dafür, das Band in seiner Abwesenheit abzuhören. Mit einem behandschuhten Finger schob Gould das Band vorsichtig in das Diktiergerät und drückte auf «Play». Die Stimme des toten Mannes drang aus den Lautsprechern.

«Mein Name ist Arthur Lawrence Fish. Heute ist der zwanzigste April. Es ist vier Uhr. Ich bin Chefbuchhalter der Firma Wainwright Enterprises. In meinem Haus an der Greenside Nummer eins in Harlden gibt es einen geheimen Raum. Der Zugang dazu liegt in meinem Schlafzimmerschrank. In diesem Raum befinden sich Unterlagen, vollständige Bücher, die beweisen, dass die Firma Wainwright Enterprises während meiner gesamten Zeit dort – das sind über fünfundzwanzig Jahre – illegale finanzielle Transaktionen durchgeführt hat. Ich betone, dass meine Frau und meine Familie keinerlei Kenntnis von meiner Beteiligung an diesen Unregelmäßigkeiten haben. Die Versicherungspolice, die für die Pflege meiner Frau aufkommt, ist völlig rechtens; das Haus läuft auf ihren Namen und wurde ausschließlich von sauberem Geld bezahlt, das ich gespart hatte. Also gehört das Haus ihr und unseren Kindern. Für den Fall, dass mir etwas zustoßen sollte, hinterlege ich dieses Band bei einer guten Freundin. Sie wird dafür sorgen, dass es in die richtigen Hände gelangt. Wer auch immer dieses Band abhört: Ich versichere Ihnen, dass ich niemals einem Menschen Schaden zugefügt habe, und wenn ich gewisse Dinge einfach nicht zur Kenntnis genommen habe, dann habe ich das nur für meine Frau getan. Bitte erzählen Sie ihr nichts davon, sagen Sie ihr, dass ich sie liebe und immer geliebt habe.»

Das Band stoppte, und ein Moment der Stille senkte sich über den Raum. Der Mann war kein eloquenter Redner, doch seine Worte zeugten von Menschlichkeit und Aufrichtigkeit. Einen Augenblick lang wusste keiner so recht, was er sagen sollte, und das einzige Geräusch war das Scharren ihrer Füße, bis Sergeant Gould das Schweigen brach.

«Wenn wir das Band freigeben dürfen, werde ich dafür sorgen, dass seine Frau eine bearbeitete Kopie davon bekommt.»

Eine Stunde später war Nightingale wieder zurück in der Einsatzzentrale und starrte auf eine Kopie von Sally Wainwright-Smiths Heirats- und Geburtsurkunde. Es war bereits zehn Uhr und sie hatte Mühe, ihre Müdigkeit zu unterdrücken. Sie hatte sich vorgenommen, etwas über Sallys Kindheit in Erfahrung zu bringen, und war überzeugt gewesen, dass sie in ein paar Stunden damit fertig wäre. Stattdessen hatte sie ganze vierundzwanzig Stunden darauf verschwendet, und alles, was dabei herausgekommen war, waren zwei Blatt Papier. Was aber noch schlimmer war: Sie ergaben keinen Sinn. Aus der Heiratsurkunde ging hervor, dass Sally, siebenundzwanzig Jahre, Mädchenname Price, in einem kleinen Ort in der Umgebung von Harlden namens Potter's Field auf die Welt gekommen war. Doch die Geburtsurkunde, die Nightingale von St. Katherine's House erhalten hatte, nachdem sie Hunderte von im gleichen Jahr und Monat geborenen Sallys überprüft hatte, lautete auf Sally Bates, die exakt am gleichen Tag und am gleichen Ort geboren wurde. Irgendetwas stimmte da nicht.

Sie machte sich auf den Weg zum Kaffeeautomaten im Erdgeschoss und wartete geduldig hinter George Wicklow, dem wachhabenden Sergeant.

«Was machen Sie denn so spät noch hier?», erkundigte er sich freundlich.

«Hab noch so viel zu tun, Sarge. Bin dabei, Hintergrundmaterial über eine Verdächtige zu suchen, und lande immer wieder in einer Sackgasse.»

«Von hier oder von außerhalb?»

«Ach, von hier, aber das hilft mir auch nicht weiter.»

«Lassen Sie mich mal den Namen hören, vielleicht kenne ich sie.» George war seit über fünfundzwanzig Jahren bei der Truppe und war niemals versetzt worden.

«Es geht um Sally Wainwright-Smith, die Frau des Alleinerben von Alan Wainwrights Vermögen. Nach der Heiratsurkunde ist sie vor siebenundzwanzig Jahren in Potter's Field auf die Welt gekommen. Und jetzt habe ich die Wahl zwischen zwei Mädchennamen.»

Als George Wicklow den Namen des Ortes hörte, schwieg er nachdenklich, doch Nightingale bemerkte es nicht.

«Entweder hieß sie Sally Price oder Sally …»

«Bates», sagte er dumpf.

«Ja! Woher wissen Sie das? Sie sind ja ein Gedächtniswunder, Sir!»

Doch George Wicklow nahm das Kompliment nicht wahr. Er kippte seinen süßen Tee in den Ausguss, als sei ihm der Geschmack plötzlich zuwider.

«Setzen wir uns doch.» Er führte sie zu einem Tisch außer Hörweite der Theke und bedeutete Nightingale, auf einem der unbequemen Holzstühle Platz zu nehmen.

«Also haben Sie mit Sally Bates zu tun. Mein Gott. Sie ist also schon Mitte zwanzig, natürlich! Als ich sie das letzte Mal sah, war sie ein Mädchen von acht Jahren. Es überrascht mich nicht, dass sie ihren Namen geändert hat. Sie ist also wieder hier, da gehört schon was dazu.»

«Warum? Was hat sie getan?»

«Nicht sie, ihre Eltern. Sie erinnern sich doch sicher an den Fall mit den Bates-Kindern? Das war seinerzeit in allen Zeitungen, auch den überregionalen. Eine ganz schlimme Geschichte.»

«Nein, aber wenn sie damals acht war, dann war das vor neunzehn Jahren. Zu der Zeit habe ich noch nicht Zeitung gelesen.»

«Eileen und Frank Bates hatten drei Kinder: der kleine Billy war knapp zwei, Sarah ein halbes Jahr und Sally acht. Nur, dass niemand wusste, dass es drei Kinder waren. Die Nachbarn glaubten, es gäbe nur das eine – Sally. Sie besuchte die Schule und ging in die Kirche wie andere Kinder auch. Auch die Eltern gingen regelmäßig zum Gottesdienst, ziemlich stenggläubig, hatten nicht viel Geld, doch alles in allem eine ganz normale Familie, sagten die Nachbarn.

Später stellte sich dann heraus, dass sie alles andere als knapp bei Kasse waren. Meine Güte, wenn die gewusst hätten …»

Mit einer schwerfälligen Geste wischte George sich ein paar Schweißperlen von der Stirn, und Nightingale musste an sich halten, ihn nicht besorgt anzusehen. «Na ja, sie lebten ziemlich abseits in diesem großen alten Haus am Rande des Dorfes, am Ende eines landwirtschaftlichen Weges, der sich bei Regen in ein wahres Schlammloch verwandelte. Irgendwann sah man Eileen Bates nicht mehr. Frank machte alle Einkäufe, und Sally ging die drei Kilometer zu Fuß zur Schule, bei jedem Wetter.

Was uns dann darauf gebracht hat, uns einmal näher mit der

Familie zu beschäftigen, war etwas ziemlich Banales: Sally wurde beschuldigt, in der Schule Sachen gestohlen zu haben, und es kam heraus, dass über Monate hinweg immer wieder etwas verschwunden war: Taschengeld, Handschuhe, mal ein Schal, aber hauptsächlich Lebensmittel. Die Rektorin bat Frank Bates zu einem Gespräch in die Schule. Sie machte sich Sorgen um Sally, doch Bates wollte davon nichts hören. Sagte, er würde sich Sally vorknöpfen. Die Rektorin hat daraufhin das Jugendamt angerufen, und die haben der Familie dann einen Besuch abgestattet, zu einer Tageszeit, als Frank bei der Arbeit war – er war Mechaniker, hat alle möglichen Arbeiten auf den umliegenden Gehöften erledigt. Eileen Bates wollte die beiden Sozialarbeiter erst nicht reinlassen. Gerade, als sie gehen wollten, hörten sie einen kläglichen Laut, wie von einer Katze oder einem kleinen Tier, doch zu dem Zeitpunkt dachten sich die beiden noch nichts dabei. Ein paar Mal sind sie noch hingefahren und haben ihr Bestes versucht, doch irgendwann haben sie's dann aufgegeben. Das war später übrigens einer der Hauptkritikpunkte in der Untersuchung.

Sallys Verhalten besserte sich auch nicht. Sie war eigentlich ziemlich clever, doch irgendwann ließen ihre schulischen Leistungen nach, sie kam nicht mehr mit, wurde immer dünner. Als wir sie schließlich befragten, war sie nur noch Haut und Knochen, starrte uns aus riesigen Augen an, hatte ganz wunde Lippen und hat sich gebärdet wie ein wildes Tier ...»

Gebannt vor Entsetzen lauschte Nightingale und versuchte, die gewandte und kultivierte Frau eines mehrfachen Millionärs mit dem Bild eines mageren achtjährigen Mädchens, das Essen und Taschengeld klaut, in Einklang zu bringen.

«Es wurde immer schlimmer mit ihr. Die Rektorin wandte sich noch einmal ans Jugendamt, und gemeinsam beratschlagten sie, was zu tun sei. Nachdem Eileen Bates ihnen erneut den Zugang zum Haus verwehrt hatte, wurden wir gerufen. Die Rektorin hatte die Eltern eines Schülers, den Sally bestohlen hatte, überzeugen können, dass es nur zu Sallys Bestem wäre, wenn sie Anzeige erstatteten.

Mitte Februar sind wir dann zum Haus der Familie Bates gefahren. Die Bude war eiskalt – die Heizung war aus –, sie hatten keine Teppichböden, und die Möbel sahen aus wie vom Sperrmüll. Frank und Eileen Bates waren zu Hause, ebenso Sally. Während wir mit

Frank Bates redeten, hat sie auch nicht einen Muckser gemacht, auch die Mutter hat nicht ein einziges Mal den Mund aufgemacht. Frank hat für alle gesprochen. Wir haben uns umgesehen, doch nichts schien irgendwie auffällig oder verdächtig. Als Sally am nächsten Tag zur Schule kam, waren ihre Arme und Beine mit blauen Flecken übersät. Sie sei die Treppe runtergefallen, behauptete sie. Am Tag darauf kam sie dann mit einem blauen Auge an. Also sind wir erneut rausgefahren, zusammen mit den Leuten vom Jugendamt. Zufällig hatte ich an dem Tag gerade einen Schokoriegel und ein paar belegte Brote dabei. Die Sachen steckten in meiner Tasche, in einer fettdichten Tüte. Ich kam gerade in die Küche, wo Sally mit ihren Eltern war, und da merkte ich, dass Sally das Essen durch die Tüte gerochen hatte.

Sie sah mich durchdringend an, starrte die ganze Zeit auf meine Jackentasche. Ich habe noch nie jemanden gesehen, der so gierig, so ausgehungert ausgesehen hat. Wie sie mich so anstarrte, wurde mir ganz anders zumute, aber dann kam mir ein Gedanke. Während mein Kollege die Eltern befragte, nahm ich meine Jacke und ging hinaus. Der ganze Garten bestand eigentlich nur aus Matsch und einer Wäscheleine. Wie erwartet, lief Sally hinter mir her wie eine Hyäne, die Blut gerochen hatte. Ich holte ein Sandwich heraus, und ich sage Ihnen, das Kind fing wie ein Hund an zu sabbern.

‹Was ist los bei euch, Sally?›, fragte ich und brach ein Stück von meiner Stulle ab und – Gott möge mir vergeben – tat so, als wollte ich es in den Mund stecken. Ich hätte ihr so gern alles Essbare, was ich dabeihatte, in die Hand gedrückt, aber ich musste sie schließlich zum Reden bringen. Doch da war nichts zu machen, ich habe kein Wort aus ihr herausbekommen, und am Ende habe ich ihr das Sandwich einfach gegeben. Die ersten paar Bissen hat sie fast ohne zu kauen verschlungen, doch den Rest steckte sie in ihre Rocktasche. Dann gab ich ihr den Schokoriegel, den sie dann bis auf ein Drittel verdrückt hat.

Ich habe noch einmal versucht, sie zum Reden zu bringen, doch die ganze Zeit über schaute sie nur ängstlich zum Haus hinüber und ab und zu hoch zum Dach. Ich folgte ihrem Blick, konnte jedoch nichts entdecken, nur eine Fensterzeile ohne Gardinen, an einem Fenster war das Glas zerbrochen, und man hatte es mit Brettern vernagelt. Ich dachte mir nichts dabei. Ich ging dann wieder zurück ins Haus, und gerade als wir gehen wollten, hörten wir von oben ein Geräusch. Wie ein geölter Blitz bin ich die Treppe hochgeschossen, dicht hinter mir Frank Bates, der versucht hat, mich am Fuß zu packen, doch Joe, mein Partner, hat sich um ihn gekümmert. Eileen schrie wie am Spieß und schlug immer wieder auf Joe ein. Oben im Flur riss ich eine Tür nach der anderen auf, bis ich im hinteren Teil des Hauses auf eine verschlossene Tür stieß, die ich dann mit der Schulter aufzubrechen versuchte. Doch da war Bates schon wieder hinter mir und brüllte: ‹Das können Sie nicht machen, dazu haben Sie kein Recht! Das ist mein Haus!›. Er drosch auf mich ein, doch dann kam Joe und hielt ihn fest, und schließlich gab das Schloss nach und wir konnten hinein.»

George verstummte abrupt, er atmete tief durch, schloss für einen Moment die Augen, als verspürte er einen furchtbaren Schmerz.

«Manche Erinnerungen sind wie eingebrannt, man vergisst sie niemals. Der Gestank, der mir entgegenschlug, war atemberaubend. Gott, wie furchtbar! Immer, wenn ich ein Baby in seinen Windeln sehe, muss ich daran denken. Es war so dunkel, dass ich zuerst nichts erkennen konnte. Bis mein Blick auf etwas fiel, das ich zunächst für ein Kleiderbündel hielt. Doch dann erkannte ich, dass es ein *Kind* war. Bis Sally hereinwankte und Billy die Schokolade hinstreckte, die sie für ihn aufgehoben hatte. Er lag auf einer dreckstarrenden Kindermatratze auf dem Fußboden. Sie ging an uns vorbei, die Ruhe selbst, und kniete sich neben ihm nieder.»

George hatte Mühe, die Tränen zurückzuhalten.

«‹Hier, Billy›, sagte sie freudestrahlend und steckte ihm die Schokolade in den Mund. Doch das Kind war zu schwach, um sie zu essen. Sally blickte zu mir auf und sagte: ‹Billy hat keinen Hunger›, und aß die Schokolade selbst auf.»

Er konnte nicht mehr weitererzählen. Nightingale starrte ihn an. Ihre Augen waren vor Entsetzen geweitet.

«War er tot?»

George Wicklows Worte waren nur mehr ein Flüstern. «Nein, noch nicht. Er starb ein paar Tage darauf. Sarah, den Säugling, haben wir in einer Babytragetasche gefunden. Es war mehr als deutlich zu erkennen, dass sie tot war.

Sally kam in ein Heim, später dann in Pflege. Ich glaube, das Haus wurde abgerissen. Frank und Eileen Bates wurden des besonders grausamen Mordes beschuldigt und vor Gericht gestellt. Er wurde in allen Punkten der Anklage schuldig gesprochen; Eileen wurde zu zwei Jahren Freiheitsentzug verurteilt, doch sie starb noch während der Haft. Bates lebt immer noch. Lebenslang bedeutet in seinem Fall auch lebenslang. Er wird dort verrotten.» Der tiefe Hass, der aus Sergeant Wicklows Stimme sprach, ließ Nightingale erschauern.

«Aber warum haben sie das getan?»

George schüttelte den Kopf. «Wer weiß das schon! Als Sarah auf die Welt kam, hat Frank einfach entschieden, dass sie sich drei Kinder nicht würden leisten können. Und so hat er ihnen einfach nichts mehr zu essen gegeben. Eine Weile lang hat Eileen das Baby gestillt, und sie oder Sally steckten Billy immer wieder heimlich ein paar Happen zu. Doch irgendwann hat Bates die beiden Kleinen einfach eingeschlossen und den Schlüssel eingesteckt.»

George schüttelte sich. Ganz offensichtlich brauchte er seine ganze Kraft, um sich zusammenzureißen.

«Doch wenigstens hat die kleine Sally überlebt, und nach so einem furchtbaren Start ins Leben hat sie es jetzt anscheinend sehr gut. Doch Sie sagten, dass Sally sich verdächtig gemacht hat. Irgendwas Ernstes?»

Nightingale starrte den Sergeant an, wohl wissend, dass sie ihm gleich einen erneuten Schlag versetzen würde.

«Mord», antwortete sie leise und drückte ihm voll Mitgefühl den Arm.

32

Wainwright Hall sah verlassen und trostlos aus. Eine Kutschenlampe war die einzige Lichtquelle in der mondlosen Dunkelheit. Fenwick kam vor dem Haupteingang zum Stehen.

Sally war noch angezogen. Sie trug einen Angorapullover und schwarze Jeans, und er kam nicht umhin zu bemerken, dass sie sehr lange, schlanke Beine hatte. Im Haus war es bitterkalt.

«Ostern stelle ich die Heizung ab, und sie wird erst im November wieder eingeschaltet. In der Küche ist es warm, wenn es Ihnen nichts ausmacht, dass wir uns dort unterhalten.»

Die Küche war hübsch und ordentlich. Auf dem gescheuerten Kiefernholztisch lag ein Stapel mit auszubessernden Kleidungsstücken, und ein großer Topf brodelte auf dem wuchtigen Holzherd. Hinter einem Brottopf bemerkte er eine Flasche Gin.

«Ich koche Brühe aus dem restlichen Lammbraten vom Wochenende», erklärte Sally überflüssigerweise. «Alex liebt meine Suppen.»

«Weiß er, dass Sie eine Affäre mit seinem Onkel hatten?»

Er hatte erwartet, dass sie erschrecken oder nach Luft schnappen würde, doch sie sagte nur: «Was glauben Sie? Tee, Chief Inspector?» Sie blickte ihn an, kühl und unergründlich, aus hellgrünen Katzenaugen, deren Pupillen im gedämpften Licht riesengroß erschienen. «Sie haben sich wohl mit Millie Willett unterhalten? Nun, das hätten Sie nicht tun sollen.» Ihr Tonfall wurde hart. «Sie ist eine eifersüchtige und missgünstige alte Frau, die ihre Nase in Dinge steckt, die sie nichts angehen. Sie hat zu viel Fantasie und zu viel Zeit.»

Einen kurzen Moment lang erkannte er in Sally eine harte, autoritäre Frau, die keinerlei Skrupel hatte, jahrelang treu ergebene Angestellte von einem Tag auf den anderen an die Luft zu setzen. Dann verschwand dieses Bild. Mit ein paar knappen und geschickten Handgriffen bereitete sie den Tee. Es war offenkundig, dass sie diese Küche als ihr Reich und nicht als den Wirkungskreis einer Hausangestellten ansah. Als habe sie Fenwicks Gedanken gelesen, sagte sie plötzlich:

«Sie sind überrascht, mich hier zu Hause in der Küche vorzufinden?»

«Nein, eigentlich nicht. Nur neugierig.»

«Man kann eine Menge Geld in der Küche ausgeben, Chief Inspector. Oder verschwenden.» Sie stieß das letzte Wort aus, als handelte es sich dabei um eine schwere Sünde, und zählte ruhig vier Roggenkekse ab, die sie auf einen Gebäckteller mit Blumenmuster legte.

Im Nachhall ihrer Worte wirkte die Stille im Raum beinahe beklemmend. Fenwick betrachtete ihre Handlungsweise mit neuen Augen: Ihr zwanghafter Drang, Lebensmittel zu rationieren und niemals etwas zu verschwenden, hatte eine neue Bedeutung erlangt, und er fühlte eine plötzliche Anwandlung von Mitgefühl. Sie spürte seinen Sinneswandel und sah verwirrt aus.

«Sie wollten mit mir sprechen. Worüber?»

Sie trat an den Herd und hantierte mit dem Kochtopf. Fenwick wartete geduldig, bis sie sich ihm wieder zuwandte. Er wollte ihre Reaktion sehen, wenn er sie mit seinem Wissen konfrontierte. Als er sprach, bemühte er sich, seiner Stimme einen sanften und Vertrauen erweckenden Tonfall zu verleihen.

«Mrs Wainwright-Smith, wieso haben Sie uns nicht gesagt, dass Ihr eigentlicher Mädchenname Bates ist?»

Sie antwortete nicht, starrte ihn nur mit offenem Mund an und sank wie betäubt auf einen Stuhl.

«Es gibt nichts, dessen Sie sich schämen müssten, und Sie hätten uns eine Menge Arbeit erspart, wenn Sie es uns gleich gesagt hätten.»

«Wie haben Sie es herausgefunden?»

«Routineermittlungen. Früher oder später hätten wir uns zwangsläufig mit Ihrer Vergangenheit befasst. Weiß Ihr Mann über Ihre Kindheit Bescheid?»

«Nein, natürlich nicht. Ich will auch nicht, dass er es erfährt, verstehen Sie mich!» Ihre Worte hatten einen aggressiven Beiklang, und

Fenwick wartete schweigend, bis sie sich wieder gefasst hatte. Dann fuhr er fort.

«Warum haben Sie Ihren Namen geändert?»

«Was hätten Sie an meiner Stelle getan?»

«Was haben Sie gemacht, nachdem man Ihre Eltern verhaftet hatte?»

«Ich kam in Pflege. Was geht Sie das eigentlich an?»

Er ignorierte ihre Frage und fuhr fort. Hinter ihr kochte die Brühe zischend über. Als das Geräusch schließlich in ihr Bewusstsein drang, erhob sie sich und rückte den Topf von der heißen Platte. Sie drehte sich um, einen berechnenden Ausdruck im Blick.

«Was genau veranlasst Sie, in meiner Vergangenheit herumzuwühlen, Chief Inspector?»

«In Ihrem Umfeld sterben überdurchschnittlich viele Leute, Mrs Wainwright-Smith. Das hat uns neugierig gemacht.»

Sie erwiderte nichts, wandte sich erneut dem Topf zu und rührte konzentriert die Brühe um. Fenwick beobachtete sie von hinten, betrachtete das Muskelspiel ihrer schmalen Schultern. Sie war drahtig und zäh wie eine Ballerina, und einen Moment lang überkamen ihn Zweifel an seinem Urteil. Doch dann drehte sie sich um, sah ihm direkt in die Augen, und die Gewissheit kehrte zurück. Die Härchen in seinem Nacken und auf seinen Unterarmen stellten sich auf. Ihr herausfordernder Blick sprach Bände.

«Die wenigen Leute aus meinem Bekanntenkreis, die in letzter Zeit gestorben sind, sind allesamt Opfer von unglücklichen Umständen geworden. Mit keinem dieser Todesfälle habe ich auch nur das Geringste zu tun.»

«Auch nicht mit Arthur Fish und Amanda Bennett?» Als Fenwick den Namen der Prostituierten erwähnte, verhärtete sich ihr Gesichtsausdruck, und Fenwick war sich sicher, dass für einen Moment lang so etwas wie Besorgnis in ihrem Blick aufflackerte. Doch sie antwortete völlig ruhig:

«Es kommt mir vor, als klammerten Sie sich an einen Strohhalm, Chief Inspector. Haben Sie nichts Besseres vorzuweisen?» Sie lächelte selbstbewusst, als verhöhne sie ihn damit, dass er keine wirklich schlagkräftigen Beweise gegen sie hatte.

«Lassen Sie die Spielchen, Mrs Wainwright-Smith. Das funktioniert bei mir nicht. Vielleicht habe ich noch nicht alle Beweise, die ich brauche, doch es werden mehr werden, und es ist nur eine Frage der Zeit, bis ich alles zusammenhabe, um Sie vor Gericht zu bringen. Bemühen Sie sich nicht, ich finde allein hinaus.»

Als Fenwick gegangen war, kontrollierte Sally die Temperatur der Herdplatte und tat die vier Kekse wieder zurück in den luftdichten Vorratsbehälter. Ihre Bewegungen waren beherrscht und effizient. Dann schenkte sie sich ein großes Glas Gin ein und schlenderte hinüber ins Büro hinter der Eingangshalle. Sie schaltete ihren Computer ein, loggte sich in ihr Online-Banking-Programm ein und überprüfte zuerst ihr und Alexanders gemeinsames Konto, danach das Sparbuch, das sie immer noch hatte und von dem er nichts wusste.

Sie starrte auf die Zahlen, bis sie zu einem grauen Nebel verschwammen. Normalerweise verlieh ihr das Wissen um ihr Geld ein Gefühl von Sicherheit, doch heute funktionierte es nicht. Sie wühlte in ihrer Handtasche und holte eine kleine braune Glasflasche heraus. Während sie den PC herunterfuhr, nahm sie einen großen Schluck Gin und spülte zwei Tabletten hinunter. In Verbindung mit dem Alkohol tat das Mittel fast augenblicklich seine Wirkung. Mit einem Mal war sie völlig ruhig. Was für eine paradoxe Gabe, diese Tabletten, dachte sie. Manchmal, wenn sie dieses Gefühl, in Watte gepackt zu sein, nicht ertragen konnte, schluckte sie noch ein paar Amphetamine hinterher, und ihre Gefühle jagten einander auf und ab wie in einer Achterbahn, bis sie dann wieder irgendwann in diese Leere und Gleichgültigkeit zurückkehrte. Sie konnte sich niemals genau daran erinnern, was sie getan hatte, wenn die Wirkung der Drogen ihren Höhepunkt erreichte, doch sie sah das eigentlich eher als einen Vorteil an.

Sie verließ das Arbeitszimmer und schleppte sich die Stufen hinauf bis zur Wendeltreppe, die in den Turm hinaufführte, der über dem nördlichen Gebäudetrakt thronte. In einer kleinen Kammer ganz oben unterm Dach hatte sie sich ihr Versteck eingerichtet, ihre Höhle. Auf dem Boden lagen eine Matratze und eine Decke für kalte Tage. Die Fenster waren mit Brettern vernagelt, und die einzige Lichtquelle im Raum war eine nackte Vierzig-Watt-Birne, die von der Decke baumelte. Sie ließ sich auf die Matratze fallen und drückte die

Decke fest gegen die Brust. Als sie endgültig die Kontrolle über sich verlor, war es – trotz der Antidepressiva – furchtbar. Sie wimmerte und weinte. Sie schrie die Dachbalken an und umkrallte ihre Arme, bis die Haut rot wurde und das Blut langsam aus den Wunden sickerte. Ihre Rufe wurden zu einem schrillen Kreischen und ebbten ab, bis nur noch ein furchtbares, jammervolles Heulen zu hören war und alle Tränen vergossen waren.

Sie lag auf dem Rücken; die Arme weit von sich gestreckt, verharrte sie regungslos, bis ihre Sinne langsam zurückkehrten. Stolpernd raffte sie sich auf, musste sich an die Wand lehnen und abwarten, bis die Welt aufhörte, sich um sie zu drehen. Dann stützte sie sich auf den wackeligen hölzernen Handlauf; langsam, ganz langsam, tastete sie sich ihren Weg zurück nach unten, bis sie ihr Schlafzimmer erreicht hatte und die Tür hinter sich abschloss.

Ihre Schlaftabletten bewahrte sie in einer kleinen, braunen Flasche im Nachttisch auf. Mit einem Schluck Wasser spülte sie eine halbe Tablette hinunter, bevor sie, immer noch in ihren Straßenkleidern, aufs Bett fiel und die Decke sich über ihr zu drehen begann, bis sie in den halb wachen Zustand abdriftete, der manchmal Stunden anhielt, bevor sie endlich in einen erlösenden Schlaf sinken durfte. In ihrem Kopf herrschte eine Leere, die nur von gelegentlichen Gefühlsregungen durchzuckt wurde, die jedoch sofort wieder erstarben und, noch ehe sie deutlich wurden, im Nichts vergingen. Bevor sie endgültig in das Reich der Träume hinüberglitt, leuchtete ihr, wie sie erwartet hatte, für den Bruchteil einer Sekunde die Lösung ihrer Probleme entgegen. Sie schloss die Augen und spürte, wie die Müdigkeit von ihr Besitz ergriff. Mit beiden Armen umfasste sie sich ganz fest, in einem vergeblichen Versuch, ihre Alpträume abzuwehren.

33

Mit knappen Bewegungen parkte Fenwick seinen Wagen auf dem Besucherparkplatz der Strafvollzugsanstalt. Die Besuchszeit war vorüber, und der Parkplatz war fast leer. Sein Blick fiel auf die Überwachungskameras, und er fühlte sich erleichtert. Trotz der Mauern war dies ein typischer Ort, der kleine Ganoven und Hooligans zu ihren Taten ermunterte.

Im Polizeipräsidium hatte er Nightingale aufgefordert, ihn zu begleiten, und Cooper damit beauftragt, Personen aus Sallys Vergangenheit ausfindig zu machen. Jetzt, da sie wussten, wer sie war, baute er darauf, dass sie in der Lage wären, die Lücken in ihrem Lebenslauf zu füllen. Das war einer der Gründe, warum er hergekommen war.

Der Sicherheitsbeamte an der Pforte nahm ihre Dienstausweise genauestens unter die Lupe. Darauf folgte eine gründliche Durchsuchung, bevor sie die mit einem elektronischen Metalldetektor gesicherten Stahltore passieren durften. Kaum schlug das Tor hinter ihnen krachend ins Schloss, als fünf Meter weiter wie von Geisterhand ein identisches Tor aufschwang. Der Wärter dahinter führte sie in einen abgeschlossenen Vernehmungsraum am Ende des stillen, weißen Korridors.

Frank Bates wurde hereingeführt, dicht gefolgt von einem anderen Wärter. Der Häftling starrte Nightingale unverwandt an. Fenwick wandte sich an den Wärter.

«Danke, wir kommen zurecht. Bitte gehen Sie jetzt.»

Der Wärter verließ den Raum, und Fenwick musterte Bates aufmerksam, der seinerseits die Augen nicht von der Polizeibeamtin an Fenwicks Seite ließ. Fenwick betrachtete ihn noch einen Moment lang, dann sprach er ihn ruhig und bestimmt an, woraufhin der Häftling das erste Mal blinzelte.

«Constable, stellen Sie sich bitte an die Tür. Sie können Ihre Notizen von dort aus machen. Mr Bates, Augen geradeaus, danke. Wir sind hier, um mit Ihnen über Ihre Tochter Sally zu sprechen. Wann haben Sie sie das letzte Mal gesehen?»

«Haben Sie Zigaretten dabei?»

Fenwick holte zwei noch versiegelte Packungen aus seiner Jackentasche und legte sie neben sich auf den Tisch. Bates war ein Hüne, dessen Muskeln durch mangelndes Training erschlafft waren. Die Haut um Wangen und Kinn war erschlafft, doch hinter den blassblauen Augen schien immer noch eine latente Bedrohung zu lauern. Er sah Fenwick mit unverhohlener Abneigung an. Man spürte deutlich, dass er es dem Mann gegenüber übel nahm, Macht über ihn zu besitzen, sowohl in seiner Eigenschaft als Polizeibeamter als auch, weil er die Zigaretten hatte.

Fenwick beobachtete, wie der Mann mit sich rang, ob er hinüberlangen und ein Päckchen nehmen sollte oder nicht. Wenn er nun versuchte, danach zu greifen, und Fenwick würde die Zigaretten wegziehen, dann wäre das ein Gesichtsverlust. Wenn es ihm aber gelänge, das Päckchen zu nehmen, dann würde das die Macht des Bullen schmälern. Fenwick war gespannt, was der Häftling tun würde, doch nach einer Weile wurde er des Spielchens überdrüssig und steckte die Zigaretten wieder ein. Bates' Blick verdüsterte sich, und er straffte die Schultern.

«Erst wenn Sie mit uns gesprochen haben, sollen Sie sie haben, zusammen mit zwei Telefonkarten. Vorausgesetzt, Sie sagen uns alles, was wir wissen wollen.»

Bates' Nicken war kaum wahrnehmbar. «Habe sie nicht mehr gesehen, seit ich hier reingekommen bin – das war vor achtzehn Jahren.» Die tiefe Stimme passte zu seiner mächtigen Gestalt.

«Wissen Sie, was sie seitdem gemacht hat?»

Die wässerigen Augen huschten zu Nightingale hinüber, bevor sein Blick sich wieder auf Fenwick heftete. Er wusste etwas und versuchte den Wert seines Wissens abzuschätzen.

«Was hat das kleine Flittchen nun wieder angestellt, hm?»

«Hat sie denn früher etwas angestellt?»

«Genug. Die hatte doch ständig Ärger.»

Fenwick wartete, dass Bates fortfuhr.

«Hab ein bisschen was gehört von Leuten, die zum Gottesdienst gehen. Sie soll eine gute Partie gemacht haben. Was mich nicht im Geringsten überrascht. War ja abzusehen, dass das gerissene, kleine ...»

«Wer besucht Sie hier?»

«Mrs O'Brien. Von den Presbyterianern in der Charlotte Road. Zwölf Jahre kommt sie schon. Bringt mir Zeugs und erzählt mir, was so los ist. Sie hat mir viel von Sally erzählt. Sonst ist da niemand, der mir was von ihr erzählt, jetzt nicht mehr.»

Fenwick schob eine Packung Zigaretten über den Tisch. Ein paar Sekunden später folgte eine Schachtel Streichhölzer. Sofort öffnete Bates die Packung und steckte sich eine Zigarette an. Mit halb geschlossenen Augen sog er gierig den Rauch in seine Lunge. Als er die Augen wieder öffnete, lächelte er.

«Das ist eine ganz Schlaue, die Sally. Als sie damals in Pflege kam, hat sie es geschafft, dass alle um sie rumgetänzelt sind: die Ärzte und Psychologen, Sozialarbeiter und die Jugendfürsorge. Alle waren ganz wild drauf, ihre *Wunden* zu heilen – so haben sie sich, glaub ich, immer ausgedrückt. Meine Anwältin, Miss Llewelyn, hat mir alles erzählt. Sie dachte, ich würde mir Sorgen machen.» Er stieß ein kurzes Lachen aus und schüttelte den Kopf vor Erstaunen über die Dummheit mancher Leute. «Wegen ihr hätten sie sich nun wirklich kein Kopfzerbrechen machen sollen. Nein, Sir! Sie war ein zähes, kleines Luder, unsere Sally. *Danach* hat nie jemand gefragt, wie sie überlebt hat, wo die anderen ... Na ja, das hat jedenfalls niemand je wissen wollen.»

«Dann frage ich Sie jetzt: Wie hat sie denn überlebt?»

Bates sah Fenwick an. Dann griff er erneut nach der Packung. Ein berechnender Ausdruck war in seine Augen getreten.

«Sie war nützlich, auf ihre Art. Sie konnte klauen, ohne dass jemand es gemerkt hat. Und in der Kirche hat sie die Ohren aufgesperrt und mir gesagt, wann jemand übers Wochenende verreist war oder im Urlaub. So wusste ich Bescheid, wann ich losziehen konnte. Ein heller Kopf, oh ja, das war sie.»

«Sie hat Ihnen beim Stehlen geholfen?»

«Das und anderes. Ein hübsches kleines Ding war unsere Sally. Acht

Jahre alt, ein Bild von einem Mädchen. In der Kirche waren ein paar ältere Herren, die einen Narren an ihr gefressen hatten. Ganz harmlos, natürlich, das heißt, bis sie sie kennen lernten. Am Anfang musste ich ihr ein bisschen Anleitung geben, ein paar Nachhilfestunden zu Hause sozusagen, doch sie hatte den Bogen bald raus, es hat ihr sogar richtig gut gefallen. Den alten Böcken auch, bis ich dann auftauchte ...»

«Sie sind also nicht nur ein Mörder, sondern auch ein Dieb und ein Erpresser?»

Bates stand mit einem Ruck auf und machte Anstalten, sich auf sein Gegenüber zu stürzen. Fenwick rührte sich nicht.

«Setzen Sie sich wieder hin. Ich gehe nicht davon aus, dass Sie vorhaben, mir irgendetwas anzutun. Sie haben zwar lebenslänglich bekommen, doch es besteht ja immer die Hoffnung, dass die restliche Strafe irgendwann einmal zur Bewährung ausgesetzt wird. Und Ihre Privilegien hier, na, es wäre doch schade, wenn die alle flöten gingen. Ein Wort von mir, und schwupp, weg sind sie! Das wissen Sie doch.»

Gebannt vor Entsetzen starrte Nightingale auf die Ader, die auf Bates' Stirn, direkt über seinen Froschaugen, pulsierte. Wie zum Sprung bereit, die Hände zur Faust geballt, stand er da, doch Fenwick blickte ihn kühl und scheinbar völlig unbewegt an.

Nach einer Weile ließ Bates sich langsam auf seinen Stuhl sinken.

«Also hat es Sie nicht überrascht, dass Sally in Pflege ging? Wie lange war sie im Heim?»

«Das fragen Sie besser Mrs O'Brien: ein, zwei Jahre vielleicht.»

«Wissen Sie etwas über die Pflegefamilie?»

«*Familien*. Mit sechzehn hatte sie bereits vier oder fünf verschiedene Pflegeeltern hinter sich. Was dann aus ihr wurde, weiß ich nicht. Das Letzte, was ich gehört habe, war, dass sie ein College-Stipendium bekommen hat. Bis letztes Jahr, als Mrs O'Brien mir sagte, dass sie wieder in der Gegend ist.»

«Und Sie haben sie in all den Jahren nie gesehen?» Fenwick dachte nach. Es war unwahrscheinlich, dass Sally das Bedürfnis verspürt hatte, ihren Vater wieder zu sehen, doch er musste ganz sichergehen.

Bates hob den Kopf, ein spöttisches Grinsen auf den Lippen. In seinem Blick lag keine Spur von Trauer oder gar Reue.

«Nein. Darauf lege ich auch absolut keinen Wert. Sie macht ihre Sache jetzt allein.»

Seine Worte hatten etwas Abschließendes. Fenwick schob die zweite Packung Zigaretten hinüber und bedeutete Nightingale mit einem Kopfnicken, dass sie den Wärter rufen sollte.

«Was ist mit den Telefonkarten?»

«Für das bisschen doch nicht! Mal hören, was Mrs O'Brien zu sagen hat. Wenn es von Interesse sein sollte, dann gebe ich sie ihr mit.»

Der Häftling wurde in seine Zelle zurückgebracht. Nightingale hörte, wie eine schwere Tür geöffnet wurde und hinter Bates und dem Wärter ins Schloss fiel. Sie seufzte erleichtert. Unbewusst hatte sie den Atem angehalten. Fenwick stand auf und starrte gedankenverloren auf den Stuhl, auf dem Bates kurz vorher gesessen hatte.

«Ich frage mich oft, wie ein Mensch so sein kann, so *böse*. Er hat seine Tochter missbraucht und sie dazu gebracht, sich zu prostituieren, hat ihren kleinen Bruder und einen Säugling bewusst verhungern lassen. Ist er sich überhaupt darüber im Klaren, was er Fürchterliches getan hat? Weiß er, was für ein Monster er ist? Macht es ihm etwas aus? Was macht einen Menschen zu dem, was er ist?»

«Sie sagten es bereits, Sir. Er ist einfach böse.»

«Aber warum?»

«Warum nicht, Sir? Das Böse ist genauso wahr wie das Gute, vielleicht ist es sogar weiter verbreitet als das Gute, weil man dazu keinerlei Selbstbeherrschung braucht. Das Böse lässt unmoralisches Verhalten gedeihen und bringt unmittelbaren Gewinn. Warum sollte es uns überraschen, wenn die treibende Kraft hinter den Verbrechen, mit denen wir tagtäglich zu tun haben, schlicht und einfach das Böse ist?»

Die Heftigkeit, mit der sie die Worte ausstieß, schockierten Fenwick, und er sah sie überrascht an. Die Wut, die aus ihren Augen sprach, als sie auf den leeren Platz gegenüber starrte, beunruhigte ihn. Was war geschehen, das sie von der Existenz des Bösen überzeugt hatte? Und was würde diese Überzeugung mit den Jahren aus ihr machen? Einer Sache war er sich jedoch sicher: Für eine Polizeibeamtin war das eine ziemlich gefährliche Einstellung. Denn so eine Denkweise verführte die Menschen dazu, an eine Gerechtigkeit um jeden Preis zu glauben und dass der Zweck jedes Mittel heiligte. Er würde sie im Auge behalten müssen.

Dann machten sie sich auf den Weg nach draußen, zurück zu ihrem Wagen, der auf dem schlecht beleuchteten Parkplatz stand.

34

«Was schulde ich dir?»

«Fünfundzwanzig Pfund für die Ersatzteile, Paps.»

«Was ist mit deiner Arbeitszeit?» Cooper war seinem Sohn mehr als dankbar, dass er seinen Samstagnachmittag dafür geopfert hatte, um den altersschwachen Rover wieder startklar zu bekommen, und er hatte nicht vor, den Jungen auszunutzen.

«Vergiss es. Ich hab kaum was gemacht. Außerdem ist es immer ganz nützlich, sich mal wieder mit einer älteren Maschine wie dieser zu befassen. In der Werkstatt kriegen wir nicht mehr viele davon zu Gesicht. Du solltest dir wirklich überlegen, ob du …»

«… ob ich Mutter nicht ein neues Auto kaufe, ich weiß. Aber sie hat's nun einmal mit diesem hier, das ist ihr vertraut. Du weißt, wie sie ist. Hier sind vierzig Pfund … Nun nimm schon, los, damit fahre ich immer noch gut.»

Es freute ihn, dass Lee so gute Arbeit leistete und so gut zurechtkam. Er hatte sich seinen Platz in der hiesigen Autowerkstatt wahrlich erarbeitet, und der Besitzer lobte den Jungen in den höchsten Tönen. Immer wenn er das hörte, wurde Cooper ganz warm ums Herz.

«Sag mal, was weißt du über Donald Glass? Er betreibt doch diese Werkstatt, D and G Motors, an der A24.» Cooper war auf den Namen Glass gestoßen, als er die Akte des Sozialdienstes über Sally Bates durchgegangen war.

Lee hatte ein spöttisches Lächeln aufgesetzt.

«Nicht viel. Hin und wieder kommen ein paar seiner Ex in unsere Werkstatt – Kunden und Freundinnen! Die haben nichts als Klagen über Don. Soll ein ziemlicher Knicker sein, und seine Arbeit lässt auch zu wünschen übrig. Warum fragst du?»

«Bin auf seinen Namen gestoßen, das ist alles. Soweit uns bekannt ist, liegt nichts gegen ihn vor, doch er soll jemanden gekannt haben, der vielleicht was auf dem Kerbholz hat.»

Cooper dachte daran, wie Nightingale Sallys Vergangenheit unter die Lupe genommen hatte, und daran, dass sie sich ausgiebig mit Mrs O'Brien unterhalten hatte. Zuerst über Sallys Kindheit, die Sozialarbeiter und Pflegefamilien und danach über ihren Umzug zu Donald Glass, als sie sechzehn war, bevor sie auch bei ihm wieder auszog. Wohin, das wussten sie allerdings noch nicht. Alle Pflegefamilien hatten sich an Sally als ein schwieriges Kind erinnert, die, wenn sie nicht ihren Willen bekam, ihre Pflegeväter des sexuellen Missbrauchs bezichtigte. Nachdem sie zu Donald Glass gezogen war, hatte das Jugendamt ihre Akte nicht mehr weitergeführt, und Fenwick hatte Cooper angewiesen, die Lücke in Sallys Lebenslauf so schnell wie möglich zu schließen. Bisher jedoch deutete nichts darauf hin, dass Sally in irgendeiner Form kriminelles beziehungsweise gewalttätiges Verhalten an den Tag gelegt hätte. Dennoch hatte Fenwick darauf bestanden, dass er alle Sally betreffenden Unterlagen durchging, nur für den Fall. Er hielt es immer noch für möglich, dass sie die Morde begangen hatte. Cooper begann allmählich, sich Gedanken über Fenwicks Beharrlichkeit zu machen, und wollte den Fall so schnell wie möglich zu den Akten legen. Ein Interview mit Glass würde ihm dabei helfen. Die Stimme seines Sohnes brachte ihn wieder in die Wirklichkeit zurück.

«Wenn du ihn sprechen willst, dann komm heute Abend ins Bird in Hand. Da ist er samstags immer anzutreffen.»

«Gehst du denn hin? Vielleicht komme ich auch.»

«Okay. Jetzt kann ich dir ja einen Drink spendieren!»

Donald Glass stand mit dem Rücken vor dem offenen Kamin und hielt seinen Bierkrug in einer gefährlichen Neigung neben seiner Hüfte. Er hatte einen Bierbauch und eine hässliche Narbe, die von seinem zurückweichenden Haaransatz bis zu seinem Doppelkinn verlief und sein Gesicht verunzierte. Er wirkte um einiges älter als siebenunddreißig. Der Mann hält Hof, dachte Cooper. Einen anderen Ausdruck gab es dafür nicht. Mit vier Freunden belagerte er den Kamin so, dass die anderen Zecher in ihren Ecken vor sich hin froren.

Nachdem er sich Glass eine Weile lang angeschaut hatte, entschied sich Cooper dafür, den Mann ein andermal über Sally zu befragen. Er würde mit seinem Sohn und dessen Freunden ein Glas trinken und dann gehen. Doch Lee hatte sich's anders vorgestellt.

«Don!», rief er der Gruppe am Kamin fröhlich zu und ignorierte bewusst die düsteren Blicke, die die Männer ihm zuwarfen. «Hast du kurz Zeit für meinen Vater? Er würde dich gern sprechen.»

«Hat wohl 'n Problem mit seinem Motor, das du nicht auf die Reihe kriegst, hm? Bin immer gern bereit, mein Fachwissen mit anderen zu teilen. Aber nicht hier in meiner Freizeit.»

Lee grinste. Für Don Glass war eigentlich jede Minute zu viel und dessen Meinung war Lee herzlich egal.

«Nein, er ist Polizist und würde sich gern mit dir unterhalten.»

Menschenskind, dachte Cooper, straffte die Schultern, nahm sein Glas und schlenderte zu der Gruppe am Kamin, die ihm nun feindselig entgegenstarrte.

«'n Abend», sagte er in entwaffnendem Konversationston. Auf den ersten Blick sah er nicht wie ein Polizist aus. Mit seiner untersetzten Statur und in seinem Tweedjackett, die Stirn von Schweißperlen übersät, hätte man ihn eher für einen Landwirt halten können, der sich über die letzte Viehauktion auslassen wollte. Doch etwas in seinem Blick, eine Spur natürlicher Autorität, ließ die Leute aufmerken. Und das tat nun auch Donald Glass, und die kecke Bemerkung, die er gerade loswerden wollte, erstarb ihm auf den Lippen. Dennoch war er alles andere als erfreut über die Gegenwart dieses Mannes, der hier in sein Stammlokal und damit in sein Privatleben eindrang.

«Dringend, sagen Sie? Hat das nicht bis Montag Zeit?»

«Ich bin hier, und Sie sind auch hier. Sie wären mir eine große Hilfe, wenn wir jetzt reden könnten.»

«Über was denn?» Glass' angespannte Körperhaltung verriet Cooper, einem alten Hasen, der die menschliche Natur – besonders die krimineller Art – nur zu gut kannte, dass dieser Mann etwas zu verbergen hatte.

«Ich würde mich lieber unter vier Augen mit Ihnen unterhalten.»

Glass schüttelte den Kopf, und Cooper wusste, dass der andere gleich versuchen würde, auf Coopers Kosten einen Witz zu reißen, und so beeilte er sich zu sagen:

«Es geht um Sally Bates.»

Glass erbleichte und strich sich reflexartig über seine lange Narbe. Dann trat ein unangenehmes Grinsen auf sein Gesicht.

«Na ja. Ein Name aus der Vergangenheit. Sie haben aber lange gebraucht, um ihr draufzukommen. Wenn ich irgendetwas tun kann, um das kleine Luder dingfest zu machen … Kommen Sie hier herüber. Da wird gerade ein Tisch frei.»

Cooper und Glass nahmen an einem abgestoßenen und von unzähligen Schuhen zerkratzten Bierfass Platz, das als Tisch diente, und musterten einander abschätzend. Cooper holte sein Notizbuch aus der Tasche. Dies war eine offizielle Zeugenvernehmung. Er nickte kurz, und Glass kam ohne Umschweife zur Sache.

«Das hab ich ihr zu verdanken», sagte er und deutete auf die lange, hässliche Narbe in seinem Gesicht, «und ich kann von Glück reden, dass ich schnell reagiert habe, denn sonst hätte sie mich am Hals erwischt. Ich hab sie rausgeschmissen und nie mehr was von ihr gehört.»

«Wann war das?»

«Vor gut zehn Jahren. Was hat sie denn nun ausgefressen, dieses mörderische kleine Biest? Hat sie diesmal richtig zugestochen?»

Cooper ging nicht auf die Frage ein, doch als er die Bedeutung von Glass' Worten völlig erfasst hatte, spürte er, wie sein Magen sich zusammenkrampfte.

«Wie lange hat sie bei Ihnen gewohnt?»

«Neun Monate, in denen sie mich um fast zehntausend Pfund beklaut hat – in meinem Geschäft hat man noch mit 'ner Menge Bargeld zu tun. Darum ging es auch bei unserem Streit. Ich habe sie auf frischer Tat ertappt.»

«Warum haben Sie sie nicht bei der Polizei angezeigt?»

«Sie ist abgehauen, und das Geld war ohnehin schon weg. Außerdem hätte sie versucht, mich in die Pfanne zu hauen. Es gab keinen Grund, euch da mit reinzuziehen, hätte auch nie damit gerechnet, dass sie es wagen würde zurückzukommen. Da hab ich mich wohl getäuscht. Muss ein dicker Brocken gewesen sein, der sie wieder hierher gelockt hat. Sogar eine Katze hat nur neun Leben, und ich nehme an, dass sie mit ihren bald durch ist.»

«Warum?»

«Nun, zunächst einmal wäre da ihr Vater gewesen, der sie fast umgebracht hätte.»

«Sie hat Ihnen von ihrer Kindheit erzählt?», fragte Cooper überrascht.

«Dass sie missbraucht wurde? Klar, das gehörte doch zu ihrer Rolle: das arme, unschuldige Kind! Für sechzehn sah sie verdammt jung aus, hatte einen ziemlich unbeherrschten Geschlechtstrieb, den sie nicht im Griff hatte. War auf der Suche nach einer Art Vaterersatz. Und ich gebe zu, dass ich voll auf sie reingefallen bin.»

«Das wäre ein Leben. Was ist mit den anderen acht?»

«Sie war in ein paar Heimen und bei verschiedenen Pflegeeltern, hat es nie lange ausgehalten. Sie hat mich mit ihren Storys fast zum Weinen gebracht, wie schlecht man sie behandelt habe und so. Und sie hat ihre Rolle glänzend gespielt, das kann ich Ihnen sagen!» Wie abwesend strich er erneut über seine Narbe. «Doch sie war die heißeste Braut, die ich je hatte.»

Cooper war gerade heimgekehrt, als Detective Sergeant Gould ihn vom Präsidium aus anrief.

«Hallo, Bob, sorry, dass ich dich zu Hause belästige, aber ich dachte, es würde dich interessieren, dass unser guter Blite einen Durchbruch erzielt hat. Er hat einen Zeugen aufgetrieben, der behauptet, er habe Graham Wainwright am Morgen seines Todes zusammen mit einer Frau gesehen. Ich habe den Chief Inspector bereits angerufen. Er kommt gleich rein. Vielleicht willst du dich uns anschließen?»

Eine halbe Stunde später saß Cooper zusammen mit Gould, Blite und Nightingale in der Einsatzzentrale, wo sie auf Fenwick warteten, der angerufen hatte, er würde kommen, sobald er einen Babysitter für seine Kinder aufgetrieben hätte. Zehn Minuten später traf er in augenscheinlich schlechter Stimmung ein und entschuldigte sich für sein Zuspätkommen.

«Tut mir Leid, das Kindermädchen hat heute ihren freien Tag.» Er wandte sich Blite zu. «Erzählen Sie, was Sie herausgefunden haben, Inspector.»

«Ich habe Shirley Kennedy, eine der Aushilfskräfte auf Wainwright Hall, befragt. Aus irgendeinem Grund hat keiner von uns sie schon vorher vernommen. Wahrscheinlich wegen der Hausdurchsuchung.»

Mit einem Nicken bedeutete Fenwick ihm fortzufahren. Er bemühte sich, seine Verärgerung zu verbergen. Seit Grahams Ermordung war beinahe eine Woche vergangen. Das war eine nicht zu entschuldigende Nachlässigkeit. So etwas kam zwar vor, aber nicht unter seiner Leitung!

«Sie hat einen Bruder, Nigel. Er ist siebzehn und ein bisschen einfältig. Sie wohnen bei ihren Eltern in einem Cottage am Rande des Wainwright'schen Anwesens. Nigel ist wohl die meiste Zeit im Wald und am Fluss unten. Er hat es anscheinend mit Wasservögeln.»

Fenwick lauschte gebannt.

«An dem Morgen, als Graham Wainwright starb, war Nigel wie immer unten am Fluss, und er sah einen Mann und eine Frau unter der alten Buche. Es war ziemlich mühsam, ihn zum Reden zu bringen. Sein geistiges Alter liegt so um die neun oder zehn Jahre, und was er sah, hat ihn verwirrt und ihm Angst gemacht.» Blite zog sein Notizbuch aus der Tasche.

«Er sagte Folgendes: *Ich sah einen Mann und eine Frau. Sie haben irgendwie ... gestritten. Sie haben viel Lärm gemacht. Ich habe nichts getan, ehrlich. Ich wollte nicht hinschauen, aber sie waren so laut. Ich saß auf einem Baum. Sie konnten mich nicht sehen, aber ich sah sie. Sie haben aufgehört zu schreien, und der Mann ist aufgestanden, doch die Dame hat ihn zurückgezogen. Ich hatte Angst. Ich bin weggerannt, und dabei bin ich ins Wasser gefallen.*»

«Kann er die beiden identifizieren?»

«Ich habe ihm Fotos von allen Dinnergästen und von Graham Wainwright gezeigt. Er hat sofort auf Sally Wainwright-Smith gedeutet, nannte sie seine ‹Prinzessin› und sagte, er habe sie schon früher öfters gesehen, doch bei dem Mann war er sich nicht sicher. Sieht so aus, als habe er sein Gesicht nicht gesehen. Er glaubt, dass es Graham war, ist sich aber nicht sicher.»

«Vor Gericht reicht das wahrscheinlich nicht aus, doch es genügt, um unseren Verdacht zu erhärten. Sally hat also gelogen, was den Vormittag von Grahams Tod anbelangt.»

«Da ist noch was. Am Donnerstag vor Grahams Tod war Shirley im Hause Wainwright. Normalerweise passt Sally wie ein Schießhund auf, dass niemand sich an den Resten vergreift. An diesem Abend, so sagt sie, sei Alexander beim Abendessen eingeschlafen. Er habe noch nicht einmal das Hauptgericht aufgegessen und über eine halbe Flasche Claret übrig gelassen. Normalerweise hätte man die Flasche wieder verkorkt, um sie für den nächsten Tag aufzubewahren, doch die *Missus*, wie sie Sally nennt, bestand darauf, dass Shirley die Flasche mit nach Hause nehmen sollte, sie meinte, der Wein würde sonst verderben.

Shirley war sprachlos vor Staunen, weil Sally sonst immer so gemein zu ihr war, doch das hat sie nicht davon abgehalten, den Wein mit nach Hause zu nehmen. Ihr Vater hat dann beim Fernsehen zwei Gläser getrunken und soll dann innerhalb von zwanzig Minuten eingeschlafen sein. Sie konnten ihn kaum ins Bett schaffen, und am nächsten Tag soll er mit furchtbaren Kopfschmerzen aufgewacht sein.»

«Dann sieht es also so aus, als habe Wainwright-Smith ein Schlafmittel bekommen?»

«Das werden wir bald genau wissen, Sir. Shirleys Vater macht selbst Wein, deshalb hat er die Flasche aufbewahrt. Die Kriminaltechnik hat sie schon zur toxikologischen Untersuchung eingeschickt.»

«Gut gemacht, Inspector.» Das war zwar noch kein eindeutiger Beweis für Sallys Schuld – hierbei handelte es sich lediglich um Indizienbeweise –, und doch könnte man sie damit zu einem Geständnis bewegen. Aber nicht heute Abend. Zuerst müssten sie die Gegenüberstellung organisieren, und das würde etwas Zeit brauchen. Außerdem bestand keine Fluchtgefahr. Also würden sie damit bis morgen warten.

VIERTER TEIL

Der Tod, er breitet seine Schwingen aus heut Nacht
Zu holen das, was längst schon sein.

Matthew Arnold

35

Es war Donnerstagmorgen. Der Tag versprach klar und freundlich zu werden. Der plötzliche Wetterumschwung brachte eine Vorahnung von Wärme, die jedoch keinen Einfluss auf Inspector Blites Stimmung hatte, der sich gerade auf das Verhör von Sally Wainwright-Smith vorbereitete. In einer Besprechung mit Quinlan und Harper-Brown war entschieden worden, dass die Beweise gegen Sally noch nicht ausreichten, um sie festzunehmen. Fenwick hatte sich so weit vorgewagt, dass es zwischen ihm und dem Assistant Chief Constable beinahe zum Krach gekommen wäre. Das war eine neue und ungewohnte Situation für Blite. Genauso wie Fenwick war auch Blite nun davon überzeugt, dass Sally ihre Hauptverdächtige war, doch waren sie bei Harper-Brown und dem Superintendent auf heftigen Widerstand gestoßen.

Fenwick und Blite waren zuvor übereingekommen, noch nichts über ihre Zweifel an Alan Wainwrights angeblichem Selbstmord verlauten zu lassen, und hatten den Fall Arthur Fish bewusst nicht erwähnt. Sie hatten sich voll und ganz auf Grahams Tod konzentriert, hatten die Beweise, die sie gesammelt hatten, mit wachsender Zuversicht vorgetragen. Fenwick hatte sämtliche Verdachtsmomente gegen Sally angesprochen: ein fünfzehn Millionen Pfund schweres Motiv, kein Alibi zur Tatzeit, ihre Fingerabdrücke auf der Gemüsekiste, die man in der Küche von Wainwright Hall sichergestellt hatte. Zusätzlich verdächtig gemacht hatte sie sich durch ihr Verhalten, nachdem Jeremy Kemp sie mit Grahams Leiche allein gelassen hatte. Ihre unerklärlichen hysterischen Ausbrüche, ihre hartnäckig vorgebrachten Bedenken über Jenny. All das spiegelte das klassische Verhalten eines Schuldigen.

Bis zum Schluss hatte Blite die Eröffnung zurückbehalten, dass sie einen Augenzeugen aufgetrieben hatten, der Graham und Sally am Morgen seines Todes unter der alten Buche gesehen hatte. Erst dann hatte er diesen letzten Trumpf ausgespielt. Leider hatte der Assistant Chief Constable ganz genau hinterfragt, um was für einen Zeugen es sich handelte, und da hatte Blite zu seinem Leidwesen einräumen müssen, dass der Junge geistig zurückgeblieben war und dass er nicht mit Sicherheit sagen konnte, dass es sich bei dem Mann um Graham gehandelt habe, auch wenn der Mann, den er gesehen hatte, Graham auf jeden Fall sehr ähnlich sah.

«Das genügt nicht, Inspector. Ehrlich gesagt, bin ich ziemlich enttäuscht, dass Sie mir einen Haufen Zufälle und Vermutungen als definitive Beweise präsentieren. Nein, ich werde einem Haftbefehl nicht zustimmen, und ich bin sicher, Superintendent Quinlan ist mit mir einer Meinung.»

Obwohl der Superintendent vollstes Verständnis für seine Beamten hatte und ihre Schlussfolgerungen durchaus verständlich fand, hatte er gar keine andere Möglichkeit, als dem Assistant Chief Constable zuzustimmen.

Sally Wainwright-Smith war ihre Hauptverdächtige, und das nicht nur, weil sie sowohl ein Motiv als auch die Gelegenheit zu der Tat gehabt hatte. Doch bevor sie sie festnehmen konnten, musste alles Hand und Fuß haben, denn wenn sie beim Verhör nicht zusammenbrach und alles gestand, würden sie sie wieder freilassen müssen, weil die Beweise einfach nicht ausreichten, um ein Verfahren gegen sie zu eröffnen.

«Ich bin Ihrer Meinung, Sir. Dennoch liegen genügend Argumente vor, die sie zu einem Geständnis veranlassen oder sie zumindest so weit bringen könnten, dass sie uns das eine oder andere verrät, das uns weiterhilft. Ich schlage vor, dass man sie zu einem Verhör aufs Präsidium bringen lässt.»

Der Assistant Chief Constable hatte Quinlan überrascht angesehen.

«Nun gut. Dann glauben Sie also auch, dass sie es war?»

«Ja, Sir.»

«Aha. Sie werden sich auf jeden Fall genauestens an die Vorschriften halten. Die Wainwrights haben eine Menge Geld und Einfluss, und ich möchte nicht die leiseste Klage hören, verstanden!» Obwohl Blite das Verhör durchführen sollte, warf er Fenwick einen düsteren Blick zu.

«Verstanden, Sir.»

Fenwick und Blite hatten über die bevorstehende Vernehmung von Sally gesprochen und darüber, welche Taktik am erfolgversprechendsten wäre. Blite würde sie, zusammen mit Constable Nightingale, von Wainwright Hall abholen, während der Chief Inspector Alex in seinem Büro einen Besuch abstatten sollte, um abzuklären, inwieweit Alex über ihre Vergangenheit Bescheid wusste, falls Sally Anstalten machen sollte, sich telefonisch an ihn zu wenden. Im Polizeipräsidium sollte dann Claire Keating, die Polizeipsychiaterin, bei der Befragung durch Inspector Blite anwesend sein.

Blite warf einen raschen Blick auf die Uhr. Fenwick müsste jetzt auf jeden Fall bei Alexander sein. Während er darauf wartete, dass Sally auf sein Klingeln öffnete, betrachtete er die Steinfiguren, die links und rechts das Eingangsportal säumten, und imitierte die steinernen Fratzen, indem er ihnen eine Grimasse schnitt. Dieser Ort war einfach scheußlich! Selbst an einem freundlichen Frühlingsmorgen schienen die granitenen Mauern alles Sonnenlicht zu schlucken, und das Gebäude wirkte düsterer denn je. Der Garten sah vernachlässigt aus, und auf den Fensterscheiben lag eine fettige Rußschicht.

Sally öffnete selbst. Sie trug einen schwarzen Rollkragenpullover und Designerjeans. Von weitem hätte man sie für einen Teenager gehalten. Doch bei näherer Betrachtung sah man Spuren, die Stress und Erschöpfung auf ihrem Gesicht hinterlassen hatten. Dunkle Ringe lagen unter den Augen, und ihr zarter Teint hatte seinen wunderbaren Schimmer verloren. Sie roch nach abgestandenem Zigarettenrauch und hatte sich ganz offensichtlich gerade die Zähne geputzt, um den Alkohol aus ihrem Atem zu verbannen.

«Ihre Leute suchen immer noch das Gelände ab, Inspector. Ich glaube, sie sind unten im Wald. Ich habe einen Wagen mit Allradantrieb, wenn ich sie rausfahren soll …»

«Deshalb bin ich nicht gekommen, Mrs Wainwright-Smith. Wir müssen Sie noch einmal befragen, und wir würden die Vernehmung gerne auf dem Präsidium vornehmen. Wenn Sie uns bitte begleiten würden ...»

«Kann Alex dabei sein?»

«Ich fürchte, nein. Aber wenn Sie möchten, können Sie einen Anwalt hinzuziehen.»

Sein kühler und reservierter Tonfall ließ sie blass werden, doch sie antwortete nicht, drehte sich wortlos um und ließ Blite und Nightingale an der Türschwelle stehen. Sie hörten, wie sie sich mit Jeremy Kemp verbinden ließ und den Sachverhalt erklärte; kurz darauf rief sie ihnen zu:

«Inspector, Mr Kemp möchte Sie sprechen.»

Blite betrat die Eingangshalle und nahm den Hörer entgegen.

«Detective Inspector Blite hier, Mr Kemp.»

«Ist das wirklich erforderlich?»

«Im Moment *bitten* wir Mrs Wainwright-Smith lediglich, uns zum Präsidium zu begleiten. Wenn Sie sich weigert, wären wir gezwungen, andere Maßnahmen in Betracht zu ziehen, die ich jedoch zum gegenwärtigen Zeitpunkt lieber noch nicht erwägen möchte.»

«Aha. Lassen Sie mich noch einmal mit ihr sprechen.»

Ein paar Minuten später stieg Sally zu Blite in den Streifenwagen, den er extra zu diesem Zweck ausgewählt hatte. Als sie im Präsidium eintrafen, wartete Jeremy Kemp bereits auf sie, zusammen mit Claire Keating. Im Vernehmungsraum schaltete Blite das Tonbandgerät ein, brachte die Rechtsbelehrung und die Angabe der Personalien hinter sich und konfrontierte Sally ohne Umschweife damit, dass man sie am Morgen des Tages, an dem Graham Wainwright ermordet wurde, zusammen mit ihm an dem Ort gesehen hatte, an dem später seine Leiche entdeckt wurde. Sie leugnete, und Blite entgegnete, dass sie dann sicher nichts dagegen einzuwenden habe, an einer Gegenüberstellung teilzunehmen. Da schaltete Jeremy Kemp sich ein.

«Sind Sie sicher, dass das notwendig ist, Inspector?»

«Ihre Mandantin kann sich natürlich weigern, doch da sie uns versichert hat, dass sie Graham am Tage seines Todes nicht gesehen habe, würde ein Geschworenengericht das sicher reichlich seltsam finden, wäre das doch die beste Gelegenheit, alle Verdachtsmomente gegen sie ein für allemal auszuräumen.»

Die beiläufige Erwähnung eines Geschworenengerichts brachte beide zum Schweigen. Sally wurde sehr blass, Jeremy Kemps Gesicht überzog ein leuchtendes Rosarot. Sie bat um eine Zigarette, dann eine Tasse Kaffee, doch als sie sich anschickte, ein braunes Pillenfläschchen zu öffnen, forderte Blite sie auf, ihm das Fläschchen zu geben.

«Wofür sind die?»

«Das ist meine Medizin.» Ihre Stimme klang hart, doch ein leises Zittern verriet ihre Unsicherheit.

«Mir wäre es lieber, Sie würden jetzt noch keine Tablette nehmen.»

«Meine Mandantin hat ein Recht darauf, die ihr verschriebenen Medikamente einzunehmen, Inspector.»

«Nicht, wenn ihre Fähigkeit, meine Fragen zu beantworten, darunter leidet. Außerdem sind das nur Antidepressiva.»

«Ich brauche sie!», kreischte Sally und versuchte Blite die Flasche zu entringen.

«Beruhige dich, Sally, es ist schon in Ordnung. Lass dich doch von ihm nicht unterkriegen.» Kemp redete beruhigend auf sie ein, als habe er ein scheuendes Pferd vor sich.

Claire Keating beobachtete, wie sich die verschiedensten Gefühlsregungen auf Sallys Gesicht widerspiegelten: Erstaunen, Furcht, Ärger, Verschlagenheit, die jedoch sofort von einem herausfordernden Blick abgelöst wurden, den sie sonst nur von jugendlichen Straftätern her kannte. Sally atmete tief durch, einmal, zweimal, und ordnete dann ihr Haar.

«Natürlich haben Sie Recht. Es kommt mir nur alles so lächerlich vor.»

«Sie leugnen also, Graham Wainwright am Morgen seines Todes gesehen zu haben?»

«Ja.»

«Obwohl Sie an diesem Morgen mit ihm zusammen gesehen wurden? Und obwohl wir *seine* Fingerabdrücke auf einer Kiste mit Obst und Gemüse gefunden haben, die am Morgen seines Todes nach Wainwright Hall geliefert wurden?»

Weder Jeremy Kemp noch Sally sagten ein Wort. Sallys Gesicht war nahezu ausdruckslos, doch ihr Blick wich dem Blites aus und wanderte auf den abgetretenen Fußboden des Vernehmungsraums. Sie war offensichtlich darum bemüht, ihre Gefühle unter

Kontrolle zu halten. Kemps Gesichtsfarbe war inzwischen in ein leuchtendes Rot übergegangen. Mit sorgenvollem Blick wandte er sich Sally zu.

«Du musst nichts sagen, Sally, denk daran.»

«Mr Kemp hat Recht, Mrs Wainwright-Smith. Doch denken Sie auch daran, dass die Geschworenen Ihr Schweigen ganz anders auslegen könnten.»

Auf Kemps Worte schüttelte sie den Kopf und blickte Blite trotzig ins Gesicht.

«Das hat nichts zu bedeuten, Inspector. Wer auch immer behauptet, er habe mich mit Graham gesehen, lügt. Und ich weiß nicht, wie seine Fingerabdrücke auf die Kiste gekommen sind, und ich nehme an, Sie wissen es auch nicht.»

Ihren Kommentar ignorierend, sagte Blite:

«Erzählen Sie mir etwas über Donald Glass.»

Der plötzliche Themenwechsel brachte sie sichtlich aus der Fassung; Kemp sah verdattert aus. Eine Weile lang sagte keiner ein Wort, bis Blite das Verhör fortsetzte.

«Wir wollten von ihm wissen, wie Sie damals auf ihn losgegangen sind. Sie haben ein ziemlich heftiges Temperament. Er behauptet, Sie hätten ihn umbringen wollen. Und die Narbe, die er hat, spricht ja für sich.»

«Ich habe nichts mehr zu sagen.»

«Es sieht nicht sehr gut für sie aus, Mrs Wainwright-Smith. Wäre es nicht besser, Sie würden uns alles erzählen, ein für allemal reinen Tisch machen?»

«Sie haben gehört, was meine Mandantin gesagt hat.» Kemp bemühte sich, seiner Stimme einen ruhigen Klang zu geben, doch man brauchte ihn nur anzusehen, um zu erkennen, dass er dabei war, den Boden unter den Füßen zu verlieren.

«Ich möchte nach Hause.» Ohne eine Antwort abzuwarten, erhob Sally sich, wieder ganz die Dame von Welt, die ihrem Chauffeur Anweisungen erteilt.

«Ich bin noch nicht fertig, Sally.» Die vertrauliche Anrede schmälerte die Wirkung ihres Auftritts. «Bitte setzen Sie sich wieder.»

Nach einem kurzen Zögern kam sie seiner Aufforderung nach. Das Band lief noch immer.

«Ich habe nichts weiter zu sagen», wiederholte sie.

«Das mag sein, aber ich.»

Zunächst versuchte Blite sie aus der Fassung zu bringen, indem er noch einmal auf die Gegenüberstellung zu sprechen kam. Als seine Worte keine Wirkung zeigten, begann er, sie mit einer ganzen Reihe von Fragen zu bombardieren, angefangen bei der Frage, wer von Grahams Tod profitiere, bis hin zu jener, warum sie Shirley und Irene an dem Tag, an dem Graham starb, über ihre Anwesenheit im Haus belogen hatte. Die ganze Zeit über achtete er darauf, einen neutralen Tonfall beizubehalten, damit man ihm hinterher nicht würde vorwerfen können, er habe versucht, die Zeugin einzuschüchtern. Obwohl sie nichts preisgab, wusste er, dass ihr Schweigen auf diese ganze Kette von Beweisen, die sie gegen sie zusammengetragen hatten, vor Gericht eine nicht unbeträchtliche Wirkung zeitigen würde.

Nach drei Stunden ließ Blite sie gehen. Seine Frustration darüber, dass es ihm nicht gelungen war, Sallys abwehrende Haltung zu durchbrechen, war unverkennbar. Er bat sie, sich für die Gegenüberstellung bereitzuhalten, die entweder später am selben Tag oder am darauffolgenden Morgen stattfinden würde. Weiterhin sollte sie sie wissen lassen, wenn sie vorhatte, Wainwright Hall zu verlassen. Kaum schloss sich die Tür hinter Kemp und Sally, wandte er sich Claire und Nightingale zu und stieß aus:

«So eine verdammte Zeitverschwendung! Werden Sie da etwa schlau draus?»

Er glaubte nicht an den Nutzen von Polizeipsychiatern und betrachtete Claire mit kaum verhohlener Verachtung. Sie war Schlimmeres gewöhnt, und als sie antwortete, klang ihre Stimme gleichmütig.

«Nicht sehr. Sie hat ja nicht viel gesagt. Sie ist sehr abweisend und nervös. Hinter ihrer beherrschten Fassade hält sie sehr starke Gefühle zurück, die sie am Anfang kaum in der Lage war zu unterdrücken. Aber dann ist es ihr irgendwie gelungen zuzumachen. Schwer zu sagen, ob sie diesen Abwehrmechanismus längere Zeit aufrechterhalten kann. Sie muss Herrin der Lage sein, das ist offensichtlich, doch wenn sie das nicht ist, dann ist sie verwundbar und wird unberechenbar.

Ich empfehle Ihnen, sie ohne Vorankündigung noch mindestens

zweimal zum Verhör aufs Präsidium zu holen. Sagen Sie mir nur, wann. Bis nachmittags habe ich Termine, doch um vier oder sechs wäre ich frei. Morgen früh wäre auch gut.»

«Ich werde darüber nachdenken.» Blites brüske Verabschiedung zeigte keinerlei Wirkung bei Claire, was ihn nur noch mehr verärgerte, und kaum dass sie durch die Tür war, fing er an, ihre Mitarbeit zu kritisieren und darüber zu lamentieren, dass ihr Fall sich langsam in nichts aufzulösen schien. Seine angedeutete Kritik an Fenwicks Führungsstil verärgerte Nightingale, doch sie war so klug, darüber hinwegzugehen.

«Die Gegenüberstellung wird uns weiterbringen, Sir.»

«Darauf würde ich mich lieber nicht verlassen, Constable. Ich habe schon früher mit schwachsinnigen Zeugen zu tun gehabt.» Er merkte nicht, wie Nightingale bei seiner Wortwahl das Gesicht verzog. «Die sind ein gefundenes Fressen für die Verteidigung, glauben Sie mir. Im Moment ist das nur leider alles, was uns noch bleibt.»

Seit Fenwick ihn das letzte Mal gesehen hatte – das war an dem Morgen nach Graham Wainwrights Ermordung –, schien Alexander Wainwright-Smith um Jahre gealtert und auch um einiges dünner geworden zu sein, und die Härte, die er hinter der jovialen Fassade vermutet hatte, trat nun deutlich zu Tage. Fenwick hatte sich vorgenommen, nicht lange um den heißen Brei herumzureden.

«Ich werde Ihnen eine Geschichte erzählen, Alexander, die Geschichte eines achtjährigen Mädchens; was das Leben ihr zumutet – und was aus ihr wird. Sie sollten mir gut zuhören.»

«Falls Sie Sally meinen, Chief Inspector, so weiß ich darüber Bescheid. Vor unserer Heirat hat sie mir alles erzählt.»

Fenwick erinnerte sich an sein Gespräch mit Sally in der Küche von Wainwright Hall. Also hatte sie ihn damals auch angelogen, doch er musste ganz sicher gehen, ob Alexander die volle Wahrheit kannte.

Er berichtete ihm von Sallys Kindheit: davon, dass sie von Geburt an misshandelt und missbraucht worden war; von der unbekümmerten Art, mit der ihr Vater ein achtjähriges Mädchen seinen Freunden zur Verfügung gestellt hatte. Er sprach ruhig und sachlich, führte die Tatsachen auf und schmückte nichts aus.

Wainwright-Smith lauschte, zunächst gleichmütig, dann mit wachsendem Entsetzen. Fenwick erzählte von einem Bruder und einer kleinen Schwester, noch ein Säugling, und wie diese Kinder sich einer immer stärker ausufernden Gewalt gegenübersahen.

«Sie hat nie etwas von Geschwistern erzählt. Ich dachte, sie sei ein Einzelkind wie ich.»

«Das ist sie jetzt auch. Ich werde Ihnen erzählen, was geschah. Trotz dieser furchtbaren Erfahrung hat Sally es geschafft zu überleben. Sie war clever, wusste, wie sie es anstellen musste. Sie fing an zu stehlen, einerseits um zu überleben, andererseits um ihrem Vater zu gefallen. Sie wischte das Blut auf, machte die Küche sauber, wenn ihr Vater betrunken aus dem Pub kam und wieder einmal einen seiner Wutanfälle hatte. Sie war seinen Freunden zum Gefallen. Doch mit acht änderte sich ihr Leben grundlegend.»

«Warum erzählen Sie mir das alles?»

«Weil Sie das wissen sollten. Bitte hören Sie mir zu.»

Fenwick erinnerte sich an jedes Detail aus den Berichten der Polizei und des Jugendamts. Er beschrieb, wie die Eltern die Kinder systematisch verhungern ließen, wie Frank Bates immer gewalttätiger wurde. Bis er so leichtsinnig war, sie so zu misshandeln, dass die Lehrer in Sallys Schule auf ihre blauen Flecken aufmerksam wurden.

«Das Mädchen hat nur überlebt, weil sie Lebensmittel gestohlen hat. Bei jeder Gelegenheit nahm sie Süßigkeiten, Obst, egal was, aus den Schulranzen ihrer Klassenkameraden. Dann fing sie an, auch etwas in Geschäften mitgehen zu lassen. Beim Mittagessen in der Schule nahm sie zweimal nach, und sie brachte Essen, das sie organisiert hatte, mit nach Hause, um es ihrem Bruder zu geben, wenn sie Gelegenheit hatte, ihm etwas zuzustecken.» Bei Fenwicks letzten Worten legte Alexander sich vor Entsetzen die Hand vor den Mund, doch er schwieg, um Fenwick nicht zu unterbrechen. «Eines Tages erwischte ihr Vater sie, als sie versuchte, den Geschwistern etwas Essbares zuzustecken; und da sperrte er die anderen beiden Kinder in eine Kammer unter dem Dach, so dass er ihr Weinen nicht mehr hören musste. Er verprügelte Sally so heftig, dass sie nicht zur Schule gehen konnte, band sie an den Heizkörper in der Küche, wo sie auf dem Fußboden neben dem Hundekorb schlief. Doch ihre Lehrer machten sich Sorgen und riefen immer wieder bei ihrer Mutter an.

Sallys Mutter war ihrem Mann hörig, und sie erzählte ihm, dass erneut Mitarbeiter des Jugendamts da gewesen waren. So entschied Frank Bates, dass es besser wäre, seine Tochter wieder zur Schule zu schicken. Sie hatte seit über einer Woche kaum etwas gegessen, hatte chronischen Durchfall, weil sie das Wasser aus dem Hundenapf getrunken hatte. Nach ein paar Stunden waren die Lehrer sich sicher, dass da irgendetwas nicht stimmen konnte, und die Rektorin hat dann schließlich die Polizei gerufen.»

Fenwick berichtete, wie George Wicklow versucht hatte, das Kind mit einem Schokoriegel und einem Sandwich zum Reden zu bringen, und wie die beiden Beamten, gerade als sie aufbrechen wollten, von oben dieses Geräusch gehört hatten.

«Der kleine Junge und das Baby starben. Sally, die damals acht Jahre alt war, kam in ein Kinderheim. Ihr Vater wurde des Mordes angeklagt und zu lebenslanger Haft verurteilt; die Mutter bekam zwei Jahre Haft wegen Beihilfe zum Mord.»

«Guter Gott, meine arme Sally! Sie hat mir das niemals erzählt, doch das erklärt vieles … ihr zwanghafter Drang, Vorräte zu horten; ihr Sparfimmel und ihr Geiz selbst jetzt, wo wir reich sind; ihre plötzlichen Stimmungsumschwünge, ihre Wutausbrüche. Das arme Kind. Ich hoffe, dieses Schwein ist im Gefängnis verreckt!»

Alexanders Worte zeugten von solcher Heftigkeit und so abgrundtiefem Hass, dass Fenwick ihn überrascht anblickte. In diesem Mann schwelten Gefühle, die man nur zu leicht übersehen konnte. Fenwick sah, wie Alexander ein Gedanke kam, der ihm vor Bestürzung den Atem zu nehmen schien.

«Er ist doch nicht etwa entlassen worden?»

«Nein, er sitzt in einem Hochsicherheitstrakt, und es ist sehr wahrscheinlich, dass er dort auch den Rest seines Lebens bleiben wird.»

«Wie konnte er so etwas tun? Haben Sie ihn gesehen? Was hat er gesagt, hat er irgendeine Erklärung abgegeben?»

«Nein, dazu sind solche Psychopathen meistens nicht in der Lage. Aber ich habe noch nicht zu Ende erzählt.»

Er schilderte, wie Sally von einer Pflegefamilie zur nächsten weitergereicht wurde, wie sie weiteren Missbrauch erlitt; er erzählte von Sallys eigenem gestörten Verhalten, das sie wieder zurück ins

Heim brachte. Aus Alexanders Kommentaren schloss er, dass er Teile dieser Geschichte bereits kannte.

«Als sie sechzehn war, hat sie das Kinderheim verlassen und ist zu ihrem damaligen Freund gezogen, hat ihn dann bestohlen und schließlich sogar versucht, ihn zu töten.»

Alexander setzte zu einem Protest an, doch Fenwick fiel ihm ins Wort.

«Das ist die Wahrheit, Alexander. Sergeant Cooper hat mit dem Mann gesprochen und seine Narbe gesehen. Kurz nach diesem Vorfall hat sie die Gegend dann verlassen. Wo sie dann hingegangen ist, wissen wir nicht, doch wir nehmen an, dass sie auf der Straße gelebt und sich mit Prostitution über Wasser gehalten hat.»

«Prostitution! Das ist mir neu, doch wenn es so war, dann könnte ich es sogar verstehen. Sie musste ja von irgendetwas leben. Ich wünschte, sie hätte mir das alles erzählt! Aber höchstwahrscheinlich hat sie ihre Vergangenheit verdrängt, um überhaupt lebensfähig zu sein, und sich auf die Zukunft konzentriert, *unsere* Zukunft.»

«Mr Wainwright-Smith! Um Himmels willen, verstehen Sie denn immer noch nicht? Ich habe es doch nun deutlich genug gemacht: Die Frau, die Sie lieben und die Sie zu kennen glauben, ist nicht echt. Sie wurde quasi von Geburt an darauf abgerichtet, Männern zu gefallen und diese zu manipulieren. Ihre Frau ist keine normale Frau. Sie ist das Werk eines bösen, kranken Mannes und einer Mutter, die so schwach war, als habe es sie nie gegeben. Ich habe mit Polizeipsychologen gesprochen, und sie haben ein Profil von ihr erstellt. Ich werde Ihnen ein paar Passagen daraus vorlesen.»

Behutsam zog Fenwick den Bericht aus einem braunen Umschlag und blätterte auf die zweite Seite.

«Das ist der Part, der so verfasst wurde, dass auch wir ihn verstehen können. Hören Sie zu. *Eine Person, die als Kind eine derartig extreme Form von Missbrauch erfährt, wächst zwangsläufig mit einem stark verzerrten Weltbild, ebensolchen Werten und niedriger Selbstachtung auf, was die Person in irgendeiner Form zu kompensieren sucht und was unweigerlich zu einer Art von Persönlichkeitsstörung führt. Sie wird sich selbst verachten, weil sie eine Frau ist – wie ihre Mutter –, gibt sich jedoch höchstwahrscheinlich so selbstbewusst und souverän, dass sich auch Menschen in ihrer unmittelbaren Umgebung täuschen lassen. Sie wird sich automatisch an die Person (gewöhnlich einen Mann) in ihrer unmittelbaren Umgebung anpassen, die die größte Autorität und Macht ausstrahlt. Sie wird versuchen, diesem Mann zu gefallen und ihn zu manipulieren. Durch den sexuellen Missbrauch, den sie erfahren hat, ist es sehr wahrscheinlich, dass sie dabei Sex als wichtigstes Instrument einsetzt, um ihn unter Kontrolle zu halten. Körperlich empfindet sie dabei nichts; um die Erwartungen ihres Partners zu erfüllen, wird sie Lust oder Schmerz vortäuschen, wie sie dies bei ihrem Vater, ihren Onkeln und den Freunden des Vaters getan hat. Ihre Gefühle gegenüber den autoritären Männern in ihrem Leben ist eine komplexe Mischung aus Hass und dem Verlangen, von ihnen ‹geliebt› zu werden. Wenn jemand einmal Macht über sie erlangt hat, so ist sie fügsam und leicht manipulierbar.*

‹Liebe› ist für sie etwas nicht Fassbares, weil sie sie in ihrer Kindheit nie kennen gelernt hat. Für sie ist Liebe gleichbedeutend mit dem, was sie sich als Kind am meisten gewünscht hat, und das ist gewöhnlich Aufmerksamkeit, und in diesem speziellen Fall Nahrung und Genussmittel. Die Fähigkeit, unbedingt und jederzeit die Situation zu beherrschen, ist für sie unerlässlich, und sie wird ein beträchtliches Maß an Energie darauf verwenden, alle Aspekte ihrer Umgebung zu manipulieren. Ein Mangel an Kontrolle kann sie aus der Bahn werfen und extreme Reaktionen hervorrufen.

Sie leidet unter Zwangsverhalten und reagiert auf eine Weise, die andere als seltsam oder herzlos empfinden. Auf Stress zeigt sie für ihre Umgebung unverständliche Reaktionen. Sie haben mich um eine Stellungnahme über ihr Gewaltpotential gebeten. Meiner Ansicht nach ist die Gefahr dafür recht groß, besonders dann, wenn sie durch Geschlechtsverkehr nicht das erreicht, was sie sich erhofft hatte. In ihrer Kindheit hat sie Missbrauch und Schläge erfahren, Hunger gelitten, und könnte somit selbst zu extremer Gewalt neigen.»

Während Fenwick vorlas, sank Alexander immer tiefer in sich zusammen und verbarg sein Gesicht in den Händen. Als der Polizeibeamte verstummte, senkte sich Stille über den Raum. Endlich gelang es Alex zu sprechen.

«Was Sie über ihre Vergangenheit gesagt haben, muss ich akzeptieren», sagte Alexander leise, doch bestimmt. «Ich glaube jedoch nicht, dass sie so ist, wie Ihr Psychologe sie in seinem Bericht geschildert hat.»

«Haben *Sie* Graham Wainwright getötet?»

«Natürlich nicht! Haben Sie mir die Geschichte nur deshalb erzählt, um mich zu einem Geständnis zu bewegen? Also wirklich, Fenwick, Sie sind zu …»

«Ich beschuldige Sie nicht! Aber irgendjemand hat es getan, hat Ihren Cousin kaltblütig und vorsätzlich ermordet. Und Ihre Frau hat für den Morgen, an dem Graham starb, kein Alibi. Dann hat sie es so eingerichtet, dass sie nach der Entdeckung der Leiche allein mit ihr war. Sie hat den Tatort verwüstet, hat uns ganz offensichtlich angelogen, was ihren Verbleib am Morgen seines Todes anbelangt. Und was das Motiv angeht, so scheinen nur Sie und Sally eines zu haben.»

«Ich bitte Sie! Sally ist meine *Frau.*»

«Die, wenn ich richtig informiert bin, nach Ihrem Tod alles erben wird.»

«Wollen Sie mir etwa einreden, dass ich als Nächster dran bin? Das ist doch absurd!»

«Das haben *Sie* gesagt. Was ich Ihnen zu verstehen geben will, ist, dass Ihre Frau unsere Hauptverdächtige ist und dass sie in diesem Moment von uns vernommen wird.»

Mit einem Satz war Alexander auf den Füßen und schoss zum Telefon.

«Sie braucht einen Anwalt.»

«Ich bin sicher, dass man ihr Gelegenheit gegeben hat, Jeremy Kemp anzurufen.»

«Ich spreche von einem fähigen Strafverteidiger. Geben Sie mir eine Minute Zeit … ich kenne jemanden, der wissen wird, an wen wir uns wenden können.»

Fenwick ließ ihn telefonieren. Als Alexander den Hörer auflegte, kam er auf den zweiten Grund für seinen Besuch zu sprechen: Er wollte Alexanders Reaktion auf Sallys angebliches Verhältnis mit seinem Onkel austesten.

«Da ist noch etwas, über das ich mit Ihnen sprechen muss. Es ist wichtig. Es geht um Ihre Frau und Alan Wainwright.»

Alexander sah ihn verständnislos an.

«Man hat uns gesagt, Ihre Frau habe vor seinem Tod eine Affäre mit Ihrem Onkel gehabt. Stimmt das?»

Er hatte damit gerechnet, dass der andere schockiert oder ärgerlich reagieren oder es leugnen würde, doch Alexander ging langsam durch den Raum, um am Fenster stehen zu bleiben.

«Dieses Gerücht ist mir auch schon zu Ohren gekommen. Haben Sie irgendwelche Beweise?»

«Nein.»

«Mein Onkel ist tot. Selbst wenn etwas dran ist, sind es doch nur alte Kamellen. Deswegen ist sie noch lange keine Mörderin.»

«Das nicht, aber man hat sie mit Graham am Morgen seines Todes gesehen. Wir haben einen Augenzeugen.»

Fenwick starrte auf Alexanders breiten Rücken und wartete auf eine Antwort, doch der Mann schwieg.

«Sie nehmen das mit bemerkenswerter Gelassenheit auf, Mr Wainwright-Smith.»

«Mir bleibt ja wohl nichts anderes übrig.»

Alexanders Reaktion kam ihm falsch vor und er fragte sich, wie viel er in Wirklichkeit über Sallys Vergangenheit wusste. Sally hatte ihn angelogen, hatte behauptet, ihrem Mann nichts gesagt zu haben, doch vielleicht sagte Alexander auch nicht die Wahrheit. Was, wenn er über ihre Vergangenheit Bescheid gewusst hatte, auch über ihr Verhältnis mit seinem Onkel? Angenommen, er hätte von diesem Verhältnis gewusst und es stillschweigend geduldet oder sogar gefördert? Alexander war der Hauptbegünstigte im Testament seines Onkels und war sogar sein Nachfolger in der Firma geworden. Vielleicht war er nur zu bereit gewesen, einen hohen Preis für sein Erbe zu zahlen.

Fenwicks Miene verriet nichts von seinen Gedanken, doch er betrachtete sein Gegenüber mit neuem Argwohn. Er erhob sich, um zu gehen. Bevor er die Tür erreicht hatte, rief Alexander ihm nach:

«Wir sind übrigens dabei, eine gerichtliche Verfügung zu erwirken, wegen der Rückgabe der Firmenunterlagen aus Arthur Fishs Haus. Ich rechne damit, dass wir Erfolg haben werden.»

Fenwick drehte sich lächelnd um. Er vertraute darauf, dass Miles Cator mittlerweile genügend Beweismaterial ausgegraben hatte, um die Herausgabe der Papiere zu verhindern. Er war sich sicher, den Gewinner in diesem Tauziehen zu kennen.

36

Als Alexander endlich nach Wainwright Hall zurückkehrte, lag das Haus völlig dunkel da. Obwohl es ihm nach seinem Gespräch mit Fenwick nicht mehr gelungen war, sich auf seine Arbeit zu konzentrieren, hatte er sich dennoch bewusst Zeit gelassen. Er hatte darüber nachgedacht, wie er mit der sehr realen Bedrohung, die die Polizei darstellte, umgehen sollte, insbesondere was er mit Sally tun sollte. Wenn es ihr tagsüber schlecht ergangen war, könnte sie jetzt in jeder nur erdenklichen Verfassung sein – von völliger Erstarrung bis hin zu explosiver Gewalttätigkeit –, doch wie auch immer es ihr ging, er würde mit ihr sprechen und ihr erklären müssen, warum er fort musste.

Er fand sie in der Küche, wo sie dösend vor dem Holzherd saß, eine halb leere Ginflasche und eine leere Chipstüte vor sich auf dem Tisch. Er war sich sicher, dass das ihr ganzes Abendessen gewesen war.

«Sally!», rief er von der Tür aus.

«Hm, was ist?»

«Ich bin's, Sal. Bin wieder zurück.» Er hatte seinen väterlichen Tonfall angeschlagen, der in den meisten Fällen Wirkung zeigte.

«Du bist spät dran. Ich habe das Essen in den Kühlschrank gestellt.»

«Ich habe schon im Büro gegessen, danke. Wir müssen uns unterhalten, wegen der Polizei.»

«Ich habe nichts verraten, Alex, ganz ehrlich.»

«Was hast du nicht verraten?»

«Wegen Graham. Sie haben mir eine Menge Fragen gestellt, und ich war so verwirrt – manchmal dachte ich, sie würden über Graham sprechen, dann stellten sie plötzlich eine Frage wegen des Testaments. Sie waren überall, aber ich habe kein Wort gesagt!»

«Braves Mädchen. Mach dir keine Sorgen, denn ich habe für dich den besten Strafverteidiger im ganzen Land engagiert. Er kommt morgen früh hierher, um mit dir zu reden. Er heißt Michael Ebutt, und er wird sich um dich kümmern. Er hat bereits die Polizei angerufen und für morgen Mittag einen Termin bestätigt. Er trifft dich dann dort.»

«Ich will, dass du dich um mich kümmerst. Ich will mit dir weg von hier. Habe schon fast alles gepackt.» Ihre Stimme klang tränenschwer; er trat zu ihr und legte seine Arme um sie. In diesem Zustand wusste er genau, wie er sie nehmen musste, und er würde jetzt versuchen, so viel wie möglich daraus zu machen.

«Das können wir nicht tun, das weißt du doch. Denk daran, wie wichtig es ist, genauso weiterzumachen wie bisher. Wir haben das alles schon einmal überstanden. Du tust, was du tun musst, und ich tue, was ich tun muss. Sobald Grahams Nachlass geregelt ist, werden wir sehr, sehr reich sein und können uns auf unserer eigenen Insel niederlassen, so wie wir das immer wollten.»

«Das mit der Insel habe ich schon ad acta gelegt.»

«Aber du sagtest doch immer, auf einer Insel würdest du dich sicher fühlen.»

«Das war einmal, auf einer Insel bist du wie gefangen. Ich möchte lieber eine große Jacht. Den Boston Whaler geben wir in Zahlung. Auf dem Meer findet uns niemand. Wir wären für immer in Sicherheit und könnten doch an jeder Insel anlegen.»

Alexander unterdrückte einen Seufzer und sagte dann fröhlich: «Also ein großes Boot. Nun lass uns aber darüber sprechen, was als Nächstes ansteht. Denn die Polizisten kommen wieder, so viel ist klar.»

«Okay.» Ihre Stimme klang zu gefügig, zu nachgiebig, und er drehte ihren Kopf zu sich, um ihr in die Augen zu sehen und um sicherzugehen, dass sie mitbekam, was er sagte. Der Ausdruck tiefster Müdigkeit und Verwirrung, der aus ihrem Blick sprach, traf ihn wie einen Faustschlag. Sie war erschöpft und aufgewühlt, was bedeutete, dass nicht mehr viel fehlte, und sie würde die Beherrschung verlieren, und nichts war so wichtig für sie, wie die Kontrolle über sich zu bewahren. In diesem Moment erinnerte sie ihn so stark an seine Mutter, dass er an sich halten musste, um sie nicht zu schlagen. Sie musste stark sein, einen eisernen Willen besitzen und sich in der Gewalt haben. Sie würde doch nicht etwa schlapp machen, jetzt wo sie fast am Ziel waren.

Sein Leben lang hatte er andere getäuscht und manipuliert. Unter Aufbietung all seiner Kräfte gelang es ihm, seiner Stimme einen ruhigen und entschlossenen Tonfall zu geben.

«Wir müssen über die nächsten Tage sprechen. Was wirst du also *nicht* tun?»

«Reden.»

«Braves Mädchen, das war die richtige Anwort. Du warst doch immer gut darin, Geheimnisse zu bewahren, also wirst du auch weiterhin den Mund halten.» Er beugte sich über sie und küsste ihre glatte Stirn, zog die Nase kraus, als er den abgestandenen Zigarettenrauch in ihrem Haar gewahr wurde. «Und wenn die Polizisten dir erzählen, was sie herausgefunden haben, dann leugnest du einfach oder sagst gar nichts, okay?»

«Ja.» Ihre Stimme klang dünn, wie die eines Kindes. «Aber die wissen sowieso schon viel.»

«Was zum Beispiel?»

«Das von Graham und Daddy, und was er getan hat. Sogar über Donald wissen sie Bescheid – ich habe dir doch von ihm erzählt, wie er mich angegriffen hat. Woher *wissen* sie das alles?»

«Sie sind Polizisten. Es ist ihr Job, Dinge herauszufinden, aber sie sind auch nur Menschen, wie wir, also glaub ja nicht, sie seien unbesiegbar.»

«Nach Onkel Alan haben sie mich nicht gefragt.»

«Das ist gut, aber mach dich darauf gefasst, dass sie es doch noch tun.» Er dachte an seine Unterhaltung mit Fenwick und beschloss, dass er ihr besser alles erzählen sollte. «Sie wissen von deinem Verhältnis mit ihm. Sie haben es mir gesagt.»

Zwei verräterische rote Flecken erschienen auf ihren Wangen.

«Ich hasse sie, diese verdammten Schweine, jeden Einzelnen von ihnen.» Sie bohrte ihre Fingernägel in sein Handgelenk. Mit festem Griff entfernte er ihre Hand. «Haben sie noch etwas über die andere Sache gesagt?»

Schon einmal hatte er Mühe gehabt, sie von diesem Thema wieder abzubringen.

«Es gibt nichts anderes.»

«Aber ja, ich sagte es dir doch. In der Nacht, als er starb –»

«Sally!» In seiner Stimme schwang eine Warnung mit. «Hör auf damit. Denk an das Urteil der Leichenschau. Alan hat Selbstmord begangen. Er ist tot, und das Einzige, was von ihm noch übrig ist, ist seine Asche. Halt einfach den Mund, dann wird sich alles von selbst regeln.»

«Aber manchmal sehe ich ihn im Traum, wie er dort im Auto sitzt und mich anschaut. Und immer noch lebt!»

«Schluss jetzt!» Er schlug sie hart auf den Handrücken, und sie verstummte. «Vergiss diese Träume, vergiss den alten Mann. Er ist für immer weg.» In seinem Ton lag so viel Ärger, dass sie sofort einlenkte.

«Ja, Alex.»

«Ich muss für ein paar Tage verreisen – nein, sieh mich nicht so an! Es gibt da ein paar Dinge geschäftlicher Art, auf die ich mich einstellen muss. Konzentrier du dich nur darauf, nichts zu sagen. Wir haben es vorher geschafft, Sally, und wir werden es wieder schaffen. Ich werde nicht weit weg fahren, also kein Grund zur Panik.»

Sie nickte, bemüht, ihrem Gesicht einen entschlossenen Ausdruck zu geben. Sie sah wieder fast so aus wie die Sally, die er kannte, und er stieß einen Seufzer der Erleichterung aus. Sie war wie ein Chamäleon. Ihre Persönlichkeit war so verquer, ihr Verhalten so extrem, dass er nie wusste, welche Sally ihm auf der Türschwelle entgegentreten würde. Doch solange sie es schaffte, sich beim Verhör zusammenzureißen, wäre alles gut. Ebutt war, wie es aussah, wirklich ein erstaunlicher Anwalt, und alles, was Sally zu tun hatte, war, Stillschweigen zu bewahren.

«Natürlich schaffen wir das. Doch wenn du nicht da bist, Alex, ist alles so viel schwieriger für mich, und ich denke mir, Dinge… Nun, du weißt, was ich denke. Du tust mir so gut. Du verstehst mich und verzeihst mir, wenn ich böse war.»

«Du weißt, dass ich dir immer verzeihe. Jetzt lass uns zu Bett gehen, gemeinsam, so wie früher.»

Schon vor dem ersten Morgengrauen war Alex in der Küche und bereitete sich das Frühstück. Davor hatte er die Ginflasche beiseite geräumt, nur für den Fall, dass die Polizei vorhatte, Sally einen Besuch abzustatten. Seitdem Irene und Shirley nicht mehr kamen, war es auf Wainwright Hall immer schmuddeliger und unansehnlicher geworden, doch Sally, die anfänglich so stolz auf ihr neues Heim gewesen war, schien es gar nicht zu bemerken. Bei dem Gedanken an Irene ging er zum Telefonbuch, suchte ihre Nummer heraus, schrieb sie sorgfältig auf einen Zettel und verließ dann das Haus.

Alex wollte nicht weit weg fahren, und er hatte keineswegs vor, sich zu verstecken, doch im Moment wäre es das Beste für sie beide, wenn sie etwas Abstand zueinander hätten. Als Alex gegangen war, machte Sally sich auf in den Harlden Park, wo sie den Vormittag damit verbrachte, den Kindern beim Schaukeln zuzusehen, um nicht an ihr bevorstehendes Gespräch mit der Polizei denken zu müssen. Am späten Vormittag hatte sie bereits fünfundzwanzig Zigaretten geraucht, und sie lechzte nach einem Drink. Wenn sie sich beeilte, dann könnte sie es noch schaffen, vor ein Uhr ins Zentrum zu gehen, um ein oder zwei Gläser zu trinken.

Um ihr seelisches Gleichgewicht zu bewahren, durfte sie auf keinen Fall die Selbstbeherrschung verlieren. Das war es, was Alex von ihr erwartete, und doch war das für sie die schwierigste Aufgabe. Plötzlich tauchte vor ihrem geistigen Auge das Bild von James FitzGerald auf. Er war ein mitleidloser und gefährlicher Mann, ein Mensch, der in der Hackordnung ganz oben stand, ein Raubtier und ein Jäger, vor dem sie einerseits Angst hatte, dem sie aber andererseits Respekt entgegenbrachte. Ihr sechster Sinn war so geschärft, dass sie die Macht und die Gefahr, die ein anderer Mensch ausstrahlte, instinktiv spürte, und bei ihm spürte sie diese besonders stark. Er war ein unberechenbares Element in ihrem Universum, etwas, dem sie lieber aus dem Weg ging.

Als hätten ihre Gedanken ihn heraufbeschworen, hörte sie hinter sich schwere, schnelle Schritte. Sie wandte sich um und sah FitzGerald, der auf sie zueilte.

«Dachte ich mir doch, dass du es bist! Das nenne ich einen Glücksfall, denn so spare ich mir die Fahrt zu euch raus.»

«Hallo, James. Ich habe wenig Zeit. Was wollen Sie?»

«Begrüßt man so einen alten Freund?», fragte er neckisch, doch Sally fühlte, wie ihr Magen sich schmerzhaft zusammenkrampfte. «Hier sitzt man ein bisschen auf dem Präsentierteller, findest du nicht auch? Lass uns nach Castle Hill gehen. Ist nur ein paar Minuten zu Fuß.»

Castle Hill war ein Bereich der Parkanlage hinter der High Street, ein Gelände aus Rasenflächen und steil ansteigenden Spazierwegen. Hinter einem kleinen schmiedeeisernen Schwingtor führte ein Fußpfad hinauf auf den Hügel, auf dessen Kuppe die liebevoll restaurierten Überreste einer Burg thronten, die einst das ganze Tal um Harlden beherrscht hatte. Doch es waren mehr Leute unterwegs, als FitzGerald erwartet hatte. Er murrte vor sich hin, während Sally schweigend an seiner Seite ausschritt. Noch bevor sich Gelegenheit zu einem Gespräch bot, hatten sie bereits die Höhe erreicht. Sie tauchten in das düstere Gemäuer aus dem zwölften Jahrhundert, dessen Mauern bis in den Himmel zu ragen schienen. Selbstzufrieden lächelnd lehnte FitzGerald sich an die Wand aus dicken Quadersteinen und blickte Sally an. Schweigend erwiderte sie seinen Blick, doch fühlte sie kalte Furcht vor dem Unvermeidlichen in sich aufsteigen, wie damals, wenn ihr Vater spät in der Nacht aus dem Pub heimkehrte.

«Du hast mich nie gefragt, wie ich zu den Fotos von dir und Alan gekommen bin.»

In FitzGeralds Stimme lag eine falsche Harmlosigkeit, die Sally sofort in Alarmbereitschaft setzte. Sie schwieg noch immer.

«Ich habe dich beobachten lassen, Sally, von dem Tag an, als du plötzlich als Alex' Verlobte auftauchtest. Ich habe das Urteil des Coroner über Alans Tod nie so recht glauben können. Also habe ich mir die Leute herausgepickt, die ein plausibles Motiv hatten: dich, Alexander und Graham. Ich war damals der Ansicht, es würde sich nicht lohnen, dich die ganze Zeit über beschatten zu lassen. Was sich als Fehler meinerseits herausstellte. Ich hatte einen Mann auf euch alle – dich, Alex und Graham – angesetzt, weil ich nicht wollte, dass zu viele Leute von meinem Interesse an euch erfuhren. Demnach weiß ich nicht, wo du zum Zeitpunkt von Arthur Fishs und Amanda Bennetts Ermordung warst. Doch eines weiß ich mit Sicherheit: Alex hatte damit nichts zu tun.

Und auch an dem Tag, als Graham starb, habe ich dich nicht verfolgen lassen.» Er machte eine Pause und blickte sie forschend an, auf der Suche nach der Spur einer Reaktion. Aber ihr Gesicht blieb völlig ausdruckslos. Er stieß sich von der Wand ab und ging hinüber zu ihr. Sie blickte starr über seine linke Schulter hinweg. Er legte einen Finger unter ihr Kinn und drückte ihren Kopf hoch, so dass sie seinem Blick nicht länger ausweichen konnte.

«Wie gesagt, ich habe dich an Grahams Todestag nicht beschatten lassen.» Er lächelte sie an. Ihre Augen waren weit aufgerissen. «Aber *ihn* habe ich beobachten lassen.» Sein Lächeln erinnerte jetzt an das Zähneblecken einer Raubkatze. Er zog seine Hand zurück. Die Drohung in seinem Blick war unverkennbar. «Möchtest du einen Blick auf die Fotos werfen? Ich habe ein paar Extraabzüge mitgebracht. Der Mann, den ich beauftragt habe, ist ziemlich fähig. Aber das weißt du ja, denn du hast seine Arbeiten bereits früher bewundern dürfen. Du bist wirklich genial, Sally, das muss man dir zugestehen. Wie ist es dir nur gelungen, ihn zu einem Picknick im Grünen zu überreden? Noch dazu an so einem abgelegenen Ort? Das ist wirklich ganz erstaunlich!»

Sie vergegenwärtigte sich Alex' mahnende Worte und schwieg. Auf gar keinen Fall würde sie diesem scheußlichen Kerl verraten, wie leicht es gewesen war, Graham zu einem Treffen zu veranlassen. Sie hatte sich einfach geweigert, zu ihm ins Hotel zu kommen, und er war so erpicht darauf gewesen, ihr gegenüberzutreten, dass er sich sofort einverstanden erklärt hatte. Und so hatte sie in aller Frühe auf ihn gewartet, nachdem sie zuerst den Bus in den nächsten Ort genommen hatte. Es war dumm von ihr gewesen, das bestellte Gemüse vom Markt holen zu wollen, und geradezu leichtsinnig, ihn zu bitten, die Ware abzuholen, während sie – das Kopftuch tief in die Stirn gezogen – auf dem Beifahrersitz seines Wagens auf ihn gewartet hatte. Doch dieser kleine Touch von Häuslichkeit hatte wiederum eine beruhigende Wirkung auf Graham gehabt, und als er mit der Kiste zum Auto zurückkehrte, war er ihr bedeutend entspannter vorgekommen. Und sie hatte ihn wegen seiner Schwäche verabscheut.

«Hier, das wird dir gefallen.» FitzGerald reichte ihr ein Hochglanzfoto in Schwarzweiß, das die alte Buche und zwei Personen zeigte. Die Aufnahme war aus einiger Entfernung mit einem starken

Teleobjektiv gemacht worden, und die Gesichter waren noch nicht einmal fingernagelgroß. Doch sie zweifelte nicht daran, dass es mit einer entsprechenden technischen Ausrüstung ein Leichtes wäre, die Gesichter auf dem Foto in aller Deutlichkeit darzustellen.

«Warum sind Sie damit nicht zur Polizei gegangen? Ich bin sicher, die hätten sich sehr dafür interessiert.»

«Ich denke, die wären mehr als nur interessiert, besonders an diesem Bildchen hier.» Er reichte ihr eine weitere Aufnahme. «Das war wirklich genial, Sally, wenngleich es sicher immer noch Schwerstarbeit gewesen sein muss. Nun, ich bin zu dem Schluss gekommen, dass diese Bilder mir mehr nutzen als der Polizei, die sich nur in unsere geschäftlichen Angelegenheiten einmischen würde. Für mich und meine Geschäftspartner ist es aber sehr wichtig, dass Wainwright's schön brav so weitergeführt wird wie unter dem lieben alten Alan. Und solange diese Fotos in meinem Besitz sind, hat sich dein nach Unabhängigkeit strebender Ehemann nach mir zu richten. Ob du ihm erzählst, was ich habe, oder einfach deinen Einfluss geltend machst – das ist mir, ehrlich gesagt, scheißegal. Mich interessiert lediglich, dass er schön brav bleibt. Verstanden?»

Mit eisernen Fingern umklammerte er ihr Handgelenk, und sie merkte, wie sie nahe daran war, die Beherrschung zu verlieren.

«Und mach dir um den Fotografen keine Sorgen. Er arbeitet schon seit Jahren für mich und hat schon Schlimmeres gesehen … wenn auch nicht viel Schlimmeres, wenn ich so darüber nachdenke.»

«Was wollen Sie von mir?»

«Das sagte ich dir doch bereits: Ich will die absolute Kontrolle über Wainwright Enterprises und natürlich noch einen kleinen Beitrag zu meiner Altersversorgung.»

«Wie viel?»

«Drei Millionen Pfund.»

«Was!»

«Das ist doch nur ein Bruchteil dessen, was ihr beide, du und Alex, geerbt habt. Und immer noch besser, als alles zu verlieren.»

«Haben Sie denn nicht schon genug?»

«Hm, man kann eigentlich nie genug haben, das wirst *du* doch am besten verstehen können. Nein, ich will mehr.»

«Aber drei Millionen! Wo soll ich so viel Geld hernehmen?»

«Dir fällt bestimmt etwas ein. Ich brauche auch nicht alles auf einmal. Für den Anfang reichen mir ein paar hunderttausend. Sozusagen als Zeichen eures guten Willens. Und den Rest dann im Laufe des nächsten Jahres. Ihr werdet das schon machen. Wie – das liegt an dir.»

«Wie lange geben Sie mir Bedenkzeit?»

«Überhaupt nicht! Du bist nicht in der Position, um mit mir zu verhandeln, Sally. Das Einzige, was du tun musst, ist, dir Gedanken darüber zu machen, wie ihr mich bezahlen wollt. Wie gesagt, die erste Rate dürfte euch keine Schwierigkeiten bereiten. Ich erwarte das Geld also bis Ende der Woche. Verkauf ein paar Papiere. Das dürfte nicht weiter schwierig sein.»

«Grahams Nachlass ist noch nicht geregelt.»

«Aber Alans – und ich weiß haargenau, wie viel er euch hinterlassen hat. Und sowie ihr Zugriff auf Grahams Vermögen habt, könnt ihr seine Besitztümer veräußern und mir den ausstehenden Betrag zukommen lassen.»

Mit einem Mal gab Sally nach. Ihre Schultern sackten nach vorne, und sie ließ den Kopf hängen.

«Ich werde Hilfe brauchen, das Geld flüssig zu machen.»

Das bezweifelte er. Wie er Sally kannte, hortete sie sicher irgendwo auf Wainwright Hall ein kleines Vermögen.

«Jeremy Kemp soll dir helfen. Ich werde ihn wissen lassen, dass du dich bei ihm melden wirst. Aber denk daran: Er darf nichts davon erfahren, dass das Geld für mich bestimmt ist.» Noch einmal packte er ihren Arm, um sie daran zu erinnern, was geschehen würde, wenn sie seinem Wunsch nicht nachkommen sollte.

«Ich werde mit Jeremy sprechen und mich wieder bei Ihnen melden, um über die Geldübergabe zu sprechen.»

«Ausgezeichnet! Ich wusste, dass man vernünftig mit dir reden kann. Komm, ich spendier dir einen Drink.»

«Nein, danke. Ich muss jetzt nachdenken. Gehen Sie nur schon vor. Man sollte uns besser nicht zusammen sehen.» Ihre Stimme klang matt, wie besiegt.

«Auch gut.» Er drückte ihr einen feuchten Kuss auf die Wange. «Sehr gut!», sagte er, als habe sie soeben einen schwierigen Test bestanden, und winkte ihr noch einmal zu, bevor er hinter der Wegbiegung verschwand.

37

Fenwick saß an seinem Schreibtisch im Büro und las noch einmal das Protokoll über Sally Wainwright-Smiths Vernehmung am Vortag. Gerade dachte er an die bevorstehende Gegenüberstellung, die für die Mittagszeit angesetzt worden war, als seine Sekretärin ihm mitteilte, Mrs Wainwright-Smiths Rechtsbeistand sei am Telefon. Er beschloss, den Anruf entgegenzunehmen, und war im ersten Moment erstaunt, Ebutts Namen zu hören. Er war im ganzen Land als hervorragender Strafverteidiger bekannt, und in Polizeikreisen fürchtete man seinen Namen. Dies war das erste Mal überhaupt, dass Fenwick persönlich mit ihm sprach.

«Chief Inspector, Mr Wainwright-Smith hat mich beauftragt, die Interessen seiner Frau zu vertreten. Ich habe mich jetzt eine halbe Stunde lang mit den angeblich gegen meine Mandantin vorliegenden Beweisen beschäftigt, und mir ist jetzt klar, warum Sie es nicht gewagt haben, sie festzunehmen. Sie haben einfach nichts gegen sie in der Hand!»

Fenwick war überrascht, dass der Mann ihn extra angerufen hatte, um ihm das mitzuteilen, wo er doch später am Tag Gelegenheit gehabt hätte, ihn damit in einem persönlichen Gespräch zu konfrontieren. Für einen so erfahrenen Anwalt war das eine merkwürdige Vorgehensweise, doch schon im nächsten Moment sollte ihm der Grund dafür klar werden.

«Ich schlage vor, Sie sagen diese Gegenüberstellung heute ab, sonst sähe ich mich gezwungen, Sie und Ihr Team wegen Schikane zu verklagen.»

Wenn Ebutt vorhatte, Fenwick zu verärgern, dann war ihm das misslungen, doch hatte er den Polizeibeamten neugierig darauf gemacht zu erfahren, wo die Beweiskette eine derart gravierende Schwachstelle aufwies, dass er sich seiner Sache so sicher war. Fenwick bat Ebutt um eine Erläuterung.

«Soweit ich verstanden habe, ist Mr Graham Wainwright erdrosselt worden, woraufhin er in dem Versuch, den Mord als einen Selbstmord zu tarnen, aufgehängt wurde.» Als Fenwick nichts erwiderte, sah Ebutt sich gezwungen, seine Gedanken weiter auszuführen. «Vielleicht erklären Sie mir, Chief Inspector, wie es eine junge Frau mit vierundfünfzig Kilo Körpergewicht geschafft haben soll, einen toten Mann von fast siebzig Kilo hochzuheben, ihm also die Schlinge um den Hals zu legen, auf die andere Seite zu laufen und den Strick an einem anderen Ast festzubinden?»

Fenwick fühlte, wie das Blut aus seinem Gesicht wich. Er hatte Blite ausdrücklich darum gebeten nachzuprüfen, ob es möglich war, den Mann zu erhängen, und als Antwort auf seine Frage hatte er ein kategorisches Ja erhalten. Und Blite wusste schließlich auch, dass Sally ihre Hauptverdächtige war.

Er hatte sich auf Blites Urteil als Leiter der Ermittlungen im Fall Graham Wainwright verlassen, und dieser hatte ihn im Stich gelassen. Ebutt fuhr fort, und Fenwick musste sich zusammenreißen, um sich zu konzentrieren.

«Ich schlage vor, dass Sie meine Mandantin erst dann wieder zum Verhör bitten, wenn Sie mir diese Frage beantworten können. Und bevor Sie versuchen, sich damit herauszureden, dass sie einen Komplizen, sagen wir ihren Mann, gehabt haben muss, so kann ich Ihnen berichten, dass heute Morgen eine der Aushilfskräfte in Wainwright Hall ausgesagt hat, dass er in der fraglichen Zeit, nämlich den ganzen Morgen, in seinem Bett gelegen und geschlafen hat. Freundlicherweise hat sie uns auch die genauen Uhrzeiten genannt, als sie sein Zimmer betreten hat. Und ich versichere Ihnen, dass dieses Alibi Hand und Fuß hat.»

Fenwick dachte daran, wie Irenes ausweichender Blick ihn an das Verhalten eines Menschen erinnert hatte, der es mit dem Gesetz nicht so genau nahm. Er fragte sich, wie viel man ihr geboten hatte, damit sie ihre Geschichte änderte. Unter diesen Umständen sah er nur eine Möglichkeit, mit einem Mann wie Ebutt fertig zu werden und die Kontrolle über die Ermittlungen zu bewahren: Selbstsicherheit und

Entschlossenheit. Und so sagte er in höflichem, aber bestimmtem Ton, der keine Widerrede duldete:

«Ganz im Gegenteil. Wir erwarten sie nach wie vor um ein Uhr im Präsidium. Wir werden Mrs Wainwright-Smith noch einmal vernehmen und dann die Gegenüberstellung durchführen. Ich schlage vor, wir unterhalten uns danach weiter, Mr Ebutt.»

Kaum hatte er den Hörer aufgelegt, rief er Blite und Cooper zu sich. Als Fenwick ihnen von seinem Gespräch mit Ebutt berichtete, wurden beide Männer aschfahl, und er konnte sehen, wie Blite fieberhaft überlegte, wie er sich rechtfertigen und die Schuld für sein eigenes Versagen Fenwick in die Schuhe schieben könnte. Doch Fenwick ging nicht weiter darauf ein und kam stattdessen sofort darauf zu sprechen, wie sie das Problem am schnellsten würden lösen können.

«Wir haben zwei Möglichkeiten: Entweder sie hatte einen Komplizen, der ihr dabei half, einen bewusstlosen oder bereits toten Graham aufzuhängen. Oder aber sie war allein und hat es irgendwie geschafft, ihn hochzubefördern. Cooper, ich möchte, dass Sie versuchen, den Tathergang noch einmal zu rekonstruieren. Sprechen Sie mit George Wicklow. Sehen Sie sich nach einem ähnlich großen Baum um wie der Buche auf dem Wainwright'schen Anwesen. Angesichts der großen Waldgebiete in unserer Gegend dürfte das nicht allzu schwierig werden. Und Sie, Inspector, bereiten sich auf das Verhör vor und sprechen sich mit dem Beamten, der die Gegenüberstellung leitet, ab. Was Sally angeht, so werden wir uns durch das, was Ebutt gesagt hat, nicht irre machen lassen. Im Prinzip handelt es sich doch nur um ein technisches Problem, verstanden?»

Blite schien unbehaglich zu Mute zu sein.

«Sollten wir nicht den Superintendent und den Assistant Chief informieren?»

«Ich werde ihnen heute Abend, wie gewöhnlich, Bericht erstatten. Und bis dahin möchte ich nicht, dass *irgendjemand* sie belästigt. Haben wir uns verstanden?»

Beide Männer verließen Fenwicks Büro, und Fenwick tat sich schwer, sich wieder auf die Unterlagen zu konzentrieren, die er vor dem Anruf von Ebutt studiert hatte. Im Moment konnte er nicht viel mehr tun, und so war es das Beste, wenn er bis zur Gegenüberstellung noch einmal jede erdenkliche Möglichkeit durchging, die Aufschluss über eine Verbindung zwischen Arthur Fish und Sally Wainwright-Smith geben könnte.

«Und Sie sind sicher, dieser Baum entspricht der alten Buche, Cooper?»

«Das Beste, was wir finden konnten, Sir. Dieser Ast befindet sich nur etwa zehn Zentimeter höher über dem Boden, und dort drüben sind Wurzeln, an die wir das Seil binden können.»

Cooper hatte die letzte Stunde damit verbracht, nach einem geeigneten Baum zu suchen, und weitere zwanzig Minuten, um einen jähzornigen Bauern dazu zu bringen, dass er ihnen gestattete, sein Land zu betreten. Es war nicht zu übersehen, dass der Mann nicht erpicht darauf war, die Polizei auf seinem Gelände zu wissen, zumal sie ihn mitten in einem schwierigen Hebemanöver störten, bei dem er versucht hatte, den Motor aus einem alten Trecker zu hieven. Am Ende hatte er dann doch zugestimmt, nachdem er bei sich die weise Entscheidung getroffen hatte, dass Sergeant Cooper ein Mann war, den man sich besser nicht zum Feind machen sollte.

Von jetzt an gerechnet, blieben ihnen noch genau eine Stunde und zehn Minuten, bevor Sally zu einem weiteren Verhör auf dem Präsidium erscheinen würde, und die Spannung im Team war fast mit bloßen Händen greifbar. Nightingale hatte alles, was sie für die Nachstellung der Tat benötigten, besorgt: einen länglichen Sandsack, der exakt dem Gewicht von Graham Wainwrights Leiche entsprach, ein Seil und einen Hocker. Neben Cooper und Blite hatte auch Fenwick beschlossen, dem Test beizuwohnen, so dass Nightingale die einzige relativ unerfahrene Beamtin war. Sie war ein kleines Stück größer als Sally, hatte jedoch fast ihr Gewicht. Somit war sie diejenige, auf die der physische Part der Anstrengung entfiel.

Die erste Herausforderung bestand darin, das Seil zu einer Schlinge zu knüpfen, und sie stellte sich fürchterlich ungeschickt dabei an. Nach fünfzehn Minuten übernahm Cooper die Aufgabe, und sie kamen überein, dass Sally das Seil, bereits zur Schlinge gebunden, mitgebracht haben könnte. Somit fingen sie wieder von vorne an zu zählen: Es war jetzt 12.13 Uhr.

Um 12.18 Uhr hatte Nightingale die Schlinge um den Sandsack

gestreift und durch die Einschnürung einen «Kopf» geformt; es war ihr gelungen, den Sack etwa drei Meter weit zu ziehen, bis er genau unter dem Ast lag. Vor Anstrengung hatte sie heftig zu schwitzen begonnen und ihr Atem ging stoßweise. Fenwick und Blite wechselten einen besorgten Blick. Sie sahen zu, wie sie den Hocker aufstellte und tief durchatmete, bevor sie sich daranmachte, das lose Ende des Seils nach oben über den Ast zu werfen, was ihr sogar beim ersten Versuch gelang. Um 12.24 Uhr hatte sie das Ende des Stricks an einer ein Stück weit entfernten Wurzel festgebunden. Der nun folgende Abschnitt der Nachstellung bildete die größte Herausforderung: Sie musste die Leiche nach oben ziehen. Zehn lange Minuten plagte sie sich damit ab, doch der Sack rührte sich nicht vom Fleck. Sie riefen im Präsidium an, um die Termine für die Vernehmung und die Gegenüberstellung jeweils um eine Stunde zu verschieben. Fenwick und insbesondere Blite wünschten sich inbrünstig, dass es keinen Zweifel mehr an Sallys Schuld geben würde, wenn sie Ebutt das erste Mal gegenübertraten.

«Sie sind jetzt mal der Komplize, Sergeant. Heben Sie den Sack so hoch, dass das Seil locker durchhängt.»

Cooper tat, wie ihm geheißen, doch alles, was Nightingale und er nach einer Viertelstunde zustande gebracht hatten, war, den Sack aufrecht zu halten, so dass er mit seinem ganzen Gewicht auf Cooper lastete. Mittlerweile war es zehn vor eins, und Fenwick ordnete eine kurze Verschnaufpause an. Nightingale und Cooper sanken erschöpft zu Boden.

Fenwick entfernte sich von der Gruppe. Er musste nachdenken. So viele Beweise deuteten auf Sally als Mörderin hin. Und nun sah es ganz so aus, als sei es ihr physisch gar nicht möglich gewesen, Graham hochzuziehen, nicht einmal mit Unterstützung einer zweiten Person.

«He! Passen Sie doch auf!» Eine ärgerliche Stimme unterbrach seinen Gedankenfluss, und er merkte, dass er sich mitten auf dem Gelände des Bauernhofs befand. Links von ihm war gerade ein Landmaschinenmechaniker mit der Reparatur eines monströsen Mähdreschers beschäftigt, während der Landwirt und einer seiner Helfer versuchten, einen Motorblock in einen alten Trecker einzusetzen. Fenwick wäre fast unter den Flaschenzug geraten. Rasch trat er ein paar Schritte zurück, als er sich des glänzenden Metallblocks bewusst wurde, der nur einen knappen halben Meter über seinem Kopf bedrohlich hin und her schwang.

Ohne auf das Schimpfen des Bauern zu achten, schlug Fenwick den Weg ein, den er gekommen war, zurück zu dem Feld, auf dem sie ihre von Misserfolg gekrönte Nachstellung des Tathergangs exerzierten. Er öffnete gerade das Gatter, als ihn die volle Bedeutung dessen, was er soeben gesehen hatte, wie ein Hammerschlag traf. Er rannte zurück zum Hof trotz des Matsches, der an seinen Stiefeln klebte. Die soeben gewonnene Erkenntnis hatte ihn neu belebt und beflügelt.

«Das ist ja wohl total in die Hose gegangen!» Blites Tonfall implizierte, dass man die Schuld daran bei allen, nur nicht bei ihm, zu suchen hatte, und Cooper musste sich auf die Zunge beißen, um den Mann nicht daran zu erinnern, dass er es war, der die Ermittlungen im Fall Graham Wainwright leitete. «Fenwick hätte doch wissen müssen, dass sie von der Körperkraft her einfach nicht dazu in der Lage war, einen erwachsenen Mann einen Baum hochzuziehen. Da kann ich nur sagen: Gott sei Dank haben wir sie nicht verhaftet!»

Cooper und Nightingale tauschten einen Blick, aus dem das stille Einverständnis eines gemeinsam erlebten Misserfolgs sprach. Trotz ihres Fehlschlags vertrauten sie Chief Inspector Fenwick immer noch voll und ganz. Beide hatten alles gegeben, um die Richtigkeit seiner Theorie zu beweisen. Schweigend gingen sie nebeneinander aufs Feld hinaus, wobei sich jeder der gedrückten Stimmung des anderen nur allzu deutlich bewusst war.

«Zurück an die Arbeit, Leute! Um Viertel vor zwei müssen wir wieder im Präsidium sein. Los, Beeilung!»

Beide fuhren gleichzeitig herum und sahen, wie Fenwick zusammen mit einem Landarbeiter auf den Baum zustrebte. Der entschlossene und zuversichtliche Ausdruck auf seinem Gesicht ließ Nightingale neue Hoffnung schöpfen. Sie sah, wie sich ein breites Grinsen auf Coopers Gesicht ausbreitete, und hörte, wie er vor sich hin murmelte:

«Hat der alte Teufelsbraten es wieder mal geschafft!»

«Hört mir zu: Dieser Gentleman hier mit dem Paket ist Pete. Er hat sich freundlicherweise bereit erklärt, uns bei unserem Experiment unter die Arme zu greifen. Auf geht's, Pete!»

Der Mann ging hinüber zum Baum, kletterte auf den Hocker unter dem Ast, schlang einen Leinengurt, an dem ein Metallhaken befestigt war, um den Ast, schob den Gurt durch eine Art Schnalle und zog ihn fest. Als Nächstes holte er einen Flaschenzug aus dem Sack, den er mitgebracht hatte, und hängte ihn an den Haken. Dann beschäftigte er sich damit, den durch den Flaschenzug laufenden Strick an dem Sandsack festzumachen und diesen langsam, Zentimeter um Zentimeter, hochzuziehen. In weniger als zwei Minuten hing er frei schwingend am Ast. Fenwick ging hinüber zu dem Seil, das an einer Wurzel befestigt war, und zog den durchhängenden Teil straff. Pete löste den Strick, und schweigend betrachteten sie den Sandsack, wie er sachte hin und her schwang.

Cooper grinste so breit, dass sein Gesicht zu zerreißen drohte, wurde jedoch gleich wieder ernst, als Blite das Wort ergriff.

«Also war der Mörder ein Landarbeiter, der sich mit Flaschenzügen auskennt. Nun, das grenzt doch den Kreis der Verdächtigen ganz erheblich ein?» Er machte sich nicht einmal die Mühe, seinen Sarkasmus zu verbergen. Nightingale sagte ganz ruhig:

«Sallys Vater war Landmaschinenmechaniker, Inspector. Sie muss ihm oft bei der Arbeit zugesehen haben.»

«Und sie soll sich heute noch daran erinnern, wie man einen Flaschenzug bedient – sie war ja schließlich erst acht Jahre alt!»

«Das ist möglich, ja. Und dann hat sie ein paar Jahre an der Küste gewohnt und ging regelmäßig mit einem ihrer Verehrer segeln. Ein Boot ist voll von Seilwinden und Flaschenzügen. Aber das herauszubekommen, dürfte nicht schwer sein.»

«Wie denn, Constable?»

«Lassen Sie mich mal versuchen. Ich habe Pete eben nur einmal dabei zugesehen. Wenn ich es schaffe, dann sehe ich keinen Grund, warum Sally es nicht auch gekonnt haben soll, wo sie ihrem Vater sicher oft bei der Arbeit zugesehen hatte.»

Fenwick nickte zum Zeichen seines Einverständnisses. Er löste das Seil, der Sack plumpste zu Boden, und Pete reichte ihr den Flaschenzug. Schritt für Schritt wiederholte Nightingale jeden von Petes Handgriffen. Ihre Bewegungen waren ruhig und sicher, und es sah so aus, als sei die Aufgabe ohne große Mühe zu bewältigen. Cooper stoppte die Zeit. Man sah, dass es sie mehr Mühe kostete als zuvor

Pete, doch als sie schließlich den Strick losband und der Sack am Ast baumelte, rief Cooper aus:

«Exakt zwölf Minuten.»

Sichtlich stolz und zufrieden nickte Nightingale und sah hinüber zu Fenwick. Sie begegnete seinem Blick und las darin die Anerkennung, die sie wie ein warmer Schal umhüllte. Inspector Blite verharrte schweigend. Fenwick dankte Pete für seine Hilfe und ließ ihn wieder an seine Arbeit zurückkehren.

«Inspector, veranlassen Sie, dass alle landwirtschaftlichen Gebäude sowie sämtliche Nebengebäude auf dem Wainwright'schen Anwesen noch einmal gründlich durchsucht werden. Und besorgen Sie sich einen hieb- und stichfesten Haussuchungsbefehl. Sie wissen ja nun, was wir suchen. Und gleichen Sie die Position der Eindrücke mit den Schmirgelspuren des Seils am Ast ab. Und lassen Sie den Ast noch einmal auf weitere Abriebspuren untersuchen, dort, wo die Rolle gewesen sein könnte. Ich übernehme Sallys Verhör und die Gegenüberstellung.»

Mit diesen Worten überließ er Blite seinen Aufgaben. Fenwick würde dessen Verhalten nicht so schnell vergessen. Das wussten sie beide.

Im Vernehmungsraum im Präsidium warteten Ebutt und Sally bereits auf ihn. Keiner der beiden schien seinen leicht verwüsteten Zustand zu bemerken. Jedenfalls verlor keiner ein Wort darüber. Fenwick wartete auf Claire Keating, schaltete dann das Tonbandgerät ein und begann mit den üblichen Formalitäten. Kaum hatte er zu Ende gesprochen, schaltete Ebutt sich ein.

«Meine Mandantin hat beschlossen, die Aussage zu verweigern, Chief Inspector.»

«Natürlich respektiere ich, wenn sie von ihrem Recht der Aussageverweigerung Gebrauch macht, doch die Frage, die ich gerne stellen würde, hat nichts mit dem Verbrechen, das ihr vorgeworfen wird, zu tun.»

«Was hat Ihre Frage dann für einen Sinn?»

«Es ist möglich, dass Mrs Wainwright-Smiths Kindheit für den Fall von Bedeutung ist, und ich möchte so gut wie möglich darüber Bescheid wissen.»

Der Rechtsanwalt und Sally steckten die Köpfe zusammen und flüsterten.

«In Ordnung. Dennoch weise ich Sie darauf hin, dass meine Mandantin jederzeit das Recht hat, die Antwort zu verweigern.»

«Verstanden. Erzählen Sie von Ihrem Vater, Sally. Was für eine Arbeit hatte er?»

«Er war Mechaniker.» Sallys Stimme klang schleppend und monoton. Fenwick fragte sich, ob sie ein Beruhigungsmittel genommen hatte, und ärgerte sich über den Anwalt, der das zugelassen hatte. Andererseits wäre es vielleicht sogar hilfreich.

«Was für eine Art Mechaniker war er?»

«Er hat hauptsächlich für Landwirte gearbeitet, hat Trecker und Mähdrescher und solche Sachen repariert.»

«Hat er die Sachen auf den Höfen repariert, oder hat er auch manchmal Arbeit mit nach Hause gebracht?»

«Beides. Manchmal kam er mit einem Traktor heim. Das war dann, wenn er die Wartung machte oder etwas Komplizierteres anstand. Er hatte eine Werkstatt hinter dem Haus.»

«Haben Sie ihm manchmal geholfen?»

«Ja, immer. Er sagte immer, ich hätte geschickte Hände, und ich musste sozusagen die Feinarbeit machen. Das habe ich gut gekonnt.»

«Das glaube ich Ihnen gerne, doch wie konnte ein achtjähriges Kind mit seinen Armen so weit reichen, dass es in einem Trecker an die richtigen Teile kam?»

«Ach, das war nicht schwer! Mein Dad hob die Motoren aus den Maschinen heraus und hat sie dann auf der Werkbank bearbeitet.»

«Er muss ja ziemlich stark gewesen sein.»

«Meine Güte, dazu hatte er doch eine Hebevorrichtung!»

Bei diesen Worten wich das Blut aus Ebutts Gesicht, doch es war bereits zu spät: das Band hatte alles aufgezeichnet. Einen Augenblick später hatte er sich bereits wieder gefasst und sagte so ruhig, dass Fenwick ihn nur bewundern konnte:

«Ich sehe nicht, wie Ihnen das helfen könnte, Chief Inspector.»

Doch Fenwick hatte gehört, was er hatte hören wollen, und er entschuldigte sich damit, dass er nachsehen wollte, wie weit die Vorbereitungen für die Gegenüberstellung gediehen waren. Zehn Minuten später kehrte er zurück.

«Entschuldigen Sie, dass ich Sie habe warten lassen. Mein Kollege hat mir soeben mitgeteilt, dass wir die Gegenüberstellung verschieben müssen, da die Hälfte der Freiwilligen wegen der Verspätung bereits gegangen ist. Er versucht den Termin auf morgen zu verlegen. Wenn Sie sich bitte zur Verfügung halten. Er wartet vor der Tür auf Sie, damit Sie eine Zeit ausmachen können.»

Als sie gegangen waren, schaltete Cooper das Band aus.

«Gut gemacht, Sir. Genau das haben wir gebraucht.»

«Danke, Sarge, doch es reicht immer noch nicht, um den Assistant Chief davon zu überzeugen, dass wir sie festnehmen müssen. Sie verfassen ein Protokoll von unserer Nachstellung heute Morgen und davon, was Blite und sein Team auf dem Anwesen noch entdecken.»

«Constable Nightingale hat sich mit FitzGerald beschäftigt, Sir, wie Sie gewünscht hatten.»

«Und was ist dabei herausgekommen?»

«Grob gesagt, dass er sehr reich ist und über ziemlich gute Beziehungen verfügt, weit mehr als sich durch seine finanzielle Beratertätigkeit erklären lässt.»

«Was ist bei dem Vergleich mit den Datenbanken herausgekommen?»

«Das geschieht erst heute Nachmittag.»

«Mit was ist Nightingale im Moment beschäftigt?»

«Sie versucht, den von Graham Wainwright beauftragten Privatdetektiv ausfindig zu machen. Er ist wie vom Erdboden verschluckt, also wissen wir immer noch nicht, ob er uns etwas verschwiegen hat. Sie hat inzwischen seine Adresse herausbekommen, und seine Vermieterin meint, er sei in die Ferien gefahren. Als Nächstes will Nightingale die Reisebüros abklappern.»

«Gut. Ich werde die Flaute nutzen, um nach Hause zu fahren, und mich ein bisschen um meine Kinder kümmern. Rufen Sie mich an, wenn es etwas zu berichten gibt.»

Während ihrer Fahrt mit dem Taxi zurück nach Wainwright Hall saß Sally stumm da. Die Wirkung der Tabletten, die sie eingenommen hatte, ließ nach, und sie spürte, wie eine unglaubliche Wut sie zu überwältigen drohte. Sie vermisste Alex, und sie fragte sich, ob er verärgert wäre, wenn er erführe, dass sie mit der Polizei gesprochen hatte.

Wenn Alex, wie versprochen, am Abend anrief, würde sie ihm von FitzGeralds Erpressungsversuch erzählen müssen, und das würde ihn sehr, sehr wütend machen. Dank Jeremy Kemp, der nie etwas für sich behalten konnte, wussten sie nun, dass mit FitzGerald nicht zu spaßen war und dass er mit dem organisierten Verbrechen im Südosten Englands zu tun hatte. Der Gedanke, dass FitzGerald Macht über sie hatte, war unerträglich für sie. Sie würde sich etwas einfallen lassen müssen, um ihn in Schach zu halten.

Als sie zu Hause eintraf, parkten in der Einfahrt mehrere Polizeiwagen, und ihr Mut sank. Rasch bezahlte sie den Taxifahrer, ohne ihm jedoch ein Trinkgeld zu geben, und rannte in Richtung der Stallungen, von wo sie Stimmen hörte. Die Polizeibeamten – unter der Leitung dieses furchtbaren Blite – waren gerade im Aufbruch begriffen.

Ein Beamter, der hinter Blite herging, trug einen großen Plastiksack.

«Was nehmen Sie da mit?»

«Mögliches Beweismaterial, Madam. Wir haben einen neuen Durchsuchungsbefehl. Hier, bitte die Empfangsbestätigung.»

«Was ist da drin?» Sally spürte Furcht in sich aufsteigen. Als der Beamte mit dem Sack an ihr vorbeiging, wäre er beinahe über die steinerne Begrenzung am Rand gestolpert, und Sally hörte ein verräterisches Klirren. Das Geräusch kam ihr bekannt vor, und sie registrierte das Gewicht und die Größe des Bündels. Mit einem Mal wusste sie, was es enthielt. Nun verstand sie, warum Fenwick ihr all diese banalen Fragen gestellt hatte. Entsetzen trat in ihren Blick, und sie fühlte Übelkeit in sich aufsteigen. Sie sah Blite an, auf dessen Gesicht sich ein breites Lächeln abzuzeichnen begann.

«Ich denke, Chief Inspector Fenwick wird mit dem heutigen Ergebnis sehr zufrieden sein. Wir werden uns sicher recht bald wiedersehen. Guten Tag.»

38

Als Fenwick seinen Wagen vorsichtig durch das hölzerne Tor lenkte, sah er zwei neugierige Gesichter hinter dem Dielenfenster. Lachend schlug er die Fahrertür zu und schloss den Wagen ab. Kurz darauf hörte man im Kies das Trappeln kleiner Schritte, das Klatschen von Händen, die seine Knie umfassten. Darauf ein Plumpsen, als Christopher ihn schräg von hinten ansprang.

«Papa!» Ihre hohen Kinderstimmchen, die vor lauter Aufregung und Freude ganz schrill klangen, überwältigten ihn aufs Neue: Was für ein Wunder ihre Liebe zu ihm doch war! Er lachte, als sie sich – jeder an einem Bein – an ihm festklammerten und ihn nicht mehr freigeben wollten. «Du bist schon da, Papa!»

Wendy lächelte ihm entgegen, offensichtlich hocherfreut, dass er es einmal geschafft hatte, früher als erwartet nach Hause zu kommen. Als er in die Diele trat und beide Kinder als ein wüstes Knäuel aus Armen und Beinen auf den Teppich legte, bemerkte er, wie sie einen Blick auf ihre Armbanduhr warf.

«Hast du noch was vor?»

«Na ja, im Kino läuft ein Film, den Tony unbedingt sehen möchte. Wenn ich mich jetzt auf den Weg mache, dann bin ich wie immer pünktlich um zehn wieder da.»

Das war sie nie. Wendy kam grundsätzlich überall zu spät. Doch das war auch ihre einzige Schwäche. Ansonsten war sie das beste Kindermädchen, das er sich vorstellen konnte.

Bess nahm ihn bei der Hand und zog ihn ins Wohnzimmer, wo hinter dem Kamingitter ein Feuer knisterte und knackte.

«Grünes Holz», erklärte Bess wissend. «Das nächste Mal musst du abgelagertes Holz kaufen, Papa.»

«Jawohl, Madam. Wie war's in der Schule, erzählt mal!»

Erfreut über die Aufmerksamkeit, die ihr Vater ihnen widmete, begannen sie draufloszuplappern. Selbst Chris erzählte munter und ließ sich von seiner Schwester nicht ausbooten. Glücklich, seinen sechsjährigen Sohn so normal und unbeschwert zu sehen, lächelte Fenwick ihn an.

Nachdem er die Kinder zu Bett gebracht hatte, stieg er unter die Dusche, zog sich an und heizte den Backofen vor für eine Fertigpizza. Dann fiel ihm ein, dass er sich fest vorgenommen hatte, mehr Gemüse zu essen. Im Kühlschrank fand er Tomaten und Zwiebeln, mit denen er sich einen Salat zubereiten könnte. Er pickte gerade den letzten Bissen auf, als das Telefon klingelte.

«Sir? Cooper hier. Sergeant Gould war erfolgreich: Eins der jungen Mädchen, die mit Fish im Zug nach Brighton saßen, hat die Frau, die man mit Francis Fielding zusammen gesehen hat, identifizieren können. Es ist Sally Wainwright-Smith.»

«Ist das Ihr Ernst? Ist sie sich ihrer Sache sicher?»

«Ganz sicher. Sie sagte, sie sei mit Sally zusammengestoßen und Sally habe sie als ‹dummes Flittchen› beschimpft. Sie erinnert sich genau. Das Mädchen wurde heute Nachmittag wegen öffentlicher Ruhestörung festgenommen, und in der Hoffnung, dass sie es in Brighton leichter haben würde, hat sie uns angeboten, die Frau zu identifizieren.»

«Hält ihre Aussage vor Gericht stand?»

«Gould denkt, ja. Er hat sich mit ihr persönlich unterhalten.»

«Hat er eine Idee, warum Sally und Fielding sich getroffen haben?»

«Seiner Meinung nach hat sie Fielding angeheuert, um Fish zu töten. Geld dürfte bei ihr keine Rolle gespielt haben. Aber welches Motiv könnte sie gehabt haben?»

«Vielleicht hatte Fish irgendetwas gegen sie in der Hand, was ihr das Recht auf das Wainwright'sche Vermögen streitig gemacht hätte. Letztendlich ist das der Grund, warum wir sie verdächtigen, Graham umgebracht zu haben.»

«Möglich. Jedenfalls hat er wieder Leben in den Fall gebracht, und Brighton ist plötzlich sehr kooperativ. Nun, wo wir eine Verbindung zwischen Sally und Fielding gefunden haben, glauben auch sie, dass die Morde an Fish und Bennett miteinander zu tun haben könnten. Gould bleibt wenn nötig die ganze Nacht in Brighton. Vielleicht findet er ja noch mehr heraus.»

«Ausgezeichnet. Er kann mich jederzeit auf dem Handy erreichen.»

Fenwick verspürte eine Unzufriedenheit darüber, dass er jetzt nicht an die Arbeit zurückkehren konnte. Er würde warten müssen, bis Wendy um zehn nach Hause kam. Der ganze Abend lag noch vor ihm, und er fühlte sich, als habe er eine Gefängnisstrafe abzusitzen. Um Viertel nach acht klingelte das Telefon erneut. Wieder war es Cooper, der ihm berichtete, dass sie mit HOLMES Material über James FitzGerald gefunden hatten. Er wurde in Verbindung mit Benjamin Harris genannt, einem Berufsverbrecher, der mit dem organisierten Verbrechen, dessen Zentrum in Brighton lag, zu tun hatte. Kaum hatte Fenwick aufgelegt, wählte er Miles Cators Büronummer. Der Commander steckte immer noch mitten in der Arbeit, und Fenwick berichtete von FitzGeralds Verbindung zu Harris.

«Sie glauben also, dass Wainwright Enterprises Benjamin Harris als Geldwaschanlage dient? Nun, das wäre natürlich ein Ding! Sie hätten zu keinem günstigeren Zeitpunkt anrufen können, Chief Inspector. Morgen müssen wir vor Gericht wegen der Wainwright'schen Klage auf Rückgabe der Firmenunterlagen. Dieses Wissen wird unsere Position beträchtlich stärken, obwohl mich natürlich die Tatsache irritiert, dass meine Leute diese Verbindung nicht selbst entdeckt haben. Ich habe veranlasst, dass man die Namen aller Aktionäre und Vorstandsmitglieder des Unternehmens durch HOLMES, PCN und alle uns zur Verfügung stehenden Datenbanken laufen lässt.»

«Glauben Sie, die Beweise reichen aus, um ein Ermittlungsverfahren gegen Wainwright Enterprises zu eröffnen, Sir?»

«Wir haben die Unterlagen erst eine knappe Woche, Chief Inspector. Dennoch wage ich zu behaupten, dass sie uns eine Menge Fragen beantworten müssen. Sieht ganz so aus, als bekäme dieser Fall ganz große Bedeutung.»

Fenwick versuchte sich auf ein Fachbuch über Kriminalpsychologie zu konzentrieren, als sein Mobiltelefon leise summte. Wieder war es Cooper, und Fenwick konnte die Erregung in seiner Stimme hören.

«Nightingale hat Beck, den Privatermittler, ausfindig gemacht. Und ja, er hat uns tatsächlich nicht die ganze Wahrheit gesagt. Sie hat sich nun die komplette Akte geben lassen. Daraus geht klar und deutlich hervor, dass Sally, bevor sie in Harlden auftauchte, in Brighton gelebt hatte. Nightingale ist schon auf dem Weg zu Ihnen. Ich dachte, Sie würden die Unterlagen gerne persönlich einsehen.»

Mit knirschenden Schritten ging Nightingale über den Kies auf die Haustür zu. Noch bevor sie klingeln konnte, öffnete Fenwick die Tür. Er hatte schon auf sie gewartet, und sie spürte seine Ungeduld, noch bevor er etwas sagte. Was sie herausgefunden hatte, war das letzte noch fehlende Glied in der Kette, die Sally mit dem Mord an Amanda Bennett verband.

«Kommen Sie herein und wärmen Sie sich auf. Ich habe gerade Kaffee gekocht. Möchten Sie eine Tasse?»

Sie betrat das Wohnzimmer. Hinter dem Kamingitter glommen ein paar Scheite. Nightingale bemühte sich, ihre offene Neugierde zu zügeln, und blickte sich verstohlen im Zimmer um. Fenwick kehrte mit einem Tablett und dem Kaffeegedeck zurück. Er bat sie zuzugreifen, während er in einem Walnussschrank kramte und schließlich eine Flasche Whisky und Gläser zum Vorschein brachte.

«Es ist kalt heute Nacht. Möchten Sie ein Gläschen? Ich weiß, Sie müssen fahren, aber einen kleinen Schluck können Sie trotzdem trinken.»

Sie hatte seit dem Frühstück nichts mehr gegessen, doch der Gedanke an einen Drink mit Fenwick war zu verlockend.

«Danke, Sir.» Sie setzte sich auf das Sofa gegenüber dem Kamin und zog einen dicken Aktenordner aus ihrer Tasche. «Sie hatten Recht, Sir. Dieser Privatdetektiv hat uns nicht alles gesagt. Ich habe ihn heute abgepasst, als er in Gatwick landete. Werfen Sie einmal einen Blick darauf.»

Fenwick nahm neben ihr auf der Couch Platz, so dass sie die Unterlagen gemeinsam durchsehen konnten.

«Was ist das?»

«Das ist die Akte, die er über Sallys Vergangenheit angelegt hat, Sir. Im Ganzen hundertfünfzehn Seiten. Das sind Kopien, die Originale wurden bereits in Verwahrung genommen. Sieht ganz so aus, als habe Mrs Wainwright-Smith eine bewegte Vergangenheit gehabt. Seine Aufzeichnungen beginnen erst mit ihrem siebzehnten Lebensjahr – über ihre Kindheit hatte er nichts herausbekommen. Doch abgesehen davon ist sein Bericht recht detailliert. Und er hat Graham davon unterrichtet.

Er hatte zwei Ermittler auf sie angesetzt – sechs Wochen lang. Graham Wainwright hat ihm so viel Geld zur Verfügung gestellt, wie er brauchte, also konnte er es sich leisten, tief genug zu graben. Das hier ist die Polizeiakte über Sally.» Sie reichte Fenwick einen prall gefüllten Schnellhefter, den er sofort als echt identifizierte. «Mit siebzehn wurde sie wegen Prostitution verhaftet, zwei Jahre später wegen Körperverletzung in einer Schlägerei im Zentrum von Brighton.»

«Brighton!», entfuhr es Fenwick.

«So ist es. Beide Male entging sie einer Freiheitsstrafe. Beim zweiten Mal ist sie vom Gericht zu einhundert Stunden gemeinnütziger Arbeit verurteilt worden. Sie hat die Zeit in einem Altersheim abgeleistet, hat dort gegärtnert, geputzt und beim Renovieren geholfen. Als ihre Zeit dort schon fast um war, hatte man genug Vertrauen, um sie auch zum Einkaufen zu schicken und als zusätzliche Pflegerin bei Ausflügen mitgehen zu lassen. Beck hat die Leiterin des Heims aufgespürt, die voll des Lobes über Sally war. Sie habe sich positiv verändert, sagte sie von ihr. Nur, dass dies nicht zutraf. Im Jahr darauf berief sie sich auf ihre Erfahrung und verschaffte sich eine Anstellung in einem anderen Altersheim, diesmal jedoch in einer Umgebung, in der bedeutend mehr zu holen war. Im Laufe der folgenden Monate starben zwei Heimbewohner, beides alte Herren, die Sally in ihrem Testament bedachten. Das erste Mal waren es fünfhundert Pfund, beim nächsten waren es bereits tausendfünfhundert und ein kleines Boot. Da wurde die Heimleitung stutzig, und Sally suchte sich in einem anderen Heim Arbeit. Nach sechs Monaten dort verlobte sie sich mit einem fünfundsiebzigjährigen Major a. D. Kurz vor der Hochzeit kam er jedoch bei einem Autounfall ums Leben. Sally war gefahren und kam mit einem gebrochenen Arm davon. Der Major hinterließ ihr zweiundzwanzigtausend Pfund und ein Haus in Wittering.»

«Wurde damals ein Verdacht gegen sie geäußert?»

«Nichts. Man wunderte sich zwar, als der Major seine Verlobung ankündigte, doch Autounfälle sind schließlich nichts so Ungewöhnliches, und nichts deutete auf ein Verschulden Sallys hin. Und nicht zuletzt war sie auch verletzt worden.»

«Was geschah dann?»

«Jetzt kommt der überraschende Part: Sie ging aufs College, um Wirtschaftswissenschaften zu studieren. Nachdem sie das Studium abgeschlossen hatte, fand sie eine Anstellung als Büroleiterin einer hiesigen Wohlfahrtsorganisation.»

«Also hatte sie sich tatsächlich positiv verändert?»

«Auf den ersten Blick sah es so aus, doch Beck, der Privatdetektiv, ist da anderer Ansicht. Man sah sie immer wieder mit anderen Freunden, wohlhabenden Männern, die alle viel älter waren als sie, und mit fünfundzwanzig konnte sie es sich leisten, aus dem geerbten Haus in Wittering auszuziehen und sich ein Cottage außerhalb von Midhurst zu mieten. Zu diesem Zeitpunkt verkaufte sie sich als elternloses Einzelkind aus wohlhabendem Hause, das aus dem Norden Londons stammte. Ein Jahr später lernte sie Alexander bei einem Konzert kennen und heiratete ihn nach zwölf Wochen. Drei Monate nach ihrer Trauung starb der Onkel ihres Ehemannes, und die beiden erbten ein Vermögen, dessen Wert sich auf fünfzehn Millionen Pfund beläuft.»

«Und wer beerbt Alexander nach dessen Tod?»

«Nach Becks Angaben ist das Sally Wainwright-Smith.»

Die Stille, die sich nach diesen Worten über den Raum legte, wurde nur durch das leise Knistern des Kaminfeuers durchbrochen. Fenwick sammelte die Papiere zusammen und heftete sie wieder ab.

«Warum hat Beck die Unterlagen zurückgehalten?»

«Er sagt, nach Grahams Tod sei er vor Angst fast verrückt geworden. Das mag stimmen, doch andererseits haben ihn all diese Millionen vielleicht auf den Gedanken gebracht, es einmal mit Erpressung zu versuchen. Morgen Nachmittag kommt er aufs Präsidium, um seine Aussage zu Protokoll zu geben.»

«Das ist das letzte fehlende Teil in dem Puzzle. Wahrscheinlich kannte sie Amanda Bennett von ihrer Zeit in Brighton. Vielleicht hat Amanda Fish von Sallys Vergangenheit erzählt, und er hat versucht, sie damit zu erpressen. Sie haben wieder einmal gute Arbeit geleistet, Nightingale.» Als Fenwick sah, dass sie errötete, lächelte er. Dann sagte er: «Am besten machen Sie sich jetzt auf den Weg. Sobald das Kindermädchen zurück ist, komme ich nach.»

39

Fenwick traf gegen elf Uhr ein. Er ließ Cooper und Blite gleich zu sich ins Büro kommen und reichte jedem einen Becher Kaffee, den er selbst zubereitet hatte.

«Also, was haben Sie?»

«Nichts, Sir», antworteten die beiden Beamten wie aus einem Munde.

«Aber es muss eine Verbindung geben. Wir wissen, dass Fish Amanda Bennett besucht hat, und zwar in der Nacht, als er ihr das Band zur Verwahrung überließ und sie beide ermordet wurden. Doch warum war es für Sally so wichtig, dass Fish starb, so wichtig, dass sie sogar das Risiko einging, einen Typen wie Fielding anzuheuern? Fish muss etwas gegen sie in der Hand gehabt oder sie sogar erpresst haben. Obwohl ich mich schwer tue zu glauben, dass er den Mumm dazu aufbrachte.»

«Amanda kannte ihren Mörder, das haben uns ihre Nachbarn bestätigt», sagte Blite.

«Das ist ein wichtiger Punkt, Inspector. Wenn es uns also gelänge zu beweisen, dass Sally und Amanda sich von früher her kannten – aus Sallys Zeit als Prostituierte in Brighton –, so würde das unsere Chancen, ein Verfahren gegen sie zu eröffnen, ganz erheblich verbessern. Wir müssen die Verbindung zwischen Sally und Amanda finden. Und dann schaffen wir es auch, sie mit den anderen Morden in Zusammenhang zu bringen. Lassen Sie Sergeant Gould das Protokoll von Amandas Verhaftung noch einmal genau durchgehen. Finden Sie heraus, welche Beamten sie damals festgenommen haben – wir müssen mit ihnen sprechen.»

Blite verließ den Raum, und Cooper machte ebenfalls Anstalten, sich zu erheben.

«Bitte bleiben Sie noch einen Moment. Ich muss mit Ihnen über Alexander sprechen. Hat er mit der Sache zu tun? Er wusste Bescheid über Sallys Vergangenheit, und doch hat er sie geheiratet.»

«Sie denken, die beiden haben gemeinsame Sache gemacht?» Cooper konnte die Skepsis in seiner Stimme nicht unterdrücken.

«Nein, eigentlich nicht. Lassen Sie es mich so ausdrücken: Es war eine glückliche Fügung für ihn. Was, wenn er irgendwann einmal gemerkt hat, dass sie einen Hang zur Gewalttätigkeit und sexueller Manipulation hatte? Ob er in so einem Fall versucht hätte, diese Neigung zu unterdrücken oder sie vielleicht in eine bestimmte Richtung zu lenken? Einmal angenommen, Alexander hätte sie dazu ermutigt, seinen Onkel zu verführen, in der Hoffnung, sich dadurch in der Firma Vorteile zu verschaffen? Dann erkennt er, dass da noch viel mehr drin sein könnte, eventuell eine fette Erbschaft. Als Kind und Jugendlicher wurde er vernachlässigt und von seinem Onkel schlecht behandelt. Da betritt Sally die Bühne, die perfekte Verführerin älterer Männer, und mit einem Mal eröffnen sich ganz neue Perspektiven.»

«Das sind doch nur Vermutungen, und selbst wenn sie wahr sein sollten, so ist das noch lange kein Mord.»

«Ja, aber angenommen, Sally schreckt vor Mord eben *nicht* zurück. Wir wissen, dass sie zu Gewalttätigkeit neigt. Deswegen wurde sie in Brighton festgenommen, und um ein Haar hätte sie Donald Glass erstochen. Sie hat den Tod schon als Kind kennen gelernt: Sie musste mit ansehen, wie ihr Vater ihre beiden jüngeren Geschwister misshandelte und sie systematisch verhungern ließ. Vielleicht hat der Tod für sie eine ganz andere Bedeutung?»

«Sie meinen, Sally ist eine Psychopathin?»

«Das ist ein Begriff, den wir häufig verwenden, wenn wir es einfach nicht wahrhaben wollen, dass das Böse in uns und unter uns existiert, Sergeant. Doch manchmal trifft er zu. Für einen Menschen, der weder moralisches Empfinden noch Selbstbeherrschung kennt, der sich möglicherweise der Tragweite dessen, was er tut, wenn er jemanden tötet, nicht bewusst ist. Und ja, ich glaube, dass Sally so ein Mensch sein könnte.

Claire soll sie morgen unbedingt befragen und uns ein psychologisches Gutachten erstellen. Und was ihren Mann betrifft, so wissen wir von den Beamten, die ihn beschatten, dass er seit ein paar Tagen nicht mehr zu Hause war – was zu diesem Zeitpunkt ein merkwürdiges Verhalten darstellt.»

Ein zögerliches Klopfen ertönte, und Nightingale betrat den Raum. Sogar Fenwick fiel auf, dass sie totenblass war, und Sergeant Cooper drängte sie, sich zu setzen.

«Wir haben Bennetts Verhaftungsprotokolle mit denen von Sally Price verglichen. Amanda Bennett wurde drei Mal festgenommen. Die ersten beiden Male wegen Aufforderung zur Prostitution, das dritte Mal wegen ungesetzlicher Einkünfte. Das war auch der Grund, warum sie einsaß.

In der Nacht, als sie das erste Mal festgenommen wurde, wurden gleichzeitig auch drei andere Prostituierte mit aufs Präsidium genommen. Eine von ihnen war Sally Price.»

Das Schweigen im Raum war mit den Händen greifbar. Das einzige Geräusch war Sergeant Coopers leerer Magen, der laut knurrte. Doch keiner schien es zu bemerken. «Als sie das dritte Mal festgenommen wurde, wurden auch sechs Freier aus dem Bordell, in dem Bennett arbeitete, mit aufs Präsidium genommen, gegen die man jedoch die Anklage fallen ließ. Einer der Freier war ein gewisser Arthur Lawrence Fish, wohnhaft in Harlden.»

«Also kannte Amanda Bennett beide, und es ist wahrscheinlich, dass Fish auch Sally kannte. Es ist sogar möglich, dass er ein Kunde von ihr war, du lieber Gott!»

«Ja, Sir, und Amanda kannte ihren Mörder. Ihre Nachbarin war sich ganz sicher.»

«Wer hatte in jener Nacht Dienst, als Bennett und Fish verhaftet wurden?»

«Inspector Black von der Sitte in Brighton. Ist bereits pensioniert. Sergeant Gould hat heute Abend mit ihm telefoniert. Doch er kann sich an den Fall nicht mehr erinnern.»

«Ich werde morgen mit Black sprechen – sagen Sie das Sergeant Gould. Und richten Sie den Leuten oben aus, dass sie nach Hause gehen sollen, um sich auszuruhen. Wir haben die Verbindung, die wir gesucht haben.»

40

Wendy knöpfte Chris' Jacke zu und sah noch einmal in seinem Schulranzen nach, ob er alles hatte, was er brauchte, als das Telefon klingelte. Fenwick erklärte, dass er heute viel vorhatte, und bat sie, auf dem Weg zur Schule beim Präsidium vorbeizufahren und ein frisches Hemd zu bringen. Er war letzte Nacht nicht mehr nach Hause gekommen und hatte die paar Stunden in einer leeren Zelle geschlafen.

Wendy war ohnehin spät dran, und so fluchte sie innerlich, während sie in Fenwicks Schlafzimmer ein weißes, gebügeltes Hemd aus dem Schrank holte. Sie eilte damit zum Wagen, wo die Kinder bereits auf dem Rücksitz auf sie warteten.

Als Ebutt sie gegen neun Uhr abholte, war Sally hellwach, angezogen und hypernervös. Sie hatte der Versuchung nach einem Drink und ihren Pillen standgehalten, und ihr Verstand schmerzte vor furchtbarer Klarheit. Letzte Nacht hatte sie über eine Stunde lang mit Alex telefoniert. Er hatte von einem Hotel in der Nähe seines Büros aus angerufen und trotz ihres Flehens darauf beharrt, dort zu bleiben. Noch einmal hatte er sie zu absolutem Stillschweigen der Polizei gegenüber ermahnt. Sie hatte ihm verschwiegen, dass die Polizei den Flaschenzug beschlagnahmt hatte. Dass sie ein derart belastendes Beweisstück behalten hatte, anstatt es auf irgendeiner Baustelle am anderen Ende der Stadt in einen Container zu schmeißen, würde ihn sehr wütend machen. Er war besorgt über die anstehende Gegenüberstellung, und der Gedanke daran ließ sie schaudern.

Inspector Blite schaltete das Tonbandgerät ein und begann mit der Befragung. Diese Polizeipsychologin war auch wieder dabei.

Nach rund zwanzig Minuten, in denen Sally an sich halten musste, diesem Polizisten nicht ins Wort zu fallen und seine ziemlich dümmlichen Vermutungen richtigzustellen, erhob sich die Frau und setzte sich neben Blite. Auf ein Nicken begann sie das erste Mal zu sprechen.

«Sally, mein Name ist Claire Keating. Ich bin Psychiaterin. Die Polizei hat mich gebeten, mit Ihnen zu sprechen. Sind Sie und Ihr Rechtsbeistand damit einverstanden?»

Ebutt nickte zustimmend, doch Sally wusste nicht, wie sie sich verhalten sollte. Durfte sie mit dieser Frau sprechen oder nicht? Alex hatte ihr nicht gesagt, wie sie auf Fragen, die nicht von der Polizei gestellt wurden, reagieren sollte.

«Ich werde Sie nicht wegen der Vorwürfe, die man gegen Sie erhebt, befragen. Ich möchte Sie lediglich etwas besser kennen lernen.»

«In Ordnung.»

Die Frau begann, ihr eine Reihe bedeutungsloser Fragen über ihre Kindheit zu stellen, die Sally problemlos beantworten konnte. Das war genau wie die Gespräche mit den Arbeitern vom Jugendamt vor vielen Jahren. Mühelos schlüpfte sie in die Rolle des traumatisierten Kindes. Als die Fragen sich mehr auf die Gegenwart richteten, stellte sie überrascht fest, wie gut diese Keating über sie Bescheid wusste, und sie wurde vorsichtiger mit ihren Antworten. Während Blite das Band umdrehte, bestellte die Frau Tee und Gebäck und erinnerte Sally daran, wie hungrig sie eigentlich war. Als eine Polizeibeamtin das Bestellte brachte, nahm sie sich einen Keks nach dem anderen und war erst wieder in der Lage, sich auf die Fragen zu konzentrieren, als der Teller leer war.

«Möchten Sie noch etwas anderes zu essen?»

«Bekomme ich denn was?»

«Natürlich, was Sie wünschen, natürlich im Rahmen unserer Möglichkeiten.»

«Ein Schinken-Sandwich hätte ich gerne. Vielleicht mit Ketchup?»

«Kein Problem. Ich bin sicher, der Inspector wird Ihnen das besorgen.»

Mit Genugtuung sah Sally den Ausdruck von Missfallen auf Blites Gesicht, während er sich erhob, um Sally ein zweites Frühstück zu holen. Zum ersten Mal schenkte sie der Frau gegenüber ein Lächeln. Als Blite wenig später zurückkehrte, stellte er das Tonbandgerät an, und sie begannen von neuem.

Diesmal wollte Claire über Alex sprechen – wie sie sich kennen gelernt hatten, wie das mit ihrer, wie sie es nannte, «stürmischen Romanze» gewesen war. Diese Fragen erschienen Sally ziemlich harmlos. Als Nächstes wollte sie wissen, wie Alex aussah. Ob er attraktiv sei?

«Auf seine Art, ja. Er ist groß und kräftig. Und er ist immer sauber und gepflegt.»

«Ist er klug?»

«Oh ja, das ist er, und er arbeitet hart.»

«Hört sich an wie der perfekte Mann! Wer, glauben Sie, hat sich zuerst in den anderen verliebt?»

«Oh, Alex sich in mich. Er war ein ziemlich hartnäckiger Verehrer, hat mich umworben, mich zum Essen ausgeführt und mir Geschenke gemacht.»

«Was für Geschenke?»

«Meistens Kleider, manchmal sogar Schuhe. Für einen Mann hat er einen ausgezeichneten Geschmack. Er wusste genau, wie er mich haben wollte.»

«Also legt auch er großen Wert darauf, immer gut angezogen zu sein?»

«Alex? Nein, das ist ihm ziemlich egal. Aber es war ihm wichtig, dass ich gut aussah.»

«Erzählen Sie mir, wie Sie momentan zueinander stehen.»

«Was wollen Sie von mir hören?»

«Nun, ob Sie sich sehr nahe sind, ewig miteinander telefonieren, wenn einer mal nicht zu Hause ist, so etwas in der Art.»

Sally wich dem freundlichen Blick der Frau gegenüber aus.

«Manchmal schon. Aber er hat so viel zu tun, und ich möchte ihn bei der Arbeit nicht stören.»

«Ich muss Ihnen diese Frage stellen: Haben Sie ihn wegen seines Geldes geheiratet?»

Die Frage kam für Sally völlig unerwartet, und sie war so perplex, dass sie nicht recht wusste, wie sie reagieren sollte. Zuweilen fragte sie sich, ob das, was sie für Alex empfand, das war, was man gemeinhin

Liebe nannte. Ob es nun Liebe war oder nicht, eines stand fest: Sie brauchte und sie fürchtete ihn, so wie sie einst ihren Vater gebraucht und gefürchtet hatte. Claire Keating wartete immer noch auf ihre Antwort.

«Das geht Sie nichts an.»

Die Frau schien ihr die brüske Antwort nicht übel zu nehmen und fuhr fort, ihr scheinbar bedeutungslose Fragen zu stellen. Nach einer Stunde erklärte Sallys Anwalt die Befragung für beendet. Bevor sie gingen, kam der Polizist noch einmal auf die Zeit für eine bevorstehende Gegenüberstellung zu sprechen. Sally erkannte, dass er verärgert darüber war, dass sie wiederholt keine Antwort auf seine Fragen gegeben hatte, wohingegen sie nur zu bereitwillig auf die der Psychiaterin eingegangen war.

«Halt, einen Moment noch», fuhr er sie barsch an. «Nach der Gegenüberstellung werde ich Sie festnehmen, Sie einsperren und das Theater ein für allemal beenden! Und wenn wir Sie erst einmal in Gewahrsam genommen haben, dann wird Ihnen das Lachen schon noch vergehen!»

Es war das erste Mal, dass sie mit dem Gedanken konfrontiert wurde, in einer Zelle eingesperrt zu sein. Und dieser Gedanke ließ sie vor Schreck erstarren.

Claire bemerkte den Ausdruck auf Sallys Gesicht und schoss in die Höhe.

«Sally, sind Sie okay? Sally?»

«Mrs Wainwright-Smith? Bitte setzen Sie sich! Hören Sie auf!» Blite wandte sich an Claire Keating. «Warum schreit sie so?»

«Ich glaube, Sie hat eine Panikattacke. Sie hyperventiliert, wir müssen Sie beruhigen. Halten Sie Ihre Hand vor ihr Gesicht und bedecken Sie Mund und Nase.»

«Ich denke nicht daran, sie irgendwo anzufassen!»

Claire griff nach der Papiertüte, in der Blite das Schinken-Sandwich gebracht hatte, fasste Sally fest an der Schulter und zog ihr die Tüte über den Mund und die Nase. Nach kurzer Zeit hatte sie sich beruhigt und wirkte jetzt beinahe apathisch.

«Bevor Sie sie nach Hause fahren, sollten Sie sie zu einem Arzt bringen», wies Claire den Anwalt an, während er seine Mandantin, deren Bewegungen an einen Roboter erinnerten, aus dem Raum führte.

«Ist sie verrückt?» Blite machte sich Sorgen, dass seine Mordverdächtige auf Unzurechnungsfähigkeit plädieren könnte.

«Das beurteilen zu wollen, wäre noch zu früh. Das eben war einfach eine klassische Panikattacke.»

«Glauben Sie, sie ist in der Lage, die Gegenüberstellung um eins durchzustehen? Der Assistant Chief Constable will sie auf keinen Fall vorher festnehmen lassen.»

«Das hängt davon ab, ob der Arzt ihr ein Beruhigungsmittel gibt, doch mir erscheint es zweifelhaft.»

Blite fluchte, und Claire überließ ihn der Entscheidung, die Gegenüberstellung ein weiteres Mal aufzuschieben oder nicht. Sie musste gründlich über den Bericht nachdenken, den sie Fenwick liefern würde. Ihn zu verfassen, würde nicht einfach werden.

Wendy brachte die Kinder zur Schule. Beim Abschied schärfte sie ihnen erneut ein, nach der Schule auf dem Spielplatz auf sie zu warten, bis sie sie um drei Uhr abholen käme. Bevor sie zum Wagen ging, sah sie noch, wie die beiden – jeder in seinem Klassenzimmer – verschwanden. Sie hatte einen ausgefüllten Tag vor sich: Briefe mussten beantwortet, die Wäsche gemacht und das Frühstücksgeschirr abgewaschen werden. Mit etwas Glück würde sie es schaffen, die Sachen aus der Reinigung zu holen, den Wocheneinkauf zu erledigen und mit dem Renault in die Waschanlage zu fahren, bevor sie am Nachmittag die Kinder in der Schule abholen würde.

Detective Chief Inspector Ian Black hatte sich nach seiner Pensionierung in einen Bungalow mit Blick auf den Ärmelkanal zurückgezogen. Als Fenwick kam, war er gerade damit beschäftigt, das Gemüsebeet umzugraben.

«Sie müssen Andrew Fenwick sein! Ich bin Ian Black.» Er streifte einen Gartenhandschuh ab und streckte seinem Besucher die Hand hin.

Ein nicht zu deutender Ausdruck glitt über Blacks Gesicht, vielleicht Wachsamkeit oder Neid, das war schwer zu sagen.

«Kommen Sie, setzen wir uns auf die Terrasse. Sie trinken doch eine Tasse Tee? Margaret ist nicht da, also werden Sie wohl mit meinem Gebräu vorlieb nehmen müssen.»

Schweigend nippten sie an ihrem Tee. Keiner der beiden Männer machte Anstalten, das Gespräch zu beginnen. Nach einer Weile stellte Fenwick seine Tasse ab.

«Gestern haben Sie mit einem meiner Mitarbeiter, Sergeant Gould, gesprochen. Er hat Sie gefragt, ob Sie sich noch an Amanda Bennetts Festnahme erinnern.»

«Das ist lange her, Chief Inspector, und wie ich Ihrem Kollegen schon sagte, erinnere ich mich nicht an den Vorfall. Wenn Sie nur gekommen sind, um meinem Gedächtnis auf die Sprünge zu helfen, dann haben Sie den weiten Weg wohl umsonst gemacht.»

Wieder fiel Fenwick auf, dass Chief Inspector Black das Gefühl hatte, sich rechtfertigen zu müssen, eine Eigenschaft, die eigentlich nicht zu seinem Charakter zu passen schien. Black hatte den Ruf gehabt, ein zuverlässiger und reeller Polizeibeamter gewesen zu sein, und Fenwick war erstaunt, dass der Mann ihm den Eindruck vermittelte, mit etwas hinterm Berg zu halten. Fenwick hatte das Gefühl, dass er weiterkommen würde, wenn er die Sache vorsichtig anginge.

«Wie lange waren Sie bei der Sitte?»

«Vier Jahre.»

«Haben Sie die Abteilung geleitet?»

«Nein, ich war damals nur Inspector. Ich wurde erst kurz vor meiner Pensionierung zum Chief Inspector befördert. Ziemlich spät verglichen mit euch jungen Leuten heute.» In seiner Stimme schwang eine Spur Bitterkeit mit. «Chief Inspector Harris war unser Boss. Er ist vor ein paar Jahren in Rente gegangen, vorletzten Winter ist er gestorben.»

«Es muss toll gewesen sein damals, als es noch Richter gab, die einen Verbrecher ins Gefängnis brachten, statt ihn freizusprechen. Sie glauben nicht, wie frustrierend das heutzutage ist. Die ganze Arbeit – und wozu?» In der Hoffnung, Black zu einer Reaktion zu bringen, schüttelte Fenwick empört den Kopf.

Und das tat er denn auch. Er genoss die Aufmerksamkeit und den Respekt, die ein jüngerer Kollege ihm zollte, und so erging er sich in aller Ausführlichkeit über die guten alten Zeiten.

Fenwick hörte geduldig zu, wie Black die Ermittlungsmethoden der Polizei zu seiner Zeit mit den heutigen verglich. Als er schließlich eine Atempause einlegte, näherte sich Fenwick dem Thema, dessentwegen er gekommen war.

«Und ich will Ihnen noch etwas sagen: Was man heute auch nicht mehr richtig zu schätzen weiß, ist der Wert eines guten Informanten. Wie oft habe ich einen Fall nur zum Abschluss bringen können, weil ich die richtige Information zur richtigen Zeit bekam! Und dennoch sieht keiner das heute ein.»

Black nickte eifrig. «Ein paar meiner erfolgreichsten Fälle habe ich einem guten Tipp zu verdanken.»

Fenwick lenkte seine Aufmerksamkeit unauffällig zurück auf seine Zeit bei der Sitte. Black erzählte gerade von einem raffinierten jungen Ding, die als Informantin für ihn gearbeitet hatte. Fenwick dachte sofort an Sally. Mit ihrem ausgeprägten Überlebenswillen und ihrem absoluten Mangel an Moral wäre diese Tätigkeit für sie wie maßgeschneidert. Fenwick beschloss, einen Vorstoß zu wagen. Was hatte er auch schon zu verlieren?

«War das eine gewisse Sally Bates? Oder Price?»

«Ja, Sally Price. Erst siebzehn, aber sehr zuverlässig.»

«Amanda Bennetts Haus zu bespitzeln, war sicher auch nicht ohne, selbst für sie, mal etwas anderes als der übliche Kleinkram.»

«Das stimmt, aber wir hatten sie in der Hand: Sie musste das für uns durchziehen, sonst hätte der Untersuchungsrichter einen Haftbefehl gegen sie ausgestellt. Sie hatte also gar keine Wahl.»

Fenwick ließ die Worte in der Stille nachklingen. Er nahm den letzten Schluck Tee. Irgendwo schlug eine Uhr zweimal. Black drehte sich zu Fenwick und schüttelte den Kopf.

«Sie sind doch ein verdammter Scheißkerl!»

«Sie haben es ja nicht anders gewollt. Warum haben Sie vorgegeben, sich nicht an den Fall Bennett zu erinnern?»

Black seufzte tief. Ein langer, hohler Seufzer, der sich wie ein resigniertes Stöhnen anhörte.

«Falsch verstandene Loyalität, denke ich. Harris war ein guter Polizist, auch wenn seine Methoden manchmal hart an der Grenze waren. Er hatte Sally laufen, doch der Fall Amanda Bennett war sogar für ihn eine Nummer zu groß. Sally lieferte uns Amanda, doch wir hatten es eigentlich auf die Hintermänner abgesehen. Wir wussten, dass jemand mit viel Geld und guten Verbindungen dahinter steckte.

Das sah man an der Ausstattung des Hauses, an den Freiern, alle aus so genannten besseren Kreisen. Harris stand zu dem Zeitpunkt kurz vor der Pensionierung, und dieser Coup war sozusagen sein Schwanengesang.

Das ist jetzt fast genau zehn Jahre her. Eines Nachts haben wir den Laden hochgenommen, haben acht Freier und außer Amanda noch neun der Mädchen mitgenommen.»

«War Sally auch dabei?»

«Nicht in dieser Nacht. Sie rief an, sie habe die Grippe, und war deshalb zu Hause geblieben. Das jüngste Mädchen war erst vierzehn. Sie war mit einem Typen zusammen, der damals hier am Ort eine Reihe von Druckereien besaß. Ich erinnere mich deshalb an ihn, weil meine Ex-Frau mit seiner Frau befreundet ist. In einem anderen Zimmer fanden wir einen Freier, der sich gerade, als wir hereinkamen, mit einem Stöckchen den Hintern versohlen ließ. Aber im Vergleich zu diesem anderen Schwein war das ja noch harmlos. Ich kann keinen Beutel mit Wäscheklammern mehr sehen, ohne an ihn zu denken.»

In Fenwicks Kopf schrillte eine Alarmglocke, doch er ließ ihn weitererzählen.

«Die anderen entsprachen der üblichen Kundschaft. Wir haben ihre Personalien aufgenommen und waren gerade dabei, die Staatsanwaltschaft zu informieren, als das Telefon klingelte. Harris nahm den Anruf entgegen. Ich weiß nicht, wer dran war oder was gesprochen wurde, doch als er wieder zurückkam, war er rot vor Zorn. Er sah aus, als würde er jeden Augenblick einen Schlaganfall bekommen. Er wies uns an, mit den Mädchen weiterzumachen und dass er und ein anderer Beamter sich um die Freier kümmern würden.

Zu der Zeit habe ich mir nichts dabei gedacht, doch spater, als ich die Akten durchsah, fiel mir auf, dass in den Berichten nur von sechs Kunden die Rede war. Zwei waren einfach so verschwunden. Jemand hinter den Kulissen hatte die richtigen Fäden gezogen, um ihnen Unannehmlichkeiten zu ersparen.

Die Hintermänner haben wir nie geschnappt. Amanda Bennett wollte nicht auspacken. Sie hat ihre Zeit abgesessen und sich dann selbständig gemacht, wie man so schön sagt.»

«Können Sie sich an die Gesichter der Freier erinnern?»

«Zumindest an die zwei, denen ich im Puff die Fesseln gelöst habe! Die werde ich ganz sicher nicht vergessen.»

Fenwick griff in seine Tasche und zog ein Foto heraus. Er reichte es Black.

«Ich weiß, das ist jetzt schon ein paar Jährchen her, doch sehen Sie sich das Bild einmal an, und versuchen Sie, ihn sich zehn Jahre jünger vorzustellen. Könnte er dabei gewesen sein?»

Zögernd und mit skeptischem Blick nahm Black das Foto entgegen. Ein ungläubiger Ausdruck trat in seine Augen.

«Gütiger Himmel! Wie konnten Sie das wissen! Ja, das ist der verrückte Typ, der sich von dem Mädchen in Leder den Hintern versohlen ließ. Wer ist der Kerl?»

«Ein gewisser Arthur Fish. Er wurde vor drei Wochen ermordet, und ich glaube, nun endlich das Motiv für die Tat zu kennen!»

Black zog die Augenbrauen hoch und seufzte. Sein Blick schweifte über seinen wunderbaren Garten, hinaus aufs Meer, auf dessen Oberfläche weiße Schaumkronen tanzten.

«Wissen Sie, Chief Inspector, so etwas wie Vergangenheit gibt es nicht. Alles, was man je getan hat, lebt in der Gegenwart weiter.»

Er erhob sich, um Fenwick die Hand zum Abschied zu reichen, und begleitete ihn zu seinem Wagen.

41

Sally wurde von ihrem Anwalt nach Hause gebracht, der darauf bestand, ihren Arzt anzurufen. Sowie er aus der Tür war, nahm Sally den Hörer wieder ab und sagte den Hausbesuch ab, um sich gleich darauf einen Drink einzuschenken. Sie war jetzt wieder völlig ruhig und musste nachdenken. Inspector Blite hatte die Gegenüberstellung um weitere vierundzwanzig Stunden verschoben, und sie hatte inzwischen beschlossen, sich dem unter gar keinen Umständen auszusetzen. Seine lässige Bemerkung, sie in einer Zelle einzuschließen, hatte ihre Zuversicht erheblich erschüttert und die Erinnerungen an ihren Bruder, eingeschlossen in dieser stinkenden Dachkammer, wach werden lassen. Grauen überwältigte sie bei dem Gedanken, dass James FitzGerald, wenn er erst einmal darüber Bescheid wüsste, dass die Polizei gegen sie ermittelte, ihnen die Fotos einfach schicken könnte, sollte ihm der Gedanke an Erpressung mit einem Male zu riskant erscheinen. Andererseits hatte Alex sich hartnäckig geweigert, FitzGerald auch nur einen Penny zu geben. Er hatte ihr am Telefon nicht direkt gesagt, wie sie mit FitzGerald umgehen sollte, doch die Andeutungen, die er gemacht hatte, waren unmissverständlich gewesen.

Sie wusste, dass er hoffte, sie würde mit der Situation umzugehen wissen, ohne jedoch die Einzelheiten erfahren zu müssen, genauso wie ihr Vater das damals von ihr erwartet hatte. Er hatte ihr alles gezeigt, sie mit Lob oder Tadel bedacht, und sie hatte schon immer schnell gelernt. Alex war freundlicher; er schlug sie nicht, und er wusste auch, dass sie nicht so furchtlos war, wie sie vorgab. Dennoch setzte er bestimmte Erwartungen in sie. FitzGerald musste verschwinden, sie wusste nur noch nicht genau, wie. Doch ihr würde schon etwas einfallen. Und natürlich würde sie der Polizei – besonders Chief Inspector Fenwick – aus dem Weg gehen müssen. Blite war zwar hartnäckig, doch im Grunde nur ein Rüpel, mit dem sie schon fertig werden würde. Solange sie es irgendwie schaffte, sich dieser Gegenüberstellung zu entziehen, wäre er kein Problem für sie. Mit Fenwick war das etwas anderes. Er war klug, und er misstraute ihr. Dass er ihrem Verhör nicht beigewohnt hatte, konnte sie nicht täuschen. Er war bestimmt dabei, irgendetwas gegen sie auszuhecken.

Sally ließ den Kopf in ihre Hände sinken und begann sich langsam hin und her zu wiegen, vor und zurück, vor und zurück. Dann ballte sie die Hände zur Faust und klopfte in einem beständigen Rhythmus gegen ihre Schläfen, zunächst sanft, dann zunehmend fester, bis es mehr ein Boxen war. Die Küchenwände schienen zu schwanken, und ihr Verstand raste. Sie brauchte unbedingt noch einen Drink. Den ersten Gin Tonic stürzte sie in einem Zug hinunter, den zweiten trank sie bedächtig, Schluck für Schluck. Als das Glas wieder leer war, rang sie mit sich, ob sie sich noch ein drittes Mal einschenken sollte. Da läutete das Telefon. Sie machte einen Satz nach vorne, verlor das Gleichgewicht und stolperte. Ihr Drink schwappte über, und das Glas fiel ihr aus der Hand. Sie ließ es auf dem Teppich liegen, wandte den Blick ab von dem dunklen Fleck, der langsam größer wurde.

«Alex!» Ihre Stimme klang atemlos, fast panisch.

«Nein, hier spricht Chief Inspector Fenwick, Mrs Wainwright-Smith.»

Oh, wie sie diesen Mann hasste! Als habe ihre Furcht ihn irgendwie heraufbeschworen. «Ja, Chief Inspector?»

«Ich wollte Sie nur wissen lassen, dass ich Sie später auf dem Präsidium noch einmal im Zusammenhang mit Amanda Bennetts Tod befragen möchte.»

Sally spürte, wie sie aufstoßen musste und es sauer in ihrer Kehle brannte. Für den Bruchteil einer Sekunde war ihr Kopf völlig leer. Sie ahnte eine Niederlage, und die Vorstellung war einen kurzen Moment lang so zwingend, dass sie erschöpft, wie besiegt, auf ihren Stuhl sank. Dann durchzuckte der Gedanke an eine Gefängniszelle ihr Bewusstsein, und sie nahm ihre letzten Kräfte zusammen. Er versuchte ja nur, sie in eine Falle zu locken.

«Ich sagte Ihnen doch bereits, ich kenne die Frau nicht. Hören Sie auf, mich damit zu belästigen.»

«Das würde mir nicht im Traum einfallen. Doch da wir nun einen Zeugen haben, der bestätigt, dass Sie Amanda Bennett kannten, dachte ich, es wäre nur fair, Sie vorzuwarnen.»

Wie war das möglich? Alle waren doch bereits tot, dafür hatte sie schließlich gesorgt. Er bluffte doch nur, und damit wusste sie umzugehen.

«Ich bin sehr beschäftigt, Chief Inspector. Außerdem bin ich Ihre Spielchen Leid. Ich weiß nicht, wovon Sie sprechen.»

«Ich habe mit einem der Beamten gesprochen, die Sie vor zehn Jahren verhaftet haben. Er erinnert sich sehr gut an Sie.»

«Ich war doch gar nicht dabei!»

Eine bedeutungsschwere Pause entstand, in der das einzige Geräusch das Knistern in der Leitung war. Sie konnte förmlich spüren, wie er fieberhaft überlegte, ob sie soeben eine Art Geständnis abgelegt hatte oder nicht. Sie begann erneut, mit der Faust gegen ihre Schläfe zu trommeln. Das war so ungerecht, so gemein. Was hatte sie diesem Mann je getan, dass er sie verfolgte wie ein Bluthund?

«Ich habe nichts zu sagen.» Mehr als alles andere brauchte sie jetzt Zeit. Zeit zum Nachdenken. Er war ihr Feind, und sie musste eine Lösung finden, mit ihm fertig zu werden. «Ich muss los», sagte sie unvermittelt und legte den Hörer auf die Gabel, bevor er etwas erwidern konnte.

Sie warf einen Blick auf ihre Armbanduhr: kurz vor halb drei. Sie musste weg hier, doch dafür brauchte sie Geld. Die kleine Bank in der Schweiz, auf die Alex und sie ihr Geld transferiert hatten, hatte bestimmt schon zu. Sie schenkte sich noch einen Gin Tonic ein und stürzte den Drink in einem Zug hinunter. Ihr Verstand arbeitete fieberhaft, und der Alkohol, der durch ihre Adern gepumpt wurde, stürzte sie von einem absoluten Hochgefühl in eine tiefe Depression. Sie musste eine Lösung finden, doch die Gedanken in ihrem Kopf überschlugen sich. Sie musste unbedingt weg von hier, weg von diesem Fenwick, von FitzGerald, weg aus England! Wenn es ihr nur gelänge, irgendwie nach Brighton zu kommen, dann könnte sie von dort aus das Boot nehmen. Es war zwar nur fünf Meter lang, doch sie waren schon früher damit über den Kanal gefahren, und zur Not konnte sie es auch alleine steuern.

Sally griff nach ihrer Handtasche und der Packung mit den Antidepressiva. Mehr als drei am Tag durfte sie davon nicht nehmen, und zwei hatte sie bereits geschluckt. Sie schenkte sich noch einen Gin ein, mit weniger Tonic diesmal, und nahm noch eine Tablette. Ein paar Sekunden lang legte sie den Kopf auf ein weiches Kissen, die Augen geschlossen. Eine ungeheure Mattigkeit überfiel sie, doch wenn sie jetzt nachgeben und einschlafen würde, wäre alles verloren.

Sie raffte sich auf. Auf ihrem alten Sparbuch war noch etwas Geld. Sie hatte es vor zwölf Jahren mit den zehntausend Pfund, die sie Glass gestohlen hatte, angelegt. Dazu war noch das Geld gekommen, das sie den alten Männern im Heim abgeluchst hatte, sowie ihr Verdienst aus ihrer Zeit als Prostituierte in Brighton. Auf dem Sparbuch waren inzwischen über fünfundsechzigtausend Pfund, einschließlich dem Erlös aus dem Verkauf des geerbten Hauses in Wittering. Sie hatte die Telefonnummer der Filiale in Brighton im Kopf, denn sie war bereits damals, als sie nach Brighton gekommen war, bei dieser Bank gewesen. Sie ließ sich mit dem Filialleiter verbinden.

«Ich möchte Geld von meinem Sparbuch abheben. Sofort.»

«Wie viel?»

«Alles, was drauf ist. Als Barauszahlung.»

«Das dauert normalerweise mindestens drei Tage.»

«Ich habe keine drei Tage Zeit!» Fieberhaft suchte sie nach einer plausiblen Erklärung. «Hören Sie, Sie scheinen nicht zu verstehen! Mein Vater ist schwer erkrankt, er ist in Afrika, und sie wollen ihn nicht weiter behandeln, bevor ich nicht die Kosten bar begleiche. Ich fliege morgen, und bis dahin brauche ich das Geld!»

«Das tut mir sehr Leid, bitte beruhigen Sie sich doch. Wir könnten das Geld telegraphisch anweisen. Wenn Sie uns die Bankverbindung des Krankenhauses nennen und ich Ihre schriftliche Bestätigung dazu habe, kann ich alles Notwendige arrangieren.»

«Sie verstehen nicht!» Sally musste die Tränen, die in ihrer Stimme mitschwangen, nicht vortäuschen. «Sie wollen das Geld in bar haben. Ich muss sie bar bezahlen.»

«Würden Sie einen Moment dranbleiben?»

Sally wartete und lauschte der elektronischen Melodie. Langsam wurde sie ruhiger. Als der Filialleiter wieder am Telefon war, sich dafür entschuldigte, dass er sie hatte warten lassen, hatte sie bereits eine Alternative zu bieten.

«Ich kann morgen persönlich vorbeikommen und eine schriftliche Anweisung mitbringen.»

«Normalerweise brauchen wir drei Tage Vorlaufzeit.»

Der Filialleiter hatte kurz zuvor bei seinem Vorgesetzten die Erlaubnis eingeholt, das Geld auszuzahlen. In all den Jahren hatte Sally immer wieder kleinere und größere Geldbeträge eingezahlt, und nichts an ihrem Kundenprofil war irgendwie auffällig. Wenn er sich beeilte, würde er das bestellte Geld morgen bereithalten können.

«In Ordnung, Miss Price. Sind Sie sicher, dass Sie so viel Bargeld mit sich herumtragen wollen?»

«Oh ja, das bin ich.»

Sally lehnte sich in ihrem Stuhl zurück und seufzte erleichtert. In nicht einmal vierundzwanzig Stunden hätte sie genug Geld, um zu entkommen. Das Einzige, worauf sie sich jetzt konzentrieren musste, war, Fenwick in Schach zu halten, so dass sie sich ungestört um Fitz-Gerald kümmern und nach Brighton reisen könnte. Sie musste sich nur noch etwas Passendes ausdenken.

«Fenwick hier. Spreche ich mit Claire Keating?» Fenwick hatte die Polizeipsychiaterin von seinem Autotelefon aus angerufen. Er brannte darauf, ihre Beurteilung von Sallys Persönlichkeit zu hören, und hatte den Wagen in eine Parkbucht gefahren, um sich auf das Gespräch zu konzentrieren.

Er erklärte ihr, dass er nun eine Verbindung zwischen Sally, Arthur Fish und Amanda Bennett gefunden hatte. Er hatte bereits Blite angerufen und angeordnet, Sally trotz der noch fehlenden Gegenüberstellung aufgrund der neuen Beweislage festnehmen zu lassen, und hoffte, dass dieser bereits nach Wainwright Hall unterwegs war.

«Ich brauche ein paar Hinweise von Ihnen, wie wir sie bei der Vernehmung am besten anpacken.»

«Sie hat eine sehr komplizierte Persönlichkeit, Andrew. Während meines zweistündigen Gesprächs mit ihr gab es Hinweise auf verschiedene Persönlichkeitsstörungen. Zudem habe ich miterlebt, wie sie, kurz bevor sie ging, eine ausgewachsene Panikattacke hatte.»

«Ich habe gerade mit ihr telefoniert. Sie schien völlig in Ordnung.»

«So? Das ist interessant. Auf Inspector Blite hat sie einen derart verstörten Eindruck gemacht, dass er die Gegenüberstellung erneut verschoben hat.»

«Ich bin sicher, sie hat sich verstellt, um ihn dazu zu bringen.»

«Das passt zu meiner früheren Diagnose. Sie zeigt deutliche Symptome einer Reihe von Cluster-B-Persönlichkeitsstörungen; das sind Menschen, die übertrieben dramatisch und extrem emotional reagieren, die zu extremer Selbstsucht neigen, rasch die Beherrschung verlieren und andere zu manipulieren suchen.

Ihre Gefühle sind sehr oberflächlich, und sie unterliegt außergewöhnlich starken Stimmungsschwankungen. Sex ist für sie ein Werkzeug, um Macht und Kontrolle auszuüben, und sie ist völlig auf sich selbst fixiert, ist extrem egozentrisch. Gleichzeitig hat sie das Bedürfnis, im Mittelpunkt der Aufmerksamkeit zu stehen – das alles sind Symptome, die auf eine histrionische Persönlichkeitsstörung hindeuten. Doch ich persönlich glaube, dass ihr Zustand weit darüber hinaus geht. Sie und Ihre Mitarbeiter haben mir von stark psychotischen Zwischenfällen berichtet, von ihrer extremen Reaktion auf Stress und ihrer Gewaltbereitschaft, was die typischen Charaktermerkmale einer asozialen Persönlichkeit sind. Sie ist in der Lage, einen tiefen Groll gegen jemanden zu hegen, sie traut so gut wie keinem, sie hat keinerlei moralisches Empfinden, kein Gewissen und so gut wie keine Achtung vor der Wahrheit. Ihr Angriff auf Glass zeigt, dass sie zu spontanen Gewaltakten neigt, und ich glaube – wobei ich da nicht ganz sicher bin –, dass sie zu rücksichtslosem und impulsivem Verhalten neigt.»

«Wenn sie so wankelmütig, oberflächlich und instabil ist – wie konnte dann die Beziehung zu ihrem Mann so lange halten?»

«Sie sind noch nicht einmal sechs Monate zusammen, dennoch ist das für eine histrionisch-narzisstische Persönlichkeit schon außergewöhnlich lang. Typisch für diese Art von Persönlichkeitsstörung ist, dass sie versucht, ihn zu manipulieren und zu kontrollieren, wobei sie gleichzeitig die Bestätigung und Bewunderung durch ihn sucht. Wenn er so klug ist, sie in dem Glauben zu lassen, dass sie die volle Kontrolle über ihn hat, dann könnte ihre Beziehung sogar eine gewisse Ausgeglichenheit erlangen; ich halte es in diesem Fall jedoch für möglich, dass seine Macht über sie weitaus stärker ist. Sie scheint auf eine merkwürdige Art von ihm abhängig zu sein, was eigentlich nicht so recht zu einer typischen Cluster-B-Persönlichkeit passt. Meines Erachtens liegt die Ursache dafür in ihrer Kindheit begründet. Dadurch, dass ihr Vater sie als Kind so vollkommen beherrschte, hat er ihr jede Möglichkeit auf eine normale Entwicklung genommen. Als er sie zu sexuellen Handlungen zwang, war sie noch so jung, dass sie von heute auf morgen aufhörte, Kind zu sein. Tief in ihrem Inneren ist da aber noch das kleine Mädchen, das verzweifelt nach Rat und Anerkennung sucht.»

«Ist es möglich, dass diese Persönlichkeit neben den anderen Störungen existiert?»

«Das glaube ich, ja.»

«Ist sie gefährlich?»

«Ja. Sie hält sich nicht an die normalen Regeln des zwischenmenschlichen Zusammenlebens, und ihre Aggressionsbereitschaft und die Tatsache, dass sie kein Gewissen hat, machen sie zu einer potentiellen Gefahr, besonders dann, wenn sie sich bedroht fühlt. Das könnte zu völlig unberechenbarem und gewalttätigem Verhalten einem vermeintlichen Feind gegenüber führen.»

«So gewalttätig, dass sie auch töten würde?»

«Um das definitiv zu beurteilen, bräuchte ich mehr Zeit, doch unter uns gesagt, ja, ich halte sie durchaus für fähig, einen Mord zu begehen.»

Sally schritt die Eingangshalle auf und ab und ging ihren Plan immer wieder durch. Nur noch vierundzwanzig Stunden, dann würde sie ihr Erspartes abholen und mit dem Boot den Ärmelkanal überqueren. Dann wäre es nur noch eine Frage von Tagen, und sie würde irgendwo in Europa untertauchen, mit genügend Geld, um sich über Wasser zu halten, bis sie sich eine neue Identität geschaffen hatte. Dann würde sie ganz neu anfangen.

Es wäre schließlich nicht das erste Mal, dass sie ihr Leben von vorne beginnen würde. Allerdings waren ihr in der Vergangenheit ihre Jugend und ihre mangelnde Erfahrung im Weg gewesen. Nun wusste sie, wie sich eine wohlhabende Frau gab, wie sie lebte, und sie würde ihre Ziele entsprechend höher setzen. Selbst wenn Alex länger in England bleiben sollte, so gäbe es doch sicher den einen oder anderen allein stehenden Gentleman, der sich irgendwo Ferien gönnte und den sie für sich kapern konnte, bevor ihr Geld aufgebraucht wäre. Zu ihrer Verwunderung hatte dieser Gedanke nicht die gleiche wohltuende Wirkung wie sonst, und erschrocken stellte sie fest, dass sie auf dem besten Wege war, ganz und gar von Alex abhängig zu werden.

Sie wischte den Gedanken daran beiseite und konzentrierte sich stattdessen lieber darauf, wie es ihr gelingen würde, die nächsten vierundzwanzig Stunden zu überstehen, ohne in die Fänge der Polizei zu geraten. Ihr größtes Problem war dieser Fenwick. Von selber würde er nicht lockerlassen, also musste sie mit ihm fertig werden. Sie musste einen Plan ausarbeiten, wie sie sich ihn so lange vom Halse halten konnte, um sich FitzGerald vorzunehmen und die erforderlichen Vorkehrungen für ihre Flucht zu treffen. Doch ihr fiel nichts Rechtes ein: Der Mann schien unverwundbar. Offenbar gab es keine Möglichkeit, an ihn heranzukommen. Sie starrte vor sich hin und versuchte sich zu konzentrieren. Eine Tageszeitung der Vorwoche lag auf dem Tisch, ein dünnes Käseblatt voll mit Meldungen von Einbrüchen, Autounfällen, Berichten über diverse Schülerwettbewerbe und Ähnlichem. Eine plötzliche Erinnerung trat in ihr Bewusstsein. Hastig griff sie nach der Zeitung und strich die zerknitterten Seiten glatt. Irgendwo in dieser Zeitung hatte sie seinen Namen gelesen, aber wo?

Rasch blätterte sie die Zeitung durch, bis sie die Bildunterschrift fand, die sie aus irgendeinem Grund in ihrem Unterbewusstsein gespeichert hatte. Das Foto zeigte fünf Schülerinnen und Schüler, die voller Stolz ihre Kassettenrekorder in Händen hielten. In der Mitte stand ein hübsches dunkelhaariges Mädchen mit riesigen braunen Augen, die selbstbewusst in die Kamera lächelte. Und unter dem Foto stand ihr Name: Bess Fenwick von der Grundschule in Harlden. Das musste Chief Inspector Fenwicks Tochter sein.

Ihre innere Stimme schrie ihr förmlich zu, dass der einzige Weg, diesen Mann zu treffen, über sein Kind führte. Sie warf einen prüfenden Blick auf ihre Armbanduhr: zwanzig vor drei. Mit etwas Glück und wenn nicht zu viel Verkehr war, könnte sie es in einer Viertelstunde bis zur Schule schaffen. Sie hatte noch keine Vorstellung, was sie dann tun würde, doch der Gedanke, sich zwischen Fenwick und seine Tochter zu stellen, wäre zweifellos der richtige und würde ihn sicher von seiner Jagd auf sie ablenken. Sie schnappte sich ihren Autoschlüssel und rannte aus dem Haus, ohne die Haustür hinter sich abzuschließen. Was machte das schon? Ab morgen Abend wäre das völlig bedeutungslos für sie. Bei dem Gedanken, die Behaglichkeit dieses Hauses so bald schon wieder hinter sich lassen zu müssen, wurde ihr einen Augenblick lang geradezu übel. Andererseits lockten die Freiheit und ein Neubeginn, und so rauschte sie davon, ohne einen einzigen Blick zurückzuwerfen.

Sie fuhr viel zu schnell und ohne sich Gedanken über die Gefahr zu machen, in die sie sich und andere brachte. Vier Gläser Gin und ihre gesamte Tagesration an Antidepressiva hatten ihren Orientierungssinn völlig durcheinander gebracht, und ihre Gedanken überschlugen sich.

Wie von einer unsichtbaren Macht geführt, fand sie die Schule auf Anhieb. Der Spielplatz vor dem Schulgebäude lag verlassen da, und einen schrecklichen Moment lang glaubte sie schon, den täglichen Exodus versäumt zu haben. Doch dann bemerkte sie die parkenden Autos am Straßenrand und wusste, dass sie gerade rechtzeitig gekommen war.

Die Schulglocke ertönte, und wie auf ein geheimes Kommando stiegen die Fahrer aus ihren Wagen. Die meisten waren Frauen, die nun geduldig vor dem Schultor Stellung bezogen, um auf ihre Sprösslinge zu warten. Fast alle schienen sich untereinander zu kennen, und Sally wurde klar, dass man sie sofort als Fremde erkennen würde, wenn sie sich zu den Wartenden gesellte. So blieb sie im Wagen sitzen.

Die Kinder verließen das Schulgebäude in mehreren Etappen, jede Klasse für sich; sie schubsten und drängten sich durch den engen Durchgang und wurden sofort von den wartenden Erwachsenen in Empfang genommen. Fasziniert starrte Sally auf das Bild, das sich ihr bot: liebende Eltern, die für ihre Kinder sorgten, sie beschützten. Sie hatte nicht gewusst, dass Eltern so sein konnten, und ein befremdlicher Schmerz ließ Übelkeit in ihr aufsteigen. Sie öffnete ihre Handtasche und holte ihre Tabletten heraus, steckte sich eine in den Mund und würgte sie trocken hinunter. Sie schloss die Augen und wartete auf die Wirkung. Fast augenblicklich fühlte sie sich besser, zuversichtlicher und voller Energie. Als sie das braune Fläschchen wieder in die Tasche steckte, fiel ihr Blick auf den Dienstausweis, den sie dieser Polizeibeamtin auf Wainwright Hall abgenommen hatte. Eine natürliche Reaktion auf eine günstige Gelegenheit. Sie ergriff den Ausweis, den Blick unverwandt darauf gerichtet. Den hatte sie ganz vergessen, doch nun, wo sie ihn in der Hand hielt, nahm sie ihn als gutes Omen.

Sie steckte sich ein Pfefferminzbonbon in den Mund und lutschte es gedankenverloren. Bis zu diesem Moment hatte sie nur eine vage Vorstellung davon gehabt, warum sie hierher gekommen war. Es war ihr einfach als der richtige Ort erschienen. Sie könnte dem Kind zum Beispiel auf dem Nachhauseweg folgen und so herausfinden, wo sie wohnte. Vielleicht könnten sie auch in einen Park oder zum Einkaufen gehen. Sie hatte keinen konkreten Plan, doch jetzt war sie sicher, dass sich bald zeigen würde, was sie zu tun hätte. Und in der Zwischenzeit würde sie sich ihrem durch die Tablette ausgelösten Hochgefühl hingeben und warten.

Wendy saß in der Waschanlage hinter einem Mini fest, der, obwohl er sauber war, nicht anspringen wollte. Sicher hatte auch der Fahrer inzwischen erkannt, dass sich alte Minis und Feuchtigkeit schlecht vertrugen. Dicht hinter Wendy in der Schlange standen zwei weitere Fahrzeuge, die darauf warteten, dass sie an die Reihe kämen. Mittlerweile war es kurz vor drei, und es würde ihr kaum noch reichen, rechtzeitig da zu sein, bevor die Kinder herauskämen, auch wenn Bess und Chris meistens zu den Letzten gehörten, die das Gebäude verließen, und stets geduldig auf sie warteten. Die Schule war nur ein paar Minuten mit dem Auto von der Waschanlage entfernt, wenn also dieser Idiot vor ihr die Freundlichkeit besäße, seinen Wagen wegzuschieben, dann könnte sie es vielleicht doch noch schaffen.

Bess wartete auf dem Spielplatz, dass Chris herauskäme. Er war immer einer der Letzten. Da, endlich schlenderte er zur Tür hinaus, wie immer tief in seine Tagträume versunken. Sie rief ihm zu:

«Chris, hier bin ich!»

Er sah auf, lächelte und trottete zu ihr hinüber. Bis auf ein paar Nachzügler waren alle Kinder mittlerweile abgeholt worden.

«Mach zu. Wendy wird sicher gleich da sein.» Sie nahm ihren Bruder bei der Hand und steuerte zielstrebig auf den Ausgang zu. Sie hatten das Tor bereits erreicht, als Bess plötzlich stehen blieb.

«Dein Schuhbeutel, Chris. Wo hast du ihn? Du weißt doch, dass du deine Sachen mit nach Hause nehmen sollst. Geh ihn holen, los, mach schon!»

Gehorsam trabte Chris auf das Schulgebäude zu, ohne sich noch einmal umzudrehen. Mit seiner Schwester zu streiten, hatte keinen Sinn, also konnte er genauso gut gleich tun, was sie sagte. Der Schuhbeutel hing an seinem Haken. Er griff danach und schwang ihn sich über die Schulter. Dann fiel sein Blick auf einen Mars-Riegel, den jemand auf der Bank hatte liegen lassen. Einen Augenblick lang kämpfte er mit sich, bevor sein Gewissen die Oberhand gewann und er sich umdrehte und hinausging.

Der Spielplatz war leer. Alle Erwachsenen waren schon gegangen, und er war das einzige Kind, das noch da war. Er rief nach seiner Schwester, leise zunächst, dann immer lauter. Keine Antwort. Er eilte hinüber zu dem Klettergerüst und den Schaukeln, doch dort war sie auch nicht. Dann rannte er zurück zum Tor. Er hörte, wie ein Wagen am Ende der Straße viel zu schnell um die Ecke bog; das Motorengeräusch kam ihm bekannt vor. Voller Hoffnung sah er die Straße hinunter. Mit quietschenden Bremsen kam der Wagen zum Stehen, eine Tür wurde zugeschlagen, und Wendy kam auf den Spielplatz gerannt.

«Chris! Gott sei Dank. Es tut mir so Leid, dass ich zu spät komme, aber jetzt bin ich ja da. Wo ist deine Schwester?»

Chris starrte in Wendys besorgtes Gesicht und fing an zu weinen.

42

Als Fenwick in der Hoffnung, Sally bereits in Gewahrsam vorzufinden, ins Präsidium zurückkehrte, empfing ihn Blite mit der Mitteilung, er habe die Frage zuerst mit dem Assistant Chief Constable abklären wollen. Und natürlich, welche Überraschung, hatte Harper-Brown darauf bestanden, sich durch einen vom Richter ausgestellten Haftbefehl abzusichern. Der Antrag, den Fenwick letzte Nacht gestellt hatte, setzte eine erfolgte Gegenüberstellung voraus.

«Da Sie Inspector Black befragt haben, dachte ich, es sei besser, auf Sie zu warten.»

Fenwick war außer sich und schickte Blite aus seinem Büro, bevor er sich zu einer Äußerung hinreißen ließe, die er später bereuen würde. Er war gerade mit dem neuen Antrag fertig, als seine Sekretärin einen Anruf von Wendy durchstellte. Schon am Klang ihrer Stimme erkannte er, dass etwas Schlimmes passiert sein musste, und sein Magen verkrampfte sich zu einem dumpfen Knoten. Wendy war den Tränen nahe.

«Es geht um Bess. Sie war nicht auf dem Spielplatz, als ich sie nach der Schule abholen wollte. Ich bin dann mit Chris ganz langsam den Heimweg abgefahren, doch ich habe sie nirgends gesehen, und hier ist sie auch nicht.» Ihre Stimme drohte sich vor Panik zu überschlagen, und Fenwick nahm all seine Kraft zusammen, um ruhig zu bleiben.

«Bist du sicher, dass sie nicht irgendwo im Haus ist?»

«Ja, ich habe alles abgesucht.»

«Und sie ist auch nicht bei einer ihrer Freundinnen?»

«Ich habe bei allen angerufen, sie ist bei keiner. Oh, Andrew, es tut mir so Leid. Ich bin nur zwei Minuten zu spät gekommen, ehrlich.» Sie war schon öfters zu spät gekommen, und zwei Minuten waren so gut wie gar nichts, nur ein Augenblick in der Zeit. Es war geradezu grotesk, dass diese zwei Minuten plötzlich entscheidend sein sollten.

«Wie geht es Chris?»

«Er ist völlig außer sich. Ich bekomme kein vernünftiges Wort aus ihm heraus; sicher ist nur, dass er keine Ahnung hat, wo Bess steckt.»

Fenwicks Verstand arbeitete fieberhaft. Bess war noch nicht einmal eine halbe Stunde weg, und es war sehr wahrscheinlich, dass sie irgendwo mit einem Freund oder einer Freundin zusammen war oder sich im Park herumtrieb und einfach die Zeit vergessen hatte. Doch dieses Risiko würde er nicht eingehen. Normalerweise war sie ein sehr gewissenhaftes und folgsames Kind, und dass sie alleine auf und davon ging, war so gar nicht ihre Art. Eine leitende Stellung bei der Kriminalpolizei einzunehmen, bot heutzutage wenig Privilegien, doch in diesem Fall würde er alle Möglichkeiten, die sich ihm boten, ausschöpfen. Er wies Wendy an, zu Hause auf ihn zu warten, und versuchte sie so gut es ging zu trösten, auch wenn er seine Worte selbst kaum glauben konnte. Dann spurtete er in Superintendent Quinlans Büro. Dieser befand sich gerade in einer Besprechung mit dem Abteilungsleiter der Verkehrspolizei, doch Fenwick trat dennoch ein. Der Ausdruck auf seinem Gesicht machte mehr als deutlich, dass er in größter Sorge war.

«Meine Tochter ist verschwunden. Sie war nicht da, als das Kindermädchen sie von der Schule abholen wollte, und keine ihrer Freundinnen hat sie seitdem gesehen.»

«Wie lange ist das jetzt her?»

«Erst eine halbe Stunde, doch das entspricht absolut nicht ihrer Art. Niemals würde sie ihren Bruder einfach so alleine lassen und weggehen.»

Superintendent Quinlan reagierte sofort.

«Ich spreche mit dem Einsatzleiter, er soll sofort einen Suchtrupp zusammenstellen. Sie gehen nach Hause, und machen Sie sich keine Sorgen wegen des Falls Wainwright. Ich werde die anderen mit der Festnahme beauftragen.»

Die Fahrt nach Hause war ein quälender Alptraum, in dem er im Schritttempo die Straßen entlangkroch und jedes Kind auf dem Bürgersteig genau unter die Lupe nahm. Wenn kein Mensch zu sehen war, trat er aufs Gaspedal und raste weit über dem Tempolimit an den vertrauten Häuserzeilen vorbei. Keine Spur von Bess.

Zu Hause wurde er von Chris und Wendy – beide in Tränen aufgelöst – empfangen. Er nahm seinen kleinen Sohn in die Arme, drückte ihn fest an sich und küsste Wendy auf die Stirn.

«Es ist nicht deine Schuld», sagte er sanft.

Er ging mit Chris in den Garten hinaus, ihn immer noch in seinen Armen haltend. Wendy folgte ihnen und setzte sich neben sie auf eine Bank.

«Sch, ist ja gut, wein doch nicht. Bald ist alles wieder in Ordnung. Du kannst nichts dafür, Chris. Du bist ein guter Junge, ein ganz besonderer Junge, und Papa hat dich sehr, sehr lieb.»

Auf diese Worte folgten noch mehr Tränen, doch es war kein so herzzerreißendes Schluchzen mehr, und bald versiegten sie ganz. Lange Zeit saßen alle drei schweigend beieinander, bis der Wind sie wieder ins Haus trieb. Noch einmal rief Fenwick bei allen Freundinnen und Freunden von Bess an, während Wendy in die Küche ging und ein paar belegte Brote machte. Verblüfft sah Fenwick, dass sein Sohn seinen ganzen Teller leer aß und ein Glas Orangensaft trank, ohne einmal zu protestieren. Er selbst tat sich schwer, auch nur einen Bissen herunterzuwürgen, doch er zwang sich weiterzuessen. Vielleicht würde er die ganze Nacht unterwegs sein. Bis sie Chris jedoch im Bett hatten, war gar nicht daran zu denken, wegzufahren und sich auf die Suche nach Bess zu machen. Und bis dahin würde er versuchen, alles so normal wie möglich zu gestalten.

Nach dem Fünfuhrtee brachte er Chris ins Wohnzimmer, wo er ihn vor den Fernseher setzte, ihm über das Haar strich, während die immergleichen grellen Bilder einer Zeichentrickserie über den Bildschirm zuckten. Dreimal hatte man ihn inzwischen angerufen, zweimal aus der Einsatzzentrale, und einmal war es der Superintendent persönlich gewesen. Man hatte alle Lehrer in Bess' Schule befragt sowie fast alle ihre Klassenkameraden. Niemand hatte etwas Ungewöhnliches bemerkt. Das letzte Mal war Bess auf dem Spielplatz gesehen worden, als sie nach dem Unterricht auf ihren Bruder wartete. Mittlerweile war es sieben Uhr abends, und die Dämmerung senkte sich über die Stadt. Fenwick wagte nicht daran zu denken, dass sie möglicherweise entführt worden war, und konzentrierte sich voll auf Chris und dessen Bedürfnisse.

Als er Chris zu Bett brachte, kam noch ein Anruf von der Einsatzleitung. Beide hatten es tunlichst vermieden, in die Ecke, in der Bess' Bett stand, zu blicken, und als er seinem Sohn gute Nacht gesagt hatte, konnte er vor Erschöpfung kaum mehr aufrecht stehen.

Im Nebenzimmer hörte er Wendys unterdrücktes Schluchzen. Er gab ihr keine Schuld, doch anscheinend tat sie es selbst. Was waren schon zwei Minuten? Man konnte schließlich niemandem einen Vorwurf machen, ein Kind einen Augenblick lang allein zu lassen. Im Dunkeln tastete er sich nach unten, um den Anruf in der Küche entgegenzunehmen.

«Superintendent Quinlan hat uns gebeten, Sie sofort anzurufen, wenn es etwas Neues gibt, Sir.»

Fenwick fühlte, wie der Knoten im Magen sich wieder fester zusammenzog.

«Ja?»

«Wir haben eine Zeugin aus einem der Häuser in der Nähe der Schule, die gesehen hat, wie Bess zu einer jungen Frau ins Auto gestiegen ist.»

Also hatte sich seine Befürchtung bestätigt. Er konnte sich nun nicht mehr einreden, dass Bess irgendwo auf einem Spielplatz vom Klettergerüst gefallen war und sich den Kopf angeschlagen hatte. Er musste der Realität ins Auge sehen. Sie war also tatsächlich entführt worden. Seine Finger krallten sich um den Hörer.

«Irgendwelche Einzelheiten?»

«Kaum. Das Auto war entweder hellblau oder silberfarben, ein schnittiger Wagen, so die Zeugin. Doch sie kennt sich mit Autos nicht gut aus, konnte uns also keinen Hinweis auf das Fabrikat geben. Wir sind gerade dabei, ein paar Fotos zusammenzustellen und sie ihr vorzulegen. Auf das Kennzeichen hat sie auch nicht geachtet.»

«Und die Frau?»

«Sie konnte sich eigentlich nur noch daran erinnern, dass die Frau ziemlich modisch gekleidet war. Mittelgroß, teuer aussehende schwarze Schuhe. Das ist alles. Ihr Gesicht hat sie nicht gesehen.»

«Und Bess?» Seine Stimme zitterte, als er den Namen seiner Tochter aussprach. «Was für einen Eindruck machte sie?»

«Einen guten Eindruck. Sie ging bei der Frau an der Hand, völlig unauffällig. Die Zeugin erklärte nachdrücklich, dass alles völlig normal wirkte.»

Das sagten sie doch immer, dachte Fenwick. Wie sollten sie auch sonst ihr schlechtes Gewissen beruhigen, weil sie einfach zugeschaut hatten, wie ein Kind direkt unter ihren Augen verschwand? Der Beamte von der Einsatzleitung sprach weiter, und Fenwick versuchte, sich auf seine Worte zu konzentrieren und nicht auf das Bild von Bess, wie sie zu dieser Fremden in den Wagen stieg. Wie hatte sie das nur tun können?

«Sind Sie noch da, Sir? Gleich kommen die Kollegen bei Ihnen vorbei, um eine Fangschaltung zu installieren. Falls es zu einer Lösegeldforderung kommen sollte.»

«Ich werde mich jetzt auf den Weg machen, um bei der Suche zu helfen. Aber das Kindermädchen wird hier sein.»

Kaum hatte er den Hörer aufgelegt, klingelte es erneut. Es war Quinlan, der wissen wollte, wie es ihm ging.

«Es geht mir gut, Sir. Ich wünschte nur, dass ich mehr tun könnte. Wo arbeiten die Suchtrupps im Moment?»

«Wir haben insgesamt sechs Trupps laufen.» Der Superintendent hatte eigentlich nicht vorgehabt, die Orte zu nennen, denn er fürchtete, dass die bloße Erwähnung bestimmter Ortsnamen bei Fenwick Bilder früherer Suchaktionen nach vermissten Kindern heraufbeschwor, von denen einige ein furchtbares Ende genommen hatten. «Wir müssen in Betracht ziehen, dass jemand sich so an Ihnen zu rächen versucht. Sergeant Cooper und ein Team gehen deshalb gerade alte Fälle auf mögliche Verdächtige durch …»

«Davon gibt es eine Menge.»

«… Täter, die momentan auf freiem Fuß sind und so Gelegenheit gehabt hätten, eine Entführung zu planen. Davon gibt es nicht so viele. Und denken Sie nicht an den Fall Wainwright. Blite hat die Überwachung von James FitzGerald unter Kontrolle, und er wird Sally Wainwright-Smith gleich morgen früh festnehmen.»

Fenwick war verblüfft über Superintendent Quinlans Einschätzung seiner Person. Seitdem er von Bess' Verschwinden erfahren hatte, hatte er keinen einzigen Gedanken an den Fall verschwendet. Er fragte sich, ob er sich geschmeichelt fühlen oder bestürzt sein sollte.

Bevor Quinlan das Telefonat beendete, bat Fenwick ihn, die Polizei in Edinburgh zu kontaktieren und in Erfahrung zu bringen, wie weit seine Mutter, die er sofort nach Bess' Verschwinden angerufen hatte, auf ihrer Fahrt nach Sussex bereits gekommen war. Auf seine Bitte hin wollte die Polizei sie herunterfahren. Er legte den Hörer auf und rieb sich die Stirn. Er war schweißgebadet.

Nightingale, die Sergeant Cooper gegenübersaß, holte sich gerade die nächste Datei auf den Bildschirm. Superintendent Quinlan hatte sie beide von den Ermittlungen im Fall Wainwright abgezogen und die Verantwortung dafür in Inspector Blites Hände gelegt. Sie waren angewiesen worden, sich Fenwicks alte Fälle vorzunehmen und nach einem Straftäter zu suchen, der möglicherweise einen Groll gegen Fenwick hegte und zurzeit auf freiem Fuß war. Nightingale konzentrierte sich auf die Fälle, die auf Datenträger gespeichert waren, und Cooper auf die Papierberge. Keinem von beiden war nach Reden zumute, und so arbeiteten sie schweigend.

Außer dem gelegentlichen Klappern eines Schlüsselbunds oder dem Rascheln von Papier herrschte in der Einsatzzentrale nahezu völlige Stille. Die Tür hinter ihr schwang auf, als jemand mit den neuesten Erkenntnissen im Fall Wainwright hereinkam, die von einem Beamten in die Datenbank eingelesen werden sollten.

«Hier ist das Gutachten von Dr. Keating. Sie hat es soeben für den Chief Inspector durchgegeben.»

Die Worte lenkten Nightingale von ihrer Lektüre ab. Sie fluchte vor sich hin. Cooper blickte auf und erkannte, dass sie völlig erschöpft war.

«Ach du liebe Güte. Es ist fast Mitternacht, und ich brauche jetzt dringend etwas zum Beißen und Sie wahrscheinlich auch. Seien Sie doch so nett und besorgen uns etwas.» Entschieden drückte er ihr Geld in die Hand. «Und bringen Sie sich selbst auch was mit. Sie haben ja überhaupt kein Fleisch mehr auf den Rippen!»

Nightingale ging das verlassene Treppenhaus hinunter in die Kantine, wo der Assistant Chief Constable einen Essensautomat hatte aufstellen lassen. In der Kantine war kein Mensch. Erst in sechs Stunden, wenn die Frühschicht begann, wäre hier wieder Betrieb. Während sie die Münzen in den Schlitz steckte und die klebrigen Tasten drückte, musste sie wieder an Fenwick denken. Wie mochte er sich fühlen? Er war ganz allein mit seiner Angst. Am liebsten wäre sie jetzt bei ihm, einfach um ihn mit ihrer Gegenwart zu trösten. Um sein Leid, seine Verzweiflung mit ihm zu teilen; ihm zu helfen, wenn seine Furcht in Wut umschlug; ihn in den düsteren Stunden des Wartens zu trösten. In ihrer Vorstellung fühlte sie seinen Kopf auf ihrer Schulter, und plötzlich konnte sie die Tränen nicht mehr zurückdrängen. Unvermutet brach es aus ihr heraus.

«Warum habe ich diese Gedanken? Warum empfinde ich so für ihn? Das ist doch nicht normal.»

Bei diesen Worten verstummte sie abrupt. Wann immer jemand sie an ihren Vater erinnerte, schob sie den Gedanken sofort beiseite. Außerdem war Fenwick um Jahre jünger. Und doch, wo sie es zum ersten Mal gewagt hatte, ihre Gedanken laut auszusprechen, erkannte sie das Körnchen Wahrheit in ihnen. Einen Vater wie ihn hatte sie sich immer gewünscht.

Sie stellte die Kaffeebecher und Kuchenteller in einen Karton und trug ihn vorsichtig nach oben. Cooper saß noch genauso da wie vorhin, den Kopf über den Schreibtisch gesenkt, und war vielleicht mittlerweile bei seinem dreißigsten Fall in dieser Nacht angelangt.

«Der Chief Inspector hat gerade angerufen.»

Nightingale versuchte, sich keine Reaktion anmerken zu lassen.

«Er war bei jedem Suchtrupp, nichts! Er fährt jetzt nach Hause. Er möchte, dass wir ihm Claire Keatings Bericht rüberschicken sowie die Niederschriften aller Vernehmungen von Sally und Alexander Wainwright-Smith.»

«Ich erledige das!»

«Das dachte ich mir schon, doch wenn Sie beim Kopieren sind, essen Sie den Kuchen und trinken Ihren Kaffee. Sehen Sie mich nicht so an. Sie essen das zuerst auf – das ist ein Befehl!»

Nightingale brauchte etwa eine halbe Stunde, bis sie alle Unterlagen beisammen und kopiert hatte, dann noch einmal zehn Minuten für die Fahrt zu ihm nach Hause.

Kein Laut drang aus dem Haus. Sie wusste, dass die Musik, die er liebte, ihm keine Ablenkung bieten würde. Vielleicht würde ihm ein wenig Arbeit helfen. Sie parkte den Wagen hinter seinem, öffnete die

Tür und schwang ihre langen Beine hinaus. Im Halbdunkel der Veranda drückte sie den Klingelknopf. Fenwick öffnete die Tür.

Nightingale erschrak über sein abgespanntes Aussehen. Offenbar war er sich immer wieder mit den Fingern durch die Haare gefahren, denn sie standen ihm zu Berge, und Nightingale unterdrückte den Drang, darüber zu streichen.

Aus seinem umschatteten Blick sprach eine so tiefe Seelenqual und Verzweiflung, dass Tränen des Mitgefühls in ihr aufstiegen.

«Ich bringe die Unterlagen, Sir», sagte sie leise, aber entschlossen.

«Danke.» Seine Antwort war kaum mehr als ein heiseres Krächzen. Er streckte die Hände aus, um die Unterlagen entgegenzunehmen, doch zu ihrer eigenen Bestürzung ließ sie sie nicht los. Er spürte ihr Widerstreben und sah sie einen Moment lang verwirrt an. Er schien nicht recht zu wissen, was er tun sollte. Er zögerte.

«Kann ich bleiben und Ihnen damit helfen, Sir? Es ist furchtbar viel.»

In diesem Moment wusste sie, dass das Kräftegleichgewicht sich zu ihren Gunsten neigte.

«Kommen Sie herein.»

Sie dachte an ihren letzten Besuch hier, und die Erinnerung an Bess, wie sie in ihrem Nachthemd bei ihr gesessen hatte, überkam sie mit Macht. Schon wieder spürte sie, wie diese verdammten Tränen ihr die Kehle zuschnürten. Warum fiel es ihr ausgerechnet heute Nacht so schwer, sich zusammenzureißen?

In seinem Arbeitszimmer war es kalt, und die Luft war abgestanden: eine Mischung aus Angstschweiß, einer Spur Rasierwasser und der erdigen Note nach alten, ledergebundenen Büchern, die die Wände des Zimmers säumten.

«Wonach sollen wir suchen, Sir?»

«Nach Beweisen», antwortete er barsch, doch sie verstand. «Ich habe darüber nachgedacht, warum jemand Bess entführen sollte. Wer könnte einen Nutzen daraus ziehen, Nightingale?»

«Einen *Nutzen?*» Seine Wortwahl entsetzte sie.

«Wir haben es hier mit einem Verbrechen zu tun. Also müssen wir uns über das Motiv Gedanken machen.»

Plötzlich war Nightingale klar, warum er nach den Unterlagen gefragt hatte, die sie immer noch im Arm hielt.

«Ja, glauben Sie denn, dass Bess' Verschwinden mit dem Fall Wainwright zusammenhängt? Aber warum?»

«Ich hatte vor, Sally Wainwright heute festzunehmen. Und wenige Stunden davor ist meine Tochter verschwunden.»

«Aber Inspector Blite wird sie doch so oder so festnehmen.»

«Möglicherweise, doch er hat sie verhört und sie bereits zweimal zu einer Gegenüberstellung einbestellt, mit null Ergebnis bisher. Sie läuft also immer noch frei herum.»

«Aber nicht mehr lange. Sie muss sich doch darüber im Klaren sein, dass ihre Festnahme nur noch eine Frage der Zeit ist.»

«Sie gehen davon aus, dass Sally ein rational denkender und handelnder Mensch ist. Doch das ist sie nicht.»

Er zog Claire Keatings Gutachten aus dem obersten Aktendeckel und überflog es rasch, wobei er mehrere Male nickte, als sähe er seine Vermutungen bestätigt.

«Überlegen Sie doch mal. Sie ist es gewöhnt, jeden Mann in ihrem Leben unter Kontrolle zu halten, sie hat sich diese Verhaltensweise schon als Kind angeeignet. Dadurch, dass ihr Vater sie regelmäßig missbraucht hat, hat sie gelernt, ihn zu manipulieren, um seine Gewalttätigkeit ihr gegenüber in Grenzen zu halten. Und dieser Eigenschaft hat sie es zu verdanken, dass es ihr seitdem in jeder Lebenslage gelungen ist, sich über Wasser zu halten. Auch in den Jahren, die sie in Pflege war. Nur dadurch hat sie überlebt.»

«Aber sie hat doch niemals versucht, Sie zu manipulieren.»

«Doch, das hat sie. Aber es hat nicht funktioniert. Als ich auf der Bildfläche erschien, wurde ich für sie zum mächtigsten Mann in ihrem Leben. Ihr Schicksal liegt sozusagen in meinen Händen: der Durchsuchungsbefehl, der Haftbefehl. Sie muss verzweifelt überlegt haben, wie sie mich in den Griff bekommt.»

Nightingale fühlte Übelkeit in sich aufsteigen.

«Wenn Sie das glauben, warum sind Sie dann nicht gleich nach Wainwright Hall gefahren?»

Sie hatte nicht die Absicht, ihm einen Vorwurf zu machen, doch da sie Mühe hatte, sich zu beherrschen, hatte ihre Frage einen harten Beiklang. Zu ihrer Bestürzung sah sie, wie er zusammenzuckte.

«Ja, glauben Sie denn, ich würde nicht wollen? Doch im Moment sind das alles nur vage Vermutungen. Ich habe keinerlei Beweis dafür, dass Sally Bess entführt hat. Wenn sie es nicht war und ich dort einfach so hereinplatze, ist das ein gefundenes Fressen für die Verteidigung. Wenn sie es aber war und ich mich nicht gründlich vorbereite, dann könnte ich dadurch Bess' Leben in Gefahr bringen.»

Nightingale konnte ihn nur bewundern. Was musste es ihn an Kraft kosten, hier so nüchtern und scheinbar unbeteiligt über die Sache zu sprechen?

«Ich muss den Superintendent dazu bringen, mir Rückendeckung zu geben. Wir brauchen ein Expertenteam, eine schnelle Einsatztruppe, und der Assistant Chief Constable wird nicht gerade erfreut sein, wenn er hört, dass Wainwright's involviert ist. Ich kann mir keine Fehler erlauben, Nightingale.»

«Aber Kindesentführung ...»

«Das scheint extrem, doch was bleibt mir anderes übrig? Wir wissen jetzt sicher, dass sie bereits mindestens einen Mord begangen hat. Und nun ist die Polizei ihr dicht auf den Fersen, deckt Verbindungen auf, von denen sie geglaubt hatte, dass nie ein Mensch darauf kommen würde. Und das Ablenkungsmanöver funktioniert! Sehen Sie doch nur, wie sie unsere Ermittlungsarbeit durcheinander gebracht hat. Wenn man genauer darüber nachdenkt, dann kann eigentlich nur Sally die Person sein, die wir suchen. Und nun, da ihr Mann nicht da ist, kann sie tun und lassen, wonach ihr der Sinn steht.»

Nightingale sagte nichts. Fenwick hatte offenbar alles gründlich durchdacht. Er nahm einen Stift und markierte die Schlüsselpassagen in Claire Keatings Gutachten und in den Vernehmungsprotokollen von Sally und ihrem Mann.

«Ich glaube, das genügt. Kommen Sie, Nightingale, Sie können mich zum Präsidium fahren. Ich sage nur schnell Wendy Bescheid.»

Als er gegangen war, legte Nightingale kurz die Hände vors Gesicht. Nun, wo er ihr so allein vorkam, so ausgeliefert, so voller Schmerz, konnte sie ihre Gefühle für ihn nicht länger leugnen. Das war keine bloße Verliebtheit oder das Fixiertsein auf eine Vaterfigur.

Sie hörte ihn im Treppenhaus leise sprechen; er erklärte Wendy, dass seine Mutter auf dem Weg hierher sei und sie spätestens in ein paar Stunden da sein müsste. Nightingale schluckte den dicken Kloß in ihrem Hals herunter und straffte die Schultern. Eine Uhr schlug eins, und mit einem Mal wurde ihr die ganze schmerzliche Realität bewusst.

«Also auf geht's. Wir nehmen Ihren Wagen.»

Während sie durch die kühle Nacht fuhren, nahm Nightingale ihren ganzen Mut zusammen und brachte ihre Zweifel zur Sprache.

«Wie soll Sally die Entführung denn geplant haben? Sicher wusste sie, dass Chris und Bess von einem Kindermädchen betreut werden.»

«Ich nehme an, das war für sie bedeutungslos. Erinnern Sie sich, dass Sallys Mutter völlig machtlos gegen ihren Mann war. In Sallys Welt zählen Frauen einfach nicht.»

«Wo sollte sie sie verstecken?»

Fenwick schüttelte den Kopf. «Ich weiß nicht, das Anwesen ist groß ... Da gibt es diesen Turm mit einem Turmzimmer. Sallys kleinere Geschwister wurden in so einer Kammer unter dem Dach eingesperrt und erst entdeckt, als es bereits zu spät war.»

«Warum können wir nicht einfach hinfahren und ihr ein paar simple Fragen stellen?»

«Es ist ein Uhr morgens. Denken Sie daran, wie Sally reagiert, wenn sie sich bedroht fühlt. Sie ist eine Mörderin.»

Als sie die Außenbezirke von Harlden durchfuhren, war Nightingale ebenso überzeugt wie Fenwick, dass Sally sowohl ein Motiv als auch die Gelegenheit gehabt hatte, Bess zu entführen. Während der Fahrt rief Fenwick Quinlan an, der sich sofort bereit erklärte, den Assistant Chief Constable zu kontaktieren und ihn um die Genehmigung für die schnelle Einsatztruppe zu bitten.

43

In höchster Erregung lief Sally auf dem Treppenabsatz hin und her. Jedes Mal, wenn sie zu der schweren Eichentür kam, hinter welcher die Wendeltreppe in den Turm hinaufführte, blieb sie stehen und lauschte angestrengt. Das Hämmern und Rufen war kaum vernehmbar. Zu ihrer Verblüffung hatte das kleine Mädchen ein erstaunliches Durchhaltevermögen und einen eisernen Willen an den Tag gelegt. Mit einem derart heftigen Widerstand hatte sie nicht gerechnet.

Ein seltenes und zugleich vertrautes Gefühl regte sich in ihr. Wie eine Woge rollte die Erinnerung über sie hinweg, und Bilder aus der Zeit, als ihr Bruder auf die Welt gekommen war, wurden lebendig. Ein paar Tage lang war das Leben wunderbar gewesen. Sie bei ihrer Mutter im Krankenhaus; über ein winziges, puppenartiges Geschöpf gebeugt, hatte sie seine perfekt geformten Händchen in ihrer Hand gehalten. Dann waren sie wieder zu Hause gewesen und... Ein dicker Kloß schnürte ihr die Kehle zu und machte jeden Atemzug schmerzhaft bewusst. Die Vergangenheit war tot und begraben, es lohnte sich nicht, einen Gedanken daran zu verschwenden. Sally schüttelte die Erinnerung ab und nahm ihren Weg nach unten wieder auf. In wenigen Stunden wäre alles vorüber. Sie hatte alles genau geplant, es war wirklich ganz einfach. Nun, wo sie das Kind entführt hatte, konnte sie sicher sein, dass die Polizei so lange anderweitig beschäftigt wäre, bis die Sache mit FitzGerald ein für allemal erledigt wäre. Dann konnte sie sich voll und ganz auf ihre Flucht konzentrieren.

Bald würde FitzGerald hier sein. Dann würde sie ihn töten, das Haus in Brand stecken und in Richtung Brighton verschwinden. Sie hatte dafür gesorgt, dass genügend brennbares Material im Hause war. Das meiste war noch von den Renovierungsarbeiten übrig geblieben. Sie hatte das Zeug in den Schlafzimmern im ersten Stock verteilt, und in Küche und Bibliothek hatte sie bereits Kerosinöfen angezündet, die sie dann später nur noch umstoßen musste. Alle Zwischentüren waren weit geöffnet und verkeilt, damit sie nicht zuschlügen. Die Oberfenster waren weit geöffnet, so dass ein guter Durchzug herrschte. Alex wäre sicher zunächst wütend, doch letztendlich würde er die Notwendigkeit, ihre Tat zu verschleiern, einsehen. Und außerdem, warum sollte er das Haus haben, wenn sie es nicht haben durfte?

Sie verdrängte den Gedanken an das Kind. Es war nur ein Stein in ihrem Spiel, ein unglückseliger Tropf, dumm genug, ihr die Story von der Polizistin, die gekommen war, um sie abzuholen und zu ihrem Vater zu bringen, abzukaufen.

Die Standuhr in der Eingangshalle schlug ein Uhr. FitzGerald war spät dran. Ein grimmiger Ausdruck trat auf ihr Gesicht.

Solange er und sein Geheimnis am Leben waren, hätte sie keine ruhige Minute. Und deshalb musste er sterben.

44

FitzGerald fuhr gerade so schnell, wie es erlaubt war. Wainwright Hall war nicht mehr weit, und er musste nachdenken. Er würde sich verspäten, denn die beiden Polizeibeamten abzuhängen, hatte länger gedauert als erwartet. Er misstraute Sally Wainwright-Smith. Schließlich wusste er, dass diese Frau auch vor Mord nicht zurückschreckte. Und dennoch war er gerade auf dem Weg zu ihr, fuhr in aller Seelenruhe zu ihr hinaus, zu dieser nachtschlafenen Stunde. Ganz allein. Mit der linken Hand tastete er im Handschuhfach nach seiner Waffe. Schließlich schlossen seine Finger sich um kaltes Metall. Sollte sie auf dumme Gedanken kommen, nun, er wäre jedenfalls gerüstet.

Immer noch ahnte sie nicht, dass er ihre wahre Identität längst kannte. Wer sie war und was sie gewesen war. Es war schon eine Ironie des Schicksals, dass eine von Amandas kleinen Flittchen ausgerechnet den Geschäftsführer von Wainwright Enterprises geheiratet hatte, der Firma, die seit über fünfundzwanzig Jahren das Geld aus seinen Syndikaten wusch. Eine Ironie zwar, aber eben doch nicht ganz so weit hergeholt. Schließlich hatte er selbst dafür gesorgt, dass Amanda ihre Mädchen hin und wieder mit einer der Führungskräfte von Wainwright Enterprises zusammenbrachte. Diese Vergnügungen waren dann irgendwann zu einer Art Belohnung für besondere Verdienste geworden, und gleichzeitig hatte er dadurch etwas gegen sie in der Hand gehabt, sollte ihr Gewissen sie je plagen.

Vielleicht hatte Sally so überhaupt erst vom Wainwright'schen Vermögen erfahren und die Möglichkeit erkannt, zu Geld zu kommen, wenn sie sich eine andere Vergangenheit zulegte und ihren Stil verfeinerte? Er schüttelte den Kopf, während draußen die dunkle

Landschaft an ihm vorüberglitt. Nein, Sally war zwar gewissenlos und berechnend, doch er bezweifelte, dass dieses Flittchen in der Lage wäre, einen dermaßen raffinierten Plan auszutüfteln. Jedenfalls war sie nun eine rechtmäßig angetraute Ehefrau. Ein paar von den intelligenteren und härteren Mädchen gelang das immer wieder. Und dass sie Alan an die Angel bekommen hatte, muss für sie das große Los gewesen sein. Er hatte immer schon eine Vorliebe für außergewöhnliche Sexpraktiken gehabt, die er in einer normalen Beziehung kaum befriedigen konnte. Da war ihm Sally sicher gerade recht gekommen. Und nachdem sie erst einmal Blut geleckt hatte, reichte das Geld allein als Aphrodisiakum, um ihre Rolle überzeugend zu spielen.

Als er durch das schmiedeeiserne Tor fuhr, bremste er und hielt kurz an. Am Telefon hatte sie ihm gesagt, sie habe die erste Rate bereit, was ihn nicht weiter erstaunt hatte. Es hätte Sally auch nicht ähnlich gesehen, im Besitz eines großen Vermögens zu sein und noch nicht einmal über einen Teil davon verfügen zu können. Er sah sie förmlich vor sich, wie sie spät in der Nacht dasaß und ihr Geld zählte. Er zweifelte nicht einen Augenblick daran, dass das Einzige, was Sally wirklich aufrichtig liebte, die Sicherheit des Geldes war; und deshalb hatte er auch gewusst, dass sie genug davon im Safe aufbewahren würde.

Nun, mit der Anzahlung in Händen, könnte er sich vorzeitig aus dem Geschäft zurückziehen und sich ganz einem Leben im Luxus hingeben. Und irgendwann, in nicht allzu ferner Zukunft, würde er dafür sorgen, dass die Polizei all die belastenden Fotos, die von Sally und Graham Wainwright am Morgen seines Todes gemacht wurden, erhielte. Sie würde im Gefängnis landen, und Alex wäre in der Lage, sich voll auf die Führung des Unternehmens zu konzentrieren, in dem James' Geld und das der anderen Mitglieder der organisierten Kriminalität in West Sussex rein gewaschen wurde.

Er hörte den Kies unter seinen Reifen knirschen, während er auf das Haus zufuhr. Im Erdgeschoss, links neben dem wuchtigen Eingang, brannte ein einzelnes Licht, das, wie er wusste, zum Wohnzimmer gehörte. Sämtliche Schlafzimmer im ersten Stock waren hell erleuchtet. Düster ragte über ihm der graue Steinturm auf, dessen Schatten durch die Wasserspeier auf dem Dach noch verlängert wurden, die gleichsam mit schwarzen Fingern nach knochenweißem Kies griffen. Er bremste und stieg aus, in die Kälte der Nacht.

Noch bevor er anklopfte, öffnete Sally ihm die Tür. Sie trat einen Schritt zurück, um ihn hereinzulassen. Sie trug ein tief ausgeschnittenes mitternachtsblaues Abendkleid, das ihren Rücken freigab, und lächerlich hohe Pumps mit Stiletto-Absätzen. So war sie gleich groß wie er. Wie weißer Marmor schimmerte ihre Haut, und wenn sie atmete, glitzerten und funkelten die Diamanten auf ihrem Dekolleté wie Regentropfen. Einen Moment lang erinnerte sie ihn an einen steinernen Grabengel, und unwillkürlich fröstelte er. Ihr helles Haar hatte sie hochgesteckt, so dass die Steine an ihrem langen Hals noch besser zur Geltung kamen. Die Frau vor ihm konnte man kaum als Engel bezeichnen, und doch umgab sie so etwas wie der Hauch des Todes, und das wiederum passte zu seinem Fantasiebild. Der Unterschied zu der Straßendirne, die Amanda aus der Gosse geholt hatte, hätte nicht krasser sein können.

«Danke, James, dass Sie zu so später Stunde noch gekommen sind. Gehen Sie doch bitte vor ins Wohnzimmer und wärmen Sie sich ein bisschen am Kamin.»

«Mir ist nicht kalt, und ich möchte auch nicht länger bleiben. Gib mir einfach das Geld, dann bin ich gleich wieder weg.»

Er sah, wie ihre Augen sich bei seinen ablehnenden Worten verengten, und spürte eine seltsame Anspannung in ihr, geradeso, als wartete sie auf etwas. Instinktiv blickte er sich in der Eingangshalle um und suchte mit den Augen die beiden dunklen Gänge ab, die in den Salon und zur Treppe dahinter führten. Ohne es eigentlich zu wollen, tat er ein paar Schritte in den Flur zu seiner Rechten, wobei seine Hand locker die Waffe in seiner Tasche umschloss.

«Wo ist Alex?»

«Nicht da. Wo wollen Sie hin?»

Er ignorierte ihre Frage und ging ein paar Schritte weiter, neugierig, wie sie reagieren würde.

«Ich habe Sie gefragt, wo Sie hinwollen. Da hinten ist nichts von Interesse. Es ist besser, wenn wir uns im Wohnzimmer unterhalten.»

Warum war sie so nervös, wo sie doch sonst so selbstsicher sein konnte? Verwundert ging er weiter, bis sie neben ihn trat und ihn am

Arm packte. Er blickte sie überrascht an und sah, wie sie sich zusammennehmen musste und sich zu einem Lächeln zwang.

«Sie sind wirklich ein außergewöhnlicher Mann. Ich versuche Sie zu überreden, es sich in einem gemütlichen Sessel am Kamin bequem zu machen, und Sie ziehen es vor, hier im Dunkeln herumzukriechen.»

«Ich bin von Natur aus neugierig, meine Liebe. Das solltest du doch am besten wissen. Aber du hast Recht, hier ist es dunkel. Hast du denn gar keine Angst hier so ganz allein?» Er forderte sie ganz bewusst heraus.

Sie lachte, ein kleines, helles Kichern, das ihn irritierte.

«Ach, das ist süß! Ja, manchmal ist es hier wirklich etwas unheimlich, doch ich habe mich daran gewöhnt.»

«Wenn ich nun schon einmal hier bin, kann ich mich genauso gut ein wenig umsehen. Um sicherzugehen, dass alles in Ordnung ist.»

Die Standuhr in der Eingangshalle schlug die Dreiviertelstunde, und er bemerkte, wie Sally unwillig die Stirn runzelte.

«Das wird nicht nötig sein. Alles ist abgeschlossen, und mir geht es gut.»

«Ich möchte nur, dass du beruhigt schlafen gehen kannst», sagte er lächelnd, was sie noch mehr verwirrte. Er schob ihre Hand von seinem Arm, betätigte den Lichtschalter an der Wand und wartete einen Augenblick, bis die Eingangshalle und die darüber liegende Galerie in das gleißende Licht des Kronleuchters getaucht waren. Er zweifelte keine Sekunde daran, dass das Haus sicher war, doch er wollte sie unbedingt aus der Fassung bringen.

Er stieg die große Holztreppe empor, spürte ihren Blick in seinem Rücken, als er den ersten Treppenabsatz erreicht hatte, und überlegte, ob er sich nach rechts oder nach links wenden sollte. Er entschied sich für die rechte Seite und ging weiter nach oben, bis er in den ersten Stock kam. Eine Sekunde später hatte sie ihn eingeholt.

«Wenn Sie schon darauf bestehen, mein Haus zu kontrollieren, James, dann muss ich Sie zumindest begleiten.»

Sie plapperte weiter, und ihre Stimme klang unnatürlich laut in der Stille des Hauses. Nacheinander betrat er jedes Zimmer, blickte in die Kleiderschränke und angrenzenden Bäder. Erst als er den dritten Raum betrat, fiel ihm auf, dass alle Türen weit geöffnet und verkeilt waren. Er zog den Keil heraus und schloss die Tür hinter sich. Sally bemerkte den misstrauischen Ausdruck in seinem Gesicht.

«Ich lüfte die Zimmer durch. Überall riecht es noch nach Kleister und Farbe.»

Er erwiderte nichts. Schweigend kontrollierte er alle fünfzehn Schlafzimmer und sieben Bäder; dann ging er hinauf in den zweiten Stock, wo er in jeden Raum hineinsah, während Sally unten auf dem Treppenabsatz stand und mit wachsender Ungeduld und durchdringender Stimme auf ihn einredete, was ihm sichtlich auf die Nerven ging. Er trat ans Fenster und verharrte dort einen Augenblick, um in den mondbeschienenen Garten hinauszusehen. Der Wind fuhr durch die Bäume, die die Auffahrt säumten und groteske, lebendige Schatten auf den Kies warfen. Schon glaubte er, eine Gestalt unter einer Eiche gesehen zu haben, doch als er noch einmal hinsah, war niemand da. Einen Moment lang dachte er besorgt an die Polizei, doch er verwarf den Gedanken sofort wieder.

Im nächsten Zimmer sah er noch einmal aus dem Fenster, und diesmal war er sich fast sicher, dass er im Schatten des Gemäuers die Umrisse eines Menschen gesehen hatte. Er fühlte, wie seine Nackenhaare sich aufstellten, während er gebannt darauf wartete, dass sich wieder etwas bewegte. Doch nichts war mehr zu sehen, und so wandte er sich ab und ging mit einem unguten Gefühl wieder zu Sally hinunter.

Etwas an ihrem Verhalten hatte ihn in Alarmbereitschaft versetzt. Er würde sich heute besonders vor ihr in Acht nehmen müssen.

«Zufrieden?»

«Du hattest Recht: Da oben stinkt es tatsächlich nach Farbe und Tapetenkleister. Ist ja auch kein Wunder, bei dem ganzen Zeug, das die Maler zurückgelassen haben. Ziemlich feuergefährlich da oben.»

Sie fröstelte, und ihm wurde bewusst, dass sie mit einem rückenfreien Kleid in diesem ungeheizten Haus herumstand.

«Was war das?»

«Was?»

«Dieser dumpfe Schlag eben. Der kam vom Turm.»

«Nun werden Sie nicht albern! Wir sind doch ganz allein im Haus. Das war bestimmt der Wind.»

Sie hakte sich bei ihm unter.

«Soll ich wirklich nicht nachsehen? Da war es schon wieder, ein Klopfen, ich hab's doch gehört!»

«Alles, was ich höre, ist der Wind und der Ruf nach einem Glas Whisky vor dem Kamin.»

Sie fröstelte erneut, auffälliger diesmal, so dass er es bemerken musste; zögernd folgte FitzGerald ihr in den Salon.

«Also, kommen wir zur Sache. Was ist mit dem Geld?»

«Ach ja, das Geld.»

Sally lachte, doch ihr Lachen hatte jetzt einen hohlen Klang, der ihn nur noch misstrauischer machte.

Der Mond näherte sich dem westlichen Horizont, als Nightingale den Wagen über die verlassene Landstraße lenkte. Sie fuhr schnell und nahm jede Kurve, als befände sie sich im Rennstadion. Chief Inspector Fenwick saß neben ihr auf dem Beifahrersitz. Das Sondereinsatzkommando sollte sich um zwei Uhr im Wald knapp einen Kilometer östlich vom Einfahrtstor zu Wainwright Hall einfinden. Sie hatten die Genehmigung, von Schusswaffen Gebrauch zu machen. Superintendent Quinlan hatte Fenwicks Beteiligung genehmigt, nachdem er erkannt hatte, dass die einzige Möglichkeit, ihn davon abzuhalten, darin bestanden hätte, ihn einzusperren.

Die Uhr auf dem Armaturenbrett zeigte zehn vor zwei. Sie waren jetzt fast da, und Nightingale schaltete die Scheinwerfer aus und wartete, bis ihre Augen sich an die mondbeschienene Dunkelheit gewöhnt hatten. Das Wäldchen vor ihnen schien verlassen dazuliegen. Sie verlangsamte die Fahrt und bog in einen Waldweg ein.

Als Fenwick sah, wie viele Beamte eingezogen worden waren, erschrak er. Ein Dutzend Leute standen um einen Mann herum, offenbar den Leiter der Einsatztruppe. Sein Name war Boyd, und er gehörte zur Metropolitan Police, die bei heiklen Entführungsfällen zugezogen wurde. Er machte einen fähigen und erfahrenen Eindruck, und zum ersten Mal seit Fenwick vor zehn Stunden jenen Anruf erhalten hatte, ließ seine Anspannung etwas nach.

«Chief Inspector.» Boyd reichte ihm die Hand und führte ihn dann in die Mitte der Gruppe. «Wir müssen genau wissen, wie es auf Wainwright Hall aussieht, wo welche Räume sind. Wenn Sally Wainwright-Smith tatsächlich hier ist, dann müssen wir überlegen, wo sie das Kind versteckt halten könnte. Inspector Blite hat uns schon einiges sagen können, doch Sie könnten uns mit den Details weiterhelfen.»

Fenwick beschrieb den Grundriss von Wainwright Hall: die Küche mit den Wirtschaftsräumen im hinteren Teil, die Eingangshalle mit dem Wohnzimmer zur Linken, das kleine Arbeitszimmer auf der rechten Seite und die beiden Gänge, durch die man in den großen Salon gelangte, neben dem sich das Esszimmer und die Bibliothek befanden. Er erinnerte sich genau an die große Treppe, die sich in zwei Aufgänge teilte, über die man zur Galerie gelangte. In der nördlichen Ecke des ersten Treppenabsatzes befand sich eine schwere Eichentür, hinter der die Wendeltreppe lag, die zum Turm hinaufführte. Ganz oben am Ende der Treppe befand sich noch eine weitere Eichentür.

«Wenn sie Bess hier gefangen hält, dann würde ich auf den Turm tippen. Es gibt hier zwar auch zahlreiche Wirtschaftsgebäude und Cottages, doch dieses Risiko würde Sally wegen der Fluchtgefahr sicher nicht eingehen. Der Turm ist für sich verschlossen, weit genug von jedem Besucher entfernt und dennoch direkt vor Sallys Nase.»

Das Funkgerät krächzte. Es war Superintendent Quinlan, der Boyd von der Einsatzzentrale aus anfunkte. Als Boyd zu der Gruppe zurückkehrte, fragte er:

«Sagt der Name James FitzGerald Ihnen etwas?»

Fenwick nickte und blickte sich nach Nightingale um, die er als Expertin in Sachen FitzGerald betrachtete. Sie stand am äußeren Rand der versammelten Gruppe, und Fenwick winkte sie heran, damit sie besser hören konnte, was Boyd zu sagen hatte.

«FitzGerald ist vor einer Stunde von zu Hause weggefahren, hat fünfzehn Minuten damit zugebracht, die Beamten, die Sie auf ihn angesetzt hatten, abzuschütteln, und ist dann entschwunden. Die Einsatzzentrale hatte den Funkspruch schon vorhin bekommen, doch erst jetzt in Erwägung gezogen, dass das für uns von Bedeutung sein könnte. Ist es das?»

Fenwick sah, dass Nightingale zustimmend nickte, und antwortete:

«Ja, das könnte wichtig sein. Es besteht eine Verbindung zwischen FitzGerald und Wainwright Enterprises.»

Einer der Männer in der Gruppe meldete sich zu Wort.

«Was für einen Wagen fährt er, Sir?»

Nightingale beantwortete die Frage.

«Einen nagelneuen silbergrauen Mercedes der S-Klasse.»

«So ein Wagen ist hier vor, sagen wir, zehn Minuten vorbeigekommen. Wir waren als Erste hier. Ich habe den Wagen selbst gesehen.»

Boyd runzelte besorgt die Stirn.

«Das ändert natürlich alles. Jetzt müssen wir davon ausgehen, dass, wer auch immer sich in Wainwright Hall befindet, wach ist; also können wir jedenfalls nicht auf den Überraschungseffekt bauen. Sowie die Männer, die ich rüber zum Haus geschickt habe, wieder da sind, werden wir besser beurteilen können, welche Möglichkeiten wir haben.»

Ein paar Minuten später kehrten die beiden Beamten zurück. Sie berichteten von den Lichtern, die in jedem Zimmer des ersten Stocks brannten, und dass sowohl die Hintertür als auch der Haupteingang fest verschlossen waren. Weiterhin bestätigten sie, dass ein silbergrauer Mercedes vor dem Haus stand.

«Glauben Sie, er steckt da mit drin?» Boyd sah abwechselnd Fenwick und Nightingale an, doch beide wussten keine Antwort. Durch FitzGeralds Anwesenheit auf Wainwright Hall wurde die Angelegenheit noch zusätzlich kompliziert.

«Wir müssen damit rechnen, dass er feindselig reagiert», entschied Boyd. «Am besten gehen wir in zwei Gruppen vor. Sergeant Amos, Sie umstellen mit Ihrer Gruppe das Haus. Wenn ich Ihnen das Kommando gebe, dann verschaffen Sie sich von Süden, Westen und Osten her Zutritt zum Gebäude. Und achten Sie darauf, kein Geräusch zu machen, bis Sie drin sind. Drinnen konzentrieren Sie sich auf den Turm, auf die Treppen und Ausgänge und durchsuchen dann die anderen möglichen Verstecke.

Chief Inspector Fenwick, Sie und ich gehen zum Haupteingang. Ihre Kollegin soll uns begleiten. So machen wir einen weniger bedrohlichen Eindruck. Ich werde meine Waffe bereithalten, mich aber hinter Ihnen halten. So vermeiden wir, dass sie durch ein fremdes Gesicht irritiert wird. Die Übrigen», vier Beamte – zwei Männer und zwei Frauen – sahen auf, «verteilen sich im Schatten vor dem Haus und geben uns Rückendeckung. Lassen Sie uns die Zeit vergleichen … es ist jetzt genau drei Minuten nach zwei auf meiner Uhr. Um exakt viertel nach zwei wird Chief Inspector Fenwick an der Haustür klingeln, und während er das tut, verschaffen Sie sich Zutritt zum Haus. Noch irgendwelche Fragen?»

Keiner meldete sich, und kurze Zeit später verschwanden die beiden Trupps im Dunkeln und ließen Fenwick, Boyd und Nightingale allein zurück. Boyd kontrollierte noch einmal die Klettverschlüsse seiner kugelsicheren Weste und knöpfte seine Jacke darüber zu. Mit einem Mal wurde Fenwick sich bewusst, was für eine Zielscheibe sie auf ihrem Weg zum Eingang abgeben würden. Es gab nichts, wohinter sie sich verstecken könnten, und der einzige Schutz, den sie hatten, waren ihre Westen. Er und Nightingale waren zudem noch unbewaffnet und würden sich somit voll auf Boyds Reaktionsvermögen verlassen müssen.

Fenwick drehte sich wieder zu Nightingale um.

«Wenn wir erst einmal im Gebäude sind, möchte ich, dass Sie draußen warten.»

«Sir! Ich möchte aber lieber mit Ihnen gehen. Ich bin fest davon überzeugt, dass es weniger bedrohlich wirkt, wenn ich Sie begleite.»

«Da gibt es gar keine Diskussion! Sie kommen erst herein, wenn alles sicher ist. Haben Sie mich verstanden?»

Sie setzte zu einer Erwiderung an, biss sich dann jedoch auf die Lippen und wandte den Blick ab.

Boyd sah auf seine Armbanduhr.

«Es ist Zeit. Wir nehmen meinen Wagen. Sie fahren, Constable. Wir haben noch sechs Minuten. Wenn wir in die Einfahrt einbiegen, schalten Sie die Scheinwerfer ein, damit sie uns kommen sehen. Wir sind das Ablenkungsmanöver.»

Sie stiegen in den Wagen, Fenwick und Boyd hinten, Nightingale am Steuer. Keiner sagte ein Wort, während sie auf Wainwright Hall zufuhren.

Sally geleitete FitzGerald in das hell erleuchtete Wohnzimmer und führte ihn zu einem Sessel links vom Kamin. FitzGerald ignorierte ihre Aufforderung, Platz zu nehmen, und stellte sich stattdessen mit dem Rücken zum Feuer, so dass er das ganze Zimmer und das Fenster im Blick hatte. Die Vorhänge waren weit zurückgezogen.

«Was möchten Sie trinken?»

«Ich möchte gar nichts. Gib mir einfach das Geld.»

Sally trat dennoch an die Bar. FitzGerald betrachtete ihr Profil, während sie sich einen Drink einschenkte. Das leise Lächeln, das ihre Lippen umspielte, irritierte ihn. Sie schien sich über irgendetwas zu amüsieren, als lachte sie über einen Witz, den nur sie allein verstand. Seine rechte Hand glitt in seine Hosentasche und schloss sich um das kühle Metall der Waffe.

«Du musst auch immer alles unter Kontrolle haben, was, James?» Sally hatte sich zum Feuer hingedreht. Den bloßen Rücken dem Fenster zugewandt und in der Linken das Glas, stand sie lässig gegen die Couch gelehnt.

«Es ist schon spät. Lass uns zur Sache kommen.»

Als habe er nichts gesagt, fuhr sie fort:

«Alle Männer, die ich bisher hatte, wollten mich beherrschen, immer die Kontrolle über mich haben. Das habt ihr wohl alle gemeinsam, was? Ist wohl ein Zeichen tiefer Unsicherheit.»

«Sally!» FitzGerald klang, als würde er jeden Moment die Geduld verlieren.

«Ich habe viele gewalttätige Männer gekannt, aber keiner war so wie du, mit deinem Netz aus Schlägertypen und Spitzeln und deiner Arroganz. Du bist ein sehr gefährlicher Mann, und ich werde nicht zulassen, dass du mich kaputtmachst.»

Ihre rechte Hand glitt hinter ein Kissen und wurde in einer knappen, unauffälligen Bewegung gleich wieder herausgezogen.

FitzGerald konnte gerade noch zur Seite springen, als sie abdrückte. Er spürte, wie die Kugel dicht an seinem Ohr vorbeizischte. Jetzt feuerte er seine eigene Waffe zweimal hintereinander ab, die Mündung auf ihren Brustkorb gerichtet.

Doch Sally duckte sich rasch hinter das Sofa, und die Schüsse gingen ins Leere. Noch einmal drückte sie ab, und es war ihm, als habe er einen Faustschlag auf die Schulter bekommen. Er hatte kein Gefühl mehr in den Händen, und die Waffe fiel krachend zu Boden. Ein weiterer Schuss fiel, wie von weit her, und ein scharfer Schmerz durchzuckte seine Brust, so heiß und scharf, dass er zu Boden geschleudert wurde. Dann spürte er nichts mehr.

Sally blickte hinab auf FitzGerald, der völlig reglos auf dem Boden lag. Sie warf einen raschen Blick auf ihre Armbanduhr: erst zehn nach zwei, doch sie hatte vor der Abfahrt noch viel zu tun. Er lag nah beim Kamin, und im Grunde war es egal, ob er noch lebte oder schon tot war, solange die Flammen ihn nur schnell erreichten.

Sie schleuderte ihre Waffe ins Feuer, schleifte die Zeitungen und das brennbare Material, das sie vorbereitet hatte, von den gepolsterten Möbeln bis zum Kamin. In wenigen Minuten würden der Rauch und die Dämpfe ihr Übriges tun. Und sie hätte noch genügend Zeit, um die untere Tür zur Wendeltreppe zu öffnen. So würde das Feuer sich rascher bis hinauf in die Turmspitze ausbreiten können. Die obere Tür war gut verriegelt, dafür hatte sie gesorgt, und oben, im ersten Stock, bräuchte sie nur noch ein Streichholz, und der Brennspiritus, die Farben und die Lappen würden schon dafür sorgen, dass das Feuer gut in Gang käme.

Das Gefühl, zu ertrinken, zu ersticken, keine Luft mehr zu bekommen, ließ FitzGerald langsam das Bewusstsein wiedererlangen. Unter großer Anstrengung hob er den Kopf, seine Lunge schien von brennenden Pfeilen durchbohrt. Wohin er den Blick auch wandte, das ganze Zimmer stand in Flammen: der Kamin, die Sesselbezüge, die antiken Teppiche, die Vorhänge, alles. Kleine glühende Teilchen stoben durch die Luft, und er sah, wie ein Funke auf einem seiner Hosenbeine landete, kurz aufglomm und dann aus Mangel an Brennstoff erlosch.

Er versuchte aufzustehen, doch in seinem Kopf drehte sich alles, und der Schmerz in seiner Brust war so scharf, dass er kraftlos zusammensackte. Die Hitze an seinen Fußsohlen war beinahe unerträglich, und er versuchte verzweifelt, die Füße wegzuziehen, um sie vor den züngelnden Flammen zu schützen. Unter Aufbietung all seiner Kräfte gelang es ihm schließlich, sich auf seine unverletzte Schulter zu stützen und ein paar Zentimeter weit wegzurobben, weg von den Flammen, die inzwischen wild zu lodern begonnen hatten.

Während er versuchte, sich noch ein Stückchen weiterzuschleppen, fiel sein Blick auf einen hellroten Blutfleck auf dem Teppich. Der Rauch war mittlerweile so dicht, dass er nur noch Luft bekam, wenn er Mund und Nase ganz nah am Boden hielt. Etwa zwei Meter weiter konnte er durch die Rauchschwaden den Plattenboden der Eingangshalle erkennen. Wenn er sich nur besser bewegen könnte, dann würde er es vielleicht schaffen.

Erneut kämpfte er sich hoch, doch sein Arm knickte ab wie ein Strohhalm. In diesem Moment zischte es, und der Vorhang nicht weit von ihm flammte auf. Entsetzt beobachtete er, wie die Decke über ihm knisterte, anfing zu qualmen und schließlich Feuer fing. Der Lack, mit dem die Stuckverzierungen versiegelt waren, brannte wie Zunder, und als er wieder die Augen öffnete, sah er, wie das Feuer bereits riesige Brandlöcher in die Decke gefressen hatte. Mit letzter Kraft bäumte er noch einmal seinen Oberkörper auf und kroch langsam, Zentimeter für Zentimeter, in Richtung Ausgang. Im Augenwinkel sah er, wie die Versiegelung des Parkettbodens anfing, Blasen zu werfen. Seine Hände waren mittlerweile von der Hitze krebsrot und schmerzten.

Mit einem ohrenbetäubenden Krachen landete die Decke auf Sesseln und Sofas, die sofort lichterloh brannten. Der Teil eines glühenden Möbelstücks brach durch die Decke und fiel genau auf FitzGeralds Bein und machte ihn vollends bewegungsunfähig. In dichten, schwarzen Qualm gehüllt, starrte er mit schreckgeweiteten Augen auf das kurze Stück, das zwischen ihm und der rettenden Tür lag. Er rief um Hilfe, doch die glühend heiße Luft brannte in seinem Hals und in seiner Lunge, als er kurz darauf zusammenbrach und das Bewusstsein verlor.

Sie hatten gerade das schmiedeeiserne Portal von Wainwright Hall erreicht, als Boyd plötzlich eine Hand an sein Ohr legte und heftig auf den Fahrersitz schlug.

«An alle Einheiten: Sofort eindringen. Ich wiederhole, sofort von allen Seiten her eindringen. Äußerste Vorsicht, Verdächtige ist möglicherweise bewaffnet.»

Weiß leuchtete sein Gesicht im Mondschein, als er sich dem entsetzten Fenwick zuwandte.

«Sie haben Schüsse gehört. Fahren Sie, so schnell Sie können, Constable!»

Fenwicks Körper schrie förmlich danach, etwas zu tun, egal was, doch er musste sich in Geduld üben, während der Wagen vorwärts schoss. Ungläubig starrte er auf das hell erleuchtete Gebäude vor ihm. Die Türen waren geschlossen, und die Fenster im Erdgeschoss waren alle mit einbruchsicheren Gittern geschützt. Fenwick beobachtete, wie einer der Männer die Außenmauer hinaufkletterte, sich durch ein geöffnetes Fenster im ersten Stock schwang und im Inneren des Hauses verschwand. Seine Kollegen folgten ihm.

Neben ihm hörte er Boyd, der unverdrossen seine Leute befehligte, doch keines seiner Worte drang in sein Bewusstsein vor. Immer wieder suchte er mit den Augen die Fenster ab, in der verzweifelten Hoffnung, den Umriss einer kleinen Gestalt zu erkennen. Irgendwo zersplitterte Glas, als plötzlich hinter einem Fenster im Erdgeschoss Flammen aufzüngelten.

«Oh mein Gott, das Haus brennt!» Wie gebannt vor Entsetzen sah er, wie die Flammen sich in rasendem Tempo ausbreiteten. Irgendwo in diesem Haus war seine Tochter. Er musste sie finden!

Als Nightingale das Feuer sah, griff sie automatisch zum Funkgerät. Es war auf die Frequenz der Einsatzzentrale eingestellt, und als sie vor dem Haupteingang zum Stehen kamen, hörte Fenwick, wie sie mit ruhiger Stimme Feuerwehr, Krankenwagen und Verstärkung anforderte.

Noch vor Boyd war Fenwick schon aus dem Wagen gesprungen. Gerade wollte er in den ersten Stock hochklettern, als er hörte, wie der Riegel von innen aufgeschoben wurde und ein Mitglied des Einsatzkommandos die Eingangstür öffnete.

Fenwick sah, wie zwei Beamte einen leblosen Mann aus dem Raum zu seiner Linken trugen und versuchten, die Tür hinter sich zu schließen, doch die Flammen loderten mit neuer Kraft auf, so dass sie zurückweichen mussten.

«Holen Sie ihn raus!», hörte Fenwick Boyd rufen, doch nahm er an, dass er den Verletzten meinte. Er rannte an den Beamten vorbei, den Gang entlang durch die große Eingangshalle und die Treppe hinauf. Er war nur von einem einzigen Gedanken beherrscht: Bess zu finden, bevor das Gebäude in diesem Flammenmeer zusammenbrach.

Dicht hinter sich hörte er jemanden keuchen. Rasch drehte er sich um und sah Nightingale, die die Stufen hinaufsprintete. Bevor er sie hinausschicken konnte, hatte sie bereits seinen Arm ergriffen und zeigte auf die Galerie über ihnen, von der dichte Rauchwolken aufstiegen.

«Sie hat das ganze Haus angezündet!»

«Holen Sie Hilfe! Und sagen Sie Boyd Bescheid.»

Nightingale taumelte zurück in die Eingangshalle, wo Boyd die Mannschaft nun persönlich dirigierte.

«Der Chief Inspector ist oben im ersten Stock. Er glaubt, seine Tochter ist im Turm eingesperrt.»

«Meine Leute werden ihm helfen», sagte er zu der jungen, unbewaffneten Beamtin. Es war schon schlimm genug, sich um Fenwick Sorgen machen zu müssen; das Letzte, was er jetzt noch bräuchte, wäre die Hilfe eines Amateurs.

«Wir haben hier genug Leute. Gehen Sie nach draußen und durchsuchen Sie die Wirtschaftsgebäude.»

Nightingale setzte bereits zu einem Protest an, überlegte es sich jedoch anders und nickte widerwillig. Sie hatten keine Zeit zu verlieren.

Fenwick rannte den Treppenabsatz entlang in Richtung der Wendeltreppe, die hinauf zum Turm führte. Erleichterung überkam ihn, als er sah, dass die untere Tür offen stand. Die Tür zum Turmzimmer war jedoch verriegelt, und drei von Boyds Männern ließen einen Rammbock gegen die Tür krachen, dass der Rahmen bebte. Eine Minute lang, die ihm wie eine Ewigkeit vorkam, beobachtete er, wie die Männer an der Tür rüttelten, immer wieder am Griff zogen und dagegen drückten. Nichts schien sich zu rühren. Doch plötzlich ertönte ein Knacken, das Schloss gab nach und die Tür schwang auf. Fenwick drängte sich vorbei und eilte hinein.

Zu einem Häufchen zusammengekauert, fand er Bess. Er drückte sie an sich und bedeckte ihr Haar mit Küssen. Doch der Qualm, der von unten heraufdrang, ließ ihn innehalten. Er hob sie hoch; schützend hielt er die Hand an ihren Kopf.

«Lassen Sie mich das Kind tragen. Ganz ruhig!»

Hände wurden ausgestreckt, um Bess zu nehmen, doch er hielt sie fest umklammert.

«Es geht mir gut, lassen Sie mich durch. Jetzt ist alles gut.»

Als er aus dem Haus trat, hörte Fenwick in der Ferne das Martinshorn und die Sirene der Feuerwehr schrillen. Sie waren auf dem Weg hierher. Bess lag ganz still in seinem Arm, doch er fühlte ihren Atem auf seiner Wange und ihre kräftigen, kleinen Arme, die ihn fest umschlungen hielten. Abseits von der Feuersbrunst setzte er sich auf den Kies und wartete geduldig, bis der zweite Krankenwagen vorgefahren kam. Die Sanitäter legten Bess auf eine Bahre, doch augenblicklich saß sie wieder und streckte ihrem Vater die Arme entgegen. Während sie ihren Puls fühlten, ihre Brust mit einem Stethoskop abhorchten und mit einem Licht ihre Augen ausleuchteten, saß sie bei ihrem Vater auf dem Schoß.

«Es geht ihr gut; die Lunge klingt so klar wie eine Glocke!»

«Ich habe Durst, Papa. Und gegessen habe ich auch noch nichts.»

Die drei Männer um sie herum waren einen Moment lang baff vor Staunen. Sie wechselten einen Blick und brachen dann in Gelächter aus. Verwirrt sah Bess zu ihnen auf. Jemand reichte ihr eine Tüte Orangensaft, die sie in einem Zug austrank, gefolgt von einem Sandwich mit Ei, das jemand aus seiner Vesperbüchse gezaubert hatte. Fenwicks Mobiltelefon läutete, und er nahm den Anruf mit einer Hand entgegen. Es war seine Mutter, die von dem Streifenwagen aus, der sie nach Harlden bringen sollte, anrief, um ihn wissen zu lassen, dass sie in fünf Minuten zu Hause wäre.

Während er ihr die gute Nachricht mitteilte, dachte Fenwick rasch nach. Mit Bess war körperlich alles in Ordnung. Wie er sie so mampfen sah, schien es auch keine Anzeichen dafür zu geben, dass sie einen Schock erlitten hatte. Später würde eine Psychologin mit ihr über die Entführung sprechen, doch das hatte bis zum Morgen Zeit. Was sie jetzt am meisten brauchte, war Geborgenheit und eine Mütze voll Schlaf.

Die Tatsache, dass Bess wohlauf war, hatte Fenwicks Zorn auf Sally Wainwright-Smith nicht verringert. Irgendwo da draußen war sie. Er bat seine Mutter, dem Fahrer auszurichten, direkt nach Wainwright Hall zu fahren. Sobald sie einträfe, würde er die Jagd wieder aufnehmen.

45

Sally beobachtete das plötzliche Eintreffen der Polizisten vom zweiten Stock aus, wo sie gerade den letzten ihrer vielen kleinen Brandherde gelegt hatte. Das Klirren von zerberstendem Glas aus dem Stockwerk unter ihr drang herauf, und ihr Herz setzte einen Moment lang aus, doch der Adrenalinausstoß, der darauf folgte, war ihr so willkommen wie ein alter Freund. Unten hörte sie Schritte, die in Richtung Turm zu wandern schienen, dann das Stampfen schwerer Schuhe auf der großen Treppe. Mit einem Mal bemerkte sie, dass sie immer noch das blaue Abendkleid und diese lächerlichen Pumps trug.

Sie stieß die letzte Kerze aus ihrem Halter und sah noch, wie die Flamme die Tapetenreste und den Kleister erfasste und neue Nahrung gewann. Dann schlüpfte sie aus ihren Schuhen und ging leise in den südöstlichen Flügel des Hauses, von wo aus eine Feuerleiter hinunter auf das Küchendach führte. Ihr Wagen stand in den Stallungen auf der anderen Seite des Hofes; bis dorthin waren es höchstens fünfzehn Meter. Wenn sie ungesehen nach unten käme, dann hätte sie gute Chancen, es bis zum Auto zu schaffen und von den Stallungen aus über den Waldweg zu entkommen.

Sie stieß das kleine Fenster auf, durch das man auf die Feuerleiter gelangte, und kletterte hinaus in die kühle Dunkelheit. Ihr nackter Fuß ertastete kühles Metall, und ihre Zehen schlossen sich um eine Sprosse. Sie befand sich gut zwölf Meter über dem Boden, doch die Mauern von Wainwright Hall schützten sie vor dem Wind, der in starken Böen von Westen her wehte.

Geschickt wie eine Katze nahm sie mehrere Sprossen auf einmal, bis sie nur noch einen Meter über dem Küchendach hing. Sie setzte gerade zum Sprung an, als sie erstarrt innehielt. Ein einzelner Beamter, vom flackernden Licht einer Taschenlampe begleitet, trat aus der Küchentür und schlug den Weg in Richtung der Stallungen ein. Ihr Wagen stand in einer Garage gegenüber dem großen Torbogen, durch den man in den Küchengarten und weiter in den Wald gelangte.

Ihre bloßen Füße berührten rauen Asphalt. Leichtfüßig huschte sie über das Dach. Von hier aus waren es noch etwa drei Meter bis hinunter auf die kiesbestreute Auffahrt. Ohne auch nur eine Sekunde zu zögern, sprang sie zuversichtlich hinunter und landete, fast ohne ein Geräusch zu verursachen, in der Hocke, wo sie einen Augenblick lang regungslos verharrte. Sie war wieder das Kind, das sich in den frühen Morgenstunden aus dem Haus schlich, um beim Nachbarn Milch und alles andere, was er leichtsinnigerweise hatte herumliegen lassen, zu stehlen.

Die freie Fläche, die sich zwischen der Küche und den Stallungen erstreckte, lag verlassen da, und obgleich der Mond hinter einer dicken Wolke verschwunden war, schien aus den Fenstern von Wainwright Hall so viel Licht, dass der kiesbestreute Innenhof wie ein aus gelben, grauen und schwarzen Mosaiksteinen zusammengesetztes Bild wirkte. Sie hatte keine andere Wahl: Sie musste hinüberrennen, auch auf die Gefahr hin, entdeckt zu werden. Das unstete Licht der Taschenlampe näherte sich unaufhaltsam der Stelle, an der ihr Wagen stand, und sie hatte einfach keine Zeit mehr, sich vorsichtig heranzutasten. Sie wartete auf den Moment, als der Beamte von einem Gebäude zum anderen wechselte. Dann rannte sie los. Das Licht der Flammen huschte über ihren bloßen Rücken und blähte sich in ihrem sich aufbauschenden Rock, und für den Bruchteil einer Sekunde sah es so aus, als sei ein steinerner Kobold für eine Nacht zum Leben erweckt worden.

So gut es ging, verdrängte Nightingale den Gedanken an Bess und Fenwick, doch in der Ferne hörte sie das Heulen von Sirenen und roch den Rauch, der aus dem Hauptgebäude drang. Sie hatte Mühe, in der pechschwarzen Düsternis der einzelnen Gebäude die Orientierung zu bewahren. Eine dichte Wolkenwand wurde von Westen her über den Himmel gejagt und verdunkelte den Mond und die Sterne. Hinter ihr lag Wainwright Hall, und sie befand sich offensichtlich in den Stallungen, in denen jedoch schon lange keine Pferde mehr gehalten wurden. Es passte ihr gar nicht, so weit abseits des Geschehens zu sein, doch sie wusste, dass sie dort keine große Hilfe wäre, und ihr unerschütterliches Pflichtbewusstsein hielt sie davon ab, etwas anderes als ihren Job zu machen.

Das Geräusch von Fehlzündungen durchdrang die Stille; darauf das Dröhnen eines Motors. Nightingale rannte nach draußen und stieß gegen einen ausgedienten Hufkratzer; sie ignorierte den scharfen Schmerz. Sie musste die Geräuschquelle finden. Plötzlich stand sie da, im hellen Licht von Scheinwerfern, die sie blendeten. Sie tappte vorwärts, erkannte ein blasses Gesicht hinter dem Steuer, bevor die Fahrerin den ersten Gang einlegte und der Wagen vorwärts schoss. Nightingale machte einen Satz nach rechts, um dem Fahrzeug, das genau auf sie zuhielt, auszuweichen. Sie spürte, wie ihre Füße auf dem matschigen Untergrund den Halt verloren und sie in die Knie ging. Der Kotflügel des Wagens erfasste ihre Schulter, und sie wurde rückwärts gegen die Mauer geschleudert. Reflexartig streckte sie die Hand aus, um den Sturz abzufangen. Bevor ihr Kopf gegen die Ziegelwand prallte, hörte sie noch das hässliche Geräusch von brechenden Knochen. Hinter ihren Augenlidern zuckte ein grelles, weißes Licht auf, bevor sie kurz darauf in einem schwarzen Nichts versank.

Ein Wagen kam die Auffahrt herauf. Glücklich und erleichtert sah Fenwick, wie seine Mutter ausstieg und ihre von der langen Fahrt steifen Glieder streckte. Er übergab ihr eine bereits in tiefem Schlummer versunkene Bess, drückte ihr noch einen zärtlichen Kuss auf die Wange, bevor er dem Fahrer Anweisungen gab, die beiden nach Hause zu bringen. Dann machte er sich auf, um nach Boyd zu suchen. Er fand ihn auf dem Hof hinter dem Hauptgebäude, wo er und seine Männer hilflos zusahen, wie Flammen aus dem Dachstuhl züngelten, die durch den starken Wind zusätzliche Nahrung erhielten. Als er Fenwick kommen sah, wandte er sich ihm zu und sagte:

«Wenn sie immer noch da drin ist, Chief Inspector, dann hat sie keine Chance mehr.»

Fenwick schüttelte den Kopf. Er hätte es gespürt, wenn Sally umgekommen wäre. Irgendwie hatte sie es geschafft zu entkommen, er wusste es.

«Sind Sie sicher, dass sie sich nicht irgendwo auf dem Gelände versteckt hält?»

«Meine Leute haben alle Cottages durchsucht, und Ihr Constable hat sich die Wirtschaftsgebäude vorgenommen.»

Als Nightingales Name fiel, wurde Fenwick ganz flau zumute. Er sah sich suchend um. Sie stand nicht bei der Gruppe.

«Geben Sie mir die Taschenlampe.»

«Was?» Boyd sah ihn mit einem leicht dümmlichen Gesichtsausdruck an.

«Geben Sie mir die Taschenlampe!» Fenwick nahm sie dem anderen Mann einfach aus der Hand und rannte hinüber zu den Stallungen. Eine schreckliche Furcht hatte von ihm Besitz ergriffen.

«Nightingale!», rief er, während er in das erste Gebäude trat. Er hörte Schritte draußen im Kies. Boyd hatte ein paar Männer hinter ihm hergeschickt, die ihm bei seiner Suche helfen sollten. Er hörte jemanden rufen: «Hierher!»

Er rannte hinaus und fand zwei von Boyds Männern, die sich über eine reglose Gestalt beugten.

«Oh mein Gott, nein!», flüsterte Fenwick und fühlte Übelkeit in sich aufsteigen.

Er beugte sich hinab und beleuchtete das totenbleiche Gesicht der Frau, die wie ein Embryo zusammengekauert dalag. Ein großer blauer Fleck prangte auf ihrer Wange, und Blut tropfte aus ihrer Nase.

«Holen Sie sofort einen Krankenwagen, schnell!» Seine Stimme klang hart, voller Zorn und Hass.

Sie schien nicht mehr zu atmen, und er streckte die Hand aus, um unter ihrem Kinn den Puls zu fühlen. Da, ein leises Pulsieren, so schwach, dass er noch einmal nachfühlte, um sich zu vergewissern, als könnte er ihr durch die Berührung Trost spenden.

Dann fühlte er hinter sich das Beben von Schritten, und zwei Sanitäter mit einer Bahre eilten näher. Er trat einen Schritt zurück, um ihnen Platz zu machen, und sah zu, wie sie ihren Nacken stützten und sie vorsichtig auf die Bahre legten.

«Kommt sie wieder in Ordnung?»

«Keine Ahnung. Die äußeren Verletzungen deuten auf einen heftigen Aufprall auf die ganze linke Körperhälfte hin; wir müssen erst feststellen, was für innere Verletzungen sie erlitten hat. Bei so einer

Kopfwunde kann man eigentlich erst Genaueres sagen, wenn wir sie näher untersucht haben.»

Fenwick sah, wie sie die Bahre in den Krankenwagen schoben, den seine Tochter nicht gebraucht hatte, und fühlte heftige Schuldgefühle in sich aufsteigen. Er versuchte, alles ganz rational zu betrachten, doch es gelang ihm nicht. So konzentrierte er sich in seiner Ohnmacht und all seiner Wut auf Sally.

Er ließ den Blick umherschweifen. Also hatte sie hier einen Wagen versteckt gehalten. An einem Holzpfosten waren silberfarbene Lackspuren zu erkennen. Sie musste hier vorbeigefahren sein.

«Ihr Fluchtweg», sagte er einfach, und Boyd nickte zustimmend, während er seiner Mannschaft neue Anweisungen erteilte. Vier von Boyds Leuten kletterten in ein kompaktes Fahrzeug mit Allradantrieb. Rumpelnd schoss der Wagen den unebenen Waldweg entlang davon. Ein anderer Beamter zog eine topographische Karte hervor, und gemeinsam verfolgten sie den Weg, den Sally ihrer Meinung nach eingeschlagen hatte.

«Hier mündet der Waldweg, das muss etwa fünf Kilometer südlich von hier sein.» Fenwick deutete auf einen Ausläufer des Waldgeländes vor ihnen auf der Karte. «Von da aus sind es nur anderthalb Kilometer bis zur Hauptstraße, der A23. Wenn sie es erst einmal bis dahin geschafft hat, kann sie entweder nach Norden in Richtung London fahren oder nach Süden an die Küste.

Wir wissen nicht, wie lange sie schon unterwegs ist, doch bestimmt nicht länger als zwanzig Minuten. Für den Waldweg braucht sie zwischen zehn und fünfzehn Minuten. Also hat sie höchstens zehn Minuten Vorsprung.»

«Ich lasse Straßensperren auf allen Hauptverbindungsstrecken aufstellen und ein paar Hubschrauber starten. Was die Sache allerdings erschwert, sind die vielen Nebenstraßen. Sie könnte praktisch überall sein … Chief Inspector! Wo gehen Sie hin?»

Fenwick rannte zum Haus und rief Boyd über die Schulter zu:

«Kümmern Sie sich um die Suchaktion. Ich spreche derweil mit ihrem Ehemann. Vielleicht kann er uns sagen, wo sie hin will. Ich melde mich bei der Einsatzzentrale.»

Während er sich auf die Suche nach einem Dienstwagen machte, rief er bei Cooper in der Einsatzzentrale an.

«Ich muss mit Wainwright-Smith sprechen, unverzüglich. Rufen Sie den Beamten an, der ihn vernommen hat, und sagen Sie ihm, er soll mich sofort auf meinem Handy zurückrufen.»

Mit knappen und effizienten Bewegungen fuhr Fenwick den fremden Dienstwagen, hocherfreut, auf ein Anticken des Gaspedals die Reaktion einer Zwei-Liter-Maschine zu spüren. Als er das Tor passiert hatte, hielt er kurz inne, um zu überlegen: rechts oder links, nach Norden oder nach Süden? Sollte er abwarten oder sich auf sein Gefühl verlassen? Er bog nach Süden ab. Sally hatte über fünf Jahre an der Südküste gelebt, und er würde jede Wette eingehen, dass sie auf dem Weg in ein ihr vertrautes Gebiet war.

46

Kaum begann sein Mobiltelefon zu klingeln, hatte er auch schon die Antworttaste gedrückt. Es war Cooper, der vom Präsidium aus anrief.

«Ich habe mit Wainwright-Smith gesprochen. Er wird Sie gleich selbst anrufen. Nur so viel vorab: Er sagt, seine Frau habe sich telefonisch mit ihm in Verbindung gesetzt. Sie ist unterwegs an die Küste, zu einem kleinen Hafen in der Nähe von Peacehaven, knapp fünfzehn Kilometer östlich von Brighton. Ich habe das an die Einsatzzentrale weitergegeben, und der Superintendent hat bereits die Kollegen in Brighton alarmiert.»

«Wo genau bei Peacehaven?»

«In Halingford Harbour. Wainwright-Smith sagt, sie hätten dort ein Motorboot liegen. Sieht so aus, als würde sie versuchen, heute Nacht irgendwo unterzutauchen, das Geld von ihrem Privatkonto abzuheben und dann mit dem Boot nach Frankreich rüberzufahren.»

«Ich bin auf dem Weg dorthin. Geben Sie Boyd Bescheid.»

Er brach die Verbindung ab, um die Leitung für Alexander freizuhalten, und drückte das Gaspedal bis zum Boden durch. Der Wind schüttelte den Wagen, und er merkte, dass er mitten in einen Sturm hineinfuhr. Heftige Windböen rissen und zerrten an den Blättern und ließen die älteren, weniger elastischen Äste krachend zu Boden fallen. Acht Kilometer hinter Harlden lag der mächtige Ast einer alten Kiefer quer über der Straße, und Fenwick musste scharf bremsen. Er hatte gerade den Rückwärtsgang eingelegt, als Wainwright-Smith ihn endlich anrief.

«Chief Inspector, Sally hat sich eben wieder gemeldet. Sie hat umdisponiert. Sie wäre fast in eine Ihrer Straßensperren geraten. Sie fährt nun einen Umweg über Land.»

«Welche Strecke?»

«Richtung Lewes, glaube ich. Doch deshalb rufe ich nicht an. Sie hat vor, heute Nacht das Land zu verlassen. Sie will, dass ich mit ihr komme. Ich habe sie in dem Glauben gelassen, dass ich bereits unterwegs zu ihr bin.»

«Sie wird doch heute Nacht nicht mit dem Boot loswollen? Wir haben mindestens Windstärke sechs oder mehr.»

«Mehr, glaube ich. Allerdings hat sie Erfahrung im Umgang mit Schiffen. Einer ihrer Verehrer hatte eine Barkasse dort unten. Er hat sie dafür bezahlt, dass sie mit ihm aufs Meer hinausfuhr.»

Fenwick, der inzwischen mit mehr als hundert Kilometern pro Stunde über die menschenleere Landstraße schoss, bog mit quietschenden Reifen auf die Umgehungsstraße, die nördlich um Brighton herumführte. Aller Wahrscheinlichkeit nach befand Sally sich nur wenige Kilometer vor ihm auf der verlassenen, in das orangene Licht der Laternen getauchten Umgehungsstraße. Es war mittlerweile halb vier Uhr morgens, doch er war hellwach.

«Wo sollen Sie sie treffen?»

«Salingford Harbour. Das liegt drei Kilometer westlich von Peacehaven. Ist nicht viel mehr als eine Mole mit einem Seil, mit dem sie die Boote zu Wasser lassen. Unser Schiff liegt auch dort.»

«Sagten Sie *Salingford?* Mein Sergeant hat Halingford verstanden!»

«Gütiger Himmel, nein! Das ist ganz woanders.»

Fenwicks Mobiltelefon fing an zu piepsen. Der Akku wäre bald leer.

Alexander hörte es. «Machen Sie sich keine Sorgen. Ich werde ihn sofort anrufen. Die Nummer hab ich ja.»

«Wann erwartet sie Sie?»

«Zwischen vier Uhr und viertel nach. Chief Inspector?»

Der bittende Unterton in Wainwright-Smiths Stimme ließ Fenwick aufhorchen.

«Was ist?»

«Sie hat mir erzählt, was sie getan hat.»

«Und das wäre?»

«Wie sie Graham getötet hat, dass sie Ihre Tochter entführt hat, auch das mit FitzGerald.»

«Nicht auch, dass sie Ihren Onkel getötet hat?»

Eine kurze Pause trat ein, dann erwiderte Wainwright-Smith einfach: «Nein.»

Fenwick hatte den Eindruck, dass er log, doch er erkannte auch, dass sie ihr dieses Verbrechen nie würden nachweisen können.

«Warum erzählen Sie mir das alles?»

«Ich dachte, Sie sollten das wissen», antwortete Wainwright-Smith mit leisem Erstaunen. «Das wird ihre Verteidigung nicht beeinträchtigen. Die Rechtsanwälte, die ich beauftragen werde, werden dafür sorgen, dass sie auf keinen Fall verurteilt wird. Ich habe mich bereits erkundigt: Wir werden auf verminderte Schuldfähigkeit wegen Unzurechnungsfähigkeit plädieren.»

Fenwick spürte, wie sein Zorn ihn zu überwältigen drohte. Er fühlte eine Hitze in seiner Brust aufsteigen, spürte, wie sein Nacken und sein Gesicht brannten. Er umklammerte das Lenkrad so fest, dass seine Finger zu schmerzen begannen.

«Mein Job ist es, sie festzunehmen, nicht, sie zu verurteilen, Sir. Warum lassen wir das Thema also nicht lieber ruhen.» Seine Stimme klang hart und unerbittlich und konnte kaum mehr höflich genannt werden. Er biss sich auf die Zunge. Das Telefon fest zwischen Kinn und Schulter geklemmt, spürte er plötzlich einen Krampf im Nacken. Er bat Wainwright-Smith, die Fahrbeschreibung zu dem kleinen Jachthafen noch einmal zu wiederholen, und war froh, als der Akku endlich seinen Geist aufgab, da er sich nicht mehr länger in der Lage sah, mit dem Mann zu sprechen.

Im Lauf der nächsten zehn Minuten konzentrierte er sich voll auf den Weg, der vor ihm lag. Er befand sich auf einer kleinen Nebenstraße in den South Downs und würde bald durch Rottingdean kommen. An der Küste bog er nach links ab, fuhr durch Saltdean, sah sich dann gezwungen, sein Tempo zu verringern, während er auf den Abzweiger wartete, der ihn zu dem Hafen führen würde, wo Sally auf ihren Mann wartete. Er drehte den Zündschlüssel, stellte den Motor und die Scheinwerfer ab und versuchte die Einsatzzentrale zu erreichen. Auf seiner Armbanduhr war es 4.08 Uhr. Die Kollegen in Brighton hätten doch inzwischen längst eine Mannschaft herschicken und Sally verhaften können. Der Akku seines Mobiltelefons war inzwischen völlig leer, doch nicht weit entfernt war eine Telefonzelle. Cooper meldete sich beim ersten Klingeln.

«Was ist los, Sergeant? Ich scheine der Einzige zu sein, der zu unserem Stelldichein erschienen ist.»

«Es sind alle da, Sir! Brighton hat eine ganze Mannschaft geschickt, und Inspector Boyd ist gerade zu ihnen gestoßen. Das Problem ist nur: Weit und breit keine Spur von Sally Wainwright-Smith!»

Ein schrecklicher Gedanke überkam Fenwick.

«In welchem Hafen sind sie, Cooper?»

«Halingford, Sir. Ungefähr drei Kilometer östlich von Peacehaven.»

«Sie ist in Salingford, Cooper! Das liegt ungefähr sieben Kilometer von dort entfernt. Alexander Wainwright-Smith wollte Sie doch anrufen. Alle sollen sofort hierher kommen!»

«Sind Sie sicher, dass sie dort ist?»

«Ich habe noch keinen Blickkontakt, aber da, wo die andern sind, ist sie jedenfalls nicht. Machen Sie denen Dampf, sonst gerät sie noch in Panik. Sie erwartet ihren Mann um Viertel nach vier.»

«Bleiben Sie am Apparat, Sir. Ich verbinde Sie mit Inspector Boyd.»

Nach einer kurzen Pause erklang die vertraute Stimme.

«Wir werden die Hälfte des Teams schicken, Sir, und die Küstenwache ist auch alarmiert. Aber könnten Sie versuchen, sie zu sichten? Ich möchte nicht die ganze Mannschaft schicken, falls wir sie verpassen.»

«Okay. Ich werde Sie in fünf Minuten zurückrufen.»

Um genau 4.12 Uhr öffnete er die Tür der Telefonzelle, die sofort von einer kräftigen Böe erfasst wurde. Jeder Windstoß brachte einen Schwall salziger, seetanggeschwängerter Luft mit sich. Sein Gesicht brannte, und Tränen traten in seine Augen, während er den dunklen Pfad zum Meer hinunterging.

Sally wartete im Schutze einer geschlossenen Bretterbude mit Schiffszubehör, den Zündschlüssel für das Boot fest in der Hand. Außer ein paar vereinzelten Booten, die auf der unruhigen See auf- und niedertanzten, lag der Hafen völlig verlassen da. Die Nacht war so stürmisch, dass sogar die Wellen innerhalb des geschützten Hafenbeckens weiße Schaumkronen hatten, und sie hoffte, dass das Unwetter sich bis zu ihrer Abfahrt legen würde.

Sally warf einen besorgten Blick auf ihre Armbanduhr, doch dann fiel ihr ein, dass Alex gesagt hatte, er könnte sich möglicherweise verspäten. Bis fünf würde sie warten. Dann würde sie zum Wagen zurückkehren. Sie sah hinab auf den Koffer zu ihren Füßen, wie um sich zu vergewissern, dass er immer noch da stand. Ihr ganzes wertvolles Eigentum befand sich in diesem Koffer. Natürlich hatten sie inzwischen einige Millionen auf ihrem gemeinsamen Konto im Ausland, doch dies hier gehörte nur ihr, ihr allein. Darin waren die zehntausend Pfund in bar, die sie heute Nachmittag aus dem Safe auf Wainwright Hall genommen hatte, der Familienschmuck und ihre Patek-Philippe-Armbanduhr. Obenauf lagen noch ein paar Kleider sowie ihre Toilettensachen und Schuhe. Sie hatte sich für diesen robusten Koffer aus Aluminium entschieden, der zwar schwer, dafür aber wasserdicht und feuerfest war. Wie er dort zu ihren Füßen stand, verlieh er ihr ein außergewöhnlich angenehmes Gefühl von Sicherheit.

Fenwick stolperte über einen Stein, der vor ihm auf die schmale Straße gerollt war. Er blieb stehen und wartete fast eine ganze Minute, bis seine Augen sich an die Dunkelheit gewöhnt hatten. Ein paar vereinzelte Häuser lagen still vor ihm. Wie er dort in der sternenlosen Dunkelheit stand, dachte er über die Namensverwechslung nach – Halingford statt Salingford. Das war ein verrückter Fehler, der ihnen da unterlaufen war, zumal die Einsatzzentrale sich alle Namen buchstabieren ließ.

Doch je länger er darüber nachdachte, desto klarer wurde ihm, dass sie es keineswegs mit einem Fehler zu tun hatten. Wainwright-Smith hatte sie bewusst in die falsche Richtung geschickt und es sogar so eingerichtet, dass Fenwick sich zur gleichen Zeit am anderen Ort befand. Wenn Sally wirklich hier war, dann sollte Fenwick sie alleine treffen. Aber warum? Er ging in die Hocke und schlich gebückt die schmale Fahrbahn entlang. Etwa dreißig Meter vor dem Ufer hörte die schützende Hecke auf und gab den Blick auf den Strand frei. Obwohl die Finsternis beinahe undurchdringlich war, schienen die Wellen in sich zu leuchten, wie sie wütend gegen den Steinstrand donnerten. Rechts von ihm lag der winzige Jachthafen, in dem eine elektrische Sturmlaterne brannte, die an dem Tor zu den Anlegeplätzen der Bootsbesitzer baumelte. Zuerst hielt er den Ort für völlig menschenleer, doch in diesem Augenblick schwang die Laterne im Wind und ließ einen Schatten erkennen, der sich im Schutze einer Hütte duckte. Sally.

Er fühlte das Adrenalin in seinen Adern. Sie war nicht einmal hundertfünfzig Meter von ihm entfernt. Es würde noch nicht einmal eine halbe Minute dauern, dann wäre er bei ihr. Ein Teil von ihm wollte sofort loslaufen und sie ergreifen, doch dann dachte er daran, dass sie bewaffnet sein könnte und man ihn bewusst hier herausgeschickt hatte, allein und ohne Rückendeckung.

Bevor er zur Telefonzelle zurückkehrte, um Boyd anzurufen, hielt er kurz inne, um sich einen Überblick über das Gelände zu verschaffen. Lang und flach zog sich der Küstenstreifen hin; das einzig Markante war die in der Dunkelheit schimmernde Brandung. Linkerhand blinkten ein paar vereinzelte Lichter in Peacehaven, das drei Kilometer entfernt lag. Ansonsten war alles um ihn herum schwarz. Er machte sich auf den Weg zurück zu seinem Wagen, als er plötzlich bemerkte, dass einige der Lichter, die er zuvor in der Ferne gesehen hatte, sich bewegten und auf ihn zuzukommen schienen; nach einer Weile erkannte er, dass es Scheinwerfer waren: Boyds Mannschaft war auf dem Weg zu ihm. Es wäre nur noch eine Frage von Sekunden, bis Sally sie als Polizeifahrzeuge erkennen würde. Er zögerte einen ganz kurzen Moment. Dann wusste er, was er zu tun hatte.

Sally starrte angestrengt in Richtung Westen, von wo Alex kommen musste. Zuerst ignorierte sie die Scheinwerfer, die sich von Osten her näherten. Doch dann kam es ihr merkwürdig vor, dass gleich drei Wagen hintereinander so spät in der Nacht zu diesem verlassenen Ort unterwegs waren, und während die Lichter näher kamen, wurde ihre Besorgnis von Minute zu Minute größer. Das einzige Geräusch, das alles zu beherrschen schien, war der Wind, der um die Hütte tobte, wodurch das unbeirrbare Vorwärtsstreben der Lichter immer bedrohlicher wurde. Schützend legte sie eine Hand über die Augen und blinzelte in die Dunkelheit. Doch dann zog eine Bewegung ganz in der

Nähe ihre Aufmerksamkeit auf sich, und sie drehte sich um, um die Zufahrtsstraße zum Hafen besser im Auge zu haben. Eine große, schlanke Gestalt bewegte sich erst auf den Hafen zu und schwenkte dann in ihre Richtung ab. Im ersten Augenblick dachte sie schon, Alex sei endlich gekommen; fast hätte sie ihm laut zugerufen, doch sie konnte sich gerade noch zurückhalten. Irgendetwas stimmte hier nicht.

Alex hatte gesagt, er würde eine Taschenlampe in der Hand halten und ihr durch dreimaliges Aufblinken signalisieren, dass er gekommen wäre. Doch dieser Mann ging vornübergebeugt, die Hände tief in den Taschen vergraben, gegen den Wind an, und etwas an seinem Gang war anders. Dieser Mann war zu groß. Das war nicht Alex.

Eine Falle! Sie hatten Alex gefangen, und dieser Mann war geschickt worden, um sie in eine Falle zu locken. Ihre Pistole hatte sie den Flammen in Wainwright Hall überlassen. Ohne eine Waffe und ganz allein sah sie keine Möglichkeit, ihm zu entkommen. Noch war er gut hundert Meter weit entfernt; auch schien er es nicht gerade eilig zu haben. Wenn sie schnell genug wäre, könnte sie es noch bis zu ihrem Boot schaffen und flüchten. Das war die einzige Chance, die sie hatte.

Zu ihrer Rechten donnerte die See in schwarzen Brechern gegen die Hafenmauer. Vor ihr, am Anlegeplatz, zerrte ihr Boot an seiner Vertäuung, begierig, sich loszureißen. Sie nahm den Koffer und rannte los. Ein eisiger Wind schlug ihr entgegen, weiße Schaumkronen kräuselten sich auf dem Wasser. Unter ihren bloßen Füßen spürte sie die nassen Steine der Mole. Gischt spritzte hoch und benetzte ihr Gesicht. Sie hörte, wie der Mann ihren Namen rief, und rannte noch schneller: Es war Fenwick! Das Gewicht des Koffers behinderte sie beim Laufen, doch er enthielt ihre ganze Zukunft, und sie durfte ihn nicht zurücklassen.

Als sie das Boot erreicht hatte, vernahm sie von neuem das Rufen hinter sich. Die Nacht war nun so schwarz, dass sie kaum die Instrumente auf dem Armaturenbrett erkennen konnte. Im flackernden Licht ihres Feuerzeugs suchte sie das Zündschloss, fand es und drehte den Schlüssel herum. Der Motor stotterte, doch nach ein paar Versuchen sprang er an.

Fassungslos starrte Fenwick auf das kleine Boot. Er konnte einfach nicht glauben, dass Sally so tollkühn wäre und allen Ernstes versuchen würde, den Hafen zu verlassen und aufs offene Meer hinauszufahren. Meterhohe Wellen schlugen krachend über die Hafenmauer und bedeckten bei ihrem Rückzug die rauen Betonblöcke und algenbesetzten Felsen mit schäumender Gischt.

Noch einmal rief er ihr zu: «Halt! Polizei! Bleiben Sie da!», doch dann sah er, wie das Wasser plötzlich aufwirbelte und sie die Leine losmachte.

«Sally, um Gottes willen! Kommen Sie zurück! Das schaffen Sie doch nie!»

Er konnte nicht sagen, ob seine Worte bis zu ihr durchdrangen. Scheinbar unbeirrbar fuhr sie auf das aufgewühlte Wasser bei der Hafenausfahrt zu. Die Mole war wie ein schützend ausgestreckter Arm aus Felsbrocken und Betonblöcken, ungefähr eineinhalb Meter breit und gut dreieinhalb Meter hoch. Oben verlief ein begehbarer, unebener Weg. Fenwick begann über die glitschigen Steine zu laufen. In nur wenigen Sekunden war seine Kleidung völlig durchnässt. Zweimal wurde er von der Gischt erfasst und zu Boden geschleudert und hatte Mühe, sich an die rutschigen Felsen zu klammern. Er war jetzt so dicht an dem Boot, dass er Sally deutlich sehen konnte: Weiß wie der Tod und mit weit aufgerissenen Augen blickte sie stur geradeaus.

Hilflos beobachtete er, wie das kleine Boot in die wirbelnden Wassermassen am Ende der Hafenmauer geriet und in wildem Tanz hin und her geschleudert wurde. Die Macht der See war so gewaltig, dass es ein paar Mal so aussah, als würde sie rückwärts getrieben, doch endlich hatte sie die offene See erreicht.

«Sally! Tun Sie das nicht! Kommen Sie zurück!»

Als hätten seine Worte sie erreicht, drehte sie sich zu ihm um, und in dem schwachen Leuchtfeuer sah es so aus, als lächelte sie und schüttelte den Kopf. Er hatte jetzt beinahe das Ende der Mole erreicht. Die Wellen hier draußen waren noch gewaltiger als weiter an Land, und nur mit Mühe gelang es ihm, das Gleichgewicht zu halten. Immer noch war er wie besessen davon, Sally aufzuhalten, sie davor zu bewahren, in den sicheren Tod zu fahren. Ihr Boot wirkte jetzt winzig in den riesigen Wogen und er bemerkte, dass sie trotz des starken Motors bereits Schwierigkeiten hatte voranzukommen.

Hinter ihm blitzten Scheinwerfer auf, und Fenwick sah, dass das ganze Team mittlerweile eingetroffen war. Als er sich wieder umdrehte, mussten seine Augen sich erst wieder an die Dunkelheit vor ihm gewöhnen. Er schwankte und wäre beinahe in den tödlichen Sog zu seinen Füßen gestürzt. Hart landete er auf dem Boden – ein scharfer Schmerz durchzuckte sein rechtes Knie –, und er klammerte sich an einen Felsen. Das scharfkantige Gestein zerschnitt seine Handflächen, doch er spürte es nicht, während er verzweifelt versuchte, sich oben auf der Mole festzuhalten.

Zu Beginn hatte Sally vollstes Vertrauen in ihre Fähigkeiten gehabt, das Boot zu beherrschen. Sie war schon so oft damit gefahren; außerdem war es in gutem Zustand und hatte eine starke Maschine. Ihren Koffer hatte sie nach unten in die Kajüte geschmissen. Bis zur Hafenausfahrt war es leicht gegangen, doch kaum ließ sie das schützende Hafenbecken hinter sich, hatte ihre Lage sich drastisch verschlechtert. Das Boot wurde von den Wellen hin- und hergeschleudert, und das Heulen des Windes war so laut, dass es in den Ohren dröhnte. Sie hatte Schwierigkeiten, ihren Kurs zu halten, und innerhalb von wenigen Minuten stand sie zentimetertief im Wasser, das über Bord geschwappt war. Nun, wo sie erbarmungslos auf die offene See zutrieb, fühlte sie sich hilflos und ausgeliefert. Doch der Gedanke, umzukehren und sich von Fenwick ins Gefängnis sperren zu lassen, erschreckte sie noch mehr.

Wie ein Korken hüpfte das Boot auf den Wellen, und sie betätigte die Drosselklappe, um es zu stabilisieren. Sie spürte, wie das Boot gegen den Sog der Hafeneinfahrt ankämpfte, fühlte den Wind und die salzige Gischt auf ihrem Gesicht und hatte Mühe, die Augen offen zu halten. Sogar hier in Ufernähe war die Macht der Wellen bedrohlich, und Panik drohte sie zu überwältigen.

Eine Böe peitschte den Bug auf und nieder, als wäre er so leicht wie ein Blatt Papier. Ein seitlicher Brecher erfasste das Boot, und Sally verlor das Gleichgewicht. Einen irrwitzigen Moment lang lag sie im überfluteten Cockpit und sah in die Wellen, die sich über ihr auftürmten und hereinzustürzen drohten. Als sie sich schließlich wieder aufgerappelt hatte, beschloss sie, einem plötzlichen Impuls folgend, umzukehren und zum Hafen zurückzufahren. Sie riss das Steuerrad herum, gegen die Macht der Wellen kämpfend.

Die ganze Gewalt der sturmgepeitschten See konzentrierte sich auf die zehn Meter breite Lücke zwischen den Armen der Hafenmauern, die vor ihr lag. Es blieb ihr nichts anderes übrig, als es mit dieser Gefahr aufzunehmen.

Während er sich an dem glitschigen Gestein festklammerte, unfähig, sich aufzurichten, da ihn sonst der Sturm und die Brecher vor die Mole gefegt hätten, sah Fenwick zu, wie Sally versuchte, sich ihren Weg zurück durch die tosenden Elemente zu bahnen. Ein paar Sekunden lang kämpfte sie gegen die mächtigen Wassermassen an, doch dann wurde das kleine Boot von einer riesigen Welle, die über das Heck krachte, herumgewirbelt, von der Strömung erfasst und unerbittlich auf den Hexenkessel in der Hafendurchfahrt zugetrieben. Er war nah genug, dass er das Entsetzen in Sallys Augen erkannte, während sie verzweifelt versuchte, die Kontrolle über das Boot wiederzuerlangen. Sie gab volle Kraft, um dem Sog des Strudels zu entkommen. Einen Moment lang sah es so aus, als habe sie es geschafft, doch dann wurde der Bug von einem mächtigen Brecher erfasst; das Steuerrad wurde ihr aus der Hand gerissen, und Sally stürzte zu Boden. Er hörte ihren entsetzten Aufschrei, ein hohes Kreischen, wie das angsterfüllte Schreien eines Kindes, und sein ganzer Hass auf sie verpuffte, noch bevor ihre Stimme erstarb. Ein überwältigendes Gefühl von Mitleid überkam ihn, und er verspürte nur noch den Drang, sie zu retten.

Am Ende der Mole hingen zwei Rettungsringe an Seilen. Fieberhaft kroch er auf die Ringe zu, wobei er sich immer wieder an einen Felsen klammern musste, um nicht selbst in die tosenden Fluten unter ihm zu stürzen. So weit er nur konnte, schleuderte er den einen Ring zu Sally hinaus, doch er landete ein ganzes Stück weit von dem Boot entfernt, in dem sie lag und sich verzweifelt an ihren silberfarbenen Koffer klammerte, als könnte er ihr Leben retten. Er zog den Ring am Seil zurück, richtete sich zu voller Größe auf und warf noch einmal. Diesmal fiel der Ring nur wenige Meter neben dem Boot ins Wasser. Noch einmal zog er ihn an Land und setzte zu einem dritten

Versuch an, als eine plötzliche Druckwelle ihn aufblicken ließ und er eine gewaltige schwarze Wasserfront auf sie beide zurollen sah.

Sie fühlte, wie die eine Seite des Bootes langsam hochgehoben wurde. Den schweren Koffer fest gegen ihre Brust gepresst, sah Sally zu, wie die Reling immer höher und höher stieg, bis dahinter eine dunkle Wasserwand sichtbar wurde, die auf sie einstürzte. Dann war das Boot plötzlich nicht mehr da, und unter und über ihr war nichts als Wasser. Instinktiv stieß sie sich mit den Beinen ab, als wollte sie schwimmen, doch ihre Arme hielten immer noch den Koffer umschlungen, als würde er sie an die Oberfläche tragen und über Wasser halten. Die Unterströmung griff gierig nach ihren Beinen, als wieder eine Welle über ihr zusammenschlug und es nichts anderes mehr gab als die Nacht, das Wasser und ihr Geld. Sie hob den Kopf, Mund und Augen weit geöffnet, als die Fluten über ihr sich schlossen. Sie meinte noch, eine Hand gesehen zu haben, die sich nach ihr ausstreckte und flüchtig ihr helles Haar berührte, das über ihr zur Oberfläche hintrieb. Doch sie konnte sie nicht mehr erreichen, und so sank sie hinab, die Arme fest um ihren Koffer gelegt, bis sie endgültig die Augen schloss.

Fenwick spürte, wie eine Riesenwelle ihn hochhob und über den Rand der Hafenmauer spülte, hinunter unter die Wasseroberfläche der Hafeneinfahrt. Mit Macht und einer unersättlichen Gier erfasste ihn die Strömung und zog ihn hinaus in den Ärmelkanal. Als er wieder auftauchte, schnappte er verzweifelt nach Luft, bevor die nächste Welle das brennende Salzwasser in seine Nase und in seinen Mund trieb. Er hatte das Gefühl ersticken zu müssen, als das Wasser zum zweiten Mal über ihm zusammenschlug. Seine Lunge brannte, und seine Beinmuskulatur schmerzte von der Anstrengung, gegen den Strom anzukämpfen. In einer schier übermenschlichen Kraftanstrengung tauchte er noch einmal auf und holte tief Luft; verzweifelt ruderte er mit den Armen und versuchte vergeblich, dem tödlichen Strudel zu entkommen. Es war hoffnungslos: der Sog war zu stark. Durch das Gewicht der Wellen zusätzlich geschwächt, sank er zum letzten Mal hinab, seine Augen starrten weit geöffnet in das tosende Dunkel um ihn.

Vor ihm im Wasser schimmerte etwas in grellem Orange: das Rettungsseil. Er streckte den Arm aus, versuchte es zu greifen, fühlte, wie es rau und brennend zwischen seinen Fingern hindurchrutschte. Nochmals griff er danach und konnte es mit einer Hand umschließen. Er krallte sich daran fest, und langsam, Griff um Griff, gelang es ihm, sich nach oben zu ziehen, bis er mit dem Kopf aus dem Wasser tauchte. Erschöpft presste er sein Gesicht gegen den Rettungsring. Seine Arme und Beine waren taub von der Kälte. Wie durch einen Schleier sah er Männer auf der Mole, die ihm zuwinkten und ihm etwas zuzurufen schienen, doch er war zu erschöpft, um zu antworten. Unfähig, sich zu rühren, hing er dort, gottergeben, gefangen zwischen dem brodelnden Hexenkessel und dem Wind, der ihn wie einen Fisch an der Angel hin- und herbaumeln ließ. Sie waren nur drei Meter von ihm entfernt, doch es hätten genauso gut drei Kilometer sein können. Sie konnten ihn nicht erreichen, und er konnte sich nicht rühren ob den Wellen, die in einem tödlichen Rhythmus an seinen Händen und Armen zerrten. Wenn er nicht irgendetwas tat, so würde er hier, vor den Augen der Retter, im Meer versinken, einen Steinwurf entfernt von den helfenden Händen. Als ihm die groteske Hoffnungslosigkeit seiner Lage zu Bewusstsein kam, fühlte er einen so heftigen Zorn in sich aufsteigen, dass neue Kraft in seine ermatteten Arme floss. Zentimeter für Zentimeter tastete er sich am Seil entlang. Hin und wieder rutschte er ein Stück zurück, oder eine Welle drohte ihn mit sich fortzureißen, doch mit eisernem Griff hielt er das Seil umklammert, gestärkt durch den Gedanken an seine Kinder und an die Ironie des Schicksals, auf so eine Weise zu sterben. Ganz langsam fühlte er, wie der Sog der Strömung nachließ. Dann spürte er das raue Gestein unter seinen Füßen, tastete sich langsam vor, krallte sich mit den Zehen in einer Felsspalte fest und zog sich langsam nach oben, aus dem Wasser.

Über ihm in der Dunkelheit leuchtete eine Taschenlampe, und eine Hand streckte sich nach ihm aus, so nah vor seinem Gesicht, dass er die Fingernägel, die schwarz vom Algenbelag der Felsen waren, erkennen konnte. Mit letzter Kraft griff er nach oben, fühlte, wie starke Arme ihn hochzogen und eine schwere Decke um seine Schultern gelegt wurde.

47

Als er zum zweiten Mal erwachte, lag er in einem anonymen Krankenhauszimmer. Drei Tage war er bereits hier, seit der Nacht, in der Sally Wainwright-Smith in den Fluten versunken und ihre Leiche hinaus aufs Meer getragen worden war. Die Ärzte hatten seine Hand genäht und sein Knie wieder zusammengeflickt, und heute würde man ihn entlassen, unter der Voraussetzung, dass er sich an die Anweisungen der Ärzte hielte und sein Bein für weitere drei Wochen schonte. Doch er wusste bereits, dass er alle guten Ratschläge in den Wind schlagen würde, sobald er seine Kinder wieder sähe und sie so lange fest in seinen Armen hielte, bis der Schmerz sich mit Macht in Erinnerung brächte.

Doch es war nicht die Sehnsucht nach seinen Kindern, die ihn die Augen schließen ließ; vielmehr war es diese immer noch andauernde Verwirrung, die in seinem Kopf herrschte, wenn er an Alexander Wainwright-Smith dachte. Seit dem Moment, als er das Bewusstsein wiedererlangt hatte, konnte er an nichts anderes denken als an diesen Mann.

Wie hatte er je glauben können, Alexander sei ein unschuldiges Opfer der Machenschaften seiner Frau? Schon viel früher hätte er erkennen müssen, dass Alexander es niemals geduldet hätte, wenn Sally etwas gegen seinen Willen getan hätte. Dieser Mann hatte nicht nur die Wainwright-Millionen von seiner Familie geerbt. Nein, auch die Herrschsucht seines Großvaters und die Kontrollneurose seines verstorbenen Onkels.

Nach Stunden des Grübelns war Fenwick schließlich zu der Überzeugung gelangt, dass Alexander an der Planung der Morde beteiligt gewesen war und dass Sally ihm dabei schlicht als Werkzeug gedient hatte. Gleichzeitig wusste er jedoch, dass er das niemals würde beweisen können. Denn Sally war tot.

Was die Ereignisse in jener Nacht, als sie ums Leben kam, betraf, tappte er immer noch im Dunkeln. Warum sollte Fenwick sie alleine antreffen? Er war überzeugt davon, dass Alexander die Mannschaft bewusst an einen anderen Ort geschickt hatte, auch wenn Boyd seine Erklärung, es habe sich um ein Versehen gehandelt, akzeptiert hatte. Was konnte einen Mann dazu bewegen, seine Frau bewusst in eine hoffnungslose und gefährliche Lage zu bringen – denn für Alexander wäre es doch ein Leichtes gewesen, sie zu einem anderen Treffpunkt zu schicken –, indem er den Vater des Kindes, das sie soeben entführt und zu töten versucht hatte, an eben diesen Ort kommen ließ, um ihr auf sich selbst gestellt entgegenzutreten?

Hatte Wainwright-Smith erwartet, dass er sie töten würde? Der Gedanke erschreckte und entsetzte ihn. Der Mann konnte sich doch denken, dass Fenwick die Gerechtigkeit vor seinen persönlichen Racheakt stellen würde. Dann kam ihm der Gedanke, dass Alexander vielleicht einfach nur von sich selbst ausgegangen war, davon, wie er reagiert hätte. So etwas kam schließlich alle Tage vor.

Mit seinen bandagierten Fingern rieb er sich die Stirn und versuchte, die Kopfschmerzen, die er seit jener furchtbaren Nacht nicht mehr losgeworden war, zu vertreiben. Wenn er ausgesandt worden war, um Sally zu töten, dann hatte Wainwright-Smith ihn falsch eingeschätzt … und doch, Sally *war* gestorben. Mit einem Ruck setzte Fenwick sich im Bett auf, wobei er der Schwester, die gerade seinen Morgenkaffee brachte, einen gewaltigen Schrecken einjagte. Rasch verließ sie das Krankenzimmer und Fenwick, der mit vor Entsetzen geweiteten Augen die gegenüberliegende Wand anstarrte. Es war nicht Fenwick, den Wainwright-Smith in jener Nacht des Schreckens manipuliert hatte, sondern seine eigene Frau! Er hatte Sally dazu gebracht, sich in ein Fluchtmanöver zu stürzen, das von Anfang an zum Scheitern verurteilt war. Wie hätte Sally je gegen ein Team von Spezialisten ankommen können?

Wie oft hatte Alexander im Hintergrund die Fäden gezogen und bequem hinter den Kulissen darauf gewartet, dass seine psychotische Frau ihm das verschaffte, was bis dahin weit außerhalb seiner Möglichkeiten gelegen hatte? Nun hatte er sein Erbe, war seine gefährliche

Frau losgeworden und noch dazu FitzGerald, der bis dato immer noch das Sagen in der Firma gehabt hatte. Zwar war Wainwright Hall dem Feuer zum Opfer gefallen, doch sein Einsatz hatte sich gelohnt. Immer vorausgesetzt, Miles Cator und sein Team förderten nicht doch noch etwas zu Tage, um das Unternehmen wegen des Verdachts auf Geldwäsche zu schließen. Doch eines schien gewiss: Alexander würde tatsächlich ungestraft mit vier Morden davonkommen, dem an seinem Onkel sowie denen an Arthur Fish und an seinem Cousin. Und schließlich auch mit dem Tod seiner Frau.

Als habe der Gedanke an Wainwright Enterprises ihn heraufbeschworen, klopfte es und Commander Miles Cator betrat das Zimmer, in der Hand eine braune Papiertüte mit Weintrauben. Er wirkte müde und erschöpft, doch als er sah, dass der Patient wach war, lächelte er.

«Ich wollte Ihnen danken, Chief Inspector. Ich freue mich, dass es Ihnen wieder besser geht.»

«Danken, wofür?», krächzte Fenwick, dessen Mund wie ausgedörrt war.

«Für die Unterlagen über Wainwright's. Der Fall ist nicht mit Gold aufzuwiegen. Dank der Papiere, die Sie uns überlassen haben – insbesondere Arthur Fishs kleines braunes Buch –, haben wir nun mehr als genug in der Hand, um eine offizielle Untersuchung zu rechtfertigen. Noch heute werde ich einen Gerichtsbeschluss beantragen, um die sofortige Schließung des Unternehmens zu erwirken. Dann werden meine Leute zusammen mit dem Betrugsdezernat, der Zollbehörde und dem Finanzamt den Laden einmal ganz genau unter die Lupe nehmen. Deshalb bin ich auch hier in Sussex, treffe die letzten Vorkehrungen, bevor wir endgültig zuschlagen. Es wird zwar ein paar Monate dauern, doch bin ich recht zuversichtlich, dass wir dabei sind, eine der größten und bestgetarnten Geldwaschanlagen im ganzen Königreich auffliegen zu lassen. Und das ist hauptsächlich Ihr Verdienst, Fenwick! Und ich werde dafür sorgen, dass das auch anerkannt wird, wenngleich ich überzeugt davon bin, dass es auch hier eine ganze Menge Leute gibt, die sich mehr von dem Kuchen erhoffen, als ihnen zusteht!» Er brauchte nicht deutlicher zu werden, denn Fenwick wusste auch so, auf wen Commander Cator mit dieser Bemerkung anspielte, und freute sich über sein viel sagendes Grinsen.

Vorsichtig ergriff Cator die bandagierte Hand und drückte sie sachte, bevor er die Trauben auf den Nachttisch legte und sich herzlich von ihm verabschiedete.

Fenwick bedeckte sein Gesicht mit den Händen, nicht, weil er verzweifelt gewesen wäre, sondern vor Erleichterung. Hab Dank, Arthur Fish! Wainwright-Smith mochte der Mann immer noch als eine Art lästiges Insekt erscheinen, ein unbequemer, aber harmloser Zeuge aus der Vergangenheit seiner Frau. Doch in Wirklichkeit war Arthur Fish sein gefährlichster Gegner. Über seinen Tod hinaus hatte er es geschafft, das Wainwright'sche Familienimperium, das über ein Jahrhundert wie ein totalitärer Staat geherrscht hatte, zu Fall zu bringen. Fenwick wusste nicht, inwieweit Wainwright-Smith von dem Ausmaß an Korruption und Verfilzung unter der seriösen Oberfläche des Familienunternehmens wusste, und es interessierte ihn auch nicht. Tatsache war, dass alles, wofür der Mann intrigiert, geheiratet und gemordet hatte, sich schon morgen in Nichts auflösen würde. Und das alles dank Arthur Fishs braunem Büchlein.

Der pochende Schmerz in seinem Knie brachte ihn wieder in die Wirklichkeit zurück. Sein Kaffee war mittlerweile kalt geworden, doch er trank ihn aus und sank trotz oder gerade wegen des Koffeins in einen leichten Schlummer, als sein nächster Besucher das Zimmer betrat. Hinter geschlossenen Lidern hatte er Gelegenheit, seine Gefühle wieder unter Kontrolle zu bringen, bevor er die Augen aufschlug und seinem Besucher ins Gesicht blickte.

«Ich will nicht lange bleiben, doch ich wollte Ihnen meinen Dank aussprechen. Sie wollten sie retten, trotz allem. Sie haben alles versucht, und dafür danke ich Ihnen.»

Fenwick schüttelte sachte den Kopf, als wollte er den Schlaf vertreiben; doch Alexander deutete die Geste falsch.

«Nein, wirklich. Ich bin so froh, dass Sie es versucht haben, vor allem, weil Sie wussten, was sie getan hatte. Das heißt doch, dass sogar Sie, ausgerechnet Sie, überzeugt davon waren, dass sie es wert war. Gerettet zu werden, meine ich.» Mit seinem feinen Gespür erfasste Fenwick die Künstlichkeit in Wainwright-Smiths Stimme, und er fragte sich, wie oft dieser Mann wohl schon diesen herzzerreißenden Ton geübt hatte.

Fenwick wusste nicht, was er erwidern sollte. Die heuchlerischen

Worte hatten in ihm Übelkeit aufsteigen lassen, und nur der Gedanke an den Gerichtsbeschluss konnte ihn davon abhalten, den Mann seine Abscheu spüren zu lassen.

«Sie hatte auch ihre guten Seiten, das hatte sie wirklich. Wenn sie nicht so eine furchtbare Kindheit gehabt hätte, dann wäre aus ihr ein wunderbarer Mensch geworden, das weiß ich.»

Alexanders Stimme hörte sich an, als würde er gleich in Tränen ausbrechen, und Fenwick betrachtete ihn mit neuen Augen. Er war bisher nur sehr selten wirklich bösen Menschen begegnet. Nichts war ihm fremd, Dummheit, Gier, Hass, sogar obsessive Liebe mit all ihren schlimmen Folgen, doch ein wirklich böser Mensch war eine Seltenheit.

«Ich bin sehr müde.»

«Natürlich, ich werde jetzt gehen.»

Fenwick legte den Kopf auf das Kissen und sah, wie sein ungebetener Besucher das Zimmer verließ. In spätestens vierundzwanzig Stunden würde Alexanders ganze Welt in Trümmern liegen: seine Konten eingefroren, sein guter Ruf zerstört und all seine Macht und sein Einfluss Vergangenheit. Es hatte den Richtigen getroffen, dachte Fenwick. Er wollte den Mann nie mehr wieder sehen.

Eine halbe Stunde später rauschte die Stationsschwester ins Zimmer, harsch und kühl wie immer.

«Der Doktor sagt, Sie können jederzeit nach Hause, Chief Inspector. Soll ich Ihnen Ihre Sachen bringen?»

«Nein, das schaffe ich schon alleine.»

«Dann komme ich in einer Viertelstunde wieder mit dem Rollstuhl.»

«Zum letzten Mal, Schwester: Ich brauche keinen Rollstuhl.» Seit dem frühen Morgen hatten sie sich über diesen Punkt gestritten.

«Sie sollten Ihre Verletzungen nicht auf die leichte Schulter nehmen. Wenn Sie sich jetzt nicht schonen, werden Sie das niemals ganz auskurieren. Sie sind auch nicht mehr der Jüngste!»

«Sagen Sie, Schwester, ist Constable Nightingale noch hier?»

«Ja, sie liegt am anderen Ende der Station, doch sie wird auch bald entlassen. Noch ein oder zwei Tage vielleicht. Auf jeden Fall wird sie etwas zugenommen haben, ehe sie austritt!»

Das bezweifle ich nicht, wenn du hier das Sagen hast, dachte Fenwick. Kaum war sie gegangen, wusch und rasierte er sich, zog sich rasch an, wobei er den Schmerz in seinen Muskeln und in seinem rechten Knie bewusst ignorierte. Er war entschlossen, bei der Rückkehr der Schwester nicht mehr da zu sein. Er nahm die Trauben, steckte sie in seine Tasche und humpelte mühsam den Gang entlang.

Nightingale lag hochgebettet in ihren Kissen und las in einem Buch. Sie war blass, und der blaue Fleck auf ihrer Wange hatte inzwischen eine lila-gelbe Färbung angenommen.

«Hallo! Ich habe Ihnen ein paar Trauben mitgebracht.»

Als sie seine Stimme hörte, blickte sie erschrocken auf, und ihre Hand huschte zu der Prellung in ihrem Gesicht.

«Das ist sehr nett von Ihnen, danke. Hat man Sie schon entlassen?», fragte sie mit einem leisen Krächzen.

«Ja, gerade eben.»

«Und da hatten Sie schon Zeit, um einzukaufen?»

Sie war wirklich eine hervorragende Polizistin.

«Nein, eigentlich habe ich sie selbst geschenkt bekommen, aber dann dachte ich, Sie haben sie eher verdient.»

Sie lächelte, ein entspanntes und zuversichtliches Lächeln.

«Es ist trotzdem nett, dass Sie an mich denken. Setzen Sie sich doch. Ich muss etwas mit Ihnen besprechen.»

«Wenn es Sie nicht zu sehr ermüdet.»

Immer noch lächelnd, schüttelte sie den Kopf. «Mir geht's gut. Die machen sich zu viele Gedanken.»

«Trotzdem müssen Sie zu Kräften kommen. Wenn Sie wieder im Dienst sind, dann möchte ich, dass Sie topfit sind!»

Einen Augenblick lang trat ein unbehagliches Schweigen ein. Seine Worte hatten beide daran erinnert, wer er war und in welchem Verhältnis sie zueinander standen. Das Lächeln schwand von ihrem Gesicht.

«Keine Sorge, Sir. Ich bin bald wieder dabei.» Sie wandte den Blick ab, dann blinzelte sie und sah ihm direkt in die Augen. «Ich muss mit Ihnen über den Fall Wainwright sprechen.»

Fenwick musste an sich halten, um nicht laut loszulachen. Diese Frau war einfach unmöglich.

«Der Fall ist abgeschlossen; damit meine ich, es wird kein Verfahren wegen Mordes geben. Die Ermittlungen in der Geldwaschangelegenheit laufen weiter, aber das ist, Gott sei's gedankt, nicht mehr unsere Sache.»

«Nein, ich möchte mit Ihnen über die Morde sprechen. Ich habe nachgedacht. Ich bin mir nicht sicher, ob wir den Fall wirklich auf diese Weise abschließen sollten.»

«Nicht schon wieder! Ich meine mich zu erinnern, dass das dann das zweite Mal ist, dass Sie mich bitten, einen Fall Wainwright wieder neu aufzurollen. Sally ist tot, James FitzGerald auch. Sie waren Verbrecher, zwei verschlagene und hinterhältige Menschen, die das Unternehmen für ihre Zwecke missbrauchten.»

«Lassen wir die beiden mal einen Augenblick beiseite. Ich spreche von Alexander Wainwright-Smith. Was veranlasst Sie zu der Annahme, dass Sally das alles allein getan hat? Glauben Sie wirklich, sie hat sich das alles selbst ausgedacht? Dazu bedurfte es genauester Planung, angefangen beim fingierten Selbstmord von Alexanders Onkel.

Meiner Ansicht nach ist Alexander der Hauptnutznießer bei dem Ganzen. Nun hat er alles, was er wollte: das Geld, die Kontrolle über das Familienunternehmen, und letztendlich hat er sich auch noch von einer psychotischen Ehefrau befreit. Er hat nun alle Möglichkeiten. Angenommen, er wusste über ihre Herkunft Bescheid, heiratete sie und brachte sie dazu, all diese Verbrechen zu begehen …»

Fenwick beugte sich vor und nahm ein paar Trauben, um seinen bewundernden Blick zu verbergen. Natürlich hatte sie Recht, und eines Tages würde er ihr das auch sagen. Aber heute noch nicht.

«Nein, Nightingale. Das muss ein Ende haben. Das sind doch alles nur Vermutungen. Sie haben hier zu viel Zeit zum Nachdenken.»

«Sie glauben also wirklich, dass Sally alles allein ausgeführt hat?» Sie wirkte niedergeschlagen, und er führte es auf ihre Enttäuschung angesichts seines mangelnden Interesses an ihrer Theorie zurück.

«Der Fall ist abgeschlossen, Nightingale», sagte er und boxte sie spielerisch in ihre gesunde Schulter, «und Sie sollten sich jetzt einfach aufs Gesundwerden konzentrieren.»

Sie sah ihn an, runzelte die Stirn, und dann überzog mit einem Mal ein breites Grinsen ihr Gesicht.

«Einen Versuch war's wert», sagte sie und lachte, als er ihr eine Traube an den Kopf warf.